Susan Wiggs

Bevor der Tag sich neigt

ROMAN

Aus dem Amerikanischen
von Katharina Volk

Weltbild

Die amerikanische Originalausgabe erschien 2003 unter dem Titel
Home Before Dark
bei Mira Books, New York

Besuchen Sie uns im Internet:
www.weltbild.de

Genehmigte Lizenzausgabe für Verlagsgruppe Weltbild GmbH,
Steinerne Furt, 86167 Augsburg

Ein Unternehmen der Droemerschen Verlagsanstalt
Th. Knaur Nachf. GmbH & Co. KG, München
Übersetzung: Katharina Volk
Umschlaggestaltung: Atelier Seidel, Neuötting
Umschlagmotiv: Thomas Schlück GmbH, Garbsen
Gesamtherstellung: GGP Media GmbH,
Karl-Marx-Straße 24, 07381 Pößneck
Printed in Germany
ISBN 3-8289-7817-7

2008 2007 2006 2005
Die letzte Jahreszahl gibt die aktuelle Lizenzausgabe an.

Von ganzem Herzen Lori Ann Cross gewidmet.
Wenn du nicht meine Schwester wärest, wärest du dennoch meine beste Freundin.

Im Herzen jeder Frau liegt ein Funke himmlischen Feuers, der im hellen Tageslicht guter Zeiten unbemerkt ruht, aber aufflackert, leuchtet und lodert in der dunklen Stunde der Not.

Washington Irving

Teil 1

Vorher

Unsere heutige Jugend liebt den Luxus, hat schlechte Manieren und keine Achtung vor der Autorität; die jungen Leute erweisen dem Alter keinen Respekt und vertun ihre Zeit mit eitlem Geschwätz, statt sich zu bilden. Kinder sind heute Tyrannen, nicht Diener ihres Hauses. Sie erheben sich nicht mehr, wenn Ältere den Raum betreten. Sie widersprechen ihren Eltern, schwatzen in Gesellschaft, essen nicht manierlich und tyrannisieren ihre Lehrer.

Sokrates (399 v.Chr.)

Kapitel 1

Dieser Stich der Panik, den eine Frau verspürt, wenn der Gedanke sie zum ersten Mal überfällt – *Ich bin schwanger* – ist unvergleichlich. Sechzehn Jahre nach jenem Augenblick verfolgte er Jessie Ryder auf ihrer Fahrt durch die texanische Hitze wie ein Echo, nachdem sie um die halbe Welt gereist war, um die Tochter zu besuchen, die sie noch nie gesehen hatte.

Sie konnte sich immer noch erinnern, wie entsetzlich und wundersam dieses Wissen war, das ein nicht einmal sichtbares Häuflein Zellen ihr Leben auf unvorstellbare Weise für immer verändern würde. Sechzehn Jahre und unzählige Meilen trennten sie nun von jenem Tag, doch diese Entfernung schmolz rasch dahin.

Simon hatte versucht, sie davon abzuhalten – *Das ist doch verrückt, Jess, du kannst jetzt nicht einfach so nach Texas verschwinden* –, doch Simon irrte sich. Und dies war nicht das Verrückteste, was sie je getan hatte, bei weitem nicht.

Zum hundertsten Mal, seit Jessie in ihrem Hotelzimmer in Auckland ihre Habseligkeiten in eine Reisetasche gestopft hatte, fragte sie sich, was sie sonst hätte tun sollen. Hierfür gab es keine Regieanweisung, keine Gebrauchsanleitung, wie man die Scherben eines zerbrochenen Lebens wieder zusammensetzte.

Es gab nur den Heimkehrinstinkt, die Neigung des verletzten Tieres, sich in der sicheren Höhle zu verkriechen. Und dann war da noch der unwiderstehliche Drang, tief begraben, doch nie ganz vergessen, das Kind zu sehen, das sie gleich nach der Geburt dem einzigen Menschen auf der Welt übergeben hatte, dem sie vertraute – Luz, ihrer Schwester.

Das Vorderrad ratterte über die Linie dicker gelber Scheiben, welche den Mittelstreifen des Highways markierten. Jessies Tage am Steuer waren gezählt, doch ihr angeborener Drang nach Unabhängigkeit und eine neue Verzweiflung machten sie trotzig. Sie ging vom Gas, warf einen Blick in den Rückspiegel – sie musste sich noch daran gewöhnen, amerikanische Autos auf der rechten Straßenseite zu fahren – und hielt am Straßenrand. Sie hatte sich schon wieder verfahren.

Die Sonne stand tief über den zerklüfteten Umrissen der Hügel und stach ihr in die Augen, sodass sie die Blende herunter klappte. Sie griff nach der Straßenkarte und betrachtete die Route, die der Mitarbeiter der Autovermietung mit Leuchtstift markiert hatte. Südwestlich auf der Interstate bis zur Ausfahrt 135-A, den State Highway 290 bis zur Route 1486, dann immer den roten Strich von Straße entlang bis zu einem Ort, von dem wenige Leute je gehört hatten, und den noch weniger besuchen mochten.

Jessie hatte die Wegbeschreibung genau befolgt. Oder nicht? Das war schwer zu sagen, und es war so lange her, seit sie zuletzt über diese vergessenen Landstraßen gereist war. Als sie mit dem Zeigefinger die markierte Route nachfuhr, sah sie aus dem Augenwinkel eine Bewegung auf der Straße. Ein Gürteltier.

Die sah sie sonst nur als überfahrene Häuflein, als wären sie so geboren worden, die kleinen Dinosaurierbeine himmelwärts gestreckt. Doch da watschelte ihr eines über den Weg, wie aus einem Steinbeck-Roman. Ein Omen? Ein schlechtes Vorzeichen? Oder ein gewöhnliches texanisches Verkehrshindernis? Sie beobachtete, wie das Tier die andere Straßenseite erreichte und im niedrigen Gebüsch verschwand.

Ein Auto kam den nächsten Hügel herab auf sie zu. Sie kniff die Augen zusammen. Ein Pick-up, natürlich. Was sollte es hier draußen auch anderes sein? Als der Wagen langsamer wurde und auf der anderen Straßenseite hielt, spürte sie das Prickeln der Gefahr. Sie war ganz allein, irgendwo mitten in Texas, meilenweit außerhalb der Zivilisation.

Das Fenster wurde heruntergekurbelt. Sie schützte die Augen mit einer Hand gegen die Sonne, konnte aber nur den Umriss des Fahrers erkennen – breite Schultern, Baseball-Kappe – und, seltsamerweise, einen Kindersitz auf der Beifahrerseite. Eine Angel ragte aus der Waffenhalterung.

»Alles in Ordnung, Ma'am?«, fragte er. Mit der Sonne in ihren Augen konnte sie sein Gesicht nicht richtig erkennen, doch dieser breite Texas-Akzent beruhigte sie irgendwie, denn er rief vage Erinnerungen an faule, warme Tage und gemächliche, lächelnde Nachbarn hervor.

»Ich bin auf dem Weg nach Edenville«, erwiderte sie. »Aber ich glaube, ich habe mich verfahren.«

»Sie sind schon fast da«, sagte er und wies mit dem Daumen

in die Richtung, aus der er gekommen war. »Das ist die richtige Straße. Sie sind nur noch nicht weit genug gefahren.«

»Danke.«

»Klar doch, Ma'am. Machen Sie's gut.« Der Pick-up rollte los, und eine Fehlzündung knallte, als er davonfuhr.

Machen Sie's gut. Die freundlichen, beiläufigen Worte hallten in ihr nach, als sie wieder anfuhr. Sie spielte am Radio herum, fand jedoch nur Nachrichten und weinerliche Country-Musik. Schließlich entdeckte sie einen erträglichen Rocksender aus Austin und drehte ZZ Topp richtig laut auf. Sie hoffte, die Musik würde ihre Gedanken übertönen, vielleicht sogar ihre Ängste.

Austins Schlafstädte mit Namen wie Saddlebrook Acres und Rockhurst Estates waren schon längst Orten mit volkstümlicheren Bezeichnungen wie Two-Dog Ranch gewichen. Sie kam an einer Texaco-Tankstelle vorbei, vor der ein Pappschild verkündete: Benzin für jede Blechkiste.

Der Spätnachmittag senkte sich über die Hügel. Die dunklen, schattigen Flecken in den Senken zwischen den zerfurchten Sandsteinhügeln waren trügerisch. Das watschelnde Gürteltier hatte sie daran erinnert, dass jeden Augenblick ein Kaninchen oder ein Hirsch auf die Straße springen konnte. Sie fände es entsetzlich, ein Tier anzufahren. Sie wollte nicht einmal ein totes Tier überfahren, bemerkte sie, als sie hastig einem zermalmten Kadaver auswich, der noch nicht zu platt gefahrenem Fell vertrocknet war wie ein grotesker Drachen.

Die Fahrt kam ihr viel länger vor, als sie sie in Erinnerung hatte. Natürlich hatte sie es vor Jahren kaum erwarten können, diesen Ort zu verlassen; nun konnte sie es nicht erwarten, nach Hause zu kommen. Und bald schon sah sie es, das ausgebleichte Schild mit der Aufschrift »Willkommen in Edenville« vor dem verblassten Bild eines Pfirsichbaums. Kleinere Schilder sprossen aus dem Feld zu seinen Füßen: Halfway Baptist Church, Gottesdienste. Edenville, Heimat der Fighting Serpents. Lions-Club-Treffen jeden dritten Samstag im Monat.

Das von Bäumen beschattete Städtchen war unheimlich vertraut, wie ein nur halb erinnerter Traum. Aneinander gedrängte Läden säumten den Platz um das klobige, über hundertjährige Gerichtsgebäude. *Adams Spareribs & Grill* und *Eves Blumenladen* standen noch immer Seite an Seite *Roscoes* Futtermitteln und einem müden alten *Schott Discount* gegenüber. Obwohl noch ein *Celestial Cyber Café* hinzugekommen war, hatte der Platz sich seinen gemächlichen 50er-Jahre-Charakter erhalten – das Städtchen blieb gern zurück, während die Zeit wie der Verkehr auf der nahen Interstate vorbeiraste.

Gleich nach der Highschool war Jessie weggezogen, um aufs College zu gehen. Austin hatte ihr sehr gefallen, mit seinem Großstadtgedränge und den verschlafenen Vororten, mit seiner bunten Mischung aus Politikern, Intellektuellen, Goths, Mexikanern, Verbrechern und Landeiern. Nun kehrte sie zurück in den kleinen Ort, zu allem, was sie zurückgelassen hatte, ob es ihr gefiel oder nicht.

Obwohl es so lange her war, fand sie sich nun zurecht. Noch gut sieben Kilometer ein schmales Sträßchen entlang, vorbei am unnatürlich grünen Woodcreek-Golfplatz, danach rechts auf die Seestraße.

Sie ließ alle vier Fenster des Autos herunter und atmete tief ein. Sie konnte den See riechen, bevor sie ihn sah – Mesquitbäume und Zedern und der Duft reingewaschener Luft, die über frisches Wasser gestrichen war. Der Eagle Lake, einer der wenigen kalten Quellseen in Texas, leuchtete blauer als das herbstliche Zwielicht.

Rund geschliffene Felsen, aus deren Spalten blühender Weißdorn wucherte, fielen jäh zum Wasser hin ab. Der See selbst war ein riesiger Spiegel, eingerahmt von den außergewöhnlichsten Bäumen in ganz Texas. Man nannte sie das Verirrte Wäldchen vom Eagle Lake, weil jedermann wusste, dass diese besonderen Bäume eigentlich nicht nach Texas gehörten. Ahornbäume wuchsen nur im langen, tiefen Schlaf des Winters in den Wäldern hoch im Norden, nicht im unvorhersehbaren, mal bitterkalten, mal drückend heißen Hügelland von Texas. Dennoch gediehen sie hier, diese Exoten, die sich am Ufer eines Bilderbuchsees zusammendrängten.

Zahlreiche Legenden rankten sich um die Ahornbäume. Die Indianer erzählten, das seien die Seelen längst verstorbener Vorfahren aus dem Norden. Andere behaupteten, ein Siedler habe sie für seine Braut aus dem Norden gepflanzt, die den Herbst in New England schrecklich vermisste. Doch eigentlich wusste niemand mehr, als dass die Bäume verpflanzte Fremde waren, die nicht hierher gehörten, sich aber dennoch prächtig machten – jeden Herbst flammten sie in hektisch bunten Farben auf, nachdem ein glühend heißer Sommer allem anderen das letzte bisschen Pigment ausgesogen hatte.

Jeden Herbst loderten die Ahornbäume feuriger als ein Waldbrand, in so intensiven Farben, dass einem fast die Augen tränten: Magentarot, Gold, Orange, Ocker, Umbra. Jeden Herbst war die Straße zwei Wochen lang von Touristen blockiert, die zum County Park herausfuhren, um ihre Kinder zu fotografieren, wie sie Steinchen über die von Blättern bunt gefärbte Wasseroberfläche flitzen ließen oder in den von Gott selbst bemalten Bäumen herumkletterten.

Während Jessie ihrem Ziel immer näher kam, überlegte sie, wann das Herbstlaub am prächtigsten leuchtete. Anfang November, erinnerte sie sich. Wenn alle über die Feiertage nach Hause kamen.

Kapitel 2

Der Straßenbelag bestand nun nur noch aus Schotter. Jessie umklammerte das Lenkrad und konzentrierte sich. Sie hatte den Kerl von der Mietwagenfirma überredet, ihr diesen Ford Fiesta trotz ihres Internationalen Führerscheins zu überlassen. Wenn sie erst einmal das Gewirr und den dichten Verkehr auf den verschlungen Highways von Austin hinter sich gelassen und die offenen Landstraßen erreicht hatte, so hatte sie sich eingeredet, stellte sie nur noch für sich selbst und eventuell ein bedauernswertes Gürteltier eine Gefahr dar. Ein unbedachter Impuls hatte sie zu dieser Reise getrieben, und Auto fahren war ein Teil jener persönlichen Unabhängigkeit, die sie bald würde aufgeben müssen. Aber noch war es nicht so weit. Außerdem war sie schon beinahe da. Sie spürte ein nervöses Flattern im Magen. Sie war gekommen, um eine Sehnsucht zu stillen, so tief wie der Eagle Lake, doch sie fürchtete sich davor, Menschen zu verletzen, denen sie schon so viel Leid zugefügt hatte.

Sie zählte die Hügel bis zu dem alten Haus am See: eine, zwei, drei sanfte Erhebungen, wie auf einer Achterbahn in Zeitlupe. An der Einfahrt streckte sie nervös die Hände am

Lenkrad aus, holte tief Luft, roch den Staub der Heimat und fuhr langsam weiter; nun ging es durch ein Tor neben einem riesigen, zerklüfteten Monolithen aus Sandstein. Daran war ein altes, schmiedeeisernes Schild befestigt: Broken Rock. Ihr Großvater hatte das Haus gebaut, als noch keine Straße hinführte, und den Leuten stets gesagt, sie sollten an dem gespaltenen Fels abbiegen. Der Name war hängen geblieben und bezeichnete noch heute das alte Haus am See.

Das Anwesen hatte Jessies Vater geerbt, ein reservierter, höflicher Herr, der das Ganze dann vor fast 30 Jahren bei der Scheidung ihrer Mutter überlassen hatte. Glenny Ryder hatte nur wenige Dinge aus jener ersten Ehe behalten. Ihren Namen – der war bereits auf einer ganzen Reihe Golf-Trophäen eingraviert –, ihr Haus am See und ihre zwei Töchter.

Jessies Kindheit glich einem farbenfrohen Traum, erfüllt von strahlendem Sonnenlicht, smaragdgrünen Golfplätzen und langen, flotten Fahrten auf dem offenen Highway, während die Welt durch das verzerrte Rechteck eines Autofensters an ihr vorbeiflog. Der Soundtrack zu dieser Kindheit bestand aus den Beatles, den Beach Boys, Cat Stevens und James Taylor, die zwischen Jingles für Seidenstrümpfe und Filterzigaretten aus dem Autoradio tönten.

Nachdem ihr Daddy gegangen war, hatte Jessie den Rücksitz des 1964er Rambler ganz für sich allein, also konnte sie nicht behaupten, dass er ihr schrecklich fehlte. Luz hatte in einem fort geweint, doch Jessie erinnerte sich nicht daran, dass sie selbst geweint hätte. Sie erinnerte sich nur an die endlose Straße.

Ihr Leben richtete sich ganz nach dem Turnierplan ihrer Mutter. Wenn sie in einem Motel übernachteten, gab es immer ein Doppelbett und ein Klappbett. Glenny nahm das Klappbett und steckte Luz und Jessie in das Bett. Heute noch erinnerte Jessie sich besonders lebhaft daran, wie es war, mit Luz zu schlafen, zu wissen, dass ihre Schwester neben ihr im Bett lag.

Nach der Scheidung hatte Glenny das Haus am See mit seinen Nebengebäuden wie ein Gasthaus benutzt, während sie Preisen nachjagte, die nie ausreichten oder ihr brachten, was sie suchte. Zu viele Jahre und drei Ehemänner später hatte sie nur eine Hand voll bedeutender Titel gewonnen. Aber sie war immer gerade erfolgreich genug, um weiter dabei zu bleiben, gerade erfolgreich genug, ihre Ausgaben zu bestreiten und weiter herumzuziehen.

Aus dieser Entfernung sah das Anwesen genauso aus, wie Jessie es in Erinnerung hatte. Voll bittersüßer Melancholie erkannte sie das klobige, zweistöckige Haupthaus, die Garage, das Bootshaus, den Pfad, der sich durch den Wald zu den drei Ferienhäuschen schlängelte, die sie früher an Touristen vermietet hatten. Als kleine Mädchen hatten Luz und Jessie sich ein Taschengeld damit verdient, für die Angler, die übers Wochenende kamen, die Betten zu machen.

Doch als sie näher kam, bemerkte sie Veränderungen. Autos, die sie nicht kannte – ein staubiger Minivan und ein Honda Civic – standen unter dem Carport. Knallbuntes Spielzeug lag auf dem Weg herum. Sie entdeckte eine Hundehütte, mit dem seltsamen Namen Beaver über der Öffnung. Violette Astern in Töpfchen warteten vor dem Haus darauf, eingepflanzt zu werden; ein Stuhl mit halb geflochtener Sitzfläche stand auf der Veranda. Ein angebissener Apfel lag auf dem Boden, Ameisen krabbelten darauf herum. Alles

wirkte irgendwie unfertig; Luz' Familie hatte alles fallen gelassen, als habe etwas sie unterbrochen.
Nun, es würde gleich eine neue Unterbrechung geben. Jessie hatte sich nicht getraut, vorher anzurufen. Sie hatte Angst gehabt, dass sie sich die Sache dann wieder ausreden würde. Oder, schlimmer noch, dass sie versprechen würde, sie zu besuchen, um dann im letzten Moment zu kneifen, zu verschwinden, wie schon vor 15 Jahren, und alle zu enttäuschen – wieder einmal. Die seelische Pein, vor der sie damals geflohen war, war nie verheilt.
Als sie aus dem Auto stieg und die Tür zuschlug, hob kehliges Gebell an. Ein schlaksiger Jagdhund kam durch den Vorgarten angesprungen, und die aufgestellten Nackenhaare widersprachen dem freundlichen Wedeln seines langen Schwanzes. Jessie kannte sich mit Hunden nicht aus. Auf Grund ihrer unsteten Kindheit hatte sie nie einen gehabt. Ihr zigeunerartiges Dasein auf dem Rücksitz im rosa Auto ihrer Mutter hatte nur genug Platz für einen Goldfisch in der Plastiktüte geboten, den sie ab und zu auf einem Jahrmarkt gewann. Einmal hatte eine weiße Maus sie einen ganzen Sommer lang in einer Schuhschachtel begleitet, bis sie in einem Motel in Pinehurst, North Carolina, verschwunden war.
»Sei still«, rief eine Stimme von drinnen.
Jessies Handflächen waren schweißnass. Sie wollte – musste – unbedingt beten, bekam jedoch nur einen sehr kindischen Gedanken zusammen: Bitte, lieber Gott, hilf mir, das zu überstehen.
Die Fliegengittertür vor der Haustür öffnete sich quietschend und fiel mit einem Schnappen wieder zu. Ihre Schwester Luz

stand auf der Veranda wie zur Salzsäule erstarrt. Selbst in abgeschnittenen Jeans und verblasstem rosa T-Shirt wirkte Luz eindrucksvoll, wie stets Herrin der Lage.

»Jess …« Der Hauch der Überraschung strömte über die einzelne Silbe hinaus; dann sprang sie die Stufen hinunter und rannte durch den Garten. »O Gott, Jess.«

Sie liefen aufeinander zu, streckten über Zeit, Entfernung und schmerzhafte Worte hinweg die Arme nacheinander aus, bis die beiden Schwestern zu einem Knoten langer Glieder verschmolzen. Eine Flut von Emotionen verschlug Jessie den Atem. Sie kämpfte mit den Tränen, als sie zurücktrat, erschüttert und überwältigt von bittersüßer Freude. Luz. Ihre Schwester Luz. Die Jahre hatten ihre Schönheit weicher gemacht, wie einen oft gewaschenen Quilt. Feine Falten zeugten vom Leben. Ihr rotes Haar war nun blasser, nicht mehr so feurig. Sie hatte drei Kinder geboren, und das sah man ihr an; sie war rundlicher als die viel jüngere Luz, deren Bild Jessie so oft vor sich gesehen hatte.

»Überraschung«, sagte sie mit aufgesetzter Leichtigkeit und bemerkte dann einen Anflug von Besorgnis in den Augen ihrer Schwester. »Ich hätte vorher anrufen sollen.«

»Machst du Witze? Kein Problem«, sagte Luz. »Ich freue mich sehr. Und das sieht dir *so* ähnlich.«

Wirklich?, fragte sich Jessie. Kennen wir einander überhaupt noch? Sie waren per Telefon und E-Mail in Kontakt geblieben, doch dieser sporadische Austausch war kein Ersatz dafür, am Leben der anderen teilzuhaben. Jessie musterte das Gesicht ihrer Schwester und sah ein seltsam verzerrtes Spiegelbild ihrer selbst. Jessie und Luz hatten dieselbe Haarfarbe und zarte Sommersprossen auf der Nase und unter

den grünen Augen, von denen ihre Mutter stets gesagt hatte, sie hätten die Farbe eines schottischen Putting Greens.
Ihr Blick wurde von einer Bewegung abgelenkt, als noch jemand auf die Veranda trat – ein großes schlankes Mädchen in Shorts und einem schwarzen Top, mit flammend rotem Haar und neugierigem Blick.
Jessie ließ die Hände sinken und staunte. Konnte dies ihre Tochter sein, ihr winziges Baby, diese zaghafte junge Frau, die genauso groß war wie sie?
Sie wechselte einen Blick mit Luz, deren Lächeln nun leicht mühsam wirkte, als sie Jessie einen sanften Stoß gab. »Überraschung«, flüsterte sie, mit ebenso gekünstelter Leichtigkeit wie zuvor Jessie.
»Nein, so was«, sagte Jessie zu dem jungen Mädchen. Dann, mit einer Ironie, die nur sie selbst verstand, fügte sie hinzu: »Ehrlich, du bist so schön, dass mir die Augen wehtun.« Sie breitete weit die Arme aus.
Einen Augenblick lang starrte das Mädchen sie reglos an. Starr vor Angst erwiderte Jessie ihren Blick, und ließ dann langsam die Arme sinken. Sie spürte, ohne es zu sehen, dass Luz Lila ein Zeichen gab, wie in einer Geheimsprache zwischen Müttern und Töchtern.
»Äh, hallo«, sagte Lila, deren vertraute Stimme Jessie nur ab und zu für kostbare Momente per Ferngespräch gehört hatte. Sie lächelte zaghaft und unsicher, wie ein Jogger, der einem großen, fremden Hund begegnet.
Du hast diesen Augenblick herbeigeführt, ermahnte Jessie sich, als der Schmerz erwachte. Du hast es so gewollt. Sie blieb still und in offener Haltung stehen. Sekundenbruchteile, bevor die verlegene Anspannung unerträglich wurde, trat

Lila von der Veranda und ging auf Jessie zu. Sie umarmte sie schüchtern, doch Jessie hielt es nicht mehr aus und drückte das Mädchen fest an sich.
»Oh ja, drück mich, Lila«, sagte Jessie unter Tränen, die sie nicht zu zeigen wagte. »Drück mich ganz fest.«
Die starken schlanken Arme schlangen sich fester um sie, und Jessie jubelte innerlich. Sie war überwältigt vom Zitronenduft in Lilas Haar, der jugendlichen Frische ihrer Haut, ihrem warmen Atem. Ihre Tochter zum ersten Mal in den Armen zu halten, war ein bedeutender Augenblick in Jessies Leben, und sie fragte sich, ob man ihr wohl ansah, wie berührt und bezaubert sie war. Sie merkte, dass sie die Augen fest geschlossen hatte. Schon komisch. Wenn man jemanden so eng umarmte, konnte man denjenigen gar nicht sehen, doch alle anderen Sinne flossen beinahe über.
Sie öffnete die Augen und sah, dass Luz sie beobachtete. Lilas süße, sommersprossige Wangen waren gerötet. Jessie konnte nur noch staunen. Es war, als blicke sie in einen Spiegel, einen besonderen, wundersamen Spiegel, der all das raue Leben und die schlaflosen Nächte, all die Fehler und Fehltritte der Vergangenheit auslöschte.
»Wer ist die Frau, Mama?« Mit dieser direkten Frage brach eine Kinderstimme ihren Bann.
»Moi?« Jessie gab ihre beste Miss-Piggy-Vorstellung und drehte sich zu dem kleinen Lockenkopf um. So ungern sie Lila schon wieder losließ, wollte sie doch hier und jetzt keine Szene machen. »Wer die Frau ist?« Sie packte den kleinen Jungen unter beiden Armen und hob ihn hoch. »Ich bin deine lang vermisste Tante, jawohl, die bin ich.« Sie wirbelte ihn herum, bis er vor Vergnügen quietschte.

»Und ich weiß, wer du bist«, sagte sie. »Du bist Rumpelstilzchen.«
»Nee.«
»Du heißt Scottie, du bist vier, und du hast einen Hund namens Beaver.«
Er nickte energisch. Jessie stellte ihn ab, um die beiden anderen Jungen zu begrüßen, die sie von der Veranda her neugierig beäugten. »Dein Bruder Wyatt ist elf, und Owen ist acht und gießt Ketschup auf alles, was er isst.« Wyatt stieß Owen mit dem Ellbogen an – der bestaunte Jessie mit großen Augen und merkte nicht, dass ein verräterischer hellroter Fleck über sein T-Shirt verschmiert war.
»Was isst Lila?«, fragte Scottie, der noch mehr von dieser Magie hören wollte.
Jessie strahlte sie an. »Alles, was sie verdammt noch mal will.«
Die Jungen machten große Augen und kicherten.
»Mom!« Scottie meldete sich als Erster. »Sie hat verd…«
»Wie wär's, wenn wir reingehen, bevor ich verdurste«, unterbrach ihn Jessie.
Die vier Kinder marschierten ins Haus. Luz blieb zurück, um Jessie noch einmal zu umarmen. Lachend und mit feuchten Augen sagte sie: »Ich kann noch gar nicht glauben, dass du hier bist. Ich kann nicht glauben, dass ich dich wirklich wiedersehe.« Sie trat zurück und musterte Jessie von Kopf bis Fuß, bewunderte den langen, schwingenden dunkelroten Rock und die passende gelbe Seidenbluse aus Bombay. »Die Kinder halten dich jetzt schon für Mary Poppins«, fügte sie hinzu. »Na, komm rein. Mal sehen, welches Kalb wir für dich schlachten können.«

Jessie spürte den feinen Nadelstich. »Ich bin Vegetarierin.«
»Und sie haben dich an der texanischen Grenze durchgelassen?«
Jessie stolperte über die erste Stufe und hielt sich an ihrer Schwester fest. »Entschuldigung«, ging sie mit einem Lachen darüber hinweg. »Ich schätze, der Jet-lag macht sich doch bemerkbar.«
Sie trat in das völlig fremdartige Chaos einer lebhaften Familie. Ein Fernseher, ein Radio und eine Stereoanlage schallten zugleich aus verschiedenen Zimmern. Die Unordnung der Kinder – ein Lacrosse-Netz, Rollerblades, Schulbücher und rätselhafte, kleine Plastikspielzeuge – war im Wohnzimmer verstreut. Der würzige Duft köchelnder Spaghettisoße hing in der Luft.
»Wir haben eine Wand herausgerissen und alles in einen riesigen, offenen Raum verwandelt«, erklärte Luz und reichte ihrer Schwester ein großes Glas Eistee. »Ich kann immer noch nicht fassen, dass du da bist, Jess.«
»Und gerade richtig zum Abendessen.«
»Ich wollte eben die Nudeln aufsetzen. Hast du Hunger?«
»Wie ein Wolf.«
»Na, dann wollen wir mal, du kannst mir Gesellschaft leisten.« Luz führte sie zu einem Barhocker am Küchentresen und bedeutete ihr, sich zu setzen. Mit lässiger Routine legte sie eine Schürze an, wie ein Cowboy seinen Revolvergürtel. Himmel, eine Schürze, dachte Jessie. Ihre Schwester trug eine Schürze.
Wie üblich, redete Luz nicht um den heißen Brei herum. »Und, was ist mit Simon?«
Jessie zögerte. Was *war* mit Simon? Sie kannte ihn seit sech-

zehn Jahren, aber war er je wirklich ein Teil ihres Lebens gewesen? Er war ihr Lehrer, Mentor, Liebhaber gewesen, doch sie hatten beide die Gewohnheit, alles andere wichtiger zu nehmen, wenn es sich ergab. Trotzdem waren sie einander im Laufe der Jahre immer wieder näher gekommen. Sie nahmen ihre Beziehung auf und ließen sie wieder fallen, als lösten sie Gutscheine ein. Dann, im vergangenen Jahr, als die Krankheit über ihr Leben hereinbrach, hatte sie es endlich gewagt, die Tiefe und Tragfähigkeit ihrer Beziehung zu prüfen. Sie waren beide durchgefallen.

Aber das zu erklären, war jetzt zu kompliziert, also sagte sie nur: »Simon hat mich verlassen.«

»Wer ist Simon?«, fragte Lila.

»Nur ein Ar...« Jessie bemerkte, wie ihre Schwester sich versteifte und korrigierte sich rasch. »Ich meine, nur so ein Idiot. Wir haben zusammengearbeitet, und er war mein Lieb..., mein Freund, bis ich – bis vor etwa einer Woche.« Sie unterdrückte ein frustriertes Seufzen. Das einzig Lästige daran, nicht verheiratet zu sein, war, dass man sich nicht scheiden lassen konnte. Also wussten sie nicht recht, wie sie sich trennen sollten. Simon hatte herumgedruckst, irgendetwas von einem großen neuen Projekt im Himalaja gebrummt, und sie solle nichts überstürzen, bis sie schließlich gesagt hatte: »Ach, na los, Simon, sei einfach der Arsch, der du sonst auch bist.«

»Ach, Jessie.« Luz tätschelte ihre Schulter. »Das tut mir Leid. So ein Idiot. Was hat er sich nur dabei gedacht?«

»Er wusste sehr genau, was er tat.« In Wahrheit hatte es Jessie nicht eben das Herz gebrochen, sich von ihm zu trennen. Im Verlassen war sie gut, und sie hatte ihn ohne Reue verlassen, hatte blindlings Zuflucht gesucht, um sich zu verkriechen und zu heilen. Doch dies hier fühlte sich nicht wie eine Zuflucht an, und sie würde niemals heilen.

»Lila, deckst du bitte den Tisch.« Luz sprach das nicht wie eine Frage aus. »Und hol einen Klappstuhl von draußen.«

Mit klopfendem Herzen beobachtete Jessie, wie das Mädchen Luz' Bitte gehorchte, wenn auch unverhohlen missmutig. Sie stieß die Schiebetür zur Terrasse auf, sodass sie knallte, schnappte sich einen Stuhl und stellte ihn an den langen Tisch, der mit drei eingeschobenen Platten so weit wie möglich ausgezogen war.

Lila. Jessie hatte sich diesen Namen in unzähligen Nächten vorgesungen, während sie wach lag, nachdachte, fantasierte, wünschte … Lila. Nur ein zartes Seufzen, ein Laut, so herrlich wie laue Frühlingsluft. Wochen, nachdem Jessie das Krankenhaus verlassen hatte, um niemals zurückzukehren, hatte Luz ihr ein Foto von einem winzigen, rotgesichtigen Neugeborenen geschickt – das hätte jedes Baby sein können. Auf die Rückseite hatte Luz geschrieben: »Wir haben sie Lila Jane genannt, zu Ehren der beiden Schwestern auf der Kinderstation, die uns so sehr geholfen haben.«

Natürlich. Die beiden hatten mehr für Lilas Überleben getan als Jessie. Sie war einfach gegangen, ohne zurückzublicken, und nur die Qual, als ihre Milch einschoss und dann unnütz vertrocknete, erinnerte sie schmerzlich an das, was sie zurückgelassen hatte. Jessie wusste noch, wie sie stundenlang dieses Foto betrachtet hatte, während sie zu verstehen versuchte, was sie einfach so in den Wind geschrieben hatte, und gegen den Drang ankämpfte, es sich zurückzuholen. Oh, wie hatte sie unter Sehnsucht und Reue gelitten, wie sehr hatte sie sich gewünscht, sie könnte ihr kleines Mädchen im Arm halten, ihr erstes Lächeln sehen, ihren ersten Zahn, den ersten Schritt. Doch das hätte die Qual nur verschlimmert. In jenen ersten Monaten hatten Entfernung und Geldmangel sie oft genug davon abgehalten, eine Dummheit zu begehen.

Luz wies auch jedem der Jungen eine Aufgabe zu. Wyatt war dafür zuständig, das Brot zu schneiden, was er auch tat, untermalt von Karategeräuschen. Owen ging hinaus, um seinen Vater zum Essen zu holen. Scottie wurde zum Serviettenfalter ernannt, und sein Flugzeuggeheul zusammen mit Wyatts Kampfgeschrei verbreitete in der Küche die Atmosphäre eines Kriegsgebiets.

Lila musste Jessies anbetungsvollen, schmerzerfüllten Blick gespürt haben; sie sah sie über den sauber geschrubbten Pinienholztisch voll angeschlagener Tassen und bunt zusammengewürfelter Teller hinweg an und bemerkte: »Das kann nicht mein Leben sein.«

Jessie lachte, obwohl Lila eine verdrießliche Miene zog. Doch, dachte Jessie, das ist es. Das ist das Leben, das ich dir gegeben habe. Bitte sag mir, dass ich keinen Fehler gemacht habe.

Kapitel 3

Gleich darauf war Getrampel auf der Veranda zu hören. »Alarm – Eindringlinge. Alarm – Eindringlinge«, verkündeten Owen und sein Vater mit monotonen Roboterstimmen. Owen saß auf den Schultern seines Vaters und duckte sich, als sie durch die Tür kamen.

»Ian!« Jessie eilte auf ihn zu, als er Owen über seinen Kopf hinweg wirbelte und auf den Boden stellte. Sie umarmte ihren Schwager, kurz und ein wenig verlegen.

Er trat zurück und grinste sie an. Er gehörte zu jenen Männern, die immer jungenhaft aussahen, egal wie alt sie waren, sei es zwanzig, vierzig … Wenn er sechzig war, würde er wahrscheinlich immer noch dieses Lone-Star-T-Shirt tragen, und Jeans in derselben Größe wie früher als Jurastudent auf der Uni. Dieselben blauen Augen, dieselben großen, sanften Hände.

Jessies Haut kribbelte unbehaglich. Natürlich hatte sie gewusst, dass sie ihm würde gegenübertreten müssen, wenn sie hierher kam, doch sie war nicht auf seinen Anblick vorbereitet, seine schlanke Gestalt, das Haar, das ihm über die Stirn fiel, die breiten Schultern und das großzügig lächelnde Gesicht.

»Hallo, meine Schöne«, sagte er. »Lange nicht mehr gesehen.«
»Du siehst auch gut aus, Ian«, sagte sie und spürte komplizierte Gefühle in sich aufsteigen. Um Luz' willen hatten sie schon vor langer Zeit ihre alte Feindschaft beigelegt, um einander fortan freundlich und vertraut zu begegnen.
»Aber ich rieche nach zwei Stunden Gartenarbeit.« Er blieb stehen, um Luz, die vor dem Herd stand, in den Nacken zu küssen. »Sie sind eine Leuteschinderin, Mrs. Benning.« Er klemmte sich Scottie unter den Arm wie einen Football und ging sich waschen.
Das Abendessen war einfach – Nudeln, Tomatensoße mit Hackfleischbällchen, fleischlose Soße, hastig aus einem Glas erwärmt, Salat und Brot. Luz wirkte nervös, war aber ganz die kompetente Mutter, die mit Milchgläsern und Spaghettitellern hantierte. Jessie kam sich vor wie der Hauptgang, so durchlöcherten die Kinder sie mit Fragen. »Bist du wirklich Mamas Schwester?«
»Ihre kleine Schwester, drei Jahre jünger.«
»Bist du berühmt? Mom hat gesagt, du wärst eine berühmte Fotografin.«
»Eure Mom ist zu liebenswert. Meine Bilder werden in Zeitschriften veröffentlicht, aber mich kennt niemand. Fotos machen den Fotografen selten berühmt. Aber es hat sehr viel Spaß gemacht.«
»Warum redest du so komisch?«, fragte Owen, der mit den Croûtons in seiner Salatschale herumspielte.
»Ich habe die letzten fünfzehn Jahre in Neuseeland gelebt«, erklärte Jessie. »Vermutlich habe ich den dortigen Akzent aufgeschnappt. Aber weißt du was? Die finden, dass *ich* komisch rede.«

»Warum Neuseeland?«, fragte Lila. »Was hat dich dorthin verschlagen?«
»Das ist eine lange Geschichte«, sagte Luz rasch. »Ich glaube nicht –«
»Also, eigentlich«, sagte Jessie, die ein unwillkommenes Aufflackern der alten Spannung spürte, »hat meine Schwester das erst möglich gemacht.« Sie blickte Lila fest ins Gesicht. »Ich habe eine sehr großzügige Schwester. Sie und ich sollten zur selben Zeit unseren Abschluss am College machen, aber es war nur noch genug Geld für ein Abschlusssemester da. Luz hat darauf beharrt, dass sie diejenige sein würde, die das Studium sausen ließ und sich einen Job suchte.«
»Du hattest den besseren Notendurchschnitt, bessere Aussichten und die Chance, mit Carrington im Ausland zu arbeiten«, erinnerte Luz ihre Schwester.
»Ich hoffe, du bist eine ebenso gute Schwester wie Luz«, sagte Jessie zu Lila.
»Ist sie«, erklärte Scottie voller Überzeugung. »Sie ist die beste Schwester, die ich habe.«
Lila fuhr ihm durch die strubbeligen Haare. »Ich bin die einzige Schwester, die du hast.«
Die Spannung war verflogen. Jessie erhob sich vom Tisch und grinste schelmisch in die Runde. »Ich hab euch was mitgebracht.«
»Geschenke!« Die Jungs machten Freudensprünge. Auf ein Nicken ihrer Mutter hin standen sie auf und folgten Jessie hinaus, um den Kofferraum des Mietwagens nach der Reisetasche mit den Schätzen zu durchwühlen. Obwohl sie so hastig abgereist war, hatte Jessie sich die Zeit genommen, die Geschenke für ihre Familie mit Bedacht auszuwählen: eine

Maori-Kriegerfigur für Scottie, eine gruselige, holzgeschnitzte Kauri-Maske für Owen und ein Modell eines Maori-Kriegskanus für Wyatt. Für Ian hatte sie einen Flaschenstöpsel in Form eines Kiwis gekauft, und für Lila Paua-Haarspangen mit natürlichem Perlmuttschimmer. Lila lächelte ein wenig schüchtern, und mehr Dank brauchte Jessie nicht. Zuletzt gab sie Luz einen Anhänger aus grünem Stein.
»Das ist der Koru«, sagte sie. »Ein Farn, der auf Neuseeland wächst. Ein Symbol für Geburt, Tod und Wiedergeburt. Er steht für ewiges Leben und Reinkarnation.«
»Deckt also so ziemlich alles ab.«
»Ja.«
»Ich kann jegliche Hilfe gut gebrauchen.« Lachend beugte Luz sich vor und umarmte Jessie, und harmloser Neid funkelte in ihren Augen. »Du bist an so herrlichen Orten gewesen.«
»Das hier ist verdammt herrlich, wenn du mich fragst. Ich finde es großartig, was du aus dem Haus gemacht hast.«
Im Wohnzimmer klingelte das Telefon, doch niemand beachtete es. Luz fing Jessies verwunderten Blick auf. »Während des Abendessens gehen wir nicht ans Telefon.«
»Aber das Abendessen ist schon vorbei«, protestierte Lila.
»Erst, wenn der Tisch abgeräumt ist.« Luz ignorierte Lilas giftigen Blick.
Der Anrufbeantworter sprang an, und dann war eine eindeutig männliche, jugendliche Stimme zu hören.
Wieder überzog eine zarte Röte Lilas Wangen. Sie sagte nichts, doch Wyatt führte singend den Marsch seiner Brüder zurück ins Haus an: »Lila ist verli-hiebt, Lila ist verlihiebt«, ging der hämische Singsang. Dann wechselten er und

seine Brüder zu dem Klassiker: »Lila liebt Heath Walker, Lila liebt Heath Walker.«

Lila flüsterte etwas, das sich anhörte wie *Verdammte Bande*, warf ihre Serviette auf den Tisch und rannte wütend hinauf. Wyatt und Owen stießen einander mit den Ellbogen an und kicherten, bis Ian sie mit einem finsteren Blick zum Schweigen brachte. Scottie sang ganz leise: »Lila liebt He-eath, er liebt sie auch, bald kommt Lila mit 'nem Ba-by-bauch!«

Jessie sah Luz über den Tisch hinweg an. »Willkommen zu Hause«, sagte Luz.

Jessie lächelte gequält.

Zur Strafe für ihre Spottgesänge bekamen die Jungs keinen Nachtisch.

»Das heißt doch nur, dass sie gar keinen gemacht hat«, brummte Wyatt, was ihm die zusätzliche Aufgabe eintrug, die Spülmaschine einzuräumen.

Owen und Wyatt wurden unter die Dusche geschickt. Scottie schnappte sich ein bereits arg mitgenommenes Kinderbuch und machte sich auf die Suche nach Lila, die es ihm vorlesen sollte – er war ganz sicher, dass seine große Schwester ihm schon verziehen hatte. Ian ging hinaus, um eines der Gästehäuser für Jessie vorzubereiten.

»Es geht doch nichts über ein schönes, gemütliches Essen im Kreise der Familie, oder?« Luz zog ihre Schürze aus und legte sie über eine Stuhllehne. Sie nahm eine Flasche Rotwein und zwei Gläser und ging voran auf die Terrasse hinaus. »Zeit für einen guten Merlot«, ahmte sie einen alten Werbespot nach. Sie entzündete eine Zitronenölkerze, um die Moskitos fernzuhalten. Sie setzten sich auf zwei Klappstühle, und Luz

schenkte Wein ein. Die Gläser waren keine richtigen Rotweingläser, sie passten nicht einmal zusammen, doch sie wirkten festlich genug.
Luz hob ihr Glas. »Ich freue mich, dass du wieder da bist. Obwohl ich ziemlich überrascht bin.«
Jessie hob ihr Glas, doch als sie mit Luz anstoßen wollte, verfehlte sie deren Glas und verschüttete ihren Wein zwischen ihnen auf die Terrasse.
»Verdammt«, brummte sie. »Entschuldige –«
»De nada.« Luz schenkte ihr nach. »Bei vier Kindern wische ich den ganzen Tag irgendwas auf, weißt du?«
Sie nippten an ihrem Merlot und blickten über den See. Die Sonne war nur noch ein feuriger Streifen am Horizont. Das ruhige Wasser war wie mit Blattgold überzogen, unterbrochen von pechschwarzen Linien. Linien, denen sie nicht traute. Sie wusste nicht, welche echt waren und welche nicht.
»Hast du Mom angerufen?«, fragte Luz.
»Nein. Das sollte ich wohl.« Ihre Mutter lebte in Scottsdale, mit Ehemann Nummer vier. Stan? Nein, Stu. Stuart Burns. Jessie hatte ihn noch nie gesehen. Sie achtete darauf, ihre Stiefväter nicht allzu sehr ins Herz zu schließen, da sie ja doch nie lange blieben, aber Stu war offenbar eine Ausnahme. Glenny spielte als Damenprofi auf einem Golfplatz in einem Vorort, und irgendwie war sie dennoch genauso beschäftigt wie damals, als sie noch ständig auf Tour gewesen war.
Jessie und ihre Schwester saßen eine Weile schweigend beieinander. Es gab so viel zu sagen, dass sie gar nichts sagten, sondern den Geräuschen des endenden Tages lauschten:

dem Wasser, das am Ufer plätscherte, den Rufen der Wachteln, die kein Mensch je ergründen konnte, dem Flüstern des Windes in den Ahornbäumen, die am Südufer des Sees wuchsen.

Luz zog die Beine an, stellte die nackten Füße auf den Rand des Stuhls und schlang die Arme um die Knie. Ihre Füße waren gebräunt, die Zehennägel an einem Fuß rosa lackiert. So vieles an ihr wirkte halb fertig – Projekte, lackierte Zehen, ihr Garten. Es charakterisierte ihr ganzes Leben. Sie war vom College abgegangen, bevor sie ihren Abschluss machen konnte, um Ian zu heiraten und Lila zu adoptieren. Jessie fragte sich, ob das ein nur halb gelebtes Leben war – oder hatte Luz vieles nicht beendet, weil sie etwas noch Wichtigeres zu tun hatte?

Auf der anderen Seeseite, gut 400 Meter entfernt, hielt ein Pick-up, der ihr irgendwie bekannt vorkam, vor einem Holzhaus, das in die Flanke eines breiten Hügels gebaut war. Jessie dachte, das es vielleicht der Fremde war, den sie vorhin nach dem Weg gefragt hatte. »Kennst du eure Nachbarn von da drüben?«, fragte sie, eher um das Schweigen zu brechen denn aus echtem Interesse.

»Nicht so richtig. Er hat eine kleine Tochter, etwa achtzehn Monate alt, glaube ich. Ich habe gehört, dass er früher Pilot in Alaska war, aber er ist hier runtergezogen, als seine Frau gestorben ist oder ihn verlassen hat oder so. Er hat ein ziemlich schickes Flugzeug aus der Schweiz, draußen auf dem County-Flugplatz. Ian ist schon beruflich mit ihm geflogen. Er heißt Rusty oder Dusty, wenn ich mich recht erinnere.« Luz' Miene nahm einen verträumten Ausdruck an. »Und er ist absolut zum Anbeißen, wenn du's genau wissen willst.«

»Luz.«

»Ich weiß, ich weiß. Aber sogar Hausfrau-Mamas wie ich haben ihre Träume.«

»Ist das ein Wasserflugzeug an seinem Bootssteg?«

»Ja. Nach allem, was ich gehört habe, gibt er auch Flugstunden, macht Rundflüge und so. Ein wahrer Hans Dampf der Lüfte. Du könntest dich ja mal von ihm über den Ahornhain fliegen lassen. Das heißt, falls du eine Weile bleibst.«

»Mal sehen.« Jessie hatte gehofft, der Wein würde ihr helfen, ihren flatternden Magen zu beruhigen, doch es funktionierte nicht.

Das leise Plätschern des Sees verlieh dem Augenblick eine gewisse Vertrautheit – doch das war vielleicht nur Einbildung. Luz sagte kein Wort, aber dennoch hörte Jessie die Frage so deutlich, als hätte ihre Schwester sie laut ausgesprochen: *Warum bist du zurückgekommen?*

Der Wind strich über die Wasseroberfläche und raschelte in den Ahornblättern.

Jessie holte tief Luft. »Ich wollte« – *sag es* – »sie sehen.«

Sie wusste, wie die nächste Frage lautete, bevor Luz sie stellen konnte. *Warum jetzt?*

»Ich hätte nicht so lange fortbleiben dürfen«, stieß Jessie nervös und nur halb aufrichtig hervor. »Die Jahre sind einfach so verflogen. Aber dann ist mir klar geworden …« Sie trank einen großen Schluck Wein. Selbst jetzt noch, da sie sich schon längst mit der Realität abgefunden hatte, überraschte sie die Panik, die sie nun ergriff. Ihr Leben stand an einem Scheideweg. Die Trennung von Simon war nur eine der Veränderungen, die ihr widerfuhren, doch sie war auf ihre Weise recht wichtig. Sie bemühte sich, ihre geheime Angst zu verbergen, und sagte: »Ach, zum Teufel. Simon und ich, wir haben uns getrennt, und –«

»Und?«

Nicht jetzt.

»Alles ist den Bach runtergegangen. Irgendwie kam mir alles nur noch falsch vor. Ich wollte Lila sehen, deine Jungs kennen lernen, und … ich habe dich vermisst.« Diese Wahrheit erzeugte einen Widerhall in ihr, so deutlich wie die Brise, die hörbar durch die Bäume strich. »Es tut mir Leid. Was soll ich noch sagen?«

»Du brauchst dich nicht zu entschuldigen. Ich bin weiß Gott keine Heilige.«

»Doch, das bist du.« Jessie hatte das schon immer empfunden, seit Luz im Krippenspiel in der vierten Klasse die Jungfrau Maria gespielt hatte. Jessie, damals in der ersten Klasse, hatte im Engelschor gesungen und die heilige Pflicht versehen, im richtigen Augenblick ein Glöckchen klingeln zu lassen. Sie sah ihre Schwester heute noch vor sich, wie sie in einem blauen Umhang vor einem Weidenkorb mit einer eingewickelten Babypuppe kniete. Ein Geniestreich der Beleuchtung hatte Luz' Gesicht vor frommer Mutterliebe strahlen lassen, sodass die Frauen im Publikum nach den Händen ihrer Männer griffen, und selbst die Sportlehrerin musste ein verstohlenes Tränchen fortwischen.

Schon damals, dachte Jessie. Schon damals.

Natürlich hatte ihre Mutter diese Vorstellung versäumt. Jeden Dezember spielte Glenny auf dem Coronado-Turnier in San Diego. Jessie konnte sich nicht mehr erinnern, welche Nachbarin sich in jenem Jahr um sie gekümmert hatte.

»Luz? Ist es denn schlimm, dass ich zurückgekommen bin?«

»Nein.« Sie legte eine zitternde Hand auf Jessies. »Es ist nur … Ich habe eigentlich nie geglaubt, dass du je zurückkommen würdest. Deine Arbeit dort drüben hat sich so fabelhaft angehört … Perfekt, traumhaft.«

Jessie zog ihre Hand fort. »Es war auch lange fabelhaft und perfekt, aber –« Sie zögerte. »Jetzt ist es vorbei.« Sie umklammerte die Armlehnen ihres Stuhls. »Luz, denkst du je darüber nach, es Lila zu sagen?«

»Oh, *Jess.*« Die nächtlichen Schatten tauchten Luz' Gesicht in Geheimnisse und Pein. »Natürlich haben wir darüber nachgedacht.«

»Aber ihr habt es ihr nie gesagt.«

»Das war dein Wunsch«, erinnerte Luz sie, »und wir waren uns einig, ihn zu respektieren. Wir sind hierher zurückgezogen, als sie drei Jahre alt war, also bestand nie die Gefahr, dass jemand in ihrer Gegenwart peinliche Fragen stellte. Ich höre immer noch oft, sie sehe mir sehr ähnlich.«

»Sie sieht dir wirklich ähnlich.«

Luz nickte. »Uns beiden. Ab und zu sagt sogar jemand, sie sehe Ian ähnlich. Kannst du dir das vorstellen?«

Jessie stürzte noch einen großen Schluck Wein hinunter. Ja. Das konnte sie sich vorstellen.

»Genau genommen habe ich es schon einmal angesprochen. Ich habe versucht, es ihr zu erklären, als ich mit Wyatt schwanger war. Da war sie vier. Sie hat mich gefragt, ob ich auch so dick geworden wäre, als sie noch ein Baby in meinem Bauch war. Ich konnte es nicht über mich bringen, zu lügen, nicht einmal bei einer Vierjährigen, also habe ich ihr gesagt, dass sie als Baby im Bauch einer anderen Frau gewachsen wäre, aber dass ich, sobald sie geboren war, ihre

Mama wurde. Sie hat gelacht und mir gesagt, das ginge doch gar nicht, also habe ich es dabei belassen. Es erschien mir grausam, sie mit etwas zu belasten, das sie nur verwirren würde. Sie hat nie wieder danach gefragt, und ich bin sicher, dass sie das längst vergessen hat. Und sie war immer schon ein schwieriges Kind, hat sich oft und gern in Gefahr gebracht.«

»Wie meinst das, Gefahr? Warum hast du mir nie etwas davon gesagt? Schließlich war ich nicht aus der Welt – wir haben uns geschrieben, gemailt, telefoniert.«

Luz fuhr sich mit den Fingern durchs Haar. »*So* ernst war es nun auch wieder nicht, aber sie hat uns manchmal einen bösen Schrecken eingejagt. Als wir gerade hierher gezogen waren, war das Erste, was sie tat, vom Bootssteg zu springen – dabei konnte sie noch nicht einmal schwimmen. Im selben Jahr ist sie auf die Weide der Nachbarn gewackelt, um den Zuchtbullen zu streicheln. Sie hat sich den Arm gebrochen, als sie bei den Walkers vom Scheunendach gesprungen ist, weil sie glaubte, mit zwei selbst gebastelten Flügeln fliegen zu können. Ich habe es nicht gewagt, sie aus den Augen zu lassen, bis sie in den Kindergarten kam. Sie liebt Extremsport, Wildwasserkanu, Wasserski – alles, was besonders riskant ist. Schon als kleines Kind hatte sie so eine wilde Ader. Ich weiß nicht, warum. Vielleicht liegt es daran, dass wir uns so sehr um sie gesorgt und gekümmert haben, als sie ein Baby war, oder –«

»Vielleicht hat sie das von mir«, sagte Jessie, die wusste, dass ihre Schwester schon daran gedacht hatte.

»Die Ausrede lasse ich nicht gelten«, sagte Luz. »Ich habe die Tochter bekommen, die ich großgezogen habe – so ist das.

Ian und ich sind auch nur Menschen … Ach, Jess. Die Zeit verrinnt so schnell. Ich war immer so beschäftigt, als die Jungen noch klein waren. Selbst jetzt noch kann ich kaum in Ruhe auf die Toilette gehen, geschweige denn, meine Tochter tiefenpsychologisch ergründen.«

Jessie drehte es bei den Worten *meine Tochter* den Magen um. Sie lehnte sich auf ihrem Stuhl zurück und versuchte, das zu verdauen. Ein kaum eingestandener Teil von ihr begriff, dass Luz es eigentlich ganz angenehm fand, Jessie fünfzehntausend Meilen weit fort zu wissen. So war alles wesentlich einfacher.

»Sie hat in der Schule Ärger bekommen, sich aufgeführt, solche Sachen. Du hast ja gesehen, wie sie sich mir gegenüber benommen hat. Mein süßer kleiner Engel hat sich in einen Dämon verwandelt, der die Schule schwänzt, sich nachts hinausschleicht, auf den Wasserturm steigt, an einem Seil von der Eisenbahnbrücke runterrutscht, nackt im Eagle Lake schwimmen geht. Ich sage mir immer wieder, dass alle normalen Teenager so eine rebellische Phase durchmachen, dass sie irgendwann darüber hinauswächst und wir es schon überleben werden, aber es wird immer schlimmer. Ihre Noten sind im freien Fall, und ich kenne die Leute nicht mehr, mit denen sie befreundet ist. Sie macht genau das, was man immer in diesen beängstigenden Büchern über Heranwachsende liest. Es ist erschreckend.«

»Und, was unternehmt ihr dagegen?«

»Wir haben mit der Schulpsychologin gesprochen, aber ich weiß nicht, ob das etwas bringt.«

»Weiß denn die Schulpsychologin –«

»Natürlich nicht. Wenn wir es ihr selbst nicht gesagt haben, werden wir es wohl kaum einer Fremden erzählen. Nur Mom weiß es, und sie hat noch nie auch nur ein Wort darüber verloren.«

»Vielleicht macht Lila eine Art Identitätskrise durch.«

»Sie ist fünfzehn Jahre alt. In diesem Alter ist alles eine einzige Krise.«

Jessie betrachtete Luz im Abendlicht. Wie anders sie jetzt war. Und doch genau wie immer. Im Lauf der Jahre hatte Luz ihr Dutzende sehr schön komponierter Fotos geschickt. Unzählige Porträts und Schnappschüsse, aus denen jene tiefe Ehrlichkeit strahlte, die so typisch für Luz' Aufnahmen war. Die meisten Bilder zeigten die Kinder, doch manchmal war Ian auch darauf. Stets spielte er mit den Kindern, ließ Drachen steigen, zündete selbst gebastelte Raketen, rannte neben einem der Jungen her, der auf einem neuen Fahrrad saß, oder paddelte ein Boot. Luz' Platz war stets hinter der Kamera. Wie Jessie, hatte auch sie Fotografie studiert, und ihre Aufnahmen waren bemerkenswert, kristallklar. Die Fotografie war die große Leidenschaft beider Schwestern gewesen. Doch Luz hatte all ihre Pläne aufgegeben, um eine Familie zu gründen und zu versorgen.

Jessie erhob sich und reckte die Arme himmelwärts, um ihren Rücken zu strecken. »Ich werde mich jetzt aufs Ohr legen. Ich weiß nicht einmal, welcher Tag heute ist.«

Luz stand auf und umarmte sie. »Ach, der Jetlag. Du bist bestimmt fix und fertig. Geh nur ins Bett. Ian hat dein Gepäck schon rübergebracht.«

Im Haus hinter ihnen waren die Fenster erleuchtet, und das leise Summen der Klimaanlage untermalte die Dämmerung.

Aus einem der oberen Fenster war das gedämpfte Wummern von Rockmusik zu hören.

Am Pfad zum Gästehaus blieb Luz stehen und drückte Jessies Hand. »Wie lange möchtest du denn bleiben?«

»Ich weiß nicht. Wenn dir das nicht recht ist –«

»Aber natürlich ist es mir recht. Du gehörst hierher, so lange du dich hier zu Hause fühlst.«

Jessie erwiderte den Händedruck, wobei sie sich auf die Zunge biss. Sie würde es Luz niemals eingestehen, aber sie hatte sich hier noch nie zu Hause gefühlt. Nirgends. »Ich weiß nicht, wie es bei mir weitergeht.« Das waren wohl die ehrlichsten Worte, die sie den ganzen Abend lang gesprochen hatte. »Gleich nach der Landung in Austin habe ich Blair LaBorde angerufen.« Blair war eine alte Freundin, die sie von ihrem Studium kannte, eine äußerst ehrgeizige, gescheiterte Debütantin, die sich keinen Deut um überkommene gesellschaftliche Maßstäbe scherte. Nach ihrer Promotion hatte sie ein paar Jahre lang unterrichtet und war dann die Starreporterin einer Hochglanz-Klatschzeitschrift namens *Texas Life* geworden, die ihren Sitz in Austin hatte.

Jessie war sich bewusst, wie ironisch es war, jetzt noch nach Aufträgen zu suchen, doch sie brauchte so viel Arbeit wie nur möglich, und zwar jetzt. Vor allem brauchte sie den Trost, den sie in ihrer Arbeit fand – wie schon so oft in ihrem Leben bot sie ihr Zuflucht vor Schwierigkeiten, denen sie sich nicht stellen wollte. Wenn sie fotografierte, konnte sie sich in die Kameralinse flüchten und zu gestochen scharfen, dramatischen Orten reisen, wo die wirkliche Welt zur Fantasie wurde.

»Blair hast du angerufen, aber mich nicht?«

»Ich musste ihr doch Bescheid sagen, dass ich Arbeit brauche.«

Luz entspannte sich ein wenig; Jessie wusste, dass ihre Schwester praktische Notwendigkeiten nur allzu gut verstand. »Bei ihren Verbindungen hat sie bestimmt jede Menge Aufträge.«

»Das hat sie auch gesagt. Als ich Edenville erwähnt habe, ist ihr eine abgelegte Lokal-Story eingefallen, und sie will sich bemühen, die Sache wieder aufzunehmen.«

»Dann ist es schon so gut wie geschehen. Ich frage mich, worum es dabei geht?« Sie standen auf dem unebenen Pfad, der zu den drei Gästehäusern weiter hinten auf dem Grundstück führte. »Nicht gerade eines von den Fünf-Sterne-Hotels, an die du gewöhnt bist, was, Jessie?«, bemerkte Luz.

Jessie schüttelte lachend den Kopf. »Du hast reichlich übertriebene Vorstellungen von meinem glamourösen Lebensstil.«

»Zumindest *hast* du einen Lebensstil.«

»Zumindest hast *du* ein Leben.« Jessie sagte das mit einem Lachen, doch sie spürte die Spannung zwischen ihnen aufflackern, so frisch, als sei sie nie fort gewesen.

Kapitel 4

Mit der halb vollen Weinflasche und einem Glas in der Hand machte Jessie sich auf den Weg durch das Wäldchen. Sie sehnte sich nach einem Bett und hoffte, die schwindlige Erschöpfung ihres Jet-lags ausschlafen zu können.

Als kleines Mädchen hatte sie im Wald tausend unsichtbar lauernde Gefahren vermutet, und wenn sie nachts durch das Wäldchen musste, hielt sie stets den ganzen Weg über den Atem an aus Angst, die bösen Geister einzuatmen, welche die Dunkelheit verbarg. Nun bemerkte sie, dass sie auch jetzt den Atem anhielt und dieselbe Angst sie packte, doch im Gegensatz zu jenem verängstigten kleinen Mädchen mit den unordentlichen Zöpfen wusste sie, was sie ängstigte. Es war sehr viel realer als verborgene Ungeheuer in den seufzenden Ahornbäumen, den struppigen Mesquitbäumen und knochigen Lebenseichen.

Ian hatte ihr Gepäck herüber gebracht und ein paar Lampen und die Klimaanlage eingeschaltet. Künstliche Luft, die ein wenig modrig roch, blies sanft durch den Raum. Die Hütte verfügte über eine kleine Küche, eine Sitzecke mit Blick auf den See, ein Schlafzimmer und ein angeschlossenes Bad. Eine kleine, in sich geschlossene Welt, die keine Bedrohung darstellte … aber auch keine Hoffnung bot.

»Hallo«, rief sie.

»Bin im Schlafzimmer«, antwortete Ian.

»Dann habe ich dich ja genau da, wo ich dich haben will.« Obwohl sich alles geändert hatte, zwang sich Jessie dazu, weiterhin wie das neckische, fröhliche Mädchen aufzutreten, das er vor so langer Zeit gekannt hatte. In dem mit Pinienholz verkleideten Raum sah sie den Mann ihrer Schwester mit einem elastischen Bettbezug kämpfen, der nicht recht auf das Doppelbett passen wollte.

»O weh«, sagte er und grinste sie an. »Würdest du mir bitte damit helfen?«

Sie musterte den unordentlichen Haufen Bettzeug. »Aber du machst das doch so schön.« Sie schnappte sich eine Ecke des Lakens und zerrte es über die Matratze. Er tat dasselbe auf der anderen Seite des Bettes. Doch jedes Mal, wenn sie eine Ecke der Matratze bedeckt hatten, schnalzte der Bezug an einer anderen wieder heraus. Schließlich lag Ian flach auf dem Bett, Hände und Füße auf den Ecken, während Jessie das Laken feststeckte.

»Was ich alles tun muss, um einen Kerl ins Bett zu kriegen«, brummte sie und siegte endlich über den Bettbezug. Sie zog die Nase kraus. »Du hattest übrigens Recht – du riechst tatsächlich nach Gartenarbeit.« Sie arbeiteten zusammen, in freundschaftlichem Schweigen, und sie war froh, dass sie so entspannt mit ihrem Schwager umgehen konnte. Es hatte eine Zeit gegeben, als sie beide sich nicht so gut verstanden hatten … und davor eine Zeit, wo es nur allzu gut zwischen

ihnen lief. Nun verstanden sie sich einfach, weil alles andere Luz sehr traurig machen würde.
Alles an Ian Benning war außerordentlich – sein Aussehen, seine Stimme, sein Lachen … seine Leidenschaft. Genau das hatte Jessie vor so langer Zeit zu ihm hingezogen, bevor er Luz überhaupt kennen gelernt hatte. Ian und Jessie hatten einander nie geliebt, doch aus jugendlichem Hunger hatten sie sich in eine kurze, hitzige Affäre gestürzt, die rasch aufgeflackert und ebenso schnell zu Asche zerfallen war.
Ian und sie sprachen nie darüber, und niemand wusste davon, auch Luz nicht. Es war schon so lange her, dass Jessie kaum noch daran dachte. Vor allem, weil ihr Herz ein noch viel größeres Geheimnis hütete, von dem nicht einmal Ian etwas ahnte.
Ian hatte damals im sechsten Semester Jura studiert, während Jessie neben ihrem Fotografiestudium keine Party ausließ und älter wirkte, als sie war. Ihre Affäre war schlichter, biologischer Anziehung zu verdanken, doch Jessie hatte Beziehungen schon auf wesentlich wackligere Fundamente gegründet. Sie begegnete ihm bei einer Party auf dem Campus und schlief noch in derselben Nacht mit ihm. Etwa drei Wochen lang war er alles, was sie sich je erträumt hatte – körperlich. Doch wenn sie nicht gerade ineinander verschlungen waren, hatten sie nicht viel gemeinsam. Er hielt experimentelles Theater für eine Vorlesung im Physiktrakt, während sie sich unter einem Kapitalverbrechen irgendetwas mit Großbuchstaben vorstellte. Sie machten nie offiziell Schluss, doch in der Mitte der dritten Woche hörte es einfach auf, als hätten sie sich stumm darauf geeinigt. Sie stürzte sich in ein Fotografieprojekt unter der Leitung von Simon

Carrington, einem Gastprofessor aus Neuseeland. Sie fand sowohl den Kurs als auch den Mann sehr faszinierend.
Bald darauf verliebte sich Luz. *Er ist einfach vollkommen, Jess. Du musst ihn unbedingt kennen lernen. Und er studiert sogar Jura …*
Man musste Ian und Jessie zugute halten, dass sie bei jener ersten Begegnung ihren Schrecken sehr gut verbargen. Falls Luz die verblüfften Mienen, die verlegenen roten Ohren, die reservierten Blicke bemerkte, sagte sie jedenfalls nichts. Als Jessie Ian die Hand gab, erinnerte sie sich daran, wie diese Hand ihre nackte Haut gestreichelt hatte. Wenn er sie flüchtig anlächelte, musste sie daran denken, wie sein Mund schmeckte. All das fühlte sich verdammt komisch an. Nicht gerade wie Inzest, aber wie ein schlimmes Geheimnis, das noch keinen Namen hatte.
Weder Jessie noch Ian sagten Luz jemals ein Wort davon. Schon damals wollten sie sie beschützen, denn etwas zu tun, das Luz aufregen oder traurig machen würde, war unvorstellbar. Sie liebten Luz beide, und beide wollten Luz vor den Fehlern der Vergangenheit bewahren.
»Wo bist du, Jess?«, fragte er und holte sie zurück in die Gegenwart. »Du siehst aus, als wärst du meilenweit weg.«
»Ich war ganz in Gedanken«, gestand sie und legte die Kissen an das Kopfende. Dann richtete sie sich auf und sagte: »Luz sagt, Lila hätte euch ganz schön zu schaffen gemacht.«
Sein Gesicht wurde blass, seine Lippen schmal. Dann holte er tief und zittrig Atem. »Ich weiß überhaupt nicht mehr, wie ich jetzt mit Lila umgehen soll. Die Pubertät hat mit voller Wucht zugeschlagen. Lila zufolge mache ich sie nur noch wahnsinnig. Ich liebe sie, Jess. Ich liebe sie von ganzem Her-

zen. Aber sie ist jetzt ein Teenager, und ich komme einfach nicht dahinter, wie ich es richtig machen könnte.«
Sie sah ihm forschend ins Gesicht und suchte nach einem Hinweis, dass er das tiefste Geheimnis kannte. Doch er sah sie offen an, und seine Augen verrieten keinerlei verborgene Botschaft. Er wusste es nicht. Erstaunlich. Wenn Lila noch nicht einmal wusste, wer ihre leibliche Mutter war, konnte sie unmöglich auch nur ansatzweise damit klarkommen, wer sie gezeugt hatte.
Als Jessie gemerkt hatte, dass sie schwanger war, hatte Ian sie unter vier Augen mit der unvermeidlichen Frage konfrontiert: *Ist es von mir?* Simon hatte genau dasselbe gefragt. Und sie gab beiden dieselbe Antwort, womit sie einem Mann die Wahrheit sagte und den anderen belog.
Sie hatte ihrem ehemaligen Liebhaber in die Augen gesehen, diesem großen, gut aussehenden Mann, der ihre Schwester liebte, und gesagt: »Nein.« Was hätte sie sonst sagen sollen? Wenn sie zugab, dass das Kind von ihm war, wäre er gezwungen gewesen, sich zu entscheiden, ob er Verantwortung für die Mutter seines Kindes übernehmen oder seiner Ehefrau alles verheimlichen sollte. Das wäre für alle Beteiligten ein einziger Albtraum gewesen, also hatte Jessie den einzigen Weg gewählt, der die große Katastrophe verhindern konnte.
Bei der ersten Untersuchung stellt Jessie fest, dass das berechnete Datum der Empfängnis auf eine gewisse Tequilagetränkte Nacht in einer Land-Disco fiel, die auf der eingezäunten Terrasse hinter dem großen, alten Haus geendet hatte, welches Ian sich mit einigen anderen Jurastudenten teilte. Doch sie sagte kein Wort. Luz liebte diesen Mann,

und Jessie wollte nicht der Grund dafür sein, dass ihr das Herz gebrochen wurde.

Während ihrer Schwangerschaft bereitete sie die Adoption vor, besorgte sich einen Reisepass, machte Pläne, zukünftig im Ausland zu leben. Sie würde mit Simon zusammen sämtliche Wunder der Welt fotografieren. Sie würde sich in ein lebenslanges Abenteuer flüchten. Ian würde ihre Schwester heiraten, Anwalt werden, Kinder großziehen. Es war ihr so einfach erschienen.

Doch mit einundzwanzig, allein und verängstigt, hatte sie nicht begriffen, dass Herzensangelegenheiten niemals einfach sind. Sie glaubte, dass ihr Verlust weniger schmerzen würde, wenn sie wusste, dass das Baby bei seinem richtigen Vater und bei Luz war. Sie glaubte, sie könnte sich freikaufen, indem sie so viel Geld wie nur möglich schickte, um die Krankenhausrechnung abzuzahlen. Doch der Schmerz ließ niemals ganz nach.

Als Ian den Boiler einschaltete, schrillte sein Pieper. Stirnrunzelnd blickte er auf das kleine Display hinab.

»Gibt's ein Problem?«, fragte Jessie.

»Allerdings. Damit habe ich schon gerechnet. Ich muss noch heute Abend nach Huntsville.«

Vermutlich musste er in letzter Minute Einspruch einlegen oder so etwas. Sie beobachtete ihn und sah, dass er sich rasch in sich zurückzog und über den Fall nachdachte. Wenn man als Anwalt für Todeskandidaten in Texas arbeitete, musste man wohl ein hohes Maß an Frustration ertragen können. »Dann sieh lieber zu, dass du wegkommst.«

»Ja. Ich muss der Familie gute Nacht sagen und dann gleich rüber zum Flughafen. Da finde ich jemanden, der mich noch heute Abend nach Huntsville fliegt.« Er umarmte sie flüchtig. »Wenn du noch irgendetwas brauchst, sag Luz Bescheid.«

»Mach ich. Danke, Ian. Viel Glück.« Sie blieb in der Tür stehen und sah ihm nach, als er zielstrebig zum Haus marschierte, ein guter Mann, der versuchte, einen bösen Mann vor dem Tod zu retten.

Als er fort war, goss sie den restlichen Wein in das Glas und ging hinaus auf den kaputten kleinen Steg vor der Hütte, um das letzte Dämmerlicht zu genießen. Das Wasser war dunkel und still, die Luft vom kühlen Hauch der Nacht erfrischt. Erschöpfung überkam sie, und ihr fielen beinahe die Augen zu.

Doch sie zwang sich, sie offen zu halten; sie musste hinsehen. Vor sechzehn Jahren war Jessie in heller Panik geflohen, bevor feststand, ob ihr zu früh geborenes Baby überleben würde, bevor es auch nur einen Namen hatte. Nun war Jessie wieder da, von ihrer Verzweiflung dazu getrieben, sich dem zu stellen, was sie getan hatte, die Lücken dieser verlorenen Jahre halbwegs aufzufüllen, irgendwie Buße zu tun, vielleicht sogar Erlösung zu finden. Und all das musste bei Lila anfangen.

Sie musste ihre Tochter sehen, sie wirklich sehen. Sehen, wie die Morgensonne auf ihr Haar fiel, wie ihre Augen aussahen, wenn sie lächelte oder weinte, wie ihre Hände auf der Bettdecke lagen, wenn sie schlief, wie sie die Lippen schürzte, wenn sie ein Stück Wassermelone aß.

Jessie wünschte sich vor allem eines, genau das, was sie nicht haben konnte – mehr Zeit. Sie hatte Ärzte und Spezialisten von Taipeh bis Tokio aufgesucht, und auch hier in Texas, doch die Prognose war immer dieselbe. Für ihre Erkrankung gab es keine bekannte Ursache … oder Heilung. Sobald sie sich der Diagnose sicher war, hatte sie das Einzige getan, was ihr wichtig erschien. Sie war nach Hause gekommen, um ihr Kind zu sehen, bevor es dunkel wurde.

Kapitel 5

Die Frau von der Zeitschrift *Texas Life* ging Dusty Matlock gewaltig auf die Nerven. Er legte das Telefon auf. Herrgott, wie viele verschiedene Versionen von Nein musste sie denn noch hören, bis sie es kapierte?

Blair LaBorde erinnerte ihn an seinen Jack-Russell-Terrier Pico de Gallo. Stur wie der Teufel, immun gegen Beleidigungen, ohne zu wissen, wann es genug war. Rührselige Schicksalsgeschichten waren ihre Spezialität. Sie brauchte sie, um ihre Brötchen zu verdienen, so wie er fliegen musste, um für seinen Lebensunterhalt zu sorgen. Und die spektakuläre Geschichte, wie Dustys Frau gestorben war und ihr Kind geboren hatte, machte ihn interessant für die Geier von der Presse; *People* und *Redbook* hatte er bereits abgewiesen. Amber war jetzt fast zwei, und er hatte sein Leben wieder halbwegs in Ordnung gebracht. Die Blutung war gestillt, der Patient würde überleben, doch die Narben würden niemals verblassen. Die aufdringliche Reporterin war nicht gerade eine Hilfe.

Das Telefon klingelte wieder, und er hob ärgerlich ab. »Hören Sie, Miss LaBorde, was gibt es an Nein nicht zu ver…«

»Hier ist Ian Benning, von der anderen Seeseite.«

»Oh. Entschuldigung, ich dachte, es sei jemand anders.«
Dusty ging nicht näher auf seine Schwierigkeiten mit der neugierigen Journalistin ein, aber vielleicht sollte er das. Benning war Anwalt. Wahrscheinlich wusste er, was man gegen so hartnäckige Zeitungsfritzen unternehmen konnte. »Was kann ich für Sie tun?«

»Ich muss heute Abend noch nach Huntsville. Können Sie mich fliegen?«

Dusty brauchte nicht lange zu überlegen. Kurzfristiger Service war sein Geschäft. »Können Sie in anderthalb Stunden an der Landebahn sein?«

»Klar. Danke.«

Dusty war froh über den Auftrag. Benning war schon ein paarmal mit ihm geflogen, und Mundpropaganda machte seine kleine Firma allmählich bekannt.

»Ay, mujer.« Im Zimmer nebenan stieß Arnufo einen leisen Pfiff aus. »Komm, schau dir an, was ich gefunden habe.«

Dusty ging ins Wohnzimmer, das zum See hin lag. Der alte Mexikaner schaute durch ein Teleskop, das auf einem dreibeinigen Gestell am Fenster stand. Das Fernrohr war auf den Steg vor einer Hütte auf der anderen Seeseite gerichtet.

»Lass die arme Mrs. Benning in Ruhe, du alter *cabra«,* sagte Dusty.

»Das ist nicht Mrs. Benning. Sieh mal. Ich glaube, *La Roja* hat eine Schwester.«

Dusty beschirmte die Augen mit einer Hand und sah eine Frau auf dem Steg sitzen; ihre langen, blassen Beine baumelten über dem Wasser. Die tief stehende Sonne ließ ihr rotes Haar aufflammen. Auf den ersten Blick sah sie tatsächlich aus wie Bennings Frau. Aber wenn man zweimal hinsah …

Sein Blick ruhte kurz auf ihr und schweifte dann ab. »Ich glaube, ich bin ihr vorhin auf der Straße begegnet.« Er erinnerte sich an eine hübsche, verwirrt wirkende Frau in einem neuen Mietwagen, die ein wenig verloren am Straßenrand stand.

»Du hättest dich ihr vorstellen sollen.«

Dusty steckte den Deckel auf die Linse des Fernrohrs. »Damit schaut man in die Sterne und spioniert nicht die Nachbarn aus.«

Mit einem finsteren Blick richtete Arnufo sich auf. »Wir sollten einen Kuchen backen, ihn rüberbringen und uns vorstellen.«

»Klar.«

Ein Krähen vom Laufstall her lenkte ihn ab. Amber stand aufrecht, die kleinen Fäuste in das Gitternetz gekrallt. Beide Männer eilten zu ihr hinüber, und sie begrüßte sie mit ihrem schönsten, fünfzahnigen Grinsen.

»He, Krümel.« Dusty strich über ihr weißblondes Haar. Sie streckte die Arme aus und griff flehentlich mit den Händen in die Luft. Doch ihre Bitte richtete sich an Arnufo, nicht an Dusty, und so, wie sie roch, war er ganz froh darüber. Er trat beiseite und sagte: »Sie gehört dir, *jefe*. Ich wette, sie hat eine nette kleine Überraschung für dich in ihrer Windel.«

»Du bist ein Mann ohne Ehre.«

»Ich bin ein Mann, der sich um den Wetterstatus und einen Flugplan kümmern muss. Heute Abend soll ich Ian Benning nach Huntsville fliegen.«

»Ich mache dir ein paar *tortas* zum Abendessen.« Arnufo Garza war ein guter Koch – als unverheirateter Farmarbeiter in San Angelo hatte er gelernt, sich selbst zu bekochen. Er hob das Baby hoch. »Komm zu *papacito.* Ich lasse mich von einer vollen Windel nicht einschüchtern.«

Die drei bildeten eine ungewöhnliche Familie. Arnufo und seine Frau Teresa hatten für die Matlocks als Hausangestellte in dem großen Anwesen in Austin gearbeitet, seit Dusty ein kleiner Junge gewesen war. Teresa hatte ihn praktisch großgezogen, weil seine Mutter ständig mit seinen äußerst anspruchsvollen Schwestern beschäftigt gewesen war.

Als Dusty und Arnufo vor zwei Jahren im selben Monat zu Witwern wurden, hatte Dusty die derzeitige Lösung vorgeschlagen. Nun kümmerte der alte Herr sich vorwiegend um Amber, während Dusty sein Geschäft ins Rollen brachte.

Er tätschelte den Kopf seiner Tochter, und das weiche Haar glitt ihm durch die Finger. Dann ging er hinters Haus zu dem Schuppen, der als Werkstatt und Büro diente. Zur großen Enttäuschung seiner Eltern galt seine Liebe dem Fliegen, nicht der Ölindustrie. Noch vor dem Führerschein hatte er seinen Pilotenschein gemacht und war seither immer geflogen. Mit einundzwanzig hatte er sich eine Pilatus PC-6 Turbo Porter gekauft und damit fünfzehn Jahre lang als Pilot in Alaska gearbeitet, wo er Leute zu Minen, Bohrinseln oder Pipelines flog, so fernab von allem, als lägen sie auf einem anderen Planeten.

Der Abenteurer in ihm würde sich immer nach der Wildnis Alaskas sehnen, doch nach Ambers Geburt hatte er sich umstellen müssen. Dazu gehörte, dass er die eisigen Weiten Alaskas mit seinem Heimatstaat Texas und der Postkartenidylle von Edenville vertauschte. Sein kleines Flugunternehmen entwickelte sich hier gut. Bei all den jungen dot-com-Millionären und den guten alten Jungs aus der Ölindustrie hatte Dusty reichlich zu tun. Dennoch klaffte ein hässliches Loch in seinem Leben, und er konnte sich nicht vorstellen, wie er das hätte ändern können. Seine Familie beschwerte sich, Eagle Lake sei zu weit weg von Austin; warum suchte er sich nicht etwas in ihrer Nähe?

Sie verstanden das nicht. Karen war im Herbst gestorben, als die Bäume in Alaska in den prächtigsten Farben loderten. Diese Jahreszeit hatte sie immer geliebt, wenn die erste Eisschicht auf den Seen erschien und er die Schwimmer an seinem Flugzeug gegen Skier vertauschte. Es würde ihr gefallen, dass ihr kleines Mädchen an einem Ort aufwuchs, wo die Bäume sich im Herbst bunt färbten wie durch Zauberhand. Der Anblick dieser Bäume hier, mitten in Texas, war etwas Besonderes, als fände man eine Perle in einer Auster, oder ein vierblättriges Kleeblatt. Selten, unerwartet, Glück bringend. Die Ahornbäume hier zu entdecken, war wie einer Hummel beim Fliegen zuzusehen. Aerodynamisch unmöglich, doch sie tat es einfach.

Vom Fenster seines Büros aus beobachtete er die Frau auf dem Steg. Obwohl er sie nicht genau erkennen konnte, wusste er, dass Arnufo Recht hatte. Sie war ganz sicher mit Mrs. Benning verwandt. Wo war sie hergekommen, und warum hatte er sie noch nie hier gesehen?

Du hättest dich ihr vorstellen sollen.

Arnufo erteilte ihm ständig solche Ratschläge, aber für ihn war das Leben eine recht einfache Sache. Der Tod ebenso, wenn er es recht bedachte. Im Leben kam es darauf an, gute Arbeit zu leisten, für die Familie zu sorgen und stets Wort zu halten. Wenn der Tod einem etwas raubte – zum Beispiel die Frau, mit der man seit zweiundfünfzig Jahren

verheiratet war –, nun, dann richtete man sich eben ein neues Leben ein.
Geh hin und nimm dir, was du vom Leben erwartest, riet Arnufo ihm gern. Warte nicht darauf, dass es dir gegeben wird. Dinge, die umsonst gegeben werden, sind stets Dinge, die niemand anders wollte.
Dusty hatte sich in den vergangenen Monaten bemüht, ein paarnmal mit Frauen auszugehen, doch er fand die ganze Angelegenheit deprimierend. Sein Herz trug einen Panzer aus Taubheit. Es ging ihm besser, wenn er sich darauf beschränkte, sich ums Geschäft und um seine Tochter zu kümmern. Zumindest redete er sich das ein.
»Mich vorstellen«, brummte er, als er den Computer hochfuhr, um sich online den Wetterstatus und die Flugerlaubnis zu holen, bevor er sich zum Flugplatz aufmachte. »Hallo, ich bin Dusty Matlock, und ich habe seit zwei Jahren keinen Sex mehr gehabt.«
»Manche Frauen würden darin eine wunderbare Herausforderung sehen«, sagte Arnufo, der den Schuppen betreten hatte. Auf einer Hüfte trug er ein lächelndes, wesentlich besser riechendes Baby. Amber zerrte an Arnufos Bolerokrawatte und plapperte vor sich hin, in der eigenartigen Überzeugung, dass ihr Gebrabbel durchaus einen Sinn ergab.
»Ja? Wer denn zum Beispiel?«
»Bunny Sumner am Flugplatz zum Beispiel, sie hat dir einen schönen Teller Kekse geschenkt, und du hast nicht einmal angerufen, um dich zu bedanken. Und was ist mit Serena Moore vom Lebensmittelladen? Die mit den *muy grande* …«
Mit der freien Hand zeichnete er eine ausladende Kurve vor seiner Brust.

»Schon gut, ich hab's kapiert. Hätte mich vorstellen sollen.«
Arnufo schwang das Baby hoch in die Luft, sang ein Liedchen auf Spanisch und verdiente sich damit ein niedliches Glucksen. Der alte Mann war ein Naturtalent, was Amber betraf. Als Vater von fünf erwachsenen Töchtern und Opa einer ganzen Horde von Enkeln fühlte er sich mit Kindern in jedem Alter pudelwohl.
Dusty lächelte in sich hinein, als er sich wieder mit dem Computer beschäftigte, doch er konnte ein unangenehmes Gefühl nicht ganz abschütteln. Arnufo ging so locker und entspannt mit dem Baby um. Dusty war im Umgang mit Kindern keineswegs ein Naturtalent. Er liebte seine Tochter, und vielleicht war das Band zwischen ihnen Karens Schicksal wegen sogar besonders stark. Doch das bedeutete noch lange nicht, dass er auch nur die geringste Ahnung von irgendetwas hatte, was Amber anging. Tatsächlich ging er ziemlich unbeholfen mit ihr um, liebte sie unbeholfen. Er konnte ein deutsches Instrumentenbrett lesen, ein chinesisches Flugzeughandbuch oder eine Anomalie auf der Wetterkarte. Er konnte den Treibstoffverbrauch im Kopf berechnen, oder wie lange Aufstieg und Landeanflug dauern würden. Doch er konnte nicht im Gesicht seiner Tochter lesen.
Arnufo sah eine Weile zu, wie er schweigend arbeitete. Dusty loggte sich im Internet auf der lokalen Flugwetter- und Flugplanseite ein und machte die nötigen Angaben. Kurs einundsiebzig Grad, 192,2 nautische Meilen. Rhomben und Linien krabbelten über den Bildschirm, der Drucker spie eine Karte aus.
»Nimm *la princesa.*« Arnufo hielt ihm das Baby hin. »Ich packe deine Tasche für den Flug.«

»Ich muss noch den Tower anrufen und die Landeerlaubnis für den Militärflughafen klären, dann bin ich so weit.« Mit dem Baby auf dem Arm folgte Dusty Arnufo hinaus. Der Sonnenuntergang legte sich wie eine goldene Decke über den See. Amber quäkte, als Arnufo ihnen voran zum Haus ging, doch sie weinte nicht, wie manches andere Mal. Pico de Gallo kam durch den Garten herbeigesaust, lenkte sie ab und munterte sie auf. Der Hund war verrückt, aber unterhaltsam – Amber war ganz versessen auf ihn. Sie wand sich in Dustys Armen, wobei ihre spitzen kleinen Ellbogen und Knie ihn piekston. Sie duftete nach Blumen und Sonnenschein und warmer Milch.

Das Baby gurgelte und winkte dem See mit einer sternförmigen Hand. Die Frau war nur noch ein schwarzer Umriss in der Dämmerung. Als sie den Kopf zurückneigte, um aus einem Glas zu trinken, sah sie so aus, als wäre sie einer alten französischen Reklametafel entsprungen.

»Papacito Arnufo meint, ich hätte mich ihr vorstellen sollen«, gestand Dusty seiner Tochter.

»Da«, sagte Amber.

Er blickte gespannt auf. »Wie war das?«

»Ba.«

»Im Ernst?«

Der violette Himmel, gesprenkelt mit frühen Sternen, verdunkelte sich zu indigoblau. Eine klare Nacht zum Fliegen. Auf der anderen Seeseite stand die Fremde vom Steg auf und ging.

Na ja, er würde Ian Benning noch heute nach Huntsville fliegen. Vielleicht würde er ihm auch ein, zwei Fragen über diese Frau stellen.

Kapitel 6

Himmel, dachte Lila Benning und hielt sich die gequälten Ohren zu, was für ein dämlicher, lahmer Haufen ihre Familie doch war. Obwohl sie die Stereoanlage so weit aufgedreht hatte, wie sie sich traute, konnte sie immer noch die Drei Schweinchen im Nebenzimmer hören, die einen weiteren Abend damit zubrachten, sich idiotisch aufzuführen. Es hörte sich an, als stünde heute ein Achselfurz-Wettbewerb auf dem Programm. Lila flüchtete ins Bett, wo sie den Kopf unter einem Berg Kissen und Stofftiere vergrub.

»Nicht so laut da oben.« Wie üblich sorgte der mahnende Ruf von unten einen Augenblick lang für Ruhe.

Ihr Vater unterstrich den Tadel, indem er mit der Faust gegen die Wand schlug, und die Idioten verstummten. Dann erhob sich, wie zu erwarten, heimliches, schüchternes Geflüster, und die Lautstärke stieg, bis die Stockbetten wackelten und schrilles Gekicher die Fenster vor idiotischem Überschwang zittern ließ.

»Gleich muss ich wohl raufkommen.«

Dieser Ermahnung ihres Vaters folgte eine noch kürzere Stille und dann noch lauteres Gejohle, denn wie jeder wuss-

te, war das schließlich der Sinn der Sache: Dad von seiner Arbeit fort und die Treppe herauf zu locken.
Seine schweren Arbeitsstiefel polterten bedrohlich langsam Stufe für Stufe herauf. Jeden Schritt begleitete er mit tiefem Knurren und Schnüffeln. Sie hörte, wie er unter Raubtiergebrüll ins Zimmer der Jungen platzte, gefolgt von einem Chor Schweinchen-Gequieke und dem Protest rostiger Bettfedern, als er die Jungs auf ihre Matratzen niederrang. Das Ritual endete wie immer: Eine Runde Haarezausen, dann Scotties allabendliche Gutenachtgeschichte, schließlich ein »Gute Nacht, Jungs«, und, endlich, himmlische Ruhe.
Lila krabbelte unter den Kissen hervor und wartete. Dad klopfte leise an ihre Tür.
»Ja?«, rief sie.
Er trat ein, zögerte. Das tat ihr Dad in letzter Zeit ziemlich oft. Eine Pause, ein merklicher Augenblick der Unsicherheit, der zwischen ihnen hing wie eine Frage ohne Antwort. Bei den Jungs zögerte er nie, aber bei ihr druckste er immer herum. Das matte Licht von ihrem Bildschirmschoner fiel auf seine große, breite Gestalt. Ihre Freundinnen bemerkten oft, ihr Dad sehe heiß aus, doch sie selbst sah ihn niemals so. Sie sah nur ihren Dad, der unter der Woche zu viel arbeitete, am Wochenende zum Angeln auf den See rausfuhr und sie anschaute, als sei sie ein Alien.
»He, du«, sagte er.
»He. Wo ist Mom?«
Er machte eine vage Handbewegung. »Sie hilft mir, meine Sachen für Huntsville zu packen.« Er trat von einem Fuß auf den anderen. In Lilas Zimmer, tapeziert mit Death-Metal-Postern, in dem überall Schulbücher, Cheerleader-Kram

und Kosmetik herumlagen, wusste er anscheinend nie, wohin mit sich, wohin mit seinen Augen. Der Anblick eines offen herumliegenden BHs oder – Gott behüte – eines Höschens, hastig an einen Knauf der Kommode gehängt, machte ihn immer entsetzlich verlegen. »Und, was hältst du von deiner Tante Jessie?«

Lila zuckte mit sorgsam einstudierter Nonchalance die Schultern. »Keine Ahnung. Ich hab sie doch eben erst kennen gelernt.« In Wahrheit war Lila irgendwie fasziniert. Ihre Tante, die sie nur von hingekritzelten Botschaften auf Postkarten aus Indonesien oder Japan kannte, von einer E-Mail aus einem Cyber-Café in Katmandu oder dem alljährlichen Weihnachtsanruf – der immer einen Tag zu früh kam, wegen des Zeitunterschieds – war ihr nie ganz real erschienen. Sie war nur eine vage Vorstellung, eher wie eine Romanfigur oder eine längst verstorbene Verwandte, wie Uroma Joan. So aus der Nähe war Jessie interessant und ein bisschen schräg. Ihr rotes Haar war kinnlang geschnitten, die Spitzen um ihr Gesicht herum blond gebleicht. Eine jüngere, dünnere, schickere Version ihrer Mom, ohne Moms dauerndes frustriertes Stirnrunzeln, die geplagten Seufzer … und die versteckte Missbilligung, die stets in ihrem Blick zu ahnen war.

»Na, ihr könnt euch ja besser kennen lernen, solange sie jetzt da ist.«

Lila zuckte wieder die Schultern und zupfte einen losen Faden vom Rand ihrer abgeschnittenen Jeans. »Wenn du meinst.« War echt höchste Zeit, dachte sie. Höchste Zeit, dass in dieser Familie mal was Interessantes passierte.

»Nacht, Lila. Wir sehen uns übermorgen.« Ihr Dad küsste sie

mitten auf den Kopf und ging hinaus. Sie legte sich hin und dachte über ihn nach, darüber, wie es wohl war, die Familie eines Mannes zu besuchen, während der Staat ihn hinrichtete. Was sagte Dad zu den Leuten? Wie fühlte er sich dabei?

Die meisten Kinder, deren Väter Anwälte waren, hatten es in den Augen der anderen sehr gut. Ihre Väter verdienten haufenweise Geld, fuhren einen dicken BMW und flogen mit Chartermaschinen zum Skifahren nach Aspen. Lilas Dad war nicht so ein Anwalt. Sie war alt genug um zu wissen, dass seine Arbeit wichtig war, aber jung genug, um zu wünschen, er bekäme mehr dafür als einen Artikel in der Zeitung und Interviews im Court TV.

Ein paar Minuten später kam ihre Mom mit einem Stapel zusammengelegter Wäsche herein. »Hallo, meine Süße.«

»Hallo.« Lila war nicht süß, schon lange nicht mehr. Und das wusste ihre Mutter genauso gut wie sie selbst.

»Bitte räum die hier ein –«

»Bevor sie aus der Mode kommen«, sagte Lila, nahm den Stapel ordentlich gefalteter Shorts und Tops entgegen und deponierte ihn am breiten Fußteil ihres Bettes – auf dem Stapel von gestern. »Klar.«

Ihre Mutter blickte viel sagend auf den Haufen Wäsche, machte aber keine Bemerkung darüber. Das war auch nicht nötig. Lila spürte den vertrauten Vorwurf.

Sie flüchtete sich in Gleichgültigkeit und fragte: »Also, was will Jessie hier?«

Ihre Mom wirkte nachdenklich, vielleicht sogar nervös, obwohl Lila ihre Mutter noch nie richtig nervös gesehen hatte. Sie war immer so selbstsicher, so entschieden. »Ich weiß nicht genau, was sie vorhat. Ich glaube, sie will für eine Zeitschrift fotografieren.« Mom strich sich eine rote Locke hinters Ohr; sie sah müde und abgehetzt aus. So war sie immer, und das ärgerte Lila. In letzter Zeit ärgerte sie überhaupt alles an ihrer Mutter. Dass sie immer verwaschene Shorts und geschenkte T-Shirts mit Werbung drauf trug, dass sie nie auch nur Lippenstift auflegte, dass sie ihr dickes, rotes Haar immer zu einem schlampigen Pferdeschwanzband band, dass sie zum Frühstück die Reste von Scotties Erdnussbutter-Toast aß, anstatt sich selbst etwas zu machen, dass sie so tat, als schaue sie mit Lila MTV, während sie in Wahrheit einen ihrer tausend Reiseführer über die Provence oder Tibet las, mit diesem verträumten Gesichtsausdruck, bis in »The Real World« irgendwas mit Sex vorkam. Dann verzog sie so missbilligend das Gesicht, dass sie aussah wie eine Dörrpflaume. Sie war uncool, und das wusste sie auch. Das Schlimmste jedoch war – es war ihr egal.

»Also, wie findest du sie?«, fragte Mom.

»Genau das hat Dad vorhin auch gefragt.«

»Und?«

»Ich finde sie ganz okay. Himmel, wir haben zusammen gegessen. Große Sache. Was denn, soll ich sie auf der Stelle ins Herz schließen, nur weil sie zur Familie gehört?«

Mom blinzelte überrascht. Einen Moment lang sah sie beinahe hübsch aus. »Ich weiß nicht, was du von ihr halten solltest. Aber ich denke, du solltest vielleicht ein bisschen neugierig sein.«

»Wie du meinst.«

Mom zögerte, beugte sich dann zu ihr herab und gab ihr einen Kuss. Sie roch nach Mom – Bratfett, Shampoo, billiges Deo. »Hast du auch alle Hausaufgaben gemacht?«

»Sicher«, antwortete Lila, obwohl sie heute Abend weder die für Spanisch noch für Algebra machen würde.

Sie hatte nämlich große Pläne. Zum Glück musste sie heute nicht lange warten. Dad würde sich in einer knappen Stunde nach Huntsville aufmachen, und wenn er verreiste, ging ihre Mom immer früh ins Bett und schlief über einer ihrer Wohn- oder Reisezeitschriften ein. Gott sei Dank würde sie heute Nacht nicht die Bettdecke rascheln und das Bett quietschen und ihre Eltern gedämpft kichern hören, während sie sich bemühten, leise zu sein. So was fand Lila immer entsetzlich peinlich.

Heute Abend hörte sie nur ihr Stimmengemurmel, während Dad seine Reisetasche packte. Vermutlich redeten sie über Jessie, den Todeskandidaten, und vielleicht über Dads Termin mit Lilas Schulpsychologin morgen, den er nun absagen musste. Darüber war sie froh. Ständig versuchten sie, ihre »Schwierigkeiten« zu verstehen und ihre Motivation und ihr Selbstbild zu fördern, als würde sie dadurch automatisch zu einer Einserschülerin mit einem makellos ordentlichen Z62618Klar doch, Mom.

Nach einer Weile hörte sie, wie ihr Vater Richtung Flughafen losfuhr, und endlich, endlich ging überall das Licht aus, und im Haus wurde es still.

Ein leises Klappern ließ sie aufhorchen. Mit klopfendem Herzen sauste sie zum Fenster. Der Kieselstein am Fenster war ein uralter Trick, aber er funktionierte. Sie schaltete dreimal hintereinander kurz die Schreibtischlampe an, damit er wusste, dass sie kam.

Inzwischen kannte Lila die Stufen nach unten auswendig. Die Dritte, Sechste und Elfte knarrten – die ließ sie aus. Sie

schlich sich zur Hintertür hinaus und über die Terrasse, und da war er.
Heath Walker. Das Einzige, was ihr Leben noch lebenswert machte.
Er sah aus wie ein Gott, wie er da so stand, eine Hand auf der Hüfte, während er mit der anderen Beaver einen Leckerbissen gab, damit der dumme Hund nicht das ganze Haus aufweckte.
Lila warf sich Heath entgegen und genoss das Gefühl, als er die Arme um sie schlang. Sein dichtes, gewelltes Haar war wie für ihre forschenden Finger geschaffen. Sie küssten sich, mit heißen, feuchten Lippen und rastlosen, hungrigen Zungen. Heath war bereit für eine wilde Nacht. Sie schmeckte stibitzte Zigaretten und Bier in seinem Mund.
»Gehen wir«, flüsterte sie und zog ihn an der Hand mit sich. »Schnell.«
Er warf dem Hund die restliche Knabberstange hin, und sie schlichen sich zwischen den dunklen Bäumen davon. Er parkte immer auf der anderen Seite des Grundstücks, damit niemand seinen Jeep hörte oder die Scheinwerfer sah.
»Oh, Scheiße.« Lila erstarrte und umklammerte seine Hand.
»Was ist denn?«, fragte er.
»Wir haben Besuch. Meine Tante wohnt jetzt im Gästehaus. Scheiße, verdammte.«
»Vielleicht hat sie gar nichts gehört.«
Schweigend schlichen sie den Pfad entlang. Lila hielt unwillkürlich den Atem an, um kein Pech oder Übel aus der Dunkelheit einzuatmen. Sie hatten ein Problem. Um zu der Stelle zu gelangen, wo Heath immer seinen Jeep abstellte, mussten sie an den drei Blockhütten vorbei. Wenn sie leise waren,

wenn sie Glück hatten, würde sie sie nicht sehen. Wenn sie Pech hatten, würden sie sich eine Ausrede einfallen lassen müssen – dass er sich ein Schulbuch oder eine Vorlage für die Hausaufgaben ausleihen wollte.

Im Schlafzimmerfenster der Hütte brannte Licht. Bitte, bitte, dachte Lila.

Aber nein. Sobald Lila und Heath aus dem Schatten der Bäume traten, war sie schon da, stand in der offenen Tür und spähte ins Dunkel.

»Lila?«, rief sie leise, »bist du das?«

Lila ließ hastig Heaths Hand los. »Cool bleiben«, flüsterte sie, dann setzte sie ihr bestes Braves-Mädchen-Lächeln auf, mit dem sie sonst ihre Lehrer bedachte, obwohl Jessie überhaupt nicht wie irgendeine Lehrerin war, die sie je gehabt hatte. Lila war eine gute Schauspielerin, und das wusste sie auch. Ihr Talent, sich zu verstellen, hatte sie schon davor gerettet, aus der Schule geworfen oder beim Klauen erwischt zu werden … aber Jessie war Fotografin, wie Mom. Lila erschauerte nervös und fragte sich: Kann eine Fotografin Dinge sehen, die andere Leute nicht sehen?

»Ich bin's, Tante Jessie.«

»Komm ins Licht, wo ich dich sehen kann.«

Lila gehorchte und winkte Heath heran. Ihre Tante trug kurze Seidenshorts mit Monden und Sternen darauf, und ein kurzes Top mit Spaghettiträgern. So etwas hätte Lila sich selbst ausgesucht.

»Äh, das ist mein Freund Heath. Er ist kurz vorbeigekommen, um sich mein Chemiebuch auszuleihen.«

»Oh. Hallo, Heath. Freut mich, dich kennen zu lernen.« Sie streckte die Hand aus, zielte aber irgendwie daneben. Ihr Lä-

cheln war einnehmend und ihr Akzent ungewöhnlich, genauso cool wie alles an ihr.
»Ja, freut mich auch, Ma'am.« Heath hatte tolle Manieren, wenn er mit Erwachsenen sprach, dachte Lila voller Stolz. So, wie er ihrer Tante offen in die Augen sah und ihr locker die Hand gab, würde sie nie im Leben darauf kommen, wie betrunken er schon war.
»Du musst die Schule ja wirklich lieben, wenn du so spät noch hier rauskommst, um dir ein Buch auszuleihen«, sagte Jessie.
»He, Tante Jessie, lass uns doch, okay?« Lila sah sie mit großen Augen flehentlich an. »Wir gehen nur ein bisschen am See spazieren, ehrlich, das ist alles.« Sie versuchte, leicht verzweifelt, aber nicht jämmerlich zu klingen. Lieber Gott, sie musste damit durchkommen. Sie musste einfach. Wenn Jessie sie verpfiff, würde Heath vielleicht mit ihr Schluss machen. Er war schon im Abschlussjahrgang, Captain der Football-Mannschaft und ein gefeierter Quarterback. Er konnte jedes Mädchen haben, das er wollte, und vielleicht wollte er keine, die es nicht mal schaffte, sich unter der Woche rauszuschleichen.
Jessie zögerte und versuchte offensichtlich, die Lage einzuschätzen.
»Wir machen nichts Schlimmes, ich schwör's dir«, versicherte Lila.
Jessie legte einen Finger an die Unterlippe. »Okay«, sagte sie schließlich. »Ich glaube dir, Freundin. Schließlich will ich es mir nicht gleich am Anfang mit dir verderben.«
Das hörte sich seltsam an. *Nicht gleich am Anfang*. Als sollte zwischen ihnen irgendwas anfangen. Darüber würde Lila

später nachdenken. Im Moment wollte sie ihren Sieg auskosten. Sie lächelte strahlend und umarmte ihre Tante spontan. Es war komisch, diesen Menschen an sich zu drücken, den sie bis heute noch nie gesehen hatte. »Danke«, sagte sie. »Du bist die Beste.«

Jessie wirkte erst überrascht, so umarmt zu werden, dann drückte sie Lila eine Sekunde lang fest an sich, bevor sie zurücktrat. »Bau nur keinen Mist«, sagte sie. »Und denk dran, wenn deine Mom mich direkt danach fragt, kann ich nicht für dich lügen.«

»Das wird nicht nötig sein, weil ich keinen Mist bauen werde, richtig, Heath?«

»Natürlich nicht. Hat mich gefreut, Ma'am.« Er grinste auf diese unglaublich süße Art, dass Lilas Herz laut zu pochen begann, und bei Tante Jessie schien es auch zu wirken. Sie betrachtete ihn mit einem weichen, beinahe schmelzenden Gesichtsausdruck, nicht misstrauisch und mit schmalen Augen, wie ihre Mom ihn angesehen hätte. Stolz und Freude wallten in ihr auf, als sie Heaths Hand nahm und sie drückte. Dies war einer von den Augenblicken, die sie für immer bewahren wollte, die sie daran erinnern sollten, wie schön das Leben war.

Sie gingen zum See hinunter und schlugen dann einen weiten Bogen über die Schotterstraße zu Heaths Jeep. »Das war knapp«, platzte sie erleichtert heraus, als sie auf den Beifahrersitz stieg.

»Kann man wohl sagen.« Er beugte sich hinüber und küsste sie wieder, und diesmal stahl sich seine Hand abwärts und streichelte ihre Brust.

Hitze durchfuhr sie wie ein Stromstoß, bevor sie widerstrebend zurückwich. Er hatte sie bedrängt, mit ihm zu schlafen, und sie hatte es hinausgeschoben, doch sie wusste, dass sie ziemlich bald nachgeben würde. Irgendwann würden sie die passende Zeit und den richtigen Ort dafür finden, und alles würde perfekt sein. »Die anderen fragen sich bestimmt schon, wo wir bleiben. Fahren wir lieber los«, sagte sie.

»Ja.« Er legte den Gang ein, fuhr an dem gespaltenen Fels vorbei und dann hinaus auf die Straße. Lila schaltete das Radio ein, und dröhnende Bässe wummerten durch den Wagen. Ein Stück weiter die Straße entlang sammelten sie vier weitere Mitfahrer ein. Travis Bridger und seinen jüngeren Bruder Dig, außerdem Lilas beste und zweitbeste Freundin, Kathy Beemer und Sierra Jeffries. Travis, der siebzehn war und alt genug aussah, um im nächsten Ort Bier zu kaufen, reichte ihnen kalte, feuchte Dosen Shiner.

»Der Nektar der Götter, meine Freunde«, verkündete er, nahm einen tiefen Schluck und stieß dann einen beeindruckenden Rülpser aus.

Lila drehte sich zum Rücksitz um und stieß mit allen an. »Cheers«, sagte sie und trank ein Drittel ihrer Dose auf einen Zug. Eigentlich mochte sie das bittere, schäumende Gebräu nicht. Aber nach dem ersten Bier ging das zweite leichter runter, breitete sich kühl und dumpf in ihrem Körper aus, verwischte die harten Kanten der Welt und ließ ihren Mund leicht und grundlos lächeln.

»Doppelt dröhnt besser.« Heath reichte ihr einen Joint. Sie brannte ihn mit dem Zigarettenanzünder an, inhalierte, hielt den Atem an und kämpfte gegen ein Husten, als sie ihn nach hinten weiterreichte. Der Anblick ihrer vier Freunde, die dort hinten saßen, Kathy auf Digs Schoß, weil nur Platz für drei war, brachte sie zum Lachen. Sie öffnete ihre dritte Bierdose, um diesen Augenblick zu feiern. Nichts war wie diese jubelnde Freude, zu wissen, dass sie Freunde hatte wie diese vier und Heath, der sie verstand, ohne dass sie ein Wort sagen musste, der sie mochte, obwohl ihre Mutter so lahm war, obwohl sie ihren Vater kaum mehr kannte, obwohl ihre Brüder sie wahnsinnig machten. Ihre Freunde *verstanden* es einfach. Manchmal glaubte sie, es gäbe sie nur deshalb in ihrem Leben, um sie daran zu erinnern, dass jede Nacht eine Party sein konnte.

Die Scheinwerfer des Jeeps warfen einen langen Lichtkegel auf die leere Straße und schweiften über verkrüppelte Eichen, Mesquitbäume und flüchtendes Getier im Unterholz. Der schwere Wagen schien auf einer Woge von Bier, Pot und Lachen dahinzuschießen. Als Heath die freie Hand hob und ihre Wange streichelte, hätte sie vor Glück platzen können.

»Wo geht's hin, Mann?«, fragte Dig krächzend, weil er gerade einen tiefen Zug genommen hatte.

»Seven Hills!«, kreischte Lila, und Kathy stimmte johlend ein: »Seven Hills!«

Heath hielt die Augen auf die Straße gerichtet, während sich ein unbezahlbares Grinsen über sein Gesicht breitete. »Alles klar.« Er riss sich ein neues Bier auf, trank einen Schluck und stellte die Dose in den Dosenhalter.

Lila kribbelte es vor Vorfreude. Seven Hills war ihre liebste Ramping-Piste, und Heaths Jeep war das beste Auto zum Springen. Sein Vater war stinkreich, und seit der Scheidung bekam Heath von ihm nur noch das Allerbeste, darunter einen nagelneuen Jeep, perfekt für ihre wilden Fahrten. Und zum Rampen.

»Rampen« nannten sie ihren neuen Sport, der so beliebt geworden war, dass die Schule zu diesem Thema extra eine Versammlung einberufen hatte. Der Rektor und ein Polizeibeamter mit verspiegelter Brille, der Verkehrserziehung machte, hatten auf dem Podium gestanden und Gelächter und Zwischenrufe ignoriert, während sie darauf herumritten, wie gefährlich es sei, wenn verrückte Teenager tranken, Gras rauchten und mit Autos über kleine Hügel rasten. Die erwachsenen Spießer kapierten nicht, worum es ging. Es ging nicht um Gefahr und Rebellion. Sondern ums Fliegen.

»Seid ihr alle so weit?«, fragte Heath, als sie sich der Achterbahn-Reihe aus sieben Hügeln näherten, die bei einem verlassenen Steinbruch mitten im Nirgendwo lagen. Dieser Ort war immer beliebter geworden, er hatte sich herumgesprochen, auf dieselbe rätselhafte Art und Weise, wie sich alles unter Teenagern herumsprach. Ein paar andere Geländewagen und Pick-ups flogen schon über die Piste. Sie erkannte Judd Masons verbeulten Bronco. Und da war ein alter Pick-up, ein Allerweltswagen, doch die Flammenzeichnung auf den Seiten und das Cowboy-Gejohle aus dem Inneren gehörten unverkennbar zu Leif Ripley.

Heath überprüfte seinen Sicherheitsgurt. Auf dem Rücksitz gab es nur drei Gurte, deshalb wies er Dig an, Kathy seinen zu überlassen. »Stemm dich mit den Händen gegen die Decke, Mann. *Fest.* Du auch, Lila, Süße.«

Ihr schwoll das Herz vor Bewunderung, und sie beugte sich hinüber, um ihn auf die Wange zu küssen. Er war ein sehr

sicherer Fahrer. Aber sicher musste nicht langweilig bedeuten. Heath war der Beweis dafür. Er ließ den Motor aufheulen, drückte auf die Lichthupe, damit die anderen Fahrer wussten, dass er gleich starten würde, und trat dann voll aufs Gas.
»Jaaa!«, brüllte Dig vom Rücksitz. »Lass es krachen, Heath.«
Der Jeep schoss den Hügel hinauf in den Himmel wie eine Kanonenkugel – ein perfekter Anlauf. Sierra und Kathy kreischten, doch Lila blieb stumm, voll Staunen über die atemberaubende Geschwindigkeit. Sie drückte die Handflächen gegen das Autodach.
Und dann war es so weit. Der Sprung. Am höchsten Punkt des Hügels hob der Jeep ab, alle vier Reifen drehten sich in der Luft. Die Windschutzscheibe rahmte ihnen den endlosen Nachthimmel ein. Es war, als blickte man aus der *Enterprise* nach draußen. Einen Augenblick lang schien alles stillzustehen – Zeit, Atem, Herzschlag –, und selbst die Schreie vom Rücksitz verstummten und wichen ehrfürchtigem Schweigen, Grauen und Staunen.
Dann kam die unvermeidliche, markerschütternde Landung. Heath machte das fantastisch, so geschickt wie ein Hollywood-Stuntman in einem Vin-Diesel-Film. Alle johlten und klatschten, und Dig, der Idiot, wollte mit einem frischen Bier feiern. Als er die Dose aufriss, spritzte das durchgeschüttelte Bier im ganzen Auto herum.
»Super, Dig.« Travis stieß seinen Bruder in die Seite.
»Mein Nacken tut weh«, klagte Kathy. »Meinen Hintern hat's einen halben Meter in die Luft gehoben.«
Heath lachte und steuerte den zweiten Hügel an. »Der Weltraum«, sagte er mit tiefer Stimme wie im Fernsehen. »Unend-

liche Weiten.« Dann trat er voll aufs Gas. Im ersten Moment drehten die Hinterräder durch und erfüllten die Luft mit dem bitteren Geruch von verbranntem Gummi. Dann donnerte der Jeep vorwärts. Sie nahmen den Hügel mit über hundert, flogen in die Luft und landeten auf flachem Grund. Funken stoben aus dem Fahrwerk, als das Auto in Schieflage holpernd weiterschoss. Lila spürte ein Feuerwerk der Erregung, als sie mit der Schulter gegen die Beifahrertür geschleudert wurde. Wen kümmert schon ein blauer Fleck, dachte sie und schrie vor Freude. Dies hier war das wahre Leben, und sie hielt es mit beiden Händen ganz fest.

Den nächsten Hügel mochte sie am liebsten; es ging eine lange, gerade, hohe Rampe hinauf, und dann landete man auf einem steilen Abhang. »Einen noch«, bettelte sie. »Bitte, nur noch einen.«

Heath ließ den Motor aufheulen. »So ist es recht«, sagte er, und sie platzte fast voll Stolz, weil er so wunderbar war, und weil er ihr ein Kompliment gemacht hatte.

»Das ist der Hammer«, johlte Dig.

»Mir ist schlecht«, jammerte Sierra auf dem Rücksitz. »Ich hab mir auf die Lippe gebissen, sie blutet.«

»Mach beim nächsten Sprung den Mund zu«, riet Travis ihr und legte fürsorglich einen Arm um sie.

»Los, Heath! Tritt drauf, Mann!«, rief Dig.

Der Jeep raste los. Lila hatte das Gefühl, als bliebe ihr Magen hinter ihr zurück wie eine Feder im Wind. Als sie den Hügel hinaufrasten, breitete sich vor ihnen det Himmel aus, endlose, tiefschwarze Möglichkeit. Sie nahm alles mit geschärften Sinnen wahr – der scharfe Geruch nach Gummi und Staub, das Lachen ihrer Freunde, die rhythmischen Bässe, die aus der Stereoanlage dröhnten, das tosende Blut in ihren Ohren, als alle vier Räder des Jeeps von der Piste abhoben.

Der Wagen flog höher, als sie es je zuvor erlebt hatte. Sie wusste es. Sie wusste, dass dieser Sprung anders war, als Dig sich auf die Schenkel schlug und brüllte: »Jahaaaa!« Und als Kathy flüsterte: »Ich hab Angst«, und als Lila sah, dass der Himmel sich zu drehen begann. Und als Heath sich ans Lenkrad klammerte und sagte: »O Scheiße.«

Irgendwas war falsch, schrecklich falsch. Diese Erkenntnis durchzuckte sie alle wie ein elektrischer Schlag, schnell und scheußlich. Lila öffnete den Mund, aber sie wusste nicht, ob sie schrie oder nicht. Ihre Hände griffen in leere Luft, dann bekam sie eine Armlehne zu fassen. Irgendjemand schrie, alle schrien, und ihre Schreie erfüllten den Jeep, die Nacht, die Welt, das Universum.

Die Zeit lief langsamer, der Wagen schien zu schweben – getragen von Entsetzen, vergeblicher Hoffnung und vage erinnerten Gebeten aus dem Kindergottesdienst, schwebte er über der Straße, die nicht mehr da war.

Es war so schnell vorbei wie ein Blinzeln. Irgendwie hatten sie in einem merkwürdigen Winkel abgehoben, sodass sie unmöglich wieder auf der Straße landen konnten. Der Jeep krachte auf die Erde, schleuderte wild herum, und die Windschutzscheibe wurde herausgedrückt wie eine Kontaktlinse. Der Wagen prallte wieder hoch und überschlug sich – es war wie damals, als Lila auf dem Guadalupe River Kajakfahren gelernt hatte. Sie hatte mit dem Kajak eine Rolle machen sollen und war kopfüber unter Wasser gehangen, dem Ertrinken so nah, dass sie Sterne gesehen hatte, bis ihre

Mutter sie gerettet hatte, indem sie sie im Genick packte und an die Oberfläche zerrte.
Aber jetzt kam niemand, um sie zu retten; sie ertrank in unaussprechlichem Schmerz, kreischendem Schmerz, und der Jeep überschlug sich immer wieder und wirbelte Kies, Staub und Steppenläufer auf. Lila hörte die anderen schreien und weinen, *oh Gott, o Scheiße*, hörte Heath, Kathy, die solche Angst hatte, und Dig, der alles im Leben für einen Witz hielt. Jemand flog aus dem Wagen – sie wusste nicht, wer –, prallte vom Boden hoch wie ein Gummiball und verschwand. Eine Lebensspanne verflog, bis der Jeep endlich bebend und stöhnend liegen blieb wie ein sterbender Dinosaurier. Schmerz, Angst und Gebete vermischten sich mit der Musik aus der Stereoanlage, die weiterlief, als sei nichts geschehen.
Der Song war zu Ende, und der DJ gab zur vollen Stunde den Wetterbericht durch. Lila fragte sich, wie spät es sein mochte. Gedanken zogen vorbei und schwammen davon wie kleine, bunte Fische in einem Aquarium. Sie hörte ein Weinen, das nichts glich, was sie je zuvor gehört hatte. Ein schwaches, klagendes Heulen, nicht ganz menschlich. Der Laut eines Lebewesens, das unaussprechliche Qualen litt und darum flehte, aus seinem Elend erlöst zu werden. Ihre Augen waren voll Staub und Sand, feinen Glassplittern und Blut.
Aus dem Radio quakte Bierwerbung: *Auf die Freundschaft … Michelob … besonderer Augenblick*. Sie roch Urin und Scheiße und fragte sich, ob das ihre war, hoffte das sogar irgendwie, denn das bedeutete wenigstens, dass sie noch am Leben war.
Lone Star Ford setzt Sie ans Steuer …
Bewegen. Sie musste sich bewegen. Nun erkannte sie, dass sie kopfüber hing, dass der Sicherheitsgurt sie festhielt und

schmerzhaft einschnürte. Sie drehte den Kopf, und der Schmerz flammte auf. Der milchig weiße Mond sandte dünne Strahlen durch das Fenster der Beifahrertür, durchzogen von Rissen wie ein Spinnennetz. Das Handschuhfach war aufgeklappt und hatte seinen Inhalt in den Wagen gespien; drinnen leuchtete ein kleines Birnchen.

Heath. Sie konnte sein Gesicht nicht sehen. Es war von ihr abgewandt, seine Schulter am Lenkrad verkeilt. Sein seidiges blondes Haar sah aus wie flüssiges Gold. Seine Hand hing schlaff herab und war voll dunkler Flecken. Blut.

Lila schloss die Augen. Warum war ich gemein zu Scottie? Patzig zu Dad? Warum habe ich nie mein Zimmer aufgeräumt? Bitte, lieber Gott, ich werde alles besser machen, tadellos, wenn du nur machst, dass das hier nicht wahr ist.

»Ich hab Angst …« Ein schwaches Flüstern kam von irgendwo im Wagen.

Der Motor lief noch, und Lila roch Benzin und Abgase. Etwas klapperte in ihrem Kopf – das Klappern ihrer eigenen Zähne. Sie zog das Kinn an die Schulter, und grausamer Schmerz durchfuhr sie, als sie versuchte, nach den anderen auf dem Rücksitz zu sehen. Mühsam öffnete sie die Augen ein wenig und erkannte Kathy, die mit leerem Blick geradeaus starrte und in einem fort flüsterte: »Ich hab Angst. Ich hab Angst. Ich hab Angst.«

Noch jemand sprach. Sie war nicht sicher, wer, es klang wie ein fernes, monotones Gebet. »Bitte, Gott, o bitte, Gott, bitte, Gott …« Die gestammelte Bitte eines Menschen, dessen Gebete eingerostet waren.

Sie hörte ganz deutlich etwas tropfen und drehte sich danach um, trotz der brüllenden Schmerzen in ihrer Schulter. Menschen lagen auch draußen verstreut, aber ein paar waren noch angeschnallt. Der Rücksitz war ein Gewirr von Armen, Beinen, zerdrückten Bierdosen, verknitterten Kleidungsstücken und dunklen, glänzenden, nassen Flecken, die sie nicht näher bestimmen konnte. Ein Gesicht sah sie deutlich. Es war Dig, der auf seinen Sicherheitsgurt verzichtet hatte. Sein Gesicht leuchtete wie der Mond, blass und rund und fern und geheimnisvoll. Seine Augen waren geschlossen. Ein dickflüssiges, dunkles Band rann aus seinem Mundwinkel; ein weiteres aus seinem Ohr.

Wieder begann das Klappern in Lilas Kopf, schneller jetzt, lauter. Und durch ihre schnatternden Zähne brachte sie einen Laut hervor, schickte das einzige Wort, das sie noch kannte, den einzigen Gedanken, den sie fassen konnte, durch ihren Schmerz und ihre Angst hindurch:

»Mommy.«

Kapitel 7

Noch bevor Luz ans Telefon ging, wusste sie es. Es war der Anruf, den jede Mutter fürchtet, mit dem ganz besonderen Grauen, wie es nur Menschen empfinden, deren gesamte Welt aus der Liebe zu anderen besteht. Der Anruf, der für sie bedeutete, dass ihr Leben sich entscheidend verändert hatte, während sie schlief.

Sie war sofort hellwach und nahm schon beim zweiten Klingeln ab. Als sie den Hörer in der Hand hielt, hatte ein Adrenalinstoß jegliche Müdigkeit vertrieben. Gedanklich ging sie die Galerie der entsetzlichen Möglichkeiten durch. Ians Flugzeug war abgestürzt. Mom hatte einen Herzinfarkt erlitten. Jessie … Das musste es sein. Simon wollte vor ihr zu Kreuze kriechen und hatte keine Ahnung, wie spät es jetzt in Amerika war. Gott sei Dank war morgen Schule, und die Kinder lagen sicher in ihren Betten.

Als sie das Gespräch annahm, warf sie einen Blick auf den Wecker. In blutroten Leuchtziffern stand dort 01:36.

»Hallo?«

»Sind Sie die Mutter von Lila Benning?«

Ihre Eingeweide wurden zu Eis. »Ja«, sagte sie mit täuschend klarer, ruhiger Stimme. »Ich bin Lucinda Benning.« So gut wie nie gebrauchte sie ihren verhassten vollen Vornamen, aber sie hatte auch noch nie mitten in der Nacht einen solchen Anruf bekommen.

»Mein Name ist Peggy Moran. Ich bin Krankenschwester im Hillcrest Hospital. Ihre Tochter ist bei uns eingeliefert worden …«

»Das kann nicht sein. Sie schläft in ihrem Zimmer.«

»… Unfallchirurgie im zweiten Stock …«

Luz' Verstand rang noch mit dieser Information, als ihr Körper bereits reagierte; sie klemmte sich das schnurlose Telefon zwischen Schulter und Kinn, sprang aus dem Bett, warf sich etwas über. »Ich weiß nicht, was Sie meinen. Lila liegt doch im Bett.«

»Ma'am, eine Gruppe Jugendlicher war in einen Autounfall verwickelt …«

»Eine Gruppe … dann muss es sich um einen Irrtum handeln.« Schwindel erregende Erleichterung durchströmte sie wie eine Droge. »Es ist mitten unter der Woche. Sie ist hier, zu Hause.« Sie umklammerte das Telefon und lief in Lilas Zimmer, nur für alle Fälle. Für den Fall, dass die Krankenschwester sich irrte. Für den Fall, dass Lila tatsächlich heil und gesund in ihrem Bett lag und das hier ein scheußlicher Albtraum war. Aber nein. Im Zimmer herrschte Chaos, doch das Bett war leer.

»Mrs. Benning, es tut mir Leid, sie ist hier. Wir konnten sie anhand des vorläufigen Führerscheins in ihrer Tasche identifizieren.«

Die Erleichterung verdorrte und trieb davon wie ein verlorener Luftballon. Luz schnappte sich im Vorbeigehen ihre

Handtasche vom Türknauf. »Ist sie bei Bewusstsein? Kann ich sie sprechen?«
»Sie ist gerade beim Röntgen.«
»Ist sie –« Luz schaffte es nicht, die Worte aus dem tiefen Brunnen ihres Entsetzens heraufzuziehen. »Ich bin schon unterwegs. Hören Sie, von hier aus sind das gut sechzig Kilometer. Brauchen Sie meine Einwilligung zu irgendeiner Behandlung oder Operation oder –« Sie verstummte und taumelte gegen das Treppengeländer. Sie konnte nicht glauben, dass sie so etwas sagte.
»Es ist noch zu früh, um das zu beurteilen, Mrs. Benning.« Die Krankenschwester konnte ihr nichts weiter sagen, also legte Luz auf.
Was tun? Was tun? Sie musste los. *Sofort.*
Zum ersten Mal in ihrem Leben wünschte Luz sich ein Handy. Ian besaß eines, aus beruflichen Gründen, doch Luz hatte die Dinger noch nie gemocht – elektronische Nabelschnüre, mit denen man sich nirgendwo mehr verbergen konnte, selbst, wenn man wollte. Jetzt hätte sie sonst was dafür gegeben. Sie wollte sich sofort auf den Weg machen und zugleich Ian Bescheid sagen können, während sie durch die Nacht zu ihrer Tochter raste. Stattdessen musste sie hilflos auf und ab gehen und in dem Hotel in Huntsville anrufen, wo er übernachtete, wenn es für einen seiner Mandanten um Leben und Tod ging.
Die Ehefrauen anderer Anwälte hatten sie stets gewarnt. Ruf deinen Mann niemals mitten in der Nacht an, wenn er beruflich unterwegs ist. Den Anwälten von Todeskandidaten standen für gewöhnlich eine ganze Reihe Praktikantinnen jederzeit zur Verfügung, sogar besonders bereitwillig,

wenn der Anwalt so gut aussah wie Ian. Diese Praktikantinnen waren meist jung, aufrichtig engagiert, idealistisch … und mannstoll. All das schoss ihr durch den Kopf, während die Telefonistin des Hotels ewig brauchte, um abzuheben und sie zu Ians Zimmer durchzustellen.

»Da geht leider niemand ans Telefon. Möchten Sie vielleicht eine Nachricht hinterlassen?«

Während sie den Hund ins Haus ließ, sprach sie das Unaussprechliche in den Hörer und nannte den Namen des Krankenhauses. Sie legte auf und wählte seinen Pieper an. Dann versuchte sie es auf seinem Handy. Er ging nicht dran, also hinterließ sie dieselbe Nachricht auf seiner Mailbox. *Verdammt noch mal, Ian. Wo, zum Teufel, steckst du?*

Sie verbot sich, darüber nachzudenken – oder über sonst etwas, außer, wie sie so schnell wie möglich zu Lila gelangen konnte. Wieder oben, öffnete sie die Tür zum Zimmer der Jungen einen Spalt breit, um sich zu vergewissern, was sie bereits wusste: Sie schliefen tief und fest. Ihre leisen Atemzüge, der Geruch ihrer schlafenden Körper erfüllten sie.

Jessie, dachte sie. Gott sei Dank war sie hier. Sie konnte sich um die Jungen kümmern. Dann zögerte Luz. Jessie hatte nicht die geringste Ahnung, wie man einen Haufen Jungs für die Schule fertig machte. Luz würde sich einfach darauf verlassen müssen, dass ihre Schwester schon irgendwie zurechtkommen würde. Und die Jungs kannten ja ihre morgendliche Routine.

Luz verließ das Haus, warf ihre übergroße Handtasche ins Auto und startete den Motor. Sie ließ ihn laufen und eilte zu Jessies Hütte, wobei sie in der Dunkelheit ein paarmal stolperte. »Jessie«, rief sie und klopfte an die Tür. »Jess, wach auf.« Sie stieß die Tür auf, und ihre Schwester kam ihr aus dem Schlafzimmer entgegen, schläfrig und verwirrt blinzelnd.

»Entschuldige, dass ich dich wecke, aber es ist etwas passiert«, sagte Luz.

Der verschlafene Ausdruck auf Jessies Gesicht wich der Besorgnis. »Was?«

»Es hat einen Autounfall gegeben. Lila liegt im Krankenhaus. Ich muss sofort dorthin.«

Jessie wurde bleich. »Lila!«

»Sie haben eben angerufen. Das Hillcrest Hospital. Ich habe schon eine Nachricht für Ian hinterlassen und fahre jetzt los.«

»O Gott. Das darf doch nicht wahr sein.« Jessies Stimme zitterte, und sie hielt sich am Türrahmen fest. »Ein Autounfall? Aber das kann gar nicht sein. Sie –«

»Hör zu, Jess, die Jungs schlafen in ihrem Zimmer. Ich habe Beaver schon ins Haus gelassen. Könntest du rübergehen und auf sie aufpassen?« Luz merkte, dass ihre Gedanken wild umhersprangen. Sie konnte sich kaum konzentrieren. »Und wenn ich länger brauche, würdest du sie dann um sieben wecken und ihnen Frühstück machen? Der Schulbus holt Owen und Wyatt um Viertel vor acht oben auf dem Hügel ab. Und bitte –«

»Fahr schon, um Himmels willen.« Ungewöhnlich bestimmt übernahm Jessie das Kommando. »Ruf mich an, sobald du etwas weißt.« Jessie umarmte sie kurz und schob sie dann zur Tür. »Ich komme hier schon klar.«

Jessies Worte hallten in Luz' Gedanken nach, während sie sämtliche Tempolimits sträflich missachtete und den Wagen mit eiskalter Perfektion lenkte. Auf der endlos langen Fahrt fühlte sie gar nichts. Ab und zu leuchteten die geheimnisvollen gelben Augen nachtaktiver Tiere im Scheinwerferlicht auf, und sie wusste, dass sie wegen irgendeinem Hirsch oder Gürteltier weder ausweichen noch bremsen würde. Es war, als habe sie ihrer Seele ein Betäubungsmittel gegen das Nerven zerfetzende Grauen verabreicht, das sie in seiner Gewalt haben würde, sobald die natürliche Narkose ihres Körpers nachließ.

Völlig schief stellte sie den Wagen auf einem mit »Besucher« markierten Parkplatz vor dem Krankenhaus ab. Was sollte man in einem Krankenhaus auch anderes sein – Dauermieter vielleicht? Dann eilte sie zum Haupteingang unter einem protzigen Säulenvorbau, der das Krankenhaus absurderweise wie ein Fünf-Sterne-Hotel aussehen ließ.

Bis auf den Krankenwagen neben dem Eingang. Luz zwang sich, nicht hinzusehen, denn wenn sie das tat, würde sie sich ihre Tochter dort drin vorstellen müssen, die aufgebahrt mit dicker Halskrause und festgeschnallt unter einer Foliendecke hilflos dalag und ihre Mutter brauchte.

Mit leisem Zischen öffneten sich die Türen und gaben den Weg in das halbkreisförmige Foyer frei, in dem es vor Leuten wimmelte – Polizisten, Sanitäter, Krankenhausangestellte wie bunte Ostereier in ihrer jeweiligen Kluft. Frauen weinten in den Armen ihrer Männer, ältere Menschen tätschelten die Hände jüngerer Frauen, verwirrte kleine Kinder tapsten im Schlafanzug herum, und alle sahen so aus, als wären sie eben aus dem Schlaf gerissen worden. Katastrophen ließen keine Zeit für Kosmetik, nicht einmal in Texas.

Als Luz sich ihren Weg durch die Menge zu dem hufeisenförmigen Empfang bahnte, erkannte sie Kathys Eltern und Heath Walkers Mutter und seinen Stiefvater. Sie konnte sich nicht erinnern, wie diese Leute hießen. Seit wann kannte sie die Eltern von Lilas Freunden nicht mehr? Früher waren das die Frauen, mit denen sie am See saß, während die Kinder im flachen Wasser planschten; die Familien, die sie am Sonntagnachmittag zum Grillen und Volleyball spielen einluden. Früher standen die Eltern bei Wettkämpfen zusammen am Spielfeld oder am Beckenrand und feuerten ihre Kinder und deren Freunde an. Aber als die Kinder älter wurden, sahen die Eltern sich immer seltener, brauchten einander kaum mehr. Jetzt waren das nur noch Leute, denen sie höflich zunickte, wenn sie ihnen an Elternsprechtagen oder in der Kirche begegnete.

Sie beugte sich über den Empfangstisch, der bedeckt war mit Formularen, Listen und Plastikbehältern mit billigen Kugelschreibern und Büroklammern. »Lila Jane Benning. Ich bin ihre Mutter.«

»Ja, Mrs. Benning.« Eine gehetzt aussehende Angestellte gab den Namen in ihren Computer ein. »Mal sehen. Sie konnte schon aus der Unfallchirurgie verlegt werden, und zwar in Untersuchungsraum vier. Sie ist stabil. Sie können sie besuchen. Ich rufe jemanden, der Sie hinbringt, und –«

Luz konnte nicht so lange warten, sie eilte davon, vorbei an einer offenen Tür mit der Aufschrift »Schockraum«. Mit einem flüchtigen Seitenblick sah sie Ärzte, Schwestern und Techniker, die sich um eine zugedeckte Gestalt auf einer Rolltrage drängten; ihre Kittel waren mit Blut bespritzt wie Metzgerschürzen, der Fußboden mit blutigen Kompressen und blau-weißen Verpackungen übersät. Vom Hauptgang

zweigte ein Flur ab, der mit »Notfall-Chirurgie« bezeichnet war. Auch daran eilte sie vorbei und fand schließlich zu einem großen, länglichen Raum mit Wänden aus Drahtgitter und Glas. Darin standen vier Betten, alle belegt und umringt von Rollcontainern mit Tabletts voll Instrumente, fahrbaren Infusions-Ständern, an denen in klaren Beuteln irgendein geheimnisvolles Elixier hing, und Monitoren, die das Ganze mit elektronischem Piepsen untermalten. Sofort erspähte sie ihre Tochter, eine reglos hingestreckte Gestalt, in Leintücher gehüllt, die obere Körperhälfte hinter einem schlaffen Vorhang verborgen. Nur eine schmale Hand war zu sehen; zwei Finger waren durch so etwas wie Wäscheklammern und weiße Klettbänder mit irgendeinem Monitor verbunden. Luz kannte diese Hand. Schmal und zierlich, wie ihre eigenen. Lilas Augen waren geschlossen, ihr Gesicht blass, aber heil, und eine außerirdisch wirkende Sauerstoffmaske bedeckte Mund und Nase.
»Lila«, sagte sie und eilte ans Bett. Plötzlich zitterte sie und schmolz innerlich. Die Schwester hat gesagt, sie sei stabil, ermahnte Luz sich stumm und sagte dann: »Baby, ich bin da.«
Einen Moment lang war es genau wie damals, kurz nach der Geburt, als Lila nur ein winziges Lebewesen in einem Brutkasten gewesen war, zu zerbrechlich, um es zu berühren. Luz wusste noch, wie sie ihren ganzen Körper an diesen durchsichtigen Behälter gedrückt und ihn umarmt hatte, gebetet hatte: *Lebe, bitte, lebe für mich …*
Sie zwang sich, mit dem Zittern aufzuhören, nahm die Hand ihrer Tochter und betrachtete sie, so makellos und heil, während sie an jenes Neugeborene dachte, das auf der Säuglingsstation in einem Nest von Schläuchen gefangen lag. Ihre

winzigen Hände waren so durchsichtig gewesen, dass man jede Ader erkennen konnte, und manchmal glaubte Luz, sie könnte das Blut durch die zarten Gefäße fließen sehen. So seltsam und wunderschön, mit kleinen, durchsichtigen, ovalen Fingernägeln.

Dies war eine Art Bestrafung, dachte Luz, und es drehte ihr den Magen um. Vielleicht war dies die Vergeltung, vor der ihr seit Lilas Geburt insgeheim gegraut hatte.

Sie hatte sich das Kind ihrer Schwester genommen. Es spielte keine Rolle, dass sie es nur aus den besten Gründen und mit den besten Absichten getan hatte, oder dass Jessie sie angefleht hatte, das Baby zu adoptieren. Luz hatte immer das Gefühl gehabt, dass sie ein solches Geschenk nicht verdiente und der Aufgabe nicht gewachsen war, die Mutter eines Menschen zu sein, der so hilflos und vollkommen und dem Tod so nahe war, dass sie fast schon als Engel gelten konnte.

Doch Lila hatte überlebt. Sie war gediehen. Und nun hätte Luz sie beinahe wieder verloren.

Sie ist stabil. Luz wusste nicht recht, was das bedeutete. Instinktiv strich sie ihrer Tochter beruhigend über den Kopf. Sie spürte Schmutz und Staub und etwas Zähes, Klebriges in Lilas Haar. Sie stank nach Erbrochenem, Blut und Benzin, fremdartige Gerüche an diesem Kind, an Luz' pingeligem kleinen Mädchen, das darauf bestand, extra zur Drogerie zu fahren, um Deo mit Vanilleduft und antibakterielles Duschgel zu kaufen.

»Lila, hörst du mich?«

»Mommy.« Das Flüstern klang so dünn, schwach und lieblich wie Vogelgezwitscher.

Luz machte sich steif, um ein neuerliches Zittern zu unterdrücken, diesmal vor Erleichterung. »Baby, es wird alles wieder gut. Ich bin ja jetzt hier.«

Lila schlug die Augen nicht auf. Obwohl sie reglos dalag, schien sie ein wenig fortzutreiben, sich zurückzuziehen.

»Schätzchen –«

»Sie müssen Mrs. Benning sein.« Ein junger Mann mit einem leichten Akzent und dunkler Haut sprach sie an. Er trug einen weißen Kittel über einer peinlich sauberen Hose, und von seiner Brusttasche hing ein Plastikschild mit dem Namen Roland Martinez. Sein Auftreten war forsch und kompetent, sein Lächeln vermittelte beruhigende Professionalität. »Das rote Haar liegt wohl in der Familie.«

Als er eine Akte aufschlug, klopfte Luz' Herz ängstlich. Du lieber Himmel. Was, wenn sie bei irgendeiner Untersuchung festgestellt hatten, dass Lila nicht ihre leibliche Tochter war? Dies war kein guter Zeitpunkt, um Lila alles erklären zu müssen. »Was ist passiert?«, fragte sie.

»Ihre Tochter war in einen Autounfall verwickelt, zusammen mit fünf anderen jungen Leuten. Lila hat unglaubliches Glück gehabt. Wirklich unglaublich«, wiederholte er. »Sie war angeschnallt und hat nur leichte Verletzungen erlitten.«

Er las in seinen Unterlagen auf einem Klemmbrett aus Aluminium und sagte: »Dr. Raman, der Dienst habende Unfallchirurg, hat sie aufgenommen. Sie wurde in der Unfallchirurgie gründlich untersucht, dann hat die Radiologie noch Röntgenaufnahmen und eine CT gemacht. Es gab keinerlei Hinweise auf innere Verletzungen. Nichts ist gebrochen.« Er deutete auf die Röntgenaufnahmen. Lilas Knochen zeichneten sich vor dem erleuchteten Kästchen an der Wand ab wie zerbrechliche weiße Gespenster.

»Sie hat eine kleine Schnittwunde an einem Bein, eine Prellung an der Schulter vom Sicherheitsgurt, ein paar kleine Kratzer von Glasscherben. Sie sollten in den nächsten Tagen Ihren Hausarzt aufsuchen, aber da wir sonst nichts feststellen konnten, muss Ihre Tochter mehr als einen Schutzengel haben, dass sie bei einem derart schweren Unfall so glimpflich davongekommen ist.«
»Aber das Blut in ihrem Haar?«
»Stammt von einem der anderen Opfer.« Dr. Martinez sprach sehr ruhig und sah Luz unverwandt in die Augen. Sie erlaubte sich nicht, nach den anderen Jugendlichen zu fragen. Noch nicht.
»Warum ist sie so weggetreten? Steht sie unter Schock?«
»Der Alkoholpegel in ihrem Blut beträgt 1,2 Promille, Mrs. Benning.«
Luz atmete hastig, um eine neue Welle der Panik zu beherrschen. Betrunken. Lila hatte sich hinausgeschlichen und betrunken. Lieber Himmel, warum hatte sie nichts davon gewusst? Was war sie nur für eine Mutter?
»Können Sie mir sagen, wie das passiert ist?«
Dr. Martinez setzte sich auf einen Hocker mit Rollen und klemmte sich die Akte unter den Arm. »Mrs. Benning, wissen Sie, was Hügel-Hopping ist?«
»Nein.«
»Man nennt es auch Ramping oder Rampen.«
Wie betäubt schüttelte sie den Kopf.
»Das ist die neueste Version nächtlicher Irrsinnsfahrten. Die Jugendlichen quetschen sich in ein Auto oder einen Jeep und rasen einen Hügel hinauf, bis sie oben abheben. Wie im Film. Nur begreifen diese Kinder leider nicht, dass professi-

onelle Stunts etwas vollkommen anderes sind als ihre verrückten Sprünge. Dem vorläufigen Bericht der Polizei zufolge ist der Jeep fast dreißig Meter weit geflogen und hat sich nach dem Aufprall mehrmals überschlagen, bis er nach weiteren vierzig Metern liegen blieb. Lila hing im Beifahrersitz, immer noch angeschnallt, als der Krankenwagen eintraf.«

»Und ich dachte, sie läge schlafend in ihrem Bett.« Luz schloss die Augen, öffnete sie aber rasch wieder und zwang sich, ihre Tochter anzusehen. »Warum hast du das getan, Lila?«, flüsterte sie gequält. »Warum tust du nur so etwas Verrücktes?«

Lila lächelte schwach. »Ich wollte fliegen.«

»Sind Sie allein hier, Ma'am?«, erkundigte Dr. Martinez sich mitfühlend.

Was er wirklich wissen wollte, war: Sind Sie ganz allein, hat Ihr Mann Sie sitzen lassen, ist denn niemand da, um Sie wieder aufzusammeln, wenn Sie jetzt zusammenbrechen?

»Mein Mann ist verreist, aber er kommt, sobald er kann«, entgegnete sie. »Wie geht es jetzt weiter?«

»Es könnte sein, dass die Polizei sie noch vernehmen möchte. Falls ihr Zustand sich nicht plötzlich verschlechtert, können wir sie bald entlassen.« Er reichte ihr ein Klemmbrett und einen Stift. »Die müssen Sie ausfüllen.«

Luz nahm die Formulare entgegen, und ihre Zähne klapperten, als unendliche Erleichterung sich in ihr ausbreitete. Dann zwang sie sich, die gefürchtete Frage zu stellen: »Was ist mit den anderen Kindern?«

»Vier weitere Opfer werden hier behandelt.« Seine dunklen Augen mit den dichten Wimpern drückten Verständnis und zugleich Diskretion aus. »Ein weiteres Opfer wurde von der

Unfallstelle aus mit dem Rettungshubschrauber nach Brackenridge geflogen.«

»Wer?«

»Ich bin nicht befugt, Ihnen das zu sagen, Mrs. Benning.«

Der Knoten in ihrer Brust löste sich und zerfaserte zu Schmerz. Tausendmal hatte sie das schon in der Zeitung gelesen – *Der Name des Opfers wird bekannt gegeben, sobald die Angehörigen unterrichtet sind* … Und dann wagte sie es, das Undenkbare zu denken. Gott sei Dank war es ein anderes Kind, nicht meines.

Dr. Martinez' Pieper vibrierte auf einem metallenen Rollwagen. »Wenn Sie mich einen Moment entschuldigen würden?«

Luz nickte und versank wieder im Anblick ihrer Tochter. Lila döste anscheinend, oder versteckte sich vielleicht auch hinter ihren geschlossenen Augen. Es traf Luz bis ins Herz, wie knapp Lila einem schlimmen Schicksal entronnen war – sie hätte sterben können, hätte einen Arm oder ein Bein verlieren oder eine schwere Behinderung davontragen können. *Ich wollte fliegen.* Immer schon hatte es sie nach Dingen verlangt, die Luz ihr nicht geben konnte. Fliegen war nur eines von vielen.

Luz zwang sich, sich zu konzentrieren, und arbeitete sich durch die umständlichen, detaillierten Formulare. Die Krankengeschichte. Mit zitternder Hand begann sie, die leeren Felder auszufüllen.

Luz hatte früher auch geträumt. Als junges Mädchen hatte sie sich vorgestellt, dass sie um die ganze Welt reisen würde, um zu fotografieren, was die meisten Menschen niemals selbst sehen würden. Das Taj Mahal, die Höhlen von

Lascaux, die Hochebene von Nasca. Ein Ehemann und Kinder waren in diesem Traum nie vorgekommen. Doch Luz hatte ihre eigenen Träume schon vor Jahren begraben und sich einem Leben verschrieben, wie sie es für sich nie erwartet hatte.

Sie hatte nicht an die Liebe auf den ersten Blick geglaubt, bis zu jenem Tag, als sie in Gestalt eines ernsten Jurastudenten vor ihr stand und sie über einen voll besetzten Bibliothekstisch hinweg anlächelte. In diesem Augenblick hatte sich die Farbe ihrer Träume gewandelt. Sie hatten sehr schnell beschlossen, zu heiraten. Luz würde sich Arbeit suchen, während Ian seinen Abschluss machte, dann würde sie selbst fertig studieren. Für sie war es ganz selbstverständlich, seine Ausbildung über ihre zu stellen, wie sie es auch für Jessie getan hatte. Luz besaß eine Begabung fürs Warten. Vielleicht hatte ihre Mutter sie dazu erzogen – zum Warten. Ihre ganze Kindheit lang hatte sie gewartet – darauf, dass ein Bus sie abholte, dass ihre Mutter sie bemerkte, dass ein Scheck eintraf …

Ian wollte zum Tode Verurteilte vertreten. Damals begriff sie noch nicht, was das bedeutete. Sie glaubte, mit einem Anwalt verheiratet zu sein, bedeute Stabilität, Sicherheit. Sie stellte sich ein schönes Anwesen in einem der alten Villenviertel Austins vor, Partys mit vielen interessanten – nein, faszinierenden – Freunden. Ihre gemeinsame Zukunft stand für sie fest und schimmerte golden und verheißungsvoll.

Der einzige Wermutstropfen war die Tatsache, dass Jessie und Ian sich auf den ersten Blick nicht mochten. Sie begegneten einander nicht direkt unhöflich, aber … reserviert. Als Luz sie danach fragte, allein natürlich, antworteten beide ausweichend. Jessie sagte: »Ich bin nur nicht sicher, ob du mit einem Mann wie ihm glücklich wirst.« Und Ian erklärte: »Sie ist eine Spinnerin.«

Luz verteidigte ihre Schwester, wie sie es immer tat, doch Jessie und Ian wurden nie richtig warm miteinander. Dann, zwei Wochen, bevor Luz und Ian heiraten sollten, hatte Jessie alle mit der Neuigkeit schockiert, dass sie schwanger war und das Baby nicht behalten wollte.

Als Luz sie nach dem Vater fragte, sagte Jessie nur: »Kommt nicht in Frage.« Luz nahm an, er sei verheiratet. Sie bot Jessie an, ihr zu helfen. Schließlich würde Jessie nicht die erste ledige Mutter auf der Welt sein. Jessie gab zu, dass sie das Baby gern bekommen wollte, aber es war einfach unmöglich. Sie hatte solche Angst. Sie hatte eine ganze Nacht lang geweint. Luz wusste das, weil sie bei ihr geblieben war. »Ich könnte doch nicht mal einen Goldfisch am Leben erhalten«, schluchzte Jessie, bezogen auf eines der unglücklichen Haustiere aus ihrer Kindheit.

Simon hatte ihr angeboten, an einem Fotografieprojekt mitzuwirken, das von der BBC finanziert wurde, im selben Herbst im Ausland beginnen und Jahre später mit einer Ausstellung enden würde, die um die ganze Welt gehen sollte. Diese Arbeit würde schwer genug sein für jemanden, der frei und ungebunden war. Für eine Frau mit einem Baby wäre sie schlicht undenkbar. Doch Jessie wollte dabei sein. Sie musste da mitmachen. Es bedeutete ihr alles. Dieses Projekt war eine einmalige, großartige Gelegenheit.

Ein *Baby* war eine einmalige Gelegenheit, hatte Luz damals gedacht.

Jessie hatte gesagt: »Ich bin ein schrecklicher Mensch. Ich

schäme mich so. Aber ich wäre diesem Baby eine noch schrecklichere Mutter. Das wäre erst recht grausam.«
Luz sagte Ian, sie wolle, dass sie beide das Baby gleich nach der Geburt adoptierten. Er war kreideweiß geworden und hatte gefragt warum. Sie hatte ihm erklärt, sie könnten nicht zulassen, dass Jessie es weggab. Ihre ungewöhnliche Kindheit hatte dazu geführt, dass Jessie einfach keine Mutter sein konnte. Doch bei Luz hatte sie das Gegenteil bewirkt. Sie wollte die ganze Welt bemuttern. »Dieses Kind ist mein eigen Fleisch und Blut«, sagte Luz.
Ian fragte stammelnd nach dem Vater des Babys, und Luz erzählte ihm von ihrer Vermutung, es sei Simon. Für Luz war Ians Zustimmung eine Kapitulation. Sie hatte die Schlacht gewonnen. Insgeheim war sie immer ein wenig neidisch auf jene Adoptiveltern, die sich dieser Aufgabe als Paar in gemeinsamer Begeisterung widmeten. In Wahrheit hatte sie Ian, der sich mit Händen und Füßen wehrte, in die Vaterrolle gezwungen.
Doch dafür hatte sie ihn umso mehr geliebt. Statt der geplanten Flitterwochen auf Hawaii bekamen sie ein Baby in der Frauenklinik. Sie versprachen einander, dass sie später verreisen würden, wenn das Baby alt genug dafür war.
Im siebten Monat von Jessies Schwangerschaft ging etwas schief. Das Baby kam praktisch ohne Vorwarnung einige Wochen zu früh, und zwar so schnell, dass die Ärzte das Einsetzen der Geburtswehen nicht mehr verhindern konnten. Das Neugeborene wurde von Apparaten am Leben erhalten. Vom Augenblick seiner Geburt an liebte Luz das kleine Mädchen und wachte über den Winzling mit einem Beschützerinstinkt, der wie Feuer brannte.

Jessie drehte beinahe durch, als die Ärzte ihre Prognose verkündeten. Sie bestand darauf, die Adoptionsunterlagen wenige Stunden nach der Geburt zu unterschreiben. Da Lila ohnehin kaum überleben würde, unterschrieben auch Luz und Ian sofort, und sei es nur, damit die Kleine Eltern bekam, die um sie trauern und ihr einen anderen Namen als Die Kleine Ryder geben würden. Luz fragte Jessie, ob sie irgendjemanden anrufen sollte – sie dachte dabei an den Vater des Kindes. Aber Jessie sagte nur: »Er weiß es.« Luz glaubte, sie fantasiere.

Lila wurde zu ihrer ganzen Welt, dieses hilflose Wunder unter Glas, das aller Wahrscheinlichkeit trotzte und einen Tag nach dem anderen überlebte. Luz hielt Wache auf der Neugeborenenstation und wich nicht von dem Brutkasten aus klarem Plexiglas, in dem ihr Baby lag. Sie feierte jeden künstlichen Atemzug, der in den viel zu kleinen Körper gepumpt wurde. Sie dankte Gott für jeden Augenblick, den Lila ohne neue, schlimme Diagnose überlebte. Luz' Hingabe floss in das Baby wie Leben spendendes Blut durch eine Nabelschnur. Sie nährte das um sein Leben ringende Neugeborene mit ihrer Liebe, die so machtvoll war, dass sie einem sichtbaren, pulsierenden Strom glich.

An dem Tag, als sie Lila mit nach Hause nehmen durften, räumte Luz die Reiseführer weg und verbannte ihre Träume ins Regal. Sie war so erschöpft von diesen schweren Tagen wie jede Frau nach einer schwierigen Geburt, und sie vergaß, dass sie Lila nicht selbst unter dem Herzen getragen hatte. Die durchwachten Tage und Nächte hatten Luz eine verrückte Kraft verliehen, und sie ließ sich auf einen neuen Traum ein – ihr Kind wachsen und gedeihen zu sehen. Und

Lila wuchs und gedieh und wurde zu einem zauberhaften kleinen Mädchen, einem ungebetenen Geschenk, für das Luz Gott unter Tränen dankte.

Doch Jessie war auch ein Teil von Lila, erinnerte sich Luz, während sie ein Kreuzchen nach dem anderen in der Spalte Nein auf dem Fragebogen des Krankenhauses eintrug, der die typischen Fragen zur Krankengeschichte der Familie stellte. Was, wenn sie eine Bluttransfusion gebraucht hätte? Luz erschauerte. Der Unfall, in Verbindung mit Jessies urplötzlichem Erscheinen, schleuderte ihr die Wahrheit über Lilas Abstammung ins Gesicht wie einen Eimer kaltes Wasser.

Dann füllte sie die unvermeidlichen Zeilen über die »Erziehungsberechtigten« aus. Meine Güte, wie leicht es gewesen war, Jessies Bitte nachzukommen und die Adoption geheim zu halten. Indem sie nach Edenville zurückkehrten, erfanden sie sich selbst neu, modelten ihre Ziele und Träume um. Sie hörten auf, große Reisen zu planen – angesichts ihrer Schulden und Verpflichtungen erschien das sinnlos. Dann kam Wyatt, dann Owen und schließlich Scottie. Natürlich waren nicht alle Schwangerschaften geplant, aber alle wurden mit stiller, beinahe stoischer Freude begrüßt. Ian arbeitete hart und war ein guter Vater, wenngleich er mit Lila immer anders umgegangen war als mit den Jungs. Der Albtraum, sie gleich nach der Geburt beinahe zu verlieren, ließ ihn nie ganz los. Luz hingegen liebte ihre Babys und das Muttersein zu sehr, um zu merken, dass sie sich selbst verlor.

Jahre und Träume verblassten wie das Herbstlaub des Verirrten Wäldchens vom Eagle Lake, so allmählich, dass sie es nicht bemerkte, bis sie eines Tages aufblickte und von dem leuchtenden Rosarot, Bernstein und Orange nur noch ein

dumpfes, einheitlich trübes Braun geblieben war. Sie verbot sich, verbittert zu sein. Jeder Tag war so erfüllt. Sie hatte so viel, einen Mann, der sie liebte, vier fröhliche, gesunde Kinder – Luz biss sich auf die Lippe und füllte das Formular fertig aus. Dann beobachtete sie eine Weile die schlafende Lila und wurde immer unruhiger, während die Minuten verstrichen. Draußen auf dem Flur konnte sie Heaths Eltern sehen, die mit drei Ärzten sprachen, und ihre entsetzten Gesichter sagten ihr, dass es nicht gut stand. Sie wandte sich ab und hoffte, sie würden sie nicht sehen. Sich schuldig zu fühlen, weil man glücklich davongekommen war, tat eigenartig weh.
Sie legte das Klemmbrett beiseite, erhob sich und ging auf und ab, wobei sie immer wieder einen Blick auf Lila warf. Sie sah aus wie eine keltische Prinzessin, so zart, ätherisch und lieblich. Doch offenbar besaß sie die gleiche, tief verwurzelte Wildheit wie ihre leibliche Mutter, die gleiche Persönlichkeit, die sämtliche Aufmerksamkeit auf sich zog, die gleiche betörende Mischung aus Klugheit und Charme. Luz fragte sich, wie Jessie so … so präsent sein konnte in einem Kind, das sie verlassen hatte, bevor es seinen ersten Sonnenaufgang erlebt hatte.
»Mrs. Benning?«
Ein wenig schuldbewusst schrak sie zusammen und blickte auf. Der Sprecher grüßte mit einem Griff an seinen Cowboyhut und nahm ihn dann ab. Er war ein stämmiger Mann und trug das langärmelige blaue Hemd mit Krawatte und die flachen Cowboystiefel der hiesigen Polizeiuniform. Auf seiner Dienstmarke stand der Name P. McKnight. An Schulter und Hüfte trug er das klassische Zubehör seiner Zunft – eine Pistole im Halfter, Handschellen, ein Funkgerät, einen Schlag-

stock. Er strahlte das Selbstvertrauen eines Mannes aus, der nach der texanischen Formel geschworen hatte, zu schützen und zu retten; doch in ihr rief das den unlogischen, zornigen Gedanken hervor, dass er darin versagt hatte, Lila vor ihrer rebellischen Natur zu schützen oder aus der Gefahr zu retten, die ein Auto voll leichtsinniger Freunde darstellte.

»Ich bin Officer McKnight, Ma'am. Ich muss noch einiges für den Unfallbericht überprüfen«, sagte er. Er erzählte ihr mehr, als er sie fragte, und gemeinsam erarbeiteten sie das wahrscheinliche Geschehen. Lila hatte sich hinausgeschlichen und war zu Heath Walker in dessen Jeep gestiegen. Sie hatten die anderen Jugendlichen irgendwo abgeholt und waren zum Hügel-Hopping gefahren. Luz wand sich, als Officer McKnight ausführlich auf ihre familiären Schwierigkeiten mit Lila zu sprechen kam. Die schlechten Noten, das häufige Schwänzen, das verstockte Schweigen, die wütenden Ausbrüche, wenn sie beide von Frust überwältigt wurden. Das Bier, die Joints. Wie lange ging das schon so? Luz konnte es beim besten Willen nicht sagen.

Hilflos blickte sie in die weltmüden Augen des Autobahnpolizisten. »Ich liebe meine Tochter. Ich hätte das nie für möglich gehalten. Ich wusste nicht, dass sie … hätte nie gedacht, dass sie sich nachts hinausschleichen, Bier trinken und Gras rauchen würde.«

Sein Funkgerät quakte und brummte, und er entschuldigte sich. Luz sah auf die Uhr. Halb sechs Uhr morgens. Himmel, wo war die Nacht geblieben? Und wo, zum Teufel, blieb Ian?

Luz ging hinaus in den Warteraum und suchte in ihrer Handtasche nach Kleingeld. Sie fütterte das Münztelefon und wählte.

Jessie hob beim ersten Klingeln ab. »Wie geht es ihr?«
»Soweit ganz gut«, sagte Luz hastig, um ihre Schwester aus der Nerven zerfetzenden Qual der Ungewissheit zu erlösen. »Nur ein paar Schnittwunden und Prellungen. Sie werden sie entlassen, sobald – ich weiß gar nicht genau, worauf wir eigentlich warten. Ich konnte Ian nicht erreichen, aber ich habe ihm eine Nachricht hinterlassen. Bestimmt ist er schon auf dem Rückweg von Huntsville.« Sie fand, dass es sich grässlich anhörte, als könne sie ihren Mann nicht finden und müsse sich eine Entschuldigung für ihn ausdenken.
»Was ist passiert?«, fragte Jessie.
Luz holte tief Luft. Sie hatte das seltsame Gefühl, sich rechtfertigen zu müssen, und spielte mit dem silbrigen Telefonkabel herum. »Sie hat sich letzte Nacht aus dem Haus geschlichen.«
Ein langes, angespanntes Zögern summte in der Leitung. Luz konnte das Schweigen ihrer Schwester nicht einordnen. Sie atmete tief durch und fuhr fort: »Sie hat sich mit ein paar anderen Jugendlichen getroffen, und sie sind zum Hügel-Hopping gefahren.« Luz nahm den Telefonhörer ans andere Ohr und wischte sich die schweißfeuchte Handfläche an der Hose ab, um dann ihrer Schwester diesen neuesten, verrückten Teenie-Trend zu erklären. Währenddessen stellte sie sich vor, wie Heaths Jeep durch die Luft flog und Kinder im Gebüsch verstreute. »Das ist offenbar ein neuer Extremsport.«
Wieder dieses Zögern. Dann sagte Jessie: »Neu ist das nicht unbedingt.«
»Wie meinst du das?«
»Erinnerst du dich noch an diesen El Dorado, den ich mit sechzehn hatte?«

»Vage.« Luz sah eine alte grüne Blechkiste vor sich; ein Fenster ließ sich nicht mehr schließen, und aus dem Radio tönte blechern Rockabilly. Dann erinnerte sie sich, dass sie das Wrack zum Schrottplatz abschleppen lassen mussten, nachdem Jessie es damit gerade noch scheppernd nach Hause geschafft hatte – der rechte Vorderreifen in Fetzen gerissen, die Front nicht mehr zu retten.
Sie bekam eine Gänsehaut. »Willst du damit sagen –«
»Ridgetop Road, in Richtung Steinbruch, richtig? Seven Hills? Diese Dummheit muss wohl erblich sein. Und Lila fehlt wirklich nichts?«
»Nein. Ein böser Schreck.« Luz beschloss, nicht zu erwähnen, dass Lila getrunken hatte.
»Und was ist mit dem Jungen?«
»Woher wusstest du, dass ein Junge dabei war? Ich habe keinen erwähnt.«
»Bei solchen Sachen ist doch immer ein Junge im Spiel, oder nicht? Du hast gesagt, sie hätte sich mit anderen Jugendlichen getroffen.«
»So ist es. In dem Auto saßen drei Jungen und drei Mädchen.«
»O Gott.« Jessie klang elend. »Und, sind alle okay?«
»Ich fürchte, nein. Einer von ihnen musste nach Brackenridge geflogen werden. Ich glaube –« Sie wandte sich vom Warteraum ab und drückte sich in der offenen Telefonzelle an die Wand, um möglichst unsichtbar zu sein. »Ich fürchte, es steht sehr schlecht um ihn, aber niemand will mir etwas sagen. Ich habe Angst um Lila. Ich weiß nicht, wie sie damit zurechtkommen wird, wenn sie erst wieder ganz bei sich ist.«

»Sie schafft das schon«, sagte Jessie. »Wir sorgen dafür, dass alles wieder gut wird.«

»Danke, Jess. Wir kommen so bald wie möglich nach Hause.«

Luz hängte den Hörer auf und stellte sich ihre Schwester vor. Es war so ein Schock gewesen, sie plötzlich vor ihrer Tür zu sehen, eine jüngere, lebhaftere Ausgabe ihrer selbst. Jessie war mit ihrem typischen 1000-Watt-Lächeln über Edenville gekommen wie ein Technicolor-Tornado. Und nun betreute sie allein Luz' Jungs.

Luz drehte sich um und ließ den Blick durch den Wartebereich schweifen. Sie hatte Lila schon mehr als einmal in die Notaufnahme gebracht, als sie von einer Schaukel gefallen und sich das Kinn aufgeschlagen hatte, und als sie sich beim Sprung von diesem Scheunendach das Handgelenk verstaucht hatte. Wyatt hatte sie letztes Jahr an einem Sonntag hergebracht, weil er sich den Fuß an einem rostigen Nagel aufgerissen hatte, und im Sommer vor ein paar Jahren hatte sie sich selbst hier eingeliefert, weil sie mit diesem ganz besonderen Problem nicht zu ihrem Hausarzt im Ort gehen wollte.

Nun wirkte der Wartebereich chaotisch, immer mehr Leute drängten sich darin. Als sie Mrs. Linden, die Schulpsychologin, erkannte, wurde ihr das Ausmaß dieses Unfalls erst richtig klar. Sechs Jugendliche hatten in dem Auto gesessen. Sechs Familien, sechs Mütter waren mitten in der Nacht aus dem Schlaf gerissen worden. Die Auswirkungen dieses Unfalls würden sich ausbreiten wie Kreise im Wasser, wenn man einen Stein hinein warf; schon wurden sie rasch größer und nahmen mit jedem Augenblick noch mehr Raum ein.

Menschen weinten, tobten, beteten. Die Polizei versuchte, alle zu befragen. Nell Bridger brach in Mrs. Lindens Armen schluchzend zusammen, und in Luz' Innern zog sich etwas vor Entsetzen zusammen. Nell hatte zwei Söhne, Travis und Dig. Welcher von ihnen hatte in dem Jeep gesessen? Beide? Sie versuchte, durch das Gedränge in der Halle zu Nell vorzudringen, doch ihre Freundin verließ, auf die Psychologin gestützt, rasch das Krankenhaus. Der Lärm schwoll zu einem Crescendo der Verzweiflung an. Luz hätte sich am liebsten die Ohren zugehalten, um die vielen Stimmen voll Angst und Wut nicht hören zu müssen.
In dieses Durcheinander trat nun ihr Mann und suchte mit besorgtem Blick den Wartebereich ab. Luz' Herz schlug höher, als sie ihn auf sich zukommen sah. Sie trafen sich mitten im Chaos, und sie klammerte sich an ihn, ihren sicheren Hafen in diesen stürmischen Wirren.
Sie sagte nichts, denn sie fürchtete, dass ihr bittere Vorwürfe herausrutschen könnten. Oft nahm seine Arbeit all seine Zeit in Anspruch. Sein Beruf spielte sich nun einmal nicht zwischen neun und fünf ab. Er hatte Geburtstage und erste Schritte verpasst, Schwimmwettkämpfe und Elternsprechtage, weil er bei Gericht oder in einer Sitzung war, bei einem Wettlauf mit der Zeit, um jemanden vor der Hinrichtung zu retten. Sie war stolz auf seine Arbeit, aber manchmal – Gott, manchmal wünschte sie sich mehr von ihm. Den ganzen Mann.
»Wie geht es ihr?«, murmelte er. »Kann ich zu ihr?«
Luz krallte sich an seinem Hemd fest. Ihre Knie gaben nach, und beinahe wäre sie zusammengebrochen. »Es ist nicht weiter schlimm.«

Sie umarmten einander, und ein Blitz flammte auf. Die Medien waren da, getrieben von ihrem Hunger nach allem, was Zeitungen oder Sendezeit verkaufen könnte. Luz nahm Ian bei der Hand, schlängelte sich durch die Menge bis in den Flur und eilte dann weiter zum Untersuchungszimmer.

Lila saß im Bett und trank aus einer Plastikflasche. Ihr Haar umrahmte ihren Kopf wie ein rötlicher Schleier, und die erbarmungslos grelle Deckenbeleuchtung sog jegliche Farbe aus ihrem Gesicht. Als sie Ian bemerkte, schaute sie rasch wieder weg. »Daddy.«

»He, meine Süße.« Ian blieb am Fußende des Bettes stehen und betrachtete sie mit einer Art verhaltener Verehrung, die an Angst grenzte. Er berührte Lila nicht, legte nur eine Hand auf das gestärkte Laken, das ihr Bein bedeckte. Ian berührte Lila überhaupt nur noch selten; seit die Pubertät eingesetzt hatte, behandelte er sie wie ein fremdartiges, exotisches Wesen, mit dem nur ausgebildete Spezialisten umgehen konnten. »Bist du sicher, dass ihr nichts fehlt?«, wandte er sich flüsternd an Luz.

»Ja. Bleib bei ihr.« Luz wollte endlich aus diesem Krankenhaus raus. Sie wollte ihre Familie einsammeln und von diesen kränklich beigefarbenen Fluren fortbringen, von diesem Untersuchungsraum mit all den beängstigenden Geräten, die über Verletzungen, Leben oder Tod bestimmten. »Ich suche jemanden, der mir hilft, damit wir endlich hier verschwinden können.« Sie ließ ihn vor dem Bett stehen.

Nach ihrer Erfahrung mit einem frühgeborenen Baby wusste sie, wie man der Bürokratie eines Krankenhauses beikam. Sie war erst entschlossen, dann geradezu grob, während sie Dr. Martinez ausfindig machte und ihm erklärte, wenn Lila nicht sofort entlassen würde, werde sie einfach ihre Tochter nehmen und gehen. Der Arzt versprach, sich sofort darum zu kümmern. Luz war immer überrascht, wenn jemand sich offensichtlich von ihr einschüchtern ließ. Doch ihre Kinder verliehen ihr eine wilde Stärke. Schon immer. Immer noch. Von dem Moment an, da sie Lila zum ersten Mal gesehen hatte, war Luz erstaunlich aggressiv geworden, wenn es galt, sie zu schützen.

Stolz trug sie einen Stapel unterschriebener Formulare davon und marschierte damit ins Untersuchungszimmer, um Ian die frohe Botschaft zu bringen. Während Dr. Martinez letzte Anweisungen herunterratterte, legte er Lila eine Halskrause an, sicherheitshalber. Mit diesem hohen, steifen Kragen sah sie aus wie eine zornige ägyptische Göttin, als sie widerwillig in dem Rollstuhl Platz nahm, den sie laut Krankenhausvorschrift bis zum Parkplatz benutzen musste.

Der Ärger ging los, als sie Lila durch den Wartebereich schoben. Eltern und andere Verwandte waren dort versammelt, und offenbar war Lila die Erste, die das Krankenhaus verließ. Einige Eltern musterten sie sehnsüchtig und mit unterdrückter Ablehnung. Lilas Entlassung erinnerte sie allzu deutlich daran, dass ihre eigenen Kinder noch bleiben mussten.

Als sie sich dem Haupteingang näherten, trat eine Frau mit grauem Gesicht und rot geweinten Augen auf sie zu. »Ich bin Cheryl Hayes. Heath Walkers Mutter.«

Heath Walker. Lilas erste große Liebe. Die hormonell aufgeladene Leidenschaft der beiden Teenager im Zaum zu halten, war, als wollte man eine Sturmflut eindämmen. Dieser Mädchenschwarm mit seinem guten Aussehen, seiner texanisch lockeren, coolen Art und seinen umwerfenden dunklen Augen hatte ihre Tochter in der Nacht aus dem Haus gelockt, sie mit seinen Fahrkünsten beeindrucken wollen, sie in unaussprechliche Gefahr gebracht, ja, beinahe getötet.

»Lucinda Benning«, sagte sie mit zugeschnürter Kehle. »Und das ist mein Mann Ian.«

Die Frau nahm sie in keiner Weise zur Kenntnis. Stattdessen hielt sie den Blick auf Lila gerichtet, die ernst zu ihr aufschaute. »Mrs. Hayes, geht es Heath gut?«

»Natürlich geht es ihm nicht gut. Er ist nicht sehr schwer verletzt, Gott sei Dank, aber die Football-Saison ist für ihn gelaufen. Das ist allein deine Schuld, junge Dame.« Der Vorwurf traf wie ein Peitschenschlag. »Heath wäre gestern Abend gar nicht ausgegangen, wenn du ihn nicht gedrängt hättest –«

»Einen Moment mal«, platzte Luz wütend heraus. Aus dem Augenwinkel sah sie Lila zusammenzucken, doch sie konnte sich nicht beherrschen. »Ihr Sohn hat am Steuer gesessen. Wie können Sie es wagen, meiner Tochter –«

»Wenn Sie uns jetzt entschuldigen würden.« Ian schnitt seiner Frau gelassen und glatt das Wort ab und legte eine Hand in ihren Rücken. »Wir müssen alle damit fertig werden, was heute Nacht passiert ist, Mrs. Hayes, aber solche Beschuldigungen nützen weder uns noch unseren Kindern. Ich wünsche Ihnen und Ihrem Sohn alles Gute. Auf Wiedersehen.« Seine geübte Anwaltsstimme ließ sie einen Augenblick verstummen, lang genug, dass sie es bis zur Tür schafften. Forsch geleitete er Luz und Lila hinaus, doch Luz spürte, wie ihr verspätete Zornesröte ins Gesicht stieg. »Wie kann diese Frau es wagen, so etwas zu sagen?«

»Sie ist sehr aufgeregt«, erklärte er. »Die Leute suchen immer jemanden, dem sie die Schuld geben können, wenn etwas Schreckliches passiert.«
»Sie hat Recht«, sagte Lila, die die Geduld verlor, als der Krankenpfleger die Fußstützen des Rollstuhls hochklappte. Sie stieg einfach darüber, stand auf und ging steif auf den Parkplatz zu. »Ich wollte, dass Heath den Jeep fliegen lässt. Das mag ich so gern.«
Luz' Magen wurde zu Stein, als sie Ian ihren Autoschlüssel reichte. »Fahr du.«
Er folgte ihr zum Wagen und hielt Lila die hintere Tür auf. Ihre Tochter schlüpfte hinein und schnallte sich an, bevor ihre Eltern sie daran erinnern konnten, wobei sie vor Schmerz das Gesicht verzog. Sie lehnte sich zurück und schloss die Augen.
»Heath ist gefahren«, sagte Luz und nahm auf dem Beifahrersitz Platz. »Was er getan hat, war allein seine Entscheidung, und er ist dafür verantwortlich.«
Lila gähnte und seufzte. Ihre scheinbare Gleichgültigkeit in dieser Situation war nur Fassade; Luz entging die einzelne Träne nicht, die ihrer Tochter über die Wange lief und auf den gepolsterten Rand der Halskrause tropfte. Lila trug ihre Abwehrhaltung wie eine Rüstung.
In scheußlichem Schweigen fuhren sie vom Krankenhaus weg. Ihre Tochter hatte eben ein Trauma erlitten. Sie hatte ihnen noch nicht enthüllt, was sie in jenen schrecklichen Augenblicken gesehen, gehört und gefühlt hatte. Ihre Aussage bei der Polizei hatte sich zum größten Teil auf *Ich weiß es nicht mehr* beschränkt, und Luz war nicht sicher, ob das der Wahrheit entsprach. Sicher war sie jedoch in einem Punkt: Sie ver-

ließ sich als Mutter auf ihren Instinkt, und der sagte ihr, dass jetzt, da die Sonne über den Hügeln um Edenville aufging, nicht der richtige Zeitpunkt für harte Fragen war.
Ian fehlte diese pragmatische, mütterliche Vernunft. Er war ein Mann, Anwalt und ein schonungslos ehrlicher Mensch.
»Von jetzt an wird sich einiges ändern«, sagte er, und in seinem Kiefer zuckte ein Muskel.
»Lass uns darüber reden, wenn wir zu Hause sind, okay?« Luz' Hand zitterte, als sie sich das Haar aus dem Gesicht strich. Dann drehte sie sich zum Rücksitz um und sah, dass Lila mit geschlossenen Augen und offenem Mund fest schlief.
Sie streckte die Hand aus und legte sie auf die Hand ihrer Tochter. Die Landschaft flog wie verschmiert vorüber, Sandsteinhügel, weizengelbes Gras und blauer Morgenhimmel. Hier und da schoss ein Rennkuckuck zwischen den Weißdornbüschen hindurch, und das Vieh auf den Weiden sammelte sich an den Salzlecksteinen. Lastwagen und hummelgelbe Schulbusse rumpelten an ihnen vorbei. Autos bogen zu kleinen Ladenstraßen mit Videotheken und Waschsalons ab. Für Leute, deren Leben sich in der vergangenen Nacht nicht plötzlich verändert hatte, war heute ein ganz gewöhnlicher Tag im ländlichen Texas.
»Wo warst du gestern Nacht?«, fragte sie Ian.
»Wir hatten noch eine späte Besprechung mit dem Team und dem Wachmann, der die Nachtschicht hatte. Dann haben wir Pizza bestellt und uns verquatscht. Als ich deine Nachricht bekam, musste ich Matlock aufwecken, damit er mich nach Hause fliegt. Mitten in der Nacht war der Tower nicht besetzt, deshalb musste er sich erst um die Starterlaub-

nis kümmern. Ich bin so schnell gekommen, wie es nur irgend ging, Luz. Das weißt du. Aber ich war dir noch nie schnell genug, nicht?«

»Was?« Sie sah ihn stirnrunzelnd an. Was sollte das denn bedeuten?

»Ach, nichts. Wir sind beide erschöpft. Wer passt auf die Jungs auf?«, fragte Ian und legte einen höheren Gang ein.

»Na, was denkst du denn, wer?« Luz hielt die Antwort für offensichtlich. »Jessie natürlich.«

»Ich dachte, du hättest vielleicht jemanden angerufen, der mehr – jemanden, der die Jungs besser kennt.«

»Jessie war gleich nebenan. Und sie ist ihre Tante.«

»Ja, schon.«

»Aber du fühlst dich nicht wohl bei dem Gedanken, dass sie auf sie aufpasst.«

Er warf einen Blick in den Rückspiegel. »Sie ist eine Spinnerin. Sie war schon immer unzuverlässig. Ich sage ja nicht, dass sie den Jungs etwas antun würde, aber sie könnte … nicht umsichtig genug sein.«

»Jetzt mal halblang, Ian. Sie ist nicht mehr derselbe Mensch wie vor sechzehn Jahren. Das ist keiner von uns. Und in einer Notlage kann ich mich auf Jessie verlassen. Immer schon.«

»Nenn mir ein einziges Beispiel, wann Jessie für dich da war.«

»Sie hat mir einmal das Leben gerettet. Davon habe ich dir nie erzählt, nicht wahr?«

»Jessie?« Er zog eine Augenbraue hoch. »Wie viel Kaffee hast du heute Nacht getrunken?«

»Im Ernst. Das war, als wir noch klein waren, in einem eisigen Winter. Die Teiche waren zugefroren. Die Leute sagten damals, zum ersten Mal seit fünfzig Jahren sei das Eis dick genug, um darauf Schlittschuh zu laufen. Das mussten wir natürlich ausprobieren. Wir sind eine gute Stunde durch den Wald zu Cutters Teich gelaufen. Wir hatten keine richtigen Schlittschuhe, aber wir haben es geschafft, den ganzen Tag lang in Tennisschuhen übers Eis zu rutschen. Jessie und ich blieben am längsten. Alle anderen Kinder mussten zu Hause sein, bevor es dunkel wurde, aber … na ja, du kennst ja meine Mutter. Wenn es nach ihr ging, hätten wir wohl bis zum Frühling bleiben können.«

Luz zog ein Bein an und drehte sich halb auf dem Sitz herum, sodass sie die schlafende Lila betrachten konnte. Es war immer ihr Ziel gewesen, die Art von Mutter zu werden, die Glenny Ryder nie gewesen war. Andere Kinder kehrten in warme Häuser zurück, wo freundliches Licht durch die Fenster fiel und ein großer Topf Suppe auf dem Herd köchelte. Wenn Luz und Jessie nach Hause gingen, erwartete sie nichts außer stumpfem Fernsehen und ein paar belegten Broten.

»Es wurde schon ziemlich dunkel«, fuhr sie fort, »aber wir wollten noch eine Runde um den Teich drehen. Nur noch eine. Ich glaube, das war das erste Mal, dass ich Jessie bei einem Wettrennen geschlagen habe. Aber ich bin gestürzt und gegen einen Baum geschlittert. Mein Knöchel tat so weh, dass ich nicht mehr auftreten konnte, und aus meinem Ellbogen ist das Blut nur so gespritzt. Ich konnte unmöglich nach Hause laufen. Es wurde so schnell dunkel, als würde jemand einen Vorhang zuziehen. Sie hat Holz gesucht und ein Feuer für mich angezündet. Bis zu jenem Tag wusste ich nicht mal, dass sie Feuerholz richtig aufstapeln konnte, oder dass sie immer eine Schachtel Streichhölzer dabeihatte. Dann ist sie zurück in den Ort gegangen, um Hilfe zu holen. Es ist mir bis heute ein Rätsel, wie sie den Weg durch den Wald gefunden hat. Aber sie hat es tatsächlich geschafft und ist um sechs in Edenville aufgetaucht, als die Leute gerade die Abendnachrichten anschauten. Alle glaubten, sie wolle ihnen einen Bären aufbinden, also ist sie in den Geländewagen des Sheriffs gestiegen, hat den Motor angelassen und die Sirene eingeschaltet. Ich wette, sie wäre schnurstracks in den Wald gefahren, wenn sie nicht endlich bereit gewesen wären, ihr zu glauben. Jessie ist stark, wenn es darauf ankommt. Sie war nur bisher selten in Situationen, in denen es darauf ankam.«

»Weil du ihr die schweren Entscheidungen immer abgenommen hast«, brummte Ian.

»Wie bitte?«, brauste Luz auf.

»Du hast mich schon verstanden.« Er holte tief Luft und rang sichtlich um Beherrschung. »Es tut mir Leid, Schatz. Aber du musst doch zugeben, dass du Jess mehr als eine Schwester warst.«

Luz streckte die Hand aus und strich ihrer Tochter eine verirrte Strähne aus der Stirn. Welch ein Abenteuer, Lilas Mutter zu sein. Vor sechzehn Jahren hatte Luz in ihrem Leben eine völlig neue Richtung eingeschlagen, und sie folgte diesem unerwarteten Weg heute noch, immer tiefer in unerforschtes Gebiet.

Ian fuhr mit lässiger Präzision; ein Handgelenk ruhte oben auf dem Lenkrad, während er die zahlreichen Hügel und überraschenden Kurven meisterte. Er wich geschickt dem

Kadaver eines Hirsches aus, sodass die Krähen von ihrem Festmahl aufstoben.

»Alles klar, Mrs. Benning?«

Sie nickte, obwohl die Erschöpfung schwer an ihr klebte wie Zuckerrohrsirup.

»Also, was machen wir jetzt mit unserer jugendlichen Delinquentin?«, fragte er direkt, ganz der Anwalt. »Ich bin dafür, sie lebenslänglich wegzusperren.«

Luz nickte. Hausarrest. Sie hielt noch immer die Hand ihrer Tochter und schwor sich, dass von nun an alles anders würde. Sie schwor es hoch und heilig. So ging das nicht mehr. Sie würden Regeln aufstellen, ein Machtwort sprechen.

Ab sofort würde nichts mehr so sein wie zuvor.

Kapitel 8

»Du bist wie meine Mom, aber du bist anders«, erklärte Scottie.

Jessies jüngster Neffe stand auf einem Küchenstuhl, mit nichts als einem T-Shirt bekleidet. Nach einer schlaflosen Nacht hatte Jessie es gerade noch geschafft, die beiden anderen mit einem Frühstück im Magen und ordentlich angezogen hoch zur Straße zum Schulbus zu bringen. Scottie hatte sie vor dem Fernseher geparkt, wo er, den Kopf an die Rippen seines schlafenden Hundes gelehnt, die letzte Dreiviertelstunde verbracht hatte.

»Ich bin wie deine Mom, weil ich ihre Schwester bin«, sagte Jessie, während sie einen Plastikkorb mit frischer Wäsche durchwühlte, den sie auf dem Wäschetrockner gefunden hatte. »Aha.« Sie zog eine Spiderman-Unterhose heraus. »Ich wette, die gehört dir.«

»Nee. Owen.«

»Aber du könntest sie doch mal anziehen, nur heute.«

»Nee.« Er betrachtete sie mit viel zu ernster Miene für einen so kleinen Jungen.

»Und was ist mit der hier?« Sie hielt eine weitere Unterhose empor, bedruckt mit einer grünen Zeichentrickfigur, die sie nicht kannte.

»Gehört Wyatt. Wo ist Mom?« Sein Ernst grenzte nun schon an Verzweiflung. Jessie wusste, ohne ihn fragen zu müssen, dass er noch nie in einem Haus ohne Mutter aufgewacht war.

Scheußlich, was, Kleiner?

Jessie wusste nicht, was sie tun sollte, wenn er in Tränen ausbrach. Hastig durchsuchte sie den Wäschekorb und hielt auf einmal zarte Spitze in der Hand – einen Tanga.

»Aber das ist bestimmt deine.«

»Nee-hee.« Ein Lächeln umspielte seine Mundwinkel.

»Nicht?« Jessie sah ihn mit gespieltem Erstaunen an. »Du meinst, du trägst gar keine rosa Spitzenhöschen?«

»Ist Lilas«, sagte er.

Uups. War Lila nicht ein bisschen zu jung für so etwas? »Siehst du denn hier drin eine von deinen Unterhosen?«

»Nee.«

»Willst du dann den ganzen Tag als kleiner Nacktarsch rumlaufen?«

»Hihi, du hast Arsch gesagt.«

»Ist das schlimm?«

»Wir sagen Popo.«

»Oh. Das nächste Mal denk ich dran.« Sie blickte sich in dem Durcheinander um und entdeckte eine winzige Badehose, die vom Türknauf hing. Sie erinnerte an Surfer-Shorts und war mit dunkelblauen Hibiskusblüten bedruckt. »Scottie, ich habe eine tolle Idee.« Sie zeigte auf die Badehose.

»Meine Badehose!« Er krabbelte vom Stuhl und lief mit wackelndem, nacktem Po herüber.

Jessie griff nach dem Höschen. Sie bekam nur leere Luft zu fassen.

Lieber Gott, nicht jetzt. Sie streckte wieder die Hand aus, und ihre Fingerknöchel schlugen gegen die Tür. Konzentrieren. Genau hinsehen. Grimmig entschlossen konzentrierte sie sich ganz aufs Sehen, versuchte es noch einmal und bekam die Hose zu fassen. »Voilà«, sagte sie und hielt sie ihm hin.

»Wah-la«, echote Scottie mit breitem Grinsen.

Minuten später lächelte er immer noch, als Jessie schon längst die Geduld verloren hatte. Ihr Neffe bestand darauf, sich die Hose ganz allein anzuziehen, und fand offenbar nichts dabei, eine den Tag füllende Aktion daraus zu machen.

Himmel. Luz hatte das mit vier Kindern durchgemacht. Und dabei nicht den Verstand verloren. Wie war das möglich? Doch während sie zusah, wie Scottie erst einen Fuß, dann umständlich den anderen einfädelte, überkam Jessie eine plötzliche Zärtlichkeit, die sich süß in ihr ausbreitete wie warmer Milchkaffee. Der Kleine war mehr als niedlich mit seinem Schopf schokobrauner Locken; vor lauter Konzentration schob er die kleine Zunge aus dem Mund, während die tapsigen Füßchen sich durch den Stoff kämpften. Deutlich fühlte sie die Jahre mit Lila, die sie verloren hatte. *Lieber Gott, was habe ich da verpasst?*

»Ich bin so froh, dass ich dich noch gesehen habe, Scottie«, flüsterte sie vor sich hin.

»Hä?«

Sie lächelte. »Ich freue mich nur, dich zu sehen. Bestimmt hat keine andere Tante auf der ganzen Welt so viel Glück wie ich.«

Er widmete sich wieder der Prozedur mit seiner Hose und brauchte eine Ewigkeit für den Klettverschluss am Bund. Inzwischen hatte Jessie ein Fläschchen rosa Nagellack gefunden und lackierte sich die Zehennägel, um sich grimmig zu beweisen, dass sie auf dem rechten Auge noch genug sehen konnte. Durch das schrumpfende Gesichtsfeld war ihre Nahsicht noch fast perfekt. Sie blickte auf und sah, dass Scottie sie beobachtete. Wortlos streckte er ihr seinen kleinen, nackten Fuß hin.

Als führe sie ein ernsthaftes Ritual durch, lackierte Jessie seine Zehennägel. Sein Gesichtsausdruck erfüllte sie mit absurder Befriedigung. Dann schlug seine wechselhafte Laune wieder um. »Wo ist Mom?«, fragte er mit besorgter Miene. »Sie hat gesagt, wir dürfen Cheetos zum Frühstück essen.«

»Nee.«

»Und rote Brause.« Sie nahm ihn bei der Hand und führte ihn zum Kühlschrank.

Seit Luz sie geweckt hatte, nagten Schuldgefühle an ihr, und nun brachen sie beinahe durch.

Ich hätte Lila gestern Nacht aufhalten können. Sie scheute vor diesem Gedanken zurück, wünschte, sie könnte vor ihm davonlaufen, doch das ging nicht. Sie hatte mitgespielt, hatte Lilas Umtriebe gedeckt, als handelte es sich nur um einen albernen Streich.

Wir gehen nur ein bisschen am See spazieren, ehrlich, weiter nichts.

Warum hatte sie die Lüge in diesen großen, grünen Augen nicht gesehen und angesprochen – Herrgott, war sie denn jetzt schon blind? Warum hatte sie die Unaufrichtigkeit in dieser bettelnden Mädchenstimme nicht gehört? Sie hätte es merken müssen, denn es war gerade so gewesen, als blickte sie durch einen Spiegel in die Vergangenheit. Sie hatte früher ständig gelogen, ständig Unsinn angestellt. Die Einzige, die Jessie je durchschaut hatte, war natürlich Luz. Himmel. Sie würde auf der Stelle ihr Augenlicht hergeben, um ihre Entscheidung von gestern Nacht noch einmal treffen zu dürfen.

»Und, wo sind die Cheetos?«, fragte Scottie.

Sie strich ihm über die seidigen Locken. »Ich glaube, ich habe welche in der Speisekammer gesehen.«

Er folgte ihr durch die Küche. Sie hob ihn auf den Kinderstuhl am Tisch, öffnete eine kleine Tüte Cheetos und goss ihm dazu eine Tasse künstlich-rotes Kool-Aid ein. Er stürzte sich darauf und hatte schon die Hälfte gegessen, bevor sie erkannte, was sie da anrichtete, und ihm stattdessen Haferflocken vorsetzte.

Ihr war elend vor Herzklopfen. Alles geschah viel zu schnell, und sie wusste nicht, wie sie es verlangsamen konnte. Sie konnte auch sich nicht bremsen. Ihre Tochter offenbar ebenso wenig. Und jetzt fütterte sie dieses Kind mit dem ungesündesten, wertlosesten Frühstück auf dem gesamten Planeten. Sie würde in der Hölle schmoren.

Nachdem sie alle Fenster geöffnet hatte, um die frische Morgenluft hereinzulassen, setzte sie sich zu Scottie. In dieser sonnigen Essecke hatten sie früher auch gefrühstückt, und Jessie hatte sie irgendwie größer in Erinnerung, obwohl sich kaum etwas verändert hatte. Da stand derselbe alte Eichentisch, vielleicht mit ein paar neuen Kratzern und Scharten. Auf einem Wandbord stand eine kleine Uhr, deren Leuchtziffern 2:26 Uhr anzeigten.

»Die Uhr da geht falsch«, bemerkte sie. Als würde das einen Vierjährigen interessieren.

»Das ist die Jessie-Uhr.«
Sie runzelte die Stirn. »Ich verstehe nicht, was du meinst.« Doch als er übertrieben mit den Schultern zuckte, ging ihr ein Licht auf. Luz hatte die Uhr so gestellt, dass sie die Zeit in Neuseeland zeigte. Ach, Luz, dachte sie. Jessie hatte immer angerufen, wann es ihr gerade passte, ohne erst auszurechnen, wie spät es in Texas war. Aber anscheinend wusste Luz immer genau, wie spät es bei Jessie war.
Neben der Uhr standen ein paar Golftrophäen ihrer Mutter, die nun als Stützen für gerahmte Fotografien von Luz' Kindern dienten. Eine ganze Wand war künstlerisch mit einer Collage aus Fotos bedeckt.
»Die Bilder hat bestimmt alle deine Mama gemacht«, sagte sie zu Scottie.
»Ja-a.«
»Das habe ich doch gleich gesehen«, sagte sie. »Sie macht die schönsten Fotos auf der ganzen Welt, findest du nicht?«
»Ja-a.«
Vor allem die Aufnahmen von Lila zogen Jessies Blick auf sich. Sie zeigten das Mädchen in seiner ganzen Entwicklung, vom tapsigen Kleinkind bis hin zu einer atemberaubenden Prinzessin in einem smaragdgrünen, texanisch üppig mit Schleifen und Bändern verzierten Abendkleid. Sie stand neben dem unverschämt gut aussehenden Jungen von gestern Nacht. Keith? Nein, Heath. Die interessantere Hälfte von Heathcliff. Jeder andere hätte aus diesem Foto einen Schnappschuss von einem hübschen Pärchen im Foyer gemacht, doch soweit Jessie wusste, hatte Luz noch nie einfach nur einen Schnappschuss gemacht. Ihre Arbeit war einfach großartig. Mit ihrem geradezu magischen Auge und ihrem unheimli-

chen Timing war es Luz gelungen, das tiefste Wesen der beiden einzufangen – ihre Jugend und Verletzlichkeit, ihre Schönheit, Kraft und Furchtlosigkeit. Sie fragte sich, ob diese jungen Menschen nach der vergangenen Nacht je wieder furchtlos sein würden.

»Ich weiß noch, als deine Mom ihre erste richtige Kamera bekommen hat«, erzählte sie. »Zu Weihnachten, da war sie zwölf, und ich neun. Unsere Mama –«

»Eure Mama?« Er blickte skeptisch zu ihr auf.

»Die Dame, die immer braun gebrannt ist«, erinnerte Jessie ihn und fragte sich, wann Scottie seine Großmutter zuletzt gesehen hatte. »Die ihr Miss Glenny nennen sollt.«

»Ja! Und Opa Stu ist der mit dem Zauberstuhl, wo ich auch mal mitfahren darf.«

Jessie hatte keine Ahnung, wovon er sprach, also fuhr sie mit ihrer Geschichte fort. »Also, Miss Glenny hat den Kameraladen in der Main Street als Sponsor gewonnen, und von denen hat deine Mom eine richtige Kamera für Erwachsene bekommen, und so viele Filme, wie sie wollte.«

In jenem Jahr hatte die Presse sich auf Glenny Ryders Töchter gestürzt, die ihr rotes Haar – ihr Markenzeichen – und ihr blendendes Lächeln geerbt hatten. Luz und Jessie ihrerseits waren ihrer Mutter auf Schritt und Tritt gefolgt wie die Miniaturausgabe einer Profifotografin samt Assistentin. Das war ein gutes Jahr gewesen. Jessie erinnerte sich an ein üppiges Weihnachtsfest in Broken Rock und eine Reihe neuer, glänzender Trophäen in der Sammlung.

Sie hatte eine lebhafte Erinnerung daran, wie sie mit Luz Fotos entwickelt hatte. Sie hatten das kleinste Gästehaus in eine Dunkelkammer verwandelt und dort Stunde um Stunde verbracht. Es war wie Magie, wenn sie das Papier in die Entwicklerflüssigkeit tauchten und dann das Bild erschien. Die Fotografie war ein Wunder, ein Zauber aus Licht und Alchemie, die sich zu einem festgehaltenen Bild verbanden. Die gespenstische, blutrote Lampe in der feuchten Dunkelkammer färbte Hände und Gesichter der Schwestern und schuf einen dunklen Kokon, in dem Jessie und Luz sich fühlten, als seien sie die einzigen Menschen auf der Welt.

Bald darauf war Ehemann Nummer zwei auf den Plan getreten, ein blonder, braun gebrannter, jüngerer Mann, der Glennys Geld doppelt so schnell ausgab, wie sie es gewann, und dann verschwand, ohne eine neue Adresse anzugeben, sodass seine Gläubiger ihn nicht finden konnten. Doch Luz hatte diese erste Kamera immer wie einen Schatz gehütet – sie war der Beginn einer lebenslangen Liebesgeschichte mit der Fotografie gewesen. Manchmal fragte sich Jessie mit schlechtem Gewissen, ob alle Kinderträume von Luz sich irgendwie in Jessies Herz geschlichen hatten.

Nun begriff Jessie, was sie dafür eingetauscht hatte.

Ihr Blick fiel auf ein meisterhaftes Bild aller vier Kinder zusammen, die auf einer Wiese voll Glockenblumen spielten. Die Kinder waren ebenso sehr Teil der Landschaft wie die Lebenseichen und wogenden Hügel.

»Ihr seid bestimmt sehr stolz auf die Fotos eurer Mom«, bemerkte sie.

»Ja-a.«

»Kannst du eigentlich noch was anderes sagen außer ja-a?« Sie ahmte ihn so perfekt nach, dass sie ihm damit ein entzückendes Grinsen entlockte.

»Ja-a.«

Sie packte ihn und drückte ihn an sich, genoss seine lebendige Wärme und den Kinderduft.
Ein ferner, klagender Ruf lenkte sie ab. Eine Bewegung auf dem See zog ihren Blick auf sich. Durch das breite Panoramafenster sah sie eine Schar Seetaucher vom Himmel auf den See herabstoßen.
»Siehst du die Vögel, Scottie?« Sie setzte ihn wieder hin, und schweigend sahen sie aus dem Fenster. Die Vögel landeten in V-Formation, beinahe militärisch akkurat. Sie glitten über den See auf den Steg zu, wo das grün-weiße Wasserflugzeug sanft auf den Wellen schaukelte. »Hast du dieses Flugzeug schon mal fliegen gesehen?«
Er nickte und stellte sich auf seinen Stuhl. »Ambers Daddy fliegt damit.«
Der Pilot. Rusty oder Dusty hatte Luz gesagt. »Ist Amber deine Freundin?«
Sie fing Scotties Blick auf, und sie sagten es zusammen: »Ja-a«, woraufhin beide kichern mussten. Sie fühlte sich immer noch so leicht und fröhlich, als die Vögel wie auf Kommando, wie ein Körper, wieder abhoben. Ganz deutlich konnte sie den Augenblick bestimmen, da sie Luft unter die anmutig ausgebreiteten Flügel bekamen. Sie empfand dieses Gefühl in Brust und Armen nach, und unwillkürlich hob sich ihr Kinn, als die Schar aufstieg und eine glitzernde, zarte Spur aus Wassertropfen hinterließ.
Die Vögel flogen über die Wipfel der Ahornbäume hinweg, drehten dann ab und zogen davon. Dieses Bild berührte sie schmerzlich, und sie schluckte schwer gegen die plötzliche Traurigkeit über ihren Verlust an. Was werde ich sehen, wenn ich nicht mehr sehen kann?

»Tante Jessie?«
Sie wandte sich Scottie zu und verbannte rasch die Sorge aus ihrem Gesicht, eine so häufige, eingeschliffene Bewegung, dass sie ganz automatisch ablief. »Ja, was denn?«
»Ich muss Pipi machen.«
»Du weißt doch, wo die Toilette ist.«
Er glitt von seinem Kinderstuhl, streckte ihr die Hand hin und blickte beharrlich zu ihr auf. Sie nahm seine Hand und bemerkte, dass seine Finger mit leuchtend orangefarbenem Pulver bedeckt waren. »Hoffentlich kommt dein Pipi nicht Kool-Aid-rot raus«, sagte sie und führte ihn den Flur entlang zur Toilette.
Er kletterte hinauf wie ein Cowboy auf sein Pferd. An der Wand war eine Tabelle befestigt, mit lauter Sternen beklebt: Scotties Töpfchentabelle. O, Luz, dachte sie. Und du hältst *mein* Leben für exotisch.
Als sie unter dem Waschbecken nach einer neuen Rolle Tolettenpapier suchte, entdeckte sie eine zerknitterte Drogerietüte und konnte der Versuchung nicht widerstehen, hineinzuschauen.
Ein Schwangerschaftstest, ungeöffnet. Ihre Schwester war stets auf alles vorbereitet.
Scottie sprang auf, als hätte ihn ein Krokodil in den Po gezwickt. »Mom ist wieder da!« Ohne erst auf das Papier zu warten, wollte er hinausflitzen.
Er musste ein Gehör wie eine Fledermaus haben, dachte Jessie und ließ ihn so lange nicht durch die Tür, bis er sich die Badehose hochgezogen und die Hände gewaschen hatte. Er wischte sie an den Shorts trocken, sauste zur Haustür und stürmte hinaus, dicht gefolgt von Beaver. Er hüpfte eine

Stufe nach der anderen hinunter, und seine nackten Füße klatschten auf das Holz.

Der Ausdruck reiner Freude auf seinem Gesicht ließ Jessie in diesem einen Augenblick begreifen. Keine noch so schillernde Karriere konnte sich jemals hiermit messen, mit diesem strahlenden Kindergesicht, dem Jubel in seiner Stimme, als er rief: *Mom ist wieder da.*

Luz stieg aus dem Auto, fing Scottie auf und drückte ihn an sich. Über seinen Lockenkopf hinweg sah sie Jessie an, und Jessie wusste nicht recht, was sie aus diesem Blick herauslesen sollte. Erleichterung? Vorwürfe?

Jessie blieb auf der Veranda stehen, verblüfft, aber eigentlich nicht überrascht, als sie einen großen Mann etwas umständlich vom Fahrersitz aufstehen sah. Offenbar war Ian in der Nacht über ganz Texas hinweggeflogen, um zu seiner verunglückten Tochter zu gelangen. Wusste Lila, welch ein Glück sie hatte?

Kapitel 9

Als Ian Benning seine Schwägerin auf der Veranda stehen sah, wurde er an etwas erinnert, das er keiner Seele je erzählt hatte: Seine Frau Luz war nicht die einzige schöne Frau, mit der er in seinem Leben geschlafen hatte.
Jessie nach so vielen Jahren wiederzusehen, bestätigte das nur. An dieser unbestreitbaren Tatsache hatte sich nichts geändert.
Nicht, dass er das jemals aussprechen würde, doch es stimmte. In einem kurzen, flatternden Rock und einem engen Top sah sie aus wie ein Model für sexy Unterwäsche – sie hatte eine aufregende Ausstrahlung von Gefahr und Drama. Es herrschte eine andere Schwingung, wenn Jessie in der Nähe war. Die Luft schien zu vibrieren, elektrisch aufgeladen wie vor einem Gewitter, und zog alle Aufmerksamkeit auf ein heißes Zentrum. Ihre bloße Anwesenheit ließ Männer den Wunsch verspüren, Heldentaten zu vollbringen, Schätze zu erkämpfen und sie ihr zu Füßen zu legen. Während seiner kurzen, unreifen Affäre mit ihr hatte sie ihn nie so recht an sich herangelassen – manche Männer fanden das vielleicht spannend, doch Ian hatte es nur frustriert. Sobald die Glut

schwächer wurde, war Jessie verschwunden, auf zum nächsten Abenteuer. Er wusste noch, wie erleichtert er gewesen war. Er war einem lautlosen, unsichtbaren Geschoss ausgewichen.

Ein paar Wochen später hatte er sie schon fast vergessen, als er sie plötzlich wiedersah. Es fühlte sich an wie ein Schlag in die Magengrube. Sie saß in der Bibliothek und half einer tauben Studentin bei einer Biologiearbeit – das hätte ihm bereits alles sagen sollen. Als er näher herantrat, erkannte er, dass sie gar nicht Jessie war, sondern jemand, der ihr unheimlich ähnlich sah. Sie ertappte ihn dabei, wie er um sie herumschlich und sie anstarrte … Also stellte er sich ihr vor. Sie hieß Luz Ryder, und ihm war sofort klar, dass die beiden Schwestern sein mussten. Luz sah aus wie Jessie und hatte die gleiche Stimme, doch ihr fehlte Jessies hektische, beunruhigende Schönheit, ihre ansteckende Energie. Alles an Luz war still und ruhig; sie besaß eine Wärme, die das Herz berührte und die Seele tröstete. Für Jessie wollte ein Mann vielleicht Drachen töten, doch Luz inspirierte ihn zu Leistungen, die realistischer und dauerhafter waren – und somit noch schwerer zu erbringen. Für sie wollte er ein guter Mann sein, der Vorstellung gerecht werden, die sie von ihm hatte. Ian verliebte sich in sie, noch bevor die Sonne an jenem Tag unterging, und liebte sie seither.

Jessie in einem völlig neuen Zusammenhang, als Luz' Schwester, wiederzusehen, war zunächst ein wenig unangenehm. Doch das verging, als Ian und Jessie erkannten, dass sie eines gemeinsam hatten – ihre Loyalität Luz gegenüber.

Dann ließ Luz die Bombe platzen und erklärte ihm, Jessie sei schwanger und sie, Luz, wolle das Baby adoptieren. Ian sträubte sich. Er wollte ihr gemeinsames Leben auf einem frischen Fundament aufbauen und nicht um Jessies Fehler herum zusammenschustern. Doch wenn es um ihre Schwester ging, bewies Luz einen eisernen Willen. Ein Nein kam einfach nicht in Frage.

Ian passte einen Moment unter vier Augen mit Jessie ab und konfrontierte sie mit der unvermeidlichen Frage. Er konnte das Echo ihrer Antwort über all die Jahre hinweg hören: »Nein.«

Mit dieser Antwort gab er sich zufrieden. Sie war stürmisch und geheimnisvoll, und er wusste, dass sie auch mit anderen Männern ausgegangen war. Manchmal nagte die Frage an ihm, doch Jessie behauptete steif und fest, er könne es gar nicht sein. Schließlich gestand er sich ein, dass es wesentlich einfacher war, es dabei zu belassen. Sie war ein Fehltritt gewesen, ein hormonelles Strohfeuer, weiter nichts.

Vom Augenblick ihrer Geburt an hatte Lila die Familie dominiert. Sie stellte sie vor jede Herausforderung, die ein Kind nur bieten konnte. Ian versuchte, alle Kinder gleich zu behandeln, doch Lila stellte andere Anforderungen an ihn. Er liebte sie so sehr, dass es wehtat, doch seine Liebe war kompliziert. Er wusste nicht, was sie von ihm brauchte. Oder er von ihr.

»Daddy!« Scottie holte ihn in die Gegenwart zurück, indem er auf ihn zuschoss wie eine menschliche Kanonenkugel. Ian fing seinen Jüngsten auf und drückte ihn an sich. Das Kind roch nach ungesundem, pappig süßem Essen. Jedes seiner Kinder besaß Ians Herz auf seine eigene Weise; Scottie band es mit Lachen und Freude. Voll Vertrauen darauf, dass sein Vater ihn fest hielt, ließ Scottie sich zurückfallen und breitete

die Arme aus, damit Ian ihn wie ein Flugzeug herumwirbeln konnte.
»Ich hab dich vermisst, du kleines Ungeheuer«, sagte er.
»Tante Jessie hat auf mich aufgepasst.« Er deutete zum Haus.
»Das sehe ich.« Ihre Blicke trafen sich, verweilten einen Moment und schweiften dann ab.
Jessie kam von der Veranda herunter – nackte Füße, lange, braun gebrannte Beine, ein paar Maori-Tattoos an sehr interessanten Stellen – und eilte zum Wagen. Sie tätschelte beiläufig, unpersönlich, seinen Arm und schob sich dann an ihm vorbei. »Lila, alles in Ordnung?«, fragte sie, als das Mädchen ausstieg.
»Was ist denn mit deinem Hals?«, wollte Scottie wissen.
»Mir geht's gut.« Lila winkte die besorgten Fragen ab. »Alles okay. Spätestens, wenn ich das Ding endlich los bin.« Bevor Luz sie davon abhalten konnte, riss Lila den Klettverschluss der Halskrause auf und warf sie fort. Beaver stürzte sich darauf, packte das seltsame Ding und schüttelte es energisch.
»He, du.« Jessie umarmte Lila vorsichtig, als sei sie zerbrechlich.
Ian versuchte sich vorzustellen, was in diesem Augenblick in Jessie vorging, da sie ihre Nichte an sich drückte, die in Wahrheit ihre Tochter war.
»Ist es dein Kopf?«, fragte Luz. »Ist dir schwindlig?«
»Nein, Mom.« Lila bemühte sich kaum, ihren genervten Tonfall zu mildern. Ihr zitterndes Kinn wies auf die wahren Gefühle hin, die sie zu verbergen suchte. »Ich bin nur müde.«
Scottie wand sich an seinem Vater herab wie an einem

Baumstamm. »Lila! Warum bist'n du ganz schmutzig, Lila? Und was ist mit deinen Haaren?«
Der Kleine hatte seine Schwester schon immer besonders gern gehabt, obwohl Ian kaum nachvollziehen konnte, warum. Lila scheuchte ihn stets weg wie ein lästiges Insekt. Aber wenn sie sich unbeobachtet glaubte, kuschelte sie oft mit ihm.
»Lila!«, beharrte Scottie.
»Ja, Nervensäge?«
»Lila, wo hast'n du die Fingernägel her, Lila?« Bevor sie ihm ausweichen konnte, schnappte er sich ihre Hand und musterte die flammend roten Fingernägel.
»Ich bin damit auf die Welt gekommen«, brummte sie.
»Nee.«
»Bin ich doch.«
»Bist du gar nicht.«
Die beiden gingen ins Haus, noch immer über die Fingernägel streitend. Die Fliegengittertür knallte hinter ihnen zu. Der plötzliche, scharfe Knall ließ Ian zusammenfahren.
»Du bist ja totenbleich«, sagte Luz und rieb seinen Arm. »Du packst das schon«, fügte sie hinzu, als könnte sie es wahr machen, indem sie es laut aussprach. »Das Schlimmste ist überstanden.«
»Herrgott, wie kannst du so was sagen? Begreifst du es denn nicht, Luz? Letzte Nacht ist für mich eine Welt zusammengebrochen. Verstehst du, ich habe Fälle verloren. Ich habe Mörder sterben gesehen. Ich habe Unschuldige für Verbrechen sterben gesehen, die sie nicht begangen haben. Habe ihre trauernden Mütter in den Armen gehalten. Aber das hier ist schlimmer. Es ist persönlich. Es trifft meine eigene

verdammte Familie. Die ich beschützen sollte, aber stattdessen kommt mein eigenes Kind beinahe ums Leben. Ich habe versagt, ich habe sie nicht beschützen können.«

»Du hast nicht versagt«, warf Jessie ein. »Es ist meine Schuld.«

Sowohl Ian als auch Luz wandten sich mit gequältem Blick zu ihr um. »Was, zum Teufel, soll das jetzt heißen?«, fragte er.

»Setzt euch. Das sollten wir hier draußen besprechen.« Im Schatten einer Lebenseiche, die ihre Äste wie ein riesiger Regenschirm über ihnen ausbreitete, setzten sie sich in Metallstühle mit rostigen Ecken.

Ian betrachtete seine Schwägerin interessiert und gespannt. Die großartige, freigebige Schwester. Noch immer konnte er nicht ganz fassen, dass sie tatsächlich hier war. Anstatt sie willkommen zu heißen, wollte er sie aussperren. Aber weder Wand noch Tür, noch sonst irgendeine Barriere hatte Jessie je von dem abhalten können, was Jessie wollte.

Sie saß ihm gegenüber wie ein Wesen aus einem Traum. Ihre gebräunten Beine glänzten wie poliertes Holz, ihre Füße waren nackt, die Zehennägel pink lackiert. Auf ihrem rechten Schlüsselbein prangte eine Tätowierung, ein Maori-Symbol. Dann bekam er ein schlechtes Gewissen, weil er sie anstarrte, und wandte seine Aufmerksamkeit seiner Frau zu.

»Wie fühlst du dich?«, fragte er Luz. »Kann ich dir eine Tasse Kaffee holen oder –«

»Hören wir erst einmal Jess zu«, erwiderte sie und lächelte ihre Schwester ermutigend an. »Warum, um alles in der Welt, glaubst du, es sei deine Schuld?«

»Ich habe sie gesehen, als sie sich mit ihrem Freund weggeschlichen hat.« Jessies Stimme zitterte. »Letzte Nacht. Sie hat ihn mir sogar noch vorgestellt. Und ich habe sie einfach gehen lassen.«

Ian warf einen Blick auf Luz, die wiederum ihre Schwester anstarrte, als habe Jessie sie geschlagen. Er streckte die Hand aus, legte sie sanft in ihren Nacken und massierte beruhigend die verspannten Muskeln. Jessie verschränkte die Arme vor dem Bauch. In diesem Moment sah sie nicht mehr so schön aus, nur verloren, als sei ihr Steuermechanismus ausgefallen. In seinem Beruf waren ihm schon Menschen begegnet, die so aussahen. Das waren nicht die Todeskandidaten selbst, sondern ihre Familien – Mütter, Schwestern und Töchter, die einen langen Weg über die verschlungenen Pfade der Justiz hinter sich hatten und am Ende einen klinisch wirkenden Zellenblock und eine Todeskammer vorfanden.

»Sie hat gestern Nacht das Haus verlassen und sich mit ihrem Freund getroffen«, sagte Jessie. »Sie sind am Gästehaus vorbeigekommen, und ich habe sie gesehen.«

»Mitten in der Nacht?«

»Ich war wegen dem Zeitunterschied so durcheinander, dass ich nicht wusste, wie spät es war. Ich habe sie sprechen gehört, also bin ich rausgegangen, und da waren sie. Ich glaube, ich habe sie mehr erschreckt als sie mich. Lila hat mir Heath vorgestellt und gesagt, sie wollten nur ein bisschen am See spazieren gehen.« Sie blinzelte hastig und blickte zwischen Ian und Luz hin und her. »Ehrlich, ich habe nichts Schlimmes daran gefunden.«

»Ein bisschen spazieren gehen.« Luz' Stimme nahm jene schneidende Schärfe an, die so tief schmerzen konnte. Jessie tat Ian beinahe Leid. Beinahe. »Seit wann geht ein Junge nachts um elf mit seiner Freundin einfach nur spazieren?« Ian rieb nun ihren Rücken, doch sie schien es gar nicht zu bemerken.

»Na gut, ich habe mir auch gedacht, dass es wohl um ein bisschen mehr ging. Aber ich wäre nicht im Traum darauf gekommen, dass sie abhauen würden.« Jessie schüttelte den Kopf. »Ich kann es nicht fassen, dass sie mich belogen hat.«

Ian lachte auf. »Lebst du hinterm Mond?«

»Warum hast du mich nicht geweckt?«, fragte Luz.

»Sie ist doch kein Kleinkind, das in den See fallen und ertrinken könnte.« Jessie sah ihrer Schwester in die Augen, und Ian erkannte, wie schwer ihr das fiel. »Es tut mir so Leid, Luz. Ich kann dir gar nicht sagen, wie Leid mir das tut.«

»Also hätte das alles verhindert werden können«, sagte Luz mit leiser, fassungsloser Stimme. »Wenn du nur etwas gesagt hättest –«

»He.« Mit diesem sanften Einwurf überraschte Ian sogar sich selbst. »Du weißt doch, wie das ist, Luz, vor allem bei Lila. Wenn sie sich rausschleichen wollte, dann hätte sie das geschafft, ob Jessie uns Bescheid gesagt hätte oder nicht.«

Jessie warf ihm einen dankbaren Blick zu, doch er achtete nicht darauf. Er machte sich eher Gedanken um Luz. Sie hatte es in letzter Zeit sehr schwer mit Lila, und wenn Luz sich in die Ecke gedrängt fühlte, ging sie zum Angriff über. Lila jagte auch Ian Angst ein, aber er war da realistischer. Die Menschen taten eben, was sie wollten – ob es nun dumm war oder edel oder anderen das Herz brach –, und daran konnte nicht einmal eine Mutter viel ändern.

Luz presste kurz die Lippen zusammen und schloss die

Augen, und dann spürte er, wie sie sich zur Entspannung zwang. Er fühlte sich, als hätte er eine Bombe entschärft. Und dann bekam er ein schlechtes Gewissen, weil er darüber erleichtert war.

»Er hat Recht«, sagte Luz schließlich. »Du konntest nicht wissen, was sie vorhatten, und du hättest sie nicht davon abhalten können. Ich wünschte nur –« Sie brach ab und biss sich auf die Lippe, doch Ian merkte Jessie an, dass sie auch den unausgesprochenen Rest gehört hatte: *Ich wünschte nur, du hättest es wenigstens versucht.*

»Ich hätte nicht hierher zurückkommen dürfen«, sagte Jessie. »Hätte sie nicht wiedersehen dürfen. Es ist, als hätte ich einen Fluch mit hierher gebracht. Am besten verschwinde ich sofort wieder.«

»Darin bist du richtig gut, Jess.« Schonungslose Ehrlichkeit war Luz' Spezialität.

»Also dann, warum nicht?«

»Weil ich dich hier brauche, verdammt noch mal«, sagte Luz, und ihre Stimme – ihre starke, niemals zittrige Stimme – brach mit einem Schluchzen. »Kannst du nicht einmal in deinem Leben da bleiben, wo du gebraucht wirst, nur für eine Weile?«

»Luz«, flüsterte Jessie. »Ach, Luz, nicht weinen.«

Die Schwestern standen auf und fielen einander erschöpft in die Arme. Ian stand abseits und sah ihre Nähe, ihre Verzweiflung. Sie hatten sich viele Jahre lang nicht gesehen, doch das Band zwischen ihnen war noch immer da, wie ein Magnet, der im Lauf der Zeit nicht schwächer, sondern sogar stärker geworden war.

»Du hast mir auch oft Angst gemacht«, flüsterte Luz.

Jessie lachte unsicher. »Du warst es, die einem Angst einjagen konnte.«
Luz löste sich von ihr und hatte das offenbar nicht verstanden, Ian jedoch verstand sehr wohl. »Wir sollten jetzt reingehen und mit Lila reden«, erinnerte er sie.
Sie nickte und nahm seine Hand, eine süße Geste, doch er konnte das Gefühl, dass sie ihn brauchte und sich auf ihn verließ, nicht genießen, so rasch war sie wieder hart und fest entschlossen.
»Kann ich später auch mit ihr sprechen?«, fragte Jessie.
»Ja, das wäre gut«, sagte Ian. »Sie muss sich wirklich bei dir entschuldigen, weil sie dich angelogen hat.«
Jessie ging sofort in die Luft. »Und was ist mit der Lüge, die wir ihr erzählt haben? Vielleicht sind wir diejenigen, die sich bei ihr entschuldigen sollten.« Sie funkelte ihre Schwester an. »Ja, *diese* Lüge.«
Luz straffte die Schultern. »Nicht jetzt, Jess. Das ist gewiss nicht das, was sie jetzt von uns braucht.«
Ian wahrte Schweigen und Ruhe. Es war leicht für Jessie, nach so langer Zeit hier hereinzuschneien und zu meinen, sie sollten Lila urplötzlich alles enthüllen, als würde das sämtliche Probleme lösen. Er konnte nicht begreifen, warum die Sache nach dieser langen Zeit so wichtig sein sollte. Noch bevor Lila ihren ersten Atemzug getan hatte, hatte sie zu Luz und ihm gehört, in jeder bedeutsamen Hinsicht. Dass Jessie beschloss, jetzt plötzlich aufzutauchen, änderte nichts daran – hoffte er zumindest. »Lass es gut sein, Jess. Wir sind im Moment alle durcheinander.«
Ihr störrisch gerecktes Kinn sagte ihm, dass sie die Sache nur vorübergehend ruhen lassen würde.

Hand in Hand gingen Ian und Luz ins Haus. Scottie saß vor dem Fernseher, der viel zu laut gestellt war. Er aß Cheetos und trank etwas Rotes aus seinem schmierigen Becher. Luz gelang es mit einer einzigen, fließenden Bewegung, ihn auf die Stirn zu küssen, ihm die Cheetos und das rote Zeug abzunehmen und den Fernseher leiser zu stellen. Der Kleine wusste gar nicht, wie ihm geschah. Scottie war bei weitem ihr harmlosestes Kind – er lehnte sich in die Sofakissen und wandte seine Aufmerksamkeit wieder Schwammkopf Bob zu.

»Wir sind oben bei deiner Schwester«, sagte Luz.

»Ja-a.«

Lila lag im Bett, als sie ihr Zimmer betraten, doch Ian merkte sofort, dass sie nur so tat, als schliefe sie.

»Deine Mutter und ich wollen mit dir sprechen«, sagte er laut.

Sie blinzelte, öffnete die Augen und starrte sie ausdruckslos an.

»Bitte setz dich auf«, sagte er. »Das ist eine ernste Sache, Lila.«

»Das weiß ich selber.« Mit finsterem Gesicht rutschte sie herum, bis sie halb aufrecht in den Kissen lehnte.

»Deinen Sarkasmus kannst du dir sparen«, sagte Luz in diesem eisigen Tonfall, den sie selten anschlug und bei dem es einem kalt den Rücken hinunterlief.

»Und ihr könnt euch eure Vorträge sparen«, fuhr Lila auf und sah dabei aus wie ein Rock-Groupie. »Ihr braucht mir nicht zu sagen, was für eine Versagerin ich bin. Ihr braucht mir nicht zu sagen, dass ich für den Rest meines Lebens Hausarrest habe, wie stolz ihr immer auf mich wart und wie enttäuscht ihr jetzt seid und ob ich mich denn nicht selbst schäme, dass die Entscheidungen, die ich jetzt treffe, mein ganzes restliches Leben beeinflussen werden, und dass ich mir mit solchen Dummheiten unter Umständen meine besten Zukunftsaussichten verbaue –«

»Immerhin wissen wir jetzt, dass sie uns zugehört hat«, bemerkte Luz trocken.

»Und wenn ich mich jetzt nicht zusammenreiße und mein Bestes gebe, werde ich irgendwann in einer Papiermütze Hamburger wenden –«

»Das reicht jetzt.« Ian hörte sich diesen Befehl bellen – dabei hatte er sich doch immer so bemüht, als Vater nicht diesen Kasernenhofton anzuschlagen. »Lila –« er schluckte herunter, was ihm auf der Zunge lag: *Ich habe Mörder in der Todeszelle erlebt, die sich besser benommen haben als du.* »Dir ist sicher klar, dass deine ganze Welt sich über Nacht verändert hat. Aber du bist immer noch unsere Tochter. Deine Mutter und ich haben das noch nicht im Einzelnen besprochen, aber diese Sache wird ernsthafte Konsequenzen haben.«

»Welche Überraschung«, murmelte Lila unbeeindruckt. Himmel, woher nahm sie diese Nerven?

Das Telefon klingelte und verstummte dann; vermutlich war Jessie drangegangen.

Würdelos und trotzig grabbelte Lila nach ihrem schnurlosen Apparat. Luz war schneller. »He«, protestierte Lila. »Das könnte für mich sein. Vielleicht gibt es etwas Neues von meinen Freunden. Ich will wissen, wie es ihnen geht.«

»Das werde ich in Erfahrung bringen. Das Telefon ist für dich ab sofort tabu. Dasselbe gilt für die Stereoanlage, den Fernseher und den Computer.«

»Aber ich muss doch wissen, was los ist«, widersprach Lila. »Ihr könnt mir nicht einfach alles wegnehmen –«

»Das hast du dir selbst zuzuschreiben, Lila«, warf Ian ein. »Mit dem, was du dir gestern geleistet hast, hast du selbst alle deine Privilegien aufs Spiel gesetzt.«

Sie wurde noch bleicher. »Es tut mir Leid«, sagte sie. »Ich habe eine große Dummheit gemacht, und so etwas werde ich nie wieder tun, okay?«

»In einem Punkt sind wir uns einig – das war eine große Dummheit.« Luz' Miene wurde weicher, und sie legte Lila eine Hand auf die Schulter. »Schätzchen, wir haben dich sehr lieb und wollen nicht, dass dir etwas passiert. Das weißt du doch.«

»Sonst noch was?« Lila lehnte sich zurück, außer Reichweite.

Luz ließ ihre Hand sinken, reagierte aber nicht weiter auf die Zurückweisung. »In diesem Zimmer hier muss sich auch einiges ändern.« Luz begann, alles aufzuzählen. »Den Fußboden habe ich seit einem Jahr nicht mehr gesehen. Diese Death-Metal-Poster verschwinden, und du wirst die Wände neu streichen – das ist längst überfällig.«

»Willst du damit sagen, ein Nine-Inch-Nails-Poster hat den Unfall verursacht?«

Luz ignorierte das. »Ich sage, die Poster wandern in den Müll. Ab sofort fährst du mit dem Bus zur Schule und nach Hause. Es wird nicht mehr mit irgendwelchen Freunden durch die Gegend gefahren ...« Sie zählte weitere Regeln rund um den Hausarrest auf, mit einer kalten, kontrollierten und wohl dosierten Wut, wie nicht einmal Ian sie empfand.

Ian beobachtete Lilas Miene, die ihre Gefühle so deutlich spiegelte wie der See an einem windstillen Tag. Angeblich war er gut darin, Fälle ausgewogen einzuschätzen, zu erkennen, ob Gerechtigkeit geschehen war oder nicht, und andere von seiner Entscheidung zu überzeugen. Im Fall seiner Tochter fühlte er sich völlig hilflos.

»Warum glaubst du, dass sich dadurch irgendwas ändern wird?«, fragte Lila hitzig. »Ich werde dich dafür nur noch mehr hassen.«

Verdammt. Sie war eine echte Ryder, kein Zweifel. Zäh wie Longhorn-Leder. »Sprich nicht so mit deiner Mutter.«

»Entschuldigung«, nuschelte sie.

»Zumindest wirst du noch am Leben sein und mich hassen können«, entgegnete Luz und verbarg gut, wie verletzt sie war. »Ich erwarte nicht, dass du mir hierfür dankbar bist, aber zumindest werde ich noch eine Tochter haben.« Sie drehte sich um und ging hinaus. Gleich darauf war aus dem Bad die Dusche zu hören. Dorthin ging Luz, um zu weinen, wo niemand sie sehen konnte, wo das Wasser ihr Schluchzen übertönte.

»Warum will sie eigentlich, dass ich weiterlebe?«, fragte Lila, die ihre Tränen nicht so geschickt verbarg. »Wo sie mich doch offensichtlich hasst.«

»Du weißt, dass das nicht stimmt«, sagte Ian. »Wir alle wissen das.«

Kapitel 10

Es ist nicht gut für dich, allein zu sein, Dustin Charles Matlock. Du weißt, dass ich Recht habe.«

»Ich bin nicht allein, Mama«, sagte Dusty in den Hörer.

»Du bist ein junger Mann, im besten Alter«, erklärte sie, als habe er gar nichts gesagt. »Es wird Zeit, die Vergangenheit hinter dir zu lassen.«

Er betrachtete Amber, die auf der anderen Seite des Zimmers einen Turm aus Schaumstoffwürfeln baute. »Ja, Mama.«

»Also, was ich sagen wollte, Leafy Willis' Tochter ist gerade nach Austin gezogen, sie ist Assistenzärztin, und sie kennt dort niemanden –«

»Gib mir ihre Nummer, und ich rufe sie an.« Er hatte schon vor langer Zeit gelernt, dass Widerspruch zwecklos war. Und ein Teil von ihm gab seiner Mutter sogar Recht. Um Ambers willen musste er sich endlich von der Vergangenheit lösen und wieder zu leben beginnen. Manchmal war er verdammt einsam – allerdings sehnte er sich nie nach den klebrig süßen, heiratswütigen Frauen, die seine Mutter ihm aufdrängte. Als Witwer war man offenbar besonders unwiderstehlich, nur zog er leider immer die falsche Sorte Frauen an.

Sie diktierte eine Telefonnummer. »Und Tiffani, mit i wie Ida.«

Er wartete einen Moment, als schreibe er sich das auf. »Alles klar, Mama.«

»Sie wird Neurochirurgin.«

Doktor Tiffani, dachte er. Mit i wie Ida.

»Na, ruf sie jedenfalls mal an. Führ sie nett zum Essen aus. Und du bringst mir doch Amber diese Woche vorbei, ja?«

»Ja, Mama.«

»Gut. Jetzt gib mir Amber.«

»Mama, sie spricht doch noch gar nicht, jedenfalls kein Englisch.«

»Wenn du sie nicht mit ihrer Oma sprechen lässt, wird sie es auch nie lernen«, erwiderte seine Mutter. »Ich habe sie seit zwei Wochen nicht gesehen. Wirklich, mein Junge, wenn du nach Austin gezogen wärest, wie wir dir geraten haben –«

»Ich hole sie.« Das Letzte, was Dusty jetzt gebrauchen konnte, war eine Diskussion mit seiner Mutter über seine Entscheidung, sich in Edenville niederzulassen. Er winkte Amber zu sich und hielt ihr den Hörer hin. »Hier, Krümel. Oma Weezy.« Das älteste Kind seiner Schwester hatte Louisa Childress Matlock diesen Namen gegeben, und nun nannten alle ihre Enkel sie so.

Das Baby grabschte nach dem schnurlosen Telefon. Amber hatte die geradezu unheimliche Gewohnheit, sich den Apparat genau richtig ans Ohr zu halten. Noch unheimlicher war ihm, dass sie sagte: »Joh.«

Dann legte sie den Kopf schief und lauschte. Dusty trat zurück und beobachtete sie. Worüber sprachen Frauen eigentlich so viel? Er war in einem Haus voller Frauen aufgewachsen – drei anspruchsvolle Schwestern und ein Alpha-Muttertier –, daher wusste er, dass sie fortwährend redeten, aber er konnte sich beim besten Willen nicht an ein einziges ihrer Gesprächsthemen erinnern. Im Grunde war es ihm nie gelungen, zu verstehen, wie das Herz einer Frau schlug, wie ihr Verstand arbeitete, und das Wissen um diesen Mangel ließ ihn daran zweifeln, ob er überhaupt eine Tochter großziehen konnte. Doch genau das tat er. Wenn Amber erst einmal sprechen konnte – worüber, um alles in der Welt, sollte er dann mit ihr reden?

Sie plapperte ernsthaft in den Hörer, lauschte wieder, brabbelte weiter. Dann wurde ihr das Spiel langweilig, sie legte das Telefon weg und tapste davon. Dusty nahm den Hörer und lauschte, doch offenbar hatte seine Mutter schon aufgelegt.

Arnufo kam mit der Post herein, ließ den Stapel auf den Tisch fallen und ging schnurstracks zu Amber. Pico de Gallo kam hinter ihm hereingetrottet und hielt inne, um an seiner Futterschüssel zu schnüffeln.

»Nah«, rief Amber und warf den Turm aus Schaumstoffklötzchen um, als sie auf Arnufo zulief.

»Und wie geht es der *princesa?«* Er hob das Baby hoch und wurde mit begeistertem Glucksen belohnt.

»Sie ist gesprächig.« Dusty setzte sich und sah die Post durch. Eine dicke Schlagzeile auf der ersten Seite des *Edenville Register* stach ihm ins Auge, und er griff nach der Zeitung. Die Geschichte schwarz auf weiß zu sehen, ließ ihm das Blut gefrieren. »Gott im Himmel«, murmelte er und überflog den Artikel.

»Missbrauche den Namen des Herrn nicht vor deiner Tochter«, mahnte Arnufo.
»Ein ganzes Auto voll Jugendlicher ist gestern Nacht draußen bei Seven Hills verunglückt«, sagte Dusty. »Deshalb bin ich heute so früh nach Hause gekommen. Bennings Tochter war dabei, und Ian war in Huntsville. Ich musste ihn sofort nach Austin fliegen.« Dusty würde lange nicht vergessen können, wie Ian Benning ausgesehen hatte, als sie sich mitten in der Nacht am Flugplatz getroffen hatten. Er hatte den Mann in die Hölle geflogen, vor der allen Eltern graut. Dusty hatte selbst schmerzlich erfahren müssen, wie zerbrechlich das Leben war. In einem Augenblick konnte sich alles ändern.
Er sah wieder auf die Zeitung hinab. »Eines der Kinder ist ums Leben gekommen.« *Der Name des Opfers wird zu einem späteren Zeitpunkt bekannt gegeben.* Es kann nicht Ians Tochter sein, dachte er. Unmöglich. Aber das war ja das Schlimme an Unglücksfällen mitten in der Nacht. Man konnte nie wissen. Er starrte auf die Zeitung, die riesige Schlagzeile und ein grell ausgeleuchtetes Foto des zerstörten Jeeps. Erst gestern noch hatten diese Kinder ihre Hausaufgaben gemacht, Football gespielt, mit ihren Familien am Tisch gesessen, sich mit ihren Eltern gestritten.
Arnufo bekreuzigte sich. Amber versuchte, ihn nachzuahmen, und berührte die Stirn mit der kleinen Faust. Er gab ihr einen Kuss und stellte sie ab.
»Furchtbare Sache«, murmelte Dusty und legte die Zeitung weg. »Die Familien tun mir so Leid. Beweist wieder mal, dass Kinder einem immer das Herz brechen. Lässt sich nicht vermeiden.«

Arnufo schenkte sich Kaffee ein, bot Dusty auch eine Tasse an und gab Amber Saft. »Warum sollte man das vermeiden wollen?«

»Weil es verflixt wehtut, *viejo*. Deshalb.«

»Na und? Ein echter Mann erträgt diesen Schmerz.«

»Ein echter Idiot lässt sich freiwillig darauf ein.«

»Ein echter Feigling versteckt sich davor.« Arnufo hob Amber wieder hoch und hielt sie mit ausgestreckten Armen vor sich wie ein Kätzchen. »Was willst du sonst machen, eh? Sie vielleicht den Zigeunern schenken?«

»Ich kann mich wohl nur … wappnen.«

»Hör zu, *jefe*. Ich habe fünf Töchter. Jede Einzelne von ihnen hat mir das Herz gebrochen, viele Male. Auf diese Weise zeigen sie mir, dass ich lebendig bin und ein Herz habe, das brechen kann. Das ist doch gar nicht so übel, eh?«

Dusty betrachtete das Vollmondgesicht seiner Tochter, und Karens Geist blitzte geheimnisvoll, doch unverkennbar aus dem Lächeln des Babys. »Nein«, sagte er schließlich. »Das ist gar nicht so übel.«

»Sie wird dir ein Trost sein und dir Freude bereiten«, versprach Arnufo.

»Mein finanzieller Ruin wird sie sein, und mir schlaflose Nächte bereiten.«

»Und du wirst Gott dafür danken.« Er gab ihr noch einen Schluck Saft und stellte sie wieder auf den Boden.

Sie beruhigte sich, und Dusty bemerkte, wie sie allmählich müde wurde. Wenn es Zeit für den Mittagsschlaf wurde, neigte sie dazu, eher zu krabbeln als zu laufen, und meist gönnte sie Pico dann ein wenig Ruhe. Er wandte sich wieder

der Post zu und öffnete zuerst einen großen Expressbrief von Blair LaBorde. Herrgott, dachte er. Die Frau war hartnäckig, das musste man ihr lassen.

In dem Umschlag war eine Ausgabe des *Enquirer*, so gefaltet, dass ein Artikel mit der Schlagzeile *Tote Mutter von gesundem Baby entbunden* obenauf lag. Er war mit körnigen Fotos illustriert, aufgenommen im Krankenhaus in Fairbanks; es waren Bilder von ihm selbst bar jeder Menschlichkeit, Bilder von einer Komapatientin und einem Neugeborenen, bei denen es sich um Karen und Amber handeln könnte oder auch nicht. Er starrte sie an und begriff es zunächst gar nicht. Dann fühlte er, wie alle Kraft aus ihm wich. Und schließlich entzündeten die ersten Funken mörderischer Wut ein loderndes Feuer in ihm.

Er knüllte die Zeitung zusammen und schleuderte sie fort. Fast im selben Augenblick griff er zum Telefon und tippte wütend eine Nummer, die er schon auswendig kannte.

»Meine Geduld ist am Ende, Miz LaBorde«, sagte er, als sie sich meldete.

»Oh, gut, Sie haben meinen Brief bekommen.« Sie klang nicht überrascht. Ihre Spürnase hatte sie wohl nicht daran zweifeln lassen, wie seine Antwort am Ende lauten würde. »Abscheulicher Artikel, nicht wahr?«

»Ich habe ihn nicht gelesen.«

»Glauben Sie mir, er ist abscheulich. Laternenpfahl ganz unten.«

»Sie müssen es ja wissen.«

Unbeeindruckt sagte sie: »Sie sind ein verdammt sturer Bock, Matlock. Wollen Sie das denn einfach so stehen lassen? Soll das in dieser Sache das letzte Wort gewesen sein?

Hören Sie, ich kenne Sie nicht, und ich kenne Ihre Geschichte nicht. Ich weiß nur, dass Sie eine Geschichte zu erzählen haben, und zwar nicht den Schund, den diese Person, angeblich die beste Freundin Ihrer Frau, diesen Schmierfinken verkauft hat. Wollen Sie, dass Ihre Tochter, wenn sie größer ist, diese falsche Version liest?«
»Die Sache wird längst vergessen sein, wenn sie größer ist. Ach was, schon nächste Woche.«
»Vielleicht, vielleicht aber auch nicht. Viele Leute sind bereit, für Geld jede Lüge zu erzählen. Meine Zeitung bietet Ihnen viel Geld dafür, dass Sie uns die wahre Geschichte erzählen. Damit wäre für die Zukunft Ihrer Tochter gesorgt.«
»Ich werde für die Zukunft meiner Tochter sorgen«, sagte er.
»Ich zweifle nicht an Ihren guten Absichten, Mr. Matlock.«
In Gedanken hörte er die Worte, die Blair LaBorde nicht aussprechen wollte, nicht auszusprechen brauchte. Karen hätte dasselbe behauptet, mit derselben Überzeugung. *Ich kann selbst für meine Tochter sorgen.* Und warum auch nicht? Sie war jung, stark und gesund; sie hatte allen Grund, davon auszugehen, dass sie genau das tun würde. Unausgesprochen blieb die Andeutung, dass Dusty sich trotz seiner guten Absichten und großen Worte plötzlich in einer ebenso hilflosen Lage wiederfinden könnte wie Karen. Das konnte jedem passieren.
Sein Blick schweifte wieder zu der verhassten Boulevardzeitung. Das war Nadine Edisons Story, gegen Bezahlung erzählt und gefiltert durch das lange, körnige Teleobjektiv zudringlicher Neugier. Amber würde heranwachsen und eines

Tages etwas darüber lesen, was passiert war. Er fand es unerträglich, dass dieser Mist da draußen existierte, dass sie irgendwann darauf stoßen könnte.
»Sie wollten ein Exklusiv-Interview. Was genau ist das?«, fragte er, nun eher erschöpft als wütend.
»Sie erzählen Ihre Geschichte niemandem außer mir.«
»Da können Sie beruhigt sein.«
»Ich würde nur ein paar Tage brauchen, mehr nicht. Vielleicht sogar nur einen.«
Er verzog das Gesicht bei der Vorstellung, mehrere lange Gespräche mit dieser Frau zu führen. »Ich überlege es mir.« Er verabschiedete sich recht barsch und legte auf.
»Du solltest das tun«, sagte Arnufo, der offenbar mitbekommen hatte, worum es ging.
»Du solltest deine Nase in deine eigenen Angelegenheiten stecken.« Aber Dusty wusste, dass er darauf nicht hoffen konnte.
»Ich habe deine Frau nicht gut gekannt«, sagte Arnufo. »Aber gut genug, um zu wissen, dass sie eine praktisch denkende Frau mit dem Herzen einer Löwin war. Sie würde diese Idee wunderbar finden. Und Amber ist der Beweis dafür.«
Dusty konnte ihm nicht widersprechen, was Karens Pragmatismus betraf. Bei allen Entscheidungen in ihrem Leben, bis hin zur allerletzten, hatte sie sich davon leiten lassen. Ihre Liebe zu ihm war unkompliziert und rein gewesen. Sie war der ehrlichste Mensch gewesen, den er je kennen gelernt hatte. Er konnte sie jetzt hören, hörte ihre Stimme im Wind flüstern: *Die wollen dich dafür bezahlen, dass du eine erstaunliche Geschichte erzählst, die auch noch wahr ist. Was soll daran schlecht sein?*

»Das ist schmierig«, sagte Dusty. »Geschmacklos.«
Arnufo deutete auf die zerknüllte Zeitung. »*Das* da ist schmierig. *Texas Life* gefällt mir. Gute Fotos. Gute Rezepte. Die haben Anstand.« Er trank seinen Kaffee aus, seufzte zufrieden und sah dann zu, wie Dusty den Vertrag überflog, der dem Artikel beigelegt war.
»Damit würdest du das Richtige tun«, schloss Arnufo. »Du erzählst der Welt von einer schrecklichen und wundersamen Sache, die dir widerfahren ist. Die Welt kann eine solche Geschichte gebrauchen.«
»Es ist mir scheißegal, was die Welt braucht. Hier geht es nicht um die Welt. Sondern allein um meine Tochter.«
»Dann stell das richtig, *jefe*.« Arnufo ging hinaus, um seine Zigarre zu rauchen. Dafür hatte er eigens einen Gartenstuhl und eine alte Kaffeedose mit Sand draußen stehen; er saß sehr still da, rauchte und blickte auf den See hinaus.
Schließlich war es Karen, die die Entscheidung traf. Amber krabbelte durchs Zimmer wie ein Geländewagen mit Allradantrieb, klammerte sich an Dustys Bein und zog sich daran hoch. Ihr Kopf reichte gerade mal bis an sein Knie. Sie schien immer eine besondere Art Geduld mit ihm zu haben. Und sie versuchte instinktiv, ihm zu helfen. Ihre Fäuste krallten sich fest, sie drehte den Kopf, drückte die Wange an sein Bein und gab einen leisen, zufriedenen Laut von sich, wie ein Hündchen. Dann legte sie den Kopf in den Nacken, und die großen, unschuldigen Augen, die zu ihm aufblickten, waren Karens Augen, der rote Kussmund war Karens Mund.
Eine Woge grenzenloser Liebe und Fürsorge überrollte ihn wie eine Naturgewalt. Amber war der Beweis dafür, wie kostbar das Leben war, wie seltsam die Welt, die einem alles

nahm und zugleich ein unerwartetes Geschenk machte. In diesem Augenblick spürte er Karens Gegenwart; er hörte ihr Herz wie sein eigenes schlagen.
Ohne den Blick von seiner Tochter zu wenden, griff Dusty zum Telefon.

Kapitel 11

Jessie ernannte sich selbst zum Anrufbeantworter. Sie wollte Luz und Ian von besorgten Eltern abschirmen, Leuten von der Schule und der Lokalzeitung. Dann von einer Nachrichtenagentur und dem Ausschuss für öffentliche Sicherheit. Und einem Prüfer von der Versicherung. Als Jessies Drang, ihre Schwester zu beschützen, immer stärker wurde, richtete sie sich einen improvisierten Arbeitsplatz unter dem Sonnenschirm auf der Terrasse ein. Sie hatte ein schnurloses Telefon, Notizblock und Stift, ein großes Glas Eistee und ihren jüngsten Neffen dabei, der auf der Autoreifenschaukel an einer nahen Lebenseiche herumwirbelte, bis ihm schlecht wurde.

Die meisten Leute, mit denen sie sprach, hielten sie für Luz. Ihre Stimmen waren bemerkenswert ähnlich, obwohl Jessie nicht mehr nach Texas klang, sondern das fremde Neuseeland sich in der Sprachmelodie und typischen Wendungen niederschlug.

»Ich wusste gar nicht, dass Luz eine Schwester hat«, sagte eine ältere Frau von der Halfway Baptist Church geradezu aggressiv.

»Ich wusste nicht, dass sie eine Kirche hat«, erwiderte Jessie. Über so vieles in Luz' Leben wusste sie nicht Bescheid. Über die Jahre hinweg waren sie in Verbindung geblieben – wofür Luz natürlich viel gewissenhafter gesorgt hatte als Jessie. Doch bei ihren Anrufen und E-Mails hatte sich Luz meist erkundigt, was in Jessies Leben vor sich ging, nicht umgekehrt. Jessie verzog das Gesicht über die Erkenntnis, wie egozentrisch sie gewesen war. Sie war davon ausgegangen, dass ihr Leben interessanter war als Luz' und hatte stets lang und breit von ihren Abenteuern erzählt. Manche ihrer E-Mails lasen sich wie Schilderungen eines erfahrenen Reiseschriftstellers, der einen Ort auf dem Papier zum Leben erweckte für jene, die diesen Ort niemals selbst würden sehen können.

Nach dem fünften Anruf hatte sie ihre Ansage perfektioniert. Lila war nur leicht verletzt, und das Krankenhaus hatte sie bereits entlassen. Sie wisse wirklich nicht, wie es den anderen Jugendlichen ging, und es stehe ihr nicht zu, Namen zu nennen. Sie wisse nicht, wer gefahren war oder wem der Wagen gehörte.

Das war natürlich gelogen. Heath war gefahren – Heath, der Mädchenschwarm, hatte seinen großen Auftritt als Heath, der Vollidiot, hingelegt.

Die meisten Anrufer waren freundlich, Anteil nehmend, hilfsbereit. Aber manche waren geradezu unverschämt neugierig, wie die Dame von der Kirche. Der Tropfen, der das Fass zum Überlaufen brachte, war Grady Watkins, ein Anwalt, der sich auf Schadenersatzklagen spezialisiert hatte.

»Sind Sie ein Freund der Bennings?«, fragte Jessie.

»Hören Sie, ich weiß, dass dies eine schwere Zeit für die Familie ist, und ich möchte wirklich nicht, dass auch noch finanzielle Nöte hinzukommen.«
»Natürlich nicht. Deshalb möchten Sie vorschlagen, dass wir den Fahrer, seine Familie, den Fahrzeughersteller, die Reifenfirma und das Krankenhaus verklagen. Wäre das ein Anfang?«
»Ma'am, es ist meine Aufgabe, rechtliche Schritte zu prüfen und einzuleiten, um juristische Klarheit und Gerechtigkeit zu schaffen und den Opfern dieser furchtbaren Tragödie zu ihrem guten Recht zu verhelfen.«
»Und ihr Honorar dafür …?«
»Wird mit dem Opfer und seiner Familie vereinbart«, sagte er aalglatt.
Sie legte einfach auf. Anwälte – der Abschaum dieser Erde, ihren Schwager natürlich ausgenommen.
Sie notierte den Anruf auf ihrer Liste und malte einen grimmigen Smiley daneben. Der Unfall hatte sie in vielerlei Hinsicht erschüttert. Als Luz sie geweckt hatte, war ihre erste panische Reaktion ein stummer Schrei aus tiefster Seele gewesen. Was, wenn Lila schwer verletzt war? Was, wenn die Ärzte wichtige Informationen über sie brauchten oder über ihre biologischen Eltern?
Seit ihrer Auseinandersetzung mit Luz und Ian ließ der Gedanke Jessie keine Ruhe. Sie spürte die Überzeugung in sich wachsen, dass es an der Zeit war, die Wahrheit ans Licht zu bringen. Und – von medizinischen Gründen ganz abgesehen – verdiente Lila es nicht einfach, zu wissen, wer sie war?
Selbst Luz gab zu, dass es in letzter Zeit für Lila nicht so gut

lief. Wenn sie die Wahrheit erfuhr, würde sie das vielleicht auch nicht zur Musterschülerin machen, aber konnte dadurch etwas schlimmer werden? Und wem würde es nützen? Wen würde es verletzen?

Jessie seufzte genervt und sah nach Scottie. Er saß auf seiner Autoreifenschaukel und stampfte mit den Füßen auf den staubigen Boden, in dem vergeblichen Bemühen, sich abzustoßen.

»He, großer Häuptling«, rief sie. »Soll ich dich anschubsen?«

»Ja-a.« Er kreischte vor Freude, als sie ihn hoch hinauf schaukeln ließ. Er umklammerte die Seile, warf den Kopf zurück und lachte.

»Schön festhalten da oben.« Jessie war auf einmal besorgt. Gestern noch hätte sie keinen Gedanken daran verschwendet, was passieren konnte, wenn man einen kleinen Jungen auf einer Schaukel anschubste, doch nun malte ihr Verstand sich ein fürchterliches Unglück nach dem nächsten aus. Das war etwas, womit sie nicht gerechnet hatte – sie begriff, dass ein Leben mit Kindern bedeutete, sich ständig, unausweichlich Sorgen zu machen, welches Unglück als Nächstes zuschlagen würde.

»Hältst du dich gut fest?«, rief sie.

»Ganz fest.«

»Versprochen?«

»Versprochen.«

Als sie ihn höher und noch höher stieß, huschte ein Schatten am Rand ihres Gesichtsfelds umher.

Nicht jetzt.

Sie spürte keinen Schmerz, doch einem grellen Blitz folgte

pulsierender schwarzer Nebel, der ihr rechtes Gesichtsfeld verdunkelte.

Bitte.

Sie hatte nie gelernt zu beten, doch seit die rätselhafte Krankheit sie vor zwei Jahren getroffen hatte, brachte sie es sich selbst bei. Sie betete wie ein Kind, sehr einfach und spontan, in allgemeinen, verzweifelt flehenden Sätzen.

Bitte, lass nicht zu, dass mir das passiert.

Oft hatte sie vor Zorn getobt, weil ihre Gebete offenbar ignoriert wurden. Aber vielleicht, nur vielleicht, hatte sie um das Falsche gebetet. Die Spezialisten, die sie aufgesucht hatte, mussten widerstrebend eingestehen, dass sie dies nicht wieder in Ordnung bringen konnten. Niemand konnte das. Und ihr beständig schrumpfendes Gesichtsfeld wies darauf hin, dass ihr nicht mehr viel Zeit blieb, bis es endgültig dunkel wurde.

Bald, hatte Dr. Tso ihr in seiner schicken, teuren Klinik im Zentrum von Taipeh gesagt. Und Dr. Hadden in Auckland war sogar noch weiter gegangen: Wenn es jemanden gibt, den Sie noch einmal sehen möchten, tun Sie es jetzt.

Wenn es jemanden gibt, den Sie sehen möchten …

Diese Worte hatten sie nach Hause getrieben. Und bisher hatte sie hier nichts weiter getan, als Unheil zu stiften.

Scottie bekam von alledem nichts mit, denn er genoss den Flug, das Gesicht gen Himmel erhoben. »Schau!«, rief er. »Schau, Tante Jessie. Ich kann die ganze Welt sehen.«

»Prima«, entgegnete sie. »Dann schau dir diese erstaunliche Welt gut an.«

»Erstaunlich«, sagte Scottie.

»Hol mit den Beinen Schwung«, sagte sie. »Ich muss telefonieren.« Sie zog ihre Brieftasche aus dem Reißverschlussfach in ihrem seidenen Gürtel. Die vielen Jahre des Reisens hatten sie gelehrt, alles, was sie wirklich brauchte, in einer schmalen Geldbörse bei sich zu tragen.

Ein Echo der alten Rastlosigkeit hallte in ihr wider, als sie eine längst vergessene Bordkarte hervorzog, die wie ein Lesezeichen in ihrem abgegriffenen Reisepass steckte. Seit sie ihr Baby aufgegeben hatte, war sie um die Welt gereist, auf der Suche, ständig auf der Suche, obwohl sie nie recht wusste, wonach. Solange sie zurückdenken konnte, hatte irgendetwas gefehlt, in ihrem Leben, in ihrem Herzen, ihrer Welt. Sie suchte nach einem Weg, sich selbst heil und ganz zu machen, und das tat sie, indem sie reiste, unbekannte Wunder sah, Pracht und Elend. Mit ihrer Kamera hatte sie lebhafte Bilder eingefangen, was sie zwar nicht eben reich machte, ihr aber ermöglicht hatte, nach und nach die Krankenhausrechnungen für Lila abzuzahlen.

Während Jessie in der Welt herumreiste, um diese Leere zu füllen, hielt Luz sich an eine näher liegende, direktere Methode. Sie heiratete, bekam Kinder, zog wieder in ihr Elternhaus. Jessie fragte sich, ob Luz darin tatsächlich Erfüllung fand. Sie fragte sich, ob sie es fertig bringen würde, diese Frage auch ihrer Schwester zu stellen. Denn was, wenn die Antwort Nein lautete?

Sie setzte sich an den Tisch und holte eine kleine, weiße Visitenkarte aus ihrer Brieftasche. Darauf war ein Vogel abgebildet. Birdies waren die Spezialität ihrer Mutter.

Da stand der Name in glänzend goldenen, geprägten Lettern: *Glenny Ryder. Golfchampion.* Dies waren die einzigen Worte auf der Vorderseite der Karte, und vermutlich war das auch angemessen. Denn genau diese Worte machten Glenny aus. Niemand, nicht einmal ihre Töchter, konnte an sie denken, ohne dass die Worte »Golf« und »Champion« zugleich auftauchten.

Jede andere Bezeichnung wäre unpassend. Glenny Ryder, zweifache Mutter, hatte sich nie ganz richtig angehört. Sie hatte zwei Töchter geboren; sie hatte sie auf ihre Weise sogar geliebt. Doch so weit Jessie sich erinnern konnte, hatte sie sie niemals bemuttert.

Sie drehte die Visitenkarte um und um. Was war mit Glenny Ryder, Ehefrau? Das würde auch nicht passen. Sie war zwar insgesamt um die 30 Jahre verheiratet gewesen, aber mit vier verschiedenen Männern. Glenny Ryder, Serien-Ehefrau.

Sie hielt die Karte schräg vor sich und las die Nummer ab, die sie nie auswendig gelernt hatte, weil sie so selten anrief und die Nummer sich ständig änderte. Auf der Rückseite der Karte waren drei Telefonnummern notiert und wieder durchgestrichen. Sie wählte die neueste Version.

»Hallo?«

Jessie musste einen Moment nachdenken, bis ihr der Name ihres Stiefvaters wieder einfiel. »Stu. Spricht dort Stuart?«

»Luz?«

»Nein, hier ist Jessie.«

»Na, so was, Jessie. Was für eine nette Überraschung. Wie geht es dir?« Er hatte eine angenehme Stimme, die sie an einen bekannten Radiomoderator erinnerte.

Sie biss sich auf die Lippe. »Gut. Ich bin gerade zu Hause, auf Besuch bei meiner Schwester.«

»Wunderbar«, sagte Stuart. »Da habt ihr sicher eine sehr schöne Zeit, wieder alle beisammen.«

»M-hm.« Jessie schloss die Augen und stellte ihn sich vor. Ihre Mutter besaß die Gabe, gut aussehende, charmante Männer anzuziehen und dummerweise auch zu heiraten, die dann höchst unverantwortlich mit Glennys Geld umgingen. Stuart machte da vermutlich keine Ausnahme. Luz war bei der Hochzeit gewesen, vor ein paar Jahren in Las Vegas, und natürlich hatte sie Jessie Fotos davon geschickt. Sie erinnerte sich vage an einen sympathisch aussehenden Mann, der an einem üppig dekorierten Tisch neben seiner strahlenden Braut saß. Gott sei Dank war er nicht auffällig jünger als Glenny. Ihre Mutter hatte ein Gewand aus bernsteinfarbener Seide getragen, das ihre muskulösen Arme freiließ; sie trug das flammend rote Haar zu lang für eine Frau in ihrem Alter. Doch wenn Ann-Margret dieser Look stand, dann stand er auch Glenny Ryder.

»Könnte ich meine Mutter sprechen?«

»Sie ist im Klub.«

»Wo sonst«, entgegnete Jessie trocken.

»Sie wird einfach immer besser. Ihr müsst sehr stolz auf sie sein.«

»Worauf du Gift nehmen kannst.«

»Also, sie hat ihr Handy dabei, aber nur für Notfälle.«

Sie kritzelte die Nummer auf ihren Block. »Danke, Stuart.«

»Gern geschehen. Ist alles in Ordnung?«

Sie zögerte. »Klar doch. Ich muss nur etwas mit Glenny besprechen.«

»Sie würde sich bestimmt freuen, von dir zu hören.«

Jessie legte auf und trommelte mit den Fingern auf den Tisch. Nur für Notfälle. Was sollte das schon heißen? Bei ihrer Mutter galt es als Notfall, wenn ein Scheck ihrer Werbepartner zu spät eintraf oder ihr Graphit-Driver überarbeitet werden musste.

Eigentlich war Glenny Ryder kein schlechter Mensch, und auch keine schlechte Mutter. Sie hatte ihren Mädchen nur eine sehr ungewöhnliche Kindheit beschert. Von Augusta bis Palm Springs waren die drei kreuz und quer über die Highways Amerikas gefahren und hatten dabei zu Songs von Jackson Browne oder Carole King aus dem Autoradio mitgesungen.

An Orten wie Palm Springs wohnten sie schäbig und ärmlich, in irgendeinem billigen Motel am Stadtrand, das Auto vor der Tür geparkt, unter einem müden Neonschild mit einem Namen wie *Starlite Inn.* Während des Schuljahres wohnten die Mädchen in dem Haus am Eagle Lake, und gelegentlich kümmerten sich freundliche Nachbarinnen oder angeheuerte Babysitter um sie, bis sie alt genug waren, um allein auf sich aufzupassen. Glenny erklärte diesen Zeitpunkt für gekommen, als Luz neun wurde und groß genug war, um an den versteckten Schlüssel auf dem Türsturz heranzureichen.

Sie hatten es entweder purem Glück oder bemerkenswerter Vernunft zu verdanken, dass größere Katastrophen ausblieben. Die Mädchen zogen sich selbst groß, Luz mit sorgfältigem Ernst, Jessie voll zorniger Wildheit. Glenny sammelte Golftrophäen und Ehemänner, wobei Erstere sich als produktiver und dauerhafter erwiesen. Die Mädchen lernten, ihre Probleme irgendwie selbst zu lösen, bevor Glenny etwas davon mitbekam. Jessie und ihre Schwester hatten sich immer bemüht, ihrer Mutter die schweren Entscheidungen abzunehmen. Glenny hatte die beiden von klein auf dazu erzogen, Rücksicht zu nehmen und nicht allzu viel von ihr zu erwarten. Ihre Karriere sorgte für Benzin im Tank und Essen auf dem Tisch, also kam ihre Karriere stets an erster Stelle.

Das wurde rasch zur Gewohnheit, zur ungeschriebenen Regel. Nur Glenny nicht mit diesem oder jenem belasten, weil sie kurz vor einem Turnier steht. Und wenn sie da nicht mindestens soundso gut abschneidet …

Nun, jetzt war definitiv eine Katastrophe eingetreten, dachte Jessie. Von solchem Ausmaß, dass nichts sie darauf hätte vorbereiten können. Irgendwo auf der Welt musste es ein Handbuch oder eine Liste geben, was man tun sollte, wenn die eigene kleine Welt unterging. Das Erste auf dieser Liste wäre sicher »Mutter anrufen«.

Aber Glenny Ryder war nicht wie die meisten anderen Mütter. Sie war überhaupt nicht wie eine Mutter.

Ach, hallo, Mom. Ich werde blind, und Luz' Tochter hat sich gestern Nacht rausgeschlichen, um mit einem Haufen betrunkener Jugendlicher durch die Gegend zu rasen, dabei wäre sie fast ums Leben gekommen. Und was gibt's bei dir so Neues?

Jessie wählte die Handynummer. Während sie dem Klingelzeichen lauschte, stellte sie sich das künstliche, satte Grün des Golfplatzes vor – die Fairways wie grüne Teppiche zwischen Yucca-Palmen und Kakteen ausgerollt, dazwischen nierenförmige Teiche, die in der Wüstenhitze täuschend kühl schimmerten.

Eine gedämpfte Stimme meldete sich: »Hier bei Glenny Ryder.«

Nur ihre Mutter würde einen persönlichen Assistenten mit auf den Golfplatz schleppen.

»Hier ist ihre Tochter Jessie. Ich würde gern meine Mutter sprechen.«
»Jess? Hallo, mein Mädchen. Du klingst genau wie deine Schwester.« Jetzt erkannte Jessie die Stimme – der Caddy ihrer Mutter. Glenny Ryder und Bucky McCabe gehörten seit über 20 Jahren zusammen, bisher die erfolgreichste langfristige Beziehung im Leben ihrer Mutter.
Jessie lächelte. »Hallo, Bucky. Läufst du immer noch meiner Mutter hinterher?«
»Irgendjemand muss es ja tun.«
»Wobei störe ich?«
»Bei einem prächtigen Schlag vom Tee. Macht nichts. Das Telefon klingelt nicht, es vibriert.«
»Genial. Also, würdest du mir Glenny geben?«
»Aber klar.« Bucky zögerte. »Würd mich sehr freuen, dich mal wiedezusehen, Mädchen.«
»Ich würde dich auch gern mal wiedersehen«, entgegnete Jessie.
Gleich darauf hörte sie eine andere Stimme. »Jessica Didrickson Ryder, bist du's wirklich?« Glenny sprach mit ihrem so genannten Golfplatz-Flüstern, besonders leise, um ja niemanden zu stören.
»Hallo, Glenny. Ich weiß, du bist mitten in einer Runde, aber es ist ziemlich wichtig.«
Kurzes Zögern. »Was ist passiert?«
Himmel, sie wusste gar nicht, wo sie anfangen sollte. »Ich bin wieder da«, sagte sie. »Ich wohne bei Luz.«
»Willkommen Zu Hause, Champ. Also, wo liegt das Problem?« Glennys Stimme war tief und samtig von vielen Siegesfeiern, Cocktails und Virginia Slims.

Jessie wunderte sich schon, weshalb sie es für eine gute Idee gehalten hatte, ihre Mutter anzurufen. »Luz hat Schwierigkeiten mit Lila. Und ich –« sie brach ab, denn die Worte waren ihr im Hals stecken geblieben. Wie sollte sie das jemandem erklären, oder auch nur sich selbst? Es gab eine medizinische Bezeichnung dafür und eindeutige Symptome. Was es nicht gab, war irgendeine bekannte Möglichkeit der Heilung. Sie fand einfach keinen Grund, all das mit ihrer Mutter zu teilen. »Also«, sagte sie, »Lila ist gestern Nacht mit ein paar anderen Jugendlichen wüst herumgefahren, und der Wagen ist verunglückt.«

»O Gott –«

»Sie ist nicht verletzt«, sagte Jessie rasch. »Ein paar ihrer Freunde schon.« Sie schloss die Augen und fragte sich, was Lila gesehen, gehört, gefühlt haben mochte. Wie lange würden diese albtraumhaften Bilder sie verfolgen? Wann würde sie beginnen, die schlimmen Fragen nach den anderen zu stellen? Wie würde ihr zerbrechliches, geheimnisvolles, jugendliches Herz schlechte Neuigkeiten verkraften?

»Luz ist ziemlich erschüttert. Ich dachte nur, du solltest es wissen.«

»Meine Güte.« Glenny stieß laut den Atem aus. »Die Ärmste.«

Jessie hätte nicht sagen können, ob damit Lila oder Luz gemeint war. »Wir haben heute Nacht kein Auge zugetan«, sagte sie.

»Was meinst du, soll ich kommen?«

Soweit Jessie wusste, würde eine Mutter gar nicht erst fragen. Eine Mutter wüsste es. *Soll ich kommen?*

Sie öffnete die Augen. »Ich weiß nicht«, sagte sie aufrichtig. »Das liegt wohl ganz bei dir, Glenny.«
»Stu hat nächste Woche eine Konferenz in Phoenix … Wenn ich jetzt komme, bin ich euch wahrscheinlich doch nur im Weg«, sagte sie, sogleich ausweichend. Sie bettelte praktisch darum, dass Jessie ihr Recht gab, ihr sagte: *Das stimmt natürlich. Vielleicht wartest du besser, bis sich hier alles ein bisschen beruhigt hat.* Was selbstverständlich hieß, dass sie nie kommen würde.
»Du wärst niemandem im Weg«, entgegnete Jessie. »Wir haben doch drei Gästehäuser, da ist reichlich Platz.«
»Ich weiß nicht … und Stuart kennst du doch überhaupt nicht.«
Jessie bis sich auf die Zunge, um nicht scharf anzumerken, dass ihre Mutter in der Vergangenheit schon unzählige Männer mit nach Hause gebracht hatte, die ihre Töchter überhaupt nicht kannten. »Umso mehr Grund, uns zu besuchen. Ich würde ihn sehr gern kennen lernen.«
»Ich werde sehen, was sich machen lässt.«
Jessie wusste, was das bedeutete. Diese Floskel hatte sie selbst schon oft gebraucht. Es bedeutete, dass man das Wort Nein nicht über die Lippen brachte, Nein aber die einzige Antwort für Leute war, die etwas von einem wollten. Es bedeutete, dass man sich auf nichts einlassen wollte.
Es bedeutete, dass man sich, egal, was der andere sagte, nicht umstimmen lassen würde.
Das Anklopfsignal piepte im Hörer. »Ich habe noch einen Anruf in der Leitung«, sagte Jessie.
»Dann wollen wir uns mal nicht länger aufhalten.«
Wie immer, Glenny.

Mit halbem Ohr überwachte sie Scottie, drückte auf den Knopf, um den nächsten Anruf anzunehmen, und den nächsten, ein halbes Dutzend – Freunde und Nachbarn, die Schule, Leute aus Ians Kanzlei. Aber noch immer kein Wort von den Familien der anderen Kinder. Sorgfältig notierte sie Telefonnummern, gab eine knappe Erklärung zu dem Unfall und dankte den Anrufern für ihre Anteilnahme.
Dann überprüfte sie mit einem Anflug von Panik ihr Sehvermögen. Diese Übung war ihr inzwischen in Fleisch und Blut übergegangen: Sie streckte den Arm aus, hielt einen Finger in die Höhe, führte ihn langsam seitwärts zum Rand ihres Gesichtsfelds und merkte sich, ab wo sie ihn nicht mehr sehen konnte.
»Was machst du da?« Scottie ertappte sie mitten in ihrem Experiment.
Sie rang sich ein Lächeln ab. »Ich schaue meinem Finger nach, bis er verschwindet.«
Er machte es ihr nach, drehte dabei aber den Kopf, um dem Finger zu folgen.
»Du hast gemogelt. Du musst geradeaus schauen.«
»Warum? Wenn ich dem Finger nachschaue, kann ich ihn länger sehen.«
Sie lachte. »Vielleicht hast du Recht, Cowboy. Wenn du etwas aus dem Augenwinkel nicht sehen kannst, dann dreh dich um und schau es an.«
»Ja-a.«
Wer hätte gedacht, dass die Gesellschaft eines Vierjährigen so erhellend sein konnte?
Im Gegensatz zu Scottie war Lila weder geradeheraus noch einfach. Sie hatte sich tiefgründig und trickreich gezeigt, hatte

gelogen und manipuliert. Zugleich war sie charmant, witzig, spöttisch und wunderschön. Sie trug etwas in sich, das Jessie wiedererkannte. Dieselbe gedankenlose, zügellose Abenteuerlust hatte Jessie dazu getrieben, die dümmsten Fehler ihres Lebens zu begehen – mit Männern zu schlafen, die sie nicht liebte, allzu leicht aufzugeben, allzu rasch zu verschwinden. Sich bei ihrer Entscheidung über ihr Baby von Panik und verletzten Gefühlen leiten lassen.

Damals hatte sie geglaubt, eine Adoption sei das Allerbeste für ihr Baby, doch nun schien diese Idee nach hinten loszugehen. Warum? Warum? Sie war fortgeblieben, hatte sich fern gehalten. War das nicht Teil ihrer Abmachung mit Gott? Sie hatte ihrem Kind ein Geschenk gemacht, den ruhigen, beständigen Einfluss ihrer Schwester. Jessie wollte sichergehen, dass Lila niemals so wurde wie sie.

Doch anscheinend war Lila auf dem besten Weg dorthin.

Scottie wandte sich wieder seiner Schaukel zu, und das Telefon klingelte erneut.

»Hier bei Benning.«

Kurzes Zögern. »Ich möchte Jessie Ryder sprechen, bitte.«

Überrascht zog sie die Brauen in die Höhe. »Ich bin am Apparat.«

»Hier ist Blair LaBorde von *Texas Life.*«

Jessie erkannte die weiche Stimme und die gedehnte Sprechweise ihrer früheren Journalistik-Professorin. »Ich hätte nicht erwartet, so bald von Ihnen zu hören.«

»Ich hätte nicht erwartet, so bald Arbeit für Sie zu finden. Liegt sogar direkt vor Ihrer Haustür.«

Jessie fuhr erregt auf. »Kommt nicht in Frage. Sie können nicht von mir erwarten, über den Unfall –«

»Unfall?« Blairs Stimme klang schärfer. »Was denn für ein Unfall?«
Jessie stand auf, ging nervös auf und ab und wünschte, sie hätte den Mund gehalten. »Darum geht es also nicht?«
»Nein. Könnte es aber. Sollte es vielleicht sogar.«
»Auf gar keinen Fall.« Aber Jessie schuldete Blair zumindest eine Erklärung. Sie würde es ohnehin bald erfahren. Also fasste Jessie die Ereignisse so knapp und unspektakulär wie möglich zusammen.
Blair stieß einen leisen Pfiff aus. »Sechs Jugendliche. Da steckt eine Riesenstory drin.«
»Das hier ist ein kleiner Ort, wo jeder jeden kennt. Die Leute sind sehr betroffen.« Sie verschwieg lieber, wie direkt sie selbst von der Situation betroffen war. »Also, was haben Sie für mich?«
»Diese kalte Spur, von der ich Ihnen erzählt habe. Ich verfolge diese Sache schon eine ganze Weile. Könnte eine große Story sein.«
Im Klartext hieß das: Vielleicht verdienen wir daran sogar ein bisschen mehr als den üblichen Hungerlohn. Die Aussicht auf einen Auftrag belebte Jessie. Einer der Psychologen, der sie für das Orientierungs- und Mobilitätsprogramm in Austin evaluiert hatte, war der Ansicht gewesen, Jessie klammere sich deshalb so an ihre Arbeit, weil der Blick durch die Kamera auf das Dunkel sie in dem unbewussten Glauben ließ, etwas würde sie davor bewahren. Natürlich würde eine Tätigkeit, bei der es gerade auf das Sehen ankam, jeglichen Sinn verlieren. Aber vielleicht steckte noch genug in ihr für ein letztes Projekt.
»Ich höre.«

»Die Zeitschrift wollte schon vor einer Weile etwas über einen Einwohner von Edenville, Texas, bringen, aber wir mussten die Sache fallen lassen. Als Sie erwähnt haben, dass Sie dorthin zurückwollten, habe ich sie wieder ausgegraben.«

Jessies Freude bekam einen Dämpfer. Was, wenn es um ihren Schwager ging? Ian Benning, der edle, mittellose Anwalt, der zum Tode Verurteilte betreute, gegen Ungerechtigkeit kämpfte, selbst gegen seinen mächtigen Vater, einen konservativen Politiker. Er erinnerte an David gegen Goliath, immer schon. »Tatsächlich? Um wen geht es?«

»Niemand Berühmtes. Es ist eine Schicksalsgeschichte. Und was für eine. Ich warte immer noch auf die Zusage von dem Kerl. Irgendwann wird er Ja sagen. Er ist verdammt stur, aber nicht dumm.«

»Warum wollen Sie dann mich dafür haben? Ich fotografiere Berge und Hängebrücken, keine Leute –«

»Diesmal ist es eben keine Hängebrücke. Sondern ein Mann aus Edenville mit Namen Matlock.«

Ein Schatten ragte vor Jessie auf, und sie wich erschrocken zurück, bevor sie merkte, dass es der Schatten der großen Lebenseiche im Garten war. »Also gut. Geben Sie mir Ihren Knüller, ich bin dabei.«

Kapitel 12

Lila verschlief den ganzen Tag, wie früher, als sie noch klein gewesen war und oft Mittelohrentzündung und Fieber gehabt hatte. Nur dass sie jetzt aufwachte, als die Nachmittagssonne strahlend zum Fenster hereinschien, und sich überhaupt nicht besser fühlte.

Sie konnte die anderen unten hören – das Telefon klingelte, ihr Dad ging auf und ab und sprach mit leiser, tiefer Stimme mit ihrer Mom, und manchmal sprach auch ihre Tante mit diesem leichten Akzent. Mom klang total gestresst, weil sie ihre beste Freundin Nell Bridger nicht erreichen konnte. Lila versuchte, nicht daran zu denken, wo und wann sie Dig und Travis zuletzt gesehen hatte, und kniff die Augen zu.

Eine Weile später, nachdem sie wieder ein bisschen gedöst hatte, hörte sie Owen und Wyatt von der Schule heimkommen und die Tür zuknallen, wofür sie sogleich getadelt wurden. Scottie wollte Lila besuchen und jammerte ein bisschen herum, weil er nicht durfte. Lila wünschte, der Kleine würde trotzdem einfach reinkommen – oder war er jetzt auch tabu für sie?

Sie blieb reglos liegen. Ihr war heiß, sie fühlte sich benommen und wünschte, sie könnte wieder ganz klein sein, geborgen und getröstet von ihrer Mutter, die auf der Bettkante saß und Lilas Stirn streichelte. Sie sehnte sich nach dem salzig-süßen Geschmack abgestandener Gatorade aus einer Schnabeltasse, nach der ernsthaften Albernheit der Sesamstraße im Fernsehen, nach dem Gefühl, dass die lächelnde Welt draußen auf sie wartete, bis sie wieder gesund war. Aber sie war kein Kind mehr; ihre Eltern hatten das unmissverständlich klar gemacht, als sie ihre neuen Regeln aufgestellt hatten. Und doch hatten sie ihr im selben Atemzug Hausarrest aufgebrummt, als sei sie Wyatt und hätte Ärger bekommen, weil sie Golfbälle in den See geschossen hatte.

Sie kapierten es einfach nicht. Sie war die Älteste, das einzige Mädchen. Sie musste immer aufpassen und aufräumen und die Drei Schweinchen ertragen. Da war es doch kein Wunder, dass sie sich rausschlich, Bier trank und auch mal mit ihren Freunden rumhängen wollte.

Frustriert ging sie daran, ihre Erinnerungen zu sortieren, so methodisch, wie sie in den Augenblicken nach dem Unfall ihre Verletzungen einzuschätzen versuchte. Einige Erinnerungen waren glasklar, andere verschwommen wie in einem beschlagenen Spiegel, die Details verwischt und diffus. Die qualvollen Augenblicke, während sie hilflos im Gestank auslaufenden Benzins dalag und das Radio plärren hörte, hatten sich endlos hingezogen. Jemand – sie glaubte, es war Kathy – war hysterisch geworden und hatte gekreischt und geheult, ein wildes Gebrüll, wie man es eher in einem Zoo erwartete.

Lila wusste noch, dass sie sich die Ohren zugehalten hatte, während die Tränen ihr übers Gesicht rannen. Sie betete nicht nur, sie bot Gott detaillierte Tauschgeschäfte an – einen 3,5er Durchschnitt im Jahreszeugnis, wenn sie sich nichts gebrochen hatte, soundso viele Stunden freiwillige Arbeit im Hill-Country-Pflegeheim, wenn nichts genäht werden musste. Lebenslange, klaglose Haus- und Gartenarbeit, wenn niemandem im Jeep etwas passiert war …

Endlich kamen ein Feuerwehr- und ein Krankenwagen – vielleicht mehr als einer – und tauchten alles in künstlich grelles, weißes Licht. Sanitäter und Feuerwehrmänner schwärmten über den Hügel aus wie eine Armee Ameisen. Grimmige Gesichter erschienen in jedem Fenster des Jeeps. Barsche Stimmen erteilten Befehle, berieten sich, wie sie »die Verletzten aus dem Wrack bergen« sollten und forderten Unterstützung an.

Judd Mason, der den Unfall gesehen hatte, weil er in seinem Bronco ebenfalls über die Hügel gesprungen war, tauchte an einem Fenster auf und neigte den Kopf zur Seite, um hineinzuschauen. Bevor die Rettungskräfte ihn wegzerrten, sprach er aus, was sie vermutlich alle dachten: »*Heilige gottverdammte Scheiße*. Sieh sich einer das an.«

Ein Feuerwehrmann, so jung, dass er sich wohl noch kaum rasieren musste, packte Judd am Kragen und zerrte ihn fort. Auf einmal war nichts mehr mit cool, Judd fiel auf die Knie und übergab sich. Der junge Feuerwehrmann schaute auch zu ihr herein, und Lila erinnerte sich, wie nah sein Gesicht auf einmal war, ein wenig verzerrt durch die zersplitterte Scheibe, seine Engelsaugen seelenvoll und mitfühlend. »Die hier ist bei Bewusstsein«, rief er, wobei sein Blick sie keinen Moment allein ließ. »Beeilt euch mit der Trage.«

Weitere Retter drängten sich heran und stellten Lila alle möglichen Fragen: Wusste sie, was passiert war? Welcher Tag heute war? Welches Jahr? Wo hatte sie Schmerzen?
Das Seltsame war: In jenen Minuten war sie fest davon überzeugt, dass sie sterben würde. Sie war ein Leichnam, der unter Wasser atmete und mit der Strömung trieb.
Das war die Auswirkung des Schocks auf den Körper, hatte Dr. Martinez ihr später erklärt. Sie hatte das Gefühl, keine Luft zu bekommen. Sie glaubte, sie würde nie wieder atmen.
Sie erinnerte sich kaum an die »Bergung«, wie sie es nannten, oder an die Fahrt im Rettungswagen zum Krankenhaus. Sie hatte unzählige Minuten auf einer Rolltrage gelegen, bevor sie von der Polizei kurz befragt, dann geröntgt, ein bisschen gesäubert, an einen Tropf gehängt und in diesem Untersuchungszimmer geparkt worden war, bis ihre Mutter eintraf.
Komm schnell, Mommy, komm schnell … Vielleicht hatte sie es laut gesagt, vielleicht auch nicht. Sie war nicht sicher.
In dem Moment, als ihre Mutter durch die Tür hereingestürmt war, hatte Lila gewusst, dass sie überleben würde. Aber sie brach nicht zusammen, schluchzte nicht vor Erleichterung, so sehr ihr danach zumute war. Wenn sie das tat, würde ihre Mutter wissen, wie verängstigt und verwirrt sie war. Sie kämpfte schon ewig darum, ihr zu beweisen, dass sie kein kleines Kind mehr war, und jetzt das. Also klappte sie das übliche Visier herunter – Wut, Trotz, Sarkasmus – und betete darum, dass sie so schnell wie möglich hier rauskommen würde.
Nach allem, was der Arzt sagte, hatte sie als Einzige großes

Glück gehabt. »Geschüttelt, nicht gerührt«, hatte der Röntgenassistent bei der CT fröhlich verkündet.
Glück gehabt. Was sollte das für ein Glück sein, einen Unfall zu überleben, wenn der Junge, den sie liebte, und ihre besten Freunde …
Sie krabbelte aus dem Bett und griff hastig nach dem Telefon. Tot. Das Kabel zwischen Station und Telefonbuchse war entfernt worden.
Sie knallte den Apparat auf den Tisch und musste sich dann an der Kommode festhalten, als ihr furchtbar schwindlig wurde. Sie fühlte sich wie Dorothy in diesem herumwirbelnden Haus, das immer weiter fortgeweht wurde, ohne Aussicht auf Landung. Sie tastete sich zu dem halbkugelförmigen Rattansessel in der Ecke, setzte sich, zog die Knie an die Brust und schlang die Arme darum. Sie roch ihren eigenen Schweiß, Kotze und irgendjemandes Blut an sich und merkte, dass sie nicht einmal geduscht hatte, bevor sie ins Bett gefallen und eingeschlafen war.
Was war mit Heath? Hatte er schon geduscht? Sie stieß ein zittriges, leises Stöhnen aus.
»He, alles in Ordnung?«
Lila hob mühsam den Kopf. »Tante Jessie. Wo ist Mom?«
»Mit deinen Brüdern beschäftigt, glaube ich. Ich habe hier oben etwas gehört und mir gedacht, dass du aufgewacht bist. Brauchst du etwas?«
Lila lehnte den Kopf an das Kissen in ihrem großen, runden Sessel und starrte ihre Tante an. Sie sah aus wie ein tätowierter, rothaariger, zierlicher Kobold. Das Bild schwankte sanft vor ihren Augen. Sie war wie Mom, aber doch wieder nicht. Wie Mom auf Extasy vielleicht.

Brauchst du etwas?

Ja, Tante Jess, wie wär's, wenn wir rausfinden, wie wir die letzten vierundzwanzig Stunden zurückdrehen könnten?

Dann ließ der Schwindel nach und ihr Blick fiel auf das schnurlose Telefon, das Jessie am Gürtel trug. »Ich muss telefonieren«, sagte sie. »Ich muss herausfinden, wie es meinen Freunden geht. Kathy ist meine beste Freundin. Wir kennen uns schon seit dem Kindergarten. Gestern Nacht im Auto hatte sie solche Angst. Ich will nur kurz ihre Stimme hören.«

Jessie deutete auf Lilas türkisfarbenen Apparat neben dem Computer. »Dann ruf sie doch an.«

»Mein Telefon ist kaputt«, sagte Lila. »Ich glaube, die Batterie ist leer. Darf ich deines kurz haben? Bitte?«

Jessie trat näher. Sie schien den Stapel trotzig unaufgeräumter Schulbücher mitten auf dem Boden gar nicht zu sehen, trat dagegen, warf ihn um und wäre beinahe hingefallen. »Verdammt«, brummte Tante Jessie. »In einem Punkt hatten deine Eltern jedenfalls Recht. Dieses Zimmer muss mal gründlich aufgeräumt werden.«

Na toll. Sie hatte sich auch schon der Dunklen Seite angeschlossen.

»Also, kann ich bitte das Telefon haben?«

Jessie setzte sich auf den Hocker vor dem Schminktischchen und drehte sich zu ihr herum. »Lila, du hast mich gestern Nacht angelogen. Vergiss das nicht. Die gestrige Nacht hat mit einer Lüge angefangen. Ich war dumm genug, dir zu glauben. Damit muss ich leben. Der Caddy meiner Mutter hat in solchen Fällen immer gesagt: ›Dass die Leute sich nicht –‹«

»… zu Tode schämen«, beendete Lila den Satz. »Das hab ich von Mom auch schon gehört.«
Jessie saß schweigend vor ihr und beobachtete sie. Sie hatte eine total merkwürdige Art, einen anzusehen. Sie schaute nicht nur mit den Augen, sondern mit dem ganzen Körper. Es war, als sei sie ein trockener Schwamm und Lila das Wasser, das sie ganz in sich aufsaugen wollte, sodass sie nicht mehr getrennt voneinander existierten.
Dass die Leute sich nicht zu Tode schämen …
Schämte sie sich?
Das sollte sie wohl, also tat sie, was man tun sollte, wenn man sich schämte. »Tante Jess, es tut mir wirklich Leid, was ich gestern getan habe.«
Die gestrige Nacht hat mit einer Lüge angefangen.
Sie schluckte und spürte zum ersten Mal seit dem Unfall scheußliche körperliche Schmerzen. »Es tut mir Leid«, wiederholte sie.
Jessie saß regungslos vor ihr. »Ich bin nicht diejenige, bei der du dich entschuldigen solltest.«
Tränen brannten hinter Lilas Lidern, und sie kämpfte dagegen an, kniff die Augen zu. Sie hatte sich erst vor kurzem geschworen, mit dem Weinen aufzuhören, denn wenn man weinte, wussten die Leute, dass man sich etwas aus ihnen machte. Das gab den anderen Macht, und am Ende tat man das, was die anderen wollten, nicht das, was einen selbst freute. Damit hatte sie sich eine ziemlich harte Aufgabe gestellt, aber das Leben war nun mal hart, und sie wollte es auch ein bisschen genießen.
Sie öffnete die Augen. »Du bist also sauer, weil ich gelogen habe, aber du willst nicht, dass ich mich dafür entschuldige.«

»Es ist durchaus angebracht, dass du dich bei mir entschuldigst«, sagte Tante Jessie. »Aber ich kann das nur annehmen, wenn du es wirklich ernst meinst. Ich weiß, es tut dir verdammt Leid, dass du dich mit deinem Freund rausgeschlichen und mit seinem Auto verunglückt bist, aber tut es dir Leid, dass du mich angelogen hast? Das glaube ich nicht. Du kennst mich ja kaum. Da kannst du dir wohl nicht viel draus machen, mich anzulügen, oder?«

»Ich will mir nichts draus machen.« Das verzweifelte Flüstern kam wie von allein. Nun folgten die Tränen, heiß und erniedrigend, noch trotziger als ihr Schwur. Sie versengten ihre Wangen mit ihrer stillen Kraft. »Bitte, Tante Jessie. Ich will nicht.« Sie rollte sich elend und beschämt zusammen und wünschte, der Sessel würde sie einfach verschlucken. Tante Jessie kam herüber und stolperte dabei über einen Stapel gefalteter Wäsche, die Lila nicht aufgeräumt hatte. Jessie setzte sich, schlang die Arme um sie und hielt sie fest, obwohl Lila abscheulich stank, und aus irgendeinem Grund musste Lila davon erst recht weinen.

Sobald sie einmal damit angefangen hatte, konnte sie nicht mehr aufhören. Sie saß nur da und weinte und weinte, während ihre Tante sie im Arm hielt, und irgendwann war sie ganz erschöpft, fühlte sich aber ein bisschen besser. Sie umarmte ihre Eltern nie mehr, oder kuschelte sich an sie. Sie war immer wütend auf sie oder gerade dabei, wütend zu werden, oder gerade erst wütend auf sie gewesen. Aber sie und ihre Tante hatten keine gemeinsame Vergangenheit, keine Verbindung, nichts stand auf dem Spiel. Irgendwie erlaubte ihr das, zu weinen, ohne dass sie auf der Stelle sterben wollte.

»Ich hatte solche Angst«, sagte sie schniefend. »Ich hatte solche Angst.« Das sagte sie immer wieder, während Tante Jessie ihr den Kopf streichelte und ihr dann ein Handtuch aus ihrer Cheerleader-Sporttasche reichte. Als Lila den Kopf hob, sah sie erstaunt, dass die Wangen ihrer Tante ebenfalls feucht waren. »Warum weinst du?«, fragte sie.

Tante Jessies Lippen zitterten. »Ach, mein lieber Schatz. Das war das erste Mal, dass ich dich in meinen Armen wiegen konnte.«

Lila wusste nicht, was sie darauf erwidern sollte, also nahm sie das Handtuch und trocknete ihr Gesicht. Tante Jessie, die einen anderen Handtuch-Zipfel benutzte, zog die Nase kraus. »Dieses Ding ist ja gesundheitsgefährdend.«

»Mein ganzes Zimmer ist gesundheitsgefährdend.«

»Gefällt es dir denn so?«

»Natürlich nicht. Aber Aufräumen gefällt mir auch nicht.«

»Ich finde, du solltest es aufräumen.«

Lila dachte daran, wie ihre Tante über ihre Unordnung gestolpert war. »Ich muss wohl. Meine Eltern zwingen mich dazu. Ich warte nur darauf, dass die Handwerker kommen und die Gitter vor meinem Fenster anbringen. Ich werde die Sonne nie wieder sehen.«

Eine Art Panik oder so huschte über Tante Jessies Gesicht. »Sag nicht so etwas.«

»Aber es stimmt. Sie werden mich in diesem Gefängnis einsperren, bis ich alt genug bin, wählen zu gehen. Denen ist es egal, ob ich vor Langeweile verrotte.«

»Wenn du deinen Eltern egal wärst, würden sie dich einfach loslassen, dich ziehen lassen, wohin du willst, und wenn du dabei untergehst.«

Lila stand auf. Sie fühlte sich zerbrechlich und geschunden, obwohl sie angeblich nicht verletzt war. Sie machte sich daran, die Klamottenberge vom Boden aufzuheben und in den Wäschekorb zu werfen. Tante Jessie sah ihr eine Weile zu und holte dann einen Zettel mit Telefonnummern aus der Tasche. Sie nahm das Telefon in die Hand und ging hinaus in den Flur. Lilas Ohr klebte augenblicklich an der Tür.

Tante Jessie stellte sich als Angehörige eines Unfallopfers vor und erkundigte sich nach den anderen Jugendlichen. Dann hörte sie zu und sagte nur ein paarmal »aha« oder »hm«. Dann fragte sie: »Ist sie wach? Wäre es möglich, dass ich kurz mit ihr sprechen kann? Verstehe. Ja, ich warte.«

Lila hielt es nicht mehr aus. Sie riss die Tür auf und fragte: »Kathy?«

Tante Jessie nickte und kam wieder herein, ging zum Sessel und setzte sich. Sie sah aus wie ein Engel inmitten bunter Kissen; ihr Rock, kurz genug, um cool zu sein, reichte bis an die Sesselkante. Plötzlich erstarrte sie und hob die freie Hand. »Spricht da Kathy? Einen Moment, Liebes, da ist jemand, der dich sprechen möchte.«

Lilas Herz hüpfte vor reiner Freude, als sie nach dem Apparat griff. Mit den Lippen formte sie ein *Danke* für ihre Tante und sagte dann: »Kathy? Ich bin's, Lila. Geht es dir gut?«

»Nein.« Kathys Stimme klang müde und schwach. »Mein Bein ist an zwei Stellen gebrochen. Ich hab mir auch ein paar Rippen gebrochen und das Kinn so schlimm aufgeschlagen, dass es genäht werden musste. Tut saumäßig weh, zumindest hat es das, bis sie mir was dagegen gegeben haben. Ich sterbe vor Durst, aber ich darf nichts trinken.«

»Hast du Heath gesehen?«

»Nein.« Eine lange Pause.

»Kathy, was ist?«

»Meine Mom hat mir erzählt, dass Sierra operiert werden musste, weil sie irgendwelche inneren Blutungen hatte, und ihr Fuß ist zertrümmert.«

Lila schloss fest die Augen. Das durfte nicht wahr sein. Durfte einfach nicht. »Sie ist in der Leichtathletik-Mannschaft.«

»Jetzt nicht mehr.« Kathys Stimme klang schleppend und seltsam. »Und wo bist du?«

»Ich durfte schon nach Hause gehen«, antwortete sie. »Da sitze ich jetzt wohl für den Rest meines Lebens fest.«

»Hausarrest krieg ich sicher auch. Sobald ich meinen Elternteilen nicht mehr so furchtbar Leid tue.«

»Bei meinen hat das Mitleid jedenfalls nicht lange gedauert.«

»So ein Mist.«

»Ja. Hast du was von den anderen gehört? Was ist mit Travis und Dig?«

Das Telefon wurde Lila aus der Hand gerissen. Ihre Mutter stand neben ihr, mit einem Gesicht so hart und weiß wie Marmor.

»He«, sagte Lila und flüchtete sich in Trotz. »Ich telefoniere.«

Ihre Mutter drückte die »Aus«-Taste.

»Ich muss doch wissen, wie es meinen Freunden geht«, fuhr Lila sie an.

»In Zukunft werde ich mich für dich danach erkundigen.« Ihre Mom fuhr zu Tante Jessie herum. »Sie darf bis auf weiteres nicht telefonieren.«

»Ich dachte, es würde sie beruhigen, wenn sie mit ihrer Freundin sprechen kann«, entgegnete Tante Jessie.

»Du dachtest –« Mom brach ab und atmete tief durch. »Jess,

das Telefon ist aus gutem Grund für sie tabu. Und Lila, es kommt nicht in Frage … Himmel, wie soll ich dir das sagen?« Ihre Stimme zitterte und sie verstummte, was Lila Sorgen machte. Ihre Mutter war doch sonst nie um passende Worte verlegen. Aber jetzt war sie nicht mehr barsch und wütend, sondern betroffen und traurig. »Schätzchen, ich wollte nicht, dass du es von deinen Freunden erfährst, am Telefon.«

»Kathy hat mir erzählt –« Lila brach ab. In letzter Zeit zögerte sie nicht mehr, ihrer Mutter zu widersprechen, aber es war so seltsam, wie Mom die Lippen zusammenpresste, als wollte sie etwas zurückhalten, das heraususste, ob sie wollte oder nicht. »Was?«, flüsterte Lila und wünschte, sie hätte nicht ihre ganzen Tränen schon bei Tante Jessie aufgebraucht.

Mom streckte die Arme nach Lila aus, aber Lila wich zurück. Mom ließ die Hände sinken, in einer hielt sie noch das Telefon. »Das war ein sehr schwerer Unfall. Alle sagen, es grenze an ein Wunder, dass du so gut wie nicht verletzt wurdest. Aber die anderen im Auto hatten nicht so viel Glück.«

»Ich weiß das mit Sierras Fuß.«

»Es hat aber … noch weit schlimmere Verletzungen gegeben.«

Lila bekam keine Luft mehr. Irgendwie stieß sie dennoch hervor: »Heath?«

Mom schüttelte den Kopf und klemmte sich das Telefon an den Hosenbund. »Er wird es überleben.« Ihre Hände flatterten nervös herum, hoben Sachen auf, stellten sie wieder hin. »Aber … Schätzchen, es ist Albert Bridger – Dig.« Sie zögerte, und ihr Gesicht wurde noch weißer. »Er wurde sehr schwer verletzt mit dem Rettungshubschrauber in eine Spezialklinik geflogen. Sie haben getan, was sie konnten, um ihn zu retten.« Mom schluckte schwer. Sie sah völlig fertig aus. »Ach, Lila, Liebes. Dig ist tot.«

Jessie schnappte zischend nach Luft, aber Lila atmete gar nicht mehr.

Nein. Nein. Nein. Sie sagte kein Wort, aber ihr Verstand schrie. Ihr Herz schrie. Und dann erklärte sie diesen Gedanken für schlicht nicht wahr. Doch nicht Dig. Dig war erst in der neunten Klasse; er war der Jüngste in seiner Familie. Er hatte es gerade geschafft, in die Reserve der Jugend-Footballmannschaft aufgenommen zu werden. Er sparte auf eine Motocross-Maschine. Sie kannte ihn seit dem Tag, als seine Mutter ihn im Spring Valley Park in die Sandkiste gesetzt hatte; da war er erst drei gewesen und hatte immerzu nur eines gewollt: Graben, graben, graben. So war er zu seinem Spitznamen gekommen.

Er konnte nicht tot sein. Das konnte einfach nicht sein.

Lila hätte sich vor Schmerz beinahe zusammengekrümmt, doch sie weigerte sich, zu reagieren. Weigerte sich in irgendeiner Weise zu zeigen, dass sie ihre Mutter überhaupt gehört hatte. Wenn sie jetzt nicht schrie, weinte, um sich schlug, sich die Haare ausriss, dann war es nicht wahr. Dig konnte nicht tot sein.

»Meine Süße«, begann ihre Mutter.

Lila streckte eine Hand aus, als wollte sie einen Schlag abwehren. Sie wusste, was nun kommen würde. Ihre Mom würde ihre unerträglich praktische Seite raushängen lassen. Sie würde Tante Jessie erklären, wer Dig war, wie lange sie die Familie schon kannten und warum das alles so traurig war. Und dann würde sie laut nachdenken und eine Liste zusammenstellen, was alles zu tun war, Kuchen backen oder sonst was kochen, Blumen bestellen und sich irgendwas Verklemmtes, Sentimentales ausdenken, zum Beispiel zu seinem Gedenken einen Baum vor der Schule pflanzen.

Mom starrte auf Lilas Hand. »Ich bleibe noch ein bisschen bei dir, wenn du möchtest.«

Lila nickte, überlegte es sich dann aber anders. »Ich glaube, ich will lieber allein sein.«

»Bist du sicher?«

Sie nickte wieder. *Bitte.*

Mom und Jessie tauschten einen Blick. Dann ging Mom hinaus und bedeutete Jessie, ihr zu folgen. Tante Jessie blickte über die Schulter zu Lila zurück. Ihre Augen waren komisch, und Lila konnte sich das nicht erklären – sie sahen und sahen aber nicht, schauten und schauten zugleich nicht. Vielleicht hatte ihre seltsame Art, zu schauen und zu sehen, etwas damit zu tun, dass sie eine berühmte Fotografin war.

Dann verließ sie Lilas Zimmer und ließ die Tür einen Spalt breit offen.

Lila schlang die Arme um sich, als sie plötzlich fror, obwohl es ziemlich warm im Zimmer war. Sie schloss die Augen und sah sogleich Dig vor sich, den Kopf zurückgeworfen, sodass sein Adamsapfel aus dem dürren Hals hervorstand, als er johlend lachte und Kathy seinen Gurt überließ. Heath hatte ihm gerade einen Joint gereicht; Lila hatte ihm erst neulich ihren Taschenrechner geliehen, der lag immer noch bei ihm zu Hause. Hatte er diese Algebra-Aufgaben noch gelöst? Hatte er seinen Hund gestreichelt, eine Sternschnuppe gesehen und sich etwas gewünscht, hatte er den neuen Song der Actual Tigers noch gehört? Sie hielt es kaum aus, an all die Dinge zu denken, die er verpassen würde. Er würde es nie in die Erste Mannschaft der Schule schaffen, nie den Mut aufbringen, ein Mädchen zum Abschlussball einzuladen, nie wieder das Herbstlaub im See gespiegelt sehen oder lachend mit seinen Freunden am Lagerfeuer sitzen.

Ein schreckliches Flüstern erhob sich in einer Ecke von Lilas Gedanken. *Das ist allein deine Schuld, junge Dame*. Das Flüstern wurde lauter, kräftiger, wurde zu einem Schrei, der ihren ganzen Kopf erfüllte und alles andere übertönte. Mrs. Hayes hatte Recht. Wenn sie nicht gewesen wäre, wäre Heath gestern Nacht zu Hause geblieben, und Dig wäre noch am Leben, Sierra hätte noch zwei gesunde Füße.

»… vor allem deshalb das Telefon verboten.« Die Stimme ihrer Mutter drang von unten herauf.

»Okay, ich hab's ja jetzt verstanden.« Tante Jessie klang gereizt, verwirrt.

»Ich wäre dir dankbar, wenn du meine Regeln respektieren könntest, was Lila betrifft.«

Meine Regeln. Wie sie das sagte, könnte man meinen, sie seien in Stein gemeißelt und lägen irgendwo auf einem heiligen Berg.

Jessie sagte etwas, das Lila nicht verstand, aber Moms Antwort war deutlich: »Wag es ja nicht, jetzt abzuhauen, Jessie. Verdammt, ich brauche dich.«

Wow. Also hatte ihre Mom sie jetzt schon fast vergrault. Das musste ein neuer Rekord sein. Doch die letzten drei Worte hatte Lila ihre Mutter noch nie aussprechen hören. *Ich brauche dich*.

»… Junge, der gestorben ist?«, fragte Tante Jessie unten. »Ich kenne seine Mutter schon eine Ewigkeit. Sie ist nicht verheiratet, wohnt in einem Haus bei Two-Dog Ranch …« Ihre Mutter laberte weiter, und dann kam das Unvermeidliche: »Ich bringe ihr nachher einen Eintopf vorbei …«

Lila schob die Tür zu, lehnte sich dagegen und hielt sich die Ohren zu. Sie wollte nichts davon hören. Je mehr sie hörte, desto toter war Dig.

Kapitel 13

Jessie war seit über einem Jahr auf einem Auge vollkommen blind. Auf dem anderen Auge sah sie auch immer schlechter, obwohl hartnäckiger Trotz und störrische Entschlossenheit das Unvermeidliche hinauszögerten. Doch jetzt war nicht einmal ihr unbeugsamer Wille genug, um die Zukunft aufzuhalten. Sie musste sich ihrer Krankheit geschlagen geben, die immer schneller fortschritt. Zwar traf sie ihre Vorbereitungen so kühl und rational wie möglich, fühlte sich aber dabei, als müsste sie von einer Klippe springen. Es war ein tiefer Sturz ins Nirgendwo.

Sie rief das Blindenzentrum in Austin an, wo sie sich bereits von Neuseeland aus angemeldet hatte. Mit tonloser Stimme vereinbarte sie einen Termin und ging dann duschen, weil sie glaubte, dass sie sich gleich die Augen ausheulen würde. Stattdessen konnte sie nur dastehen wie gelähmt, während das Wasser auf sie herabprasselte und sie mit einem scheußlichen Gefühl der Unwirklichkeit rang.

Gemeinerweise hatte ihr Sehvermögen sich für den Moment stabilisiert. Sie hatte dieselbe Phase bei ihrem linken Auge erlebt, vor fast einem Jahr. Sie hatte monatelang unter Schatten gelitten, unter einem blitzenden Flimmern und verschwommenen Lichtflecken, wie Regentropfen auf einer Fensterscheibe. Und dann, eines Tages, hatten die Symptome sich gebessert. Die Entzündung ging zurück, die Netzhaut-Aderhautdegeneration schritt nicht weiter fort, und sie konnte durch einen Teil ihres Auges bemerkenswert klar sehen. Dieses Wunder erfüllte sie mit grausamer Hoffnung, die sie umso heftiger niederschmetterte, als das Auge wenige Tage darauf vollkommen erblindete, für immer.

Auf dem rechten Auge sah sie jetzt noch hervorragend, doch inzwischen wusste sie, dass sie sich keine falschen Hoffnungen machen durfte. Als sie aus der Duschkabine trat und sich vor dem Spiegel das Haar trocknete, blinzelte sie ein paarmal, schaute von einer Seite zur anderen, dann nach oben und unten, um alle wesentlichen Punkte zu überprüfen, wie die Ärzte bei ihren Untersuchungen.

Als könnten die noch irgendetwas tun, was nicht schon jemand vor ihnen versucht hatte.

›AZOOR‹ war der gebräuchliche Fachbegriff für akute zonale okkulte äußere Retinopathie. Aber vor allem bedeutete es das Ende ihres Lebens, wie sie es bisher gekannt hatte. Sie konnte die Tage und Wochen längst nicht mehr zählen, die sie in Arztpraxen und Spezialkliniken verbracht hatte, den Kopf in einer Art gepolstertem Schraubstock fixiert, während ihre Elektroretinogramme nichts als schlechte Neuigkeiten zeigten und ihre Hoffnung zu grimmiger Entschlossenheit herabsank, und schließlich zu Verzweiflung. Wie ein falsch eingelegter Film in einer Kamera würde ihre Netzhaut bald nicht mehr zu gebrauchen sein.

In der Dalton Eye Clinic in Christchurch hatte man sämtliche

Tests an ihr durchgeführt, die Technik und experimentelle Methoden hergaben. Doch peripapillare Vernarbung hatte den grauen Nebelschleier begünstigt, der sich erbarmungslos über ihr Gesichtsfeld senkte. Die berühmtesten Kapazitäten im ganzen Fernen Osten hatten erklärt, sie könnten nichts mehr für sie tun. Die Ärzte, die sie bisher aufgesucht hatte, die Spezialisten, die Experten, hatten sie widerstrebend jenen Opfern der Krankheit zugeordnet, die kein Glück hatten. Während bei den meisten das Sehvermögen innerhalb von drei Jahren zurückkehrte, gab es einige wenige, bei denen nie eine Besserung eintrat. Und zu diesen Auserwählten gehörte Jessie. Es war an der Zeit, so sagte man ihr, sich den Tatsachen zu stellen und entsprechende Vorkehrungen zu treffen. Man riet ihr, sich an den Beacon of the Blind zu wenden, eine internationale Blindenorganisation, die auch in Austin mit einem ihrer Zentren vertreten war.

Die Spezialisten versuchten, das Ganze einem Zufall der Natur und wissenschaftlichen Phänomenen zuzuschreiben, aber Jessie hatte ihre eigene Theorie. Dies war eine Gewalt, die höher und stärker war als ihre Willenskraft, ihre Gebete oder die verzweifelten Behandlungsversuche irgendwelcher Koryphäen. Vielleicht war es Vergeltung. Sie hatte Menschen benutzt, abgewiesen, im Stich gelassen, verlassen. Und dies war der Preis, den sie dafür bezahlte.

Nun machte sie sich Sorgen, dieser Fluch könnte ansteckend sein und eben den Menschen treffen, den sie so dringend hatte sehen wollen, dass sie dafür um die halbe Welt geflogen war.

Sie hatte Lila sehen wollen, bevor sie nichts mehr sehen konnte. Und kaum tauchte sie hier auf, kam Lila beinahe ums Leben. Jessie sollte einfach verschwinden. Wenn Luz' Worte nicht gewesen wären: »Wag es ja nicht, jetzt abzuhauen, Jessie. Verdammt, ich brauche dich.«

Als Lila schluchzend an ihrer Brust gelehnt hatte, hatte Jessie endlich erfahren, wie es war, ein Kind zu lieben, es so eng an sich zu drücken, dass ihr Herz mit dem ihrer Tochter verschmolz, sie zu akzeptieren, obwohl sie etwas Schlimmes angestellt hatte, obwohl sie nach Blut, Erbrochenem und Motoröl stank.

Sie saß auf der Bettkante und lackierte ihre Zehennägel korallenrot. Danach schlüpfte sie in ein bequemes, beigefarbenes Kleid und legte dann ihre Arbeitsweste an, ein Wunder der Technik in khakifarbenem Leinen, voller Taschen, Riemen, Schlaufen, Haken und Reißverschlussfächer. Ganz Margaret Bourke-White.

Sie wusste nicht recht, welche Ausrüstung sie für derartige Aufnahmen einpacken sollte. Was für Objektive würde sie brauchen? Filme für welche Belichtungszeiten? Sollte sie überhaupt auf Film fotografieren, oder doch lieber digital?

Am meisten überraschte sie, wie nervös sie war. Kaum zu fassen, wenn man bedachte, dass bereits Tausende ihrer Aufnahmen veröffentlicht worden waren, dass sie für sämtliche bedeutenden Preise nominiert worden war, darunter einen MacGregor aus Australien, dass ihre Arbeiten auf Reklametafeln und Bussen im gesamten Fernen Osten prangten und sogar schon mehrmals in eigenen Ausstellungen gezeigt worden waren. Heute sollte sie einfach nur ihren Nachbarn von der anderen Seeseite fotografieren. Keine große Sache. Doch tief drinnen wusste sie etwas, das sie keiner Menschenseele erzählen würde – ihre Zeit als Fotografin ging zu Ende. Dies waren die letzten Aufnahmen, die sie je machen würde.

Ein paar Minuten später, fertig ausstaffiert und kribbelig vor Nervosität, erschien sie an der Haustür ihrer Schwester.

»Tante Jessie!« Scottie stürzte sich auf sie und klammerte sich an ihr Bein wie eine Klette, als sie eintrat.

»Hallo, Großer.« Sie zauste seinen Wuschelkopf.

»Er ist'n Määädchen«, höhnte Owen. »Er hat rosa Zehennägel.«

»Ich wette, du hättest auch gern rosa Zehennägel. Und Wyatt genauso.«

»Iih!« Ihre beiden älteren Neffen übertönten mit ihrem Kreischen sogar den viel zu laut gestellten Fernseher.

Aus der Küche rief Luz: »Stellt das Ding –«

Wyatt drückte schon die »Stumm«-Taste.

» – leiser.«

»Hallo, alle miteinander.« Jessie war erleichtert, dass nach dem Wochenende alles wieder halbwegs normal lief. Der von Schock und Bestürzung geprägte Trauergottesdienst in der Halfway Baptist Church war von einer ganz eigenen Art von Traurigkeit gewesen – alle liefen fassungslos und leer herum, kleine Kinder quengelten, nervten und waren ängstlich, weil die Erwachsenen, Männer und Frauen, weinten und einander umarmten. Jessie hatte mit Lila weit hinten gesessen und ihre Hand gehalten. Sie merkte sehr wohl, dass Lila sich am liebsten darum gedrückt hätte, aber Luz wollte davon natürlich kein Wort hören. So bald wie möglich huschte Lila hinaus und eilte zum Wagen, um allein und stumm mit unvorstellbarer Trauer, Schuldgefühlen und weiß Gott was sonst noch zu ringen.

Jetzt hatte sich alles ein wenig beruhigt. Angesichts der Tragödie hatte die Schule den Kindern die Teilnahme am Unterricht freigestellt und für umfangreiche psychologische Betreuung gesorgt. Luz hatte offenbar entschieden, Owen und Wyatt lieber zu Hause zu behalten. Lila weigerte sich kategorisch, einen Fuß in die Schule zu setzen. Sie behauptete, ihre Mitschüler würden sie mobben und ihr für alles die Schuld geben.

»Was habt ihr denn heute vor?«, fragte Jessie ihre beneidenswert jungen, unkomplizierten Neffen.

Sie standen schweigend und verschüchtert vor ihr, alle Aufmerksamkeit auf sie gerichtet, die ungebetene Fremde. Sie fragte sich, ob die Jungen ihre Ankunft immer mit einer Katastrophe in Verbindung bringen würden. »Ich wette, ihr segelt heute auf einem Piratenschiff«, schlug sie vor. »Nein? Wollt ihr dann vielleicht im Wald ein Gürteltier fangen?«

Owen fand letztere Idee offenbar ziemlich spannend.

»Oder wie wär's, wenn ihr ein Loch mitten durch die Erde bis nach China grabt?«

»Ja!«, rief Scottie.

»Wie wär's, wenn ihr raufgeht und euer Zimmer aufräumt«, sagte Luz von der Küche her. »In einer Viertelstunde komme ich nachschauen, und dann kommt ihr mit zum Einkaufen. Wenn euer Zimmer ordentlich ist, gehen wir bei McDonald's frühstücken.«

Die Jungen grinsten begeistert und liefen zur Treppe, wobei sie in ihrer Hast beinahe übereinander stolperten.

Jessie ging in die Küche. »Wo hast du denn diesen sensationellen Trick her? Ein schlaues Buch über Kindererziehung?«

Luz bückte sich und holte den Bräter aus dem Ofen – etwas Überbackenes blubberte vor Hitze darin. »He, diese schlauen Ratgeber könnten von mir noch was lernen. Bestechung ist ein sehr wirkungsvolles Mittel.«
Jessie beugte sich vor und schnupperte mit genüsslich geschlossenen Augen.
»King-Ranch-Hühnchen«, sagte Luz. »Für Digs Familie. Da steht eine Beerdigung ins Haus, Nells Verwandte kommen angereist, und irgendetwas werden sie ja essen müssen. Ich dachte, ich bringe das nachher schnell vorbei, wenn wir einkaufen fahren.« Sie kritzelte die Aufwärm-Anweisung auf einen Post-it-Zettel und klebte ihn auf den Deckel der großen Kasserole.
Jessie musste sich erst an den Gedanken gewöhnen, dass Luz hier ihr eigenes Leben hatte, mit Freundinnen, die Jessie nicht kannte – Freundinnen, die ihre Schwester besser kannten als sie. »Ist Nell Bridger eine gute Freundin von dir?«
»Eine sehr gute. Ich kenne sie schon, seit die Kinder noch klein waren.« Sie verschloss den Bräter und packte ihn in eine Plastiktüte; Trauerfältchen zeichneten sich um ihren Mund und ihre Augen ab. »Diese Jungs sind alles, was sie hat. Ich habe sie jedes Jahr für Nells Weihnachtskarte fotografiert, seit sie Babys waren.«
Dig und Travis. Der ältere Junge war so schwer verletzt, dass er noch lange im Krankenhaus liegen würde.
»Ich kann mir nicht vorstellen, wie sie das hier durchstehen soll.« Luz schniefte und fuhr sich mit der Hand über die Wange. »Und mir fällt nichts Besseres ein, als ihr Hühnchen vorbeizubringen.«

»Sie wird dich bestimmt sehen wollen«, versicherte Jessie ihr, »mit oder ohne Hähnchenschenkel. Wo ist Ian?«
»Er ist schon früh heute Morgen nach Austin gefahren.« Luz sprach gelassen; das war offensichtlich ganz normal. »Er hat den Mietwagen nach Austin zurückgebracht, und ein Kollege aus Marble Falls nimmt ihn wieder mit hierher.«
»Und Lila?«
»Ich lasse sie ausschlafen. Dann … werden wir sehen.«
»Sie muss sich doch irgendwann wieder unter die Lebenden begeben.«
»Nicht heute.« Luz sah Jessie an, während sie ihre zerknautschte Schürze mit dem Aufdruck »Ein Kuss für die Köchin« auszog. »Du gehst also arbeiten.«
»Ja.«
»Das ging ja schnell.«
»Du kennst doch Blair. Sie schüttelt ständig was aus dem Ärmel. Und von irgendetwas muss ich schließlich leben.«
Luz lächelte sie an. »Was denn, es geht dir gar nicht darum, deiner künstlerischen Seele Ausdruck zu verleihen?«
»Es geht mir darum, meine Visa-Rechnung zu bezahlen.« Sie zögerte. »Ich bin in letzter Zeit nicht mehr so wild aufs Fotografieren.«
»Machst du Witze? Das ist dein Leben.«
Das war mein Leben. Jessie zwang sich zu einem Lächeln. »Man wechselt doch heutzutage öfter im Leben den Beruf. Ich habe daran gedacht, mich mal im Schreiben zu versuchen. Oder im Korbflechten.«
Luz lachte und hielt das offensichtlich für einen Scherz. Jessie blickte zu den Familienfotos auf, die auf dem Wandbord über der Frühstücksecke standen. *»Das da* ist was für die Seele.«

Überall wurde offenbar, wie erfüllt das Leben ihrer Schwester war, vor allem in kleinen Details, die die meisten Menschen gar nicht bemerken würden: Owens Muttertagskarte, die mit Magneten am Kühlschrank befestigt war. Ein Topflappen mit den Worten »Luz' Küche – hier wärmt die Liebe« in kindlicher Kreuzstichstickerei. Und da war natürlich die Bilderwand voll Gesichter, strahlend vor Lachen, ernst und selbstvergessen in voller Konzentration, Bilder in der Bewegung, Porträts, Kinder im Sprung, beim Spiel, selig schlafend oder triumphierend mit einem Pokal oder Preis in der Hand.

»Stimmt.« Luz wischte die Arbeitsfläche in der Mitte der Küche sauber. »Ich bin nie dazu gekommen, das ganze Zeug zu rahmen, also habe ich irgendwann angefangen, die Sachen einfach an die Wand zu kleben. Ian hat die Plexiglasscheibe davor angebracht, und jetzt sieht es richtig nach Absicht aus.« Ihr Blick streifte Jessie. »Du wirkst so nervös.«

»Ich habe kaum Erfahrung damit, Leute zu fotografieren.«

»Ach, komm schon. Das ist ja, als würde ich sagen, ich habe kaum Erfahrung damit, Bauwerke oder Landschaften zu fotografieren.« Sie stemmte die Hände in die Hüften und betrachtete das Wandbild. »Wenn ich recht darüber nachdenke, habe ich die tatsächlich nicht.« Dann lachte sie. »Ich schätze, ich weiß, wo das Problem liegt – um irgendwelche exotischen Orte zu fotografieren, muss man wohl dahinreisen.«

Jessie zeigte auf ein Foto von Wyatt, auf dem er als Killerbiene verkleidet war und ein »Star Wars«-Lichtschwert schwang. »Und das da nennst du nicht exotisch?«

»Das nenne ich bizarr.« Während sie zusammen Kaffee tranken, schwelgten sie in Erinnerungen an ihre längst vergangenen College-Zeiten. Wenn man Jessie mit Ansel Adams verglich, dann war Luz Annie Liebovitz. Jessie setzte sich eher ins Auto, fuhr zu interessanten Orten wie dem Enchanted Rock und wartete auf den perfekten Sonnenuntergang, während Luz lieber im Barton Creek Park saß und Familien beim Picknick, spielende Kinder und alte Ehepaare auf sonnigen Parkbänken fotografierte. Sie unterhielten sich über Jessies Ausrüstung, von den neuesten Upgrades ihrer Digitalkameras bis hin zu der klassischen Nikon FM, die sie schon ewig hatte. So nett und entspannt hatten die beiden sich seit Jessies Ankunft nicht unterhalten, doch diese schöne Gemeinsamkeit sollte nicht lange währen. Sie endete mit einem dumpfen Poltern und einem Schrei: »Mo-om! Er hat meinen –«

Ein lautes Hupen ließ die ganze Herde zur Haustür trampeln. Der Hund bellte zur Begrüßung.

»Da ist jemand gekommen«, rief Scottie.

»Wissen wir schon, Blödmann.« Owen stieß ihn beiseite, um die Tür zu öffnen.

»Ich bin kein Blödmann.«

»Bist du doch.«

»Bin ich nicht.«

»Bist du – oh, *wow!*«

Owen trat hinaus auf die Veranda und winkte hektisch Jessie und Luz herbei. Eine Staubwolke umtanzte einen fast nagelneuen Cadillac in Weiß und Gold. Eine große Frau im Escada-Kostüm entstieg dem Prachtstück und ging nach hinten zum Kofferraum.

Blair LaBorde hatte sich über die Jahre kaum verändert. Ihr blondes Haar zeichnete sich immer noch durch diese Fülle und den Blondton aus, die man so nur bei diesen gewissen, echt texanischen Frauen fand. Ihr Haar hatte die Farbe von offen gelassenem Champagner am nächsten Morgen und war zur klassischen Mähne der Society-Löwin toupiert. Ein offensichtlich nicht eben billiger Lippenstift betonte einen Mund mit breitem, geübtem Lächeln und gut gemachten Zähnen. Sie trug einen entschlossenen Optimismus zur Schau, eine Maske vor tiefer, bitterer Unzufriedenheit und gnadenlosem Ehrgeiz – weit verbreitet unter texanischen Frauen, die ein gewisses Alter erreicht hatten. Sie hatte nervöse Hände und eine Nase, die ständig leicht zuckte, als müsste sie gleich niesen. Jessie bemerkte all das in den wenigen Sekunden, die sie brauchte, um hinaus auf die Einfahrt zu gehen. Sie hatte es weit gebracht in der Kunst, beinahe unheimlich rasch und genau bildliche Eindrücke aufzunehmen und zu speichern.

»Jessie Ryder«, sagte Blair mit der gepflegten Nachlässigkeit, die so typisch für das Umland von Dallas war. Sie öffnete den Kofferraum. »Und Luz. Himmel, ihr beide habt euch ja kaum verändert. Ihr solltet euch eine Titelmelodie komponieren lasen, die eingespielt wird, wenn ihr beide irgendwo zusammen auftaucht.«

»Ein Lied? Die Gute, die Böse und die Mehrfach Geliftete?«

»Nicht im Ernst.« Blair zog eine makellose Braue in die Höhe.

»Na ja, noch nicht«, entgegnete Jessie.

»Und ich hab nicht das Geld dafür«, sagte Luz.

Blair umarmte erst Jessie, dann Luz. Vor Jahren war sie die Mentorin beider Schwestern gewesen – denn hinter der Ballköniginnen-Fassade steckte ein scharfer Verstand – und ein

Doktorgrad in Kommunikationswissenschaft. »Du meine Güte, ist das *ewig* her.« Sie winkte den Jungen zu, die sich mit großen Augen auf der Veranda drängten. »Deine?«, fragte sie Luz.

»Mein Stolz und meine Freude.«

»Und deine Tochter?«

»Sie wird's überleben«, sagte Luz. »Sie hat großes Glück gehabt.«

»Das habe ich schon gehört. Ach, war ich erleichtert.«

Luz trat zurück. »Dann geht ihr beide mal an die Arbeit.«

»Bereit?«, fragte Blair Jessie.

»Ich glaube schon.«

»Übrigens, Ihre Arbeit ist wirklich großartig. Ich habe im Lauf der Jahre hier und da einiges davon gesehen.«

Jessie legte ihre Kameratasche in den Kofferraum und bemerkte, dass darin im Durcheinander von Zeitungsausschnitten und E-Mail-Ausdrucken ein zum Bersten mit Akten gefüllter Registraturkarton stand. »Sie haben Arbeiten von mir gesehen?«

»Nein, das hab ich nur so behauptet«, gestand Blair, ohne im Geringsten verlegen zu werden. Sie holte ein Plättchen Kaugummis hervor, drückte einen durch die Folie und steckte ihn in den Mund. »Nicorette?«

»Nein, danke.«

Achselzuckend schob Blair sich einen zweiten Kaugummi zwischen die Lippen. »Die Dinger bilden derzeit einen Hauptbestandteil meiner Ernährung. Also, sind Sie so weit?«

Jessie nickte und bemühte sich, das nervöse Flattern in ihrem Magen zu ignorieren. Dies war ein Auftrag wie jeder andere auch. Sie hatte schon sämtliche Weltwunder fotografiert. Einen Mann und seine Tochter abzulichten, würde der reinste Spaziergang werden.

»Na, zumindest hat man mir gesagt«, erklärte Blair und ließ eine Kaugummiblase knallen, »Sie seien die Beste, die man kriegen könnte.«

Jessie lachte und setzte sich auf den Beifahrersitz. »Dasselbe habe ich auch über Sie gehört.«

»Gut zu wissen. Na, wie auch immer, das wird bestimmt ganz lustig.« Sie lenkte den Wagen die Auffahrt entlang. Als sie auf die Straße einbog, bemerkte sie: »Ist hübsch hier.« Sie trommelte mit den Fingern aufs Lenkrad. Die Fingernägel an ihrer Rechten waren perfekt manikürt und in einem aggressiven, knalligen Rot lackiert. An ihrer linken Hand waren die Nägel bis unter die Fingerkuppen abgekaut.

Sie spielte nervös am Lenkrad herum. »Mit dem Rauchen aufhören ist die Hölle.«

»Ja. Das habe ich schon ein paarmal hinter mir«, gestand Jessie. »Wie lange arbeiten Sie denn schon an dieser Story? Sie haben mir noch nicht viel erzählt, außer, dass es um das Schicksal eines Mannes aus der Nachbarschaft geht.«

»Ich bin schon seit über einem Jahr hinter ihm her. Hat sich ewig bitten lassen. So sind die alle, behaupten, sie wollten ihre Würde und ihre Privatsphäre bewahren. Aber auch die kann man letztlich kaufen, wenn der Preis stimmt. Dieser Typ hat länger widerstanden als die meisten anderen. Ich wollte ihn schon fast aufgeben und mich an eine dritte Person halten, die das Ganze überhaupt erst wieder in die Presse gebracht hat, da hat er endlich beschlossen, mitzumachen.«

»Hört sich kompliziert an. Die Motive, die ich sonst so fotografiere, sind meist nicht in der Lage, darüber zu verhandeln.«
»Was fotografieren Sie denn sonst so?«
»Regenwälder in Asien. Korallenriffe im Südpazifik.«
»Wie lange waren Sie jetzt außer Landes?«
»Fünfzehn Jahre.«
Blair stieß einen leisen Pfiff aus. »Dann haben Sie von der Matlock-Geschichte wahrscheinlich noch gar nichts gehört.« Sie lenkte den Wagen auf den Springside Way, der zum Südufer des Eagle Lake führte.
»Nein.«
Blair ließ eine Kaugummiblase knallen und grinste anzüglich. »O Mann. Dann steht Ihnen aber eine nette Überraschung bevor.«
Sie bog in Matlocks Auffahrt ab. Das weitläufige Haus war in die Flanke eines Hügels hineingebaut, die zum See hin abfiel. Ein recht großes Bootshaus hing über dem Wasser. Wie eine Klinge ragte ein neu gebauter Steg in den See hinaus. Daran war das grün-weiße Wasserflugzeug vertäut.
»Normalerweise mache ich das Interview und die Aufnahmen gern an getrennten Terminen«, erklärte Blair, »aber der Kerl war so verdammt schwer festzunageln. Was für ein Sturschädel! Deswegen werden wir zusehen, dass wir alles auf einmal heute fertig bekommen, und ihm dann wieder seine Ruhe lassen.«
Sie parkte im Schatten eines mit Schlingpflanzen überwucherten Busches und stieg aus. Ein kleiner Terrier kam aus dem Gebüsch geschossen wie eine Kanonenkugel und kläffte aus Leibeskräften. Dem Hund folgte ein älterer Mann, recht

klein, mit ledriger Haut und ruhigen, braunen Augen. Auf Spanisch brachte er den Hund zum Schweigen und nickte dann Blair zu.

»Sie müssen Mr. Garza sein«, sagte Blair. »Mr. Garza, das ist meine Fotografin, Jessie Ryder.«

Der Mann begrüßte sie mit einem gelassenen Nicken seines grauen Hauptes. »Er ist drüben in der Werkstatt und repariert einen Motor.«

»Danke. Wir finden ihn schon.«

Als sie den steilen Abhang hinuntergingen, brummte Blair: »Na toll. Wahrscheinlich ist er total ölverschmiert, dabei wusste er doch, dass wir heute kommen.«

»Vielleicht ist das gar nicht schlecht«, erwiderte Jessie beruhigend. »Manchmal gibt ein Mensch ein viel besseres Motiv ab, wenn man ihn mitten im Alltag aufnimmt. Meine Schwester sagt, er sei umwerfend.«

»Worauf warten wir dann noch?« Vor der Werkstatt blieb Blair kurz stehen, um ihre Lippen noch einmal nachzuziehen. Sie bot auch Jessie den scharlachroten Lippenstift an, doch die schüttelte den Kopf. Dann klopfte Blair an, obwohl die Tür des Schuppens offen stand.

»Mr. Matlock? Dusty«, rief sie mit ihrer liebreizendsten Debütantinnenstimme.

»Kommen Sie rein.« Er drehte sich nicht um, sondern blieb über die Werkbank gebeugt stehen und bot ihnen einen unvergleichlichen Blick auf einen prachtvollen, knackigen Männerhintern.

In der Werkstatt roch es nach Motoröl, Staub tanzte in der Sonne, die durch die Fenster hereinschien und den Schuppen jetzt schon aufheizte. Ein kleiner Ventilator drehte sich surrend hin und her und blies sanft über Tische und Werkzeuge. Der Mann richtete sich mit kraftvoller Gelassenheit auf und stand dann still vor dem grellen Licht eines Fensters. Jessies Aufmerksamkeit erwachte sofort. Der Lichteinfall schuf einen poetischen Eindruck von präzisen Linien und Umrissen und verankerte dieses Bild unauslöschlich in ihrem fotografischen Gedächtnis. Sein dunkles Haar war dicht gewellt und ließ Frauenfinger danach jucken, sich hineinzuwühlen. In seinen abgewetzten Arbeitsstiefeln war er über einen Meter achtzig groß. Er trug Jeans und ein einfaches T-Shirt, das schweißnass an seinem Oberkörper klebte.

An seinen Armen zeichneten sich straffe Muskeln ab, sein Bauch war ein vollkommenes Sixpack. Als er ins Licht trat, sah Jessie, dass seine Augen blauer waren als der Eagle Lake an seiner tiefsten Stelle.

Verdammt. Sie wünschte, sie hätte den Lippenstift doch angenommen.

Kapitel 14

Dusty hatte sich redlich bemüht, einfach zu verdrängen, dass diese Frau von der Zeitung heute kommen würde. Schon bereute er seinen Entschluss, sie die Geschichte schreiben zu lassen. Jetzt stand ihr Cadillac in der Einfahrt, und vor ihm stand sie selbst in ihrer ganzen überteuerten Pracht. Blair LaBorde, eine auftoupierte Frau mit gierigem Blick, die ihn wahnsinnig machte, seit sie von den ungewöhnlichen Umständen von Ambers Geburt erfahren hatte. Sie strahlte kalte Brillanz aus wie ein geschliffener und polierter Edelstein, und vor zehn Jahren hätte sie in einer Anzeige in ihrem Hochglanzmagazin als Model auftreten können.

Aber nicht Miss LaBorde, sondern vielmehr ihre Assistentin weckte seine Aufmerksamkeit. Selbst in einer überladenen Anglerweste und umgeben von kleinen Motoren, diversen Propellerflügeln in verschiedenen Größen, Elektrowerkzeugen und Spinnweben war sie nicht einfach nur hübsch. Sie hatte ein Gesicht, wie man es zehn Meter hoch auf Filmplakaten sah. Doch zugleich kam es ihm bekannt vor. Und aus der Nähe erkannte er eine unerwartete Demut darin, die ihre makellosen Züge weicher wirken ließ und ihnen eine Menschlichkeit verlieh, die ihn länger starren ließ, als höflich war.

»Danke, dass Sie sich bereit erklärt haben, mit uns zu sprechen«, sagte Blair und gab ihm keine Gelegenheit, über seine Reaktion auf ihre Assistentin nachzudenken. »Das ist Jessie Ryder«, fügte sie hinzu. »Sie ist die Beste, die wir haben – Sie werden gewiss nicht enttäuscht sein.«

»Die Beste was?« Er betrachtete immer noch die Frau namens Jessie, und wieder kam sie ihm bekannt vor. »Sind wir uns schon mal irgendwo begegnet?«

»Ich bin zu Besuch bei meiner Schwester, Luz Benning. Sie wohnt auf der anderen Seeseite. Sie kennen ihren Mann, Ian.«

Jetzt fiel es ihm wieder ein. Die verlorene Reisende auf der Landstraße, die Frau auf dem Bootssteg der Bennings. Sein Blick glitt über sie, von Kopf bis Fuß, und sie wandte sich leicht ab, als müsste sie eine unerwünschte Annäherung abwehren. Doch seltsamerweise zog ihre Unnahbarkeit ihn nur noch mehr an.

»Viele Leute verwechseln Jessie mit Luz«, erklärte LaBorde.

»So etwas passiert mir nicht.« Dann bereute er seine barsche Antwort, als er daran dachte, was die Bennings gerade durchmachten. »Dustin Matlock«, sagte er, wischte sich die Hand an einem schmierigen, rostfleckigen Lappen ab und streckte sie aus.

»Freut mich«, sagte sie und tat so, als sehe sie seine Hand gar nicht.

»Tut mir schrecklich Leid, was Ihrer Nichte da passiert ist. Geht es ihr einigermaßen?«

»Ja. Wir sind alle sehr erleichtert. Ian wird Sie sicher anrufen, sobald er kann. Danke, dass Sie ihn mitten in der Nacht zum Krankenhaus geflogen haben.«

Nette Stimme, dachte er. Texas, und noch etwas anderes, irgendwie exotisch.

»Ich bin froh, dass sie nicht ernsthaft verletzt ist«, sagte er. Ian Benning war ein Kunde, vielleicht sogar so etwas wie ein Freund. Ians Tochter ging es tatsächlich gut, dachte Dusty, und ihm wurde fast schwindlig vor Erleichterung. Denn ansonsten wäre seine Schwägerin wohl kaum hier, bei der Arbeit. »Sagen Sie Ian, ich wünsche ihr alles Gute.«

Er ging zur Tür und trat hinaus. Pico flitzte über den Rasen und verfolgte eine freche Drossel. Amber tapste kichernd hinterdrein, während Arnufo so tat, als wolle er sie fangen. Die Kleine trug eine durchhängende Windel, ein fleckiges altes T-Shirt und sonst nichts. Arnufo hatte eigentlich vorgehabt, sie für die Reporter fein zu machen, aber offenbar hatte er das nicht mehr geschafft. Amber lief nun brabbelnd auf Dusty zu, klammerte sich an sein Bein und beäugte die Fremden. Er strich ihr über den Kopf, schob einen Fuß durchs Gras, ob auch keine Feuerameisen-Nester in der Nähe waren, und dann watschelte sie wieder von dannen.

Jessie Ryder kramte im Kofferraum des Cadillac herum. Gleich darauf tauchte sie mit einer kompliziert aussehenden Kamera wieder auf, legte sofort an und schoss eine ganze Serie Fotos, wobei der Film mit einem elektrischen Surren rasch vorwärts transportiert wurde. Im ersten Moment war Dusty völlig perplex. Dann fühlte er sich verfolgt. Doch obwohl sie offensichtlich mit der Kamera arbeitete, übte sie eine eigenartige Wirkung auf ihn aus. Er spürte den beinahe unwiderstehlichen Drang, ihre Haut zu berühren, ihr Haar zu riechen, die ganze Nacht lang aufzubleiben und mit ihr zu reden. Das waren seltsame Gefühle gegenüber jemandem aus dem feindlichen Lager. Was hatte diese Frau nur an sich? Sie erschütterte ihn irgendwie, nicht, weil sie ihn fotografieren wollte; nein, sie lenkte seine innere Aufmerksamkeit auf Gefühle, die er sich seit mehr als zwei Jahren nicht mehr gestattet hatte.

Interessant, dachte er, setzte jedoch eine finstere Miene auf, als er sich an Blair LaBorde wandte. »Sie haben mir nicht gesagt, dass Sie so einen Überfall planen.«

»Ich habe Ihnen doch gesagt, dass ich eine Fotografin mitbringen würde.«

»Nein, Ma'am, das haben Sie nicht.«

»Na, dann, Überraschung.« Sie troff vor Südstaaten-Charm. »Unsere Beiträge bestehen zu fünfundsiebzig Prozent aus Fotos.«

»Ich lese Ihre Beiträge nicht.«

»Sie erzählen der Welt eine wunderbare Geschichte, weil Sie ein liebender Ehemann und stolzer Vater sind«, beharrte LaBorde. »Da möchten Sie doch sicher auch, dass die Bilder –«

»Sie wissen verdammt noch mal ganz genau, warum ich Ihnen dieses Interview gebe«, herrschte er sie an. »Einzig und allein deshalb, weil Karens angebliche Freundin Ihrer Konkurrenz eine Menge Unsinn verkauft hat und ich die Sache richtig stellen will. Aber finden Sie sich damit ab: Ich will nicht, dass Fotos von Amber und mir riesengroß in Ihrem Schmierblatt erscheinen!«

Blair blieb unbeeindruckt und musterte ihn kühl und beherrscht. »Unsere Fotoredakteure sind die besten in der

Branche, und Jessie Ryder ist eine Fotografin von internationalem Ruf. Und ich kann Ihnen versichern, dass ich eine hervorragende Journalistin bin.« Sie zuckte ob seiner wüsten Miene nicht mit der Wimper, und wider Willen war er sogar beeindruckt von ihr. »Mr. Matlock, ich habe den Anführern von Straßengangs gegenübergesessen, mutmaßlichen Mördern, ehebrecherischen Fernsehpredigern, bewaffneten Überlebenskämpfern, einfach allem, was man sich nur denken kann. Ich lasse mich nicht so leicht einschüchtern.« Blair LaBorde sprach höflich und bestimmt. »Ich werde die Wahrheit veröffentlichen. Das kann ich Ihnen versprechen, sofern Sie mir Ihre Unterstützung nicht verweigern.«

Jessie Ryder pfiff auf höfliche Floskeln. »Also, ja oder nein?«

Verdammt, dachte Dusty und sah sie an. Es ließ sich nicht leugnen. Sie stellte eine Herausforderung dar, die ihn reizte. Und es war mehr als sonderbar, doch ihm gefiel ihre direkte Art, mit der Kamera umzugehen. Sie versteckte sich nicht im Schatten und spionierte ihn mit dem Teleobjektiv aus, wie die anderen Fotografen damals, als die Story durch die Zeitungen gegangen war.

Er setzte sich das Baby auf die Hüfte, und ihre kleine Faust umklammerte den Ärmel seines verschwitzten Hemdes. »Ich geh mich schnell umziehen.«

Kapitel 15

Blair drehte sich um und grinste Jessie an. »Er mag Sie.«
»Ach, Blair, Sie blicken den Leuten also immer noch so tief ins Herz.« Jessie konnte nicht anders, als Dusty Matlock nachzustarren, der aufs Haus zuging, die verwaschenen Jeans hauteng an der Hüfte; das Baby hing an ihm wie eine Klette.
»Er ist ein Traum.«
»Sie haben mir nicht gesagt, dass er kamerascheu ist.«
»Schätzchen, an diesem Mann ist überhaupt nichts scheu.«
Das stimmt, dachte Jessie. Er strahlte Selbstvertrauen aus, und noch etwas anderes. Er schien ein unbestimmbares Gespür für sie zu haben, das über bloßes Interesse hinausging. Ihre lockere Affäre mit Simon hatte ihr reichlich Gelegenheit gegeben, alle möglichen Männer kennen zu lernen, doch sie wusste schon jetzt, dass sie noch nie einem wie Dusty Matlock begegnet war. Und sie hatte es verbockt, indem sie gleich mit der Kamera über ihn hergefallen war. Aber sie war nicht daran gewöhnt, dass ihre Motive so etwas wie Temperament besaßen.
Der ältere Mann, Arnufo Garza, brachte eine Kühlbox mit Eiswürfeln und kleinen, sanduhrförmigen Flaschen Coca-

Cola aus dem Haus. Er stellte die Kühlbox auf einen ausgebleichten, hölzernen Picknicktisch auf der Terrasse. »Ich hoffe, es macht Ihnen nichts aus, sich vorerst draußen niederzulassen, während ich drinnen nach dem Rechten sehe. Wir wussten ja nicht, dass Sie heute auch Fotos machen wollen.«

»Ich kann ein andermal wiederkommen«, bot Jessie an.

»Darüber würden wir uns alle sehr freuen. Aber bleiben Sie doch. Dusty möchte bestimmt direkt zur Sache kommen.«

Sie spürte Wärme in sich aufsteigen, die ihre Wangen rötete. Es war ihr unbegreiflich, weshalb sie immer noch so leicht errötete, nach dem abenteuerlichen Leben, das sie bisher geführt hatte.

Er öffnete zwei Flaschen Cola, reichte eine Blair und streckte ihr die andere hin. Mit leicht zitternder Hand nahm sie die Flasche, und die vertraute Form beruhigte sie.

Blair kramte in ihrer Tasche. »Mr. Garza, darf ich Sie etwas fragen?«

Er lächelte. Offensichtlich hatte er, im Gegensatz zu Matlock, nichts gegen dieses Interview einzuwenden. »Natürlich, Señorita.«

Blair holte ihr digitales Aufnahmegerät hervor, nicht größer als eine Zigarettenschachtel, und stellte es auf den Tisch. »Wie lange arbeiten Sie schon für Mr. Matlock?«

Gelassen betrachtete er das Diktiergerät. »Bleibt das unter uns?«

Blair setzte sich auf einen ausgebleichten Gartenstuhl. »Wie Sie möchten.«

»Ist nicht so wichtig. Ich wollte das nur schon immer einmal sagen. Warum nehmen Sie an, dass ich für ihn arbeite?«

»Tun Sie das denn nicht?«

»Warum fragen Sie mich nicht, seit wann Dusty schon für mich arbeitet?«

Blair besaß den Anstand, zu erröten, fasste sich aber sofort. Dann war sie wieder ganz der Profi. »Ich bitte um Entschuldigung. Also, arbeitet Mr. Matlock für Sie?«

»Nein.« Mit schelmisch blitzenden Augen strich er sich den ordentlichen, grau-schwarzen Schnurrbart glatt. Dann sprach er wieder in Richtung Diktiergerät. »Mein Name ist Arnufo Carlos Chavez y Garza. Ich bin neunundsechzig Jahre alt. Ich stamme aus Jalisco, Mexiko, und bin neunzehnhundertvierundsiebzig legal nach Amerika eingewandert. Meine Frau ist vor zwei Jahren verstorben, und ich bin hier, weil Dusty und Amber mich brauchen, weil ich eine Beschäftigung brauche, und weil es mir so gefällt.«

»Können Sie mir beschreiben, wie es Dusty ging, als er seine Frau verlor und eine Tochter bekam?«

»Diese Frage sollten Sie ihm stellen, nicht mir.« Er blickte zum See hinunter, und die Brise spielte mit seinem stahlgrauen Haar. Abrupt drehte er sich um, und Jessie merkte, dass er irgendwie vor ihr die Tür aufgehen gehört hatte.

»Ein Anruf, Arnufo«, rief Dusty von drinnen.

»La tengo«, antwortete Mr. Garza.

Das Baby watschelte zielstrebig auf ihn zu und streckte die runden Ärmchen aus; aufgeplustertes, butterblumenblondes Haar umrahmte das Engelsgesicht.

Blair stöhnte leise. »Was, um Himmels willen, hat sie denn da an?«

Jessie unterdrückte ein Grinsen. »Das ist bestimmt ihr bestes Sonntagskleid.« Das kleine Mädchen sah aus wie eine Geburtstagstorte mit rosa Zuckerguss, garniert mit billiger

Spitze. Das war ein Kleid, wie man es im Sonderangebot im Fiesta-Mart oder auf Straßenmärkten sah, ein Kleid, wie ein kleines Mädchen es vielleicht zur Erstkommunion trug, ein Kleid, wie es ein liebender, aber völlig ahnungsloser Mann aussuchen würde.

Arnufo hob die Kleine hoch und brachte sie zum Lachen. Jessies Fotografeninstinkt übernahm die Kontrolle, als sie die Kamera hob und drauflos knipste. Der elektrische Filmtransporter surrte, während sie eine Reihe von Nahaufnahmen der beiden machte – der gütige ältere Mann, der ganz in dem Kind aufging, und Amber, die den Kopf zurücklegte und sich prächtig amüsierte. »Danke«, sagte Jessie. »Das dürfte ein paar nette Fotos gegeben haben.«

»Es gibt kein schlechtes Foto von einem Baby, eh? Oder ein gutes von einem alten Mann.«

Sie blinzelte Arnufo zu. »Sagen Sie das mal Sean Connery.«

Matlock kam aus dem Haus. Jessie sah, dass er in Rekordzeit geduscht hatte. Dunkle, glänzend nasse Locken fielen ihm in die Stirn. Ein frisches Jeanshemd, am Kragen offen und mit hochgerollten Ärmeln, betonte das lebhafte Blau seiner Augen. Auf der Brusttasche war ein Logo mit zwei Flügeln aufgestickt, darunter der Schriftzug: »Matlock Aviation.«

Amber wand sich und krähte, als sie ihn kommen sah. Matlock nahm Arnufo das Kind ab, und seine breiten Hände versanken fast in Spitze und Satin. Mit eigenartiger, beinahe erwachsen wirkender Geduld umklammerte Amber seinen Arm und wartete, bis er sich Blair gegenübergesetzt hatte. »Also, es kann losgehen.«

Jessie war albernerweise nervös. »Kann ich?«

Er nickte knapp. »Nur zu.«

»Ignorieren Sie mich einfach. Tun Sie so, als wäre ich gar nicht da.« Sie hörte sich nervös plappern, konnte sich aber nicht davon abhalten. Irgendetwas an ihm … je barscher er sich verhielt, desto faszinierender wurde er für sie.

Er musterte sie mit unverhohlenem Interesse. »Klar«, sagte er, »ich werd Sie einfach ignorieren.«

»Sie werden nicht mal merken, dass ich da bin.«

Er legte den rechten Knöchel aufs linke Knie und setzte Amber in die so entstandene Kuhle. Sie brabbelte und grapschte nach dem Logo auf seiner Brusttasche.

Blair schaltete ihren digitalen Recorder ein. »Okay, Dusty. Sie sind dran. Wir möchten Ihre Geschichte hören, von Anfang bis Ende.«

Er atmete tief und langsam ein, hielt einen Moment den Atem an und stieß ihn dann kräftig aus. Jessie betrachtete ihn durch die Linse ihrer Kamera und war dankbar für diese künstliche Distanz, denn der Ausdruck, der nun auf seinem Gesicht lag, war so intensiv traurig, dass sie sonst hätte wegsehen müssen.

Er schloss kurz die Augen, und als er sie wieder öffnete, schien er woanders zu sein, weit weg. Dann begann er zu sprechen. »Karen und ich waren ein ganz normales Ehepaar. Wir haben uns kennen gelernt, uns verliebt, geheiratet. Haben ein kleines Flugunternehmen oben in Alaska aufgezogen und Pläne für unser erstes Kind gemacht. Wie gesagt, nichts Besonderes. Bis sie gestorben ist, zwei Monate, bevor sie unsere Tochter zur Welt gebracht hat.«

Kapitel 16

Das kalte schwarze Auge der Kamera schien zu zögern, und das überraschte Dusty. Jessie Ryders Umgang mit ihrer Ausrüstung wirkte sicher wie nach langen Jahren der Erfahrung. Er stellte sich vor, wie sie völlig cool, locker und professionell Politiker, Kleinstadthelden und Unglücksopfer fotografierte. Doch das leichte Zittern und Schwanken des dicken, teuer aussehenden Objektivs verriet allzu schwache Nerven.

»Entschuldigung«, murmelte sie. »Ihre letzte Äußerung hat mich umgehauen.«

Selbst jetzt, fast zwei Jahre danach, spürte Dusty Karens Anwesenheit, als habe er sie gestern noch gesehen. Sie war witzig, ironisch und absolut ehrlich, und er hatte das Gefühl, sie hätte all den Rummel irgendwie spannend gefunden. »Deshalb soll es ja auch in Ihrer Zeitschrift stehen.«

Sanfte Röte erblühte auf ihren Wangen, und er merkte, dass auch er etwas ziemlich spannend fand, nämlich die Frau, die so weltgewandt erschien und doch so leicht errötete. Zum ersten Mal seit zwei Jahren fühlte er etwas, wovon er geglaubt hatte, er würde es nie wieder empfinden – diesen ursprünglichen, machtvollen Herzschlag, die Anziehung einer schönen Frau. Allein dafür hätte er sich am liebsten bei ihr bedankt. Seit Karens Tod war das für ihn der erste Hinweis darauf, dass er nicht nur weiterlebte, sondern bei Gott auch weiterleben wollte. Das Erwachen, das er schon bei ihrer ersten Begegnung gespürt hatte, war also keine verirrte Reaktion gewesen. Mit jeder Minute wuchs seine Gewissheit. Warum sonst könnte er hier sitzen und seine Seele, sein ganzes Leben offenbaren, ohne dass es ihn dabei in Stücke riss? Vielleicht lag es an der Hitze. Aber vielleicht auch an ihr.

Dann spürte er LaBordes Blick; sie beobachtete ihn dabei, dass er Jessie beobachtete. Schön brav, Junge, ermahnte er sich. Sie waren wegen einer düsteren, traurigen Sache hier, und er hatte sich bereit erklärt, mit ihnen darüber zu reden.

»Fangen Sie einfach an, wenn Sie so weit sind.« LaBorde hörte sich unerwartet mitfühlend an.

Er lenkte seine Gedanken in die schmerzvolle Vergangenheit und den Blick auf das kleine Gerät auf dem Tisch. Würde dieser Recorder das ganze Grauen in Karens Geschichte aufnehmen können, und das Gefühl des Verlustes, das auf seiner Seele lag, jeden Tag, jede Minute, seit es passiert war?

»Karen und ich hatten alles, wofür es sich zu leben lohnt, und es gab keinen Grund, weshalb wir nicht ein langes, glückliches Leben erwarten sollten«, begann er. »Sie war jung und kräftig, selbst Pilotin, aber sobald wir erfahren hatten, dass sie schwanger war, hat sie beschlossen, nicht mehr zu fliegen. Als sie im sechsten Monat war, ist sie immer noch jeden Tag knapp fünf Kilometer marschiert.« Er sah seine lebhafte junge Frau vor sich, deren weiches, blondes Haar in der Sonne leuchtete, in diesem einmalig intensiven Licht des

Sommers im Norden von Alaska. Sie ging spazieren, in den Wäldern des hohen Nordens, zwischen Birken und Fichten, oder in ihrem Garten zwischen den Dinosaurier-großen Blumen. Der Fingerhut und die Stockrosen wucherten wie wild und ergingen sich in prächtigen, trotzigen Blüten, bevor der frühe Winter sie ihnen nahm.

An dem Tag, der alles veränderte, strahlte die späte Sommersonne so leuchtend wie ihr Lächeln, doch der Wind blies schon scharf wie ein Skalpell. Sie kam von ihrem Spaziergang zurück ins Haus und sah frisch und fröhlich aus; ihre Nasenspitze war rosig vor Kälte. Er wusste noch, wie sie die Hand an seine Brust gedrückt hatte, genau über seinem Herzen, und sich vorbeugte, um ihn zu küssen, wie sie es schon tausendmal getan hatte. Hatte sie vielleicht ein wenig atemlos gewirkt? Leicht schwindlig? War er zu abgelenkt gewesen, um es zu bemerken?

Er hatte über langfristigen Planungen für ihr Flugunternehmen gebrütet. Sie würden in die Stadt ziehen, bevor der Winter alles lahm legte. Die Sommerstation hier draußen konnte ländlich gemütlich und eine brutale Herausforderung sein, doch wenn es um die Geburt ihres ersten Kindes ging, musste ihre Abenteuerlust der Vorsicht weichen. In der geschäftigen Stadt Fairbanks hatten sie befristet eine Wohnung zur Untermiete gefunden, ganz in der Nähe des North Star Hospital, wo das Baby zur Welt kommen würde, und dort wollten sie bis zum Frühling bleiben, um dann wieder nach Hause zu fliegen. Ein einfacher, sicherer Plan. Nie im Leben hätte er sich träumen lassen, dass so viel schief gehen konnte, und so schnell.

An jenem Tag drang ein leiser Unterton in ihrer Stimme

durch seine Konzentration auf irgendwelche Unterlagen und Flugdaten auf seinem Computerbildschirm.
Nachdem sie ihn geküsst hatte, wurde sie ernst. »Ich fühle mich nicht besonders. Ich habe Kopfweh.«
»Möchtest du dich hinlegen? Ich mache dir diesen Kräutertee –«
»Ich will mich ja nicht aufführen wie ein Angsthase, aber das sind keine normalen Kopfschmerzen. Ich muss zum Arzt. Jetzt.«
Die Dringlichkeit in ihrer leisen Stimme hatte ihn gepackt. Da stimmte irgendwas nicht.
Er drehte sich auf dem Schreibtischstuhl herum, stand auf und nahm sie in den Arm. »Ist was mit dem Baby?«
»Nein.« Sie zögerte und sah seltsam hilflos und verwirrt aus, als sie flüsterte: »Mit mir.«
Zum Arzt zu gehen bedeutete nicht, ein paar Straßen weiter zu einem Ärztehaus oder einer Klinik zu fahren. Er schaltete das Funkgerät und den Laptop an und benachrichtigte die zwei Mann Bodenpersonal am Flugplatz. Um sie zum Arzt zu bringen, würde er fünfundvierzig Flugminuten brauchen. Sie schlossen die Haustür nicht ab, und geviertelte Tomaten lagen noch auf der Arbeitsfläche, neben Karens Einkaufsliste in lila Tinte. Während er zum Flugplatz raste, rief sie auf dem Handy den Arzt an. Er hörte, dass sie sich bemühte, ruhig und gesammelt zu bleiben, während sie ihm die Symptome beschrieb: *Stechende Kopfschmerzen … seltsamer Schmerz, schwer zu erklären … nein, keine Wehen oder Krämpfe, aber diese Kopfschmerzen …* In ihrem angespannten, blassen Gesicht sah er Entsetzen, in das sich Verwirrung mischte. Warum geschah das mit ihr?

Dusty war ein erfahrener Wildnispilot. In den vergangenen fünf Jahren hatte er Ölbohrer, Wanderarbeiter, Konzernchefs und Millionäre allein über den kalten, stacheligen Rücken Alaskas transportiert, hinweg über eine weiße Wüste, ebenso schön wie trügerisch. Er hatte lebensrettendes Serum zu den eingeborenen Inupiats gebracht, Männer evakuiert, die in Erdlöcher gestürzt waren oder sich bei einer Betrunkenen-Schlägerei die Nase gebrochen hatten. Vor zwei Jahren hatte er sogar eine Frau in den Wehen und ihren verängstigten jungen Ehemann zum Krankenhaus geflogen. Gemeinsam hatten sie bei den Wehen mitgezählt und nervös gelacht, während sie diskutierten, ob sie das Baby Del Rey nennen sollten, nach dem Ort seiner Empfängnis, oder Macon, nach dem Heimatort der Eltern. Die Frau war noch jünger gewesen als ihr Mann, aber sie hatte nicht ein einziges Mal gesagt: »Da stimmt was nicht.«

Diese wenigen Worte hatten Dustys Leben verändert, seine gesamte Zukunft, und tief drinnen hatte er das schon damals gewusst, als er seine Fliegerjacke schloss und Karen in ihre half. Er war nicht sicher, ob er sich das nur eingebildet hatte, doch in diesem Augenblick fühlte sie sich so zerbrechlich an, ihr Arm vogelgleich dürr, als er ihre Hand in den Ärmel der Jacke schob.

Seine Bodencrew war die beste im ganzen Staat, und sie leisteten ihr Bestes an jenem Tag, als Karen die Wildnis Alaskas zum letzten Mal verließ. Dennoch erkannte irgendein trauriger, tief verdrängter Teil von ihm, dass sie nie zurückkommen würde. Es stand in ihrem schmerzverzerrten Gesicht geschrieben; es verbarg sich tief in ihren Augen.

Er flog so schnell, wie seine topmoderne Pilatus Turboprop

es zuließ – an Luftwiderstand oder erhöhten Treibstoffverbrauch dachte er nicht einmal. Karen saß reglos neben ihm festgeschnallt, die Augen geschlossen, feine Schweißperlen an der Oberlippe.

Auf dem zweiten Passagierplatz saß Nadine Edison, eine Lehrerin, die in der Wildnis unterrichtete und deren unübertreffliche Qualifikation darin bestand, Karens beste Freundin zu sein. Sie hatte Karen oft Gesellschaft geleistet und mit ihr die Aufregung und das Pläneschmieden während der Schwangerschaft geteilt. Nun redete sie in einem fort und beruhigte Karen während des ganzen langen Fluges. Sie sagte Karen, wie sehr ihr Mann und ihre Freundinnen sie liebten, wie wunderbar das Baby sein würde, und wie sie sich darauf freute, stolze Nenntante zu werden.

Dusty hielt in seinem Diktat für den Digitalrekorder inne, denn ein gurgelnder Schrei von Amber hatte ihn in die Gegenwart zurückgeholt. »Das Einzige, was Karens beste Freundin ihr nicht gesagt hat, war, wie viel Geld sie damit machen würde, diese Geschichte der Klatschpresse zu verkaufen.«

Er sah nach seiner Tochter, die in ihrem Kleidchen aussah wie eine riesige rosa Nelke. Arnufo hatte es in San Antonio für sie gekauft. Es fiel ihm schwer, sich vorzustellen, dass Amber einmal alt genug sein würde, um diese Geschichte zu lesen, aber eines Tages würde es so weit sein.

»Sie haben Nadine Edison also vertraut.«

»Karen, ja. Ich hatte eigentlich keine Meinung über sie, weder eine gute noch eine schlechte.«

»Also gut. Kehren wir zu jenem Tag zurück. Ihre Frau war sehr still während des Fluges.«

Er nickte. Der trübe, verschmutzte Himmel über der Stadt hatte noch nie einladender ausgesehen, die schmucklosen Flughafengebäude herrlicher. Doch schon bevor Karen das Bewusstsein verlor, hatte er eine Vorahnung, wie schlimm es tatsächlich stand. »Ich habe ihr gesagt, dass ich sie liebe. Viele Male habe ich ihr das unterwegs gesagt.« Er starrte auf seine Hände hinab, ballte sie zu Fäusten, streckte sie wieder. »Ich schätze, das sagt man wohl, wenn man die Hoffnung verliert, wenn man nichts mehr tun kann und auch nichts weiter sagen.

Sie hat mir drei Dinge gesagt, bevor wir gelandet sind.« Er erinnerte sich an den Anblick der hell erleuchteten Traube von Rettungsfahrzeugen, die an der Landebahn warteten. Diese Leute kannten ihn und Karen; das waren Freunde. Alle am Flugplatz wollten für sie tun, was sie nur konnten.

»Es gibt eine Aufzeichnung unserer letzten Unterhaltung.« Unter anderen Umständen hätte er vielleicht über Blair LaBordes Gesichtsausdruck gelacht. »Der Flugschreiber zeichnet alles auf. Und ja, Sie dürfen sie sich anhören, und ja, ich gebe Ihnen auch eine Abschrift davon. Ich schäme mich für kein einziges Wort, das ich damals gesagt habe.«

»Was waren die drei Dinge?«, fragte Blair.

»Sie hat mir gesagt, dass sie mich liebt und das Baby. Sie hat gesagt, ich solle das Baby retten, egal wie.« Er hielt inne und trank einen Schluck Cola. »Und dass sie glaubt, sie werde sterben.«

Dusty starrte ins Leere. Erinnerungen vermischten sich auf surreale Weise mit dem gegenwärtigen Augenblick. Auf der anderen Seeseite bei den Bennings ging es offenbar so lebhaft

zu wie immer – Kinder sausten überall herum, Leute kamen und gingen. Vor seinem inneren Auge wurden seine letzten Momente mit Karen kristallklar, um dann zu zerbersten.
Er warf einen Blick auf Jessie Ryder. Sie war ungebeten in sein Leben hereinmarschiert, und doch schien sie hierher zu gehören. Sie machte seine Trauer zum Spektakel für alle Welt, doch zugleich hielt sie sie für Amber fest, für später. Eines Tages würde seine Tochter alt genug sein, um die Bilder anzusehen, die Jessie heute fotografierte, und die Worte zu lesen, die er in den Rekorder sprach.
»Das war das Letzte, was sie gesagt hat – vor ihrem Tod«, fuhr er fort.
Der Flugschreiber hatte seine angespannte, verzweifelte Stimme konserviert: »Karen. Karen. O Gott, sie ist ohnmächtig geworden. Verdammt noch mal, tu doch was«, sagte er zu Nadine. Sie hielt per Funk Verbindung zum Boden, wo ein Rettungswagen sie erwarten würde.
Alle Farbe, alles Leben war aus Karen gewichen, und doch flog er irgendwie weiter, während seine ganze Welt in einer Höhe von achtzehntausend Fuß in Stücke brach. Auf der rasenden Fahrt im Krankenwagen vom Landeplatz zum Krankenhaus brüllte er innerlich vor Panik und wollte es einfach nicht wahr haben. Doch schon setzte der Schmerz in seinem Herzen ein, das die Wahrheit kannte, bevor die Ärzte ihr Urteil sprachen. In ihrem Gehirn war eine stark erweiterte Ader geplatzt, und die Ärzte in der Notaufnahme erklärten sie für hirntot. Ihm blieb nur noch die Entscheidung, wann sie den Stecker herausziehen sollten. Er hörte zwar, was man ihm sagte, doch er konnte es nicht begreifen. Das war sein Herz, seine Frau, seine Zukunft in diesem Krankenhausbett.

Wieder warf er einen Blick zu Jessie Ryder hinüber. Sie saß vollkommen still, hingerissen. Sie hatte nicht ein einziges Foto geschossen. Nichts bewegte sich an ihr bis auf die Tränen, die ihr in Strömen über die Wangen liefen. Als ihre Blicke sich trafen, versuchte sie sichtlich, Fassung zu gewinnen: Sie straffte die Schultern, packte die Armlehnen und schluckte schwer.
»Was ist denn mit Ihnen los?«, fragte er überrascht.
»Ich kenne diese Geschichte nicht«, erklärte sie. »Ich höre sie gerade zum ersten Mal.« Als Amber lachte, schweifte ihr Blick kurz zu dem Kind ab, kehrte jedoch gleich zu Dusty zurück. »Sie ist der Grund dafür, dass Sie sich doch hierzu bereit erklärt haben, nicht?«
Er war fast stolz darauf, dass sie so rasch begriffen hatte. Was für ein merkwürdiger Zeitpunkt, dachte er, für solche Gefühle. Das Knistern zwischen ihnen war beinahe hörbar, eine dichte Spannung in der Luft. »Ich bin es ihr schuldig, die Wahrheit bekannt zu machen. Aber ich werde wohl nie begreifen, warum die Leute von den grausamen, brutalen Umständen dieser Geschichte so fasziniert sind.«
»Die Menschen lesen über die Tragödien anderer Leute in der Hoffnung, ihren eigenen zu entgehen«, sagte Blair. »Vielleicht ist das wie ein Talisman gegen das eigene Leid. Glauben Sie mir, es ist viel leichter, mit der Tragödie eines anderen Menschen fertig zu werden.«
Dusty nahm an, er habe sich den traurigen Schatten nur eingebildet, der bei diesen Worten über Jessies Gesicht huschte. Plötzlich fragte er sich aber, ob der Unfall gestern Nacht nicht noch schlimmer gewesen war, als sie zugeben wollte. Trotzdem schien sie sich vollkommen auf ihn zu konzentrieren. Nicht begierig auf eine Story wie Blair LaBorde, son-

dern wie ein Zuhörer an einem Lagerfeuer, mit einer Mischung aus Mitgefühl, Entsetzen und hilfsbereiter Betroffenheit. Er sollte inzwischen daran gewöhnt sein, doch bei Jessie Ryder hatte die Betroffenheit einen anderen Beigeschmack. Sie weckte in ihm das Bedürfnis, innezuhalten, zu erklären, sein Herz aufzudecken, in der Asche herumzustochern und vielleicht doch einen Funken zu finden, der wieder zum Leben erweckt werden konnte.

Er trank seine Cola aus und wandte sich wieder an den digitalen Rekorder – ein neutrales Gerät, das seine Gefühle weicher landen ließ. »Irgendwann während einer Schwangerschaft kommt der Zeitpunkt, wenn das Baby real wird«, sagte er. »Kennen Sie das?«

Blair zuckte mit den Schultern. »Ich war noch nie schwanger.«

Er warf Jessie einen Blick zu. Sie öffnete den Mund, schloss ihn wieder. Ihre Wangen röteten sich, doch sie sagte nichts.

»Eine der Schwestern im North Star Hospital hat mir das gesagt. Sie hat behauptet, dass es diesen Moment gibt, wo das Baby für die Eltern auf einmal Wirklichkeit wird. Diesen Moment hatte ich noch nicht erlebt«, erzählte er. »Wir hatten vorgehabt, die ganzen Einkäufe und Vorbereitungen für das Baby zusammen im Herbst anzugehen, wenn wir schon in der Stadt wohnten und auf den großen Tag warteten. Deshalb hatten wir noch gar nichts für ... na ja, gar nichts vorbereitet.« Er konnte es immer noch nicht aussprechen. Sie hatten sich kaum über einen Namen, Geburtsanzeigen und so weiter unterhalten, und sie waren überhaupt nicht auf den Gedanken gekommen, irgendwelche Vorbereitungen zu treffen, falls das Unvorstellbare passierte.

»Als Karen dann –« Er brach ab, sammelte sich. »Ich habe an ihrem Bett gesessen. Ich hatte gerade die hundertste Besprechung mit dem hundertsten Ärzteteam samt Psychologen und weiß Gott was für Spezialisten hinter mir. Sie alle sagten, sie sei nicht mehr da.« Obwohl die vielen qualvollen Stunden in seinem Gedächtnis verwischt waren, erinnerte er sich lebhaft an seine Frau in ihrem Dornröschenschlaf, wie sich ihre Hand anfühlte, wie ihr Haar roch. Er versuchte, sich klar zu machen, dass sie diese Welt verlassen hatte und nie zurückkommen würde. Aber sie war noch so … so sehr hier.

»Der Organspende-Chef sagte, wenn das Gehirn abstirbt, will alles andere auch aufgeben, deshalb brauchten sie rasch eine Entscheidung. Sie haben ewig auf mich eingeredet, wie gesund sie doch sei, dass sie ein sehr großzügiger Mensch gewesen sei und einen Organspendeausweis unterschrieben habe – wer hat das nicht? Und sie hatten ja Recht. Karen hat das Ding unterschrieben, und sie war großzügig, das konnte ich ohne weiteres zugeben. Sie hätte dieselbe Entscheidung auch für mich getroffen.«

Er holte so tief Atem, dass seine Rippen schmerzten. »Das Problem war nur – sie war nicht wirklich tot … noch nicht. Das hat mir alles klar gemacht. Da saßen diese Ärzte und erzählten mir, dass sie nur noch durch die Geräte existierte, die ihr Herz, Lunge, Nieren, Hornhaut, Haut und was sonst noch lebendig erhielten – aber keiner erwähnte das andere Leben, das Karen in sich lebendig erhielt.«

Er sah Jessie den Moment an, als sie begriff. Ihre Miene drückte Entsetzen und Traurigkeit aus, und schließlich, als sie Amber ansah, tiefe, aufrichtige Hochachtung. Sie erinnerte ihn daran, zu welch harten Entscheidungen er gezwungen gewesen war. Die Ärzte erklärten, sie könnten das Baby sofort zur Welt bringen und dann die Geräte abschalten, so dass er als Witwer mit einem frühgeborenen Baby dastand. Sie könnten Karen sterben und das Baby mit sich nehmen lassen. Oder sie könnten Karen so lange wie möglich auf der Intensivstation künstlich am Leben erhalten und die Entwicklung des Babys abwarten, bis es kräftig genug war, was noch etwa sechs bis acht Wochen dauern würde. Zwar gab es also Chancen und Möglichkeiten für das Baby, aber keinerlei Hoffnung für Karen. Dustys Welt war zu Staub zerfallen. Er hatte sich für das Versprechen gehasst, das er ihr gegeben hatte, und vielleicht hatte er sogar das Baby ein bisschen gehasst dafür, dass es seine Qualen verlängerte.

»Ich war nicht besonders nett zu der Krankenschwester, die öfter mit mir über das Baby gesprochen hat. Ich habe sie angeschrien, ziemlich oft sogar. Und die ganze Zeit über saß ich da und hielt die Hand meiner Frau.« Er hielt inne, schluckte und starrte wieder in die Ferne. Die Bäume am Seeufer zitterten und verschwammen, doch er vergoss keine Träne. Seine Tränen waren seine Privatsache. Nur diese Geschichte würde in die Welt hinausgehen.

Wieder sah er zu Jessie hinüber. Er konnte in ihrem Herzen lesen, geleitet von dem zärtlichen Zug um ihren Mund, dem Beben ihrer Wimpern. Er vermutete, dass sie nichts erlebt hatte, was seinem Albtraum mit Karen gleichkam, doch da war etwas in Jessies Gesicht. Er betrachtete sie mit einer seltsamen, überhöhten Aufmerksamkeit und fühlte sich ihr unglaublich zugeneigt. Sie war eine Fremde, doch ihr Herz kam ihm vor wie vertrautes Terrain. Das war ein sehr merkwürdiges Gefühl. Er kannte dieses Gebiet, hatte dafür dieselben machtvollen Instinkte, die seine Hand führten, wenn er flog. Seit Karens Tod hatten Frauen versucht, ihn zu trösten, seinen Schmerz zu teilen oder durch Verführung zu lindern, doch das hatte nie funktioniert. Nun bot Jessie, ohne sich dessen bewusst zu sein, ihm etwas anderes an: Ein Annehmen seiner Pein, und auch das stumme Versprechen, dass sie irgendwann vergehen könnte.

Arnufo kam aus dem Haus, holte Amber von seinem Schoß und ging mit ihr in den Garten, wo sie mit einem knallroten Ball spielten. Keine der beiden Frauen rührte sich.

»Meine Frau wurde von Rechts wegen für tot erklärt«, sagte Dusty. »Zwei Monate lang habe ich sie jeden Tag besucht, habe mit ihr gesprochen, als sei sie noch da, habe ihr die Musik vorgespielt, zu der wir gern getanzt hatten. Sie haben mir immer wieder gesagt, Karen sei tot, fort. Aber sie war warm und wunderschön, und manchmal habe ich mich glauben lassen, sie schlafe nur. Wenn ich ihre Hand hielt, konnte ich ihren Puls fühlen. Und die ganze Zeit über wusste ich: Irgendwann kommen sie und holen Karen. Sie würden das Baby rausnehmen, Karens Organe, und dann würden sie sie mir wegnehmen.« Er war halb verrückt geworden während er zugesehen hatte, wie Karens Bauch dicker wurde und ihr lebloser Körper einem winzigen, unsichtbaren Fremdling das Leben schenkte. Der endlos lange Abschied war wie ein einziger qualvoller, verschwommener Moment an ihm vorbeigerauscht.

»Als es so weit war, hat der Gynäkologe die ganze Aktion geleitet, von Anfang bis Ende. Es war ein Marathon, so viel musste gleichzeitig überwacht werden. Der Arzt hat mich die Herztöne des Babys hören lassen und mir gesagt, alles würde gut gehen. Aber niemand hat mir erklärt, wie man so etwas überstehen soll.«

In dem Augenblick, als er sein neugeborenes Kind zum ersten Mal in den Armen hielt, begriff er das Wunder, das sein Opfer bewirkt hatte. Er nannte die Kleine Amber, nach der Farbe von Karens Augen. Er hätte sie gern Karen genannt, aber er wusste nicht, ob er diesen Namen je ohne einen Anflug von Trauer würde aussprechen können. Er rieb sich den Nasenrücken und holte tief Luft. Dieses Interview war dazu da, seine Geschichte zu erzählen, also konnte er ebenso gut alles offen legen. »Es kam auch der Zeitpunkt, als ich darüber nachgedacht habe, das Baby zur Adoption freizugeben.«

Jessie schnappte nach Luft, als hätte sie sich verbrannt. Mit flammend roten Wangen fummelte sie an ihrer Kamera herum.

»Warum haben Sie es nicht getan?«, fragte Blair.

»Um die Wahrheit zu sagen, ich war schon kurz davor. Aber … mein Herz wollte sie nicht gehen lassen. Das war etwas, was ich tun musste, tun sollte, so schwer es auch sein würde. Sie einfach wegzugeben, damit andere Leute sie großzogen – ich hatte das Gefühl, das ging nicht.«

Ambers erste Monate waren in Dustys Erinnerung verschwommen vor Schlaflosigkeit. Er trank nicht, weil er davon nur noch trauriger wurde, aber dennoch hatte er das Gefühl, einen permanenten Kater zu haben. Trauer und Wut und sogar Abneigung beutelten sein Herz, bis er manchmal kaum mehr atmen konnte, bis er schon zum Telefon griff, um den Anwalt anzurufen, den er wegen einer privaten Adoption konsultiert hatte. Aber er rief ihn nie an. Das Baby war vollkommen abhängig von ihm, und das ließ ihn durchhalten, manchmal nur von einer Minute zur nächsten. Irgendwie war das eine Möglichkeit, die Nacht zu überstehen, dann die Monate, und nun waren schon beinahe zwei Jahre vergangen.

In der Stille, die auf seine Geschichte folgte, fühlte er sich erschöpft und bloß, aber auch … leichter. Es war absurd. Er wusste so gut wie nichts über diese Frau, und dennoch war er froh, sie kennen gelernt zu haben. Sie war gekommen, um in seinem Privatleben herumzuknipsen, doch nun sah sie ebenso erschöpft und bloßgelegt aus, wie er sich fühlte. LaBorde troff vor falschem Mitleid, nicht jedoch Jessie. Ihre Reaktion fand er sehr viel interessanter. Sie starrte ihn nicht mitleidsvoll an. Sie betrachtete Amber. Und sie lächelte.

Obwohl sie es noch nicht wissen konnte, war sie zu einem neuen Element in seiner Geschichte geworden, nicht nur eine angeheuerte Fotografin, die seine entblößte Seele auf Film bannen sollte. Eine Fremde war in seine Welt getreten, und wenn er sie anschaute, konnte er sich aus irgendeinem Grund wieder aufs Leben freuen.

Kapitel 17

Es gab einfach keine Worte. Jessie hatte das Gefühl, ein Schraubstock schließe sich immer enger um ihr Herz. Sie stellte sich vor, wie Dusty bei seiner Frau am Bett saß, ihr Musik vorspielte, Karens Hand hielt und lange mit ihr sprach, als sei sie noch da. Dieses Bild ging Jessie nicht aus dem Kopf. Wie würde es sich anfühlen, jemanden so zu lieben? Und sie zu verlieren? Auf den Tag und die Stunde genau zu wissen, wann ihre Atmung aussetzen und ihr das noch warme Herz aus der Brust geschnitten und einem fremden Menschen geschenkt werden würde?

Sie konnte seinen erschreckend fesselnden Blick nicht ertragen, also wandte sie sich Blair LaBorde zu, mit zornig funkelnden Augen. *Sie haben mir nichts gesagt* … Man hatte ihr nur gesagt, dass er verwitwet und aus Alaska hierher zurückgekehrt war, um sein Kind großzuziehen. Kein Wort von einer tragischen Liebe, einem Mann, der gezwungen worden war, das Unerträgliche zu ertragen.

»Entschuldigen Sie mich bitte einen Moment«, sagte sie und stand auf. Sie überprüfte ihren Film und ging über die Wiese zu Arnufo und dem Kind hinüber. Dies war der Grund, weshalb sie ungewöhnliche Bäume, Felsformationen, uralte Mosaiken und Monumente untergegangener Kulturen fotografiert hatte. Sie hätte diesen Auftrag nie annehmen dürfen. Sie würde diesem Mann und seinem Leid niemals gerecht werden können. Die Bilder, die sie vorhin von Arnufo und Amber gemacht hatte, waren völlig unzureichend. Ihren Arbeiten fehlte diese undefinierbare, wirkliche Ausstrahlung, weil sie sich nicht die Zeit genommen hatte, ebenso mit dem Herzen wie durch die Linse ihrer Kamera zu sehen. Sie würde es noch einmal versuchen müssen.

Als sie näher kam, versteckte das Kind sich hinter Arnufos Knie. Jessie wusste nicht viel über Kinder, aber sie wusste, dass diese oft die Stimmung einer Person spüren konnten. Vielleicht konnten sie, wie Pferde, auch spüren, wenn jemand Angst hatte. Sie verlangsamte den Schritt, entspannte sich und lächelte möglichst herzlich.

»Lässt Amber sich gern fotografieren?«, fragte sie Arnufo. Zugleich wechselte sie die Linse und setzte ein Objektiv vor.

»Natürlich«, erwiderte er mit einem zärtlichen Lächeln auf den kleinen Lockenkopf. »Sie ist daran gewöhnt. Schließlich hat sie viele Bewunderer.«

Jessie ließ sich auf ein Knie sinken. »Ist sie auch an fremde Menschen gewöhnt?«

»Jetzt nicht mehr. Aber sie mag Menschen.«

»Hallo, Kleine«, sagte Jessie mit sanfter Stimme und streckte die Hände aus. Das Puppengesicht blickte ihr einen Moment lang so milde und leer entgegen wie ein Vollmond. Jessie dachte an das, was sie nun wusste – dass dieses kleine Mädchen aus dem Leib einer Toten geboren worden war. Sie war das Produkt von Liebe und großen Opfern; ihre bloße Existenz war ein Geschenk, ein Wunder. Amber legte eine Hand in Jessies, und ihre winzigen Finger bebten wie die Flügel eines Vogels. Jessie stellte sich vor, wie Lila in diesem Alter gewesen sein mochte, und schloss unwillkürlich die Hand.

Ambers Gesicht verzog sich ängstlich, und sie jaulte auf. Arnufo bedeutete Dusty mit einem Winken, dass alles in Ordnung war. Dann hob er das Kind hoch und bat Jessie, ihm zu folgen. Über das Weinen der Kleinen hinweg sagte er: »In dieser Hinsicht ist sie kein bisschen wie ihr Vater. Sie wird Sie nicht an sich heranlassen, bevor sie Ihnen ganz vertraut.«

Jessie warf einen Blick zurück zu Dusty. »Und warum unterscheidet sie das von ihrem Vater?«

»Er lässt jeden an sich heran. Er vertraut jedem Menschen, so lange, bis jemand sich als unwürdig erweist.«

Man musste auf gewisse Weise sehr tapfer sein, um so zu leben, dachte Jessie. Oder absichtlich blauäugig und arglos. Davon konnte bei ihr keine Rede sein. Sie erinnerte sich an Dustys Miene, als er gesagt hatte, Karens Freundin habe die Geschichte vom Tod seiner Frau einer Boulevardzeitung verkauft. Er hatte dabei nicht so sehr enttäuscht oder wütend, sondern vielmehr überrascht gewirkt.

Sie wandte ihre Aufmerksamkeit wieder der vorsichtigeren Amber zu, dachte an die Porträtwand in Luz' Küche und wünschte, sie hätte die Technik ihrer Schwester genauer studiert. Aber wie so vieles an Luz war auch ihre Technik unsichtbar. Die so geschaffenen, tiefgründigen Studien der Kindergesichter, so offen und voller Charakter, wirkten frisch und natürlich. Arnufo hatte Recht – Vertrauen war der Schlüssel. Sie konnte mit diesem Kind nicht verfahren

wie mit einem Standbild von Napoleon oder einem toskanischen Weinberg, Herrgott noch mal.
»Ich würde gern noch ein paar Fotos von Ihnen machen«, sagte sie zu Arnufo. »Oder vertrauen Sie mir auch nicht?«
»Ich bin zu alt, um solcher Schönheit zu vertrauen«, erwiderte er, »und zu töricht, es nicht zu tun.«
»Himmel«, sagte sie lachend. »Wo haben Sie nur all die Jahre gesteckt?«
»Ich habe fünf Töchter großgezogen, alle so wunderschön wie Sie.«
Sie wandte sich ab, um ihren Gesichtsausdruck zu verbergen. Selten spürte sie, dass ihr ein Vater fehlte, doch manchmal traf es sie wie ein Vorschlaghammer.
»Wir sind so weit«, sagte Arnufo. Er setzte sich das Kind auf die Hüfte, starrte direkt in die Kamera und nahm eine seltsam altmodische, militärisch anmutende Haltung ein. Sie wusste, dass ein Porträt in derartiger Pose eine recht ausgefallene Entscheidung darstellte, doch die Komposition dieses grauhaarigen, schnauzbärtigen, aufrechten älteren Mannes mit dem Kind, das er hielt wie eine zarte Blume, hatte einen eigentümlichen Reiz. Der Kontrast seiner ledrigen Haut mit ihrer blütenzarten Weichheit verkörperte geradezu den Unterschied zwischen kindlicher Unschuld und harter Lebenserfahrung.
Sie schoss mehrere Bilder und genoss das dekadente Gefühl, verschwenderisch mit den Filmen sein zu können. Jahre fernab der Zivilisation mit Spiegelreflex und manuellem Einstellen hatten sie darauf abgerichtet, ihre Bilder sorgsam zu komponieren und sparsam mit ihren Aufnahmen zu sein; das war jetzt nicht mehr nötig.

Doch in diesem Fall wusste sie, sobald der Verschluss zum ersten Mal klickte, dass sie Glück hatte. Das Porträt konnte nur umwerfend werden. Sie machte eine Reihe von Aufnahmen und gewann stetig an Selbstvertrauen. Sie fotografierte Arnufo, der das Anwesen von einem Gartenstuhl aus überblickte. Mit dem hohen Himmel im Hintergrund wirkte er wie ein spanischer Gutsherr aus vergangenen Zeiten. Das Kind gewöhnte sich allmählich an sie und schien sie sogar ein bisschen zu mögen. Amber brachte ihr kleine Geschenke – einen Zweig, eine Feder, ein welkes Blatt. Jessie folgte ihr mit beständig klickender Kamera. Die Bewegungen des Kindes hatten etwas Unvorhersehbares, das sie spannend fand, sogar entzückend. Sie konnte Amber fotografieren, als diese gerade über den kleinen, braun-weiß gefleckten Terrier lachte, und ein paar Bilder von ihr am Seeufer machen, während sie zum Himmel hinaufzeigte. Das Staunen des Kindes verlieh gewöhnlichen Dingen den Reiz des Neuen, und wieder einmal spürte Jessie schmerzlich ihren Verlust, die verpassten Gelegenheiten, die nicht getroffenen Entscheidungen. Ein Kind großzuziehen war ein Abenteuer, das sie nicht erlebt hatte, und vielleicht war es das größte Abenteuer überhaupt.

»Ich mache mir immer Sorgen, wenn sie dem See so nahe kommt.«

Jessie richtete sich auf, drehte sich um und sah Dusty Matlock auf sich zukommen. »Entschuldigung.«

Arnufo sagte etwas auf Spanisch, das sie nicht verstand.

Das Kind quietschte freudig und lief auf Dusty zu.

»Ich hab sie schon, *jefe*«, sagte Dusty. »Sei so nett und mach der Dame mit der Mordsfrisur einen Eistee.« Er schob die

Hände unter Ambers Arme und hob sie hoch. »Mögen Sie Kinder, Jessie?«
Die Frage erwischte sie eiskalt.
Er grinste über ihr Zögern. »Ist keine schwierige Frage, oder?«
Sie hob die Kamera vors Gesicht. »Ich habe nur wenig Zeit mit Kindern verbracht.« Sie drückte auf den Auslöser, obwohl die Aufnahme nichts taugte. Sie musste etwas zwischen sich und Matlock bringen. Alles an ihm forderte sie heraus, auch die Tatsache, dass er daran gedacht hatte, sein Baby zur Adoption freizugeben, es aber dann nicht getan hatte. Er wusste es zwar nicht, doch sie verkörperten zwei Seiten derselben Erfahrung.
Sie musterte seine Hände. Ein wenig eckig, stark, zupackend, selbstsicher … außer, wenn es darum ging, sein Kind zu halten. Das rosa Kleidchen schob sich an seiner Brust hoch, der verzierte Saum streifte sein Kinn. Dusty Matlock sah so verloren aus wie ein Mann, der versehentlich in die Damentoilette eines Kaufhauses geraten war. Ihm war sichtlich unbehaglich, doch zugleich drückte sein Gesicht hilflose Anbetung aus. Sie versuchte, genau das einzufangen, mitsamt dem verrutschten Kleidchen.
»Sie ist entzückend«, bemerkte Jessie. »Ich wette, das sagen die Leute andauernd.«
»Stimmt.«
Das hier lief nicht gut. Die Chemie war ganz falsch. Und Jessie wusste auch genau, warum. »Mr. Matlock – wollen wir uns nicht duzen? Also, Dusty, bevor wir anfangen, möchte ich dir sagen, wie Leid mir das mit deiner Frau tut.«
»Das sagen die Leute auch andauernd.«

»Und, hilft es?«
»Nein.«
»Hilft überhaupt etwas?«
»Ja.«
Sie unterdrückte ein erleichtertes Pusten. Ein Nein hätte ihr die Gewissheit gegeben, dass dieser Mann eine wandelnde Sackgasse war. Das sollte sie eigentlich nicht interessieren, tat es aber doch. »Amber, richtig?«
»Ja. Und noch etwas. Seit kurzem.«
»Könntest du … mir das ausführlicher erklären?«
In seinem gemächlichen, wohl überlegten Lächeln lag etwas wie Magie. Er ging ihr wirklich unter die Haut mit seiner unvorhersagbaren Art, seinen ständig wechselnden Stimmungen. Er war wie das Wetter und der See, stürmisch und sonnig, kabbelig und ruhig. Und in diesem Moment fand sie genau das Foto, das sie wollte. Auf seinem Gesicht lag dieses Lächeln, das Schnee schmelzen könnte, Amber blickte zu ihm auf, als hätte er den Sonnenschein persönlich erfunden, und in diesem Moment fiel die Sonne auf den Kopf der Kleinen. Jessie konnte nur einmal schießen, aber das war alles, was sie brauchte. Doch als sie die Kamera sinken ließ, grinste er sie immer noch so an.

Kapitel 18

An einem verregneten Nachmittag fuhren Luz und Jessie zusammen in den Ort, wenn auch nicht in gemeinsamer Mission. Jessie wollte in den kleinen Computerladen, um die Digitalfotos für Blair LaBorde zu bearbeiten und auszudrucken. Luz würde Nell Bridger besuchen.

Luz legte den ersten Gang ein und kurbelte das Fenster herunter. »Ihr Jungs passt gut auf eure Schwester auf«, rief sie hinaus. Owen auf der Verandaschaukel winkte ihnen zu.

Jessie schnallte sich an. »Macht Lila oft den Babysitter?«

»Sie ist die Älteste. Das ist ihre Aufgabe.«

Jessie verkniff sich die Bemerkung, dass Lila Zeit brauchte, jung zu sein. Es stand ihr nicht zu. Sie lauschte dem Murmeln des Regens, in das sich ab und zu grollender Donner mischte, der mit Blitzen und Krachen übers Land rollte. Unruhig rutschte sie auf ihrem Sitz herum und deutete dann auf die Tüte neben sich. »Wieder was zu essen für deine Freundin?«

»Ja. Lasagne.«

Luz' Mitgefühl für Nell war aufrichtig und stark, und Jessie war stolz auf ihre Schwester, die sich so sehr um andere kümmerte. Luz litt nicht nur mit, sie setzte ihre Betroffenheit auch in Taten um, begab sich freiwillig mitten hinein in solche Krisen, obwohl sie wusste, dass sie dabei wahrscheinlich auch nicht unbeschadet bleiben würde; aber sie war willens, die Bürde anderer Menschen mitzutragen. War sie schon immer so gewesen? So lange Jessie sich erinnern konnte, ja.

»Sie hat Glück, eine Freundin wie dich zu haben«, bemerkte Jessie.

»Na ja«, entgegnete Luz, »danke für das Kompliment, aber ich weiß nicht, was meine Freundschaft Nell nützen sollte. Ich kann nichts tun oder sagen, um das wieder hinzubiegen.«

»Es ist auch nicht an dir, das hinzubiegen, Luz. Hast du daran schon mal gedacht?« Sie biss sich auf die Lippe und fügte dann hinzu: »Nicht alle Probleme lassen sich wieder hinbiegen.«

»Das weiß ich. Ich bin ja nicht naiv. Ich tue nur, was ich kann, damit es besser wird.«

Und das war es, was Luz ausmachte, überlegte Jessie. Das war auch der Grund, weshalb Jessie es nicht fertig brachte, Luz zu erzählen, was mit ihr geschah. Luz würde versuchen, das wieder hinzubiegen, sie würde sich selbst opfern und tun, was sie nur irgend konnte. Sie würde Jessie keine Chance geben, zu lernen, wie sie allein damit leben konnte.

Jessie zappelte nervös und zwang sich, endlich den Mut aufzubringen und Luz zu sagen, was sie wirklich hier wollte. Der Wind strich durch das struppige Gebüsch am Straßenrand und scheuchte ein Kaninchen auf. Ein Bussard kreiste in der Nähe, vielleicht in der Hoffnung auf ein überfahrenes Mittagessen, doch das Kaninchen verschwand tiefer im Gebüsch. »Ich muss mit dir über Lila sprechen.«

Luz starrte schnurgerade nach vorn auf die nasse Straße und die platschenden, großen Regentropfen. Feuchte, modrig riechende Kühle drang durch die Lüftung in den Wagen. Luz' Arme versteiften sich, als wappne sie sich gegen einen Aufprall. »Was ist mit Lila?«

Ihr defensiver Tonfall vermittelte eine unterschwellige Warnung. Luz würde es ihr nicht leicht machen. Na schön, dachte Jessie. Es war weiß Gott nicht leicht. Aber dieses eine Mal würde sie Luz gegenüber keinen Rückzieher machen. »Als du mir von dem Unfall erzählt hast, war einer meiner ersten Gedanken – sobald ich wieder halbwegs klar denken konnte: Was, wenn sie Blut oder ein Organ oder irgendwas braucht, und dann herauskommt –«

»Daran habe ich auch gedacht«, gestand Luz.

»Und?«

»Und ich bin erleichtert, dass es nicht dazu gekommen ist.«

»Aber es hätte passieren können.«

»Ist es aber nicht.«

»Und was ist mit morgen? Oder übermorgen? Und –«

»Was ist mit den letzten fünfzehn Jahren?« Luz sprach knapp und mit dieser bestimmenden Große-Schwester-Stimme, die Jessie schon immer verabscheut hatte.

Dann bemerkte sie Luz' gequältes Gesicht und entgegnete sanfter: »Ich meine, in einer Sekunde kann sich alles verändern. Chancen verstreichen, und man bekommt sie nie wieder. Ich habe lang und viel darüber nachgedacht, wer Lila ist. Und ob es dir gefällt oder nicht, ich bin ein Teil von ihr.«

Sie näherten sich dem Ort, vorbei an großen, knochigen Pecanobäumen, deren vertrocknende Blätter im Wind flatterten. Ein paar reife Nüsse knallten auf das Auto, als sie unter den hohen Ästen durchfuhren. Luz schöpfte zittrig Atem. »Natürlich bist du das, Jess. Es steckt so viel von dir in ihr. Sie ist unser Sonnenschein, das war sie schon immer. Das weißt du. Selbst wenn sie sich rausschleicht, um verrückten, gefährlichen Unsinn in irgendwelchen Autos zu treiben, ist sie immer noch unsere Lila. Ich könnte sie nicht mehr lieben, wenn –« Sie brach ab und suchte nach Worten.

»Wenn du sie selbst geboren hättest«, half Jessie nach.

Schon wieder gestraffte Schultern. Steife Arme. Defensive Haltung. Aber vor was, so fragte sich Jessie, wollte Luz sich eigentlich damit schützen? Schmerzen? Verlassenwerden?

»Würdest du das denn bestreiten?«, fragte Luz.

Spannung summte zwischen ihnen. »Natürlich nicht.« Jessie merkte, dass ihre Schwester diese Unterhaltung beenden wollte, doch sie zwang sich und Luz über die Grenzen des sicheren, vertrauten Terrains hinaus. »Ich weiß, dass ich … Als sie geboren wurde und ihr sie adoptiert habt, habe ich alles aufgegeben und dir und Ian überlassen.« Sie schloss die Augen und atmete den Duft des Regens aus dem Gebläse ein. »Sogar die Wahrheit.«

»Das war deine Idee, Jess.«

»Ich dachte, die Wahrheit würde sie nur verwirren und dazu führen, dass sie sich immer … anders fühlt.«

Ihre Schwester nickte und entspannte sich ein wenig. »Ian und ich waren einverstanden, uns daran zu halten.«

»Na ja, aber nach dem Unfall bin ich ins Grübeln gekommen … Scheiße. Das klingt alles ganz falsch.«

Luz zögerte, und Jessie spürte ihren innerlichen Kampf. Es war seltsam – wenn man jemanden so gut kannte wie sie

Luz, konnte man fühlen, was dieser Mensch gerade fühlte. Und Jessie spürte in diesem Moment, dass es Luz vor etwas graute.

»Spuck es endlich aus, Jess«, sagte Luz schließlich und schlug damit die Chance aus, das Thema zu wechseln. »Sag mir, was du willst.«

Also gut. Los jetzt, dachte Jessie. Sie legte die Hände auf die Knie, schloss die Augen und sprang. »Ich finde, wir sollten Lila sagen, dass ich sie zur Welt gebracht habe.«

Die Scheibenwischer glitten gleichmäßig durch das lange Schweigen, das zwischen ihnen hing. Blätter schwebten von den Bäumen herab. Luz' Hände umklammerten das Lenkrad noch fester. Ihre Angst war so unverkennbar, dass Jessie meinte, sie riechen zu können, feucht und ein wenig säuerlich, wie frischer Schweiß.

»Das war das Letzte, womit ich gerechnet habe«, sagte Luz. »Ich wäre nicht im Traum darauf gekommen, dass du es dir je anders überlegen könntest.«

Jessie spürte neue Wellen der Angst von Luz ausgehen, und sie wunderte sich, woher sie stammen mochten. Hatte ihre Schwester vielleicht irgendeine völlig überholte Vorstellung davon, was eine Adoption bedeutete? »Luz, es ist ja nicht so, als hätte ich mich davongeschlichen, ein Baby bekommen und es dann möglichst schnell abgeschoben. Adoption hat heutzutage nichts mehr mit Heimlichtuerei und Schande zu tun – diese Vorstellung, dass alle Adoptivkinder sich minderwertig oder im Stich gelassen fühlen, ist völlig überholt. Wir haben uns bewusst für die Adoption entschieden, aus Liebe zu einem Kind, und nicht, weil das Kind nicht geliebt wurde.«

»Herrgott, Jess. Glaubst du denn, ich wüsste das alles nicht?«
»Dann sollte dir auch klar sein, dass die Leute heutzutage aus einer Adoption kein Geheimnis mehr machen. Schon lange nicht mehr.«
»Was für Leute?« Luz' Stimme klang scharf. »Wir reden hier nicht von Leuten. Wir reden von Lila. Es ist so viel Zeit vergangen, wie soll Lila da nicht glauben, dass du sie im Stich gelassen hast? Wie könnte sie mir vergeben, dass ich ihr nicht schon längst die Wahrheit gesagt habe? Und gibt es für solche Situationen irgendein Schema, einen Plan A? Einen Ratgeber? Kann ich da im Inhaltsverzeichnis nachschlagen unter ›Was Sie machen müssen, wenn Ihre Tochter nicht weiß, dass sie in Wahrheit Ihre Nichte ist‹?«
»Ich weiß nicht. Aber es kommt mir falsch vor.« Sobald Jessie diese Worte ausgesprochen hatte, wollte sie sie am liebsten zurücknehmen. »Ach, Luz, so habe ich das nicht gemeint. Du hast meine Tochter adoptiert, als ich sie nicht behalten konnte. Als sie so krank zur Welt kam, dass wir nicht wussten, ob sie leben oder sterben würde. Ich habe jedes Mitspracherecht bei ihrer Erziehung aufgegeben. Deshalb bin ich nie zurückgekommen. Aber … jetzt bin ich wieder da.«
Luz rang nach Luft. »Und jetzt willst du diesem rebellischen, durchgedrehten Teenager sagen, dass sie adoptiert ist.«
»Vielleicht ist sie so durchgedreht, weil sie sich selbst nicht versteht, und vielleicht bringt es Klarheit für sie, wenn sie erfährt, wer sie wirklich ist.«
»Vielleicht wird sie mich erst recht hassen, weil ich sie angelogen habe. Vielleicht wird sie dir bittere Vorwürfe machen, weil du sie im Stich gelassen hast.«
»Also sollten wir Lila nichts sagen, weil wir uns vor ihrer Re-

aktion fürchten?«, entgegnete Jessie und sprach rasch weiter, bevor Luz etwas einwenden konnte. »Sie ist so gut wie erwachsen. Sie verdient es, die Wahrheit zu erfahren. Ich bringe das nicht leichthin zur Sprache, Luz. Ich habe ewig darüber nachgedacht, schon lange vor dem Unfall.«

Luz trommelte mit den Fingern aufs Lenkrad. Sie atmete schnell und flach. »Meinst du, ich nicht?«

»Und?«

»Alles, was ich weiß, ist, dass diese Situation sehr kompliziert ist. Die Adoption ist nur ein Teil des Problems.«

Jessie hörten den Rest in dem Schweigen, das nun folgte, einzig unterbrochen vom rhythmischen Zischen der Scheibenwischer und ab und an dem dumpfen Knall einer Pecanuss auf dem Autodach. Vertrauen und Verrat, Geheimnisse und Lügen machten die Sache so kompliziert.

Jessie rang die Hände im Schoß. Sie wünschte, sie könnte sich ihrer Entscheidungen und Handlungen sicher sein. Musste die Wahrheit ans Licht gebracht werden, oder war es besser, sie im Dunkeln zu belassen? Ging es ihr um die selbstsüchtige Vorstellung, sich einen kleinen Teil ihres Kindes wiederzuholen, oder darum, Lila das Geschenk ihrer wahren Identität zu machen?

Lila würde gewiss sofort wissen wollen, wer ihr Vater war. Diese Information könnte Luz' Leben zerstören. Aber auch das war einfach die Wahrheit.

»Luz?«, fragte Jessie, die endlich wissen wollte, was ihre Schwester dachte.

Luz' Kopf fuhr so heftig zu ihr herum, dass der Wagen schlingerte. Rasch lenkte sie ihn wieder in die Spur. »Ich muss mit Ian darüber sprechen.«

Jessie bekam eine Gänsehaut. Jetzt wusste sie, wie Pandora sich gefühlt haben musste. Sie streckte die Hand aus und richtete die Düse des Gebläses von sich weg. »Und was wird er dazu sagen?«

»Dasselbe wie immer in letzter Zeit, wenn es um Lila geht. Er wird wollen, dass ich eine Lösung dafür finde.«

»Haben er und Lila denn Schwierigkeiten miteinander?«

»Welcher Vater hat keine Schwierigkeiten mit seiner fünfzehnjährigen Tochter? Ians Lösung besteht darin, alles auf mich abzuwälzen. Ich frage mich, ob alle Männer das so machen, wenn ihre Kinder in die Pubertät kommen. Wir wissen ja nicht, wie es ist, einen Vater zu haben, was, Jess?«

Jessie seufzte. »Nein, wissen wir nicht. Ach, Luz.«

Luz hob den Blick von der Straße und sah Jessie an. »Ich brauche etwas Zeit, um über alles nachzudenken. Wir sollten uns später –«

Aus dem Augenwinkel sah Jessie eine Bewegung. Sie traute ihrem Sehvermögen nicht und blinzelte, und der Schatten wurde zu einem kleinen, grauen Eichhörnchen, das idiotischerweise direkt auf die Straße flitzte. »Luz, pass auf!«, schrie sie.

Luz verriss das Lenkrad, und die Reifen schlitterten über den nassen Asphalt. Das Heck brach aus, und der Wagen geriet für einen Moment außer Kontrolle. Die Lasagne, die zwischen ihnen lag, flog von dem breiten Vordersitz. Blitzschnell fing Jessie sie auf.

Luz bekam das Auto zwar wieder in die Gewalt, doch nicht bevor ein Unheil verkündender, dumpfer Schlag zu hören war. Sie fuhr an den Straßenrand und hielt. »Verdammt«, sagte sie mit zusammengebissenen Zähnen und blickte in den

Rückspiegel. Dann schlug sie mit dem Handballen aufs Lenkrad ein. »Verdammt, verdammt, verdammt. Dafür werde ich in der Hölle schmoren.«
Die Lasagne immer noch fest in beiden Händen, drehte Jessie sich um und sah ein kleines Häuflein Fell mitten auf der Straße. »Oh-oh«, sagte sie.
»Verdammt, das tust du andauernd«, schimpfte Luz. »Du suchst dir immer den denkbar schlechtesten Moment aus, um irgendwas zu sagen, das mich aus der Fassung bringt, und nun sieh, was du damit angerichtet hast.«
»Klar doch, die heilige Luz – schieb es auf mich. Auch wenn du diejenige bist, die hinterm Steuer sitzt.« Doch Jessies Ärger verflog, als sie das Gesicht ihrer Schwester sah. Sie verstummte und fühlte mit Luz, die niemals absichtlich einem Lebewesen etwas zuleide tun würde. »Die Lasagne habe ich gerettet«, sagte sie leise.
»Das ist gut.« Luz stieß einen langen, erschöpften Seufzer aus.
»Das arme kleine Eichhörnchen«, flüsterte Jessie. Dann konnte sie nicht anders. Sie brach in Lachen aus. Luz musste auch lachen, und ein paar Minuten lang kicherten sie wie zwei böse Hexen.
»Wir sind abscheulich«, sagte Jessie.
Luz lenkte den Wagen wieder auf die Straße und fuhr langsam weiter. »Na ja, dafür kann mir heute wohl nichts Schlimmeres mehr passieren.«
»Hm«, erwiderte Jessie, »aber gewöhn dir ja nicht an, ständig kleine Tiere zu überfahren, bloß, damit dein Tag von da an nur noch besser werden kann.«

In dem Café neben dem Computerladen entdeckte sie Dusty Matlock. Er saß an einem der Tische und trank Kaffee, während Amber ihm gegenüber in einem Kinderstuhl saß und mit ihren Pommes frites in ihrem Ketchup herummalte. Sofort flammte etwas in ihr auf – ein Durcheinander aus Furcht und Vorfreude, wie sie es noch nie erlebt hatte. Das war mehr als nur die Reaktion auf einen Mann, der sexy war und ein gesundes Interesse an ihr gezeigt hatte. Nein, sie fühlte sich zu ihm hingezogen, zum denkbar schlechtesten Zeitpunkt, dafür aber umso stärker. Kompliziert wurde das Ganze noch durch die aufwallende Zärtlichkeit, die das unbekümmert glucksende Kind in ihr weckte.

Sie war versucht, zu flüchten, bevor er sie bemerkte. Ihr Selbstschutz-Instinkt riet ihr dringend, sich zu verziehen, bevor sie etwas Dummes tat, wie etwa, sich zu verlieben. Sie und Dusty Matlock waren die Letzten, die einander gerade brauchen könnten. Er musste allein ein Kind großziehen, während sie den Kampf ihres Lebens vor sich hatte, und keiner von ihnen konnte dem anderen sonderlich gut tun.

Trotzdem konnte sie nicht widerstehen. Vor allem, als Amber aufblickte und eine unverständliche Begrüßung ausstieß.

»Aus der Babysprache übersetzt heißt das: ›Bitte nehmen Sie doch Platz, Ma'am‹«, erklärte Dusty und stand auf.

»Wie könnte ich da widerstehen?« Sie setzte sich neben Amber, die ihr sogleich ein schlappes Pommes-Stäbchen anbot.

»Danke«, sagte Jessie und ließ es sich übertrieben deutlich schmecken. Das Kind sah ihr ganz versunken zu und kicherte dann freundlich. Jessie musterte ihr Gesicht und brannte plötzlich vor Neugier. Wer würde diese kleine Person in ein paar Jahren sein? Was würde ihr am meisten bedeuten? Wen würde sie lieben? Was hielt die Welt für sie bereit?

Eine Vorstellung drängte sich ihr auf. Jessie sah sich auf einmal Lilas erstes Lächeln miterleben, ihren ersten Zahn, ihren ersten Schritt. Sie fragte sich, wie Lilas erster Schultag gewesen sein mochte, wie ihre erste Verabredung wohl gelaufen war. Plötzlich brannte sie vor Neid auf Luz, die keinen Augenblick von Lilas Leben verpasst hatte. Doch dann konzentrierte sie sich wieder auf Amber. All diese Erfahrungen warteten noch auf diese kleine Seele. Jessie fragte sich, wer für sie da sein, sie mit ihr durchleben würde.

Amber bot ihr noch ein Pommes-Stäbchen an, und Jessie nahm es lächelnd. »Also, ich habe gerade an ein paar von den Digitalfotos gearbeitet, die ich für den *Texas-Life*-Artikel gemacht habe«, sagte sie und deutete auf ihre Tasche. »Möchtest du sie vielleicht sehen?«

»Lieber nicht.« Seine Stimme war leise und voll unterdrückter Emotionen.

»Deine Geschichte war unglaublich. Blair wird ihre Sache gut machen, du wirst schon sehen.« Ach, wie sehr wünschte sie, ihm seinen Schmerz nehmen zu können, doch sie spürte, dass es nicht das war, was er von ihr wollte. »Ich hoffe, du bereust nicht, dass du mit ihr gesprochen hast.«

»Natürlich bereue ich es. Aber es hat sich gelohnt, deinetwegen«, entgegnete er.

»Meinetwegen?«

»Wenn Blair LaBorde nicht diesen Artikel haben wollte, hätten wir uns nie kennen gelernt. Und ich will dich kennen lernen, Jessie. Unbedingt sogar.«

»Nein, das willst du nicht.« Sie versuchte, sofort alle Abwehrmechanismen in Gang zu setzen. »Ich bin zu unstet für einen verantwortungsbewussten Vater und Unternehmer.«

»Das gehört zu den Dingen, die mir an dir so gut gefallen.«

»Dusty –«

»Nein, lass mich ausreden. Da ist etwas zwischen uns. Das wissen wir beide.« Er wies auf Amber, deren Kopf an Jessies Schulter gesunken war. »Uns verbindet etwas, uns alle drei.«

»Das kann nicht sein«, erwiderte Jessie hastig. »Was mit deiner Frau passiert ist, tut mir unendlich Leid, und ich wünsche euch beiden das Allerbeste, aber –«

»Ich will dir etwas von meiner Frau erzählen. Ich habe sie geliebt. Ich habe sie von ganzem Herzen geliebt, mit allem, was mich ausmacht. Mit allem, was ich noch aus mir machen konnte. Als sie da in diesem Krankenhausbett lag, habe ich Gott angefleht, mich an ihrer Stelle zu nehmen, meine Hornhäute und Nieren, und sie und das Baby leben zu lassen. Ja, ich habe sie sehr geliebt. Dann habe ich sie verloren, und darüber werde ich nie ganz hinwegkommen. Die Trauer wird nicht verschwinden. Sie ist ein Teil von mir, genau wie meine Liebe zu ihr ein Teil von mir war.«

Jessie wappnete sich. Gewiss steuerte er auf die herzzerreißende Enthüllung hin, dass er in der kurzen Zeit mit Karen genug Liebe für ein ganzes Leben empfunden hatte, dass er nie wieder würde lieben können – aber das hinderte einen schließlich nicht daran, sich mal ein bisschen zu amüsieren.

Die erwartete Rede blieb aus. Stattdessen sagte er: »Ich will wieder jemanden lieben, Jessie.«

Ihr blieb die Luft weg. »Warum sagst du mir das?«

»Ich dachte, bevor wir weiter gehen, sollten wir mal darüber gesprochen haben«, erklärte Dusty.

Sie blinzelte. Alles an diesem Mann überraschte sie. Wie konnte ein Mann überhaupt so wunderbar sein, wie der hier zu sein schien? »Das wäre doch eigentlich mein Text.«
»Aber du hättest dieses Gespräch nie angefangen.«
Nervös faltete sie die Hände und legte sie auf die Tischplatte. »Ach ja? Woher willst du das wissen?«
Sanft und vorsichtig entfaltete er ihre Finger und bedeckte ihre Hände mit seinen. Seine Berührung war vertraut, beinahe intim. »Weil ich dir ansehe, dass du dich schützen willst. Du willst dich nicht darauf einlassen.«
»Warum hältst du dich für so einen Experten, Matlock?«
»Weil ich, bis ich dich getroffen habe, ganz genauso war.«
»Und wie bist du jetzt?«
»Bereit. Und das überrascht mich selbst am meisten.«

Kapitel 19

Seit er Jessie Ryder kennen gelernt hatte, schlief Dusty keine Nacht mehr richtig. Er konnte nicht aufhören, an sie zu denken. Sie hatte ihn getroffen wie ein Blitz, und seine Nerven kribbelten bei der Aussicht, sie näher kennen zu lernen – rasch und sehr gut. Sie löste eine seltsame Dringlichkeit in ihm aus, das Gefühl, die Zeit liefe ihm davon. Seit einem halben Jahr versuchte er nun schon, wieder so für eine Frau zu empfinden. Ein paarmal hatte er den Bemühungen seiner Mutter nachgegeben, ihn zu verkuppeln, und sich auch von sich aus mit Frauen verabredet. Aber es hatte sich nicht ganz richtig angefühlt. Er hatte nette Frauen kennen gelernt, hübsche Frauen, die für seine Situation aufrechtes Mitgefühl empfanden, sich rührend um Amber bemühten und mit allen Mitteln Verfügbarkeit signalisierten. Trotzdem hatte dieser Blitz gefehlt, der sein Herz erreichte und aufschloss – bis jetzt. Das Gefühl war nicht nur angenehm, aber er freute sich darüber, wollte es so. Alte Traurigkeit, Furcht und Frust entwirrten sich in seinem Herzen, wie er es nie für möglich gehalten hätte.

Am Morgen trank er schweigend seinen Kaffee, während er

Amber beobachtete, in deren Haar die Sonne leuchtete. Und dann dachte er wieder an Jessie, und seine Brust schmerzte tatsächlich vor Sehnsucht nach ihr. Geilheit war eine Sache; das hier war etwas ganz anderes. Das hier würde sein Leben verändern. Ihres auch. Er fragte sich, ob sie das schon wusste.
Er hob Amber hoch und tat etwas, was er schon lange nicht mehr gemacht hatte. Er ging zum Kleiderschrank und holte eine abgetragene »Matlock-Aviation«-Fliegerjacke hervor, Größe XS. Er konnte noch immer Karen darin sehen, die ihn mit zwei erhobenen Daumen vom Pilotensitz aus angrinste. Seine Karen, die das Fliegen liebte, das Abenteuer, und ihren Mann.
Er drückte die Jacke an sich und roch einen zarten, kaum wahrnehmbaren Duft, so voller Erinnerung, dass er beinahe auf die Knie sank. »Die hat deiner Mama gehört«, erklärte er Amber, stellte sie ab und setzte sich auf den Boden, um ihr die Jacke zu zeigen.
»Mmm.« Sie krallte sich in das glatte Futter und blickte mit Karens Augen zu ihm auf.
»Richtig. Deiner Mama. Und der hier –« er kramte in der Innentasche der Jacke herum und holte einen goldenen Ehering heraus, »– wird immer mir gehören.« Er steckte sich den Ring an und zeigte ihn Amber. »Zu weit«, verkündete er. »Arnufo kocht eben nicht wie deine Mama früher.« Er zog den Ring wieder ab, hielt ihn hoch und betrachtete die Gravur auf der Innenseite: Liebe ist unsterblich. Als sie sich die Ringe ausgesucht hatten, hatte diese Phrase nicht allzu viel bedeutet. Jetzt spürte er ihr ganzes Gewicht, jeden Tag seines Lebens. Karen war fort, und seine Liebe, die einst ihr gegolten hatte, gehörte nun Amber, genau wie Karens Liebe

zu ihm nun aus den Augen ihrer Tochter strahlte, wann immer sie zu ihm aufblickte.

Er ließ den Ring wieder in die Innentasche der Fliegerjacke gleiten und zog den Reißverschluss darüber zu. Dabei überkam ihn eine seltsame Leichtigkeit. Vielleicht war das nur Wunschdenken, aber er spürte Karens Zustimmung wie einen Segen.

Er hatte geglaubt, Amber sei genug, doch damit hatte er sich nur etwas vorgemacht. Karen war künstlich am Leben erhalten worden, bis Amber zur Welt gekommen war. Nun wurde ihm klar, dass auch er nur künstlich gelebt, dahinvegetiert hatte, seit Karen gestorben war. Dass er nun Jessie Ryder kennen gelernt hatte, zwang ihn, sich dieser Tatsache zu stellen. »Ich muss das einfach tun, Krümel«, sagte er zu der Kleinen. »Verstehst du das?«

»Leiden Sie unter Höhenangst, Miss Ryder?«

Jessie blinzelte schläfrig den Besucher an, der vor ihrer Tür stand. »Um sieben Uhr morgens habe ich Angst vor allem.«

»Es ist schon nach neun.«

»Oh. Dann also, nein. Aber was, zum Kuckuck, machst du hier?«

Dusty Matlocks Blick glitt zärtlich über sie, und plötzlich kamen ihr ihre seidenen, kurzen Shorts und das Hemdchen ziemlich luftig vor.

»Ich entführe dich«, sagte er.

»Für solche Situationen habe ich ein Training absolviert«, warnte sie ihn.

Er grinste. »Ich auch. In diesen Sachen siehst du ganz entzückend aus, aber vielleicht ziehst du dich doch besser an.«

So was Verrücktes, dachte sie, doch zugleich fühlte sie sich sehr zu ihm hingezogen und fasziniert davon, dass er aus heiterem Himmel plötzlich bei ihr auftauchte.

»Ich habe Kaffee«, sagte er.

»Was soll ich dagegen ausrichten?« Sie schlüpfte wieder hinein und ließ sich Zeit, obwohl sie sich gern beeilt hätte. Es störte sie, dass sie so versessen darauf war, mit ihm zusammen zu sein. »Aus, Jessie. Platz«, murmelte sie.

Er fesselte sie. Ihn zu fotografieren, war die größte fotografische Herausforderung gewesen, an der sie sich je versucht hatte. Echte Menschen mit echten Gefühlen aufzunehmen, verlangte ihr etwas ab, woran sie nicht gewöhnt war. Die Begegnung mit ihm und Amber hatte ihr einen kurzen Blick auf etwas Himmlisches gewährt, das sie niemals haben würde. Allein dafür sollte sie Dusty Matlock eigentlich ablehnen. Aber als sie in die Herbstsonne hinaustrat, freute sie sich, dass sie ihm begegnet war.

»Na, dann los.« Er ging auf seinen blauen Pick-up zu.

Sie folgte ihm und fühlte alles Mögliche, was sie nicht fühlen sollte. »Wo fahren wir denn hin?«

»Keine Sorge, ich liefere dich vor dem Abendessen wieder zu Hause ab. Du hast deine Kamera dabei, oder?«

Sie tätschelte die altgediente Ledertasche. »Worum soll ich mir keine Sorgen machen?«

»Um dein Leben. Du wirst es nicht bereuen, vertrau mir.«

Seine unwiderstehliche Energie riss sie mit, und sie folgte ihm. Er stellte das Radio an und kurbelte die Fenster herunter, und sie fuhren die kurze Strecke zu ihm nach Hause. Er parkte den Pick-up und ging voran, hinunter zum Bootssteg, wo das Wasserflugzeug festgemacht war. Er klappte den kleinen, nicht eben solide wirkenden Einstieg auf und streckte ihr eine Hand entgegen.

»Ma'am?«

Ihr ganzer Körper reagierte auf die vibrierende Einladung in seiner Stimme, in seiner ausgestreckten Hand. Sie nahm sie.

»Ich dachte schon, du fragst mich nie.«

»Aha, jetzt kommt die Wahrheit ans Licht. Du interessierst dich also doch nur für meine Maschine.«

»Natürlich.«

Er hielt das kleine Flugzeug ruhig, damit sie auf einen Schwimmkörper steigen und hineinklettern konnte. Das windige Ding schaukelte und schlingerte plötzlich, als sie erst einen Fuß im Cockpit, den anderen noch auf dem Steg hatte. Aber er stand direkt hinter ihr. Starke Hände fassten sie um die Taille, als er sie vor der Katastrophe bewahrte. Mühsam schob sie sich in das Flugzeug und landete direkt auf dem Passagiersitz. Die Maschine wirkte wie ein Kinderspielzeug; kleine Flugzeuge kamen ihr immer so vor. Alles war winzig und auf engstem Raum zusammengestopft. Die Tragflächen und die Hülle waren viel zu dünn und zerbrechlich, wie aus alten Bierdosen selbst gebastelt.

»Danke«, sagte sie und musterte ihn mit einer Mischung aus Interesse und Misstrauen. Es sah ihr gar nicht ähnlich, sich von einem Mann aus der Fassung bringen zu lassen.

»Kein Problem.« Er wirkte völlig unbeeindruckt, machte aber keinen Hehl daraus, dass er sie anziehend fand und sich ganz auf sie konzentrierte. Dann widmete er seine Aufmerksamkeit dem Flugzeug, überprüfte Messgeräte, Ventile, Schalter, Hebel und einen GPS-Monitor, mit denen er sichtlich bestens vertraut war. »Und, sind deine Bilder was geworden?«

»Diese Fotos sind fantastisch, einfach genial, sage ich dir«, entgegnete Jessie. »Blair ist jedenfalls sehr zufrieden.«

»Die hat vielleicht einen Charme«, bemerkte Dusty.

»Charmant zu sein, hat bei Blair keine Priorität.«

»Arbeitest du oft mit ihr zusammen?«

»Nein.« Sie fing seinen Blick auf, als er das Flugzeug vom Steg losmachte. »Du warst mein erstes Mal.«

»Und, war es so, dass du noch mehr davon möchtest?«

Sie sah ihm in die Augen. Ihre Krankheit ließ ihn leicht schwanken – vielleicht war es aber auch das Flugzeug. »Ich glaube, ich habe gestern alles bekommen, was ich brauche.«

Er grinste. »Oh nein«, sagte er. »Noch lange nicht.« Er ließ diese Bemerkung zwischen ihnen in der Luft hängen und schaltete dann einen Radarmonitor ein. Er beendete seine Inspektionen und Vorbereitungen und stieß dann das Flugzeug vom Steg ab; er stand auf einem Schwimmer und hielt sich an einer Tragflächenstrebe fest, um sie hinaus auf den See zu bugsieren. Mit geübter, gelassener Anmut kletterte er auf den Pilotensitz. Sie tastete unter sich herum, fand den Gurt, zog ihn über ihren Schoß und schnallte sich fest.

»Das Fliegen scheint dich nicht besonders nervös zu machen«, bemerkte er.

»Sollte es das?«

»Mit mir? Ach wo.«

»Dann bin ich also nicht nervös. Ich habe mehr Erfahrung damit, in kleinen Flugzeugen zu fliegen, als Leute für *Texas Life* zu fotografieren.« Sie war schon in klapprigen alten Thunfischdosen und zusammengeflickten Blechhaufen zwischen Kaschmir und Katmandu herumtransportiert worden. Sie war im Himalaja kreischend zwischen Felsspitzen hindurchgeschossen, mit einem lachenden, bis über die Fellmütze zugekifften Piloten neben sich. Nach allem, was sie in Asien gesehen und erlebt hatte, kam ihr das hier ziemlich harmlos vor.

Aber irgendwie auch wieder nicht.

Mit einem sanften Hebelzug, einem leichten Drehen am Schlüssel ließ er den Motor brüllend zum Leben erwachen und die Propeller plötzlich aufdrehen. Er wandte sich ihr zu und betrachtete sie, während das Flugzeug langsam über das Wasser glitt.

»Nur, damit du es weißt«, sagte er und hob die Stimme, um den knatternden Motor zu übertönen.

»Was denn?« Wieder regte seine Nähe seltsame Gefühle in ihr an.

»Das hier ist ein Anfang für uns.«

Jessie runzelte die Stirn. »Ich weiß nicht, was du meinst. Was soll anfangen?«

Sein Grinsen war verwegen. »Wir.«

Ein Schauer ließ ihre Haut kribbeln. »Ach, komm schon.«

»Ich meine es ernst, Jess. Alle behaupten, es sei Amber, die mich weiterleben lässt. Aber sie ist es nicht allein. Ich bin noch hier, und es gibt Dinge im Leben, die eine Tochter mir nun einmal nicht geben kann. Also muss ich mehr tun als nur herumstehen und Sauerstoff verbrauchen.«

Schwindel erregende Hoffnung durchfuhr sie, doch sie zwang sich, den Tatsachen ins Auge zu sehen. Und das musste er auch tun. »Behaupte bloß nicht, du wärst schon über den Tod deiner Frau hinweg, Matlock.«

»Darüber werde ich nie hinwegkommen. Aber es ist noch genug Platz für mehr. Ich dachte wirklich, Karen sei die Liebe meines Lebens gewesen.«

»Wie meinst du das, du dachtest? War sie es denn nicht?«

Er griff nach einem kleinen, glänzenden Hebel am Armaturenbrett. »Ich habe sie wie verrückt geliebt. Aber sie war nicht die Liebe meines Lebens. Wenn ich sie so nennen würde, würde ich damit sagen, dass mein Liebesleben mit ihr gestorben ist.« Völlig unerwartet schmiegte er eine Hand an ihre Wange. »Und wie du siehst, bin ich noch nicht so weit, es aufzugeben.«

Jessie seufzte unwillkürlich und lehnte sich dann verwirrt und erstaunt zurück, als er die Cessna Caravan wendete und beschleunigte. Er zog eine Flieger-Sonnenbrille aus der Hemdtasche und setzte sie auf. Der Motor gab ein lautes, nasales Heulen von sich. Sacht schob seine Hand den Steuerknüppel vorwärts. Das Flugzeug nahm Fahrt auf und richtete sich in den Wind aus. Das motorische Dröhnen und Heulen wurde noch lauter. Wendig und leicht wie ein Wasserläufer nahm das Flugzeug das offene Wasser, und in das Knattern und Heulen fiel nun ein tiefes Grollen ein. Sie sah, dass er ein erfahrener Buschpilot war. Völlig sicher richtete er das Flugzeug aus, stellte Höhensteuer und Schub auf vollen Ausschlag. Er gab nach, bis das Höhenruder ausgeglichen stand, ließ es dann wieder ausfahren, bis die Schwimmer sich aus dem Wasser hoben. Der Lärm erreichte seinen Höhepunkt, und sie spürte genau den Augenblick, als die Luft die zarten Tragflächen erfasste. Das Flugzeug stieg, wie von einer riesigen Hand hochgehoben, steil in den Himmel auf. Dusty behielt zunächst die Höhe bei, um seine Fluggeschwindigkeit zu erreichen, bevor er weiter aufstieg, über den Eagle Lake hinweg.

Ein Schauer durchlief die Cessna, als sie über das Ufer flogen, und dann wurde der Flug ruhiger. Gleich darauf trieben sie dahin wie ein Boot auf stillem Wasser.

Jessie wusste, dass sie die Aussicht genießen sollte, doch ihr Blick kehrte immer wieder zu Dusty Matlocks Gesicht zurück. Er hatte sein Headset auf, doch die Kopfhörer waren zurückgeklappt, das Mikrofon von seinen Lippen weg gerichtet. Dieser Mund.

»Machst du das häufig?«

»Ein paarmal pro Woche. Normalerweise fliege ich zuerst nach Norden und drehe eine Runde über Marble Falls. Aber heute wollte ich einen längeren Flug machen. Ich nehme an, du hast nichts dagegen.«

»Das habe ich nicht gemeint.«

»Was hast du denn gemeint?«

Verdammt. Er zwang sie, es auszusprechen. »Ich meine, ob du dir öfter eine Frau schnappst, die du kaum kennst, und sie dann weiß Gott wohin –«

»Ich dachte, wir schauen uns mal Lake Travis und den Enchanted Rock an. Da ist es sehr schön um diese Jahreszeit.«

»Also?«

»Also was?«

»Machst du das öfter?«

Er grinste. »Würde es denn für dich irgendetwas ändern, wenn ich jetzt ja oder nein sage?«

»Nein.« Die Wahrheit war ihr ganz von selbst herausgerutscht.

»Gut.«

Sie zogen eine Kurve und flogen dann dahin, die Sonne glitzerte auf den Tragflächen, die Landschaft jagte unter ihnen vorbei, braun und grün, durchzogen vom hellblauen Streifen des Flusses, der sich durch die Hügel schlängelte. An den Ahornbäumen färbten sich gerade erst die obersten Blätter, und sie sahen aus wie ein Wald rotspitziger Streichhölzer, bereit zum Anzünden.

Dusty legte einen Schalter um, und alter Swing – *Asleep at the Wheel* – erfüllte das Cockpit.

Jessie schloss die Augen. Ihre Lippen verzogen sich zu einem Lächeln, das sie nicht verhindern konnte.

»Was?«, fragte er, und auch in seiner Stimme war ein Lächeln zu hören.

»Wir sind musikalisch kompatibel.«

»Daran habe ich nie gezweifelt.«

Was auch immer er hier mit ihr beginnen wollte, sie wusste, dass es nur von kurzer Dauer sein konnte. Sie würde fort sein, bevor sich irgendetwas Ernsthaftes entwickelte. Er gab ihr das Gefühl, in einen glitzernden Brunnen hinabzuschauen, der verlockende, kurze Blicke in geheimnisvolle Tiefen bot, eher flüchtige Ahnungen, ein Flimmern und Farbenspiel von trügerischer Anziehungskraft.

Auch ohne ihn anzusehen, wusste sie, dass er grinste, voll unwiderstehlichem Charme und Selbstvertrauen. Sie kannte den Mann zwar kaum, doch sie erschienen einander so vertraut, dass sie sein Bild jetzt schon in allen Einzelheiten heraufbeschwören konnte. Weiße Zähne, gebräunte Haut, die Augen einen Tick zu blau, das Haar ein bisschen zu lang, sodass es sich über seinen Hemdkragen ringelte. Mehr noch, sie konnte sogar etwas vor sich sehen, das sie bei ihrer allerersten Begegnung in seinen Augen entdeckt hatte. Sie wusste noch nicht, wie sie es nennen sollte.

Blinzelnd öffnete sie das linke Auge und sah nur grauen Nebel. Bevor sie Panik bekam, öffnete sie auch das andere und stieß erleichtert den Atem aus. Sie würde nicht zulassen, dass dieser Tag von Angst und Grauen verdorben wurde. Stattdessen wandte sie sich dem Fenster und der überwältigend schönen Aussicht zu. Sie holte ihre Nikon F5 mit einem speziellen Objektiv hervor, das sich für so bewegte Aufnahmen eignete, schob das Fenster auf und war in ihrem Element. Sie fotografierte die Landschaft, wie immer mit einer unheimlichen Begabung dafür, einen geraden Horizont einzuhalten. Ihr bestverkauftes Foto, einen Sonnenaufgang auf den Seychellen, hatte sie ohne Zuhilfenahme einer Gitternetzlinse aufgenommen.

Die Landschaft breitete sich unter ihr aus, in all der umwerfenden, zauberhaften Vielfalt des texanischen Hügellandes. Hohe Wolken formten weiße Zuckerwatte-Schlösser mit fedrigen Türmchen. Zwischen tiefen Canyons und kuppelartigen Felsformationen, geschaffen von geologischen Eigenheiten und dem Zahn der Zeit, glitzerten die vielen Bäche und Flüsse. Das Miniatur-Gerichtsgebäude stand an dem makellosen, winzigen Platz inmitten des Städtchens. Weiter fort, in Richtung der fernen Großstadt, konnte sie einen zerzausten Teppich überbewässerter, smaragdgrüner Golfplätze erkennen, gesäumt von absurd groß wirkenden Häusern. Sie flogen am Lake Trevis entlang und über den Enchanted Rock, einen rostbraunen Granit-Batholithen von über einem halben Kilometer Durchmesser. Seine kuppelförmige Oberfläche war von mysteriösen Vertiefungen durchzogen, die ihn aussehen ließen wie ein gewaltiges Gehirn.

Auf ihren Reisen hatte Jessie unvorstellbare Wunder gesehen und so exotische Orte besucht, dass die meisten Menschen nicht einmal von ihnen gehört hatten, doch nur hier, im Herzen von Texas, fühlte sie die Landschaft. Sie war mit ihrem Herzen und ihrer Seele verwoben und ebenso sehr Teil von ihr wie die Rastlosigkeit ihrer Mutter oder die schlechte Menschenkenntnis ihres Vaters. Es gab wirklich nur ein Wort für das, was sie empfand, als sie auf die mannigfaltige Pracht tausendfünfhundert Fuß unter sich hinabblickte – zu Hause.

»Und was ist mit dir? Tust du so was öfter?« Dustys Stimme unterbrach ihre Gedanken.

»Ist schon ein paarmal vorgekommen, ja. Einmal bin ich in einem Doppeldecker über Luxor geflogen. Tolle Aufnahmen von den Ruinen, aber danach war bei meinen Haaren eine Woche lang kein Durchkommen mit dem Kamm.«

»Ich meine nicht das Fliegen.«

Sie wusste genau, was er meinte, aber sie fragte ihn trotzdem. »Was meintest du denn?«

»Bei der ersten Verabredung mit jemandem schlafen. Machst du das öfter?«

»Wer behauptet denn, dass ich heute noch –«

Er strich mit der Handfläche über ihren Oberschenkel, eine unanständige, intime Liebkosung, die sie hätte entrüsten müssen, es aber nicht tat. »Ich behaupte das.«

»Das Flugzeug! Das Flugzeug!«

Jessie konnte ihre drei Neffen natürlich nicht hören, doch als sie in halsbrecherischem Tempo zum Bootssteg hinunterrannten, stellte sie sich ihr ekstatisches Geschrei vor. Die drei sahen zu, wie das grün-weiße Flugzeug auf das Ufer zutrieb. Der Jagdhund sprang neben ihnen her, zweifellos unter lautem Gebell, doch das konnte Jessie auch nicht hören. Als das Flugzeug zum Bootssteg brummte, schloss sie kurz die Augen und versuchte sich vorzustellen, sie könnte die Kinder und den Hund nicht sehen. Woher sollte sie wissen, dass sie da waren, wenn sie sie nicht sehen konnte?

Dann stellte Dusty den Motor ab, und sogleich schallten Hundegebell und die aufgeregten Schreie der Jungen übers Wasser. Sie stellte sich vor, wie sie vor Erregung hüpften, während sie darauf warteten, dass das Flugzeug anlegte.

»Bin ich so langweilig?«, fragte er mit einem Lachen in der Stimme. »Habe ich dich wirklich eingeschläfert?«

Sie öffnete die Augen und drehte den Kopf, um ihn trotz des Schattens sehen zu können, an den sie jetzt nicht denken wollte. »Ich bin anspruchsvoll und schwer zu unterhalten.«

Frech wie ein Highschool-Quarterback erwiderte er: »Dann bist du bei mir genau richtig.« Er kletterte hinaus auf den Schwimmer und vertäute fachmännisch das Flugzeug am Steg, genau beobachtet von einem hingerissenen Publikum. Jessie war froh über seine sichernde Hand, als sie ausstieg und es trockenen Fußes auf den Steg schaffte.

»Jessieeee!« Scottie sprang sie an und umklammerte ihr Bein. Sein kleiner Oberkörper steckte in einer Hightech-Schwimmweste, ohne die Luz ihn nicht in die Nähe des Ufers ließ.

»Also, das ist Dusty«, sagte sie und nannte ihm dann die Namen und das Alter der Jungen. »Er hat mich heute zu einem

Rundflug eingeladen. Zum Mittagessen haben wir bei einem Picknickplatz am Lake Travis angelegt.«

Sie hätte ebenso gut Maori sprechen können, so viel bekamen sie davon mit. Die Jungen krabbelten auf dem Flugzeug herum, völlig fasziniert, während Dusty ihnen alles zeigte und Beaver knurrend und schnüffelnd das fremdartige Ding begutachtete. Der warme Nachmittag war einem abendlich kühlen Hauch gewichen, und Jessie blickte in den Himmel auf. Die Stimmen der Jungen traten in den Hintergrund, als sie sich auf das seufzende Lied des Windes in den Bäumen konzentrierte, auf den flehentlichen Ruf eines Vogels.

Nach einer Weile kam Luz ans Ufer herunter und schickte die Jungen ins Haus, damit sie sich vor dem Abendessen die Hände wuschen. »Sie bleiben natürlich zum Essen«, sagte sie, sobald Jessie ihr Dusty vorgestellt hatte.

Er musterte sie mit erstauntem Blick. »Ach ja?«

»Meine Schwester Luz«, sagte Jessie. »Sie war schon immer so herrisch.«

»Solche Frauen gefallen mir.«

»Als Mr. Garza angerufen hat, um Bescheid zu geben, dass ihr zwei mit dem Flugzeug unterwegs seid, habe ich ihn und Ihre Tochter auch gleich eingeladen«, sagte Luz, und Jessie fragte sich, ob sie sich den rosigen Hauch nur einbildete, der auf den Wangen ihrer Schwester erschien. »Ich wollte Sie doch endlich mal kennen lernen – Ian fliegt so gern mit Ihnen. Wir essen heute King Ranch Chicken – vegetarisch.« Sie schien darin keinen Widerspruch zu sehen.

Dusty blickte zwischen Jessie und Luz hin und her. »Verdammt, ist das Leben schön.«

Das Abendessen war eine laute, herrliche Ferkelei, die Dustys Überzeugung stärkte, dass das Leben nicht nur schön, sondern auch unbedingt lebenswert war. Luz und Ian Benning bemühten sich, drei aufgekratzte Jungen im Griff zu behalten, die sämtlich verrückt nach Amber waren und sich in Albernheiten überboten, um sie zum Kichern zu bringen. Die Kinder der Bennings waren nicht nur hübsch, die Ähnlichkeit innerhalb der Familie war auch bemerkenswert. Vor allem die Tochter im Teenageralter sah ihrer Mutter und ihrer Tante erstaunlich ähnlich, hatte aber Ian Bennings nachdenklich wirkenden Mund. Lila war still, vielleicht sogar verstockt, doch Dusty nahm an, das sei nicht anders zu erwarten, wenn man bedachte, was sie gerade überlebt hatte. Aber selbst sie musste lächeln, als Amber, überwältigt von so viel Aufmerksamkeit, beide Ärmchen ausstreckte und versuchte, den ganzen Raum zu umarmen.

Arnufo fing Ians Blick über den Tisch hinweg auf und hob sein Bierglas. »Sie sind umringt von Gottes Segen, *amigo*«, sagte er, wobei seine Worte fast im Lärm der Kinder untergingen.

»Das kann man wohl sagen.« Ian trank einen Schluck Bier. Dann blickte er stirnrunzelnd auf seinen Teller. »Mit einer Ausnahme, glaube ich – diesem Hühnchentopf«, fügte er hinzu und fischte mit der Gabel ein paar Paprikastreifen aus einem Glas. »Da fehlt irgendwas.«

»Vielleicht ein dankbarerer Mann«, bemerkte Luz.

Dusty hatte Luz sofort ins Herz geschlossen. Sie gehörte zu den Frauen, die man aus den verschiedensten Blickwinkeln betrachten musste. Zwar erschien sie wie eine typische, geschäftige, ja gehetzte Hausfrau und Mutter, aber er spürte da noch etwas anderes unter dieser Oberfläche. Wenn Ian Benning ein kluger Mann war, würde er das keinen Moment vergessen.

»Das ist köstlich«, erklärte Jessie. »Nicht wahr, Lila?«

Das Mädchen hatte gelangweilt aus dem Fenster gestarrt, während stille Sorge ihre grünen Augen verdunkelte. »Hm? Ach so, ja.« Sie schob das Essen auf ihrem Teller herum.

»Ich war heute auch in deiner Schule«, sagte Luz. »Deine Lehrer haben gesagt, du bräuchtest dir wegen der Hausaufgaben keine Gedanken zu machen. Deine Mathelehrerin hat mir ein Blatt mit Aufgaben mitgegeben, aber du sollst dir damit ruhig Zeit lassen.«

»Okay. Danke. Ich habe sowieso beschlossen, ab morgen wieder in die Schule zu gehen.« Sie und ihre Mutter musterten einander mit einer unterschwelligen Spannung, die beinahe sichtbar war.

Dann streckte Amber in ihrem Kinderstuhl den Arm aus, legte eine Hand mit den entzückenden Grübchen auf Luz' Arm und sagte: »Mah.«

Ein bittersüßer Schmerz brannte in Dustys Brust, obwohl er wusste, dass das nur eine zufällig gebrabbelte Silbe war. Jessie neben ihm erstarrte, und er schob eine Hand unter den Tisch und legte sie beruhigend auf ihren Oberschenkel. Sie verkrampfte sich noch mehr, schob seine Hand aber nicht fort. Es war verdammt schön, den Schenkel einer Frau unter seiner Hand zu spüren, ihre Schulter, die an seiner ruhte, so eng war es am Tisch, und den Duft ihres Haares zu erschnuppern.

Er konnte kaum glauben, dass er sie nicht schon ewig kannte. Er fühlte sich in ihrer Gegenwart pudelwohl, und trotzdem erregte sie ihn unglaublich. Es war bemerkenswert einfach und klar, was er für Jessie Ryder empfand, und was er von ihr wollte.
Alles.

Kapitel 20

Jessie war unerklärlich wehmütig ums Herz, als Dusty Luz für das Abendessen dankte und sich von Ian und den Kindern verabschiedete. Dieser Tag hatte voll unerwarteter Geschenke und Gefühle gesteckt. Jedes Kind am Esstisch repräsentierte eine Altersstufe, die sie bei ihrer Tochter versäumt hatte. Sie hatte das niedliche Amber-Stadium verpasst, Scotties fragloses Annehmen der Welt, Owens schüchterne Neugier, Wyatts schlaksige Unbeholfenheit.

Und dann war da noch Dusty. Das Letzte, was sie gerade jetzt gebrauchen konnte, war dieser Stich der Sehnsucht nach einem starken, traurigen Mann, der so viel durchgemacht hatte. Vielleicht war es nur gut, dass er jetzt ging. Er musste vor dem Dunkelwerden aufbrechen, um die Cessna sicher an seinen Steg zu bringen. Selbst Lilas Wangen bekamen ein wenig Farbe, als er ihr sagte, wie Leid ihm das mit dem Unfall tue, und wie froh er sei, dass ihr nichts passiert war. Sie lächelte und murmelte ein knappes Dankeschön.

»Bis später«, flüsterte er Jessie leise ins Ohr.

Sie begleitete ihn, Arnufo und Amber hinaus und trug das Kind zur Beifahrerseite des Pick-ups, um es in den Kindersitz zu schnallen. Amber fühlte sich solide an, ein fester kleiner Klumpen Mensch. Obwohl Jessie das Kind auf der Hüfte trug, beharrte die Kleine darauf, dass ein gewisser Abstand gewahrt blieb, indem sie sich mit den Händen gegen Jessie stemmte. Ihre ernste Miene und die Art, wie ihr Blick an Arnufo hing, deuteten auf leichtes, noch nicht laut geäußertes Unbehagen hin. Sie wartete ab, als wolle sie Jessie im Zweifel erst einmal eine Chance geben.

»Keine Sorge«, sagte Arnufo, der geduldig auf dem Fahrersitz wartete. »Sie mag Sie schon ein bisschen. Das sehe ich.«

»Ich mag sie auch. Sie ist ein liebes Kind.«

Der ältere Mann lächelte. »Alle kleinen Kinder sind lieb.«

Da kann ich nicht mitreden. Da war sie wieder, die ganze Wucht der Erkenntnis, was Jessie vor so vielen Jahren tatsächlich getan hatte. Lieber Gott, was hatte sie da aufgegeben? Das Recht, in ein solches Gesicht zu schauen und von einer Zukunft für einen Menschen zu träumen, die nicht zuletzt in ihren Händen lag.

Sie betrachtete Amber noch einen Moment, während sie mit dem undurchschaubaren Wirrwarr von Gurten und Schnallen an dem Kindersitz kämpfte. All die komplizierten Möglichkeiten in diesem kleinen Gesicht schüchterten sie ein, doch zugleich fand sie es aufregend. Als sie an die wundersame Art dachte, wie dieses Kind geboren worden war, überkam sie pures Staunen. »Ich bin froh, dass ich diejenige war, die diese Fotos machen durfte.«

»Amber ist das Geschenk, das er erhalten hat. Ein Wunder«, sagte Arnufo. »Davon bin ich fest überzeugt.«

»Ein gewaltiges Opfer«, entgegnete sie.
»Ein gewaltiges Geschenk«, gab er zwinkernd zurück. »Hören Sie. Gott nimmt uns manchmal etwas weg, das uns viel bedeutet hat. Wir wissen nicht, warum. Es ist auch nicht an uns, danach zu fragen. Manchmal erscheint uns die Belohnung zu klein für ein so großes Opfer. Aber trotzdem machen wir weiter. Was könnten wir auch sonst tun?«
Jessie strich mit den Fingern über Ambers weißblonde, flaumige Haare. »Sie sind schon was ganz Besonderes, Miss Amber.«
»Joh.«
Jessie trat zurück, vergewisserte sich, dass sämtliche Finger und Zehen sicher im Wagen waren und schlug dann die Tür zu.
Unten am Bootssteg kreischten und jaulten ihre Neffen und der Hund vor Staunen, als das Flugzeug losfuhr und dann abhob. Im Licht der untergehenden Sonne waren die Wassertropfen, die von den Schwimmern regneten, als Spur hinter dem Flugzeug zu sehen, hart und glitzernd wie gelbe Diamanten.
»Ja-ha!«, brüllten die Jungs, klatschten und sprangen herum wie bei einem Stammesritual. Selbst Ian fiel mit ein und gab einen Meter achtzig pure Albernheit zum Besten.
Jessie kehrte zum Haus zurück und stieß auf der Veranda auf Lila. »Und, was hältst du von eurem Nachbarn?«
»Mom sagt, er wäre jetzt schon in dich verliebt. Ich glaube, da hat sie Recht.«
»Dann seid ihr, du und deine Mutter, eben hoffnungslos romantisch.«
»Meine Mom?« Lila lachte freudlos auf. »Vergiss es. Wenn

sie behauptet, irgendein heißer Typ würde auf dich stehen, dann meint sie das völlig ernst.«

»Er ist heiß?«

Lila nickte.

»Dann bin ich also nicht die Einzige.«

»Mom hat gesagt, die heißen Typen wären immer hinter dir her gewesen. Stimmt das?«

Jessie senkte den Blick und dachte zurück. »Vielleicht hat es auf Luz so gewirkt. Ich habe eigentlich nie darüber nachgedacht.« Die Sonne war hinter den Hügeln versunken, und Dusty tuckerte auf seinen Steg zu. »Ich habe ein paar wirklich scheußliche Abende mit Jungs verbracht, aber ich hatte diese idiotische Panik, ganz ohne Kerl dazustehen. Dämlich, was?«

Ian kam auf das Haus zu, mit Jungen behängt. Scottie saß auf seiner Schulter und umklammerte seinen Kopf mit den Knien wie eine Schraubzwinge. Owen trug er auf dem Rücken, während Wyatt sich an Ians Bein klammerte und auf seinem Fuß stand wie auf einem Surfbrett.

»Was ist dämlich?«, fragte Wyatt.

»Jungs«, entgegnete Lila.

»Sind wir nicht.«

»Seid ihr doch.«

»Sind –«

»Beam uns rauf, Scottie«, sagte Ian, das Signal für Scottie, die Gittertür aufzuziehen. Ian duckte sich durch die Tür und schleppte sich und die Jungs hinein, bevor der Streit eskalieren konnte.

Jessie bemerkte, wie Lila sie beobachtete, und ihr drehte es das Herz um. »Dein Dad und deine Brüder sind schon ein Haufen, was?«

Lila setzte sich auf die Verandaschaukel und zog ein Bein an sich, während das andere herabbaumelte und der nackte Fuß den Boden streifte. »Ja. Nur was für einer.«

Jessie war nicht sicher, woher sie das wusste, aber Lilas Sehnsucht, dazuzugehören, war beinahe greifbar. »Ist es schwer, das einzige Mädchen zu sein?«, fragte sie.

»Na ja, ich hab keine andere Wahl, oder?« Sie strich sich schnell und fahrig über die Wange. »Sie sind alle – sie haben immer so viel Spaß zusammen. Mit mir ist er nie so. Nach dem, was jetzt passiert ist, weiß ich, dass sich das auch nicht ändern wird.«

»Manche Dinge lassen sich einfach nicht rückgängig machen. Du bist alt genug, um das zu wissen. Aber es gibt andere Dinge, an denen man etwas ändern kann.«

»Na ja. Es ist schon dunkel. Ich geh jetzt lieber.« Sie stand auf, schwankte leicht und musste sich an der Kette der Verandaschaukel festhalten.

»Alles in Ordnung, Liebes?«

»Ich muss ins Bett. Hab morgen Schule.«

Jessie küsste sie auf die Schläfe und genoss den kurzen Kontakt. Nachdem Lila hinaufgegangen war, räumte Jessie unten auf, begleitet vom geschäftigen Wispern des Geschirrspülers. Sie hörte ein Auto, sah aber niemanden kommen, also wandte sie sich wieder ihrem Wischtuch und der Arbeitsplatte zu. Gepolter und Geschrei drangen von oben zu ihr herunter, als Luz und Ian ihre Kinder zu Bett brachten.

»Gute Nacht, alle miteinander«, rief sie vom Fuß der Treppe aus. »Ich geh jetzt rüber in meine Hütte.«

»Bis morgen früh«, rief Luz zurück.

»Ich nehme den angebrochenen Merlot mit«, sagte Jessie

und stopfte den Korken auf die Flasche, die sie und Luz zum Essen geöffnet hatten.

»Nur zu«, erwiderte Luz. Dann wurde ihr Ton drohend. »Owen Earl Benning, du bringst auf der Stelle diese Kröte nach draußen.«

Jessie ging mit ihrem Neffen hinaus und wartete, während er etwas in die hohlen, zusammengepressten Hände flüsterte; sie kniete sich mit ihm hin und sah zu, wie etwas hüpfend und raschelnd in den Blättern verschwand.

»Was hast du da geflüstert?«, fragte Jessie.

»Ich habe ihm gesagt, dass er es nicht persönlich nehmen soll. Mom mag so was nicht. Du hättest sie hören sollen, als ich die Erdnatter mit reingenommen habe.«

Jessie beugte sich vor und küsste ihn auf den Kopf. »Tu mir einen Gefallen. Keine Schlangen mehr im Haus.«

»Okay.« Er wischte sich die Hände an der Schlafanzughose ab und ging hinein.

Ein starker Rosenduft drang ihr in die Nase, und Jessie überlief ein Schauer. Sie fragte sich … konnte das sein? Sie ging ans andere Ende der vorderen Veranda, um nachzusehen, ob Luz' Alte Rose dort noch wuchs. Sie hatte diese Kletterrose gepflegt, solange Jessie zurückdenken konnte, und behauptet, sie sei unsterblich. Selbst mitten im Winter, wenn bitterkalte Stürme aus dem Norden über Texas hinwegfegten, klammerte die Alte Rose sich an die Veranda. Sie gab vielleicht einmal ein paar Blätter auf, jedoch nie sich selbst. Und tatsächlich, sie hatte überdauert. Jessie starrte angestrengt in die Dunkelheit und sah cremeweiße Blüten in der kühlen Brise nicken. So spät im Jahr waren diese Blumen nichts Besonderes, aber ihr Duft war absolut himmlisch. Jessie pflückte eine von dem Busch, um sie mit in ihre Hütte zu nehmen.

Als sie den Pfad durch das Wäldchen betrat, merkte sie, dass sie sich noch immer vor der Dunkelheit fürchtete. Mit klopfendem Herzen konzentrierte sie sich auf den Lichtschein von der Veranda vor der Hütte. Es war nur ein kleiner, heller Punkt, aber genug, um sie sicher durch den Wald zu führen.

Sie schloss die Augen, und das Licht verschwand. Beinahe sofort stolperte sie und fiel auf die Knie. Irgendwie schaffte sie es, die Weinflasche zu retten, doch der Sturz ließ ihre Zähne schmerzen, und sie schrammte sich die zarte Haut an den Knien auf.

»Verdammt noch mal«, brummte sie. »So eine verdammte Scheiße.« Sie rappelte sich auf und ging weiter auf die Hütte zu, konzentrierte sich ganz auf das Licht und zwang sich, an etwas anderes zu denken. Sie fühlte sich hilflos, leer, und sie war unzufrieden mit dem Gespräch, das sie eben mit Lila geführt hatte. Jessie wusste nicht, was sie eigentlich erwartet hatte – dass sie wie durch Zauberhand auf einmal die besten Freundinnen sein würden? –, aber tatsächlich waren sie Fremde, verbunden durch ihr Blut und vielleicht ein paar geheimnisvoll durchschimmernde Ähnlichkeiten. Lila war Jessie, als sie in diesem Alter gewesen war, unheimlich ähnlich. Auch Jessie hatte sich oft nachts rausgeschlichen, um durch die Gegend zu fahren oder sich nur auf den Steg zu setzen und Gras zu rauchen, manchmal ganz allein, bis Luz irgendwann aufwachte und sie wieder ins Haus scheuchte. Worüber hatten sie damals gesprochen? Was hatte Jessie damals aufgemuntert?

Ganz darauf konzentriert, einen Fuß vor den anderen zu setzen, schob Jessie sich durch den dunklen Tunnel zwischen den Bäumen auf den Lichtschein zu. Sie wusste, dass sie zu lange aufbleiben würde, denn sie war ganz aufgekratzt von diesem Tag, um sich bald zu entspannen. Wer wäre das nicht, nach einem so erlebnisreichen Tag? Dennoch war da diese Hilflosigkeit, diese Leere. Angst und Sorge um ihre Pläne für die Zukunft.

Eine verschwommene Gestalt löste sich aus den Schatten und kam rasch auf sie zu. Jessie holte schon tief Luft, um zu schreien, doch bevor sie einen Laut herausbrachte, lachte er ihr ins Gesicht.

»Den wolltest du doch wohl nicht ganz allein trinken, oder?«

»Matlock. Du hast mich erschreckt. Was tust du denn hier?«

»Ich dachte, du erwartest mich.«

»Wie kommst du darauf?«

»Ich sagte doch, bis später. Und jetzt ist später.« Sanft nahm er ihr die Weinflasche aus der Hand und hielt ihr die Tür der Hütte auf.

»Was, zum Teufel, machst du da?«

»Ich will ein Glas Wein mit meiner neuen Freundin trinken.«

Sie konnte nicht anders; sie musste lachen. »Nein, das wirst du nicht. Du gehst jetzt nach Hause. Und ich bin nicht ›deine Freundin‹, neu oder nicht. Ich habe dich nicht hierher eingeladen.«

»Klar hast du das.«

Sie lachte ungläubig auf. »Sie sind doch wirklich unglaublich, Mr. Matlock.«

»Du auch.« Er nahm ihr die Rose ab und blickte sich rasch in der Hütte um. »Hübsch«, sagte er, »aber es ist so stickig hier drin.« Er stellte die Rose in ein Glas mit Wasser, schob die Fenster hinter dem Fliegengitter auf, um die Nachtluft hereinzulassen, fand dann zwei Weingläser im Schrank und schenkte ihnen ein. »Nur fürs Protokoll, das hier ist keine Art ritueller Verführung, mit der ich beweisen will, dass ich bereit bin, mich wieder auf Frauen einzulassen.«

Eigentlich hörte sich rituelle Verführung gar nicht mal schlecht an. »Was ist es denn?«

Er reichte ihr ein Glas Wein und stieß sacht mit ihr an. »Ein Anfang. Und zwar ein richtig guter.« Sein fesselnder Blick wich keinen Augenblick von ihrem Gesicht, während er seinen Wein trank.

Ein Anflug von Panik überkam Jessie. »Was meinst du damit?«

»Ich meine uns.« Er grinste – dieses gemächliche, aufregende Grinsen, das sie den Rest der Welt vergessen ließ. Ohne Vorwarnung legte er eine Hand in ihren Nacken, zog sie zu sich heran und drückte die Lippen auf ihre. Und trotz ihrer umfangreichen, manchmal bedauerlichen Erfahrungen mit Männern, war Jessie noch nie so geküsst worden. Dieser Kuss war direkt, fordernd, mit offenen Lippen. Ein flatternder Vorstoß seiner Zunge vermittelte eine Schwindel erregende Andeutung von Sex, doch nicht mehr.

Wie konnte all das in einen Kuss passen, der nur drei Herzschläge lang gedauert hatte? Doch noch bevor ihre Gedanken ihre galoppierenden Gefühle einholten, wusste sie genau, was er vorhatte. Sie schmeckte es auf seinen Lippen, fühlte es in seiner festen, bestimmten Umarmung. Genau in dem Moment, als sie sich entspannte, nur zu bereit, ihm nachzugeben, brach er den Kuss ab.

»Na ja, also ungefähr das schwebt mir vor.«

Sie musste sich irgendwie behaupten. Obwohl sie weiß Gott keine Mimose war, was rein sexuelle Affären anging, hatte er ihr mit diesem Kuss noch etwas Neues gezeigt. Sie hatte einen furchtbar trockenen Mund, sagte aber trotzdem: »Und was ist damit, was mir vorschwebt? Oder ist das nicht wichtig?«

Er lachte, legte einen Finger unter ihr Kinn und erinnerte sie daran, dass ihr noch immer der Mund offen stand. »Süße, ich weiß genau, was dir vorschwebt. Und du kannst mir glauben, dass mir das sehr wichtig ist.«

Und dann küsste er sie. Dieser Kuss war wie der Erste, ein Kuss, von dem sie geglaubt hatte, sie würde ewig nur davon träumen können. Und er wurde noch besser – ihr bester Kuss überhaupt. Seine Lippen waren zart und schmeckten süß vom Wein, und sie machten beharrliche, stumme Versprechen. Seine Intensität schlug sie in Bann. Sie wurde von dem unstillbaren Hunger befallen, der sie vor Jahren überkommen und sie dazu gebracht hatte, die ganze Welt zu bereisen. Aber jetzt war alles anders. Dieser Hunger nach ihm ging so viel tiefer und war deshalb nur umso trauriger. Sie wollte ihn so sehr, dass es sie nicht kümmerte, was der Morgen bringen würde.

Doch die Ehre verlangte, dass sie ihn zumindest warnte. »Ich kann nicht das sein … was du dir von mir wünschst.«

»Was glaubst du denn, was ich mir wünsche, Jessie?«

»Jemanden, der an einem Ort bleiben kann, der ein ernsthafter Teil deines Lebens werden kann.«

»Das mit uns *ist* doch ernsthaft.«

»Ach ja?«

»Wir sind uns gerade einig geworden, miteinander zu schlafen. Ich habe vor, das sehr ernst zu nehmen.«
Er grinste wieder, und sie schmolz noch mehr dahin. Es kam ihr vor, als durchliefen sie diesen Ritus der Werbung im Schnellgang, und der hungrige, drängende Teil von ihr war froh darum, denn sie hatte keine Zeit, die Sache langsam angehen zu lassen. Sie spürte, wie sehr er sie wollte, genauso sehr, wie sie ihn.
Sie fühlte, dass sich in ihr etwas regte, nachgab. Die Luft erschien ihr dicht und lebendig und pulsierte von seinen nächsten Worten, noch bevor er sie aussprach.
»Es war nicht leicht, und es war ganz bestimmt nicht angenehm, aber in den letzten zwei Jahren habe ich festgestellt, dass ich nur ein ganz normaler Mann bin, der sich verliebt hat, der eine tolle Frau geheiratet und sie dann verloren hat. Aber ich werde wieder leben.« Mit zwei großen Schritten durchquerte er den Raum und streckte ihr die Hand entgegen. »Und ich werde wieder lieben – vielleicht sogar besser als beim ersten Mal.«
»He, nun mal langsam. Das klingt arg danach, als wolltest du nur über etwas hinwegkommen.«
»Nein. Es ist etwas mit mir geschehen, als ich dich getroffen habe. Ich glaube, du hast es auch gespürt.«
Sie biss sich auf die Lippe, denn sie konnte es nicht abstreiten. Das hier war verrückt, aber er war so unglaublich. Einfach nur bei ihm zu sein, erlaubte ihr einen Blick in eine andere Welt voll kostbarer, ruhiger Sicherheit.
»Also«, sagte er, »falls ich den Eindruck mache, ich hätte es eilig, dann liegt das vielleicht daran, dass ich so lange gewartet habe.«

Ihre Finger zitterten, als sie seine Hand ergriff und aufstand. »Du bist dir deiner selbst sehr sicher.«

»Das ist der Pilot in mir. Ich treffe meine Entscheidungen schnell, und ich kann es mir nicht leisten, dabei falsch zu liegen.« Er zog sie durch die Tür ins Schlafzimmer und drückte sie gegen die Wand, begann, ihr vorn geknöpftes Kleid zu öffnen.

»Und was sagt dir dein Instinkt?«

Er zog das Kleid über ihre Schultern hinab und ließ es zu Boden rutschen. »Dass du die Richtige bist.«

Sie fühlte sich gefangen, verletzlich, eingeklemmt zwischen der Wand und seinem Körper, zwischen seinen Erwartungen und ihren Einschränkungen. Was sah er nur in ihr, zwei Jahre nach dieser Tragödie, die jedem Mann das Herz brechen musste? Was sah er in ihr, dass er ihr in die Augen schauen und so etwas sagen konnte? Ihr wurde klar, dass sie auch mehr von ihm erfahren, ihn kennen lernen wollte, doch sie fühlte sich verpflichtet, ihn abzuschrecken. »Ich bin nicht gut für dich.«

»Das lass mal meine Sorge sein.«

»Ich bin eine wandelnde Zeitbombe. Glaub mir, es wäre ein schwerer Fehler, sich auf mich einzulassen.«

»Was meinst du damit, eine Zeitbombe?«

»Ich werde … ich habe Pläne, die keinen Raum für irgendetwas anderes lassen. Ich kann nicht hier bleiben. Das muss dir klar sein. Verstehst du, ich … ich lasse kaum jemanden wirklich nah an mich heran. Und ich tue das nicht aus böser Absicht, aber … ich gehe und lasse immer irgendetwas zurück.«

»Vor einer Herausforderung habe ich mich noch nie gedrückt.« Er hakte ihren BH auf und warf ihn beiseite, beugte sich dann hinab und küsste ihre nackten Brüste. »Schönes Tattoo.«

»Ich will dich nicht herausfordern.« Was sie wollte, war, sich mit Haut und Haaren in ihn zu verlieben, aber sie durfte nicht so grausam sein. Sie würde nicht mehr lange bleiben. Sie hatte keine andere Wahl. »Das ist mein Ernst«, sagte sie mit schwacher Stimme. »Ich kann nicht hier bleiben – nicht einmal deinetwegen.«

»Ich mache dir einen Vorschlag. Du hörst auf, dir darüber den Kopf zu zerbrechen, und ich halte die Klappe und mache Ernst.« Er zog eine Packung Kondome aus der Tasche und ließ sie auf den Nachttisch fallen.

»Ich kann nicht aufhören, mir den Kopf zu zerbrechen.« Doch noch während sie sprach, schloss sie die Augen und gab sich den himmlischen Genüssen hin, die seine Lippen und Hände ihr bereiteten. Das war mehr als bloße Lust; es war eine Entdeckung. Und sie entdeckte nicht nur ihn – wie er schmeckte und roch, seine umwerfende Nähe. Sie lernte auch Dinge über sich selbst, die sie gar nicht gewusst hatte, die vielleicht in ihrer Jugend verloren gegangen waren. Sie prägte sich genau ein, wie er sich anfühlte, schmeckte, roch, sein ganzes einmaliges Wesen, und das hatte eine verheerende Wirkung. Sie merkte, dass er sie umdrehte und sanft aufs Bett sinken ließ.

»Schön, dann lieg einfach da und lass mich dich lieben. Vertrau mir, es wird dir gefallen.«

Kapitel 21

Jessie strahlte von innen heraus. Luz sah etwas wie ein Leuchten um ihre Schwester, als Jessie am nächsten Morgen die Küche betrat.

»Guten Morgen«, sagte Luz und stellte vier Pausenbrottüten in einer Reihe auf die Arbeitsfläche. »Du bist ja gut gelaunt.«

Jessies strahlendes Lächeln wurde zu einem melodischen Lachen. »Heute ist ein schöner Tag.« Sie ging zur Kaffeekanne, goss sich eine Tasse ein, fügte Zucker hinzu und so viel Sahne, dass der Kaffee auf die Arbeitsplatte überlief. Offenbar bemerkte sie es nicht, denn sie wandte sich ab, trat vor das große Fenster und blickte hinaus auf den See. Der Sonnenaufgang färbte das ruhige Wasser rosa und golden, und Nebel hing am Seeufer und in den Mulden. Auf der anderen Seeseite fuhr ein Pick-up davon.

Mit automatischen Bewegungen, wie ein Fließbandarbeiter, stellte Luz Pausenbrote her, wobei sie Jessie beobachtete. »Dieses Grinsen auf deinem Gesicht hat nicht zufällig etwas mit einem gewissen Piloten zu tun, der die Nacht bei dir verbracht hat, oder?«

»Könnte schon sein. Aber er war auch zufällig nicht der Erste, der mich im Morgengrauen wieder verlassen hat.«
»Der kommt wieder. Ich habe ihn gestern Abend beobachtet. Ich weiß Bescheid.«
Jessie drehte sich um, und ihre schmale Silhouette zeichnete sich im Gegenlicht ab. Sie trug einen exotischen Seidenpyjama – tief hängendes Höschen und ein sehr knappes Oberteil –, und in diesem Licht sah sie so frisch und unbekümmert aus wie vor vielen Jahren, wie eine College-Studentin, die ein ganzes Leben vor sich hat.
Luz rang mit einem alten, vertrauten Dämon: Neid. Jessie war nicht schön; sie war überirdisch. Sie besaß so viele Gaben, und all das fiel ihr in den Schoß. Aber wie immer bekämpfte Luz den Dämon mit ihrer stärksten Waffe. Sie liebte ihre Schwester. Wie konnte sie zulassen, dass Neid diese Liebe trübte?
Das Prasseln der Dusche oben im Bad und das viel zu laut aufgedrehte Radio sagten ihr, dass Lila aufgestanden war und es ihr offensichtlich ernst damit war, heute zur Schule zu gehen. Noch ein Problem – Jessie erwartete eine Antwort. Die Diskussion wegen Lilas Adoption war nicht einfach fort. Sie zog ihre Kreise und wartete nur auf eine Möglichkeit, zu landen. Wenn das Leben wieder zur Normalität zurückgefunden hatte, würden die kreisenden Fragen wiederkommen. Wann sollten sie es Lila sagen? Was sollten sie ihr sagen? Und wie?
Doch heute Morgen schien Jessie in Gedanken ganz woanders zu sein; sie war in sich versunken. Locker aus dem Handgelenk verteilte Luz Brotscheiben wie Spielkarten. »So gut war er also, ja?«

Jessie schlang die Arme um sich. »O Mann. Du hast ja keine Ahnung.«

Luz stocherte geschickt mit dem Messer in einem Glas herum und holte die letzten Reste Erdnussbutter heraus. Stumm überlegte sie, wann sie zuletzt mit diesem besonderen, unverwechselbaren Strahlen nach einer fantastischen Liebesnacht aufgewacht war. Irgendwann letzten Juni?

»Auf einer Skala von eins bis zehn«, sagte Jessie, »war er ungefähr eine achtundneunzig.«

Luz ließ kleine Chipstüten in jede der aufrecht stehenden Papiertüten fallen, dazu Obst – heute Äpfel –, einen kleinen Pudding und einen Plastiklöffel. Vier Tüten, viermal Pausenbrot, vier Kinder, vier Gründe, Ian zu sagen: »Heute nicht, Schatz.«

Jessie lehnte sich an den Küchentresen, an dem Luz arbeitete. »Sieht aus, als würden heute alle wieder zur Schule gehen.«

»Ja, sogar Scottie. Er geht bis Mittag in den Kindergarten. Ich mache ihm auch Pausenbrot, wie den anderen, damit er sich ganz erwachsen fühlt.« Sie beugte sich vor und schrieb mit einem Kuli etwas auf Papierservietten.

»Was machst du da?«

»Kleine Briefchen für die Pausenbrottüten.« Sie sprach beim Schreiben und schloss jeden kurzen Gruß mit einem lächelnden Smiley und einem Herzchen ab. Dann steckte sie in jede Tüte eine Papierserviette, versah die Tüten mit den Namen der Kinder und spürte, dass Jessie sie beobachtete.

»Was denn?«

»Das machst du jeden Tag.«

»An jedem Schultag.«

»Vier Lunchpakete.«
»Eines für jedes Kind. Manchmal kriegt Ian auch eines mit.«
»Du bist erstaunlich, Luz. Das fand ich schon immer.«
Luz konnte nicht anders; sie lachte. »Und dafür habe ich nun fast vier Jahre lang studiert.« Sie trat an den Fuß der Treppe und rief: »Seid ihr alle auf?«
»Jawohl, Ma'am.« Scotties schrille Stimme. Uralte Leitungen pfiffen und stöhnten, als Lila die Dusche abstellte.
Die Pausentüten waren fertig, also machte Luz Frühstück, stellte Krüge mit Milch und Saft auf den Tisch und verschiedene Sorten Müsli und Frühstücksflocken.
»Übrigens, Amber ist auch in Scotties Kindergarten bei der Kirche«, sagte sie. »Dusty hat sie für die Krabbelgruppe angemeldet. Möchtest du Scottie heute Morgen hinfahren?«
Jessie wandte sich rasch ab, um ihre Kaffeetasse wieder aufzufüllen. »Amber besucht heute ihre Großmutter in Austin.« Sie neigte die Kanne und verschüttete zum zweiten Mal Kaffee auf der Arbeitsplatte. »Und ich fühle mich am Lenkrad noch nicht ganz wohl. Ich habe mich so daran gewöhnt, auf der anderen Straßenseite zu fahren.«
»Schon gut. War nur so eine Idee.« Luz wischte den Kaffee auf.
Jessie trank und starrte vor sich hin. »Und, wie fandest du Amber?«
Luz musterte ihre Schwester. Jessie war nie eine feste Bindung eingegangen, nicht einmal mit Simon. Vielleicht, vielleicht würde es mit Dusty klappen. Wenn er und Amber es nicht schafften, das Herz ihrer Schwester zu gewinnen, wer dann? »Sie ist ein Engel. Und diese beiden Männer behandeln sie auch so. Gibst du mir bitte mal den Zucker, da

rechts neben dir im Regal? Ich muss die Zuckerdose auffüllen.«

»Klar.« Jessie hob die Hand, nahm den Aluminiumbehälter herunter und schob ihn über die Arbeitsfläche. Während Luz Zucker umfüllte, holte Jessie noch etwas von dem Regal.

»Ist es das, wofür ich es halte?«

Luz spürte ein Prickeln, eine unangenehme Vorahnung, dass Jessie etwas Privates ausgegraben hatte. Sie zwang ihre Hände zur Ruhe, füllte die Zuckerdose und trug ihren Kaffee zum Tisch, um vor dem großen Ansturm noch einen Schluck zu trinken. Jessie folgte ihr und brachte den Schatz mit, den sie gefunden hatte.

»Den hatte ich ganz vergessen«, bemerkte Jessie.

»Ich auch«, gestand Luz. »Gewissermaßen.«

»Unser Wunschpokal.« Jessie hob den Deckel des alten, gravierten Metallbehälters und steckte die Hand hinein.

Bei diesem Anblick stürmten Erinnerungen auf Luz ein. Ihre Mutter hatte diese Trophäe von einem Turnier mit nach Hause gebracht. Der Pokal war graviert mit den Worten »Längster Drive«, dazu Ort und Datum. Fandango Woods, 9. September 1974. Das war wahrscheinlich die hässlichste Trophäe, die ihre Mutter je gewonnen hatte, und sie wäre zweifellos auf dem Speicher gelandet, wenn sie nicht einen Deckel gehabt hätte. Mom hatte sie nicht besonders gemocht, weil sie das Turnier nicht gewonnen hatte.

Damals, neunzehnhundertvierundsiebzig, war ein besonders schlechtes Jahr gewesen. Ihre Mutter hatte kaum etwas gewonnen und die Qualifikation für die Tour nicht geschafft. Luz wusste noch, wie sie in der Schulcafeteria in der

Schlange gestanden hatte mit den hellblauen Kärtchen in der Hand, die sie als Berechtigte für die kostenlose Essensausgabe auswiesen.
Luz war die Einzige von den dreien, die sich den Tatsachen stellen konnte. Ihre Mutter schützte ein Dutzend Gründe vor, weshalb sie nicht zum Sozialamt gehen und sich für Lebensmittelmarken anstellen konnte. Luz war zwar noch ein Kind, aber sie war diejenige, die ihren Stolz überwinden und die Formulare zum Amt bringen musste. Sie erfand Ausreden für ihre Mutter und behauptete, sie sei verreist, krank, könnte einfach nicht kommen. In der Schule biss sie die Zähne zusammen und setzte ihre blauen Marken ein. Jessie neigte eher dazu, das Schulessen ausfallen zu lassen und sich im nächsten Supermarkt einen Schokoriegel und eine Dose Limo zu klauen.
Eines Morgens flickte Luz gerade ihr Lieblings-T-Shirt, hier in derselben Küche, an diesem alten, zerschrammten Tisch, als ihre Mutter die Nicht-Ganz-Trophäe vom Regal holte und erklärte: »Das hier ist ein Wunschpokal.«
Jessie, immer die spontanere von beiden, fragte sofort: »Darf ich mir was wünschen?«
»Dazu ist er ja da.« Mom reichte ihnen beiden ein Stück Papier, einen Stift und eine Münze. »Aber das ist nicht umsonst. Ihr schreibt euren Wunsch auf den Zettel, wickelt einen Penny darin ein und werft ihn dann hier hinein. Wenn der nächste Scheck kommt, ziehen wir einen Wunsch und erfüllen ihn.«
Und so entstand eine Tradition. Die Mädchen warfen ihre Münzen, in Wünsche gewickelt, in den Pokal. Jessie nahm die Sache sehr ernst und flüsterte sogar noch ein Gebet über

ihren Wunsch, bevor sie ihn küsste und abschickte. Manchmal, wenn es gerade richtig gut lief, erinnerte Mom sich an ihr Versprechen. Die Kinder durften die Augen schließen und einen Wunsch ziehen.

Die Wünsche, die sie auf die kleinen Zettel schrieben, waren manchmal recht präzise – ein verstellbares Nikkor-Stativ; manchmal versponnen – ein Einhorn; manchmal unwichtig – ein Album von Captain and Tenille; manchmal schmerzlich – einen Daddy; und oft unmöglich – Weltfrieden. Doch sogar bis in ihre späte Jugend und darüber hinaus hatten sie die Tradition aufrechterhalten.

Es war Luz gewesen, die eines Tages von ihrem Nebenjob bei Edenvilles Heavenly Haven of Cloth, wo sie Stoff zuschnitt, nach Hause gekommen war und »ein Studium« eingeworfen hatte.

»Macht ihr das also immer noch?«, fragte Jessie und holte Luz in die Gegenwart zurück. »Werft ihr immer noch Wünsche ein?«

Luz trank einen Schluck schwarzen Kaffee. »Manchmal. Aber bei vier Kindern sind immer mehr Wünsche vorhanden als Möglichkeiten, sie zu erfüllen. Ian verdient kein Vermögen. Er bringt sein Gehalt nach Hause, und das ist meistens schon ausgegeben, bevor er den Scheck zur Bank tragen kann.« Es war unglaublich, wie viel das einfache, alltägliche Leben verschlang.

»Na ja, das ist doch der Sinn der Sache«, entgegnete Jessie. »Es muss immer mehr Wünsche geben, als man überhaupt erfüllen könnte. Darin liegt die Kraft von Wünschen.« Sie nahm den Deckel von der hässlichen Trophäe. »Dann wollen wir mal sehen.« Sie griff hinein, holte einen eng gefalteten

Zettel hervor, öffnete ihn vorsichtig und schob ihn über den Tisch.

Luz warf einen Blick darauf. »Wyatts hundertste Bitte um eine Sony PlayStation. Ich hoffe ja immer, wenn wir es nur lang genug aufschieben, will er vielleicht gar keine mehr, oder sie erfinden etwas Billigeres. Aber der Handschrift nach ist der Zettel ziemlich neu.«

»Probieren wir's noch mal.«

Auf dem nächsten war ein rätselhaftes Symbol, vermutlich von Scottie hingekritzelt. »Keine Ahnung«, sagte Luz. »Entweder eine Ratte oder ein Krazy-Strohhalm.«

Der nächste Zettel, den sie entfalteten, trieb Luz die Röte in die Wangen. »Das ist … na ja, eben Ian.« Bevor sie ihn zerknüllen konnte, schnappte Jessie ihn ihr weg und hielt ihn in einem seltsamen Winkel vor sich hin, um ihn zu lesen. »Da steht nur ›blasen‹. Soll das heißen, was ich denke, dass es –« Sie brach in Lachen aus. »Typisch Mann. Er gibt die Hoffnung nie auf.«

War Ian typisch? Luz wusste es nicht recht. Er war der erste und einzige Mann, den sie je geliebt hatte. Die Jungs an der Highschool hatten ihre fleißige, überlegte Art als streberhaft verachtet. Luz sah sechzehnjährige Mütter quengelnde Babys durch den Supermarkt schleppen und schwor sich, niemals in die Falle zu tappen und sich ein Kind aufzuhalsen. Diesen Schwur zu erfüllen, bedeutete auch, sich von Jungs und wilden Partys fernzuhalten.

Stattdessen hatte war Jessie in die Falle getappt, und Luz hatte sich ihr Kind aufgehalst. Bei diesem Gedanken bekam sie ein schlechtes Gewissen, also verscheuchte sie ihn rasch. »Weiter.«

Jessie hörte auf zu kichern und wickelte den nächsten Wunsch aus. »Das ist von Lila.« Auch Luz erkannte die schwungvolle, schöne Schrift ihrer Tochter.
»Und, was steht drauf?«
»Ein richtiges Tattoo.«
»Na, das ist doch kein Problem.«
Luz warf einen Blick auf den Rand der bernsteinfarbenen Tätowierung, die unter dem Schlafanzug-Oberteil ihrer Schwester hervorschaute. »Kommt nicht in Frage.«
Jessie bemerkte ihren Blick nicht und zog einen weiteren Wunsch heraus.
Luz erkannte ihre eigene, hastige Schrift. »Meinen Abschluss.«
»Deinen Uni-Abschluss?«, fragte Jessie nach.
»Ja. Einen Bachelor of Arts, vorzugsweise summa cum laude. Noch elf Punkte, und ich hätte ihn. Ich wette, dieser Zettel liegt da schon seit über zehn Jahren drin. In letzter Zeit ist das nur noch eine Sammeldose, in der ich Kleingeld aufbewahre, weiter nichts.«
»Du bewahrst hier drin deine Träume auf. Du solltest hingehen und ihn dir holen.«
»Ans College? Einfach so?« Luz lachte. »Klar doch. Ich sage einfach Ian, er soll seine sämtlichen Verhandlungstermine absagen, damit er auf die Kinder aufpassen kann, gebe den Hund irgendwo ab, verbiete Scottie, eine Mittelohrentzündung zu bekommen, zaubere aus dem Nichts ein paar Tausender herbei und ziehe in die Stadt, um die älteste Studentin der Welt zu werden.«
»Wenn es dir wichtig ist, tust du genau das.«
»Ich habe vier Kinder –«

»Und wie ist es dazu gekommen, Luz? Rein zufällig?«
»Wenn du's genau wissen willst, waren nicht alle geplant.«
Jessie erstickte beinahe an ihrem Kaffee. »He, einen Unfall kaufe ich dir noch ab. Immerhin war meiner sogar der erste. Aber du hast noch drei Söhne, Luz, und du bist nicht dumm. Babys waren dir eben wichtiger als ein Stück Papier.«
Darauf wusste Luz nichts zu erwidern. Ihre Reaktion auf jede ihrer Schwangerschaften war erst Schrecken gewesen, gefolgt von so intensiver Freude, dass es sie beinahe umwarf. Sie hatte es zutiefst genossen, schwanger zu sein und zu gebären, und sie hatte geschwollene Knöchel und Krampfadern als Ehrenmale betrachtet. Sie liebte das Stillen, wenn sie ganz in ihren eigenen warmen, milchigen Duft gehüllt war, und sie liebte das Gefühl, dass ihr Körper in der Lage war, unfehlbar genau das bereitzustellen, was das Baby brauchte.
»Wahrscheinlich habe ich mir eingebildet, ich könnte nicht beides haben«, erklärte Luz. Ihr Kaffee war kalt und bitter geworden, und sie schob die Tasse von sich. Dann griff sie über den Tisch und in den Pokal. Allein die Menge der zusammengefalteten Wünsche überraschte sie. Sie wühlte sich nach unten durch und zog einen heraus.
»Eine Reise nach Mexiko. Hm. Das ist deine Schrift, Jess.«
»Ach ja?«
»Das musst du geschrieben haben, bevor du verschwunden bist.«
»Diese Reise habe ich nie gemacht.«
»Deshalb ist sie noch hier drin. Aber du hast ja noch Zeit.«
Jessie knüllte den Wunsch zusammen und warf ihn beiseite. Luz wollte dasselbe mit ihrem Abschluss tun, doch im letz-

ten Moment wickelte sie den Zettel um einen Penny, drückte ihn nach ihrem uralten Ritual an die Lippen und warf ihn wieder in den Pokal. Dann holte sie einen Stift und den Notizblock für ihre Einkaufslisten. »Wünschen wir uns was, Jess.«
»Gut.« Jessie kritzelte etwas, wobei der Stift über den Rand ihres Zettels hinausglitt und den alten Pinienholztisch verschmierte.
»Himmel, du solltest mal deine Augen überprüfen lassen, Jess.«
»Weißt du, ich –«
»Ich bin spät dran«, sagte Lila, die die Treppe heruntergetrampelt kam. »Keine Zeit zum Frühstücken.«
Luz schoss hoch, schloss eine Papiertüte und legte sie in Lilas Schultasche.
Lila sah hübsch aus. Sogar schön, obwohl ihr Haar noch nass war. Und obwohl in ihrem Zimmer ständig das Chaos herrschte, schaffte sie es immer, so auszusehen, als sei sie gerade einem Modekatalog entstiegen.
»Du hast noch sieben Minuten, bis der Bus fährt.« Luz merkte sofort, dass sie etwas Falsches gesagt hatte. Sie wusste es, noch bevor ihre Tochter die Schultern anzog und ihr einen finsteren Blick zuwarf. Lila fuhr nicht mit dem Bus. Seit Beginn des Schuljahres hatte Heath Walker sie jeden Tag abgeholt. Sie fuhr stets in seinem roten Jeep zur Schule, umgeben von Prestige und Anerkennung, die ihr viel zu wichtig waren.
»Vielleicht lernst du ja im Bus ein paar neue Leute kennen.« Ein lahmer Versuch, aber Luz konnte nicht anders.
»Toll, Mom.«

»Einen schönen guten Morgen, meine Hübsche«, sagte Jessie.

Lila runzelte die Stirn. »Hm.«

»Ich habe eine bessere Idee, wie wir die Gute zur Schule bringen«, sagte Jessie. »Ich trete sie in den Hintern, von hier bis vor die Schultür.«

»Gute Idee«, sagte Luz.

Lila betrachtete ihr Spiegelbild in der Glastür. Obwohl sie ein tapferes Gesicht aufsetzte, lagen ihre angespannten Nerven beinahe blank. Luz konnte es spüren, wie ein Kraftfeld, das ihre Tochter umgab.

Die Rohre ächzten, als Ian die Dusche anstellte, und Luz spürte einen Anflug von Ärger. Hätte er denn nicht an diesem besonderen Tag warten können, um seiner Tochter alles Gute zu wünschen, bevor sie zur Schule ging? Sie hatte einen schrecklichen Unfall überlebt, der die gesamte Schule in Aufruhr versetzt hatte. Sie brauchte jedes bisschen Liebe und Unterstützung, das sie nur aufbringen konnten. War Ian das denn nicht klar?

»Süße, wir wissen, dass das für dich nicht leicht sein wird. Ich kann dir gar nicht sagen, wie sehr ich es bewundere, dass du dein normales Leben so bald schon wieder aufnimmst.« Innerlich wand sie sich über ihre Phrasendrescherei. Sie hörte sich ja an wie eine Kummertante im Radio.

»Ja doch«, brummte Lila.

»Ich bin auch stolz auf dich«, sprang Jessie ihr bei. »Und egal, was heute in der Schule passiert, das Leben geht weiter.«

Lila nickte und sah Luz von der Seite an. »Dieses Wochenende ist Homecoming.«

Homecoming war in einer Kleinstadt in Texas eine große Sache. Das jährliche Treffen ehemaliger Schüler war *das* Ereignis für die Football-Mannschaft, die Schule und die Stadt. Sogar die Tatsache, dass der Star-Quarterback der Edenville Serpents mit dem Auto verunglückt war, würde diese alte Tradition nicht außer Kraft setzen. Luz wusste, dass der Trubel am Freitag Abend den Ort zum Kochen bringen würde. Mädchen würden im Triumphzug durch die Straßen marschieren, an den Kleidern tellergroße künstliche Chrysanthemen in den Farben der Schule – Violett und Schwarz –, von denen so lange Bänder hingen, dass sie bis auf den Boden schleiften. Die Jungs würden auf den Wasserturm klettern, um das Jahr auf den bereits über und über mit Graffiti verzierten Wassertank zu sprayen. In der Bäckerei würde es nur noch Kekse und Gebäck in Megafonform geben, und die Cheerleader würden die Häuser der Spieler mit bunten Bannern dekorieren.

Lila hatte es dieses Jahr in die zweite Truppe der Cheerleader geschafft.

Luz biss sich auf die Lippe, um Lila nicht daran zu gemahnen, dass sie Hausarrest hatte und weder zum Homecoming-Spiel noch zum Ball danach gehen durfte. Wozu sie jetzt auch noch schmerzlich daran erinnern, wo sie gleich zur Schule gehen würde?

»Wiedersehen«, sagte Lila hastig und stürzte zur Tür hinaus.

Seufzend setzte Luz sich wieder an den Tisch. Jessie schob ihr Papier und Stift hin. »Wünsch dir was, Schwesterherz.«

Kapitel 22

Lila hatte ihr ganzes Leben in Edenville verbracht, doch heute kam sie sich vor wie eine illegal eingereiste Außerirdische, während sie in einem Schulbus durchgeschüttelt wurde, der nach Diesel, Abgasen und Turnbeuteln stank. Sie starrte durch ein verschmiertes Fenster hinaus auf die Postkarten-Idylle des Hauptplatzes und erkannte, dass die Welt sich über Nacht geändert hatte. Als sie Edenville das letzte Mal gesehen hatte, war es mit den Augen eines Mädchens, das nur Sonnenschein und Lachen kannte, Freundschaft und Spaß. Nun kehrte sie als junge Frau zurück, die dem Tod ins Gesicht gesehen hatte. An diesem strahlenden Herbstmorgen kurbelten die Leute Markisen vor ihren Geschäften heraus, fegten den Bürgersteig und begrüßten einander lächelnd und winkend.

Wer waren diese Fremden, die so leichthin lachten und sorglos lebten, diese Leute, die nachts friedlich schliefen, statt davon zu träumen, dass sie in einem sich überschlagenden Jeep herumgewirbelt wurden wie Frösche in einem Mixer?

Niemand im Bus sprach mit ihr, doch sie fing jede Menge neugieriger Blicke auf, und hässliches Geflüster. Die anderen im Bus waren meist jüngere Schüler, die noch keinen Führerschein hatten, Jugendliche, die sich kein Auto leisten konnten, oder Verliererinnen, deren Freunde sie abserviert hatten. Der Bodensatz der Edenville Highschool.

Und nun saß Lila unter ihnen. Seit sie aus dem Jeep geholt worden war, war sie von der Welt abgeschnitten gewesen. Sie wusste nicht mehr, wo sie hingehörte, wo sie dazugehörte, und das war das schlimmste Gefühl auf der Welt. Was Heaths Mutter gesagt hatte – *Das ist allein deine Schuld* –, ging ihr Tag und Nacht nicht aus dem Kopf. Was, wenn Mrs. Hayes Recht hatte? Was, wenn Lila tatsächlich schuld war? Wenn sie in dieser Nacht nicht ausgegangen wäre und Heath nicht zum Rampen ermuntert hätte, wäre vielleicht niemandem etwas passiert. Sie sehnte sich danach, den Kalender schnell vorzublättern, sechzehn zu werden und dann für immer von hier wegzufahren. Sie hatte schon ihren vorläufigen Führerschein, und sobald sie die Fahrprüfung bestanden hatte, würde ihr Dad ihr den alten Plymouth Arrow schenken, der in einem Schuppen hinter dem Haus stand, seit sie klein war.

Sie wich den Blicken und dem Geflüster aus wie Papierkügelchen von Gummibandschleudern und wünschte sich, heute sei ein Tag wie jeder andere: Dass Heath mit ihr zur Schule fuhr und ihre Position auf der unsichtbaren, aber ach so wichtigen Beliebtheitsskala stärkte. Nun lebte sie wie im Knast, von allem abgeschnitten, und wusste nicht einmal, wo er war – zu Hause oder noch im Krankenhaus, oder ob er heute vielleicht sogar zur Schule kommen würde. Ihre Mutter bewachte das Telefon wie ein scharfer Rottweiler und hatte sogar das Modem an sich genommen, damit Lila keine E-Mails lesen oder Textnachrichten empfangen konnte.

Als der Bus über die Straße vor der Schule rumpelte, fühlte Lila sich völlig verloren. Es war, als wäre sie eben aus einem fremden, weit entfernten Land zurückgekehrt, in dem es kein Telefon gab.

Edenville High – Heimat der Fighting Serpents – war eine typische, altmodische amerikanische Highschool, wie man sie in nostalgischen Filmen oder im Reiseführer sah; der *AAA Driving Guide* etwa bezeichnete Edenville als ein »von der Zeit vergessenes Städtchen«. Vor der Schule wuchsen Magnolien und Lebenseichen. Das Gebäude aus rotem Klinker und Beton war sowohl imposant als auch auf eine zeitlose, traditionelle Art beruhigend. Es stand schon ewig hier und würde auch noch in vielen Jahrzehnten stehen.

Es war komisch, sich vorzustellen, dass ihre Mutter und ihre Tante auf diese Schule gegangen waren, obwohl das nun mal eine Tatsache war. Es gab sogar noch ein paar Lehrer, die die beiden früher gehabt hatten. Lilas Englischlehrer, Mr. McAllister, musste die Welt andauernd an die Ryder-Mädchen erinnern, und dass Lila den beiden glich bis aufs Haar. Letztes Frühjahr hatte Lila in den archivierten Jahrbüchern geblättert und festgestellt, dass »L.Ryder« vier Jahre hintereinander für die besten Fotos im Jahrbuch ausgezeichnet worden war. L stand für Lucinda. Seltsam. Man sollte doch meinen, dass Jessie damals die ganzen tollen Fotos gemacht hatte, weil sie ja immerhin als Erwachsene eine weltberühmte Fotografin geworden war. Aber nein, alle Porträts im Jahrbuch hatte Lilas Mutter aufgenommen. Es war total seltsam, in ihrer Mom irgendetwas anderes als ihre

Mom zu sehen, aber man müsste schon blind sein, um nicht zu merken, dass sie ein großes Talent zum Fotografieren hatte. Vielleicht hatte ihre Mom vor langer Zeit auch einmal daran gedacht, das professionell zu machen, als Beruf.

Lila hatte sie nie danach gefragt. Warum war es so schwer, sich vorzustellen, dass ihre Mutter auch eigene Träume haben könnte?

Dann fragte sie sich, ob es stimmte, was man so oft hörte – bis man mit der Highschool fertig war, hätte die Lebensaufgabe einen gefunden. Mr. Grimm, der Studien- und Berufsberater, sagte, dass die Begabungen und Neigungen, die sich während der Highschool herauskristallisierten, sehr wahrscheinlich den Zugang zu dem boten, was man mit dem Rest seines Lebens anfangen würde.

Lilas Begabungen und Neigungen kristallisierten noch vor sich hin – zumindest redete sie sich das ein. Ihr gefiel es, Cheerleader zu sein, sie mochte Independent-Music, Vintage-Klamotten und Doritos mit Nacho-Käse-Geschmack – wenn man einen Freund hatte, konnte man die nie, nie essen, weil man davon scheußlichen Mundgeruch bekam. Sie war gut darin, Räder zu schlagen und Flic-flacs vorzuführen, mit Heath Walker herumzuknutschen und ganz hinten im Klassenzimmer zu sitzen und sich unsichtbar zu machen.

Sie hatte keine Ahnung, wie diese Fähigkeiten ihr später im Leben nützlich sein sollten.

Am Rand des Parkplatzes kam der Bus spuckend und zuckelnd zum Stehen. Lila drängte sich durch den Gang und sprang hinaus, endlich frei. Hinter ihr flüsterte jemand, doch als sie hastig den Kopf drehte, sah sie nur zwei Mädchen, die sie kaum kannte, unschuldig an ihren Schultaschen herumfummeln. Dann fiel es ihr ein – die Rundliche war Cindy Martinez. Lila hatte einmal ihre Spanisch-Hausaufgaben abgeschrieben, und danach hatte Cindy versucht, sich mit ihr anzufreunden, doch Lila hatte ihr die kalte Schulter gezeigt, und Cindy hatte es aufgegeben.

Lila warf sich den Rucksack über eine Schulter und schleppte sich über den rissigen, buckligen Teer des Parkplatzes. Ganz in der Nähe kamen einige Schüler der Abschlussklasse an, die am so genannten »Schnellspurprogramm« teilnahmen und neben dem Unterricht noch berufsbildende Kurse absolvierten. Sie standen zusammen und organisierten Fahrgemeinschaften zum Llano Junior College im nächsten Ort. Einen Moment lang wäre Lila am liebsten mit ihnen weggefahren, um nie wieder zurückzukommen. Aber sie zwang sich, weiter auf die Schule zuzugehen.

Wie ein gewichtiges Gerücht trieb der Rauch heimlicher, geklauter Zigaretten an ihr vorbei. Ein Häuflein Goths und Alternativer drängte sich vor dem Westeingang zusammen, wo sich kein Mensch mit einem Funken Selbstachtung würde sehen lassen. Noch nie war Lila so stark aufgefallen, wie die Leute an dieser Schule sich voneinander absonderten und ihre Gruppen mit unsichtbaren Barrieren umgaben.

Vor dem Stadion entdeckte sie ein paar Freiwillige Helfer vom 4-H-Club. Sie hatten drei kleine, goldige Labradorwelpen dabei, mit grünen Deckchen, auf denen »Blindenführhund in Ausbildung« stand, damit die Leute sie in Geschäfte, Restaurants und Klassenzimmer ließen. Diese Kids waren schon ganz okay, aber irgendwie auch komisch, und sie grenzten sich ebenso ab wie die anderen. Sie züchteten nicht nur Ziegen und Kaninchen, sondern zogen auch Welpen von irgendeiner berühmten Zucht in Round Rock auf. Das lief so, dass ein Freiwilliger einen süßen kleinen Labrador adoptierte und sich um ihn kümmerte, ihn stubenrein machte, ihn lieb hatte, mit ihm aß und schlief und alles. Dann, wenn der Hund ausgewachsen war, gab er ihn an irgendeine Organisation in Austin ab, die ihn zum Blindenhund ausbildete. Lila kapierte das nicht. Warum sollte man einem Welpen so viel Liebe und Zuneigung schenken, wenn ihn dann doch jemand anderes bekam? Wie hielten die das aus? Allerdings, so erinnerte sie sich, schickten einige Leute vom 4-H-Programm regelmäßig Tiere, die sie selbst großgezogen hatten, praktisch auf die Schlachtbank, also tickten die vielleicht anders.

Als sie sich dem Haupteingang näherte, kribbelte es sie vor Erwartung. Das hier war ihre Schule, ihre Welt, der Platz, an den sie gehörte. Sie wagte sogar zu hoffen, dass Heath schon wieder da war und sie ihn heute sehen würde.

Schwarz-violette Fahnen hingen von den Eichen, die ihr Blätterdach vor dem Eingang ausbreiteten, und auf einem riesigen Banner stand GO SERPENTS! Das Homecoming-Wochenende würde wie geplant stattfinden, denn das hier war Texas, und niemand würde auch nur im Traum darauf kommen, dieses Ereignis abzusagen, nur weil der Vizekapitän der Mannschaft seinen Wagen geschrottet und irgendein Jugendlicher dabei ums Leben gekommen war.

Jetzt fiel Lila ein, dass sie ja Hausarrest hatte, und sie kannte ihre Eltern. Die würden nicht nachgeben. Aber sie hatten einen ziemlich tiefen Schlaf. Sie würde sich rausschleichen und mitfeiern. Heath würde es wieder gut gehen. Er würde ihr eine dieser albernen, riesigen Ansteckblumen schenken, die die Unterstützer der Schulmannschaft jedes Jahr verkauften, und sie würde ihr neues Kleid tragen, und diese Blume würde sie noch jahrelang aufheben, wie ein Museumsstück, mitsamt ihrem Plastikbehälter.

Sie jammerte zwar oft über die Schule, aber in Wahrheit gefiel es ihr dort sehr gut. Sie liebte den Lärm und das Lachen, die zweifelhaften Gerüche der Cafeteria und den Kaffeeduft aus dem Lehrerzimmer, die knisternd verzerrten Ankündigungen über die Lautsprecher, den kreidigen Geruch alter Klassenzimmer, die Wände voll alter Bücher, die Gänge mit ihren scheppernden Metallspinden.

Endlich lächelte sie. Sie freute sich, wieder da zu sein.

Sie hörte sogar einen Engelschor aus der Ferne singen. Mit leisem Schrecken merkte sie dann, dass das gar keine Engel waren, sondern der Edenville High Chorus for Christ. Das war ein Klub von Schülern, die zu Gott gefunden hatten, deren sauber geschrubbte Gesichter stets lächelten und deren Einstellung stets unerträglich positiv war.

Sie standen um den Flaggenmast vor dem Hauptgebäude. Die riesige amerikanische Flagge und die noch größere von Texas hingen beide auf Halbmast.

Dig, dachte sie, und ihr Lächeln erlosch, während sie weitereilte. Was sie dann sah, warf sie beinahe um. Sie hatte noch nie in ihrem Leben so viele Blumen gesehen. Sträuße aus dem Blumenladen, noch in Zellophan gewickelt, Gartenblumen in Marmeladegläsern, auf den Wiesen gepflückte Wildblumen – alle lagen, lehnten, standen in einer gewaltigen Pyramide um den Flaggenmast herum. In der Mitte ragte eine einzelne Sonnenblume auf, und eine zerzauste Krähe suchte sich gerade diesen Moment aus, um grob auf die Samen in der Mitte einzuhacken. Briefchen, Karten und Schnappschüsse, sogar schön gemalte Schilder steckten an den Sträußen, Teddybären, Footbällen und Trophäen. Lila entdeckte einen Kürbis, auf den irgendwer mit schwarzem Edding »Du fehlst mir, Dig« geschrieben hatte. Über diesem Haufen erhob sich wie eine groteske schwarz-violette Vogelscheuche ein Footballtrikot der Mannschaft an einem riesigen Holzkreuz. Das Trikot trug die Nummer 34 und den Namen »Bridger« in Blockbuchstaben auf dem Rücken.

»We are high on Jeee-sus«, sang der Chor. Sie hielten sich an den Händen und schwankten beim Singen hin und her, ganz ekstatisch mit geschlossenen Augen und zum Morgenhimmel erhobenen Gesichtern.

Lila beobachtete sie und spürte leisen Zorn aufsteigen. Als Dig noch gelebt hatte, hatten diese ach so heiligen Strahlesänger sich einen feuchten Dreck um Digs Seele geschert. Die Leute in diesem Klub waren ja so exklusiv, nur Weiße, die so taten, als ob es die farbigen oder mexikanischen Kinder und Leute wie die Bridgers, die in einer schäbigen Wohnwagensiedlung hausten, gar nicht gab – außer, wenn sie mal einen von ihnen brauchten, um ihn vorzuführen und zu beweisen, wie tolerant sie doch waren.

Aber nun, da Dig tot war, waren sie gern bereit, ihn für sich zu vereinnahmen.

Lilas skeptische Gedanken hatten offenbar die heiligen Gesänge gestört, denn als das Lied endete, drehten ein paar Sänger sich um und bemerkten sie.

Die Neuigkeit von Lilas Ankunft verbreitete sich wie ein Computervirus, doch ihre Aufmerksamkeit galt einzig und allein einer Person.

»Heath!« Erleichtert stieß sie seinen geliebten Namen aus. Sie eilte auf ihn zu. »Oh, Gott sei Dank, dass du da bist.«
Mit zwei Krücken stand er da, flankiert von zwei Schülern, die sie kaum vom Sehen kannte. Lila ignorierte die beiden und wollte ihn umarmen, doch die Krücken waren im Weg, und sie hielt sich zurück. Immerhin, er war hier, und er sah fantastisch aus.
Dann musterte sie ihn mit zunehmender Sorge. Normalerweise würde er sie jetzt umarmen, vielleicht sogar verstohlen küssen, und sie hoffte immer irgendwie, dass die Leute es mitbekamen, denn sogar auf Krücken war er der heißeste Junge der ganzen Schule.
Aber heute waren seine Augen wie Eis, pures Eis, und sein Blick ließ sie zurückprallen wie vor einer unsichtbaren Mauer.
»Heath?«, wiederholte sie, leise und fragend.
Er nickte kaum wahrnehmbar. »Hallo.«
Sein rechter Unterschenkel steckte in einer Art Hightech-Gips mit Klettverschlüssen. Ihre Zuversicht schwand. »Du hast dir also das Bein gebrochen.«
Hinter ihr schnaubte jemand empört.
Sie ignorierte es. »Heath, es tut mir so Leid, dass ich dich nicht anrufen konnte. Ich darf überhaupt nichts mehr. Meine Eltern lassen mich dieses Wochenende vielleicht nicht mal zur Homecoming-Feier. Aber ich verspreche dir, ich komm schon irgendwie raus.« Sie plapperte albernes Zeug, aber sie konnte nicht anders. »Ich lasse dich nicht im Stich.«
»Mein Bein ist gebrochen. Die Saison ist für mich zu Ende.«
»Aber wir können uns trotzdem das Spiel anschauen, und hinterher zur Party oder auf den Ball gehen.« Sie trat vor,

weil sie glaubte, wenn sie ihn berührte, würde das Eis brechen, und alles wäre wieder in Ordnung.
»Du kapierst es immer noch nicht, oder?«, fragte er.
Sie erstarrte. Ihr Magen war ein kalter Knoten. »Was denn?«
Er wies mit einer Krücke auf das Blütenmeer. Man erstickte fast an dem süßen Gestank verrottender Blumen. »Das ändert alles. Du kannst nicht so tun, als wäre nichts passiert.«
»Das tue ich auch nicht, aber wir müssen doch weiterleben und einen Weg finden, damit fertig zu werden.«
»Ich habe ihn schon gefunden«, erklärte er. »Ich habe Vergebung erlangt.«
Sie runzelte die Stirn. »Natürlich vergebe ich dir, Heath.«
»Das meine ich nicht.« Ein seltsam milder Ausdruck ließ sein Gesicht weich erscheinen, als er seine neuen Kameraden ansah. »Ich habe mein Herz Jesus Christus, meinem Erlöser, geöffnet.«
»Ach, um Himmels willen. Bist du etwa über Nacht ein ganz neuer Mensch geworden?«
Er funkelte sie an. »Ich habe Vergebung erlangt für das, wozu du mich in dieser Nacht gebracht hast.«
»Ich habe dich dazu gebracht, dich aus dem Haus zu schleichen? Ich habe dich dazu gebracht, zum Rampen zu fahren und dein Auto zu schrotten?« Lila war fassungslos. »Das ist ja mal eine feige Ausrede. Du bist gefahren, und wenn deine neue Frömmigkeit dir hilft, damit du dich weniger schuldig fühlst, prima. Aber ich lasse mich auf so einen verdammten Mist nicht ein.«
»Dann wirst du in die Hölle kommen. Aber allein.«
Gedemütigt und glühend vor Pein lief Lila weg; sie taumelte ein wenig, als hätte jemand sie geschlagen. Sie sah Tina Bor-

den, Vizekapitän der Cheerleader-Truppe, und die Erleichterung war ein Segen. Tina war mit zwei anderen Cheerleadern unterwegs. Cheerleader traf man so gut wie nie alleine an; sie fühlten sich nackt, wenn sie nicht von mindestens zwei Kameradinnen begleitet wurden.

»Hallo«, sagte sie und kratzte die letzten Reste Stolz zusammen. Wenn ihre Eltern sie beim Homecoming-Spiel nicht auftreten ließen, würde sie sterben. Einfach sterben. »Und, was ist mit dem großen Spiel?«

Tinas Augen wurden schmal. »Miss Crofter will dich sehen.«

Miss Crofter war die Sportlehrerin, die für die Cheerleader zuständig war. »Warum?«

»Du hast ein Spiel und zweimal Training hintereinander versäumt, das heißt, du wirst beim nächsten Spiel nicht dabei sein, auch wenn es das Homecoming-Spiel ist.« Tina und ihre Begleiterinnen gingen weiter, auf Digs Blumendenkmal zu.

»Hal-*lo-ho.*« Lila stapfte hinterher. »Ich war in einen schweren Autounfall verwickelt. Keiner kann behaupten, ich hätte geschwänzt oder so.«

Tina warf das lange Haar über die Schulter zurück. »Regeln sind nun mal Regeln.«

Die drei marschierten davon.

»Das ist doch lächerlich.« Aber sie hörten ihr nicht mehr zu. Flüsternd steckten sie die Köpfe zusammen, als sie sich dem Chor näherten.

Und da wusste Lila, dass sie nicht in die Hölle kommen würde. Sie war schon da. Blind vor Tränen, Tränen der Wut und der Demütigung, wandte sie der Schule den Rücken zu, und mit jedem Schritt fühlte sich ihr Rucksack schwerer an. Sie hatte keine Ahnung, wohin sie eigentlich wollte, sie konnte ja nicht mal sehen, wo sie hinging. Urplötzlich stieß sie mit einem großen Kerl in Uniform zusammen.

»Holla«, sagte er, trat beiseite und stützte sie mit einer Hand an der Schulter. »Ich will nur mit dir reden – kein Tackling vor neun Uhr früh, bitte.«

Sie blinzelte und versuchte, sich zurechtzufinden. Lederbraunes Hemd, ordentlich gebügelt. Irgendein Abzeichen auf der Brusttasche. »Wie?«

»Hast du mich denn nicht rufen gehört?«

»Was rufen?« Unter dem kreisrunden Abzeichen stand A. CRUZ.

Er nahm sie beim Ellbogen und führte sie zu einer Betonbank am Rand des Vorplatzes. »Vielleicht fangen wir noch mal ganz von vorn an.«

Nun wusste sie wieder, wo sie war. Er war vermutlich irgendein freiwilliger Feuerwehrmann oder Sani. Aber was sie wirklich wieder zu sich brachte, war sein Gesicht. Er sah aus wie der Lieblingssohn eines Filmstars – herrliches schwarzes Haar, weiße Zähne, sanfte braune Augen. »Gute Idee«, sagte sie.

Er reichte ihr ein Taschentuch – ein richtiges aus Stoff, säuberlich gefaltet. Niemand auf diesem Planeten trug noch ein Stofftaschentuch bei sich, oder? Sie konnte nicht verbergen, dass sie geweint hatte, also trocknete sie mit dem reinen weißen Tuch ihre Tränen. »Danke. Äh, soll ich dir das jetzt zurückgeben? Wär irgendwie eklig.«

»Du kannst es waschen und mir später wiedergeben. Aber dass du es auch ordentlich bügelst.«

Sein Grinsen sagte ihr, dass er nur Spaß machte. A. Cruz hatte eine tolle Stimme, ein tolles Grinsen, das sie verlegen und neugierig zugleich machte.

»Natürlich bügle ich es.«

Er streckte die Hand aus. »Andy Cruz.«

»Lila Benning.« Sie drückte kurz seine Hand und musterte dann die Uniform. »Gehst du hier zur Schule?«

»Ich mache dieses Jahr den Abschluss und arbeite außerdem freiwillig beim Rettungsdienst. Ich habe dir nachgebrüllt, du sollst bitte warten, weil ich glaube, wir haben noch Sachen, die dir oder deinen Freunden gehören – von dem Unfall. Ich war da.«

Sie starrte in sein Gesicht und erinnerte sich an die Minuten nach dem Unglück. Jemand mit einer Taschenlampe. Seelenvolle, besorgte Engelsaugen, die sie nicht allein ließen, nicht von ihr wichen. Eine Stimme, ruhig und sicher, wie man es von jemandem in seinem Alter nicht erwarten würde. *Die hier ist bei Bewusstsein. Beeilt euch mit der Trage.*

»Na ja«, sagte er, »an der Unfallstelle sind ein paar Sachen liegen geblieben, die lagern jetzt auf der Feuerwache. Hast du damals etwas verloren?«

»Du kannst dir gar nicht vorstellen, wie viel«, erwiderte sie.

»Vielleicht doch. Wenn du darüber reden möchtest ...«

Sie zögerte, ließ den Blick über sein Gesicht und die ordentlich gebügelte Uniform gleiten. Er war in der Abschlussklasse. Und engagierte sich freiwillig beim Rettungsdienst.

»Okay«, sagte sie. »Wäre vielleicht nicht schlecht.«

Kapitel 23

Jessie musste nach Austin zu einem Termin, den sie schon vor Wochen heimlich vereinbart hatte. Das Problem war nur, dass sich ihr Sehvermögen so rapide verschlechtert hatte – ans Autofahren konnte sie nicht einmal mehr denken. Es war schon eine gewaltige Herausforderung gewesen, die Kontaktabzüge und Bilder im Fotoladen zu machen. Dann hatte sich eine unerwartete Lösung gefunden – durch Nell Bridger, die Mutter des Jungen, der gestorben war. Offenbar hatte sie Blair LaBorde mitgeteilt, dass sie bereit wäre, für einen Artikel in der *Texas Life* über den Unfall zu sprechen. Nicht nur das, Nell und Blair kamen hier heraus, um die Fotos zu dem Artikel zu besprechen.

Jessie fand Luz in ihrer großen, sonnigen Küche, wo sie mit einer Hand die Küchentheke abwischte, während sie mit der anderen eine Glühbirne an der Hängelampe auswechselte.

Jessie spürte die Liebe zu ihrer Schwester wie einen scharfen, durchdringenden Stich. »Wie viele von meinen Schwestern braucht man, um eine Glühbirne auszuwechseln?«

»Nicht mal eine ganze.« Luz warf den Schwamm ins Spül-

becken. »Ich war schon multitaskingfähig, als man Fenster nur an Häusern kannte.«
Sie unterhielten sich bei einer Tasse Kaffee in der morgendlichen Ruhe, nachdem die Kinder zur Schule und Scottie in den Kindergarten gegangen waren, über Blairs Idee. »Zuerst konnte ich gar nicht glauben, dass Nell ihre Geschichte tatsächlich öffentlich machen möchte«, sagte Luz. »Ich meine, es war mir irgendwie unbegreiflich, mit dieser Trauer an die Öffentlichkeit zu gehen. Aber gestern Abend habe ich lange mit ihr geredet, und ich glaube, ich verstehe es jetzt. Sie will die Leute über dieses Hügel-Hopping informieren, vielleicht über gefährliche Freizeitvergnügungen von Teenagern im Allgemeinen. Das ist ihre Art, mit ihrem Verlust umzugehen.«
»Was halten die Eltern der anderen Kids davon?«
»Ich finde, es ist ihr gutes Recht, damit an die Medien zu gehen, und ich habe versprochen, sie zu unterstützen. Kathy Beemers Familie sieht das genauso – die Öffentlichkeit zu informieren, könnte ein Leben retten. Mit den Eltern von Sierra und Heath habe ich noch nicht gesprochen. Was meinst du, Jess?«
Sie erinnerte sich daran, wie sie sich in jener Nacht gefühlt hatte, als Luz sie geweckt und ihr gesagt hatte, Lila sei im Krankenhaus. Das war ohne Zweifel das entsetzlichste Gefühl, das sie je erlebt hatte – als sei ihr sämtliche Luft aus der Lunge gepresst worden, und sie könnte nie wieder atmen. »Ich kann nur sagen, dass ich das niemandem auf der Welt wünschen würde. Also hat Nell wohl Recht. Wenn auch nur ein Kind gerettet wird, weil die Leute in Zukunft Bescheid wissen, dann ist es das sicher wert.«

»Gut, denn sie möchte bestimmt, dass du die Fotos machst.«
Jessie suchte nach Worten, um sich herauszureden. Während sie noch an einer Ausrede bastelte, erschien Blair LaBorde. »Ich habe Donuts mitgebracht«, erklärte sie und hielt Luz eine rot, grün und weiß dekorierte Schachtel hin.
Jessie ließ eine Hand am Geländer entlanggleiten, als sie von der Veranda stieg, um Blair zu begrüßen. »Unsere Hüften werden Ihnen nie verzeihen.«
»Ich habe gerade frischen Kaffee gemacht«, sagte Luz und ging den beiden voran ins Haus. Sie stellte dampfende Tassen, Sahnekännchen und Zuckerdose auf den Tisch, und die drei setzten sich, um auf Nell zu warten.
»Du meine Güte, das ist ja fantastisch«, bemerkte Blair.
Jessie erkannte allein an Blairs Stimme, dass sie Luz' Fotowand und die gerahmten Bilder in der Frühstücksecke bemerkt hatte. Sie strahlte vor Stolz. »Luz ist richtig gut, nicht?«
Blair nippte an ihrem Kaffee. »Unglaublich. Was machen Sie denn beruflich?«
Jessie spürte, dass ihre Schwester irgendwie ein bisschen schrumpfte, als sie sich Blair gegenübersetzte. Aber nur Jessie bemerkte die Anspannung in Luz' Stimme, als diese sagte: »Sie sitzen mittendrin, Dr. LaBorde. Kinder und Hunde. Pausenbrote und Jugendfußballvereine.«
»Ihre Arbeiten sollten veröffentlicht werden«, erwiderte Blair, und plötzlich begriff Jessie, worauf das hier hinauslief. Diese Möglichkeit hatte unter Blairs glatt polierter Oberfläche schon die ganze Zeit über gesprudelt.
Luz rutschte verlegen auf ihrem Stuhl herum. »Ich habe überhaupt keine Referenzen. Ich habe ja nicht mal meinen Abschluss gemacht.«

Blair spielte am Rand ihrer Kaffeetasse herum. »Das war mir nicht bewusst.«

»Ich habe geheiratet, und Ian und ich – na ja, Lila ist bald danach gekommen.«

Jessie presste unter dem Tisch die Hände zusammen. Sie fragte sich, wie gut Blairs Erinnerung an jene Zeit noch sein mochte. Als Jessie ihr Studium abgeschlossen hatte, war sie im sechsten Monat schwanger gewesen. Sie hatte es nicht an die große Glocke gehängt, es aber auch nicht zu verbergen versucht. Wie viel wusste Blair von damals?

»Sie hätten sich an mich wenden sollen, als ich noch zur Fakultät gehört habe«, sagte Blair zu Luz. »Ich hätte Sie gern dabei unterstützt, Ihre letzten Kurse zu machen.«

Jessie legte ihr eine Hand auf die Schulter. »Luz bittet nie jemanden um Hilfe.«

»Aber du schon?« Luz klang gereizt, als fühlte sie sich angegriffen. Aber auch irgendwie resigniert. »Es liegt an unserer Mutter«, erklärte sie dann, zu Blair gewandt. »Ein Psychoanalytiker hätte seine helle Freude an uns.«

»Was denn, hat sie Sie monatelang im Keller eingesperrt, als Sie noch klein waren?«

»Nein, dazu hätte sie sich ja daran erinnern müssen, dass sie überhaupt Kinder hatte«, fiel Jessie ein.

»Ach, Jessie, sie hat getan, was sie eben konnte«, sagte Luz, wie immer auf Frieden bedacht. Manchmal wollte Jessie sie an der Gurgel packen und durchschütteln. Luz sagte nun zu Blair: »Sie war Profigolferin und musste viel herumreisen. Während der Schulzeit haben Jessie und ich hier gelebt, und im Sommer sind wir mit ihr auf Tour gegangen.«

»Also, ich werde Sie mit so viel Arbeit für mein Magazin eindecken, wie Sie brauchen können, und dann werden wir mal sehen, was wir wegen dieser Kleinigkeit eines fehlenden Abschlusses unternehmen können.«

Einen Moment lang herrschte verblüfftes Schweigen, dann platzte Luz heraus: »Wer sind Sie, meine gute Fee?«

»Ich wedele nur mit meinem Zauberstab, meine Liebe, und schon wird alles gut. Nicht, Jessie?«

Jessie nickte eifrig und hoffte, niemand würde bemerken, dass sie mit den Gedanken ganz woanders war. Sie musste damit fertig werden, was mit ihr gerade geschah. Ihre Ärzte in Asien hatten alles im Voraus arrangiert und dem Beacon of the Blind Institute in Austin ihre detaillierte Fallgeschichte geschickt, mitsamt glühenden Empfehlungen, Jessie in deren Spezialprogramm aufzunehmen. Das heutige Gespräch war der nächste Schritt auf ihrem Weg dahin, als Blinde eigenständig leben zu lernen. Allein von dem Gedanken wurde ihr schwindlig, aber die Zeit wurde knapp. Das wusste sie. Bald würde sie endgültig ablaufen.

Um sich abzulenken, breitete sie die Kontaktabzüge der Aufnahmen von Dusty Matlock und seiner Tochter auf dem Tisch aus. Obwohl Jessie sie nur durch einen immer enger werdenden Tunnel in ihrem rechten Auge sehen konnte, wusste sie, dass sie technisch gelungen waren und den Artikel sehr schön ergänzen würden. Aber verglichen mit Luz' Arbeiten wirkten sie fast seelenlos. Der Makel war so subtil, dass nur wenige Leute ihn bemerken würden. Zwei von diesen wenigen saßen hier mit ihr am Tisch.

»Sie hätten Luz dafür anheuern sollen.« Jessie sprach aus,

was keine von den beiden laut zugeben wollte. Sie sprach ohne Bosheit oder Neid, stellte nur eine Tatsache fest. »Familien, Kinder. Das ist ihr Ding.«

»Ich hätte diese Aufnahme nicht machen können«, sagte Luz mit einem Lachen in der Stimme und schob ein Foto über den Tisch auf sie zu.

Jessie neigte den Kopf und brauchte nur einen knappen Blick, um sich an das Foto zu erinnern. Dusty stand allein vor seiner Cessna, einen Ellbogen auf die Tragfläche gestützt, und seine Augen, seine Haltung, einfach alles an ihm strahlte puren Sex aus. Kurz bevor sie das Foto gemacht hatte, hatte er sie darauf angesprochen, dass sie bei ihrer ersten Verabredung miteinander schlafen würden. Sein unumwundener Vorschlag hatte ihr Timing beeinflusst, und sie hatte fast zufällig im perfekten Augenblick auf den Auslöser gedrückt. Dies war bei weitem das beste Foto von allen.

Beim bloßen Gedanken an ihn durchliefen Jessie warme, köstliche Schauer. Er hatte eine hypnotische Wirkung auf sie, selbst, wenn er gar nicht in der Nähe war. In seiner Abwesenheit sehnte Jessie sich beinahe schmerzlich nach ihm. Sie wollte mehr von ihm, mehr als nur diese eine Nacht. Zugleich war sie erleichtert, nun ein wenig Zeit für sich zu haben, weil ihre Gefühle für ihn so intensiv waren. Sie musste sich betäuben. Sie steuerte ein Leben an, in das sie nichts mitnehmen konnte. Sie konnte ihn nicht in die Dunkelheit mitzerren, auf die sie unweigerlich zulief.

»Leider kann ich es nicht nehmen.« Blair schob Luz das Hochglanzfoto wieder hin. »Zu sexy für diese Story. Aber, Herr im Himmel, schau sich das einer an.«

Jessie stützte das Kinn in eine Hand. Sie konnte nicht verhin-

dern, dass ein verträumtes Lächeln ihre Lippen umspielte.
»Ich weiß.«
Blair drückte sich einen Nikotinkaugummi aus der Folie.
»Das haben Sie nicht getan.«
»Habe ich doch.«
»Wirklich?«
»Wirklich«, erklärte Luz. »Sie sollten stolz darauf sein, dass Sie die beiden zusammengebracht haben.«
Blair beschrieb Luz den Artikel und das Layout und zeigte ihr, was sie für die Redaktionssitzung vorbereitet hatte.
»Wir machen das zur Titelstory«, verkündete sie. »Ist absolut herzzerreißend.«
»›Das Wochenbett-Wunder‹?«, las Luz die fette Schlagzeile.
»Na gut, wir müssen noch ein bisschen daran feilen«, gestand Blair. »Aber das kommt schon hin. Jessie, Sie sollten sich lieber die Exklusivrechte an diesem Kerl sichern, denn wenn das hier erscheint, wird er sich die Frauen mit der Heugabel vom Leib halten müssen. Selbst Arnufo wird sich vor eindeutigen Angeboten kaum retten können. ›Das würdevolle, mexikanische männliche Kindermädchen.‹ Er ist wirklich großartig.« Blair ließ eine Kaugummiblase platzen. Dann legte sie eine Hand auf Luz'. »Meine Liebe, ich sage das wirklich ungern, aber der Artikel über das Unglück von Seven Hills wird erscheinen, mit oder ohne uns.«
»Blair kennt da keine Schranken«, warf Jessie ein.
»Ich arbeite für eine Zeitschrift mit einer Auflage von zwanzig Millionen«, entgegnete Blair unbeeindruckt.
»Siehst du das?«, fragte Jessie und deutete auf den Tisch voll Fotos. »Meine Güte, da geht es um einen Mann, der ein Baby aus dem Bauch seiner toten Frau geholt und dann den

Stecker rausgezogen hat. Du glaubst doch nicht, dass sie irgendwelche Bedenken hätte, über den Unfall zu schreiben?«
Blair sagte nichts weiter. Sie rechtfertigte sich nie.
»Tote Teenager verkaufen sich also gut?«, fragte Luz.
»Bedauerlicherweise ja«, gestand Blair.
»Aber so können wir die Kontrolle behalten«, brachte Jessie das Lieblingswort ihrer Schwester ins Spiel.
Als Blair gerade die Kontaktabzüge und Fotos einsammelte, fuhr Nell Bridger in einem verbeulten alten Dodge vor. Jessie folgte ihrer Schwester hinaus und wartete, während Luz und Nell sich umarmten. Dann trat sie vor. »Es tut mir unendlich Leid, Nell«, sagte sie und schauderte innerlich, weil diese Worte so unzureichend waren.
»Danke, ich weiß es zu schätzen.« Nell drückte ihre Hand.
Jessie musterte sie. Wie schaffte sie es, aufrecht zu stehen, zu atmen, nach diesem unvorstellbaren Verlust? Aber hier war sie, gezwungen, sich einer Zukunft ohne ihren Jungen zu stellen. Sie war eine rundliche Frau mit kraftvollen Gesichtszügen, die jetzt vermutlich zehn Jahre älter wirkte als noch vor wenigen Wochen. Ihre Hände strahlten Tatkraft aus, mit ganz kurzen Nägeln und ohne Ringe. Sie trug ein dunkles, gerade geschnittenes Sommerkleid und als einzigen Schmuck ein silbernes Kreuz an einer Lederschnur. Ein Hauch von Lavendel und schlaflosen Nächten umgab sie. »Ich wollte dich immer schon mal kennen lernen, Jessie. Luz hat mir so viel von dir erzählt.« Sie trat zurück und betrachtete Jessie mit traurigen Augen. »He, ihr seht euch wirklich sehr ähnlich.«
Sie gingen hinein, und Nell bewegte sich voll Vertrautheit in diesem Haus. Jessie erkannte, ohne fragen zu müssen, dass sie sehr oft hier zu Besuch war. Nell holte eine zusammenge-

faltete Zeitung aus ihrer Tasche und knallte sie auf den Tisch. Riesige Lettern kreischten: »Teenager-Tragödie – sogar ein Toter«, illustriert mit düsteren, geschmacklosen Fotos des zerstörten Jeeps, billigen Schnappschüssen von Familien und Freunden der Opfer und einem Foto von Nell, auf dem sie aussah wie eine obdachlose Irre. »Hier seht ihr, was bisher darüber veröffentlicht wurde.«

Dann öffnete sie eine Mappe. »Und das ist Luz' Arbeit«, erklärte sie Jessie und Blair. »Ich konnte noch nie gut mit der Kamera umgeben, also hat Luz im Lauf der Jahre viele Fotos von meinen beiden Jungs gemacht.«

Es überraschte Jessie nicht, dieselbe sensible Menschlichkeit zu entdecken, die Luz' Aufnahmen ihrer eigenen Familie charakterisierte. Das war ihr Markenzeichen. Und das waren Fotos, die wildfremde Leute dazu bringen würden, Luz anzurufen und ihr zu erzählen, was in ihrem Leben passierte, von ihren Kindern, in welche Schwierigkeiten die sich gebracht hatten und wie weh sie ihren Eltern taten, und wie diese Menschen es schafften, weiterzuleben, nachdem schreckliche Dinge geschehen waren.

Nell blickte ihrer Freundin fest in die Augen. »Ich möchte, dass du die Fotos zu diesem Artikel machst.«

»Nell, nein.« Luz' Stimme war leise und drängend, und sie warf Jessie einen Blick zu.

»Das war nicht meine Idee«, sagte Jessie. Sie spürte Luz' Unbehagen ganz deutlich. »Ehrlich nicht.«

»Ich brauche dich für diese Fotos«, erklärte Nell. »Die Leute sollen erfahren, was passiert ist, aber nicht so.« Sie deutete auf die Zeitung. »Das ist die einzige Möglichkeit, wie ich Digs Schicksal noch eine gewisse Würde verleihen kann.«

»Ich kann diese Fotos nicht machen«, wehrte sich Luz. »Die Leute hier im Ort werden es nicht dulden, dass ich mit der Kamera auf sie losgehe und in ihr Privatleben eindringe. Die anderen Opfer sind jetzt schon gegen Lila eingenommen, weil sie unverletzt davongekommen ist, und über ihre Mutter werden sie sich noch weniger freuen.«

Nell schüttelte den Kopf. »Cheryl Hayes regt sich nur auf, weil ihr Sohn für den Rest der Footballsaison ausfällt. Alle anderen denken genau wie ich. Du bist eine von uns, Luz. Du hast mit uns gelitten, mit uns geweint. Du wirst uns nicht aussehen lassen wie einen Haufen schlampiger Hinterwäldlerinnen.«

»Nell hat Recht«, bekräftigte Blair. »Die Leute wollen, dass ihre Trauer angemessen dargestellt wird. Erinnern Sie sich noch an den Anschlag in Oklahoma City? An Columbine? Sie wollen, dass ihre Geschichte erzählt wird, und sie wollen, dass sie gut aussieht. Vertrauen Sie mir.«

»Und Sie schreiben den Artikel?«

»Nein, das wollte ich Jessie anvertrauen.«

Jessie hielt gespannt den Atem an. Luz legte Nell eine Hand auf die Schulter. »Nell?«

»Ich denke, das wäre gut«, sagte Nell leise.

Die Spannung zwischen ihnen knisterte scheußlich.

Blair nahm ihren Kaugummi aus dem Mund und wickelte ihn in ein Taschentuch. »Ich brauche eine richtige Zigarette.«

Nell erhob sich schwerfällig. »Da schließe ich mich an.«

Sobald die beiden draußen waren, fiel Luz über Jessie hier. »Warum drängelst du mich eigentlich da rein?«

»Weil ich zur Abwechslung auch mal dich bedrängen darf, verdammt noch mal.«

»Was soll das heißen, ›zur Abwechslung‹? Willst du damit sagen, ich würde dich dauernd bedrängen?«
»Wenn dir der Schuh passt …«
»Ich kann es nicht fassen, dass du so von mir denkst. Du bist hier diejenige, die die ganze Situation zu manipulieren versucht.«
Jessie hätte beinahe laut aufgelacht. »Hör mal, Luz, wir wissen doch beide, wie das zwischen uns läuft, immer schon gelaufen ist. Ich baue Mist – du beseitigst die Sauerei. So war das immer schon. Ich schwänze die Schule. Du fälschst die Entschuldigung. Ich brauche Geld fürs Studium – du stellst deine eigene Ausbildung zurück, um welches zu verdienen. Ich bekomme ein uneheliches Kind – du adoptierst es. Nur ein paar Beispiele dafür, wie du mir aus der Patsche geholfen hast. Wie wäre es denn, wenn ich dieses eine Mal dir aus der Patsche helfe?«
Luz lehnte sich an den Küchentresen – sie war sprachlos. Dann fragte sie. »Wo kam das auf einmal her, Jess?«
»Verbring du mal ein ganzes Leben als die nichtsnutzige jüngere Schwester. Luz, du hast für mich deine Träume aufgegeben. Wann hast du eigentlich zuletzt einen Wunsch in den Pokal geworfen? Du wirst das tun, worum deine Freundin dich bittet. Du wirst die Fotos zu dem Artikel machen, den ich verfassen werde.«
»Das ist doch unsinnig.«
»Ist es nicht, und du wirst es tun.« Es fühlte sich gut an, zur Abwechslung einmal Luz herumzukommandieren. »Wenn du dir jetzt nicht ein Herz fasst, wird uns diese Chance entgehen, und selbst Nell Bridger weiß das. Ohne deine Bilder werden wir nur sensationsgeilen, abgeschmackten Mist krie-

gen.« Sie wies auf die Fotos an der Wand. »Luz, du kannst dein Talent dafür einsetzen, etwas Gutes zu tun, und dabei vielleicht sogar noch ein bisschen Geld verdienen.«
»So spricht die gedungene Söldnerin.« Doch das Zittern in Luz' Stimme signalisierte Kapitulation.
Jessie eilte hinüber zu ihrer Hütte, um ihre Sachen zu holen, bevor Luz es sich anders überlegte. Jessie lernte schon, sich ihren Weg zu erspüren, beinahe wider Willen. Die Leute im Beacon hatten ihr geraten, so bald wie möglich mit dem Training bei ihnen zu beginnen, bevor sie sich ungünstige Bewegungen und Haltungen angewöhnte. Auf dem Weg durch den Garten hob sie beide Daumen in Blairs und Nells Richtung. In der Hütte schnappte sie sich die weiche Ledermappe mit ihrem Bildarchiv und ihre Kameratasche. Sie brachte sie zum Haus und stellte sie vor Luz auf den Tisch.
»Das wirst du brauchen.«
»Ich kann doch nicht deine Ausrüstung nehmen.« Sie sprach leise, beinahe ehrfürchtig, und strich über die Kameras, Objektive, Filter und anderen Arbeitsmittel, die Jessie im Lauf der Jahre angesammelt hatte.
»Doch, das kannst du, und das wirst du. Hör mir zu. Du kannst das, Luz. Du hattest schon immer eine Begabung dafür. Du bist die Einzige, der Nell das anvertrauen kann.«
Luz holte eine Kamera aus der Tasche und hob sie hoch, als halte sie den heiligen Gral in Händen. Nur Jessie begriff ganz und gar, was hier geschah. Sie überreichte Luz ihren Traum und würde ihn sich niemals wieder holen. Jessie würde nie wieder ein Foto machen, nie wieder das solide Gewicht der Kamera in ihrer Hand halten, das satte Schnappen hören, wenn ein Objektiv einrastete, oder das befriedigende Klick,

wenn der Verschluss das perfekte Bild einfing. Ihre Ausrüstung weiterzureichen, markierte für sie das Ende eines Kapitels. Sie betrachtete Luz' Gesicht und prägte sich den Ausdruck ihrer Schwester fest ein. Geradezu verzweifelt bemühte sie sich, alles Mögliche genau zu betrachten und in ihrer Erinnerung festzuhalten. Das war ebenso eine Form von Selbstschutz wie von Trotz.

Sie konzentrierte sich darauf, tief zu atmen, und hoffte, dass man ihr ihre Gefühle nicht ansah. Sie stand an einem Scheideweg, aber für den Augenblick wollte sie die ersten Schritte in ihr neues Leben für sich allein tun. Sie beendete hiermit das einzige Leben, das sie kannte, und sprang, im wahrsten Sinne des Wortes, blindlings hinein ins Unbekannte. Irgendwie war es sowohl befriedigend als auch angemessen, dass sie die Werkzeuge ihres Schaffens an ihre Schwester weiterreichte.

Luz sah aus, als wollte sie gleich in Tränen ausbrechen. Doch das tat sie nicht. Luz brach niemals in Tränen aus.

Das Telefon klingelte und zerstörte den Augenblick. Jessie griff danach. Seit dem Unfall hatte sie sich angewöhnt, Luz ein wenig abzuschirmen.

»Hier bei Benning.«

»*Mommy?*«

Das einzelne Wort ließ Jessie erstarren, und sie erlaubte sich einen Augenblick, es für wahr zu nehmen. »Lila? Was ist los, Schatz?«

»Oh. Tante Jessie.« Der veränderte Tonfall brachte Jessie hart in die Wirklichkeit zurück. »Kann ich bitte Mom sprechen?«

»Kann ich etwas für dich tun?«

Ein tragisches Schluchzen drang durch den Hörer unmittelbar in Jessies Herz. »Ich bin in der Schule, im Krankenzimmer«, sagte Lila elend.
»Ist dir schlecht geworden?«
»Das hier ist das *Krankenzimmer*. Die Zuflucht der Ausgestoßenen.«
Die nackte Pein in ihrer Stimme ließ Jessies Herz verkrampfen. »Du bist eine Ausgestoßene?«
Lila zögerte. »Mir geht's nicht so gut.«
Jessie versuchte, sich die Lage zusammenzureimen. Lila war gestern von der Schule nach Hause gekommen und schnurstracks in ihr Zimmer gegangen – angeblich, um Hausaufgaben zu machen. Beim Abendessen hatte sie kaum ein Wort gesagt und allen Bemühungen getrotzt, sie aus der Reserve zu locken. Dies war der erste Riss in ihrer Festungsmauer.
»Was ist denn passiert, Liebes?«, fragte Jessie.
»Ach, Tante Jessie.« Lila schluchzte erstickt. »Ich kann heute nicht mehr hier bleiben. Es ist so schwer an der Schule. Ich muss hier raus.«
Trotz allem, was heute auf sie einstürmte – es war der Tag, an dem Jessie einen großen Schritt in eine dunkle, beängstigende Zukunft tun würde –, zögerte sie keinen Moment. Sie lernte gerade ein fundamentales Naturgesetz kennen. Wenn ein Kind einen brauchte, blieb keine Zeit für persönliche Krisen.
»Bleib, wo du bist, Schatz. Ich komme und hole dich.«

»Danke, dass du dich um Lila kümmerst«, sagte Luz und umarmte Jessie, als Blair den Motor anließ. Nell war schon weggefahren, um sich mit ihrem Pastor und einigen anderen Familien wegen des Artikels zu besprechen. »Es ist schon in

Ordnung, dass sie sich noch einen Tag freinimmt und mit ihrer Tante einen Stadtbummel macht. Mir rettest du damit das Leben.«

Jessie schnaubte. »Ich habe in meinem ganzen Leben noch nie jemanden gerettet.«

»Blödsinn. Weißt du noch, als ich mir im Wald den Knöchel gebrochen habe und du Hilfe geholt hast?«

»Genau wie Lassie«, warf Blair ein.

»Also schön, das eine Mal«, gab Jessie zu. »Aber sonst?«

»Du verstehst das nicht. Einmal ist schon genug. Wenn du mich damals nicht gerettet hättest, wäre ich gestorben.«

»Na, ich glaube kaum, dass es hier um Lilas Überleben geht. Sie braucht ein bisschen Abwechslung. Ein Tag in der Stadt ist vielleicht genau das Richtige. Ich führe sie zum Essen aus, und dann sehe ich mal, ob ich sie noch bei Galindo's unterbringen kann – auf eine neue Frisur und eine Maniküre, was meinst du? Wenn wir noch Zeit haben, darf sie sich eine neue CD oder so aussuchen, und heute Abend nimmt Ian uns mit nach Hause.«

»Das klingt prima, Jess. Aber ...« Luz biss sich auf die Lippe und runzelte die Stirn auf eine Art, die Jessie fuchsteufelswild machte.

Aber was? Sag ihr nicht, dass du sie eigentlich geboren hast?

»Vielleicht fragt sie dich, ob sie Travis Bridger besuchen darf – er liegt noch im Krankenhaus. Es wäre mir lieber, wenn sie ihn jetzt noch nicht sieht.«

Jessie stieß den Atem aus, von dem sie gar nicht gemerkt hatte, dass sie ihn anhielt. »Schön. Wir halten uns von sämtlichen Krankenhäusern fern. Kein Problem.«

»Ich wollte dir keine ... Vorschriften machen«, sagte Luz.

Wolltest du wohl.
»Das wird schon wieder, Luz. Ein freier Tag, und sie kommt als neuer Mensch zurück.«
»Ich habe sie dazu gedrängt, zu bald nach dem Unfall wieder zur Schule zu gehen. Ich dachte, es wäre gut für sie, der ganz normale Alltag. Stattdessen habe ich alles noch schlimmer gemacht.«
»Himmel, Luz, warum übernimmst du nicht auch gleich die Verantwortung für Anthrax-Briefe und die Probleme im Nahen Osten, wenn du einmal dabei bist?«, erwiderte Jessie. »Also, du hast gar nichts falsch gemacht. Ein Haufen Jugendlicher hat gewaltigen Mist gebaut, etwas Furchtbares ist passiert, und wir müssen ihnen helfen, so gut wie möglich damit klarzukommen. Lila wird es schaffen, weil du sie dazu erzogen hast, mit dem Leben fertig zu werden. Ich leiste nur meinen winzigen Beitrag. An diesem Artikel zu arbeiten, wird eine therapeutische Wirkung haben – für uns beide.« Es kam ihr komisch vor, Luz gut zuzureden, die sonst immer alle Antworten parat hatte. Jessie fügte hinzu: »Hinterher sind wir beide ganz neue Frauen.«
»Was beinhaltet, dass mit den alten was nicht stimmt.«
»Sie sind alt«, rief Blair vom Fahrersitz aus dazwischen. »Nun lassen Sie Ihre Schwester schon einsteigen, Liebes.«
Jessie umarmte Luz noch einmal. »Wir kommen heute Abend mit Ian zurück. Nimm dir ein bisschen Zeit für dich selbst. Freunde dich wieder mit der Kamera an.«
Sie stieg ein und lotste Blair durch die schattigen Hügel Edenvilles, vorbei am neugotischen Gerichtsgebäude, das über den Hauptplatz wachte, den sandgelben Glockenturm in den Himmel gereckt.

»Hier also sind Sie aufgewachsen«, bemerkte Blair und lenkte den Cadillac die Aurora Street entlang.
»Meine alten Jagdgründe.«
Sie fuhren an der Halfway Baptist Church vorbei, einem altmodischen Gebäude aus Holz, mit weißer Seitenwandung und tadellos gepflegten Rasenflächen. Nells Wagen stand neben der Kirche. Die Tafel davor verkündete: »Unser Engel, Albert Bridger, 1989 bis 2003.«
Das SkyVue-Autokino stand noch immer am anderen Ortsende; die Rückseite der riesigen Leinwand zierte ein Lone-Star-Motiv, und unter den Befestigungsbolzen zogen sich rotbraune Flecken hinab wie rostige Tränenströme. Am Tor hing ein Schild: »Wint rpau e.«
»Ich wette, hier haben Sie auch reichlich Unsinn angestellt«, bemerkte Blair.
Jessie lächelte wehmütig. Sie erinnerte sich an Autos, in denen es nach Motoröl stank, das aus schlecht gewarteten, alten Motoren troff, und an den billigen, dünnen Geschmack von warmem Bier, von den Paletten hinter dem *Country-Boy*-Lebensmittelladen geklaut. Sie wusste noch, wie es sich angefühlt hatte, eine merkwürdig schüchterne Jungenhand auf ihrem Schenkel zu spüren. Erinnerte sich an einen anderen Jungen, dessen entschieden nicht schüchterne Hand ihre Brust gepackt hatte wie einen hoch gespielten Ball im rechten Feld.
Blair musterte die öden, leeren Flächen aus Felsen und dürren Büschen, nur ein paar Querstraßen vom Hauptplatz entfernt. »Kein Wunder, dass Sie hier weggezogen sind.«
»Manche Menschen können sich gar nicht vorstellen, irgendwo anders zu sein. Das ist einer von diesen Orten, wo

man alle seine Nachbarn kennt und die Kids mit keinem Blödsinn durchkommen, weil alle die Augen offen halten. Das Problem ist nur – einige Jugendliche lassen sich von dem Wissen, dass man sie wahrscheinlich erwischen wird, auch nicht abhalten. Im Gegenteil, das erhöht den Nervenkitzel.«

Sie parkten vor der Schule und blieben dann vor dem bizarren Schrein für Dig stehen – ein Haufen aus Blumen und Erinnerungsstücken, der schon jetzt müde und verloren wirkte. »Davon brauchen wir Bilder«, sagte Blair und wies auf das Footballtrikot, das in der Brise flatterte.

»Luz wird ihre Sache gut machen, Blair. Das versichere ich Ihnen.«

Sie betraten die Highschool. Drinnen war es nicht genauso, wie Jessie es in Erinnerung hatte, aber sehr ähnlich. Der Geruch von Umkleiden und Turnbeuteln, Putzmittel, Kaffee, hohle Echos. Ein Gang, der noch vom nächtlichen Wienern schimmerte. Handgeschriebene Plakate: Homecoming 2003. Go Serpents!

Jessie ließ Blair allein die heiligen Hallen der Edenville High inspizieren und machte sich auf die Suche nach Lila. Im Sekretariat ging es immer noch so nett chaotisch zu wie in einem kleinen Postamt. Und die Anwesenheitssekretärin, Mrs. Myrtle Tarnower, hatte sich keinen Zentimeter von ihrem Platz an einem peinlich ordentlichen Eichenholzschreibtisch mit grüner Schreibunterlage fortbewegt. Jessie glaubte, ihr versagendes Auge spiele ihr einen Streich, denn sie konnte sich nicht vorstellen, dass Mrs. Tarnower jahrein, jahraus hier gesessen hatte und immer noch festhielt, wer krank war, zu spät kam oder schwänzte, um dann die Eltern telefonisch zu benachrichtigen oder die Behauptungen der fehlenden Schüler zu überprüfen. Mrs. Tarnower musste unzählige Male im Hause Ryder angerufen haben, auf der Suche nach Jessie.

»Ich möchte meine … Lila Benning abholen«, sagte Jessie zu einer anderen Sekretärin mit einem schwarz-violetten Ansteckband. »Meine Schwester Luz –«

»– hat gerade angerufen und Bescheid gesagt.« Die Sekretärin reichte ihr ein Klemmbrett mit Stift zum Unterschreiben und schickte sie dann weiter zur Schulkrankenschwester. Das Krankenzimmer befand sich in demselben Raum wie vor zwanzig Jahren, als Jessie sich hier gelegentlich ein Pflaster oder eine Schmerztablette geholt oder sich versteckt hatte, weil sie ihre Algebra-Hausaufgabe nicht gemacht hatte. Sie ging einen Flur entlang und blieb vor der schweren Tür mit einem Fenster aus dickem, gefrostetem Glas stehen.

Jessie klopfte leise, trat ein und sah zunächst nur einen stämmigen Jungen mit Akne, der auf einem Stuhl in der Ecke saß und sich ein blaues Cool Pack an die Hand drückte. Jessie ging an ihm vorbei und spähte ins Nebenzimmer. Da saß Lila auf einer niedrigen Bank und studierte mit bleichem, angespanntem Gesicht eine zweisprachige Tafel, die Handgriffe zur Rettung Erstickender zeigte.

»He, du.«

»Tante Jessie.« Die Worte explodierten auf Lilas Lippen, als hätte sie mit angehaltenem Atem gewartet. »Danke, dass du gekommen bist.«

»Ist mir ein Vergnügen. Gehen wir.« Sie verließen das Krankenzimmer und stießen in der Eingangshalle auf Blair, die

zwei jüngere Schüler mit weit aufgerissenen Augen interviewte. Als sie Lila entdeckten, flohen sie, als sei ihr missliches Geschick ansteckend. Jessie tat, als habe sie nichts bemerkt, stellte Lila Blair vor und sagte: »Und, geht es dir wirklich nicht gut, oder willst du nur hier raus?«
»Ich entscheide mich für Antwort B.«
»Dachte ich mir schon. Also, Blair und ich werden einen Artikel über den Unfall schreiben. Der erscheint dann in *Texas Life*.«
»Das gibt's doch nicht.«
»Oh doch. Mrs. Bridger und Mrs. Beemer wollen beide dafür Interviews geben. Deshalb müssen wir in die Stadt. Blair wird die Idee in der Redaktionskonferenz vorstellen, und ich muss ein paar Sachen erledigen. Wie wär's, wenn du mitkommst? Ich habe etwas vor, das dir bestimmt gefällt und jegliches Unwohlsein garantiert heilen wird. Schon mal von *Galindo's* in der Sixth Street gehört?«
»Das ist doch der schickste Salon in der ganzen Stadt. Da gehen wir hin? Echt?« Sie lebte auf.
»Ich spendiere dir ein Mittagessen und einen halben Tag im Schönheitstempel. Aber ich muss dich warnen, da gehört auch eine Massage zum Programm.«
Lila ließ sich in das pinkfarbene Lederpolster des Rücksitzes sinken. »Ich war noch nie bei einer Massage.« Sie verfiel in Schweigen, bis sie das grün-weiße Schild passierten, das den Ortsausgang von Edenville markierte. Dann stieß sie einen tiefen Seufzer aus.
»Sprich mit mir, Liebes«, sagte Jessie, drehte sich auf dem Beifahrersitz um und griff nach Lilas Hand. Dann wies sie auf Blair. »Dr. LaBorde ist ein Profi. Du kannst alles sagen,

solange sie dabei ist, du musst nur wissen, dass sie keinerlei Achtung vor der Privatsphäre anderer Leute kennt.«

»Ich habe Respekt vor Menschen, die die Wahrheit sagen«, erwiderte Blair. »Das kann nicht jeder vertragen.«

»Es weiß sowieso schon die ganze Schule«, platzte Lila heraus. »Heath hat mit mir Schluss gemacht.«

Wunderbar. Jessie biss sich auf die Lippe, um das nicht laut zu sagen, aber den Kerl loszuwerden, der Lila beinahe umgebracht hatte, erschien ihr nur wünschenswert.

»Das tut mir Leid, Schatz«, sagte sie. »Ich verstehe, dass du ihn sehr vermisst. Hör mal, wegen diesem Artikel – deine Mom wird die Fotos dafür machen.«

»Ach, echt?«

»Echt.«

»Ich dachte, du wärst die Fotografin.«

»Jetzt nicht mehr.« Die Endgültigkeit ihrer Worte traf Jessie tief, als sie es zum ersten Mal laut aussprach, doch sie beherrschte sich. So also stellte Luz das an, erkannte sie. So kontrollierte Luz ihre Welt. Sie explodierte innerlich, blieb nach außen hin aber völlig still. »Hast du was dagegen?«

Ein Schulterzucken. »Nö.«

»Die Leute möchten etwas über diesen Ort, deine Freunde, dein Leben erfahren. Aber wenn ich nicht schreiben soll, dass Heath sich von dir getrennt hat, dann werde ich das auch nicht tun.«

»Na, dass er vor dem Homecoming-Wochenende mit seiner Freundin Schluss gemacht hat, sagt doch wohl schon einiges über seinen Charakter«, mischte Blair sich ein.

»Was denn?«, fragte Lila.

»Dass er ein feiges Wiesel ist, das keinerlei Verantwortung

für die eigene Handlungsweise übernehmen will«, sagte Jessie.

Lila entschlüpfte ein leises, hoch willkommenes Kichern. Jessie nahm ihr bezauberndes Lächeln in sich auf und speicherte es in ihrem Herzen.

»Ich hatte auf dem College einen Freund, der mich zwei Tage vor dem Aggie-Longhorn-Spiel abserviert hat«, erzählte Blair. »Was für ein Arschloch.«

Lila blickte überrascht auf und freute sich offenbar über diese gepfefferte Ausdrucksweise. »Was haben Sie dann gemacht?«

»Meine Freundinnen und ich haben ihm ein Haarknäuel verpasst.«

»Was ist das?«

»Wir haben alle unsere Bürsten gereinigt und die Haare durch den Spalt von seinem Autofenster gestopft. Das war ein ziemlicher Haufen, mitten auf dem Fahrersitz, kann ich dir sagen.«

Lila lachte und wischte sich die Tränen fort, aber diese Fröhlichkeit wurde rasch von schweren Sorgen erdrückt. »Es ist nicht nur Heath. Ich darf beim Spiel nicht mit den Cheerleadern auftreten, weil ich das Training verpasst habe – ich meine, entschuldigen Sie *vielmals*, dass ich mit dem Auto verunglückt bin. Es ist ja nicht so, als hätte ich das absichtlich gemacht. Aber es kommt noch schlimmer. Seit dem Unfall hängt Heath nur noch mit den Scheinheiligen herum.«

»Was?«, fragte Jessie stirnrunzelnd.

»Das ist eine religiöse Gruppe an der Schule. So nach dem Motto, wenn du nicht auf dem Weg des Herrn wandelst, darfst du nicht mit mir am Tisch sitzen.«

»Ich finde es schrecklich, wenn so etwas passiert«, bemerkte Blair und ließ ihren Kaugummi knallen.

»Heath ist in seinem ganzen Leben kaum in der Kirche gewesen, und jetzt läuft er rum und redet nur davon, dass er Vergebung gefunden hat und errettet worden ist. Dafür schieben jetzt alle die Schuld auf mich, dabei bin ich nicht mal gefahren.«

»Warum glaubst du, dass sie dir die Schuld geben?«, fragte Jessie.

»Weil sie irgendeinen Schuldigen brauchen, der nicht zufällig der Star-Quarterback der Football-Mannschaft ist. Er hat allen erzählt, es wär meine Idee gewesen, in dieser Nacht nach Seven Hills rauszufahren und zu rampen. Er hat sogar behauptet, ich hätte Dig gesagt, er soll Kathy seinen Gurt überlassen. Und jetzt behandeln alle Heath wie eine Art Kriegshelden.«

»Mach dir jetzt keine Gedanken mehr darüber, Liebes. Dieser Tag gehört dir.«

Auf dem Weg zum Kosmetiksalon entdeckte Jessie ein vertrautes Buch in einem Schaufenster und bestand darauf, es zu kaufen.

»Das Streichel-Kaninchen?«, fragte Lila.

»Für Amber. Das ist das perfekte Buch für Kleinkinder – nicht zum Lesen, sondern zum Anfassen. Ich wette, du weißt nicht mehr, dass ich dir das auch mal zu Weihnachten geschickt habe.«

»Nein. Du hast was mit ihm, oder?«, fragte Lila mit verschmitztem Lächeln. »Mit Ambers Dad.«

»Gilt denn eine Verabredung schon als ›was‹?«

»Wenn ein Kerl so aussieht wie der, dann ja.«
Jessie lachte. Sie hätte Dusty gern erzählt, dass er den Lila-Test bestanden hatte. Sie wollte Dusty überhaupt alles erzählen. Wenn sie nur ein wenig Vernunft besaß, würde sie in Zukunft einen weiten Bogen um ihn machen.
Nur leider war sie nicht vernünftig. Noch nie gewesen.

Das Restaurant in dem Wellness-Tempel servierte alles in winzigen, künstlerisch arrangierten Häppchen. Das Essen war sorgfältig aufgeschichtet und die Teller schwungvoll mit Himbeeressig-Mustern verziert. Sie ließen es sich schmecken. Lila genoss jeden überdekorierten Bissen, während Jessie kaum etwas essen konnte. Kein Wunder, dass die Leute ihre Kinder verwöhnten und verzogen, dachte sie. Die Freude eines Kindes zu erleben und sich selbst daran zu freuen, erzeugte eine stille Befriedigung, die sie noch nie empfunden hatte. Dass Lila ihr Essen so offensichtlich schmeckte und sie sich riesig auf den Salon freute, war erst der Anfang. Mit ihrem Fotografenblick schoss Jessie Erinnerungsbilder, prägte sich Lilas Hände, ihr Gesicht, ihre Mimik ein. Es war seltsam, traurig, aber passend, dachte Jessie. Sie verbrachte ihren letzten offiziellen Tag als sehender Mensch damit, ihn mit ihrer Tochter zu verbummeln.
Sie lieferte Lila im Salon ab, orderte für sie das Verwöhnprogramm und umarmte sie zum Abschied, als eine Frau in einem wallenden New-Age-Gewand ein Glas Kräutertee brachte und die magnetischen Schwingungsglöckchen in Bewegung setzte.
»Das ist echt *umwerfend*«, sagte Lila.
»Es soll dich ab jetzt drei Stunden lang umwerfen. Ich hole

dich gegen vier hier ab. Wir haben vielleicht noch Zeit für ein bisschen Shopping, und dann fahren wir mit dem Taxi zum Büro deines Vaters.«

»Tante Jessie?«

Der zaghafte Tonfall ließ Jessie aufhorchen. »Ja?«

»Auf dem Weg hierher ist mir aufgefallen – na ja, wir sind am Krankenhaus vorbeigekommen. Da habe ich mir gedacht, ob –«

»Bitte mich nicht darum, Lila. Bitte nicht.«

»Ich wollte doch nur –«

»Nein.« Jessie wusste, dass sie hart bleiben musste. Warum fiel ihr das so schwer? Dann fragte sie sich, ob Lila es fertig bringen würde, sich aus dem Kosmetiksalon zu schleichen und allein ins Krankenhaus zu gehen. Jessie hatte heute schon genug vor sich, auch ohne irgendwelche Krisen mit Lila. »Ich vertraue dir«, sagte Jessie. »Bitte nutz das nicht aus, enttäusche mich nicht.«

»Himmel, warum denn gleich so theatralisch?«

Jessie schnappte panisch nach Luft und setzte ein freches Grinsen auf. »Ich strebe eben eine neue Karriere an.«

Kapitel 24

Der Kosmetiksalon war ein Geniestreich. Was für eine perfekte Deckung, dachte Jessie, als sie vier Querstraßen weiter, vorbei am Campus der University of Texas, zur Augenklinik des Beacon of the Blind ging. Sie würde mit keinem Wort erklären müssen, was sie in der Stadt zu erledigen hatte.

Das Betongebäude dominierte einen ganzen Häuserblock. Sie betrat es durch säuselnde Automatiktüren und fand sich in einem extrabreiten, behindertengerechten Flur mit gewienertem Boden und schallgedämpften Wänden. Sie kam sich vor wie eine Laborratte, als sie den farbigen Streifen und Pfeilen auf dem Boden durch die Flure folgte, bis sie schließlich die Ophthalmologie erreichte. Ein langer Schaukasten hing voller Informationen über Augenerkrankungen. Alle »Es waren rückwärts geschrieben, so dass sie an die Symbole auf einer Sehzeichentafel erinnerten.

»Wie nett«, brummte sie und trat durch die Glastür. Die Wartezeit verbrachte sie mit geschlossenen Augen, weil sie die vielen Broschüren und Info-Blätter nicht sehen wollte, die verkündeten, wie wichtig es sei, eine Schutzbrille zu tragen oder seine Augen regelmäßig untersuchen zu lassen. Was Sie über Retinitis Pigmentosa wissen müssen. Mit dem Usher-Syndrom leben. Diabetes unter Kontrolle. Mit Wut richtig umgehen. Oh, das war mal eine gute.

Doch es gab ein Wort, das sie auf keiner der Broschüren entdeckte, obwohl es greifbar wie ein Elefant mitten im Raum stand. *Blind.* So ein einfaches Wort, das man so häufig gebrauchte. Blinder Ehrgeiz, blindes Huhn, blinde Wut. Blindekuh, Doppelblindstudie, Blindversuch. Geschmackstests, Stichproben, Gerechtigkeit. So viele Dinge waren blind. Sie würde sich in guter Gesellschaft befinden.

Anfangs verlief ihr Termin genauso wie immer; es war beinahe angenehm, weil völlig vertraut. Sie wusste genau, wann und wie sie das Kinn auf die Stütze vor dem Apparat legen musste. Die Geräte und Tests, der Fragenkatalog zum Ausfüllen. Dr. Margutti hatte sich gut vorbereitet und den Haufen Daten und Berichte gelesen, die die Ärzte aus Taipeh und Christchurch an sie weitergeleitet hatten. Sorgfältig fasste sie den Prozess von Jessies Erblindung noch einmal zusammen, wobei sie genau die richtige Balance zwischen medizinischer Kompetenz und Mitgefühl fand. Der Arzt in Christchurch hatte dieser Klinik praktisch alles zur Verfügung gestellt, was sie brauchten – körperliche und psychologische Untersuchungen, eine umfassende Fallgeschichte und enthusiastische Empfehlungen, was Jessies Potenzial betraf. »Er konnte es vermutlich kaum erwarten, mich loszuwerden«, sagte Jessie. »Was hat er denn geschrieben? Jessie Ryder wird eine tolle Blinde abgeben?«

Dr. Margutti ignorierte ihren Sarkasmus. Sie hatte die sanften, sensiblen Hände einer Geigerin und die feste Stimme einer erfahrenen Dozentin. Die Tests, die sie durchführte, waren für Jessie ein Déjà-vu, ebenso das scheußliche Gefühl in ihrem Magen. Während sie fast Nase an Nase vor der Ärztin saß, die Jessies kaum noch vorhandenes Sichtfeld begutachtete, wappnete Jessie sich für das Elektroretinogramm – die betäubenden Tropfen, die stundenlangen Tests im Dunkeln. Die Mikroskoplinsen, die an ihren Augen anlagen, fühlten sich an wie Wimpern.

»Die Reaktion in Ihrem rechten Auge hat deutlich abgenommen.«

»Ja.« Jessie hätte die Ärztin gern dafür verabscheut, dass sie ihr keine Hoffnung machen konnte. Stattdessen bewahrte sie eine neutrale Miene, während Margutti ihr erklärte, was sie bereits wusste. Doch der Augenblick der Wahrheit, mit dem sie schon länger rechnete, kam ohne Vorwarnung.

»Sie werden eine spezielle Verdunkelungsbrille tragen müssen, um während des Trainings den Rest Ihrer Sehkraft auszuschalten. Je eher Sie damit anfangen, desto besser. Wenn Sie möchten, können wir Ihre Aufnahme im Beacon gleich in die Wege leiten.«

»Nein.« Jessies Antwort kam schnell und zornig. Seit Monaten wusste sie, dass dieser Tag kommen würde, doch ihr Grauen war so frisch wie am ersten Tag. Sie fand es unerträglich, dass ihr das solche Angst machte. Sie hatte unvorstellbar hohe Berge bestiegen und gefährliche Gewässer durchschippert. Sie hatte mit international operierenden Kriminellen diniert und war mit äußerst gefährlichen Männern gereist. Sie hatte die Malaria überlebt, Tsunamis, Amöbenruhr, Durchsuchungen mitsamt Kontrolle der Körperöffnungen. Das hier

war doch nur wieder irgendetwas, das ihr passierte, wieder etwas, das sie überleben musste.
»Normalerweise macht jemand von unserer Klinik vorher noch einen Hausbesuch«, erklärte die Ärztin.
Jessie stellte sich vor, einen Fremden in Luz' Haus zu bringen, der sich überall umsah, neugierige Fragen stellte, auf Gefahren und notwendige Veränderungen hinwies. »Ich habe derzeit kein richtiges Zuhause. Es wäre gut, wenn Sie mir helfen könnten, eine Wohnung zu finden, wenn ich das Programm abgeschlossen habe.«
»Natürlich, gern.«
»Danke.« Jessie hatte kalt und leidenschaftslos entschieden, dass ihre Unabhängigkeit ihr das Wichtigste im Leben war, und hatte dann nach dem besten Weg gesucht, sie sich zurückzuholen, trotz allem, was mit ihr passierte. Und eines der erfolgreichsten Programme für Blinde weltweit wurde zufällig hier durchgeführt, in diesem Institut in Austin. Sie boten ein achtwöchiges Training – die ersten vier Wochen verbrachte man komplett im Beacon und trainierte mit einem Blindenhund. Die zweite Hälfte bot eine intensive Schulung in allen Fähigkeiten, die ein unabhängiges Leben ermöglichen sollten. All das war bereit, jederzeit.
Alles, bis auf Jessie.
»Also«, sagte Dr. Margutti. »Sie sollten Ihren Besuch heute so gut wie möglich nutzen. Meine Sprechstundenhilfe erklärt Ihnen gleich den Weg zum Kurszentrum. Die werden Ihnen das gesamte Institut zeigen, und Sie werden ein paar ganz besondere Menschen kennen lernen.«
Mit dem Aufzug nach unten, über eine Fußgängerbrücke und eine kurze Busfahrt zu einem dezent gestalteten Cam-

pus, auf dem die Teilnehmer des Programms auch untergebracht waren. Ein Schild mit der Aufschrift »Beacon for the Blind, gegr. 1982« war am Tor der Einfahrt angebracht. Sie hatte Fotos davon gesehen, sich aber nie vorstellen können, selbst hier zu sein. Wer kam schon auf die Idee, dass er mal eine Weile hier würde verbringen müssen?

Die Anlage wurde von einem großen Gebäude dominiert, in dem Gemeinschaftseinrichtungen, Unterrichtsräume, Labors und je ein Wohntrakt für Schüler und Lehrer untergebracht waren. Wege aus Klinker und Kies und breite Trampelpfade zogen sich kreuz und quer über das Gelände. Einige von ihnen waren mit orangefarbenen Kegeln und Hindernissen ausgestattet, und mitten hindurch wand sich eine gut befahrene, geteerte Straße.

Zorn und Widerwillen nagten an ihr, während sie ihrem Untergang entgegenlief. Jeder Farbklecks, jede Bewegung auf dem Gelände mit seinen prächtigen Pecanobäumen, den gepflegten Rasenflächen und künstlich angelegten Hügeln schürte ihre Wut.

Obwohl sie diesen Tag schon seit Monaten geplant hatte, scheute Jessie vor der Tür fast zurück. *Ich gehöre nicht hierhin. Das ist ein Institut für blinde Menschen.*

Sie schluckte ihr Protestgeschrei herunter, ging durch das Foyer und zu einer Konferenzecke, die mit einem gemütlichen Sofa und Sesseln einem heimeligen Wohnzimmer ähnelte; daneben lagen ein Aufenthaltsraum und ein Esszimmer. Eine Doppeltür führte hinaus auf eine kleine Terrasse.

Eine Frau kam durch das Foyer. »Jessie? Ich bin Irene Haven.«

Jessie erkannte die Stimme sofort, denn sie hatten oft miteinander telefoniert. »Ja, da bin ich … also.«
Sie gaben sich die Hände. Irenes Händedruck war ebenso ruhig und kräftig wie ihre Stimme. Sie hatte klare grüne Augen, dichtes, dunkles Haar, einen dunklen Teint und ein Gesicht, das sowohl attraktiv als auch freundlich, aber nicht weichlich wirkte. »Setzen wir uns doch raus auf die Terrasse. Sully erwartet uns dort. Es ist so ein herrlicher Tag heute.«
Jessie kannte auch Malachai Sullivan, den Stellvertretenden Direktor, nur vom Telefon und einigen E-Mails. Als sie mit Irene hinaustrat, sah sie ihn an einem großen, runden Tisch mit hellroter Tischdecke und Stapeln von Unterlagen sitzen. Er sah recht gut aus, ein lockerer, älterer Typ mit Jeans und Sonnenbrille. »Haben Sie es also geschafft, kleine Lady«, sagte er und begrüßte Jessie mit herzlichem Lächeln. Er schien einer von diesen Texanern mit Klasse zu sein, mit entspannt gedehnter Aussprache und einnehmendem Wesen, und er konzentrierte sich ganz auf Jessie, als sie sich ihm und Irene gegenüber an den Tisch setzte.
»Ich hab's geschafft«, sagte Jessie. »Ich kann es kaum glauben, dass ich hier bin.« Unsicherheit und Angst lähmten sie. Das hier durfte nicht wahr sein. Es konnte nicht wahr sein. Sie gehörte nicht hierher, wo lauter Blinde herumstolperten, jeglicher Würde und Zielstrebigkeit beraubt. Allerdings sah sie hier niemanden stolpern. In einiger Entfernung gingen zwei Menschen nebeneinander über die Straße, aber die waren anscheinend nicht blind. Irgendwo begannen Hunde zu bellen, doch sie sah keine Herden edler, hart arbeitender, angeschirrter Führhunde, wie sie erwartet hatte.
»Ich weiß, dass Sie schon über unser Programm informiert

sind«, begann Irene, »aber das ist Ihr erster Besuch, also wird Sully mit Ihnen die VIP-Führung machen, wie mit allen potenziellen Klienten.« Sie goss Eistee in drei Gläser. »Jessie, Sully, bitte schön. Willkommen im Beacon.«

Jessie nippte an ihrem Tee, während Sully seinen praktisch in einem Schluck hinunterstürzte. »Danke«, sagte Jessie. »Und jetzt?« Sie lachte selbst über die Nervosität in ihrer Stimme. »Du meine Güte. So habe ich mich in der ersten Woche am College gefühlt.«

Irene blätterte in einer dicken Mappe mit Unterlagen über Jessies Fall und sagte: »Sie haben schon einiges mitgemacht, aber mit Dr. Hadden und Dr. Tso haben Sie zwei entschiedene Fürsprecher. Beide haben Sie dringend für unser Programm empfohlen, Margutti hat ebenfalls Ja gesagt, also – wenn Sie wollen, sind Sie drin.«

»Sie meinen, Sie lehnen tatsächlich auch Leute ab?«, fragte Jessie ungläubig.

»Natürlich. Der Erfolg des Programms hängt ganz davon ab, wie effektiv wir unsere Zeit und unsere Mittel einsetzen, und für manche Leute ist es einfach nicht das Richtige. Also, erst mal das Grundsätzliche. Ziel des Trainings ist es, Ihnen Strategien zum unabhängigen, selbstständigen Leben zu vermitteln.«

»Unabhängig. Wie kann ich unabhängig sein, wenn ich nicht mal ein verdammtes Auto fahren kann?«, fuhr Jessie auf.

»Erstens werden Sie für sich neu definieren, was Unabhängigkeit bedeutet«, erwiderte Irene ruhig. »Was bedeutet schon das Autofahren? Es bringt einen von Punkt A zu Punkt B. Am Steuer eines Autos zu sitzen ist nicht die einzige

Möglichkeit, das zu bewerkstelligen. Sie werden lernen, andere Alternativen zu finden. Mit unserem Ausbilder und den anderen Trainern werden Sie jeden Aspekt des Lebens durchgehen, vom Aufstehen am Morgen bis zu dem Moment, wo Sie sich abends schlafen legen. Nach vier Wochen auf dem Campus sind Sie dann soweit.«

»Sie können immer wieder zu uns kommen, wenn Sie Unterstützung oder eine Auffrischung des Trainings brauchen«, fügte Sully hinzu. »Das hier wird Ihre Basis sein, Ihr Informationszentrum.«

»Toll«, sagte Jessie, die sich für diese Einstellung verabscheute – doch noch mehr verabscheute sie die Tatsache, dass sie überhaupt hier sein musste. »Geben Sie mir ein paar Minuten, damit ich mich über all das freuen kann.«

Sully schenkte sich Eistee nach. So charmant er auch war, wirkte er doch etwas schlampig. Beim Einschenken hielt er sogar den Zeigefinger ins Glas. »Sie können nicht verhindern, dass es passiert. Sie können nur entscheiden, wie Sie damit umgehen wollen. Aber ich denke, den Vortrag darüber, wie blinde Menschen ihr Leben produktiv gestalten und einen Sinn und Erfüllung in ihrer neuen Situation finden, lassen wir wohl lieber aus.«

»Danke. Ich glaube, das könnte ich gerade nicht ertragen.«

Irene tätschelte ihren Arm. »Hört sich so an, als kämt ihr beide jetzt ohne mich zurecht. Alles Gute, Jessie. Wir sehen uns, wenn Sie hier anfangen.«

Wir sehen uns. Jessie blickte Irene schaudernd nach.

Malachai Sullivan legte die gefalteten Hände auf den Tisch und wandte ihr wieder seine ganze Aufmerksamkeit zu. Es war angenehm, dass er sich so völlig auf sie konzentrierte.

Der Gedanke verschlug ihr einen Moment lang den Atem, dass ihr Vater, wenn er noch leben würde, ganz ähnlich wie Sully aussehen würde, mit seinem ordentlich geschnittenen, graumelierten Haar, dem Gesicht voll Lebenserfahrung und einem empfindsamen Mund, der auch dann freundlich wirkte, wenn er nicht lächelte.
»Diese Umstellung ist für jeden Menschen sehr schwer«, sagte er. »Für die Familien der Betroffenen ebenso, aber Sie werden in dieser schwierigen Phase die Unterstützung brauchen.«
»Ich nicht«, erwiderte sie rasch, fast erschrocken. »Zunächst mal habe ich –« Diese Lüge brachte nicht einmal sie über die Lippen. »Hören Sie, meine Verwandten werden mit dieser Sache nichts zu tun haben. Ich komme allein hierher, und dabei bleibt es auch.«
»War das schon so, bevor Sie erblindet sind?«
»Ja.«
»Und ist es wirklich das, was Sie sich wünschen?«
Sie sah Luz vor sich, Lila, die Jungs. Dusty und Amber. Ihr Herz platzte fast vor Sehnsucht. Sie musste ihre ganze Kraft aufwenden, um zu antworten: »Ja. Gibt es damit irgendein Problem?«
»Vielleicht, vielleicht auch nicht. Ich will es brutal ehrlich ausdrücken: Manchmal behindern Angehörige oder Ehepartner einen Blinden sogar, vor lauter Liebe. Sie bemühen sich allzu sehr, ihm zu helfen, und nehmen ihm zu viele Dinge ab, die er sehr gut selbst bewältigen kann. Irgendwann verliert er dann die Fähigkeiten und die Motivation, die er braucht, um allein zurechtzukommen. Allzu hilfsbereite Angehörige können so gesehen sogar schaden.«

Das beschrieb Luz sehr genau, dachte Jessie. Sie nahm ständig anderen so viel wie möglich ab. Ihr wurde klar, dass sie gehen würde, ohne Luz zu sagen, wohin. Sie würde ihrer Schwester die Traurigkeit und den Frust ersparen. »Ich will es allein durch das Training schaffen«, erklärte sie Sully. Dann stand sie auf. »Kriege ich jetzt die große Führung? Ich habe mich immer schon gefragt, wo man wohl die Blinden unterbringt. Aber das Ambiente ist wohl nicht so wichtig.«
»Sehr komisch.«
Sully stand vom Tisch auf und schob langsam und präzise den Stuhl an den Tisch. Dann bückte er sich und holte etwas darunter hervor, und Jessie staunte nicht schlecht, als sie eine kurze Leine erkannte; diese war am U-förmigen Geschirr eines großen Schäferhundes befestigt, der sofort aufsprang und Sully aufmerksam ansah.
Obwohl Jessie keinen Laut von sich gab, musste ihre Überraschung irgendwie spürbar gewesen sein.
»Das ist Fred«, sagte Sully. Als der Hund seinen Namen hörte, wedelte er mit dem buschigen Schwanz.
»Oh. Ich … äh … Ich wusste nicht –« Verwirrt brach sie ab.
»Dass ich blind bin?« Er tätschelte den Hund, und Fred stellte sich an Sullys linker Seite auf. »Es gibt Zeiten, da spielt es kaum eine Rolle, zum Beispiel, wenn ich ein Glas Eistee trinke oder mit einem Freund telefoniere. Aber zu anderen Zeiten macht es sich dann doch bemerkbar, etwa wenn ich die Straße überqueren will oder Shuffleboard spiele.«
»Shuffle…« Sie blickte sich auf dem schattigen Gelände um und sah ein Netz aus Wegen und Gärten, wie ein Spielbrett.
»Darin bin ich echt miserabel.« Er murmelte ein Kommando, bewegte kaum merklich das Handgelenk, und Fred führ-

te ihn zum Rand des nächsten Weges. »Aber ich bin bemerkenswert gut beim Bowling.«

Der Campus des Instituts lag beinahe höhnisch nahe an dem der University of Texas. Jessie erinnerte sich an die vielen Warnzeichen an der Straße, die auf blinde Fußgänger hinwiesen. Vor vielen Jahren war sie völlig gedankenlos über diese Kreuzung gebrettert.

Sully führte sie durch das gesamte Institut, das ganz auf den Alltag eines blinden Menschen ausgerichtet war – angefangen mit der Einrichtung der Bäder, damit man sich nicht mit Haargel die Zähne putzte, bis hin zu Herdschaltern und Gewürzdosen mit Beschriftung in Braille.

»Sie meinen, ich werde blind kochen?«, flüsterte Jessie und sah zu, wie einer der Ausbilder einer alten Dame half, Rühreier zu braten.

»Klar.«

»Erstaunlich. Das konnte ich vorher nicht.«

In der so genannten Bibliothek befand sich eine Reihe verblüffender, raffinierter Geräte; allerdings war es hier für eine Bibliothek ziemlich laut. Die neueste Technik war einfach unglaublich – sprechende Bücher, Filme mit Kommentaren für Blinde, Computer, die man mit unmittelbar gesprochenen oder aufgezeichneten Diktaten fütterte und die Texte laut vorlasen.

»Bei manchen Filmen funktioniert es besser als bei anderen«, erklärte Sully, als sie daran vorbeikamen.

»Kann ich mir vorstellen.«

»Das hier ist ein besonders beliebter Teil der Führung«, sagte er und ging ihr voran zu einer Turnhalle voller Hindernisse. In der Tür blieben sie stehen. Ein Schild verkündete: »Orientierung und Mobilität«.

Ein Trainer arbeitete mit einem jungen, offenbar begeisterten Golden Retriever namens Flossie und einer Frau, die Margaret hieß – die Blinde wurde dabei mindestens ebenso intensiv geschult wie der Hund. Immer wieder gingen sie die Übung durch, wobei der Hund auf Schritt und Tritt angeleitet, gelobt und korrigiert wurde. Wenn es gut lief, bewegten die beiden sich wie eine Einheit; wenn nicht, kam die Frau vom Weg ab, der Hund zögerte, und sie stolperte beinahe über ein Plastikhütchen oder stieß sich an einem tief hängenden Gegenstand den Kopf. Der Hund konzentrierte sich mit einer Aufmerksamkeit, die beinahe menschlich wirkte. Nein, besser als menschlich. Der Hund hatte anscheinend kein anderes Motiv für sein Tun, als der Frau zu helfen.

»Das hat Ihnen gefallen«, bemerkte Sully, als sie die Halle verließen.

»Haustiere mag doch jeder.«

»Fred ist kein Haustier. Kein Blindenführhund ist ein Haustier. Das ist eines der ersten Dinge, die Sie hier lernen werden.« Er ging voran zu einem Apartment und hielt ihr die Tür auf; dann befreite er Fred von seinem Geschirr. Augenblicklich wurde Fred ein ganz normaler, typischer Hund, der sich auf ein angeknabbertes Spielzeug stürzte und damit im Zimmer herumsprang.

»Er ist ebenso sehr ein Teil von mir wie meine Ohren oder meine Hände«, erklärte Sully, und sein sanfter, selbstsicherer Ton wurde feierlich ernst. »Er ist auch mehr als nur ein Augenpaar. Er denkt und urteilt selbständig. Er macht Fehler, und er macht etwas richtig.«

Jessie lächelte. Sie mochte Sully, weil er ehrlich war und ein lebendes Beispiel dafür, dass blind zu sein nicht der unaussprechliche, komplette persönliche Untergang war, vor dem ihr gegraut hatte. Den Hund mochte sie auch. »Darf ich ihn streicheln?«

»Klar.«

Sie strich über das leicht raue Fell des schwarz-braunen Kopfes und verdiente sich damit ein genüssliches Brummen. »Sie lieben ihn sicher sehr.«

»Was ich für ihn empfinde, geht so weit über Liebe hinaus, dass es eigentlich kein Wort dafür gibt.« Sully sprach ohne jede Sentimentalität. Er beugte sich vor und hob zwei Kissen von der Couch hoch. Jedes war mit einem Foto von einem Kindergesicht bedruckt. »Meine Enkel«, erklärte er. »Ich liebe sie. Sie bedeuten mir sehr viel. Aber ich bin ihnen nicht bis aufs Blut und die Knochen verbunden, so wie Fred.«

»Sehen Sie sie oft? Ich meine –«

»Ich weiß, was Sie meinen. Ja, ich sehe sie häufig. Sie wohnen drüben am Shoal Creek, und meine Tochter kommt mich ein paarmal die Woche mit ihnen besuchen.«

Jessie schwieg kurz. »Haben Sie sie denn je tatsächlich gesehen?«

»Nein. Ich bin neunzehnhundertzweiundsiebzig erblindet.«

»Macht es Ihnen nichts aus?«

»Klar würde ich gern ihre Gesichter sehen. Aber ich habe sie im Arm gehalten. Sie auf die Wangen geküsst, ihre Haut gerochen.« Grinsend strich er über die Saiten einer Gitarre, die in einer Ecke lehnte. »Ich habe sie in den Schlaf gesungen, ihnen Geschichten vorgelesen, ich habe sogar Lieder für sie geschrieben.«

»Sie schreiben Lieder?«

Er nahm seine Gitarre zur Hand, schlug einen Akkord an und sang: »Paul Murray, Ihr neues Heim – ein Fertighaus …«

»He, das kenne ich aus dem Radio.«

»Ich schreibe Werbejingles. Nicht gerade hohe Kunst, aber ganz lustig. Womit verdienen Sie Ihre Brötchen?«, fragte Sully.

»Ich bin Fotografin.«

Sein Lächeln erlosch. »Das wird sich dann wohl ändern.«

Jessie kämpfte mit sich, um nicht zu schreien, und bemühte sich, stattdessen optimistisch zu klingen. »Ich wollte schon immer einen Hund.«

Kapitel 25

Luz aß mit den Jungs zu Abend, denn Ian hatte angerufen, um Bescheid zu sagen, dass er erst später mit Lila und Jessie aus der Stadt kommen würde. Sie war daran gewöhnt, dass er zu spät nach Hause kam; das war der Preis, den sie dafür bezahlten, so weit draußen auf dem Land zu wohnen. Und es machte ihr eigentlich nichts aus. Es hatte etwas Gemütliches, Tröstliches, ein einfaches, aber sehr begehrtes Mahl wie Makkaroni mit Käse zu kochen oder dem unkomplizierten Geplapper ihrer Söhne zu lauschen, während diese unvorstellbare Mengen Hühnchen in Ketschup ertränkten. Beaver saß aufmerksam daneben und verfolgte jeden Bissen vom Teller in den Mund wie ein Zuschauer bei einem Tennismatch.

Obwohl Luz sich das kaum eingestehen mochte, empfand sie die fehlende Spannung, wenn Lila nicht da war, als angenehm. Sie sagte sich, es sei eine kluge Entscheidung gewesen, Lila heute einmal Jessie zu überlassen. Luz musste sich an den Gedanken gewöhnen, dass Lila allmählich erwachsen wurde und sich andere Vorbilder suchte. Wenn sie sich nur auch an den Gedanken gewöhnen könnte, dass sie Lila die Sache mit der Adoption erklären sollte.

Sie war heute mit Nell Bridger unterwegs gewesen und hatte Kinder fotografiert. Sobald Nell den Leuten erklärt hatte, was sie mit dem Artikel bezweckten, lief alles genau so, wie Blair vorausgesagt hatte – die Leute hatten überhaupt nichts dagegen, sich fotografieren zu lassen, sogar in schwierigen, emotional geladenen Augenblicken. Manche drängten sich geradezu darum, weil es sie nach der Bestätigung verlangte. Luz hatte zunächst gezaudert, dann aber gemerkt, dass das nicht viel anders war, als die eigenen Kinder zu fotografieren. Man stellte sich einfach an den Rand des Geschehens und hielt ihren Schmerz, ihre Erleichterung und Verwirrung, ihren Zorn fest. Sie fragte sich, warum sie das nicht schon viel früher getan hatte. Die Arbeit machte ihr so viel Freude, dass sie die Zeit vergaß und sich schließlich beeilen musste, Scottie pünktlich vom Kindergarten abzuholen. Am meisten überraschte sie aber, dass sie tatsächlich gute Aussichten hatte, diesen Auftrag zu erfüllen, vorausgesetzt, die anderen Eltern und Lehrer erwiesen sich als ebenso kooperativ wie die Schüler. Mit einigen von ihnen hatte sie bereits einen Termin vereinbart. Sie spürte ihr Vertrauen ganz deutlich. Sie erwarteten, dass Luz sie würdevoll porträtierte; sie wollten, dass Luz' Fotos die Tiefe und das Ausmaß ihrer Trauer zeigten. Und Luz war mit der Arbeit, die sie bisher geleistet hatte, vollauf zufrieden. Sie war richtig gut, obwohl sie mit der Ausrüstung nicht vertraut war und das Ganze aus dem Blickwinkel des Neulings anging.

»Heute war so ein Mann bei uns in der Klasse und hat uns was erzählt«, sagte Wyatt.

Owen gab laute, heulende Motorengeräusche von sich und

ließ einen Spielzeugjeep langsam am Rand der Tischplatte entlangruckeln.

»Was war das für ein Mann?«, fragte Luz Wyatt.

»Einer von der Polizei.«

»Ich will den Mann von der Polizei sehen«, rief Scottie.

»Worüber hat er denn mit euch gesprochen?«, fragte Luz und schob ungesund helle Makkaroni und Farbstoffkäse auf ihrem Teller herum.

»Sicherheit und so.«

Owens Spielzeugjeep machte einen Satz und flog von der Tischkante. »Aaaargh!«, rief er. »Eine Hügelhopping-Tragödie!«

»Aaaagh!«, echote Scottie. »Eine Hügelhopp-Tragölie.«

»Also wirklich!« Luz fixierte ihren mittleren Sohn mit einem strafenden Blick. »Das ist abscheulich, Owen Earl Benning. Warum, um alles in der Welt, machst du Witze darüber?«

Er zog die Schultern ein und starrte auf seinen Teller. Genau wie Jessie, Lila und Luz hatte Owen hellrotes Haar und blasse Haut; seine Wangen röteten sich wie Wolken im Sonnenaufgang. »Entschuldigung«, nuschelte er.

»Du hast meine Frage nicht beantwortet.« Sie spürte, das Wyatt und Scottie sie mit großen Augen beobachteten. Owens Kinn zitterte, und ihr Herz wurde weich. »Na gut, das war eine komische Frage. Aber sag mal: Reden alle Kinder in der Schule vom Hügel-Hopping?«

Owen nickte.

»Und was sagen sie?«

Ein Schulterzucken, ein ausweichender Blick. »Sachen über Lilas Unfall und diesen Jungen, der gestorben ist.«

»Wir machen kein Spiel daraus, niemals. Okay, Owen?«, mahnte Luz.

»Ja, Mom.« Er griff zur Gabel und begann zu essen, und die beiden anderen taten es ihm gleich. Sie ließen das Thema liegen wie Gemüse, das keiner essen will, am Rand des Tellers.

Luz fühlte die Liebe zu ihren Jungs in sich aufwallen, vermischt mit Schuldgefühlen. In dem ganzen Wirbel um Jessies Besuch und Lilas Unfall hatte sie ihre Kleinen nur automatisch durch den Alltag gesteuert. Sie hatten Einzelheiten und Gerüchte über den Unfall aufgeschnappt und verarbeiteten diese nun auf ihre Weise.

»Ihr solltet ein paar Sachen über den Unfall wissen«, begann sie und sah die drei nacheinander an. »Lila und ihre Freunde haben etwas sehr Dummes angestellt. Sie haben sich rausgeschlichen, obwohl sie das nicht durften, sie haben Bier getrunken, und dann haben zu viele Jugendliche sich in dieses Auto gequetscht. Und sie sind mit diesem Auto umgegangen, als wäre es ein Spielzeug.«

Owens Blick flackerte zu dem verunglückten Jeep auf dem Boden.

»Sie waren sehr unvernünftig, ein schlimmer Unfall ist passiert, und alle haben sich schrecklich wehgetan. Und jetzt kann ihr Leben nie mehr so sein wie vorher.« Zu ihrem eigenen Entsetzen spürte sie den Druck von Tränen hinter ihren Augen. »Lilas Leben wird nie mehr sein wie vorher.«

»Wie wird es denn sein?«, fragte Owen.

»Na, anders, du Idiot«, sagte Wyatt.

»Sie hat Hausarrest«, sagte Scottie. »Das ist wie auf der Strafbank.«

»Sie hat Hausarrest, weil wir sie lieben und nicht wollen, dass ihr etwas passiert«, erklärte Luz.
»Aber es macht ihr gar keinen Spaß.«
»Für sie ist das eine Chance, darüber nachzudenken, was sie in ihrem Leben künftig anders machen will.«
Scotties Mundwinkel zogen sich herab. »Ich will aber nicht, dass Lila sich ändert. Ich will meine alte Lila behalten.«
»Sie wird immer deine alte Lila bleiben. Betrachte es doch mal so: Jetzt siehst du sie viel öfter, weil sie mehr zu Hause ist.«
»Weil sie nie wieder das Tageslicht erblicken wird.« Mit dieser sachlichen Feststellung spießte Scottie Makkaroni auf seine Gabel. Alle aßen schweigend auf, viel stiller als sonst. Wyatt räumte von sich aus den Tisch ab. Owen hob seinen Spielzeugjeep auf und stellte ihn vorsichtig in ein Regal.
Das Geräusch einer zuschlagenden Autotür weckte das allzu ruhige Haus.
»Dad ist zu Hause!« Scottie ließ den Löffel fallen, den er Beaver zum Abschlecken hingehalten hatte.
Von draußen drang Gesang und Lachen herein. *»Born to Be Wild«* war einer von Luz' und Jessies liebsten Songs aus Kindertagen im Auto. Luz hatte ihn seit Jahren nicht mehr gehört. Sogar Ian sang mit, reichlich schief, während die drei durch den Vorgarten ins Haus kamen.
Luz, die mitten in der Küche stand, erstarrte.
»Du hast dein Leben ja schon geändert, Lila«, sagte Scottie.
»Sie hat ihre Frisur geändert, du Idiot«, sagte Wyatt, der ebenfalls Lila anstarrte.
»Das sieht aus wie Tante Jessies Haare«, bemerkte Owen.
Jessie nahm Lila beim Arm und schob sie ins Licht. »Und?«

Sie drehte sich herum wie ein Model auf dem Laufsteg und zog Lila mit sich. »Was sagt ihr jetzt?«
»Du siehst komisch aus«, sagte Owen.
»Dann passt sie ja bestens in diesen Haufen hier.« Ian schnappte sich seinen Sohn und ging mit ihm in die Küche, auf der Suche nach Essbarem.
Luz stand immer noch wie angewurzelt da. Ihre Schwester und ihre Tochter sahen unglaublich aus. Da Lila nun Jessies kurze, stark gestufte Frisur hatte, wirkten sie wie Schwestern. Beide trugen Hüftjeans und kurze T-Shirts, die ein Stückchen Bauch zeigten, und über dem Bund der Jeans – Luz runzelte die Stirn, legte ihr Geschirrtuch beiseite und beugte sich vor, um genauer hinzusehen. »Was ist das? Ein Klebetattoo?«
»Ich will das Tatü sehen!«, rief Scottie.
Lila lächelte so voller Freude, wie schon seit vielen Tagen nicht mehr. »Tante Jessie hat auch eins.«
Gemeinsam zeigten sie und Jessie ihre Neuerwerbungen her.
»I gitt«, bemerkte Wyatt.
Luz wurde fast schwindlig, als sie die tätowierten Konstellationen sah. Sie erkannte sie von einer Sternenkarte, die immer neben dem Teleskop gehangen hatte – das hatte ein Sponsor ihrer Mutter ihnen geschenkt. Pegasus bei Jessie, und bei Lila Andromeda, die Prinzessin in Ketten. »Das sind gar keine Klebetattoos, oder?«
»Ich sterbe vor Hunger.« Lila ging zum Tisch, setzte sich neben Ian und fiel über die restlichen Käse-Makkaroni her.
»Was höre ich da von einer Tätowierung?«, fragte Ian mit vollem Mund. Luz hätte ihn ohrfeigen mögen. Manchmal war er einfach schwer von Begriff.

»Es ist nur eine ganz kleine«, sagte Lila. »Willst du sie sehen?«

Er blickte düster und stur geradeaus. »Nein, danke.«

»Wisst ihr was?«, erklärte Jessie unvermittelt. »Ich habe noch zu tun. Das Diktiergerät erwartet mich.« Bevor Luz sie aufhalten konnte, schlüpfte sie hinaus und verschwand in der Nacht.

Luz kochte, doch sie hielt ihren Zorn streng im Zaum und unsichtbar. Wann hatte sie sich das eigentlich angewöhnt, fragte sie sich – alles aufzustauen, bis sie selbst entschied, es losbrechen zu lassen?

Ian gab sich die größte Mühe, seine aufgewühlte Frau und seine frisch gestylte Tochter zu ignorieren, und brachte die Jungs nach oben, um sie bettfertig zu machen. Lila entschuldigte sich, um sich wieder dem Ausgrabungsprojekt zu widmen, das einmal ein ordentliches Zimmer werden sollte. Aber sie sang beim Aufräumen.

Wie meistens im Hause Benning stahl das normale Leben einer einwandfreien Krise einfach die Show. Tief drinnen fand Luz das ganz angenehm. Wenn sie sich nur genug auf Trab hielt, konnte sie die schwierigen Dinge aufschieben oder halb vollendet liegen lassen, wie alles andere in ihrem Leben. Hausaufgaben mussten gemacht, Kinder gebadet und zu Bett gebracht werden; es war schon nach zehn, als sie endlich hinaufging, um Ian mit ihrer Wut zu konfrontieren.

Er saß in seinem uralten Sessel am Fenster und las in einer Akte vom Stapel auf dem Boden. Luz liebte ihren Mann, aber diese Liebe wurde manchmal von Verzweiflung und

Gereiztheit getrübt. Heute Abend war ihr die Geduld ausgegangen. »Nein, danke?«, wiederholte sie seine Worte vom Esstisch. »Meine Schwester lässt unsere Tochter tätowieren, und alles, was du dazu zu sagen hast, ist ›Nein, danke‹?«

Er nahm seine Lesebrille ab und legte die dicke Akte beiseite. »Ich wollte es mir nicht ansehen.«

»Das ist ja das Problem«, fauchte Luz in aufflackerndem Zorn, weil sie tausend Echos von früheren Auseinandersetzungen in dieser Erwiderung hörte. »Du willst überhaupt nichts sehen. Vor allem, wenn es um Lila geht. Was ist nur los mit dir, Ian? Du bist kaum je für sie da.«

»Sie will mich ja nicht da haben. Für Lila bin ich nur ein notwendiges Übel in Gestalt einer Brieftasche.«

»Das bedeutet aber nicht, dass du nicht als ihr Vater auftreten kannst.«

»Das weiß ich. Lila weiß das auch. Aber in ihrem Alter braucht sie mich nicht mehr so sehr wie früher, als sie noch klein war.«

»Sie braucht dich sehr wohl. Du warst ja nicht mal bereit, mit ihr über diese verdammte Tätowierung zu sprechen.«

»Darüber zu sprechen, wird sie auch nicht verschwinden lassen. Und weißt du was, Luz? Sauer zu werden und sich deswegen zu streiten wird sie genauso wenig verschwinden lassen. Es ist passiert, okay? Wir können es nicht ungeschehen machen. Aber wir können damit klarkommen.«

Luz sank auf die Bettkante. Nachdenklich spielte sie an einem Körbchen voll Stoffquadrate herum, aus denen sie seit Jahren einen Quilt nähen wollte und nie dazu kam. Er setzte sich neben sie, und das Bett quietschte protestierend. Es

beruhigte sie immer, wenn er ihr so den Nacken massierte, selbst jetzt. »Ach, Ian«, seufzte sie. »Was sollen wir denn machen?«
»Hoffen, dass sie nicht demnächst mit einem Nasenring ankommt?«
Sie legte die Wange an seine Schulter. »Du weißt, was ich meine. Jessie will, dass Lila von der Adoption erfährt. Darum geht es eigentlich die ganze Zeit. Sie hat es nicht wieder angesprochen, aber die Frisur und diese Tätowierung sprechen eine deutliche Sprache.«
»Ich habe noch nie von einem Kind gehört, das total durchgedreht wäre, weil es erfahren hat, dass es adoptiert ist«, sagte er. »Was willst du denn, Luz?«
Sie ließ sich erschöpft aufs Bett fallen. »Ich will das alles für eine Weile vergessen.«
»Na, da kann ich dir wohl helfen.« Er legte sich neben sie. Sie wusste, dass sie zu überhaupt keinem Ergebnis gekommen waren, aber das war Ians Zauber. Für ein paar Minuten waren ihre Probleme einfach nicht mehr so wichtig.

Am nächsten Morgen jedoch machten sie sich umso heftiger wieder bemerkbar. Die Kinder verbreiteten Unruhe im ganzen Haus, während sie hastig frühstückten und sich für die Schule fertig machten. Luz musste zugeben, dass Lila der Schule schon positiver gegenüberstand als in den vergangenen Tagen. Nichts tat so viel für das Selbstvertrauen eines jungen Mädchens wie eine radikal neue Frisur und ein cooles Tattoo. Lila behauptete, die tätowierte Stelle jucke und sei empfindlich, und deshalb »müsste« sie unbedingt einen bauchfreien Pulli tragen, damit es nicht kratzte.

Luz sah zu, wie Lila ihren Rucksack schulterte und den Hügel hinaufging, um auf den Schulbus zu warten. Als sie sie fortgehen sah, zog es ihr das Herz zusammen, sie sah so klein und zierlich und zielstrebig wie vor zehn Jahren auf dem Weg zum Kindergarten aus. Tief berührt von diesem Bild machte Luz Scottie für den Kindergarten fertig. Ian hatte es eilig, zu einer Besprechung mit einer Bürgerrechtsorganisation zu kommen, daher fuhr Luz Scottie zur Kirche. Danach ertrug sie tapfer ein schmerzliches, sehr emotionales Treffen an der Highschool mit den Eltern einiger Kinder, die in den Unfall verwickelt gewesen waren. Ihre Bereitschaft, mitzuarbeiten und ihre Gefühle zu teilen, rührte Luz und machte sie betroffen. Sie fing ein Bild von Nell Bridger mit Digs Footballtrikot ein, das sie von dem improvisierten Schrein vor der Schule gerettet hatte. Luz fotografierte Sierras Mutter und die Cheerleader-Trainerin, die einander schluchzend umarmten, und Kathys Vater, der ganz allein auf der leeren Tribüne des Spielfeldes saß und ins Nichts starrte.

Als Luz am späten Nachmittag nach Hause kam, trug sie die Traurigkeit und die Wut anderer Menschen zusätzlich zu ihrer eigenen mit sich herum. Sie ging durch das große Grundstück zu der Reihe von Hütten am See. Selbst in der strahlenden Herbstsonne sahen die Gästehäuschen trübselig und verfallen aus. Sie hatte sie immer schon ein bisschen herrichten wollen und sogar schon zwei Wände an der ersten Hütte gestrichen, aber irgendwie war sie dann zu nichts mehr gekommen. Jessie hingegen hatte der Hütte bereits jetzt ihren farbenfrohen Stil aufgeprägt, indem sie ein Marmeladeglas voll blühendem Salbei und

Schwarzäugiger Susanne auf ein Fensterbrett gestellt und das Fenster zum See mit einem weinroten Fransenschal dekoriert hatte.

Luz klopfte an und trat ein. »Hallo.«

»Hallo.« Jessie saß am Tisch, das Kinn in eine Hand gestützt, eine Tasse Kaffee in der anderen. Sie trug ein Kleid in dunklem Türkis und braune Cowboystiefel, die an jeder anderen Frau ein modisches Verbrechen gewesen wären. Blairs Rekorder stand mitten auf dem Tisch. Jessie drückte auf einen Knopf, um ihn abzuschalten. »Ich habe gerade an dem Artikel gearbeitet.«

Also schön, dachte Luz. Sie konnten sich entweder auf die übliche Weise darum drücken oder mitten reinspringen. Vielleicht zeigte der anstrengende Tag hier Wirkung. Ihr war danach, mitten hineinzuspringen.

Dennoch zwang sie sich, sich langsam zu setzen und mit ruhiger Stimme zu sprechen. »In welchem Universum ist es in Ordnung, ein Kind, das dir nicht gehört, mit einem dauerhaften Mal zu versehen?«

Jessie konterte ebenso ruhig und noch kompromissloser. »In welchem Universum ist es in Ordnung, einem Kind zu verschweigen, dass es adoptiert wurde?«

»Wir haben das ausführlich besprochen, bevor sie geboren wurde. Du warst einverstanden – verdammt, Jessie, *du* warst diejenige, die meinte, es wäre besser, ihr nichts zu sagen. Und jetzt bist du sauer, weil wir genau das getan haben, was du wolltest?«

»Ach, Luz. Wenn es um so etwas geht, ist man doch nicht sauer.«

»Stimmt. Wenn es um so etwas geht, lässt man das fragliche

Kind erst einmal für den Rest seines Lebens entstellen. Schon klar.«

»Oh, natürlich, du machst ja jeden Scheiß nur richtig, Luz«, explodierte Jessie. »Du machst nie einen Fehler, mit deiner perfekten Familie und deinem perfekten Leben.«

Luz war zu verblüfft, um mehr zu tun, als ihre Schwester mit offenem Mund anzustarren. Jessie ging ihr derart an die Gurgel? Dann traf sie der eigentliche Vorwurf mit voller Wucht; sie barg das Gesicht in den Händen und heulte vor Lachen. »Mein perfektes Leben«, keuchte sie und spürte die Tränen fließen.

»Du hast alles, du liegst immer richtig, und ich bin die Spinnerin, die in der ganzen Welt herumgondelt, als gäbe es kein Morgen.«

»Mein wunderbares Haus, das bald auseinander fällt, mein Mann, der nie zu Hause ist. Meine tätowierte Tochter, mein lernbehinderter Sohn.« Sie bemerkte Jessies Miene und lachte wieder, beinahe schon hysterisch. »Owen«, erklärte sie. »Und das ist nur eine der Kleinigkeiten über mein perfektes Leben, von denen du keine Ahnung hast.« Sie stibitzte einen Schluck von Jessies Kaffee. »Himmel, weißt du, was ich darum geben würde, herumzugondeln? Einen Beruf zu haben, ein Leben außerhalb von Edenville, Texas? All das zu sehen, was du gesehen hast?«

»Luz. Du willst nicht haben, was ich habe. Glaub mir.«

»Woher willst du eigentlich wissen, was ich will oder nicht?« Sie stand auf und ging erregt auf und ab. Ihr Herz pochte, und tief drinnen wusste sie, was hier passierte. »Du zwingst mich dazu, mit dir um ihre Liebe zu wetteifern.«

»Was?«

»Um Lila. Du hast sie mir gegeben, und jetzt nimmst du sie mir wieder weg. Ich wusste ja nicht, dass sie nur geliehen war.«

»Ach, Herrgott noch mal, Luz –«

»Du blendest sie. Sie ist ganz hingerissen. Ich gebe ihr Hausarrest und sorge dafür, dass sie ihr Zimmer aufräumt, während du sie in Kosmetiksalons entführst und sie tätowieren lässt. Himmel, Jessie, es ist weiß Gott schwer genug, sie in vernünftigen Schranken zu halten, auch ohne dass du hier hereinspaziert kommst und die Auntie Mame gibst!«

»Ulkig, dass du gerade Auntie Mame erwähnst. War das nicht die, die mit ihrem Neffen die ganze Welt bereist hat?«

»Jess, wenn du auch nur einen Augenblick glaubst, ich würde zulassen, dass du dieses Mädchen mitnimmst, dann hast du dich schwer getäuscht.« Luz baute sich vor ihr auf. Ihr wurde klar, dass sie alles, alles um Lilas willen opfern würde. Sogar ihre Schwester. Das traf sie tief. Sie würde mit Jessie um sie kämpfen, wenn es hart auf hart kam.

»Denk nicht mal an das, was du gerade denkst, Luz. Ich bin nicht gekommen, um dir Lila wegzunehmen.«

»Das ist auch nicht nötig. Du wärst schon zufrieden damit, zu wissen, dass sie dir folgen möchte, dass sie es tun würde. Sie betet dich an.«

»Sie betet auch Dave Matthews an, aber das heißt noch lange nicht, dass sie ihm um die ganze Welt folgen würde. Luz, du bist ihre Mutter. So sollte es sein. Aber manchmal – verdammt noch mal, Luz, du bist so damit beschäftigt, Mutter zu sein, dass du vergisst, auch noch irgendwas anderes zu sein.«

»Was, zum Teufel, sollte das denn sein? Ich kenne nichts anderes, Jessie. Immerhin waren unsere Eltern nicht gerade leuchtende Vorbilder. Ich muss zusehen, wie ich zurechtkomme, und den Laden am Laufen halten.«

»Stichwort, Luz. Du bist auf ewig die Mutter, und ich bin die durchgeknallte jüngere Schwester.«

»He, wenn dir der Schuh passt …«

»Weißt du, du bist so darauf fixiert, jede denkbare Situation unter Kontrolle zu haben, dass du etwas übersiehst, Luz.«

»Und das wäre?«

»Lila.«

»Was, zum Teufel, soll das heißen?«

»Du bist so sehr damit beschäftigt, ihr Leben zu organisieren, auf ihre Noten zu achten, jede ihrer Bewegungen zu überwachen und dir Sorgen um sie zu machen, dass du etwas vergisst: Sie ist eine einzigartige Persönlichkeit.«

»Das stimmt nicht. Es passt mir nicht, dass du nach fünfzehn Jahren angetanzt kommst und mir sagst, wie ich meine Tochter zu erziehen habe.«

»Wie heißt ihre liebste Rockgruppe? Ihr Lieblingslehrer? Was macht sie fertig, regt sie auf? Weißt du überhaupt, dass Heath mit ihr Schluss gemacht und zu Gott gefunden hat?«

Das stieß sie völlig vor den Kopf. »Was?«

»Deshalb hat sie es in der Schule nicht mehr ausgehalten. Deshalb hat sie einen Tag für sich gebraucht.«

»Hat sie deshalb auch eine Tätowierung gebraucht?«

»Vielleicht habe *ich* die gebraucht.«

»Herrgott noch mal, Jess, du hast schon eine.«

»Drei. Ich hatte schon drei. Jetzt sind es vier.«

»Glaubst du, indem du meine Tochter entstellst, könntest

du mich dazu zwingen, ihr zu sagen, dass sie adoptiert ist?«, brauste Luz auf.

»Niemand will dich zu irgendetwas zwingen, Luz.« Jessie stand auf und verstellte die Jalousie, um die Nachmittagssonne auszusperren. »Es war keine gute Idee, hierher zu kommen.«

»Wag es nicht, so etwas zu sagen.« Luz hasste dieses Gefühl – dass die Fundamente ihrer Welt unter ihren Füßen barsten und sie sich entscheiden musste, wohin sie springen sollte, um sich zu retten. »Ach, Jess. Ich will nicht mit dir streiten. Ich wünschte nur, du würdest erst mit mir sprechen, bevor du irgendetwas Dauerhaftes mit meinen Kindern anstellst.«

Das Geräusch knirschender Reifen auf dem Kies unterbrach sie. Luz runzelte die Stirn. »Wir erwarten doch gar niemanden.«

»Ich schon.« Jessie fuhr sich nervös mit der Hand durchs Haar.

Luz blickte hinaus und sah Dusty Matlock auf die Hütte zukommen. Als sie wieder zu Jessie hinüberschaute, sah sie etwas im Gesicht ihrer Schwester, das sie noch nie zuvor gesehen hatte. Es war ein machtvolles, reines Gefühl, nackt und so privat, dass Luz den Blick senkte. *Endlich*, dachte sie und spürte, wie ein Teil ihres Zorns auf Jessie verrauchte.

Endlich. Ihre kleine Schwester verliebte sich. Es wirkte verfrüht, das jetzt schon zu behaupten, doch Luz war sicher, dass sie sich nicht täuschte. Als Jessie zusah, wie Dusty den Pfad entlangkam, erkannte Luz sich selbst, wenn sie zusah, wie Ian zu ihr nach Hause kam. In solchen Momenten war das Herz einer Frau so erfüllt, dass sie ihre Gefühle nicht verbergen konnte.

Luz mochte alles an Dusty Matlock – sein Benehmen, sein Aussehen, sein Kind, und vor allem die Art, wie er mit ihrer Schwester umging. Doch ihre Wut war keineswegs völlig verraucht, weil Dusty plötzlich auftauchte. Erst jetzt entwickelte Luz richtigen Dampf. Dass Jessie mit einem Mann verabredet war, löschte das Feuer unter dem Kessel nicht. Der Kampf war nicht ausgefochten, und sie rechnete damit, dass ihre aufgewühlten Emotionen und Schuldgefühle andauern würden. »Dann unterhalten wir uns später darüber.«

»Wenn du meinst.«

Das sagte Lila auch ständig. Der perfekte Ausdruck für Leute, die vage bleiben und sich nicht festlegen wollten. Luz war weder mit ihrer Schwester noch mit dieser Unterhaltung fertig, aber es hatte keinen Zweck, jetzt darauf zu beharren. Sie schob Jessie zur Tür und öffnete sie.

»Meine Mutter möchte dich kennen lernen«, sagte Dusty und trat aus dem Schatten der Lebenseichen wie durch einen Schleier.

Jessie packte in gespieltem Entsetzen Luz' Arm. »O Gott, du glaubst doch nicht etwa, dass er sie gleich mitgebracht hat, oder?«

»Sehen wir doch mal nach.«

Alles, was sich eben zwischen ihnen abgespielt hatte, schimmerte kurz auf und sank dann hinab, verschwand unter einem neuen Augenblick mit neuen Problemen.

»Deine Mutter?«, fragte Jessie, als Dusty sich vorbeugte, um sie auf die Wange zu küssen. »Das klingt spannend.« Sie hörte sich locker und unbeschwert an, und Luz spürte, wie sehr ihre Schwester seine Nähe und Vertrautheit genoss.

»Hallo, Luz.« Mit einer eigenartig altmodischen Geste lüftete er seine Baseballkappe mit ›Matlock Aviation‹-Aufdruck.

»Was höre ich da von deiner Mutter?«, fragte sie und zog eine Braue in die Höhe.

»Sie möchte Jessie kennen lernen.«

Das wurde ja immer besser. »Tatsächlich. Warum?«

»Weil ich in letzter Zeit von nichts anderem mehr spreche als Jessie. Meine Mutter und ich haben sogar alte Ausgaben von diesem Magazin, *World Explorer*, ausgegraben, um mehr von ihren Arbeiten zu sehen.«

»Du bist ja verrückt, Matlock«, sagte Jessie.

Er hielt ihr die Beifahrertür seines Pick-ups auf. »Könnte schon sein«, sagte er. »Ein bisschen.«

Jessie klammerte sich an Luz' Hand, und Luz hegte den Verdacht, dass ihre Angst nur halb gespielt war. »Schick mich nicht mit ihm weg. Bitte, ich will nicht mit diesem bösen Mann mitgehen.«

»Unsinn.« Luz schubste sie auf den Pick-up zu. »Du bist doch selber gut darin, böse zu sein.«

»Das sind die Frauen, die mir liegen.«

»Neulich hast du aber gesagt, du magst es, wenn eine Frau dich herumkommandiert«, erinnerte Luz ihn.

»Ich mag sie herrisch *und* böse.« Er zwinkerte Luz zu.

Jessie formte ein schützendes Kreuz mit den Fingern, rückte aber doch langsam an die offene Tür heran. Luz lachte über Jessies Ulk, doch dabei spürte sie einen Stich im Herzen. Das hier war nur zum Spaß, aber wenn eine Beziehung nicht

mehr nur spaßig war, sondern auch einmal harte Arbeit erforderte, neigte Jessie dazu, ganz schnell zu verschwinden.
Mach es nicht wieder kaputt, Jess.
»Wo fahrt ihr denn hin?«, fragte Luz Dusty. »Willst du sie wirklich deiner Mutter vorstellen?«
»Ich glaube, das heben wir uns für ein andermal auf, wenn wir mehr Zeit für die alte Dame haben.«
»Oh, da bin ich sehr dafür«, sagte Jessie. Und dann, völlig unerwartet, legte sie Luz eine Hand auf die Schulter. »Streiten wir denn immer noch?«
Luz zögerte. Die Sache mit Lila war kein Streit, das ging viel tiefer und war wesentlich komplizierter. So kompliziert, dass sie das tat, was sie am besten konnte – sie legte es beiseite, um sich später den Kopf darüber zu zerbrechen. Also antwortete sie Jessie mit einer Gegenfrage: »Atmen wir denn immer noch?« Sie schob Jessie auf Dusty zu. »Na los. Bis später.«
Dusty stand wartend an der Beifahrertür. »Magst du mexikanisches Essen?«
Sie sah aus, als wolle sie vor Erleichterung in Ohnmacht fallen. »Für mein Leben gern.«
»Vaya con dios«, sagte Luz, trat zurück und sah ihnen nach, als sie davonfuhren.

Kapitel 26

Jessie schnallte sich an. Da erst fiel ihr auf, dass Ambers Kindersitz entfernt worden war. Dusty ging um den Wagen herum und sagte noch etwas zu Luz, doch Jessie konnte die Worte nicht verstehen. Sie fand es scheußlich, dass Luz wütend auf sie war. Was hatte sie sich nur dabei gedacht?

Sie hatte überhaupt nicht nachgedacht. So war das immer bei ihr. Sie hatte sich schon immer eher von ihren Impulsen als von Vernunft oder Vorsicht leiten lassen. Besonders gestern. Sie hatte einen Blick in eine Zukunft geworfen, der sie sich nicht stellen wollte, und deshalb hatte sie irgendetwas Verrücktes tun müssen – also hatte sie Lila tätowieren lassen.

Und dann war sie auch noch überrascht gewesen, als sie feststellte, dass Luz nicht damit einverstanden war.

Als Luz zum Haupthaus zurückging, stieg Dusty in den Wagen. Statt sofort den Motor anzulassen, rutschte er auf dem durchgehenden Vordersitz zu ihr herüber, legte einen Arm um sie und küsste sie; er bewegte sich schnell und irgendwie effektiv, zugleich aber unglaublich sexy.

Sein Kuss war ein herrlicher Genuss, er schmeckte so köstlich und fühlte sich so gut an, dass sie vor Glück hätte weinen mögen. Dusty hatte so eine Art, alles in einen Kuss zu packen – stumme Versprechen, verschwiegene Gefühle, vielleicht sogar Träume. Seine Hand stahl sich in ihre Bluse. Schließlich richtete er sich wieder auf und ließ sie schwindelnd zurück, brennend vor Sehnsucht.

»Das wollte ich schon von dem Moment an tun, als ich dich zum ersten Mal gesehen habe.«

»Was denn?«, fragte sie.

»Dich in mein Auto schaffen und dir in die Bluse fassen.«

»Du bist pervers, Matlock.«

»Und das ist noch eine meiner positiven Eigenschaften.« Übertrieben widerwillig löste er sich von ihr und rutschte hinüber hinters Lenkrad. Er legte eine Hand darauf und sagte: »Verdammt, hab ich dich vermisst.«

Ein Schauer überlief sie. Niemand hatte je zuvor so mit ihr gesprochen – so direkt und ehrlich. Sie hatte noch nie jemanden wie ihn kennen gelernt. Jegliche Verstellung schien ihm fremd zu sein. Er hatte eine unaussprechliche Tragödie überlebt und war bereit, darauf neu aufzubauen. Und wenn er sie in seinen Armen hielt, gab er ihr das Gefühl, der Mittelpunkt der Welt zu sein.

Er ließ den Motor an und fuhr den Hügel hinauf. »Ich musste meine Mutter praktisch fesseln und knebeln, um sie daran zu hindern, auf der Stelle mit mir hier rauszufahren und dich unter die Lupe zu nehmen.«

»Irgendwie habe ich Schwierigkeiten, mir vorzustellen, wie du deine Mutter fesselst und knebelst«, erwiderte sie.

»Um die Wahrheit zu sagen, das ist auch unmöglich. Louisa

Tate Matlock ist eine Naturgewalt. Und sie vergeht bald vor Neugier auf dich.«

»Warum?«

Er streckte die Hand aus und strich ihr über die Wange. »Du weißt warum, meine Süße.«

Es konnte sein, dass sie das tatsächlich wusste, und diese Erkenntnis machte sie sprachlos. Das hier war völlig absurd. Sie hatte es geschafft, ihr halbes Leben hinter sich zu bringen, ohne je so zu fühlen, ohne diese Schwindel erregende, himmlische Magie, und jetzt, ganz plötzlich, fühlte sie sie. Es war so beängstigend und aufregend zugleich, wie eine Achterbahnfahrt. In einer Achterbahn wusste man allerdings, dass es bald vorüber sein würde.

Oh, wie sie das hier wollte. Sie hatte ein halbes Leben gebraucht, um einen Mann wie ihn zu finden, aber nun kam er zum falschen Zeitpunkt.

Er fuhr an der Einfahrt zu seinem Grundstück vorbei. Sie saß still neben ihm und fand ein perverses Vergnügen an dieser Ungewissheit. Selbst als er vor dem Flugplatz stehen blieb, erlaubte sie sich keine Frage.

»Möchtest du wissen, wohin es geht?«, fragte er.

»Es hat keinen Sinn, dich zu fragen«, sagte sie.

»Warum nicht?«

»Weil meine Antwort dieselbe sein wird, egal, wohin wir gehen.«

»Ach ja? Wie lautet denn deine Antwort?«

Sie legte eine Hand in seine. »Ja.«

Kapitel 27

»Ich kann es immer noch nicht fassen, dass du mich nach Mexiko gebracht hast«, sagte Jessie.

Dusty genoss einen Schluck Tecate aus der kalten Dose, deren oberer Rand mit Limette und ein wenig Salz beträufelt war. »Du hast doch gesagt, du würdest gern mexikanisch essen.«

Jessie, ihm gegenüber an dem runden, emaillierten Metalltisch, sah wunderschön aus. Die nächtliche Brise spielte mit ihrem Haar, während sie draußen zusammen zu Abend aßen. Sie wirkte aufgeregt und vielleicht ein bisschen traurig, und Dusty fragte sich, warum. Er war froh, dass er sie hierher gebracht hatte. Der einsame Beamte an dem kleinen Flugplatz bestand nicht darauf, einen Reisepass zu sehen, solange man ihm irgendeinen Ausweis und einen Zwanzig-Dollar-Schein vorlegte; aber es hatte sich herausgestellt, dass Jessie sogar stets ihren Reisepass in der Handtasche bei sich trug.

Es war eine herrliche mexikanische Nacht, die Luft frisch und so klar, dass sie den Sternenhimmel genießen konnten, umgeben von Gerüchen und Geräuschen, die zugleich vertraut und fremdartig waren.

Sie drückte einen Limettenschnitz über den Rand ihrer Bierdose aus. »Ich liebe mexikanisches Essen. Ich liebe Mexiko.«

Ich liebe dich. Er lehnte sich auf dem wackeligen Klappstuhl zurück und spürte die Wahrheit dieser Worte am ganzen Körper und mit ganzer Seele. So oft er sich auch einzureden versuchte, es sei noch zu früh – diese Tatsache war so deutlich wie die Sterne am Nachthimmel über ihm. Da war diese Gewissheit in ihm, der er, vielleicht mit den Instinkten eines Piloten, zu vertrauen gelernt hatte. Sein Herz blieb unverrückbar dabei, dass es richtig war. Sie war die Richtige. Er würde mit ihr zusammen sein. Er konnte sich ein Leben ohne sie nicht mehr vorstellen.

Doch das wollte er ihr jetzt nicht sagen. Sie würde ihn für verrückt halten, wenn er das so früh schon aussprach. Für den Moment bewahrte er die Worte im Herzen auf wie ein Geschenk, das er gekauft hatte; er wartete auf den richtigen Augenblick, um es ihr zu geben.

Und dann war da noch die Kleinigkeit, ob sie auch ihn liebte oder nicht. Er glaubte es, war aber nicht sicher. Sie würde ihn lieben, allerdings. Das wusste er, und obwohl es arrogant wirken mochte, schämte er sich nicht dafür.

Auch einige praktische Überlegungen sollte er wohl anstellen. Sie musste bereit sein, Amber eine Mutter zu sein. Wenn sie das nicht wollte, war die Sache erledigt. Aber wenn er Jessie mit seinem Baby sah – so voller Staunen und Zärtlichkeit –, dann machte er sich große Hoffnungen.

»Du bist so still«, bemerkte Jessie.

»Ich genieße nur die Atmosphäre. Candela ist einer der Orte, die ich besonders liebe. Ich komme ein paarmal im Jahr hierher, einfach, weil ich die Möglichkeit dazu habe.«

Sie breitete die Arme aus, als wollte sie den Zocalo umarmen – eine Ansammlung bunter Geschäfte und Restaurants, die sich um den kolonialen Hauptplatz des Ortes drängten. »Es ist fantastisch. Wie hast du es entdeckt?«

»Einer von Arnufos Neffen arbeitet im Tower am Flugplatz. Er sorgt dafür, dass ich jedes Mal herzlich empfangen werde, wenn ich herkomme.«

»Gut zu wissen. Dann hält dich wenigstens niemand für einen Drogenschmuggler.«

»Nicht, dass ich wüsste. Und wer braucht schon Drogen?«

Die Besitzer des Cafés, in dem sie saßen, kannten ihn schon lange, und sie bemühten sich, nicht ständig in der Nähe zu bleiben und sie anzustarren, aber Felix und Yolanda Molina waren zu alt und zu fröhlich, um sich derart zurückzuhalten. Er brachte heute zum ersten Mal eine Frau mit hierher, und sie behandelten Jessie wie königlichen Besuch.

Yolanda hatte ein Festmahl aus gegrillter Paprika mit Reis und Pipones bereitet, außerdem gefüllte Chilis, von denen er am liebsten den Mond angeheult hätte, und Enchiladas, die auf einer beheizten Platte brutzelten. Zum Nachtisch gab es Sopapillas in reichlich Honig und Zimt. Jessie schloss die Augen und lächelte selig. »Danach sollte ich wohl zur Beichte gehen.«

»Ich wusste gar nicht, dass du katholisch bist.«

»Bin ich auch nicht, aber ich habe jede Menge Sünden begangen.«

Er spürte einen tiefen Ernst hinter diesen Worten. »Ach ja?«

»Du willst nichts davon wissen.«

»Klar will ich das.«

»Nein, ich meine, du willst es *wirklich* nicht, glaub mir.«

»Jetzt musst du es mir auf jeden Fall erzählen.«
Sie erschauerte und drückte die Handflächen auf den Tisch.
»Ich denke nicht.«
Er vermutete, dass sie das immer so hielt – sich weigerte, etwas von sich zu teilen und herzugeben, sich in ihrer Verletzlichkeit zu öffnen. Er wollte sie gerade zum Tanzen auffordern, sie mitreißen und hoffentlich die sorgenvollen Schatten von ihrem Gesicht verjagen, doch irgendetwas hielt ihn zurück. »Dann denk noch mal scharf nach, Señorita. Ohne mich kommst du nicht wieder nach Hause, und wenn du mir nicht sagst, woran du denkst, lasse ich dich sitzen, und du musst für Yolanda spülen, bis das Essen abgearbeitet ist. Also, raus damit. Erzähl mir dein tiefstes, dunkelstes Geheimnis.«
Sie musterte ihn mit schmalen Augen. »Du zuerst.«
Er zögerte. Vielleicht hätte er doch nicht darauf bestehen sollen.
»Komm schon, Matlock«, sagte sie. »Du hast damit angefangen. Also los.«
Er trank noch einen Schluck Bier. Zum Teufel damit. Wenn aus ihnen beiden etwas werden sollte, mussten sie auch die harten Sachen miteinander teilen, die man nur besonders nahe stehenden Menschen anvertraute. »Ich habe Angst vor meiner eigenen Tochter.«
Dusty fühlte sich so schockiert, wie Jessie aussah. Er hatte nicht erwartet, dass ihm das Geständnis so leicht fallen würde. Vielleicht lag es an dem Bier, an der Atmosphäre oder daran, dass er verliebt war, aber er konnte sich einfach nicht vor ihr verschließen. »Ich meine, ich habe Angst, dass ihr etwas Schreckliches passiert. Jeden Moment. Sie hat nur mich,

und ich bin in allem so unsicher, was sie betrifft. Wenn Arnufo nicht wäre, hätte ich wohl irgendwas Verrücktes getan … sie einer meiner Schwestern oder meiner Mutter gegeben, damit die sie großziehen.«
»Warum ist das verrückt?«
Er grinste schief. »Du kennst meine Schwestern und meine Mutter noch nicht. Na ja, wenn ein Baby auf die Welt kommt, tut man doch, was das Beste für das Kind ist, nicht für einen selbst. Ich ziehe sie selbst groß, weil das das einzig Richtige ist.«
»Hast du etwas gegen Menschen, die ihre Kinder weggeben?«
»Himmel, nein. Manchmal ist das die beste Entscheidung. Aber bei Amber und mir war es nicht so. Und du willst mich nur ablenken. Los, Jess. Das tiefste und dunkelste. Du bist dran.«
»Ich habe auch mal ein Kind bekommen.« Die Worte platzten aus Jessie heraus wie Schaum aus einer Sektflasche.
Verdammt. Vielleicht hatte sie Recht. Vielleicht wollte er es wirklich nicht wissen.
Sie lächelte falsch und lieblich. »Und, freust du dich jetzt, dass du danach gefragt hast?«
Okay, dachte er. Das war ein Test. Wie sehr wollte er sie lieben? So sehr, dass er bereit war, ihre Traurigkeit auf sich zu nehmen? »Erzählst du mir davon?«, bat er.
»Die Geschichte zu erzählen, steht mir nicht zu.«
»O doch, Süße. Sie ist dir passiert.« Er nahm ihre Hand in seine und starrte auf ihre miteinander verschlungenen Finger auf dem angeschlagenen Emailletisch. Er empfand eine solche Zärtlichkeit für diese Frau. Sie bewegte ihn und rühr-

te an seine besten Instinkte, sie zu trösten und auf Händen zu tragen.

Sie presste die Lippen zusammen und holte dann tief Luft. »Ich war einundzwanzig, kurz vor dem College-Abschluss. Hab ein kleines Mädchen geboren. Sie war ein Frühchen, und niemand dachte, dass sie es schaffen würde, am allerwenigsten ich. Noch am selben Tag habe ich das Krankenhaus verlassen, ohne einmal zurückzublicken. Irgendwie war ich davon überzeugt, wenn ich mich da einmische, würde ich jede Chance zunichte machen, dass sie doch überlebt.«

»Und sie hat überlebt«, schloss er, ohne es erst hören zu müssen. »Und dann?«

»Mehr kann ich nicht sagen. Das ist sehr persönlich.« Sie entzog ihm ihre Hand und legte sie auf ihren Schoß. Und plötzlich wusste Dusty Bescheid. Ihm wurde fast schwindlig, als er das trotzige junge Mädchen vor sich sah, das seinen Eltern so viel Kummer machte. »Verdammt. Lila.«

Eine einzelne Träne rann ihr über die Wange. »Dusty, du darfst kein Sterbenswort sagen.«

Er runzelte die Stirn. »Du meinst, es ist ein Geheimnis?«

Sie nickte und ballte die Hände auf dem Schoß zu Fäusten. »Als sie … damals dachte ich … ich dachte, es wäre besser für mein Baby, nichts von mir zu wissen.«

Er konnte sich nicht vorstellen, Amber nicht eines Tages alles über Karen zu erzählen. »Und wie denkst du jetzt darüber?«

»Ich weiß nicht.« Sie nippte an ihrem Bier. »Ich bin nach Hause gekommen, weil ich sie sehen wollte, aus ganz egoistischen Gründen. Ich muss dahinter kommen, was das Beste für Lila ist. Wenn ich ihr sage, dass ich ihre leibliche Mutter bin, wird sie wissen wollen, wer ihr Vater ist, und das weiß niemand außer mir.«

»Verdammte Scheiße. In deinem Leben ist weiß Gott die Hölle los.«

Sie fuhr sich mit der Hand über die Wange. »Das war noch längst nicht alles.«

»Dann erzähl mir auch den Rest.«

Sie zögerte und wich seinem Blick aus. »Das geht nicht. Andere Menschen müssten darunter leiden.«

»Du leidest jetzt, Jessie. Sprich mit mir. Das hilft, ich verspreche es. Was ich dir über Karen erzählt habe – das habe ich viel zu lange in mir verschlossen. Und nachdem ich sie mit dir geteilt habe – sogar mit dieser Blair –, da kam mir alles gar nicht mehr so schlimm vor.«

Sie schauderte und holte tief Atem. »Ich hatte das ja nicht geplant oder so. Ich kannte Ian, bevor er Luz kennen gelernt hat. Es war nichts. Ein Strohfeuer. Wir haben uns ein bisschen amüsiert, und dann sind wir wieder unserer Wege gegangen und haben das Ganze vergessen.«

Er achtete darauf, keine Miene zu verziehen, doch das war anstrengend. »Ich möchte meinen, dass eine Affäre mit dir mehr als nur ein bisschen amüsant ist, aber vielleicht bin ich da voreingenommen.«

»Bist du. Ein paar Wochen, nachdem es auseinander gegangen war, lernte er Luz kennen. Himmel, Luz war so glücklich. Ich hatte sie noch nie verliebt gesehen. Sie hat sich immer nur gesorgt und gekümmert. Unsere Mom war kaum für uns da, deshalb hat Luz praktisch ihre Kindheit aufgegeben, um sich um uns zu kümmern. Und als Ian kam, ließ er all das verschwinden. Es war wie Zauberei. Die verliebte

Luz war ein völlig neuer Mensch. Da habe ich zum ersten Mal gesehen, wie die Liebe einen Menschen verwandeln kann.«

Sie musste tief durchatmen. »Ian und ich haben die Vergangenheit mit keinem Wort erwähnt. Er und Luz haben fast sofort beschlossen, zu heiraten, und ich bekam ein Stipendium für ein Projekt im Ausland.« Sie lächelte bitter. »Ungefähr fünf Minuten lang hat es so ausgesehen, als sollten Luz und ich endlich das Leben bekommen, das wir uns gewünscht hatten. Dann habe ich festgestellt, dass ich schwanger war. Ich habe eine Art kontrollierte Panik gekriegt. Und die Schuldgefühle haben mich beinahe umgebracht. Ich war einundzwanzig und schwanger von dem Mann, den meine Schwester heiraten wollte. Ich war immer schon ziemlich wild, aber das überstieg alles, was ich mir je geleistet hatte.«

Einen Moment lang fragte Dusty sich, ob das bedeutete, dass sie Amber nicht akzeptieren würde. Doch ihm wurde schnell klar, dass das Unsinn war. Er konnte sich vorstellen, wie sehr sie sich damals gequält und geängstigt hatte. Jetzt war sie ein anderer Mensch, mit einem Herzen, so bereit für die Liebe, dass sie ihrem Leben den Rücken gekehrt hatte, um nach Hause zu kommen, zu ihrer Familie.

»Glaub mir, andere Einundzwanzigjährige haben schlechtere Entscheidungen getroffen«, sagte er.

Sie zog ihre Hand zurück und nippte an ihrer Bierdose. »Wie immer ist Luz zu meiner Rettung erschienen. Sie hat mir angeboten, das Baby zu adoptieren, und Ian war einverstanden. Er wusste natürlich, dass das Baby rein rechnerisch von ihm sein konnte. Er hat mich gefragt, und ich habe es geleugnet.« Sie warf Dusty einen herausfordernden Blick zu. »Nett, was?«

»Ich denke, du hattest deine Gründe dafür.«

»Wenn ich ihn als den Vater benannt hätte, hätte Luz ihn aufgegeben. Er hätte sich seiner Verantwortung stellen wollen und mich geheiratet, und wir hätten die letzten sechzehn Jahre damit verbracht, einander – und unsere Tochter – furchtbar unglücklich zu machen. Die Wahrheit zu sagen, hätte meiner Schwester alles weggenommen.«

»Dann solltest du nicht bedauern, was du getan hast, Jess. Luz und Ian sind ein tolles Paar, soweit ich das beurteilen kann. Lila ist bei ihrem leiblichen Vater und wächst in einer stabilen, liebevollen Familie auf.«

»Ich weiß. Ich könnte nicht dankbarer sein, und ich hätte meinem Baby kein besseres Leben ermöglichen können. Aber ich hätte wegbleiben sollen. Ich habe immer schon allen nur Probleme gebracht, und diese Sache mit Lila ist ein Beweis dafür. Als ich noch jung war, hat es Spaß gemacht, als Freigeist zu leben. Jetzt wird es alt. *Ich* werde alt. Aber Lila … Sie wiederzusehen, ist das Einzige, was mir noch sinnvoll erscheint. Ich habe ihr das Leben geschenkt und sie dann weggegeben. Ich habe mir verboten, darüber nachzudenken, was ich in die Welt hinausgeschickt habe, was ich vor sechzehn Jahren aufgegeben habe. Jetzt kann ich über nichts anderes mehr nachdenken. Als du heute Nachmittag aufgetaucht bist, habe ich mich gerade ihretwegen mit Luz gestritten. Ich habe sie für einen freien Tag mit in die Stadt genommen und schrecklich verwöhnt.« Sie berührte das blau-grüne Kleid an ihrem Bauch. »Wir haben uns tätowieren lassen. Ich wollte etwas mit ihr gemeinsam haben.«

Er versuchte sich Amber mit sechzehn vorzustellen, die sich den Bauch tätowieren ließ. Das Bild wollte sich einfach nicht formen lassen. »Wohl nicht das ideale Souvenir.«

»Ich weiß.« Sie trank ihr Bier aus. »Also, Dr. Matlock«, sagte sie und rückte eine imaginäre Brille zurecht. »Der Patient ist ein hoffnungsloser Fall, wie?«

»Ihr werdet das schon machen. Du und deine Schwester und Lila.«

»Klar.« Sie stellte die leere Bierdose auf die Tischkante. Er fing sie auf, bevor sie zu Boden fiel.

»Weißt du, was mir echt Angst macht?«, fragte sie. »Ich habe mich bewusst so lange wie möglich von Lila fern gehalten. Sie hatte mich noch nie gesehen und wusste kaum etwas über mich, bis ich plötzlich aufgetaucht bin.

Ich war die bunte, faszinierende Tante Jessie, die um die ganze Welt reist und ihr Postkarten mit schönen exotischen Briefmarken schickt, oder ab und zu eine E-Mail aus einem Internetcafé in Katmandu, Kuala Lumpur oder sontwoher. Trotzdem hat sie so viel von mir, dass es schon unheimlich ist.«

»Die Gute hat sich nicht rausgeschlichen und einen Unfall gehabt, weil sie mit dir verwandt ist, oder weil du zu Besuch gekommen bist. Glaub mir, so etwas war einfach früher oder später fällig.«

»Woher willst du das wissen?«

»Lebhafte Erinnerungen an meine eigene vergeudete Jugend. Hör mal, was auch immer an diesem Mädchen nagt, ist nicht über Nacht entstanden. Du bist nicht daran schuld, deine Schwester ist nicht daran schuld. Schuld sind allein Hormone und jugendliche Dummheit.«

»Genau genommen«, sagte sie, »ist es praktisch ein Hirnschaden.«

»Was?«

»Man hat festgestellt, dass Teenager sich unter anderem deshalb so oft überschätzen, weil ihr Gehirn – der präfrontale Kortex, um genau zu sein – noch nicht ausgereift ist. Der Teil, der rationale Urteile, eine Mäßigung des Gefühlslebens, Organisation und Planung kontrolliert, ist nicht voll entwickelt. Das erklärt, weshalb Teenager so verrückte Sachen anstellen. Die gute Nachricht ist, wenn sie diese Phase überleben, reift das Gehirn nach, und es ist wahrscheinlich, dass sie vernünftiger werden. Das habe ich herausgefunden, als ich für einen Artikel über den Unfall recherchiert habe, für Blair LaBorde.«

»Jetzt schreibst du also auch noch?«, fragte er beeindruckt.

»Neuerdings.«

»Gut. Dann bin ich dein allererster Fan.« Er erkannte neue Tiefen in ihr. Sie hatte ein Kind geboren – Lila –, war aber niemals Mutter gewesen. Diese Seite von ihr faszinierte und berührte ihn. Und er zweifelte keinen Augenblick daran, dass sie fähig war, ein Kind zu lieben. Sie hatte nur nie die Chance dazu gehabt. »Also, ich sehe da keinen Konflikt. Du hast selbstlos gehandelt, als du Ian die Wahrheit verschwiegen hast, damit er sich nicht zwischen dir und deiner Schwester entscheiden muss. Luz hat selbstlos gehandelt und dein Baby adoptiert. Ihr habt beide nur die besten Absichten verfolgt, und ihr habt euch sehr gern. Das heißt noch lange nicht, dass es leicht sein wird. Du hast Fehler gemacht, und du wirst mit ihnen leben müssen, genau wie alle anderen auch.«

Sie stützte das Kinn in eine Hand und seufzte übertrieben. »Willst du mich heiraten?«

Er grinste. »Morgen.«

Sie stand auf und strich sich das Haar aus dem Nacken. »Dann sollten wir lieber schon mal für die Hochzeitsnacht proben gehen.«

Er erhob sich und hielt ihr die ausgestreckte Hand hin. »Komm her.«

Als die Mariachis das letzte Lied des Abends anschlugen, nahm er sie in die Arme, diese wunderbare, schöne, tätowierte Frau, die er unbedingt in seinem Leben haben wollte, und tanzte mit ihr. Er war ein miserabler Tänzer, total aus der Übung obendrein, aber er wusste sehr wohl, wie man eine Frau im Arm hielt und sich langsam und wiegend bewegte, eine Andeutung dessen, was er eigentlich mit ihr tun wollte.

»Ich muss auch noch etwas gestehen«, sagte er und beugte sich vor, um in ihr Ohr zu flüstern.

»Ich verstehe kaum Spanisch«, flüsterte sie zurück.

»Ich bring es dir bei.«

Die klagende Melodie endete mit einem zarten Gitarrenschimmern. Dusty bezahlte die Rechnung bei Felix in amerikanischen Dollars und nahm Jessie bei der Hand. Es war nicht weit zur Posada Santa Maria, wo sie übernachten würden.

Der schläfrige Portier nickte ihnen zu, als sie durch einen Bogen in den Innenhof traten. Um den schattigen Garten lief eine viereckige Terrasse. Jessies Gesicht strahlte, als sie den mit Fackeln erleuchteten Hof betraten und stehen blieben, um die Blütenpracht zu bewundern.

Jessie schien besonders von einer riesigen Pflanze angezogen, die sich an einem Spalier an der Wand emporrankte. »Geißblatt«, sagte sie. »Oh, und Jasmin. Hier duftet es ja himmlisch.« Sie stolperte beinahe über einen am Boden kauernden Mann, der noch rechtzeitig aufstand und auswich.

»Entschuldigung«, sagte Jessie und fügte in schlichtem, aber ausreichendem Spanisch hinzu: »Ich habe Sie nicht gesehen.«

»*De nada*, Señorita.« Der Gärtner lüftete höflich seine Mütze. Als Erklärung deutete er auf eine Palette Blumen, die er gerade einpflanzte.

»Gute Nacht, Señor«, sagte Dusty und führte Jessie zu ihrem Zimmer. »Du bist so still«, bemerkte er.

»Die Vorstellung, dass jemand im Dunkeln Blumen pflanzt, ist mir neu.«

Er lachte leise, küsste sie und hielt ihr dann die Tür des kleinen, bescheidenen Zimmers auf. Er holte seine Brieftasche hervor und suchte nach einem Kondom. Verdammt. Er hatte seinen Vorrat neulich schon verbraucht und nicht ersetzt. Eigentlich nicht überraschend, dass er sich abgewöhnt hatte, für diesen Aspekt einer Verabredung zu sorgen.

»Stimmt was nicht?«, fragte Jessie.

»Keine Kondome. Und ich bezweifle sehr, dass es hier eine Apotheke gibt, die nachts geöffnet hat.«

Sie legte eine Hand auf seinen Arm. »Ich habe eine Ewigkeit die Pille genommen. Und ich habe nichts, Dusty. Ich würde dich nie in Gefahr bringen.«

Er zog sie an sich und küsste sie wieder, während seine Finger sich mit den Knöpfen im Rücken ihres Kleides befassten.

Dann brach er den Kuss ab und deutete auf ein altmodisches kleines Weihwasserbecken an der Wand.
»Das hier war mal das Zimmer einer Nonne, oder?«, fragte sie.
»Ich glaube schon.« Er ließ das Kleid von ihren Schultern und über ihre Arme hinabgleiten.
»Dann müssen wir beide zur Beichte.«
»Man kann nie wissen.« Er beugte sich vor und tastete sich mit den Lippen am Spitzenbesatz ihres BHs entlang. Sie ließ sich an ihn sinken und schob die Finger in sein Haar. Alles in ihm schien bei dieser schlichten, uralten Liebkosung zu erwachen, die er viel zu lange nicht mehr gespürt hatte. Er entledigte sich schnell seiner Klamotten und sank dann mit ihr aufs Bett. Ans Kopfteil gelehnt, zog er sie an seine Brust und drückte die Lippen auf ihre.
Dusty hatte Sex schon immer gemocht. Er mochte es, wie eine Frau roch und schmeckte. Er fühlte gern ihre Haut und hörte ihren Atem in seinem Ohr. Nichts davon war mit Karen gestorben. Doch jetzt mochte er Sex nicht nur, es war zu einem brennenden Verlangen geworden, kein vages, unbefriedigtes Gefühl im Allgemeinen, das ihn nachts wach hielt und ihn beinahe dazu brachte, ein paar dieser Nummern zu wählen, mit denen seine Mutter ihn stets versorgte. Diese Rastlosigkeit war jetzt vergangen. Nach einer langen Phase der Gleichgültigkeit richtete seine Leidenschaft sich nun auf Jessie, und auf Jessie allein. Dieser Gedanke brachte seiner Seele eine tiefe, befriedigende Ruhe, und als der Kuss endete, war er für den Moment vollauf zufrieden, sie im Arm zu halten, ihre Wärme und ihren Duft zu genießen. Ein paarmal in seinem Leben hatte er gespürt, dass er haargenau in

die richtige Richtung ging. Er fühlte es bis in die Eingeweide – das hier war richtig.
»Was?«, fragte sie. »Du bist plötzlich so still.«
»Ich habe nur gerade an eine Notlandung gedacht, die ich einmal machen musste.«
»Dann findest du mich wohl ungeheuer aufregend.« Aber in ihrer Stimme lag ein Lächeln.
»Ich bin über den Chitina in Alaska geflogen, und das Tal war plötzlich von einem Schneesturm verhüllt, den niemand vorhergesagt hatte. Ich wollte vor dem Dunkelwerden nach Hause. Zuerst konnte ich noch einigermaßen sehen, aber dann ist die Sichtweite auf Null zusammengeschrumpft. Die Kabinenbeleuchtung ist auch ausgefallen. Nur noch ich und die Dunkelheit. Sämtliche Regeln des Sichtflugs konnte ich in den Wind schreiben. Ich bin nur noch blind geflogen.«
Sie erschauerte und schmiegte sich enger an ihn. »Aber du hast es geschafft, zu landen.«
»Manchmal glaube ich, dass ich dabei nicht allein war. Es war irgendwie unheimlich. Ich hatte keine andere Wahl, ich musste irgendwie landen.«
»Vertraue der Macht, Luke«, sagte sie, und über ihre jämmerliche Imitation musste er grinsen.
»Es gab eine Million Möglichkeiten, es nicht zu schaffen, und nur eine sichere Landung. Ich weiß noch, dass ich in dieser Nacht die Nordlichter gesehen habe, und wie die Sterne durch den grünen und blauen Schimmer geleuchtet haben. Irgendwie habe ich diese einzig sichere Stelle zum Landen gefunden.« Er legte die Hand auf ihre und verschränkte die Finger mit ihren. »Das bist du, Jessie.«

»Die Einzige bei der du landen kannst? Hört sich irgendwie billig an.«
»Oh, das ist es.« Er spielte mit ihrem dünnen, sexy BH herum und schob ihn ganz langsam herunter. »Warst du schon mal verliebt, Jess?«
»Nein.« Ihre Antwort kam schnell und sicher. »Dafür ist meine Hardware nicht ausgelegt.«
»Aber sicher doch.« Er grinste über ihr Gesicht. »Du hast nur darauf gewartet, dass ich endlich komme.«
Dann streckte er die Hand aus und knipste das Licht aus. Er drückte sie auf die Matratze und unterdrückte ihren leisen Protest mit einem langen Kuss. Er mochte diese Stille mit ihr, mochte es, wie ihre Hände über sein Gesicht strichen, seinen Nacken, seine Schultern – wie sie sich ohne Worte verständigten. Wenn er sie berührte, füllten sich die Lücken, in denen Worte nicht genügten; wenn er mit ihr schlief, drückte er mit seinem Körper so viel aus und wusste, dass sie ihn verstand.

Jessie genoss die Dunkelheit. Wenn Dusty sie liebte, öffnete er sie zugleich für eine Welt von Empfindungen und Gefühlen, die ihr im hellen Tageslicht verborgen blieb. Hier, in der samtig schwarzen Nacht, fühlte sie seine feuchten Lippen auf ihren; die seidige, muskulöse Schulter unter ihrer tastenden Hand; sie schmeckte ihn und spürte, wie er sie so berührte, dass Magie erwachte. Verletzungen schmolzen dahin, Sorgen zerstreuten sich, und selbst die unablässig hämmernde Furcht vor dem Unbekannten wurde weicher unter dem rhythmischen Rauschen ihres eigenen Herzschlags.

Tief im Dunkeln bekam Sex eine neue Dimension. Ihre Sinne schärften sich, bis sie sie beinahe überwältigten. Sie spürte eine so durchdringende Ekstase, dass sie schmerzte, doch zugleich schuf seine Zärtlichkeit einen Keim der Hoffnung in ihr. Sie ließ sich in eine neue Sinnlichkeit fallen, vielleicht sogar eine Art Spiritualität, die ihren ganz eigenen Zauber besaß. In seinen Armen fand sie einen nächtlichen Garten, in dem Schönheit blühte, die man nicht sehen konnte, sondern mit tieferen Sinnen erfühlen musste. Sehen zu können, hätte diesem Augenblick nichts hinzugefügt.

Das war's, erkannte sie. Ihr Herz würde brechen. Ihr Leben lang hatte sie sich so sehr bemüht, das zu verhindern. Sie hatte Menschen von sich weggeschoben oder war vor ihnen geflohen, und die ganze Zeit über hatte sie nicht geahnt, dass sie diesem Mann direkt in die Arme lief.

Kapitel 28

Der Rückflug am frühen Morgen bot Jessie einen berauschenden Blick auf das verirrte Wäldchen vom Eagle Lake durch ihr immer enger werdendes Gesichtsfeld. Sie flogen von Süden nach Norden tief über den See, der wie ein blauer Spiegel die Kreuzform der Tragflächen und des Rumpfes reflektierte, während ihr Schatten über die Landschaft raste. Die großen Ahornbäume hatten sich wie Rost und in den Tönen des Sonnenuntergangs gefärbt, ein Feuerwerk von Farbe inmitten des Staubs und trüben Grüns ihrer Umgebung. Werde ich mich daran erinnern?, fragte sie sich und drückte die Handfläche ans Fenster. Angst und ein hartnäckiges Gefühl der Unwirklichkeit ließen sie schweigen, doch ihre Gedanken überschlugen sich. Werde ich das hier bewahren können, irgendwo in mir? Oder verblassen die erinnerten Bilder wie alte Fotografien, die noch nicht chemisch fixiert wurden? Sie versuchte, nicht daran zu denken, dass all dies verschwinden würde. Nach diesem Tag, versprach sie sich, würde ihr reichlich Zeit bleiben, sich zu bedauern.

»Du bist so still.« Dustys Bemerkung vibrierte mit dem Lärm im Cockpit.

Sie ließ sich kurz Zeit, um ein anderes Gesicht aufzusetzen, bevor sie sich zu ihm umdrehte. So vieles geschah mit ihr, und er war mittendrin, eine Quelle der Kraft, der Freude. Doch wie der prächtige Ausblick auf die Farben unter ihr, würde er für sie bald nicht mehr wirklich sein und nur noch an einem unsichtbaren Ort in ihrem Inneren existieren. »Nach so einem tollen Date gibt es nicht viel zu sagen.«

Mit einem süßen, frechen Grinsen legte er ein paar Hebel um und bereitete die Landung vor. »War nicht übel, was?«

Ihr ganzer Körper reagierte auf ihn mit einer Woge des Verlangens nach körperlicher Nähe. Ihr wurde klar, dass Dusty völlig Recht hatte – sie könnte ihn lieben. Anders als ihre unsteten Jahre mit Simon und ihre kurzen Affären in fremden Ländern konnte hieraus etwas werden, unter anderen Umständen. Aber er hatte bereits eine Frau geliebt und verloren. Nicht einmal Jessie war egoistisch genug, ihm die Katastrophe aufzubürden, in die ihr Leben sich gerade verwandelte. Das einzig Ehrenhafte war, es zu beenden, solange der Schaden sich in Grenzen hielt.

Aber es war zu spät. So verrückt es auch war, sie liebte ihn jetzt schon.

Er hatte zwar nichts dergleichen gesagt, aber sie wusste, dass er glaubte, sie würden zusammenbleiben, vielleicht sogar sehr lange. Vielleicht für immer. Er wollte, dass sie Ambers Mutter wurde, und Jessie sehnte sich danach, sich in dieses Leben zu stürzen. Doch sie kämpfte dagegen an.

Wie so oft in ihrem Leben stand sie am Scheideweg. Wie so oft wusste sie, dass sie gehen musste. Nur würde es ihr diesmal das Herz brechen, weil das, was sie zurückließ, ihr so

unendlich viel bedeutete – nicht nur Dusty und Amber, auch Lila und Luz und die Jungs. Die Welt, die sie nun betrat, war nichts für Dusty, und er würde sie auch nicht wollen. Er hatte sein Leben zu leben, eine Tochter großzuziehen. Das Letzte, was er brauchen konnte, war eine blinde Frau, um die er sich kümmern musste.
Als er sie zurück nach Broken Rock gefahren hatte, nahm sie all ihren Mut zusammen und erklärte: »Ich muss dir etwas sagen.«
»Was denn, meine Schöne?«
Sie erstickte beinahe an den Worten. »Ich kann dich nicht wiedersehen.«
Er stand vor der Tür ihrer Hütte und umarmte sie. »Gar nicht komisch«, sagte er.
»Das ist auch kein Scherz.«
»Gut. Ich finde das nämlich nicht zum Lachen.«
Sie wünschte, er würde sie nicht berühren. Sie wünschte, er würde nie damit aufhören. Sie entwand sich seinen Armen und trat einen Schritt zurück. »Ich hatte nicht damit gerechnet, mich … Tatsache ist, ich werde nicht mehr lange hier sein.«
»Jetzt werde ich langsam sauer, Jess.«
»Diese Wirkung habe ich auf die meisten Leute. Frag nur mal meine Schwester.« Ihr Kopf fühlte sich eigenartig leicht an, als könnte sie jeden Moment davontreiben. Es fühlte sich an, als müsste sie sich jedes einzelne Wort aus dem Herzen reißen. »Weiterziehen ist das, was ich tue«, fuhr sie fort, »und immer schon getan habe.«
»Was wartet da draußen auf dich, Jess, dass du es kaum erwarten kannst, hier zu verschwinden?«

»Mein Leben.« Sie hatte vielen Menschen wehgetan. Viele Menschen enttäuscht. Aber sie hatte es immer geschafft, mit dieser Schuld zu leben, weil sie wusste, dass der Schmerz und die Enttäuschung nachlassen würden. Bei Dusty hatte sie dieses Gefühl nicht. Sie waren bereits miteinander verbunden, ein Teil des jeweils anderen geworden. Ihn jetzt zu verlassen, würde ihnen beiden schlimme Narben zufügen. Aber wenn sie blieb, würde es sie zerstören. »Ich habe Pläne. Ich muss weiter.«

»Du machst einen Fehler.«

»Das ist meine Sache.«

Er ergriff ihre Hände. »Ich lasse dich nicht gehen.«

»Du kannst mich nicht aufhalten.« Sie entzog sich ihm.

Er schwieg lange. Es war beinahe unheimlich, aber sie spürte die starken Gefühle, die er ausstrahlte – Verwirrung, Zuneigung, Wut, Enttäuschung. *Liebe.*

Flieh, solange du kannst, drängte sie ihn stumm. Bring dich in Sicherheit, bevor alles auseinander bricht. »Also«, sagte sie und hatte Mühe, ihn zu erkennen, »du musst jetzt nach Hause und dich um deine zauberhafte kleine Tochter kümmern.«

»Komm doch mit.«

Sie verstand, was er damit bezweckte. Er wollte, dass sie mit Amber kuschelte. Er wusste, wie leicht Jessie ihr Herz an die Kleine verlieren würde. »Ich kann nicht«, flüsterte sie erstickt.

»Du musst. Gestern Abend habe ich dir die Wahrheit über mich gesagt, aber ich habe dir nicht alles erzählt.«

»Was gibt es denn noch zu erzählen?«

»Als Amber geboren wurde, habe ich erwartet, dass sofort

ein Band zwischen uns da sein würde. Aber ich hatte ein Geheimnis.«

Fasziniert schwankte Jessie zwischen Neugier und dem Drang zur Flucht.

»Es war kein Band da. Ich habe sie nicht auf der Stelle geliebt.«

»Machst du Witze?«, fragte Jessie und wünschte, sie könnte ihn nicht so gut verstehen. »Du betest die Kleine an, und sie dich.«

»Ich habe gelernt, sie so zu lieben, Jess, weil ich sie vorher nicht genug geliebt habe. Es war … das ist schwer zu beschreiben. Ich war so unsicher mit ihr, verwirrt und verängstigt, wie ich dir schon gesagt habe, und sie weiß das. Wenn Amber irgendetwas hat – du hast noch keinen ihrer epischen Wutanfälle erlebt –, dann wendet sie sich an Arnufo, nicht an mich. Nie an mich.«

Er schlang die Arme um sie. »An dem Tag, als ich dich kennen gelernt habe, wusste ich, dass sich das ändern wird. Ich kann es nicht genau erklären, aber ich bin im Umgang mit ihr irgendwie lockerer geworden. Ich will mich entspannen, sie lieben und es genießen, statt mir die ganze Zeit nur Sorgen um sie zu machen. Das ist eine sehr subtile Sache, Jess, aber seit es dich in meinem Leben gibt, ist alles anders. Besser.«

Sie trat zurück und schob seine Arme von sich. »Herr im Himmel, lad mir nicht so etwas auf. Ich bin doch nicht Mary Poppins.«

»Stimmt. Sie ist gegangen, und du bleibst.« Er lachte über ihren Gesichtsausdruck, weil er nicht wusste, dass sie dahinter ihren tiefen Schmerz verbarg. »Du sollst wissen, dass ich absolut bereit dafür bin, dich zu lieben, Jess, und das macht mich zu einem besseren Menschen – einem besseren Vater.«

»So ist das also.« Sie zwang ihre Stimme, ein wenig scharf zu klingen. »Du willst, dass ich hier bleibe, damit du netter zu deiner Tochter bist.«

»Du weißt, dass es nicht so ist, verdammt noch mal.«

»Du musst nach Hause zu deiner Tochter«, erinnerte sie ihn.

Er zog sie an sich und küsste sie hitzig, Besitz ergreifend; dann ging er zu seinem Pick-up zurück, und seine Stiefel knirschten im Kies der Einfahrt. »Ich finde das überhaupt nicht komisch, Jess«, rief er über die Schulter zurück. »Und ich bin heute Abend wieder da, dann reden wir darüber.«

Aber ich werde heute Abend nicht mehr da sein, dachte sie, sprach es aber nicht aus. Sie stand da und hörte ihn gehen. Sie konnte ihn nur sehen, wenn sie den Kopf drehte und die eine klare Stelle fand, unten in ihrem rechten Auge. Genau wie bei den flammenden Ahornbäumen versuchte sie dieses Bild in Gedanken festzuhalten, als sei er ein altes Foto, von dem sie wusste, dass sie es immer wieder und wieder betrachten würde. Sie konnte nicht erkennen, ob er zum Abschied winkte, also hob sie die Hand, hielt sie einen Moment hoch, drückte dann die Finger an die Lippen und schließlich auf ihr Herz. Dann ging sie in die Hütte und organisierte ihre Fahrt nach Austin.

In Luz' Küche herrschte fröhliches Durcheinander, wie jeden Morgen. Als Jessie eintrat, überkam sie erneut Panik und der Drang, schnell zu verschwinden. Sie bewegte sich durch flackernde, verzerrte Flecken von Licht und Dunkelheit, Details und Schatten, bis sie Luz an ihrem Kommandoposten fand – der großen Arbeitsfläche inmitten der Küche. Die Jungs saßen am Tisch und löffelten ihr Frühstück; gefesselt lauschten die jüngeren Wyatt, der einen Harry-Potter-Ausschnitt von der Rückseite der Cheerios-Schachtel vorlas.

»Wie steht's in der Kommandozentrale?«, fragte Jessie.

»Kontrolliertes Chaos. Meine Spezialität.«

Jessie versuchte, die Stimmung ihrer Schwester abzuschätzen, spürte aber nur die leicht gehetzte Energie einer Luz am Morgen, die ihre Familie für den kommenden Tag rüstete. Jessie tastete sich mit der Hand am Küchentresen entlang zum Tisch. Der Duft von frischem Kaffee lockte sie, und sie beschloss, sich eine Tasse zu gönnen. Vierte Schranktür. Sie fühlte die Form eines dicken Bechers in der Hand und trug ihn zur Kaffeekanne hinüber. Sie schob eine Fingerspitze über den Rand in den Becher und schenkte ein, doch sie hatte die Menge unterschätzt, die sich aus der Kanne ergoss. Heißer Kaffee platschte auf ihre Füße, als einer der Jungen rief: »Pass auf, Tante Jessie!«

Sie sprang zurück und verbiss sich einen verbotenen Fluch. Stattdessen lachte sie verlegen und tastete nach der Küchenrolle irgendwo rechts von der Spüle. »Himmel, ich habe wirklich zwei linke Hände«, erklärte sie und wischte ziellos am Boden herum. Als Luz sich neben sie kniete, um ihr zu helfen, fühlte Jessie neben Dankbarkeit einen Stich der Ablehnung. »Schon wieder musst du meine Sauerei beseitigen. Ich sollte auf der Strafbank bleiben.« Sie fand hinüber zum Tisch und ließ sich neben Scottie nieder. »Ist dieser Platz schon besetzt?«

»Ja-a.«

Sie zerzauste ihm das Haar und grinste. »Du verschüttest bestimmt nie was.«
»Nee.«
»Klar doch.« Wyatt nahm sich noch mehr Cheerios und füllte dann auch eine Schüssel für Jessie, obwohl sie ihn gar nicht darum gebeten hatte.
Luz stellte eine frische Tasse Kaffee vor sie hin. »Das muss ja eine tolle Nacht gewesen sein.«
»Jugendfrei war sie jedenfalls nicht«, erwiderte Jessie in anzüglichem Tonfall.
»Mom lässt uns nur freigegebene Filme schauen«, sagte Owen.
»Ihr habt eine schlaue Mom. Das sind nämlich die allerbesten Filme«, erklärte Jessie und beugte sich vor, um ihren mittleren Neffen auf den Kopf zu küssen.
Wyatt schlürfte seinen Orangensaft durch einen Strohhalm, und zwar so laut, dass Luz ihm das Glas wegnahm. »Du bist der große Bruder. Du solltest den anderen ein Vorbild sein.«
»Tante Jessie, soll ich dir mal das Alphabet vorrülpsen?«, fragte Wyatt.
»Jaa!« Scottie wackelte auf seinem Kinderstuhl herum und schlug mit dem Löffel auf den Tisch.
Braunes Papier raschelte, als Luz die Pausenbrottüten schloss. »Du meine Güte, so spät ist es schon? In zwei Minuten kommt der Schulbus.« Selbst die unendlich geduldige Luz klang ein wenig erleichtert.
Die beiden älteren Jungen sprangen auf, stopften Bücher in Rucksäcke und T-Shirts in die Hosen und ließen ihre Mutter hastig noch Erlaubniszettel von der Schule unterschreiben. Sie stürmten zur Tür, fingen im Laufen ihr Pausenbrot

auf wie aus einem Flugzeug abgeworfene Care-Pakete und stopften die Tüten in ihre Schultaschen. Luz schaffte es auch noch, ein paar schnelle Küsschen zu verteilen, und weg waren sie.

Endlich ließ sie sich Jessie gegenüber auf einen Stuhl sinken und seufzte zufrieden. »Das Leben mit einer Horde Wilder«, sagte sie.

»Bin ich ein Wilder?«, fragte Scottie.

»Erst, wenn du das Alphabet rülpsen kannst«, erwiderte Jessie.

»Na, vielen Dank«, sagte Luz. »Das wird er jetzt den ganzen Tag lang üben.«

Jessie spürte, dass sie ihre Schwester verärgert hatte, und hielt den Atem an. Sie wartete auf die Tattoo-Debatte, Teil Zwei, aber Luz schien heute Morgen mit den Gedanken woanders zu sein. So lief das, wenn sie sich stritten, schon seit sie klein gewesen waren – sie mieden das Thema und ließen es unter der Oberfläche vor sich hin köcheln. Mit dieser Methode klärten sie eigentlich nie etwas, aber zumindest bewahrten sie so Frieden.

Luz holte Scottie von seinem Stuhl und sagte: »Mach du dich auch fertig, Schatz. Arnufo passt heute auf dich auf.«

»Jippieh!« Er holte seine Turnschuhe vom Schuhregal neben der Tür. Dann entdeckte er seine Schwester auf der Treppe, rannte zu ihr und setzte sich vor ihr auf den Boden. »Du musst mir die Schuhe zubinden, Lila«, sagte er und streckte ihr einen Fuß entgegen.

Mit einem übertriebenen Seufzen legte sie ihren Rucksack beiseite. »Wenn du meinst.« Dann bückte sie sich und band ihm die kleinen Turnschuhe zu. Jessie bemerkte, dass Scottie seine Schwester selbst dann, wenn Lila miserabel gelaunt war, zum Lächeln bringen und sie daran erinnern konnte, dass sie nicht der einzige Mensch auf dem Planeten war. Lila begleitete das Schuhezubinden mit einer Geschichte, schlang Hasenöhrchen aus den Schnürbändern, die dann verknotet wurden. Zum Schluss legte sie noch eine Runde Kitzeln drauf, die in einem Mordsgekreische endete.

Während Lila und Scottie miteinander spielten, beugte sich Luz über den Tisch. »Also, erzähl mir von gestern Nacht.«

»Er hat mich ausgeführt, zum Mexikaner.«

»Das weiß ich.«

»In Mexiko.«

Luz griff sich an die Brust und tat so, als sinke sie ohnmächtig auf den Tisch. »Das ist widerlich, unverzeihlich romantisch.«

»Ja, nicht?« Jessie war melancholisch. »Wir sind anderthalb Stunden geflogen, zu einem entzückenden kleinen Städtchen namens Candela. Wir haben zu Abend gegessen und in einem Hotel aus der Kolonialzeit übernachtet. Unser Zimmer war … ich kann mich kaum daran erinnern. Aber es hatte ein kleines Weihwasserbecken.« Sie dachte an alles, was sie gestern Nacht empfunden hatte. Die neue Welt der Gefühle zu entdecken, war für sie wie eine Reise in ein fremdes Land. Das Gefühl, einen Mann so zu lieben – in jeder Bedeutung des Wortes –, überwältigte sie schier. »Er ist unglaublich.«

»Und er ist verrückt nach dir.« Luz ahnte etwas. Jessie spürte ihre Spekulationen, so subtil wie ein dezentes Parfüm. »Und heute?«, fragte Luz. »Vielleicht entführt er dich auf einen kleinen Ausflug nach, was weiß ich, New Orleans.«

Lila goss sich Orangensaft ein und trank ihn im Stehen, an den Küchentresen gelehnt. »Dusty Matlock?«
»Jessie hat ihm gesagt, dass sie gern mexikanisch isst, also hat er sie gestern Abend nach Mexiko geflogen«, erklärte Luz.
»Cool.«
Während Lila sich ein Pop Tart toastete, war Luz damit beschäftigt, Scottie für den Tag fertig zu machen. Unter ihrem Schlafanzugoberteil trug sie eine Strumpfhose und einen schönen Gabardinerock. Die Füße steckten in Plüschhausschuhen.
»Du bist nur halb angezogen, Mom«, bemerkte Lila.
»Die andere Hälfte erledige ich nach dem Frühstück. Also, ich bin nachher an deiner Schule und mache noch mehr Fotos für Nells Artikel.« Sie zögerte. »Das ist mir wirklich wichtig, Lila.«
Lila warf das heiße Blätterteiggebäck von einer Hand in die andere. »Ich schätze, ich hab damit kein Problem.«
»Null Problemo!«, echote Scottie.
Vielleicht lag es daran, dachte Jessie erleichtert. Vielleicht war Luz so fröhlich, weil sie einen Auftrag als Fotografin hatte. Doch Jessie spürte auch die Anspannung, die von ihrer Schwester ausging.
»Soll ich dich auf der Schaukel anschubsen, bis Arnufo kommt?«, schlug sie Scottie vor.
»Jaa!«
Jessie nahm ihn bei der Hand. »Dann bring mich hin, Supermann.«
Brav führte er sie hinaus, und sie stieß geistesabwesend die Schaukel an, während sie ihr Sehvermögen überprüfte. Die

Pigmentveränderungen, die Dr. Margutti festgestellt hatte, machten sich bemerkbar. Die Farben waren blasser geworden, und die Welt um sie herum war auf einmal von einer seltsam nebligen Schönheit, die das Endstadium ihrer Krankheit anzeigte. In medizinischen Begriffen konnte sie über das nachdenken, was mit ihr geschah. Verstandesmäßig konnte sie sich beherrscht und sachlich mit dem Dunkelwerden befassen. Das war sicherer, als sich zu fragen, wie weit sie damit gekommen war, sich auf die Veränderung einzustellen. Sie stand wohl gerade irgendwo zwischen Panik und Resignation.

Sie hörte ein Auto auf der Straße. Noch nicht. Noch nicht.

»Da ist Arnufo!« Scottie flog von der Schaukel wie ein Stein aus einer Schleuder.

Bevor sie Scottie Arnufo überließ, hob Jessie ihren jüngsten Neffen auf und hielt ihn so hoch, dass sein Gesicht vor ihrem schwebte. »Wir sehen uns, Kleiner. Pass schön auf dich auf. Vergiss nicht, da draußen kriegst du es mit den Schnürsenkel-Häschen zu tun.«

»Ja-a.«

Sie küsste sein weiches, niedliches Gesicht und reichte ihn an Arnufo weiter.

»Sie sollten auch mitkommen«, sagte Arnufo.

»Ja, komm mit!«, rief Scottie, der mit dem Kindersitzgurt kämpfte.

Jessie schluckte schwer. »Ich habe heute zu viel zu tun«, sagte sie. »Aber geben Sie Dusty und Amber einen Kuss von mir.«

»Das sollten Sie schön selber machen.« Arnufo ging um den Wagen zur Fahrertür und stieg ein. In einer Staubwolke, beleuchtet von der Morgensonne, fuhren sie ab.

Jessie brauchte mehrere Minuten, bis sie sich so weit gefasst hatte, dass sie wieder hineingehen konnte. Luz wischte den Frühstückstisch ab, während Lila noch in ihrem Essen herumstocherte. »Ich verstehe nicht, warum du dich da einmischen musst«, sagte sie eben. »Das hilft mir nicht gerade.«
Jessie erkannte, dass sie über den Artikel sprachen. »Wird es denn irgendetwas schlimmer machen?«, fragte sie und setzte sich neben Lila.
»Ich würde nie etwas tun, das dir schadet«, sagte Luz. »Schadet es dir?«
Sei ehrlich, drängte Jessie sie stumm.
»Wenn ja, dann höre ich sofort damit auf.«
Lilas Zögern schrie vor Anspannung. »Nein, ist schon okay«, sagte sie schließlich. »Warum auch nicht. Die Leute sind ja immer total hin und weg von deinen Fotos.«
»Ich glaube, insgeheim ist sie ziemlich beeindruckt«, sagte Jessie zu Luz. »Und wie nett sie das ausdrückt.« Rasch wechselte sie das Thema. »Du kannst dir nicht vorstellen, was ich beim Recherchieren für den Artikel über das Gehirn von Teenagern herausgefunden habe.« Sie erklärte, was sie neuerdings über den präfrontalen Kortex wusste.
Lila gab sich nonchalant. »Na und?«
»Das bedeutet immerhin, dass du nicht für den Rest deines Lebens Dummheiten machen musst.« *Du musst nicht so werden wie ich.*
Luz drückte Lila kurz an sich. »Das heißt, du wirst da irgendwann herauswachsen, und bis dahin lieben wir dich, egal, was du anstellst. Das ist das Allerwichtigste«, erklärte sie.
»Wenn du meinst«, entgegnete Lila.

Luz entschuldigte sich und ging hinauf, um sich fertig anzuziehen. Jessie und Lila saßen allein beisammen, Lila mit Saft und ihrem Gebäck, Jessie mit kaltem Kaffee und ihrem blutenden Herzen.

Lila stand auf und hob den Saum ihrer Bluse an, um die Tätowierung zu bewundern, wegen der ihre Mutter beinahe der Schlag getroffen hatte. »Mein Tattoo juckt ein bisschen«, flüsterte sie verschwörerisch. »Und deins?«

»Juckt. Das geht vorbei. Bereust du es etwa?«, fragte Jessie.

»Machst du Witze?« Lila strich sich übertrieben durchs Haar. »Ich bin eine neue Frau, schon vergessen?«

»So ist es recht.«

»Ich war total am Boden, weil ich nicht zur Homecoming-Feier darf«, gestand Lila. »Aber ich habe einen Jungen namens Andy Cruz kennen gelernt. Er ist in der Abschlussklasse und arbeitet als Freiwilliger beim Rettungsdienst. Er war einer der Ersten, die nach dem Unfall da waren. Er will vorbeikommen und mir ein paar Sachen zeigen, die er am Unfallort gefunden hat, damit ich nachsehen kann, ob vielleicht was von mir dabei ist. Nach allem, was passiert ist, kommt mir dieses ganze Homecoming so … sinnlos vor.«

»Ach, Liebes, das ist es nicht. Du bist zu jung, um so zu denken.«

»Andy geht jedenfalls nicht hin. Und er ist ja so viel cooler als Heath Walker, das glaubst du gar nicht. Und wir haben ja eigentlich keine Verabredung. Wenn er hier auftaucht, und Mom und Dad sind auch da, dann verstoße ich nicht gegen meinen Hausarrest, oder?«

»Da mische ich mich nicht ein.« Jessie hob abwehrend die Hände, nur halb im Scherz. Zierlich und anmutig war ihre

Tochter, unvorstellbar schön in jeder denkbaren Weise. Sie war eine wechselvolle Mischung aus Stärke und Verletzlichkeit, Leichtsinn und Vorsicht, jugendlicher Ungeduld und alles überdauerndem Liebreiz. Jessie bereute zutiefst, dass sie das Leben dieser jungen Dame verpasst hatte und verpassen würde; schließlich gestand sie sich ein, dass sie neidisch auf Luz war, weil diese ein Teil von etwas viel Größerem und Bedeutenderem war als Jessies sämtliche Erfolge zusammengenommen.

Sie ging durch die Küche zu Lila, die gerade Schulhefte und Unterlagen durchblätterte.

»Ich muss dir etwas sagen«, begann Jessie.

»Ja? Was denn?«

Jessie wog ab – die Dinge, die sie sagen musste, gegen die Dinge, die Lila hören musste. Und sie erkannte, dass das ganz unterschiedliche Dinge waren. Lila über die Vergangenheit aufzuklären, war Luz' Angelegenheit – sobald Luz wirklich *alles* darüber wusste.

Jessie strich Lila übers Haar. Irgendetwas an dieser Berührung musste Lila aufgeschreckt haben, denn sie hörte auf, in ihren Heften herumzusuchen, und starrte Jessie an.

»Das ist eine echt scharfe Frisur«, sagte Jessie.

»Wirklich?«

»Ja. Und, Lila?«

»Ja?«

»Ich habe in meinem Leben schon ziemlich viel gesehen. Hatte mit allen möglichen Leuten zu tun, auf der ganzen Welt. Und du sollst wissen, dass du das Beste, Wunderbarste bist, was ich je gesehen habe, mein Schatz, und das Beste, was ich je sehen werde.«

Lila senkte verlegen den Blick. Offensichtlich hatte sie keine Ahnung, wo diese Sentimentalität auf einmal herkam. »Äh, danke, Tante Jessie. Ich, äh, muss dann los. Der Bus kommt bald.« Sie schnappte sich ihre Schultasche und blieb vor dem Spiegel im Flur stehen, um einen letzten Blick auf ihre neue Tätowierung zu werfen. Bevor sie zur Tür hinaussauste, kehrte sie um und umarmte Jessie.

Ihre Arme waren straff, ihre Haut weich und duftig. Jessie schloss die Augen und wünschte, sie könnte sich durch die Grenzen schmuggeln und heimlich in Lilas Herz wohnen bleiben. »Ich hab dich lieb«, flüsterte sie in Lilas taufrisch duftendem, eben gewaschenem Haar.

»Ich dich auch«, erwiderte Lila, trat zurück und ging zur Tür. »Bis heute Nachmittag. Tschüs, Daddy!«, brüllte sie. »Ciao, Mom!«

»Ciao, mein Schatz«, flüsterte Jessie, obwohl sie wusste, dass Lila sie nicht hören konnte.

Gleich darauf erschien Ian in der Aufmachung, die er nur halb scherzhaft als seine Todeszellen-Uniform bezeichnete – ein dunkelgrauer Anzug mit makellosem weißem Hemd und konservativer, marineblauer Krawatte, dazu seine einzigen schicken Schuhe. »Morgen, Jess«, sagte er und schenkte sich Kaffee ein.

»Hallo.«

Ein wenig verlegen sagte Ian: »Wir sehen uns dann wohl später.«

»Hm.« Sie hörte ihn gehen und die Tür hinter ihm zuschlagen. Dann dachte sie an Dustys Worte über Liebe und Vertrauen und darüber, die schwierigen Sachen auszusprechen, obwohl es leichter wäre, einfach zu schweigen. Das Einzige,

was schwerer war, als die Wahrheit zu sagen, war, mit einer Lüge zu leben. Es wurde Zeit. Allerhöchste Zeit. Und davon blieb ihr nicht mehr viel.
Sie wollte aus ihrem Abschied kein Drama machen und hatte sogar beschlossen, sich still und unauffällig davonzuschleichen. So hatte sie es immer schon gehalten, nur tat sie es diesmal nicht allein aus egoistischen Gründen. Sie wollte Luz die Sorge um sie ersparen und sie vor allem daran hindern, zu versuchen, alles zu kontrollieren und in Ordnung zu bringen. Jessie wusste, dass Luz' Einmischung, so gut gemeint sie auch sein mochte, ihre Pläne sabotieren konnte, vollkommen unabhängig leben zu lernen; dann würde das arg strapazierte Band zwischen ihnen endgültig reißen. Sie musste ihr nur noch eines sagen. Zu schweigen, wäre vermutlich einfacher, aber ein Teil von ihr beharrte trotzig darauf, dass die Wahrheit wichtig war. Sehr wichtig.
Sie folgte Ian nach draußen und musste den Kopf schief legen, um sich auf der Einfahrt zurechtzufinden. Er war ein guter Mann, der viele Jahre lang gut zu ihrer Schwester gewesen war, und Jessie hatte schreckliche Angst davor, all das aus den Angeln zu heben. Sie wappnete sich mit Dustys Worten: *Ich sehe da keinen Konflikt.*
»Ian.«
Kies knirschte, und er blieb stehen. »Habe ich etwas vergessen?«
»Nein. Ich muss mit dir reden.«
»Klar.« Er sah auf seine Armbanduhr. »Aber ich habe heute Vormittag Verhandlung.«
»Du solltest einen Kollegen bitten, dich zu vertreten.«
»Wie meinst du das? Was ist denn los?«

Jessie stützte die Hände auf die Motorhaube und spürte darin die schwache Wärme der Morgensonne. Die Tage wurden rasch kürzer und kühler. »Es war in letzter Zeit so hektisch, aber ich finde … wir sollten über Lila sprechen.«

»Luz und ich sind auch der Meinung, dass wir es ihr sagen sollten, Jessie. Aber wir müssen einen geeigneten Zeitpunkt abwarten.«

»Ich weiß, ihr macht das schon. Das ist nicht meine Sache.« Sie lächelte schwach und war fast froh über sein überraschtes Gesicht. »Es war egoistisch von mir, euch zu drängen, und es tut mir Leid.« Tu es, drängte sie sich und scharrte unruhig mit den Füßen. Geh nicht, ohne zu sagen, was schon vor langer Zeit hätte gesagt werden müssen. »Ich war nicht ganz ehrlich zu dir, Ian. Wenn Luz und du es Lila sagt, wird sie wissen wollen, wer ihr leiblicher Vater ist.«

Noch bevor sie es aussprach, wich alle Farbe aus seinem Gesicht. Trotz ihres schlechten Sehvermögens sah sie seinen Adamsapfel hüpfen, als er begriff.

Er stieß einen halb wütenden, halb erstaunten Laut aus. »Ich bin ihr Vater.«

»Du warst ihr immer ein Vater. Und das bist du auch im biologischen Sinne.«

Seine Augen wurden feucht. »Himmel, Jess. Ich habe dich doch gefragt –«

»Und ich habe dir offen in die Augen gesehen und Nein gesagt. Aber ich kann das nicht mehr ganz allein mit mir herumschleppen. Ich bin müde, Ian. Ich habe die Lügen so satt. Nach dem Unfall habe ich viel nachgedacht … und du musst es wissen. Erstens aus medizinischen Gründen, und zweitens, weil es einfach die Wahrheit ist. Irgendetwas macht Lila schwer zu schaffen, und sie weiß nicht, warum sie so durcheinander ist. Vielleicht bringt es sie noch mehr durcheinander, wenn sie es erfährt, Ian. Aber das glaube ich nicht. Sie ist schon fast erwachsen. Sie sollte wissen, wer ihr leiblicher Vater ist. Du hast sie gezeugt, Ian. Du warst es. Es tut mit Leid, dass ich dich belogen habe, aber ich würde es unter diesen Umständen wieder tun.«

»Warum, verdammt noch mal? Du hast das jahrelang für dich behalten, Jess. Warum rückst du jetzt damit heraus?«

»Weil ich bis jetzt zu feige war, etwas zu sagen. Ich hatte Angst, dass es eure Ehe zerstören könnte. Du hättest dich für mich verantwortlich gefühlt, und Luz sich von uns beiden betrogen. Vielleicht hätten wir eine große Dummheit gemacht, zum Beispiel geheiratet. Jetzt sieht alles anders aus. Deine und Luz' Beziehung ist bombensicher.«

»Meinst du?« Seine Gesichtsfarbe wandelte sich von schockiertem Grau zu erregtem Rot.

»Ist sie das denn nicht?«

»Woher, zum Teufel, soll ich das wissen? Ich arbeite die ganze Zeit, sie ist ständig mit irgendeinem Projekt oder den Kindern beschäftigt. Wenn wir uns sehen, dann reden wir nicht viel mehr als ›Reich mir bitte mal das Salz‹ oder ›Die Wäsche muss noch in den Trockner‹.« Er kratzte sich am Kopf. »Wir sind nicht bombensicher. Eine Sache wie diese könnte –«

»Du betest sie an. Das sieht doch jeder. Und für sie warst du immer der einzige Mann auf Erden.«

Jessie hörte, dass er sich schwer an sein Auto lehnte. »Verdammte Scheiße«, sagte er. Dann wurde seine Stimme wieder schärfer. »Ich finde es unglaublich, dass du mir das nicht gesagt hast.«

»Ich wusste nicht, was ich sonst tun sollte. Weiß ich immer noch nicht. Aber es ist die Wahrheit, und du verdienst es, die Wahrheit zu erfahren. Ob du es Luz erzählst oder nicht, überlasse ich dir. Und dann solltet ihr beide entscheiden, was ihr Lila sagt.«

»Ja.« Seine Schultern sanken herab. Er kratzte sich am Kinn, als sei ihm plötzlich ein Bart gewachsen. »Ja, sicher. Luz muss das erfahren.«

»Was erfahren?« Luz kam auf sie zu. Sie reichte Ian eine braune Lunchtüte und stellte sich auf die Zehenspitzen, um ihn zu küssen. Dann bemerkte sie seinen Gesichtsausdruck und trat zurück.

In der zögerlichen Sekunde, die nun folgte, betrachtete Jessie ihre Schwester, vielleicht zum letzten Mal, bevor sie Luz' Welt für immer veränderte. Dies war Luz, wie sie sie in Erinnerung behalten würde: Ein wenig zerzaust, das Gesicht offen und arglos wie ein Gänseblümchen, voll Kraft und Fürsorge. Ihre Strumpfhose hatte eine winzige Laufmasche, und sie hatte sich einen Nagel abgebrochen. Diese Eindrücke gaben dem Augenblick eine Art von Einprägsamkeit.

Ian sah wieder auf die Uhr und stieß dann leicht zittrig den Atem aus. »Ich muss erst dafür sorgen, dass mich jemand vertritt.«

»Sag es mir einfach.«

»Jessie und ich haben gerade darüber gesprochen, dass … also, wir kannten uns schon am College, Luz.«

»Tatsächlich? Das wusste ich nicht.«

»Bevor ich dich kennen gelernt habe, bin ich ein paarmal mit deiner Schwester ausgegangen.«

Luz blieb der Mund offen stehen. »Das ist nicht dein Ernst.«

»Es hat nicht funktioniert«, fiel Jessie hastig ein. »Es war nichts. Wir haben keinen Gedanken mehr daran verschwendet. Dann warst du mit ihm zusammen, und da kam es uns einfach … seltsam vor. Deswegen haben wir nichts gesagt.«

»Aber jetzt sagt ihr mir etwas.«

»Wir haben miteinander geschlafen«, sagte Ian, und es hörte sich an, als würden die Worte aus ihm herausgepresst. »Das war eine Dummheit, und wir haben uns sehr schnell wieder getrennt. Ich habe gar nicht mehr daran gedacht, bis Jess …«

Die Stille hallte wider vor Verrat und Betrug. In der Ferne, vom Ahornwäldchen her, war eine Drossel zu hören.

»O mein Gott. Lila«, sagte Luz mit versteinertem Gesicht.

Jessie nickte stumm und wartete ab.

»Ich schwöre dir, dass ich nichts davon wusste. Jess hat es mir gerade eben erst erzählt.« Ian nahm Luz' Hand, und als sie ihn nicht abschüttelte, hob er sie an die Lippen und küsste sie. »Ich liebe dich, Luz.« Selbst Jessie konnte hören, dass sein ganzes Herz in diesen Worten lag. »Und ich habe dich immer geliebt.«

Sie entzog ihm ihre Hand und ging zur Beifahrertür. »Steig ein, Ian.« Ohne abzuwarten, ob er ihr folgte, setzte Luz sich steif auf den Beifahrersitz, starrte geradeaus und schnallte sich an. »Fahr los.«

Mit schmalen Lippen stieg Ian ein und ließ den Motor an. Bevor sie abfuhren, bedeutete Jessie ihrer Schwester, das Fenster herunterzulassen. Sie beugte sich ganz dicht zu ihrer Schwester hinab und speicherte auch dieses Bild in ihrem Herzen. Dann sagte sie: »Luz, es tut mir so Leid.«

»Dein Timing ist Scheiße.«

Jessie wollte ihr erklären, dass sie nicht länger warten konnte, doch das würde nur zu neuen Fragen führen, also sagte sie nur: »Ich weiß.«

Luz wusste Ian neben sich, hörte den Landwirtschafts-Report aus dem knackenden Radio, sah den leeren Highway, der sich zwischen den staubigen Hügeln unter der Sonne dahinschlängelte. Doch sie hatte das Gefühl, jenseits der vertrauten Welt zu sein, dort hinausgeschleudert von Jessies Enthüllung. Sie hatte eine volle Breitseite bekommen und stand unter Schock wie nach einem tatsächlichen, körperlichen Angriff. Obwohl sie Ian sprechen hörte, konnte sie sich nicht auf seine Worte konzentrieren.

Dann beschrieb die Straße eine Kurve, und die blendende Morgensonne schien direkt in ihre Augen. Einen Moment später brach Wut durch den Kokon ihrer Betäubung. Der Boden wurde ihr unter den Füßen weggezogen, und sie konnte nichts dagegen tun. Die köchelnde Wut breitete sich in ihr aus wie schleichendes Gift und öffnete ihr die Augen dafür, dass alles, was ihr wichtig war, plötzlich auf dem Spiel stand.

Jessie bekam alles, dachte sie, und sie bekam es immer zuerst, sogar Ian. Dieser Gedanke löste glühenden Zorn in ihr aus. Als sie die Augen schloss, konnte sie die beiden deutlich vor sich sehen, jung, lachend, wie sie schamlos pure Lust genossen, ohne einen Gedanken an die Konsequenzen zu vergeuden.

»... ich habe es abgehakt, vergessen«, sagte Ian gerade beim Fahren. »Nachdem ich dich kennen gelernt hatte, habe ich überhaupt nicht mehr daran gedacht.«

Luz merkte, dass er über seine lange zurückliegende Affäre mit ihrer Schwester sprach. *Affäre*. Sie hatte dieses Wort noch nie bewusst mit ihrem Mann in Zusammenhang gebracht.

»Und nachdem dir klar wurde, dass sie meine Schwester ist«, sagte sie und fühlte sich schwindlig, als litte sie unter Sauerstoffmangel, »bist du auch nicht auf den Gedanken gekommen, es mir zu sagen?«

»Wir haben beide daran gedacht«, gestand er. »Aber wir hatten uns seit Wochen nicht mal mehr gesehen. Ich habe sie völlig vergessen.« Neben dem menschenleeren County Park, wo eine spätherbstliche Brise die bunten Blätter der Ahornbäume rascheln ließ, hielt er am Straßenrand. »Bitte, hör mir zu, Luz. Mir sind eine ganze Menge Dinge passiert, bevor ich dich kennen gelernt habe. Ich habe mich betrunken und einem Kerl die Nase gebrochen, dafür wäre ich beinahe von der Uni geflogen.«

»Davon hast du mir nie erzählt.«

»Das ist etwas, worauf ich nicht gerade stolz bin und woran ich lieber nicht denke. Außerdem habe ich im Lake Travis einen prämierten Barsch gefangen und mir die Weisheitszähne ziehen lassen. In der sechsten Klasse habe ich absichtlich bei einem Buchstabierwettbewerb verloren, weil ich unbedingt bei einem Baseballturnier der Little League dabei sein wollte. Von diesen Geschichten habe ich dir auch nie was erzählt. Also, ich war kurz mit deiner Schwester zusammen und habe sie dann vergessen, Luz. Ich habe mich in dich verliebt.«

Sie starrte stur geradeaus. Seine Litanei der Dinge, die geschehen waren, bevor sie sich überhaupt kennen gelernt hatten, klang falsch, denn nichts sonst auf dieser Liste hatte mit ihrer Schwester zu tun. Dennoch glaubte sie ihm, dass ihm diese Affäre nichts bedeutet hatte. Und sie glaubte ihm, dass er ebenso überrascht war wie sie, zu erfahren, dass er Lilas leiblicher Vater war. Trotzdem fühlte sie sich von ihm und Jessie betrogen. Sie war am Boden zerstört, weil ihre Ehe auf einer Halbwahrheit gegründet war. Diese Ehe gäbe es vielleicht gar nicht, wenn sie es gewusst hätte. Bedeutete das nun, dass die Ehe selbst unecht oder wertlos war? Und was war mit ihrer Liebe zu Ian? Wie wirkte sich das alles auf ihre Liebe aus?

»Wir müssen uns überlegen, was wir Lila sagen sollen«, erklärte sie.

»Müssen wir ihr denn überhaupt etwas sagen?«

Sie drehte sich auf dem Sitz um und starrte ihn fassungslos an. »Du meinst, wir sollten ihr gar nichts sagen?«

Er zerrte an seinem Krawattenknoten. »Für einen Teenager ist das ein sehr schwerer Brocken. Was soll sie denn denken, wenn wir ihr sagen, dass ich mit deiner Schwester geschlafen habe, bevor ich dich kennen gelernt habe? Die Reihenfolge der Ereignisse wird ihr egal sein. Wenn sie das erst einmal gehört hat, wird sie nur daran denken, dass Jessie und ich miteinander geschlafen haben.«

Luz verzog das Gesicht. Ein tiefes, dumpfes Grauen erfüllte sie. Konnten sie das hier überstehen, oder war Jessies Beichte nur die Lupe, die bereits vorhandene Risse erst sichtbar machte? »Es gefällt mir nicht, in solchen Dingen zu lügen.«

»Wenn wir es ihr verschweigen, ist das denn dasselbe, wie sie zu belügen?«

»Für mich war es dasselbe«, sagte Luz.

Nachdem Luz und Ian gefahren waren, kehrte Jessie in das leere Haus zurück und lauschte dem freundlichen Knarzen des sich erwärmenden Holzes, dem Wispern des Windes in den Bäumen draußen, dem Schmatzen und Platschen des Eagle Lake an seinem Ufer. Ein letztes Mal schlenderte sie durch das Haus ihrer chaotischen Kindheit und staunte darüber, wie Luz es geschafft hatte, es in ein Zuhause voller Wärme zu verwandeln. Als Mädchen war dieses Haus für sie nicht mehr gewesen als eine leere Hülle. Als Ehefrau und Mutter erfüllte Luz es mit Liebe, bevölkerte es mit ihren Kindern und machte es zu einer absolut sicheren und soliden Zuflucht.

Jessie ließ den Neid auf ihre Schwester bewusst los. Das war eine Last, die sie nicht mit sich nehmen wollte. Eine nach der anderen legte sie auch die anderen ab: Das Ende ihrer Karriere, ihrer Beziehung mit Simon. Ihre nicht durchgezogene Unterhaltung mit Lila. Den Flurschaden, den gefährliche Geheimnisse angerichtet hatten. Und schließlich auch ihre fürchterliche Sehnsucht nach Dusty. Die war am allerschwersten aufzugeben. Endlich hatte sie sich verliebt, aber sie konnte es nicht geschehen lassen. Gegen ihren Willen würde sie nun eine geheimnisvolle neue Welt betreten, und sie hatte die Absicht, mit sehr leichtem Gepäck zu reisen.

Trotzdem wollte sie sich einen Moment Zeit lassen, um sich von der Welt zu verabschieden, die sie gerade erst zu genießen und zu schätzen gelernt hatte. Obwohl ihr das Exil im Beacon bevorstand, hatte sie sich hier sehr wohl gefühlt und es geschafft, Freude in ihr Leben einzulassen.

Sie holte den alten Wunschpokal vom Regal und riss eine Seite von Luz' Einkaufslisten-Block ab. Unter die gekritzelte

Erinnerung daran, Mundwasser und Majo zu kaufen, krakelte Jessie mühsam eine Botschaft, die wohl nicht allzu bald jemand lesen würde.

Sie war hierher gekommen, weil sie ihre Tochter sehen wollte. Damit ihre Tochter sie sah. Erst jetzt konnte sie sich eingestehen, dass sie eigentlich auf der Suche nach Absolution hierher gekommen war. Doch es war sinnlos, sich etwas zu wünschen, was nie eintreten würde. Sie konnte nur versuchen, einen Weg zu finden, sich mit sich selbst zu versöhnen. Das war nicht genug – nichts würde je genug sein, nicht für Jessie.

Das Knirschen von Reifen auf Kies gemahnte sie daran, was sie jetzt zu tun hatte. Sie wickelte den beschriebenen Zettel um einen Penny, drückte ihn kurz an die Lippen und warf ihn in den Wunschpokal. Sie stellte ihn zurück ins Regal und warf einen letzten Blick auf Luz' Fotocollage an der Wand. Mit zusammengekniffenen Augen konzentrierte sie sich mühsam auf stolze Posen, glücklich grinsende Gesichter, verrückte Verkleidungen. Die Bilder waren zusammengefügt wie ein selbst genähter Quilt.

Unten in der Ecke entdeckte sie ein Foto von sich und Luz, so ähnlich, dass die meisten Leute sie wohl auf dem Bild nicht hätten auseinander halten können. An diesem Foto war nichts Außergewöhnliches. Jessie vermutete, dass Luz es geschossen hatte, indem sie den Selbstauslöser eingestellt hatte und dann ins Bild geflitzt war. Auf dem Foto waren sie etwa dreizehn und sechzehn Jahre alt. Sie füllten es ganz aus, die lachenden, gesunden Gesichter der Kamera voll zugewandt; sie hielten sich mit hochgereckten Armen an den Händen, im Triumph über einen längst vergessenen Sieg, oder vielleicht einfach aus Freude.

Eine Hupe ertönte – der Kleinbus des Fahrdienstes war da. Das Bild flackerte und verschwand vor Jessies Augen und hinterließ nur eine verschmierte, schattige Spur. Rasch streckte sie die Hand aus und berührte ein Foto, das sich schon vor langer Zeit in ihr Herz eingebrannt hatte.
»Wir sehen uns dann, Luz«, sagte sie.

Teil 2

Danach

Der Tod der Vernunft ist nicht Schwärze, sondern eine andere Art von Licht.

Kathy Acker, Pussy: König der Piraten (1996)

Kapitel 29

An einem kalten, trockenen Tag im Februar, an dem die legendäre Hitze dieser Gegend einem wie ein reines Fantasiegespinst vorkam, klingelte das Telefon. Es war der geschäftliche Anschluss in der Küche, und Luz schleppte gerade einen überquellenden Korb voll Schmutzwäsche zur Waschküche. Sie überließ das Gespräch dem Anrufbeantworter. Ian hatte ihr den zweiten Anschluss zu Weihnachten geschenkt. Das war keine sonderlich romantische Gabe, aber Luz hatte ihn sich gewünscht. Es erstaunte sie immer noch, dass sie ihn auch tatsächlich gebraucht hatte. Nach Jessies Enthüllung bemühte Ian sich sehr um seine Frau, aber die Nachwirkungen in den Griff zu bekommen, war, als ringe man mit einem Kraken.

Nachdem der Artikel über die Tragödie von Edenville in - *Texas Life* erschienen war, hatte Luz' Leben sich auch in anderer Hinsicht verändert. Der Artikel war sehr bewegend gewesen. Jessie hatte ihn auf Diskette an Blair geschickt, bevor sie verschwunden war. Doch im Mittelpunkt des Beitrags hatten Luz' Bilder gestanden. Ihre ehrlichen, sensiblen Porträts zeigten die schmerzerfüllten Gesichter von

Freunden, Überlebenden und Angehörigen, ein bittersüßes Gedenken an Dig Bridger. Solche Bilder waren es, die den Leuten im Gedächtnis blieben. Fotoredakteure aus ganz Texas schienen das ebenfalls zu bemerken, denn seit Erscheinen des Artikels bekam Luz zahlreiche Anrufe.

Luz hörte von ferne, was der Anrufbeantworter aufzeichnete, und bekam mit, dass eine Agentur ihr anbot, sie zu vertreten. Über ihrer Ladung stinkender Sportsocken und muffiger T-Shirts musste sie grinsen. Wer hätte je gedacht, dass sich richtige Agenten für sie interessieren würden? Sie lehnte die meisten Angebote ab; immerhin gab es da noch das Problem, woher sie die Zeit nehmen sollte, um eine texanische Annie Liebovitz zu werden. Aber manche Aufträge waren zu spannend, wie das Wassermelonen-Weitwerfen in Luling oder eine Dokumentation über ein Trauerhilfelager für Kinder, die einen Elternteil verloren hatten.

Es war alles so verwirrend, aufregend und unglaublich. Der einzige Wermutstropfen war Jessies Verschwinden, und die Trümmer, die sie dabei zurückgelassen hatte.

Jessie war, wie schon so oft, einfach gegangen, ohne Nachricht, ohne Erklärung, und erst recht ohne anzugeben, wo man sie erreichen konnte. Sich in Luft aufzulösen, war ihre Spezialität. Luz hatte eine Hotmail-Adresse von ihr, aber ihre E-Mails kamen immer wieder vom Server zurück, weil niemand sie abholte. Luz fühlte sich mit ihrem Ärger auf Jessie völlig im Recht. Jahrelang hatte ihre Schwester ihr etwas Schreckliches verschwiegen. Obendrein war sie urplötzlich in Luz' Familienleben geplatzt, hatte Lila in die Stadt entführt, um ihr eine Tätowierung und eine schrille Frisur verpassen zu lassen. Niemand konnte Luz vorwerfen, dass sie ein für alle Mal genug von Jessie hatte.

Doch manchmal tat es ihr auch Leid. Bis Jessie wieder auftauchte, oder sich zumindest telefonisch meldete, konnte Luz so vieles nicht klären – zwischen sich und Jessie und in ihrem eigenen Herzen.

Luz' Schock über Ians Vaterschaft hatte sich zu Wut gewandelt, dann zu Schmerz, und nun steckte sie irgendwie fest, so sehr sie sich auch bemühte, die Sache rational zu betrachten. Was Ian getan hatte, bevor sie ihn kennen gelernt hatte, konnte sie natürlich nicht kontrollieren. Ihr war klar, dass er ein Leben gehabt hatte, bevor er ihr begegnet war. Er hatte vorher mit anderen Frauen geschlafen. Was sie nicht verstand, war, warum er ihr nicht gesagt hatte, dass eine von diesen Frauen ihre Schwester gewesen war. Ihre Ehe hatte einen unsichtbaren Riss bekommen, und keiner von ihnen wusste so recht, wie sie ihn kitten sollten.

»Es hat nichts bedeutet«, hatte er schon mindestens ein Dutzend Mal gesagt. »Ich wollte das, was damals zwischen dir und mir anfing, nicht kaputtmachen.«

Luz weigerte sich, darüber nachzudenken, ob so etwas ihre brandneue Liebe hätte kaputtmachen können. Sie und Ian mieden das Thema.

Bevor sie die Waschküche neben der Garage erreicht hatte, hörte Luz ein Auto vorfahren. Noch immer mit dem Korb voll Wäsche beladen, trat sie vors Haus. Die Kälte zwickte sie in Wangen und Nase, und sie war froh um das dicke, warme Sweatshirt mit dem ›University of Texas‹-Aufdruck und die passende, rostrote Jogginghose, in die sie heute Morgen hastig geschlüpft war. Die grelle Wintersonne spiegelte sich in der Windschutzscheibe eines Wagens in der Auffahrt.

Einen einzigen, hoffnungsvollen Herzschlag lang stellte sie sich vor, es sei Jessie, doch dann hielt das Auto, und der Augenblick war vorüber.

Blair LaBorde schimpfte schon, bevor sie ganz ausgestiegen war, und eilte zur Veranda, um Luz zu begrüßen. »Stellen Sie die verdammte Schmutzwäsche weg, Luz.«

Luz gehorchte, doch der nächste Tadel ließ nicht auf sich warten. Blair musterte sie von Kopf bis Fuß – den unordentlichen Pferdeschwanz mit einem simplen Haargummi, den schlabberigen Trainingsanzug. »Auf den zweiten Blick glaube ich fast, mit dem Wäschekorb sah es besser aus.« Sie packte Luz' Hand und zog sie ins Haus. »Hat Sie schon jemand angerufen?«

»Nein. Was ist denn?«

»Gut. Ich wollte es Ihnen persönlich sagen. Liebes, ich habe Sie wirklich gern, aber wir müssen Ihnen unbedingt etwas Neues zum Anziehen besorgen.«

»Und dabei fand ich das hier so schick«, erwiderte Luz.

»Sie sind unmöglich. Aber nicht einmal Sie würden es wagen, in dieser Aufmachung den Endicott-Preis entgegenzu nehmen.«

Diese Aussage kam in Luz' Verstand zunächst gar nicht an. Erst, nachdem sie zwei Tassen Kaffee eingeschenkt und eine davon Blair gereicht hatte, trafen die Worte sie wie ein Schlag. »Wie war das bitte?«

»Den Endicott-Preis, Liebes. Ich meine die größte Auszeichnung, die ein Fotograf überhaupt erhalten kann.« Blair strahlte sie an. »Und zwar für –« sie blickte auf ein zerknittertes Fax in ihrer Hand. »– ein herausragendes Beispiel journalistischer Fotografie in Schwarzweiß oder Farbe, bestehend aus einer oder mehreren Fotografien, einer Serie oder einem Album. Die Gewinner wurden heute um sieben Uhr östlicher Zeit bekannt gegeben. Himmel, Sie hätten den Jubel bei uns im Büro erleben sollen. Wir sind für Sie bis an die Decke gesprungen.«

Luz saß schweigend da, wie vor den Kopf geschlagen. *Herausragendes Beispiel.*

»Der Preis bedeutet zugleich auch ein Stipendium für fotografische Studien. Na?« Blair trommelte mit ihren künstlichen Nägeln auf den Tisch. »Haben Sie denn gar nichts zu sagen?«

Luz grinste von einem Ohr zum anderen. »Ich bin verdammt *gut.*«

»O ja, Kind, das können Sie laut sagen.« Blair hob die Kaffeetasse und stieß mit Luz an.

Die ganze Sache war so erstaunlich, dass sie schon beinahe peinlich war. Luz wusste nicht recht, wohin mit sich. »Gott, ich wünschte, Jessie wäre hier.« Die Worte purzelten wie von selbst heraus und zeigten ihr unmissverständlich, dass sie ihre Schwester vermisste und sich wünschte, zwischen ihnen wäre alles wieder in Ordnung.

»Haben Sie immer noch nichts von ihr gehört?«

Luz schüttelte den Kopf. »Sie soll es erfahren. Ich wünsche mir so sehr, dass sie das hier weiß.« Da wurde ihr schlagartig klar: Es Jessie zu erzählen, war ihr sogar noch wichtiger, als es Ian zu sagen, den Kindern oder ihrer Mutter. Es war beinahe so, als könnte Luz diese Ehrung nicht für sich beanspruchen, ehe sie nicht Jessie davon erzählt hatte.

»Es wäre kein großes Problem, sie ausfindig zu machen«, schlug Blair vor.
»Jessie wird sich bei mir melden, wenn sie so weit ist. So läuft das bei uns.«
»Und was, wenn Sie so weit sind? Haben Sie sie denn nie gebraucht, war es immer nur umgekehrt?«
Die Frage überraschte sie und zwang sie dann, sich insgeheim zu fragen, ob sie sich vielleicht deshalb nicht bemüht hatte, Jessie zu finden, weil sie und Ian noch immer nicht mit Lila gesprochen hatten. Tief drinnen wollte sie eigentlich nicht nach ihrer Schwester suchen. Erst hatte Jessie die Bombe platzen lassen, dass Ian Lilas Vater war, und sie dann mit dem Problem sitzen gelassen, Lila davon zu erzählen. Da Jessie nun fort war, ließ Luz ihrerseits die Sache einfach in der Luft hängen. Sie dachte ständig darüber nach, wie und wann sie Lila alles erklären sollte. Sie las alles über Adoption und Adoptivfamilien, was sie in die Finger bekommen konnte, und tröstete sich ein wenig damit, dass sie mit diesem Dilemma nicht allein dastand. In so vielen geschilderten Fällen wurde das Thema einfach nie angesprochen – vor allem in Familien wie ihrer. Die ganze Welt hielt Lila für ihre leibliche Tochter, und die Versuchung war groß, es schweigend dabei zu belassen, anstatt das Risiko einzugehen, Lila könnte sich unerwünscht, verlassen oder verloren fühlen.
»Ich sehe mal zu, ob ich Jessie nicht irgendwie erreichen kann.« Luz starrte aus dem Fenster auf den stillen, klaren See. »Ich wünschte, sie wäre nicht ausgerechnet an diesem Tag verschwunden. Jessie und ich hatten uns gestritten. Natürlich nicht zum ersten Mal, aber wir waren … nicht fertig. Ich jedenfalls nicht. Offenbar hat Jessie das anders gesehen.«

»Solche ungeklärten Dinge zurückzulassen, wenn man von einem Menschen weggeht, den man liebt, ist nicht gut.«
»Ich weiß.«
Auf der anderen Seeseite sah sie Dusty Matlock zu seinem Wasserflugzeug gehen und einsteigen. Ein paar Minuten später erhob er sich schwungvoll in die Lüfte und hinterließ eine Bahn glitzernder Tropfen. »Er war der perfekte Mann für sie. Absolut perfekt.« An Jessies stürmische Romanze mit Dusty dachte sie oft. Sie verstand nicht, wie selbst Jessie es fertig bringen konnte, einen Mann zu verlassen, der sie so offensichtlich liebte. Einen Mann, der einen Engel von einer kleinen Tochter hatte, und mit Arnufo den Babysitter gleich im Haus. Mehr als eine Frau stellte sich so das Paradies vor.
»Sehen Sie Dusty Matlock noch ab und zu?«, erkundigte sich Blair.
»Oft genug, um zu wissen, dass meine Schwester ihm das Herz gebrochen hat.«
»Immerhin ein kleiner Trost für seine unzähligen weiblichen Fans«, bemerkte Blair. »Wir bekommen immer noch waschkörbeweise Post von Frauen mit der Bitte, sie an ihn weiterzuleiten. Das habe ich ihm auch angeboten, aber er wollte nicht. Außerdem hat er mir erlaubt, die Briefe an ihn durchzusehen. Das war höchst aufschlussreich. Mein bisheriger Favorit ist die Spitzenwäsche, auf die ein Heiratsantrag geklebt war.«
Blair lenkte das Gespräch wieder auf den Preis und gab Luz jede Menge dringend nötiger Informationen und Ratschläge zu einer Tätigkeit als freischaffende Fotojournalistin. Luz kam das alles unwirklich vor, denn sie hätte nie gedacht, dass ihre Tätigkeit über Familienporträts und das eine oder

andere Kleinstadtereignis hinausgehen würde. Blair hatte für alles Vorschläge parat, von Agenturen an beiden Küsten bis hin zu einer Runderneuerung im Schönheitssalon mit anschließender Shopping-Orgie bei Nieman Marcus.

»Ich kann es noch gar nicht glauben. Das trifft mich völlig unvorbereitet«, sagte Luz.

»Jetzt nur keine kalten Füße kriegen. Ich finde nichts schlimmer, als einen begabten Künstler, der vor dem eigenen Erfolg davonläuft.«

»Ich habe keinen Lebenslauf«, jammerte Luz. »Ich habe ja nicht mal einen Uni-Abschluss oder eine Liste von Veröffentlichungen, die ich in einen Lebenslauf schreiben könnte.«

»Liebes, glauben Sie mir, Sie haben alles, was Sie brauchen.« Blair wies auf die Fotowand. »Absolut alles.«

An diesem Abend lud Luz Dusty, Arnufo und Amber zum Essen ein und deckte den Tisch für neun. In einer perfekten Welt hätten sie gefeiert, indem sie groß ausgingen, aber der Zeitplan ihrer Familie ließ es schon als Glückstreffer erscheinen, alle zur gleichen Zeit im Haus zu versammeln. Und so stand Lucinda Ryder Benning, Endicott-Preis-gekrönte Fotografin, in der heißen Küche, überwachte Hausaufgaben und kochte Hackfleischsoße mit Gemüse. Und zwar mit einem Grinsen so breit wie ein Cowboyhut.

Owens und Wyatts Hausaufgabensitzung war zu einem Schwertkampf mit Bleistiften ausgeartet, und Scottie kam auf der Suche nach Essbarem in die Küche getapst. Im selben Moment klingelte das Telefon, und Lila, die gerade MTV schaute, sprang auf, um dranzugehen. Sie durfte wieder telefonieren, weil sie in letzter Zeit gute Noten nach Hause gebracht hatte. Ihre Einstellung ließ immer noch zu wünschen übrig, aber Luz hatte keine Ahnung, wie sie das in Ordnung bringen könnte. Dabei war sie doch sonst so gut darin, alles wieder in Ordnung zu bringen. In diesem speziellen Fall wusste sie jedoch nicht einmal, wo sie anfangen sollte. Sie wünschte, es gäbe eine Pille, die sie ihrer Tochter zu diesem Zweck verabreichen könnte, vielleicht sogar einen chirurgischen Eingriff, der das Problem behob. Oft ertappte sie sich dabei, dass sie Lila nachdenklich betrachtete, tief getroffen von dem Wissen, dass Ian und Jessie dieses Kind gemacht hatten. Und doch nahm Lila so viel Platz in ihrem Herzen ein, dass Luz diesen Gedanken weit von sich weisen wollte. Heute Abend wollte sie sich allerdings von nichts die gute Laune verderben lassen.

Ihre Gäste kamen, und Amber sauste schnurstracks auf Scottie zu, um ihn mit großen Augen anzustaunen. Arnufo überreichte Luz einen ungewöhnlichen Strauß mit Beeren und Rosskastanienzweigen. Luz strahlte ihn an. »Machen Sie so weiter, und Sie werden jeden Abend hier essen.«

»Nichts könnte schöner sein.«

Sie schickte Dusty mit einem Wink zum Kühlschrank; mittlerweile wusste er, wo hier kaltes Bier zu finden war. Er war ein guter Mann, dieser Mann, der ihre Schwester liebte und offen eingestand, dass er sie schrecklich vermisste. Wie Blair, so fand auch er, dass es nicht schwer sein würde, sie ausfindig zu machen.

Als sie gemerkt hatten, dass Jessie ganz und gar verschwunden war, hatten er und Luz zusammen in dem leeren Gästehäuschen gestanden und überlegt, was sie tun sollten. Dusty war dafür gewesen, sie vermisst zu melden, die Flughäfen und Grenzen überwachen zu lassen. Luz hatte ihm Recht gegeben, dass sie Jessie sehr wohl irgendwie finden könnten. Doch ihre nächsten Worte hatten ihn davon abgehalten, eine große Suchaktion einzuleiten: »Wenn wir sie finden, was dann?«

Sie hatten nicht wieder darüber gesprochen. Sie waren Freunde geworden, geeint durch ihre hilflose Liebe zu Jessie und verbunden in dem Wissen, dass sie erst zurückkehren würde, wenn sie so weit war – und dass das ziemlich lange dauern könnte.

Jessie hatte ihre Kameras zurückgelassen, darunter eine Hasselblad, eine Nikon und eine Sony-Digitalkamera, außerdem ein kleines Vermögen an teurem Zubehör. Oben auf die große Kameratasche hatte sie eine Nachricht geklebt, noch schlampiger geschrieben als bei Jessie üblich: *Danke für alles, Luz. Grüß alle herzlich von mir. Auch Dusty und Amber. Ich melde mich. Alles Liebe, Jessie.* Das war Jessie – impulsiv, extravagant, und schlicht unbegreiflich.

Bis Ian nach Hause kam, war das Essen fertig, der Salat herumgereicht, Gläser mit Milch und Saft verteilt. Amber und Scottie spielten Fangen, und die Spielregeln schrieben offenbar möglichst lautes Geschrei vor. Wyatt und Owen stritten sich um einen Football, während Lila ihren Lieblingssender im Radio laut aufdrehte.

Ian kämpfte sich zu Luz durch und brachte sie zum Lachen, indem er so tat, als müsste er sich durch ein Minenfeld schlängeln. Er küsste sie auf die Wange, doch bevor sie etwas sagen konnte, wandte er sich an Dusty. »Ich brauche wahrscheinlich am Mittwoch einen Flug, sofern Sie Zeit ha-

ben«, erklärte er. »Ich bin in Huntsville mit meinem Lieblingspsychopathen verabredet.«
Mit leisen Stimmen, damit die Kinder nichts mitbekamen, unterhielten die beiden sich über den Fall. Luz beendete das morbide Gespräch, versammelte alle um den Tisch, steckte Servietten fest, schöpfte eine Portion Hackfleisch mit Gemüse auf jeden Teller, verteilte Salat und Kartoffelbrötchen. Sie hatte einen bedeutungsschwangeren Augenblick erhofft, eine erwartungsvolle Stille, in der sie dann jeden Einzelnen strahlend anlächeln und ihre Neuigkeit verkünden würde. Offensichtlich würde dieser Moment nicht kommen. Also sagte sie, während sie ihre hungrige Familie mitsamt Gästen fütterte, einfach mittendrin: »Ich habe für meine Fotos den Endicott-Preis bekommen.«
»Gibst du mir mal das Salz, Dad?«
»Hör auf, mich zu treten. Mom, sag ihm, er soll damit aufhören.«
»Haben Sie es beim Angeln schon mal mit diesen kleinen metallenen Löffelchen versucht?«
»Mom, nächste Woche ist der Damenwahlball in der Schule. Darf ich eine Stunde länger wegbleiben?«
»Iih, Amber isst ihre Hackfleischsoße mit den Fingern.«
Luz stocherte in ihrem Essen herum und gab es auf. Ian beugte sich zu ihr herüber und tätschelte ihre Hand. »Das ist wirklich lecker, Schatz.« Bevor sie etwas erwidern konnte, wandte er sich ab, um mit Lila über den verlängerten Ausgang zu diskutieren.
»Fantastico«, pflichtete Arnufo ihm bei. »Aber nicht halb so fantastisch wie der tolle Preis, den Sie gewonnen haben. Ich gratuliere Ihnen von Herzen.«

Luz strahlte ihn an. »Danke, dass Sie es überhaupt bemerkt haben.«
»Was bemerkt?« Wyatt streckte ihr seinen Teller für einen Nachschlag entgegen.
»Meinen Endicott.«
Owen lehnte sich auf dem Stuhl zurück und inspizierte sie mit schmalen Augen. »Wo?«
Luz schüttelte den Kopf. »Ich geb's auf.«
Sie und Arnufo tauschten ein verschwörerisches Lächeln. Sie hatte in den vergangenen Monaten viel über den alten Herrn gelernt. Er verstand, wie eine große, lebhafte Familie einen in Anspruch nahm, wie sie einen für die viele Arbeit entschädigte, und wie wichtig Tugenden wie Geduld und Nachsicht waren. Sie beschloss, Ian ihre gute Neuigkeit heute Abend zu erzählen, und den Kindern, wann immer sich eine Gelegenheit ergab.
Aber die bekam sie nicht. Mitten im Abendessen klingelte das Telefon, der private Anschluss. Die meisten Freunde ihrer Kinder kannten und achteten die Ruhe zur Essenszeit. Luz hob ab, bereit, den Anrufer deutlich an diese Regel ihres Hauses zu erinnern.
»Hallo?« Luz hörte eine kurze Verzögerung, wie bei interkontinentalen Gesprächen. Ihr Herz machte einen Satz. Endlich hatte ihre Schwester sich durchgerungen, sie anzurufen.
»Jessie, hier ist Simon. Gott, ist das schön, deine Stimme zu hören.«
Stirnrunzelnd entfernte sich Luz mit dem schnurlosen Telefon von dem Lärm am Esstisch. Sie trat hinaus auf die Veranda und sagte: »Hier ist Luz, Jessies Schwester. Simon? Von wo rufen Sie an?«

»Ich bin in Auckland. Sie klingen genau wie Ihre Schwester«, erwiderte er mit dem entzückenden Akzent, der seine Studentinnen so bezaubert hatte, als er an der University of Texas als Gastprofessor unterrichtet hatte. »Könnte ich bitte mit Jessie sprechen?«

Ein vertrauter Beschützerinstinkt ließ die Härchen in Luz' Nacken kribbeln. Jessie hatte gesagt, sie und Simon hätten sich getrennt. Was wollte er also von ihr? Luz beschloss, ihm auszuweichen. »Sie ist gerade nicht da. Ist es dringend?«

Wieder diese kurze Verzögerung. »Überhaupt nicht. Ich habe mich nur gefragt … wie es ihr jetzt geht. Als sie von hier abgereist ist, stand nicht alles zum Besten, wie Sie sicher wissen.«

Luz schürzte die Lippen. Sie wusste es, aber auch wieder nicht. Sie wusste, dass Jessie und Simon jahrelang eine lockere Beziehung gehabt hatten, dass Simon einer der Gründe gewesen war, weshalb Jessie Lila aufgegeben hatte und in die Ferne gezogen war. Aber Luz wusste bis heute nicht, welcher Natur diese Beziehung eigentlich gewesen war. Liebten sie einander? Könnte Jessie jemanden genug lieben, um bei ihm zu bleiben? Von wem war die Trennung ausgegangen? Hatte Jessie es beendet, oder Simon?

Luz tappte im Dunkeln herum. Wenn Jessie nur nicht so verschwiegen wäre, was ihre Beziehungen anging. Wohl überlegt sagte sie schließlich: »Sie hat mir kaum etwas davon erzählt, Simon. Nur, dass ihr beide euch getrennt habt. Es tut mir Leid«, fügte sie verspätet hinzu.

»Mir auch«, gestand er. »Ich vermisse sie schrecklich.«

Dann hättest du sie nicht gehen lassen sollen, dachte Luz. Aber gleich darauf wurde ihr klar, dass sie genau dasselbe getan hatte, und mehr als einmal. Sie hatte Jessie auch gehen lassen.

»Sie hat mit mir Schluss gemacht, nicht umgekehrt«, erklärte Simon. »Egal, was sie Ihnen vielleicht erzählt hat, so war es.«

Luz hörte das leichte Zittern in seiner Stimme und beschloss, ihm zu glauben. Irgendwie hatte sie die ganze Zeit über geahnt, dass er nicht derjenige war, der Jessie verlassen hatte.

»Ich verstehe.«

»Also, hat sie sich mit Dr. Margutti in Verbindung gesetzt?«, erkundigte sich Simon. »Nimmt sie jetzt an dem Programm teil?«

Jetzt kannte Luz sich überhaupt nicht mehr aus. Sie tat nicht einmal mehr so, als wüsste sie, wovon er sprach, und sagte: »Langsam, Simon. Ich habe keine Ahnung, was Sie meinen. Doktor wer?«

Diesmal klang die Verzögerung angespannt. Dann sagte er: »Sie hat es nicht – O Gott, ist sie einfach –« Er räusperte sich und fing noch einmal von vorn an. »Sie hat Ihnen die ganze Sache überhaupt nicht erklärt?«

»Ich glaube, Sie sollten mich lieber aufklären, Simon.«

Ein Stoßseufzer verriet, wie frustriert er war. »Sie ist nach Amerika geflogen, um eine Spezialistin aufzusuchen und an einem speziellen Programm teilzunehmen. Ich bin hier halb verrückt geworden und habe immer gehofft, es würde vielleicht doch ein Wunder geschehen. Und dann habe ich heute etwas im Internet recherchiert und bin auf einen Artikel in *Texas Life* gestoßen. Ich habe die Aufnahmen gesehen, die sie von diesem jungen Vater gemacht hat. Da habe ich gedacht, Gott sei Dank, vielleicht konnten sie ihr doch helfen.«

Luz sank auf die oberste Stufe der Verandatreppe. Das Telefon fiel ihr beinahe aus der klammen Hand. Trotz des kühlen Winterabends war ihr kalter Angstschweiß ausgebrochen. »Simon, ich fürchte, ich weiß immer noch nicht, wovon Sie sprechen.« Im Geiste ging sie die möglichen Schreckensszenarien durch: Krebs, Multiple Sklerose, AIDS, Parkinson … »Jessie war eine Weile hier bei mir, und da schien sie ganz gesund zu sein.«

Doch sie hatte ihre gesamte Fotoausrüstung zurückgelassen, und das Fotografieren war ihr Leben gewesen.

Luz zwang sich, weiter zu fragen. »Wollen Sie damit sagen, dass sie krank ist?«

»Du lieber Himmel, hat Sie es Ihnen denn nicht erzählt? Luz, Ihre Schwester hat weiß Gott ein Herz aus Stein.«

»Was hat sie mir verschwiegen?«

»Sie hatte gewiss ihre Gründe, warum sie Ihnen nichts davon gesagt hat, aber ich finde, Sie sollten es wissen.«

Luz spürte ein Beben in sich, als die Ränder ihrer Welt bröckelten und ins Nichtsstürzten. »Raus damit, Simon. Sie müssen es mir sagen.«

»Luz, Ihre Schwester erblindet.«

Kapitel 30

Jessie verlief sich auf dem Weg zum Gruppentherapieraum. »Also, Flambeau, ich gehe jede Wette ein, dass unter diesem seidigen roten Fell eigentlich eine Blondine steckt. Mir kannst du nichts vormachen.« Mühsam begann sie, sich zu orientieren, und stellte fest, dass sie früher hätten abbiegen müssen und eine Straße weiter westlich von ihrem Ziel gelandet waren. Mit Hilfe der Techniken, die sie seit unendlichen Wochen erlernte, fand sie sich zurecht und marschierte wieder los.

Sie und Flambeau kamen einige Minuten zu spät. Jessie murmelte eine Entschuldigung und wies Flambeau an, ihr in dem bereits vertrauten Gruppenraum einen Platz zu suchen. Flambeau schaffte es, einen Stuhl beiseite zu schieben, doch Jessie stieß gegen einen anderen und fluchte leise.

Der Gruppenleiter räusperte sich. »Dann warten wir alle noch ein bisschen, bis Jessie sich auch gesetzt hat.«

Jessie kam sich vor wie in der Junior Highschool. »Dann warten eben alle … Sehr komisch, Mr. Sullivan.« An den ganzen Raum gewandt, sagte sie: »Das liegt an Flambeau, ehrlich. Die treiben einen grausamen Scherz mit mir. Sie haben mir einen Irischen Setter anstatt dem Golden Retriever gegeben, den sie mir versprochen hatten.«

Unter den Lachern erkannte sie die Stimmen einiger neuer Freunde. Obwohl sie nicht sicher war, ob sie sie als Freunde bezeichnen sollte. Denn die Beziehungen, die am Beacon entstanden, hätten sich nie entwickelt, wenn sie nicht alle blind gewesen wären.

Sully begrüßte alle und hieß zwei Neue willkommen – Bonnie und Duvall. »Kann uns jemand sagen, warum wir uns heute Morgen hier treffen?«, fragte er.

»Wir haben zu viel masturbiert«, antwortete Remy, der erst kürzlich den Kurs abgeschlossen hatte. »Wir hätten auf unsere Mütter hören sollen.«

Sully erhob die Stimme über neuerliches Lachen. »Jessie, hast du den Text für heute gelesen?«

»Du meinst diesen Mist von Wordsworth über die innere Zufriedenheit? Klar, hab ich. Also, eigentlich hat Hal es mir vorgelesen.« Hal war ihr Spitzname für die Spracherkennungs- und Sprachausgabe-Software ihres Computers.

Die Frau neben ihr war nervös. Jessie merkte es an ihrem schnellen Atem und dem verschüchterten Schweigen, und an dem Duft eines Parfums, das ihr hier neu war. Sie beugte sich hinüber und flüsterte: »Hallo. Jessie Ryder und Flambeau, der Wunderhund. Du musst Bonnie Long sein.«

»Ja.«

Das war also die Frau, wegen der sie dieses Treffen abhielten. Neuen Schülern wurden zu Beginn ihres Aufenthalts erfahrene Teilnehmer als Partner zugewiesen. Jessie konnte es nicht fassen, dass sie für irgendjemanden den Mentor machen sollte. Sie betrachtete sich als unfähig, auch nur ein

Insekt anzuleiten, geschweige denn einen blinden Menschen. Doch am Beacon erwarteten sie ja von allen das Unmögliche. »Willkommen zur Blinden-Grundausbildung.«

»Jessie hat unser Programm gerade abgeschlossen«, erklärte Sully. »Ich habe keine Ahnung, warum man sie hier wieder reingelassen hat. Wir hätten sie mit einem Tritt in den Arsch davonjagen sollen.«

»Ich steh drauf, wenn du schmutzige Wörter zu mir sagst.« Unter ihrem frechen Ton spürte sie einen vertrauten Stich der Panik. Sie ließ die Hand auf Flambeaus Kopf sinken und strich mit den Fingern durch das seidige Fell. Nachdem sie das Programm abgeschlossen hatte und nicht mehr auf dem Campus des Beacon for the Blind wohnen konnte, war sie in ein Apartment in der Nähe gezogen. Die meisten anderen Klienten konnten es dagegen kaum erwarten, zu ihren Familien und ihrem Leben zurückzukehren.

Jessie scheute vor dem Gedanken zurück, wieder zu Luz zu ziehen, nach allem, was sie dort angerichtet hatte. Sie war entschlossen, sich selbst irgendwie eine Art Leben zu erschaffen. Diesem Ziel widmete sie jede wache Minute und war oft selbst erstaunt, wie gut das funktionierte. Mit Flambeau an ihrer Seite fürchtete sie die Welt nicht mehr. Sie war schon sehr gut in Braille und Spracheingabe und zweifelte nicht daran, dass sie sich ihren Lebensunterhalt selbst verdienen konnte. Sie war nun ganz allein in der Welt und lebte ein unabhängiges Leben. Eine Musterschülerin des Beacon, ein wahres Aushängeschild dafür, wie man mit einer Behinderung lebte.

Aber sie war entsetzlich einsam. Mit jedem Tag wuchs ihre Sehnsucht nach Dusty und Amber, Luz und Lila, wurde schärfer anstatt dumpfer, wie sie gehofft hatte.

»Nett«, sagte Sully. »Jessie, würdest du der Gruppe vielleicht erklären, warum du diese Erfahrung mit einem militärischen Ausbildungslager vergleichst?«
»Na ja, wollen mal sehen. Vielleicht waren es die rigorosen körperlichen und psychologischen Tests, die man vor der Aufnahme bestehen musste.«
»Aber jetzt, wo du das Programm absolviert hast, erkennst du den Sinn darin?«
Sie wandte sich an Bonnie, indem sie in deren Richtung sprach. »Ob du es glaubst oder nicht, es hat seinen Sinn. Du stehst hier um Viertel vor fünf auf, um mit deinem Hund Gassi zu gehen; dann musst du ihn füttern, dich duschen und um sieben beim Frühstück sein. Dann marschierst du den ganzen Tag lang durch die Straßen von Austin und versuchst, möglichst nicht zu stolpern, gegen irgendwas zu stoßen oder Treppen hinunterzufallen. Mittags und abends machst du Pause zum Essen, aber du bist erst um acht Uhr abends wieder hier, zum letzten Gassigang. Ach ja, und zwischendrin lernst du noch Kochen, Spracheingabe am Computer, Braille, Wäsche waschen und so weiter. Dazu braucht man schon ein gewisses Durchhaltevermögen.«
»Ich verstehe. Ich bin zwar nicht mehr die Jüngste, aber ich habe mein ganzes Leben lang gearbeitet, also kann ich jetzt ebenso gut hieran arbeiten.«
»Sehr schön«, sagte Sully. »Und die psychologischen Tests?«
»Sie vertrauen hier nicht jedem, der von der Straße reinstolpert, einen Hund an«, versicherte Jessie ihrer Nachbarin. »Es ist doch so, wenn man ein Arschloch war, bevor man blind wird, dann ist es nur wahrscheinlich, dass man eben ein blindes Arschloch wird.«

»Zauberhaft ausgedrückt«, bemerkte Sully. »Blinde Menschen gibt es, wie jede andere Art von Menschen, in allen möglichen Formen, Größen und Einstellungen. Wenn jemand Hunde nicht ausstehen kann oder grausam ist, wird er mit dem Hund versagen. Das ist für alle nur eine Zeitverschwendung, lässt dieses Institut schlecht aussehen und frustriert einen wertvollen Hund ohne Ende.«

Jessie streckte die Hand aus, um Bonnies Arm zu tätscheln, und war nicht überrascht, einen handgestrickten Pullover zu spüren. »Du machst das schon. Manchmal glaube ich, dieses Programm ist nur deshalb so erfolgreich, weil sie jeden ablehnen, der sie vielleicht nachher schlecht aussehen lässt.«

»Ach so«, sagte Sully. »Warum haben wir dich dann aufgenommen?«

»Weil ich aussehe wie Gwyneth Paltrow, nur jünger. Dünner. Blonder.«

»Wenn man blind ist«, bemerkte Patrick, der als Tutor schon lange hier lebte, »sehen alle Frauen aus wie Gwyneth Paltrow.«

»Eigentlich solltet ihr hier die Grundausbildung erklären«, ermahnte Sully die beiden. »Patrick, was haben wir denn noch so für unsere Gäste auf Lager?«

»Ihr bekommt eine Einführungspredigt, wie ein Feldwebel sie nicht besser halten könnte«, sagte Patrick. »Die habt ihr schon hinter euch, oder?«

»Dass man sich sein Butterbrot selber schmieren und sein Fleisch selber schneiden soll?«, fragte Duvall.

»Genau die. Und wenn ihr dann jammert, weil ihr solche Sachen noch nie selbst gemacht habt, sagen sie euch nur, dass es höchste Zeit für euch wird, damit anzufangen. Sie lassen euch in den Gängen herumirren, euch die Hemden falsch herum anziehen, und wer den Speisesaal nicht findet, hat Pech gehabt.«

»Klingt hart.«

»Blind zu werden, ist hart. Aber nicht so hart, wie sich aufzugeben. Alle Mitarbeiter hier glauben daran, dass wir es schaffen können. Also schaffen wir es.«

Am Ende der Sitzung bot Jessie Bonnie ihren Arm und ergriff Flambeaus Geschirr. »Schon mal davon gehört, dass Blinde die Blinden führen?«

»Ich vertraue dir.« Ein Lächeln wärmte die Stimme der älteren Frau. Als sie den Gruppenraum verließen und hinaus in die morgendliche Kühle traten, erkannte Jessie das Zögern und die tastenden Schritte, weil sie sich selbst am Anfang des Trainings so bewegt hatte. Eine Verdunkelungsbrille hatte sie völlig blind gemacht, und sie hatte ihre ersten Schritte hier furchtbar wütend und frustriert getan. Schon bald war es nicht mehr nötig gewesen, ihr Sehvermögen künstlich auszuschalten. Es war so rasch ganz erloschen, wie es Dr. Margutti vorausgesagt hatte, und an dem Tag, an dem Jessie aufgewacht war und gemerkt hatte, dass sie überhaupt nichts mehr sehen konnte, war sie starr vor Angst gewesen. Die ersten paar Schritte von ihrem Bett ins Bad waren ein Akt reiner Willenskraft gewesen, die ersten Schritte auf einer Reise, vor der ihr graute.

»Hör mal, ich, äh, bin froh, dass ich eine Frau als Mentor bekommen habe«, sagte Bonnie in vertraulichem Tonfall. »Ich habe vergessen, etwas sehr Wichtiges einzupacken.«

»Tampons, oder?«

»Genau.«

»Kein Problem«, sagte Jessie. »Wir sind sehr gut ausgestattet.« Sie führte Bonnie zur großen Damentoilette im Unterrichtsgebäude. »In einer unserer ersten Lektionen lernen wir gleich, wie wir uns das Notwendige dafür beschaffen.« Sie hatte diese Einkaufstour schon hinter sich, ihre Periode aber noch nicht bekommen. Es war normal, dass man unregelmäßig blutete, wenn man die Pille abgesetzt hatte, und seitdem sie Dusty nicht mehr sah, hatte sie sie nicht mehr genommen. Aber wenn ihre Periode nicht bald einsetzte, würde sie zum Arzt gehen.

»Danke«, sagte Bonnie und stolperte dann über die Schwelle zur Toilette.

Jessie streckte die Hand aus, um sie zu stützen, und spürte, wie Bonnie zitterte. »Mach dir nur keine Gedanken. In meiner ersten Woche hier hatte ich zwei linke Hände und Füße«, beruhigte sie sie. »Mehr als einmal haben sie mich auf dem Fußboden kauernd gefunden, verirrt und schluchzend, meistens mit ein, zwei neuen blauen Flecken als Beweis meiner Unfähigkeit. Sie haben mir keinerlei Mitleid entgegengebracht. Als Sully mich zum ersten Mal als Häuflein Elend gefunden hat, hat er angeboten, die Presse anzurufen und sie über den bevorstehenden Weltuntergang zu informieren.«

»Aber jetzt wirkst du so sicher«, sagte Bonnie.

Jessie war verblüfft. »Tatsächlich?«

»Ja.«

Immer noch erstaunt über dieses Kompliment, zeigte Jessie ihr das gesamte Gebäude – die Unterrichtsräume für Sensorisches Training, Spracheingabe und Hindernisübungen, die Küchen und Gärten. Bonnies Hoffnungen und Ängste kamen ihr bekannt vor. Sie fand es entsetzlich, überhaupt hier sein zu müssen, war aber entschlossen, es zu schaffen.

»Ich muss auch mein Selbstvertrauen wiedergewinnen«, erklärte sie. »Das ist für meine Familie genauso wichtig wie für mich. Nach dem Unfall habe ich mich aus dem Leben zurückgezogen, ich habe zu Hause gehockt und mich vor der Welt versteckt. Ein Antidepressivum hat schon etwas geholfen, aber was ich eigentlich brauche, ist, wieder unabhängiger und furchtloser zu werden. Nicht nur für mich selbst, sondern auch für meine Kinder und Enkel, und vor allem für meinen Mann.«

»Entschuldige, Bonnie, aber ich dachte, dein Mann wäre bei dem Unfall ums Leben gekommen.« Jessie hatte sich die Akte vom Computer vorlesen lassen. Und bei diesem Detail war sie sich ziemlich sicher.

»Mein erster Mann«, erwiderte Bonnie mit leicht rauer Stimme. »Roy habe ich vor sechs Monaten geheiratet.«

»Davon musst du mir mehr erzählen.«

»Jetzt habe ich dich neugierig gemacht, was?«

Jessie konnte sich gar nicht vorstellen, dass ein sehender Mann sich in eine blinde Frau verliebte.

»Ist er – ich meine –«

»Er ist nicht blind. Zuerst dachte ich, er will mich auf den Arm nehmen«, sagte Bonnie, die Jessies Überraschung anscheinend spürte. »Ich konnte mir gar nicht vorstellen, warum er mich wollen sollte, wo ich doch nicht sehen kann.«

»Hast du ihn je gefragt?«

»Natürlich. Die Frage hat ihn ziemlich verwirrt. Es sei keine Belastung, mit mir zu leben, hat Roy gesagt. Es wäre unerträglich, ohne mich zu leben.«

»Das muss wirklich ein toller Mann sein.«
»Hast du denn jemand Besonderen?«
Jessie zögerte. »Ja, also, ich bin heute Abend verabredet. Ein Blind Date. Ist das nicht schrecklich?«
»Nicht so schrecklich wie überhaupt kein Date«, entgegnete Bonnie.
Es war so sinnlos, dachte Jessie. Aber es war wenigstens eine Übung, und sie wollte ja wieder hinaus in die Welt. Sie würde sich schon irgendwie durchwursteln, obwohl sie nicht wirklich mit einem Mann ausgehen wollte. Sie wollte Dusty. Ihre Sehnsucht zu unterdrücken, wurde immer schwieriger.
»Grace, die Tierärztin, hat das vermittelt«, erzählte sie Bonnie. »Er arbeitet als Computertechniker für den Beacon.«
»Ich hoffe, du verbringst einen netten Abend. Roy und ich hätten uns auch nie kennen gelernt, wenn ich nicht die Waschmaschine kaputtgemacht hätte – er kam ins Haus, um sie zu reparieren. Sechs Wochen später haben wir geheiratet.« Stolz und Staunen schwangen in ihrer Stimme mit. »Er hat sich unglaubliche Mühe gegeben, aber es belastet ihn seelisch, dass ich so schlecht zurechtkomme. Deshalb sind wir auf die Idee mit dem Blindenhund gekommen.«
»Sie wird dein Leben verändern.«
»Das hoffe ich.«
Jessie tätschelte Bonnies Arm und zeigte ihr, wo ihr nächster Kurs stattfand. »Du schaffst das schon, meine Liebe.«
»Du auch«, erwiderte Bonnie. »Und amüsier dich schön heute Abend.«

Jessies amüsanter Abend begann mit einer Katastrophe, und von da an ging es nur noch bergab. Sie und Tim Hurley hatten sich ein paar E-Mails geschrieben und einmal telefoniert. Als er sie zu einem Konzert in der Austin Symphony eingeladen hatte, hatte sie aus reiner Neugier zugesagt, und jetzt war es zu spät, um einen Rückzieher zu machen. Im selben Moment, als er das Foyer ihres Apartmenthauses betrat, räusperte er sich. »Jessie?«

»Und du musst Tim sein«, sagte Jessie und stand von dem Sofa auf, wo sie gewartet hatte, mit schweißfeuchten Händen und so aufgeregt wie ein Teenager bei seiner ersten Verabredung.

»Wow, du siehst echt umwerfend aus.« Das Erstaunen in seiner Stimme war immerhin schmeichelhaft. »Grace hat mir das auch gesagt, aber ich dachte, sie hätte ein bisschen übertrieben.«

Sie streckte die Hand aus, und er ergriff sie, anscheinend in der Meinung, er sollte sie jetzt irgendwo hinziehen. Sie lachte und wich zurück. »Das ist vielleicht ein Handschlag. Sehr männlich.«

Sie spürte, wie er sie von Kopf bis Fuß musterte. Seine Erleichterung darüber, dass sie nicht irgendwie seltsam aussah, war geradezu fühlbar. Sie erinnerte sich an Patricks Bemerkung vom Vormittag und ließ ein Bild von Tim Hurley vor ihrem inneren Auge entstehen. Er sah Joseph Fiennes bemerkenswert ähnlich.

»Sie haben ein nettes Lächeln«, sagte er.

Vielleicht war das doch keine so üble Idee, dachte sie. Sie gab Flambeau ein Zeichen, und der Hund stand sofort neben ihr. Sie spürte, dass auch der Hund den Mann genau musterte, und zu ihrer Überraschung konnte sie fühlen, dass er Flambeau völlig gleichgültig war. Jessie wusste es einfach, so wie sie am Geruch der Luft merkte, dass es regnen würde.

Tim explodierte mit einem gewaltigen Niesen.

»Gesundheit«, sagte sie.

»Ich bin gegen Hunde allergisch.« Er zögerte. »Grace hat mir nicht gesagt, dass du einen Hund hast. Ich meine, ich hätte auch selbst darauf kommen können, aber …« Er verstummte und nieste dann erneut.

Jessie überlegte. Er bot ihr die perfekte Möglichkeit, einen Rückzieher zu machen, wenn sie wollte. Aber nein. Es war an der Zeit, dass sie ausging, das Konzert genoss, einen Krabbencocktail aß und eine normale Unterhaltung führte, die sich nicht darum drehte, wie man sich in Kleiderschränken zurechtfand, tief hängenden Hindernissen auswich oder seinem Hund abgewöhnte, sich von Müll auf dem Bürgersteig ablenken zu lassen. Es war an der Zeit, dass sie eine Frau wurde, die zufällig blind war, anstatt immer nur eine Blinde zu sein.

»Flambeau kann auch hierbleiben«, sagte sie. Sie spürte, wie der Hund enttäuscht ein wenig zusammensank. Auf dem gesamten Weg zurück zu ihrer Wohnung ermahnte sie sowohl sich selbst als auch den Hund, dass es nun einmal Zeiten gab, da sie nicht zusammen sein konnten. Auch mit kurzfristigen Trennungen von Mensch und Hund hatten sie im Beacon umzugehen gelernt.

Für den Weg zurück zum Foyer gebrauchte sie ihren Stock. Als sie einen Hauch seines Aftershaves wahrnahm, war sie leicht überrascht. »Du bist noch hier? Ich habe dir eine großartige Möglichkeit zur Flucht gegeben.«

»So leicht wirst du mich nicht los«, sagte er. Er klang ein we-

nig übereifrig, fand sie. »Ich meine, wenn du wirklich bereit bist, ohne den Hund zu gehen.«
»Ja, sicher. Außer, du bist allergisch gegen Blindenstöcke.«
Tim tat wirklich sein Bestes. Er bot ihr seinen Arm und ging langsam, und er fragte sie ständig, ob alles in Ordnung sei, ob er irgendetwas für sie tun könne. Er stellte zurückhaltende, höfliche Fragen, als fürchte er, er könnte sie beleidigen. Sie wusste, dass das nicht fair war, aber sie verglich ihn immer wieder mit Dusty, von seiner Körpergröße über den Duft seiner Haut bis hin zu der Art, wie er mit ihr umging. Tim erkundigte sich ständig nach ihren Wünschen. Dusty ging entschlossen auf das zu, was er wollte. Es war irgendwie sehr sexy, wie er in ihr Leben gestürmt und sie in sein Leben entführt hatte. Er hatte sie hypnotisiert, mit seiner unerschütterlichen Sicherheit, dass er sie nicht nur wollte, sondern auch bekommen würde. Und dass sie es obendrein wirklich genießen würde. Allerdings hatte Dusty nicht gewusst, wie es in Wahrheit um sie stand. Und das machte einen gewaltigen Unterschied.
Sie schob diese Gedanken beiseite und betrat an Tims Arm den Konzertsaal. Dann gab sie sich der Musik hin, einer fröhlichen Feier verschiedener amerikanischer Komponisten. Doch auf dem anschließenden Galaempfang begann Tim ein Gespräch mit einem Kollegen über etwas mit der Bezeichnung PERL, und Jessie brauchte nicht lange für die Feststellung, dass es unterhaltsamer wäre, Farbe beim Trocknen zuzuhören. Als der andere Programmierer Tim anbot, ihn einem weiteren Kollegen vorzustellen, erkundigte ihr Begleiter sich höflich, ob er sie ein paar Minuten allein lassen könne.

Dankbar bejahte sie das und blieb neben einem Büfetttisch stehen, wo es nach marinierten Hähnchenschenkeln und sehr aromatischem Käse roch. Sie stand eine Weile allein da, fing Gesprächsfetzen anderer Gäste auf und überlegte, wie sie zur Toilette finden sollte. Ein Ehepaar in ihrer Nähe versuchte, per Handy den Babysitter zu erreichen, aber es war ständig besetzt. Eine Frau, die nach Joy und Jack Daniels roch, stöckelte unsicheren Schrittes an ihr vorbei. Ein Junge erklärte, das Essen sei »eklig«, und jammerte, weil ihm langweilig war. Seine Mutter gab ein entschuldigendes Geräusch in Jessies Richtung von sich, und Jessie lächelte verständnisvoll.

»Würden Sie mir bitte helfen, die Damentoilette zu finden?«, fragte Jessie.

Schweigen. Verdammt. Die Frau war schon weitergegangen, und Jessie hatte mit der leeren Luft gesprochen. Sie musste jetzt wirklich auf die Toilette. Ich hasse das hier, dachte Jessie. Ich hasse mein Leben. Ich hasse einfach alles.

Sie fühlte sich vollkommen nackt und allein. Sie hatte keinen Hund, keinen Begleiter. Und ihren Stock hatte sie dummerweise in Tims Auto liegen lassen.

»Alles in Ordnung, Ma'am?«, fragte eine Männerstimme.

Sie klang so entspannt und Dusty so ähnlich, dass sie einen Augenblick lang vor Hoffnung erstarrte. Doch rasch wurde ihr klar, dass sie einen unerfüllbaren Wunsch auf einen Fremden projizierte. »Sicher doch.«

»Sie sehen aus, als könnten Sie das hier gebrauchen.« Auf einmal spürte sie ein Sektglas in der Hand. Er hörte sich doch nicht an wie Dusty. Seine Stimme klang nasaler und affektierter, irgendwie nach arrogantem Kappa-Alpha-Verbindungsstudenten. Vielleicht war er ein Cousin von Präsident Bush.

Jessie verzog die Lippen zu einem herablassenden Lächeln. Mittlerweile platzte sie fast. Sie sollte wirklich diesen Kerl bitten, sie zur Toilette zu führen, aber zorniger Stolz ließ das nicht zu. Manchmal war sie so gut darin, ihre Blindheit zu überspielen, dass den Leuten gar nichts auffiel. »Danke.«

»Und was macht eine so schöne Frau wie Sie hier ganz allein?«

Sie schenkte ihm ein eisiges Lächeln. »Möglichst weiterhin allein bleiben.«

Er schnappte nach Luft. Offenbar war Cousin Bush daran gewöhnt, alles zu bekommen, was er wollte. »Mit der Einstellung dürfte das kein Problem sein.« In einer Abgaswolke von Aftershave dampfte er ab.

Ihr war richtig schlecht von dem Geruch von Aftershave, Parfüm, Essen und Sekt. Ihre harte Arbeit, das viele Training, all das nützte ihr nichts. Im Beacon hatte man sie neu orientiert, sie hatte sich neu definiert und es geschafft, einen Weg einzuschlagen, der ihr ihre Unabhängigkeit sichern sollte. Und sie war verdammt gut darin, auf sich gestellt zu überleben. Oder machte sie sich da nur etwas vor?

Während dieser absurden Verabredung, so erkannte sie, hatte ihre eigene Hilflosigkeit sie Demut gelehrt. Ja, sicher, es gelang ihr, nicht von einem Lastwagen überfahren zu werden. Aber die kleinen, alltäglichen Dinge – etwa, an einem fremden Ort verlassen dazustehen oder von einem Idioten angemacht zu werden –, stampften sie ungespitzt in den Boden. Sie befand sich nicht wirklich in Gefahr, aber in gewisser Weise war das hier noch schlimmer. Dieses Grauen war sehr subtil, und sie fand keine Lösung dafür. Sie konnte sich nicht helfen, indem sie ein Braille-Etikett anbrachte oder Stufen abzählte.

»Wie ich sehe, hast du den Sekt gefunden«, sagte Tim, der auf einmal wieder neben ihr stand.

Noch während sie sich bemühte, sich ein Lächeln abzuringen, traf die Wahrheit sie wie ein Schlag. Alles, was sie erreicht hatte, all die Fähigkeiten, die die Sehenden so bewunderten, das alles war eine lächerliche Farce. Sie machte nur allen etwas vor – sich selbst eingeschlossen –, wenn sie zu beweisen versuchte, dass sie es allein in der Dunkelheit schaffen konnte.

Sie wollte vor Tim zurückweichen, stieß jedoch hinter sich an eine kalte Marmorwand.

»Jessie?«, fragte er. »Alles in Ordnung?«

»Nein«, würgte sie gerade noch hervor und übergab sich dann auf seine Schuhe.

Kapitel 31

Mit kalten Getränken, die sie auf einem Tablett balancierte, trat Luz hinaus und fand Ian und alle drei Jungen fleißig bei der Arbeit an einer neuen Rampe, diesmal von der Einfahrt hinunter zum Steg. Selbst Scottie half mit und räumte Steine aus dem Weg, während seine Brüder begeistert hämmerten.

Bevor sie den flachen Abhang hinunterging, zögerte Luz einen Moment und sah ihnen zu. Es war ein nebliger Morgen, doch die Luft roch süß und viel versprechend nach Frühling. Ian trug den Werkzeuggürtel, den die Kinder ihm zum Vatertag geschenkt hatten, und eine Baseballkappe mit der Aufschrift *Carpe Diem.*

»Welch ein Anblick«, sagte eine Stimme hinter ihr. »Ich hoffe, du bist darauf vorbereitet, dass das Haus von Mädchen belagert werden wird, wenn Wyatt in die Pubertät kommt.« Glenny Ryder gesellte sich zu Luz.

Luz ergriff die Hand ihrer Mutter. Sie und Stu waren tags zuvor aus Phoenix gekommen, mit einem Kleinbus, der so raffiniert ausgestattet war wie ein Kampfjet. Sie waren lange aufgeblieben und hatten über Jessie gesprochen. Alle waren völlig fassungslos, doch es erklärte so einiges. Luz war schlecht vor Aufregung. Nach ihrem Gespräch mit Simon hatte sie auf der Stelle nach Austin fahren wollen. Es drängte sie verzweifelt danach, ihre Schwester zu suchen und in die Arme zu nehmen. Es war Ian gewesen, der sie daran gehindert hatte.

»Überlass das Dusty«, hatte er gesagt.

Dusty hatte keinen Augenblick gezweifelt. »Ich bringe sie zurück nach Hause. Aber ihr könnt sie nicht behalten. Sie ist meine Angelegenheit.«

»Niemand kann Jessie behalten«, hatte Luz ihn gewarnt.

»Ich kann sie lieben. Ich kann dafür sorgen, dass sie bleiben will.«

Luz hatte es nicht über sich gebracht, ihm zu erklären, dass das noch niemandem gelungen war. Nicht einmal ihrem Baby.

»Ich bin froh, dass du da bist«, sagte Luz zu ihrer Mutter, und sie meinte es auch so. Trotz der komplizierten Gefühle und der oft enttäuschenden Vergangenheit, die sie mit ihrer Mutter verbanden, liebte sie Glenny und war froh, dass sie zu Besuch gekommen war.

»Ich kann nicht glauben, dass unserer Jessie das passiert«, sagte Glenny. »Ich kann nicht glauben, dass sie uns nichts davon gesagt hat.«

»Ich schon«, erwiderte Luz. »Das ist ihre Art, uns zu beschützen. Das hat sie schon immer so gemacht. Die meisten Leute glauben, ich sei diejenige, die alle beschützt und versucht, ihre Probleme für sie zu lösen. Aber Jessie tut das auf ihre Weise. Sie glaubt, indem sie weggeht, könnte sie uns davon abschirmen.« Seit Simons Anruf hörte Luz immer wieder

Jessies Stimme: *Ich will nur Lila sehen … Sie soll wissen, wer ich bin … Du willst nicht haben, was ich habe.* Und tief unten im verborgensten Winkel ihres Herzens spürte Luz etwas, wofür sie sich verabscheute. Jessie hatte ihr schon wieder die Show gestohlen. Ausgerechnet an dem Tag, an dem Luz erfuhr, dass sie den Endicott-Preis gewonnen hatte, hatten Jessies Probleme Luz' großen Triumph vollkommen überschattet. Und verglichen damit, was Jessie durchmachte, erschien ein Preis so lächerlich.

Das galt allerdings nicht für die Welt der professionellen Fotografie. Im Kielwasser der Preisverleihung waren Angebote und Anfragen in einem steten Fluss eingegangen. Das erinnerte Luz an die magischen Zeiten ihrer Kindheit, wenn ihre Mutter einen wichtigen Titel gewonnen hatte. Im Schwindel erregenden Rausch nach dem Erfolg hatte die Welt ausgesehen wie ein Festmahl der Möglichkeiten. Aber tief drinnen kam Luz sich immer noch vor wie eine Hochstaplerin, die nur so tat, als sei sie ein Profi. Wie konnte etwas, das ihr so viel bedeutete, tatsächlich zu einem Beruf werden?

Sie trank einen Schluck Eistee, der so kalt war, dass sie Kopfschmerzen davon bekam. »Herrgott, warum habe ich nicht begriffen, dass sie in ernsthaften Schwierigkeiten steckt, als sie mir ihre sämtlichen Kameras überlassen hat?«

»Wie sollte man denn auf so etwas kommen?«, erwiderte Glenny. »In den vergangenen zwei Tagen hast du das gesamte Internet nach dieser Krankheit durchforstet. Hättest du denn etwas erkennen können?«

»Nein«, gestand Luz. »Es gibt keine deutlichen Anzeichen, nur eine Tendenz zur Myopie. AZOOR trifft vor allem Frauen unter vierzig.«

»Das gilt auch für Geschlechtskrankheiten, aber an so etwas denkt man einfach nicht. Um Himmels willen, hör endlich auf, dir die Schuld daran zu geben, Luz.« Mit sanfterer Stimme fuhr Glenny fort: »Und, meinst du, dieser Kerl – dieser Dusty – wird sie wieder nach Hause bringen?«

»Er ist kein Mann, der ein Nein einfach akzeptiert.«

»Sie ist keine Frau, die etwas tut, nur weil irgendein Mann ihr das sagt.«

»Diesmal ist es anders«, sagte Luz. »Zwischen den beiden ist etwas. Die Luft knistert förmlich, wenn sie zusammen sind. Er ist verrückt nach ihr. Und Jessie – ich habe sie noch nie so erlebt.«

»Opa Stu!« Scottie rannte den Abhang herauf. »Komm, du musst die Rampe ausprobieren!«

Stuart Burns brachte seinen Rollstuhl am oberen Rand der Rampe in Position. Die Jungs brüllten aufgeregt durcheinander und rannten neben ihm her, als er den schmalen Weg zum Steg hinunterrollte.

Luz spürte, wie Glenny neben ihr sich verkrampfte. Stuart war ein munterer, gut aussehender älterer Mann, der seit einem Kletterunfall vor zehn Jahren im Rollstuhl saß. Er und Glenny hatten sich auf einer Wohltätigkeitsveranstaltung kennen gelernt, und seither waren sie ein Paar. Von allen bisherigen Ehemännern ihrer Mutter gefiel er Luz am besten. Er war freundlich, mitfühlend und lustig. Und im Gegensatz zu seinen Vorgängern hatte er nicht Glennys Geld ausgegeben, um dann zu verschwinden.

Er schaffte es wohlbehalten hinunter zum Steg, und Luz sah, wie die Anspannung von ihrer Mutter wich. Stu, Ian und die Jungs feierten den Erfolg. Stuart nahm Scottie auf den Schoß

und ließ den Rollstuhl herumwirbeln, während Scottie vor Vergnügen kreischte.
»Er ist ein toller Opa«, sagte Luz.
»Deine Jungs sind einfach nur herrlich. Manchmal ein bisschen zu viel, aber herrlich.«
Nervös atmete Luz tief durch. »Mom, ich möchte dich um einen Gefallen bitten.«
Glenny warf ihr einen scharfen Blick zu. Offensichtlich war ihr bewusst, wie schwer es Luz fiel, um etwas zu bitten. Um irgendetwas. »Was denn?«, fragte Glenny.
»Könnt du und Stu heute auf die Jungs aufpassen? Ich dachte, ihr könntet mit ihnen nach Woodcreek fahren und ein bisschen auf dem Putting Green üben.«
Glennys Zögern verriet Widerstreben. »Ich weiß nicht, Luz. Sie sind heute ziemlich aufgedreht.«
Luz knirschte mit den Zähnen. Sie hatte bis tief in die Nacht wach gelegen und sich mit ihrer Entscheidung herumgequält. Es würde entsetzlich schwer werden. Sie konnte das einfach nicht, wenn die Jungen hier herumsausten. »Ian und ich brauchen etwas Zeit mit Lila allein. Bitte, Mom. Dieses eine Mal in meinem Leben werde ich nicht so tun, als käme ich auch ohne dich zurecht. Ich brauche dich und bitte dich um ein wenig Hilfe.«
Glenny musste die Verzweiflung in Luz' Stimme gehört haben. Sie holte ihre Zigaretten und ein Feuerzeug aus der Tasche. »Hat Lila denn Probleme?«
»Nicht unbedingt. Es geht nicht um eine akute Krise, wie diesen Unfall. Es ist nur …« Luz zögerte. »Wir haben beschlossen, ihr von der Adoption zu erzählen.«
Glenny zündete sich eine Zigarette an, blickte auf den See

hinaus und atmete eine dünne Rauchfahne aus. »Und dann wird alles wieder gut?«

»So naiv bin ich nicht, Mom. Aber Jessie hat sich das gewünscht, bevor sie uns verlassen hat.«

»Dann tust du es aus den völlig falschen Gründen.«

»Was soll das denn heißen?«

»Du bist Lilas Mutter. Ihr irgendetwas anderes zu sagen, wird das Mädchen nur durcheinander bringen.«

»Schön. Dann sag du mir doch, was ich tun soll.« Luz funkelte sie herausfordernd an, erhoffte sich aber eigentlich keine Antwort. Sie hatte ihr ganzes Leben lang darauf gewartet, dass ihre Mutter einmal eine Entscheidung für sie traf, und bisher immer vergeblich.

»Such nicht in der Vergangenheit«, sagte Glenny zu Luz' Überraschung. »Such sie im Hier und Jetzt. Und richte dich nicht nach Jessie oder Lila. Richte dich nach dir selbst.«

»Warum nach mir selbst?«

»Hast du schon mal darüber nachgedacht … vielleicht ist dein Verhältnis zu Lila deshalb so angespannt, weil du dich zu sehr auf das konzentrierst, was du von ihr erwartest. Vielleicht musst du einen Weg finden, die Vergangenheit endlich abzuhaken und dir deinen eigenen Traum zu suchen.«

»So wie du, Mom?« Der scharfe Unterton in ihrer Stimme ließ Glenny zu ihr herumfahren.

Luz hatte auf einmal einen typischen Sommer ihrer Kindheit klar vor Augen. Jessie saß auf dem Rücksitz, in ihrer eigenen Welt versunken, während Luz ihre Route auf einer Straßenkarte nachfuhr, ihre Ausgaben in einem kleinen schwarzen Notizbuch festhielt und versuchte, ein Motel zu finden, das sie sich leisten konnten. Glenny war mit den Gedanken bei ihrem nächsten Turnier, dem nächsten Mann, dem nächsten Karriereschritt. Luz war immer die brave Tochter, die Pflichtbewusste, die Verantwortungsvolle. Wirtschafterin und Friedensstifterin.

»Sag mir eines, Mom. Wann hätte ich je Zeit zum Träumen gehabt?«

»Wenn einem etwas wichtig ist, nimmt man sich die Zeit dazu.«

Luz biss sich auf die Lippe. Sie wollte nicht betteln, aber sie und Ian brauchten ein paar ungestörte Stunden mit Lila. »Hör mal, wenn ich irgendetwas von Jessie gelernt habe, dann das: Menschen, die einem wichtig sind, etwas zu verheimlichen, kann vieles zerstören. Lieber Himmel, sie hat es nicht einmal über sich gebracht, dir oder mir oder sonst jemandem davon zu erzählen, was mit ihr los ist. Ich will keine Geheimnisse mehr.«

Glenny trat ihre Zigarette aus und winkte Stuart und den Jungen zu. »Wer kommt mit auf den Golfplatz und danach in die Eisdiele?«

»Ich!«, riefen die Jungs wie aus einem Munde.

»Na dann, rein in den Bus«, sagte Glenny. »Hopp, hopp.«

Kapitel 32

Jeden Morgen, wenn Jessie aufwachte, blieb sie ganz still mit geschlossenen Augen liegen und versuchte, in Gedanken zu sehen. In Wirklichkeit sah sie nur noch Nebel. Sie dachte an Farben und Formen. Die Gesichter geliebter Menschen – Dusty und Amber, Luz und Lila, Ian und die Jungs. An den Anblick schneebedeckter Berge, glitzernder Seen, fliegender Vögel. Sogar an das Lächeln ihrer Mutter, ein begehrtes, seltenes Geschenk. Wo waren diese Bilder jetzt? Sie gehörten doch immer noch ihr, oder nicht? Sie waren nicht verschwunden. Sie waren noch immer ein Teil von ihr, lebten in ihr.

Und dann öffnete sie unweigerlich die Augen und sah nur das verschwommene Grau, das nun ihre einzige sichtbare Welt darstellte. Sie verabscheute die Ängste und Demütigungen, die ungeschickten Fehler, die Beschränkungen ihrer Krankheit. Sie verabscheute die ordentliche, methodische Person, die sie hatte werden müssen. Ihr fehlte die gedankenlose Freiheit, Motorrad zu fahren, einfach ins Auto zu springen, wann immer ihr danach war, oder auch nur bei Rot die Straße zu überqueren. Ihr Leben verlief nur noch im Schneckentempo.

Sie hätte jetzt mehr Zeit zum Nachdenken, hatten Sully und Irene ihr gepredigt. Mehr Zeit zum Bereuen, erkannte Jessie nun. Da sie nicht mehr mit halsbrecherischer Geschwindigkeit fliehen konnte, war sie gezwungen, ihr Leben und ihre Entscheidungen gründlicher zu betrachten, als ihr lieb war. Sie sehnte sich zu sehr nach Dingen, die sie nicht haben konnte.

Wie kam sie denn auch auf den Gedanken, ihr Weg würde leicht und angenehm sein? Oder dass sie überhaupt eine Wahl hätte?

Flambeau ließ sich niemals täuschen. Jessie hatte keine Ahnung, wie die Hündin das anstellte, aber sie wusste es, sobald sie nur die Augen öffnete. Wie ein anspruchsvoller Säugling ließ sie Jessie keine Zeit, sich in Selbstmitleid zu wälzen, sondern winselte drängend, während ihr haariger Schwanz sacht die Luft fächelte. Zeit für ihren morgendlichen Gassigang.

»Schon gut, Freundin«, nuschelte Jessie und ging ins Bad. Ein paar Minuten später hatte sie die Zähne geputzt, das Haar gebürstet, den Jogginganzug angezogen; sie schnallte Flambeau in ihr Geschirr, und los ging's. Sie wünschte, sie hätte sich einen Apfel mitgenommen, um ihren Magen zu beruhigen. Die Morgenluft war frisch und trocken, die Sonne noch kaum aufgegangen. Der Frühling war im Anzug. Sie fing einen Dufthauch von einer Ligusterhecke auf, spürte Wärme über ihr Gesicht streichen. Jessie mochte diese entspannenden Augenblicke am frühen Morgen und das gedämpfte Brausen des Verkehrs.

Sie ging auf dem Bürgersteig auf und ab. Als Blinde zu leben, war noch nicht der schwerste Teil der Zukunft, die vor ihr lag. Bei weitem nicht. Ihr katastrophaler Abend bei dem Konzert hatte ihr das aufgezeigt.

An Flambeaus Geschirr war ein Glöckchen befestigt. So konnte Jessie die morgendlichen Streifzüge des Hundes verfolgen. Sie hörte es klingeln und merkte, dass der Hund von ihr fortlief. Flambeau würde niemals weglaufen, ließ sich aber manchmal von einem Eichhörnchen fortlocken. Jessie rief nach ihr.

Sie hörte die Hündin zurückkommen und spürte, dass sie nicht allein war. Sie spürte außerdem, dass Flambeau die fremde Person mochte. Sie sprang herum und schnaubte leise. Flambeau war eine hervorragende Menschenkennerin. Aber ihr Verhalten wies eindeutig darauf hin, dass die Person ihr fremd war. Wenn die Hündin jemanden erkannte, benahm sie sich anders und begrüßte denjenigen mit einem leisen, freudigen Winseln.

Jessie nahm eine Bewegung der Luft wahr. Menschen, die keine Ahnung hatten, behaupteten manchmal, Blinde hätten ein besonders scharfes Gehör, einen besonderen Geruchs- oder Tastsinn, aber das stimmte nicht. Wenn man nicht sah, konnte man sich einfach besser auf andere Sinneswahrnehmungen konzentrieren.

Diese Störung war anders, voller Anspannung. Wenn Menschen auf Jessie zukamen, versuchte die Hündin nicht, sie zu beschützen, doch sie verhielt sich Jessie gegenüber Besitz ergreifend. Nun kam sie an Jessies Seite getrottet, und Jessie beugte sich hinab, um die Laufleine am Geschirr zu befestigen. Flambeau tänzelte ein bisschen herum und kam dann an ihrer linken Seite zur Ruhe. Jessie ließ die Hand auf den warmen Hundekopf sinken, blieb aber nach vorn gewandt stehen.

»Hallo?«, sagte sie.
Lange, lockere Schritte waren auf dem Beton des Bürgersteigs zu hören. Ihre Haut erkannte ihn zuerst. Oh ja, sie fühlte ihn, so nahe, und das hatte sie bis in die tiefste Seele vermisst. Das Geräusch seines Atems bestätigte: Er war es.
»Du meine Güte«, hauchte sie ungläubig.
»Sag mal, was denkst du dir eigentlich dabei?«
»Nicht. Schrei mich nicht an, Dusty.«
»Irgendjemand muss dich aber mal anschreien, Jessie«, erwiderte er. »Oder läufst du dann wieder davon?«
»Ich bin nicht davongelaufen. Ich habe –« Sie hielt inne. »Ich habe mich nur um meine eigenen, sehr persönlichen Angelegenheiten gekümmert.«
»Ach so.« Er lachte bitter auf. »Ich habe dir mein verdammtes Herz auf dem Silbertablett serviert. Und du bist trotzdem ohne ein Wort gegangen. Was, zum Teufel, hast du dir dabei gedacht?«
Er hatte das völlig falsch verstanden, dachte sie. Wie konnte er das so verkehrt auffassen? »Ich habe mir gedacht, dass ich das, was mit mir passiert, nicht mit jemandem teilen möchte. Schon gar nicht mit einem Mann, der gerade erst seine Frau verloren hat.«
»Was, zum Kuckuck, hat das denn damit zu tun? Machen zwei Verluste irgendwie ein Plus?«
»Ich wollte nicht, dass du darunter leidest, Dusty.«
»Ich habe mich in dich verliebt, und du bist verschwunden. Glaubst du, ich hätte nicht gelitten?«
Sie reckte trotzig das Kinn. »Zu erblinden ist schon schlimm genug, wenn es nur einem Menschen passiert. Warum sollte ich die Menschen um mich herum mit hineinziehen?«

»Du bist echt eine merkwürdige Person«, sagte er, und sein Zorn knisterte um ihn herum wie eine elektrische Ladung. »Verdammt noch mal, Jess. Warum glaubst du, du könntest solche Entscheidungen einfach für andere treffen?«

»Weil es grausam wäre, dich dazu zu bringen, dass du mich liebst, wie ich jetzt bin.«

»Wie bist du denn?«, fragte er.

Sie hasste ihn dafür, dass er sie zwang, es auszusprechen. »Ich bin blind. Tu nicht so, als würde das keine Rolle spielen. Tu nicht so, als würden die Leute das schon verstehen. Die ganze Welt wird dich anstarren und denken, was für eine Verschwendung. Dieser wunderbare Mann opfert sein Glück und sein Leben, um sich um eine blinde Frau zu kümmern. Das lasse ich nicht zu, Dusty. Deshalb bin ich gegangen, und deshalb solltest du jetzt auch gehen.«

Er schnaubte verächtlich. »Du bastelst dir da ziemlich viele Vermutungen zusammen. Genauso hast du es auch bei Lila gemacht. Du hast allen verheimlicht, wer ihr Vater ist, weil du dachtest, das wäre leichter für die anderen.«

»War es auch.«

»Das ist kompletter Quatsch, Jessie. Himmel, sieh dir nur an, was du dir damit angetan hast. Es hat dich zu einer Person gemacht, die sich nicht traut, zu lieben, sich nicht zutraut, dazubleiben.«

Dagegen konnte sie sich nicht verteidigen. Er hielt ihr einen Spiegel vor, und sie erkannte darin die Wahrheit. Dennoch konnte sie den letzten Schritt nicht tun. »Wenn ich es Luz gesagt hätte, hätte sie versucht, alles wieder gutzumachen. Das tut sie immer. Warum sollte ich ihr ein Problem aufbürden, das sie unmöglich aus der Welt schaffen kann?«

»Blind oder nicht, du bist ein Problem, Jess, aber das bedeutet doch nicht, dass wir dich nicht lieben.«

Dann nahm er sie in den Arm, und ihre Mauern zerbarsten, Angst und Qual flossen in einem Tränenstrom aus ihr heraus. »Verdammt, Dusty. Ich habe hier nicht ein einziges Mal so geheult. Nicht ein Mal. Und jetzt tauchst du hier auf, und –«

»Ja, ich bin da.« Er küsste ihr Haar, ihr Gesicht – Stirn, Wangen, Augen, Lippen –, bis die Tränen versiegten. Ihre Sinne füllten sich mit ihm – wie er schmeckte, roch und klang, seine Wärme. »Tu so etwas ja nie wieder, Jess«, sagte er. »Verlass mich nie, nie wieder.«

In diesem Befehl voll ausgestandener Schmerzen steckte eine Annahme, der sie eigentlich widersprechen sollte, aber es fühlte sich zu herrlich an, ihn an sich zu drücken, in seinen Armen dahinzuschmelzen und für einen Augenblick zu vergessen, wie unmöglich das alles war. Sie kehrte in Gedanken zu jener Nacht in Mexiko zurück – die verschwenderische, dekadente Romantik seiner Idee, der dunkle, duftende Garten, die sorglose Lust. Schließlich zwang sie sich aber doch, das Naheliegendste zu fragen. »Wie hast du mich gefunden?«

»Deine alte Flamme hat auf der Suche nach dir bei Luz angerufen.«

»Na toll. Noch etwas, worum Luz sich Sorgen machen kann.«

»Ich habe ihr gesagt, sie soll sich keine Sorgen machen. Du schaffst das schon.«

Sie strich sich mit der Hand übers Haar. »Ich bin ein Wrack.«

Er tauchte genüsslich mit der Hand in ihr Haar ein. »Glaubst du, das spielt irgendeine Rolle?«

Sie gingen zusammen um den Park spazieren. Jessies ganzer Körper jubelte; sie konnte nicht anders. Er hätte nicht herkommen sollen. Sie sollte ihn zurückweisen, doch das konnte sie nicht. »Flambeau mag dich«, bemerkte sie schließlich.

»Amber und Arnufo wird sie auch mögen. Und Pico de Gallo wird sie wohl irgendwie ertragen.«

»Was willst du damit andeuten?«

»Dass du mit mir nach Edenville zurückkommst.«

»Das glaube ich kaum.«

»Herrgott noch mal, Weib, weißt du, wie du dich anhörst? Was glaubst du eigentlich, wer du bist, dass du mich einfach so stehen lässt, deine Schwester, und alle anderen, die dich lieben?« Seine Wut erschreckte sie und traf sie tief.

»Ich bin blind. Wie hältst du mich überhaupt noch aus?«

»Ich werde ganz schnell vergessen, dass du das gesagt hast.«

Gefühle wallten in ihr auf, beängstigend machtvoll. Sie versuchte, dagegen anzukämpfen, Ausreden zu finden, alles, damit das hier keinen Schritt weiterging. Sie dachte an ihr steriles Apartment, ihre verschlossene kleine Welt. »Und was glaubst du, wer *du* bist, dass du mich hier überfällst und mir sagst, was ich zu tun habe?«

»Das würde ich nie tun. Du kommst mit, weil du es selbst willst.«

»Wie kommst du darauf, ich –«

»Deine Schwester hat den Endicott-Preis gewonnen. Wusstest du das?«

Sie war baff vor Staunen. »Tatsächlich?«

»Was denkst du, wem sie unbedingt davon erzählen wollte, als sie es erfahren hat? Du warst nicht für sie da, Jess. Du musst diese Sache mit deiner Schwester in Ordnung bringen. Sie braucht dich. Ich brauche dich auch, obwohl du mir manchmal den letzten Nerv raubst. Ich liebe dich, Jessie, und du liebst mich.«

Einen Moment lang verschlug es ihr den Atem. Sie trat zurück und versuchte, ihre Stimme wiederzufinden und Flambeau das Kommando zu geben, sie solle sie nach Hause führen, weg, irgendwo anders hin als hier.

»Gehen wir«, sagte er.

»Wohin?«

»Zu dir nach Hause.«

»Das hatte ich vor. Aber du bist nicht eingeladen.«

Sein Lachen strömte über sie hinweg wie ein Lied, das sie schon fast vergessen hatte. »Ach, Süße«, sagte er, »habe ich mich schon jemals davon abhalten lassen?«

Kapitel 33

Lila sah dem grünen Bus mit dem »Birdie«-Logo ihrer Großmutter nach, der in die Stadt fuhr. Sie hatten sie nicht mal gefragt, ob sie auch mit auf den Golfplatz und ins Eiscafé wollte. Nicht, dass sie mitgegangen wäre, aber es wäre nett gewesen, wenigstens gefragt zu werden. Typisch. Von Großeltern verwöhnt zu werden, selbst von so schrägen wie Miss Glenny und Opa Stu, war offenbar auch etwas, aus dem sie herausgewachsen war.

Sie wandte sich vom Fenster ab und betrachtete ihr Zimmer. Ihre Eltern hatten ihre Drohungen wahr gemacht und sie gezwungen, die Poster abzunehmen, den Saustall aufzuräumen und das Zimmer ordentlich zu halten. Insgeheim musste sie sich eingestehen, dass ihr Zimmer ihr aufgeräumt und hell auch besser gefiel. Die einzige Dekoration bestand nun aus Fotos, die sie selbst gemacht hatte. Ihre Mutter hatte ihr gezeigt, wie man ein paar von Jessies Kameras bediente, und Lila hatte ein ziemlich gutes Auge fürs Fotografieren. Aber jetzt kam ihr das irgendwie unheimlich vor, weil sie wusste, warum Tante Jessie ihre ganze Fotoausrüstung einfach dagelassen hatte.

Es war schon ein Schock gewesen, was Mom über Tante Jessie erfahren hatte. Lila kannte keinen einzigen blinden Menschen. Sie schlenderte hinüber zum Computer und las den Artikel, den sie über AZOOR gefunden hatte. Akute zonale okkulte äußere Retinopathie. Laut irgendeinem berühmten Arzt am Vanderbilt äußerte die Krankheit sich zuerst in Lichtblitzen und einem eingeschränkten Gesichtsfeld. Dann ging das Sehvermögen immer mehr verloren, manchmal so weit, dass man auf beiden Augen erblindete oder sogar Halluzinationen hatte. Mom hatte gesagt, die Krankheit sei nicht erblich. Lila glaubte sowieso nicht, dass man so etwas von einer Tante abkriegen konnte.

Jessie hatte ihr geringes verbliebenes Sehvermögen so hervorragend genutzt, dass es niemandem aufgefallen war. Lila wäre niemals darauf gekommen, dass sie kaum noch sehen konnte. Aber im Moment hätte sie wohl auch einen Kriegsausbruch nicht bemerkt, sofern keine Bombe direkt ins Haus einschlug. Sie schwor sich, in Zukunft mehr auf die Menschen in ihrem Leben zu achten, sich mehr um sie zu kümmern.

Sie wandte sich ihrem Lieblingsfoto von Andy Cruz zu, auf dem er in voller Montur auf der Feuerwache zu sehen war. Er mochte sie und hatte das auch offen gesagt. Er spielte keine Spielchen wie andere Jungs. Wenn sie mit ihm über den Unfall sprach und er ihr sagte, es sei nicht ihre Schuld gewesen, glaubte sie ihm beinahe. Aber nur fast. Sie wünschte nur, sie könnte auch noch daran glauben, wenn sie mitten in der Nacht schweißgebadet aufwachte, verfolgt von den grässlichen Bildern der Erinnerung.

Es klopfte sacht an der Tür.

»Ja?«, rief Lila und setzte sich an ihr Schminktischchen. Sie wollte ein neues Mascara ausprobieren. Sable Dreams.

»Schätzchen, dürfen wir reinkommen? Dein Vater und ich möchten mit dir sprechen.«

Lila kribbelte es im Nacken. Solche Gespräche bedeuteten meistens nichts Gutes. »Klar«, sagte sie, schraubte die Wimperntusche auf und drehte das Bürstchen darin herum.

Die Tür ging auf, und ihre Eltern traten ein. Sie sahen besorgt aus.

»Ist noch was mit Tante Jessie?«, fragte Lila.

»In gewisser Weise.«

»Kommt sie nach Hause?«

»Dusty ist zu ihr gefahren. Wir hoffen, dass sie mit ihm zurückkommt. Aber … aus dieser schrecklichen Sache mit Jessie haben wir gelernt, dass es nicht gut ist, Geheimnisse vor den Menschen zu haben, die man liebt.«

Lila zog das Mascarabürstchen heraus und hielt es ins Licht. »Also, wenn es um dieses Zwischenzeugnis geht, ich wollte euch ja sagen, dass –«

»Es geht nicht um deine Noten.« Ihre Mom tauschte einen Blick mit ihrem Dad. »Eigentlich nicht mal um Geheimnisse. Es ist nur etwas, was wir dir noch nicht gesagt haben. Wir haben es immer wieder hinausgeschoben.«

Toll. Mom war wieder schwanger. Wütend stieß Lila das Bürstchen zurück in den Behälter. Mom hatte ja keine Ahnung, wie das letztes Mal für Lila gewesen war, in ihrem Alter eine schwangere Mutter zu haben. Sie setzte eine starre Maske auf, legte die Wimperntusche beiseite, schob die Hände zwischen die Knie und wartete.

Mom setzte sich auf den Korbsessel ihr gegenüber. Dad

blieb an der Tür stehen, als wäre er am liebsten davongelaufen. Wollte er wahrscheinlich auch.

»Also«, sagte Mom mit unsicherem Lächeln. »Ich weiß nicht recht, wo ich anfangen soll. Das ist einer der Gründe, weshalb wir dieses Gespräch aufgeschoben haben.«

»Welches Gespräch?«, fragte Lila ungeduldig. »Du bist die Einzige hier, die spricht, und du hast noch überhaupt nichts gesagt.«

Dads Gesichtszüge wirkten hart, und Lila wartete auf den üblichen Tadel: *Sprich nicht in diesem Ton mit deiner Mutter.* Doch er überraschte sie und sagte gar nichts.

Also wartete sie, erstaunt und beunruhigt über dieses Herumdrucksen ihrer Mutter, die doch sonst so selbstsicher war, egal, was passierte. Dann traf Lila ein entsetzlicher Gedanke, wie ein Schlag auf den Kopf. »O Gott, Mommy, hast du die gleiche Krankheit wie Tante Jessie?«

»Nein«, antwortete Mom beruhigend rasch. »Aber Tante Jessie hat … schon damit zu tun.« Offenbar überwand sie jetzt ihr Zögern. »Dad und ich haben dich geliebt, seit dem Augenblick, als du geboren wurdest. Bedingungslos und von ganzem Herzen.«

»Okay«, sagte Lila. Das würde sie nicht bestreiten. Manchmal fühlte sie sich total erstickt von der Liebe ihrer Mutter. Es gab ein ganzes Archiv von Fotos, die ersten von der Frühchenstation, wo Lila in einem speziellen Brutkasten gelegen hatte, unglaublich winzig und beinahe durchscheinend. Ihre Eltern waren keinen Moment von ihrer Seite gewichen – zumindest war das der Eindruck, den die Bilder erweckten.

»Es ist so, Lila: Ich habe dich nicht selbst zur Welt gebracht, Schätzchen. Daddy und ich haben dich adoptiert.«

Nichts. Lila fühlte absolut gar nichts. Die Worte kamen nicht bei ihr an. Sie hingen irgendwie in der Luft wie ein seltsamer Nebel, und gleich würde ein Windstoß durchs Zimmer fegen und sie wegblasen.
Ihre Eltern starrten sie ungefähr zehnmal so gespannt an wie sonst, wenn es zum Beispiel Zwischenzeugnisse gab.
»Schätzchen«, begann Mom.
Lilas Arm schoss hoch, als hole sie mit einem Schwert aus. Dad hielt sich an Moms Schulter fest. Im Gegensatz zu Mom verstand er, was in den Tälern von Lilas Schweigen vor sich ging. Lila schätzte das sehr an ihm. Sie konnte das nicht hören, nicht jetzt. Sie brauchte Stille, vollkommene Stille, um diese Sache aufnehmen zu können, die ihre Mutter ihr hingeworfen hatte. Sie musste diese Sache einatmen wie einen biologischen Kampfstoff, oder schlucken wie einen Fremdkörper, um sie später wieder herauszuholen, anzustupsen und zu studieren wie im Biologieunterricht, sie aufschneiden und herausfinden, wie sie im Innersten aussah. Aber jetzt, in diesem Moment, wies sie das, was sie eben gehört hatte, meilenweit von sich.
Das konnte nicht sein. So einfach war das. Adoption war etwas für Leute, die keine Kinder kriegen konnten. Ihre Mutter bekam doch ständig Kinder. Lila hatte es mit eigenen Augen gesehen. Moms Bauch wurde riesengroß, und dann kam ein Baby heraus, und das ganze Haus stank danach monatelang nach Windeln und Kotze. So lief das in dieser Familie.
Oder?
Sie schluckte einmal, zweimal. Fand die Sprache wieder. »Was sagst du denn da? Spinnst du?«

»Ich sage, dass ich nicht deine leibliche Mutter bin. Daddy und ich haben dich adoptiert. Eigentlich ist das kein Geheimnis, und gewiss keine Schande. Aber vor vielen Jahren waren wir uns alle einig, dass du in jeder bedeutsamen Hinsicht unsere Tochter bist, also ist das Thema nie zur Sprache gekommen. Das ist etwas, woran wir überhaupt keinen Gedanken verschwenden. Es ist einfach nicht wichtig.«

Adoptiert. Man sagte seinem kleinen Bruder, dass er adoptiert war, wenn man ihn zum Weinen bringen wollte. Lila versuchte, in dieser total absurden Geschichte irgendeinen Sinn zu sehen. Sie hatte immer schon gewusst, dass ihre Eltern erst ein paar Monate vor ihrer Geburt geheiratet hatten. Das war keine große Sache. Aber Tatsache war, dass in ihrer Familie immer fotografiert wurde. Jedes Ereignis, von dem Tag an, als Mom mit zehn Jahren ihre erste Kamera bekommen hatte, war von Mom oder Tante Jessie liebevoll festgehalten worden. Und nun, da Lila darüber nachdachte, fiel ihr auf, dass es kein einziges Bild von Mom gab, auf dem sie einen dicken Bauch mit Lila vor sich herschob.

Sie blickte von ihrer Mutter zu ihrem Vater. Das konnte nicht sein. Sie war eine Benning. Sie sah ihrer Mutter ähnlich. Sie sah ihren Brüdern ähnlich. Manche Leute behaupteten sogar, sie sähe ihrem Vater ähnlich. Sie hatte das gleiche rote Haar und die gleichen grünen Augen wie Miss Glenny, ihre Mom und –

»Schätzchen«, sagte Mom, »deine leibliche Mutter ist Tante Jessie.«

Grob riss Lila das Mascara wieder auf. Sie fuhr auf dem Stuhl herum, beugte sich zum Spiegel vor und tuschte ihre Wimpern mit dem dicken, klebrigen Zeug. Sie erhaschte einen Blick auf ihr Gesicht im Spiegel. Sie konnte sie sprechen hören – ihre *Adoptiv*eltern –, und sie sagten genau das, was zu erwarten gewesen war. Jessie war jung und ungebunden gewesen, hatte ihre Zukunft darin gesehen, um die halbe Welt zu reisen, sagten sie. Mom und Dad wollten heiraten und eine Familie gründen.

»Du hast uns in jeder Hinsicht Erfüllung gebracht«, sagte Mom mit leicht erstickter Stimme. »Du hast uns zu einer Familie gemacht. Es tut uns Leid, dass wir so lange damit gewartet haben, es dir zu erzählen. Jessie wollte es so. Ich habe immer gedacht, es sei nicht so wichtig. Warum sollte es wichtig sein? Von dem Augenblick an, als wir diese Entscheidung getroffen haben, habe ich dich als mein Kind betrachtet.«

Lila verschloss ihr Herz. Sie hatten ihr verschwiegen, was sie brauchte, um das größte Geheimnis auf der Welt zu entschlüsseln. Wer sie war.

Sie wirbelte auf dem Drehhocker zu ihnen herum. Ihr Gesicht fühlte sich an wie versteinert, ihre Brust ganz ausgehöhlt. »Wer ist mein Vater?«

»Als du geboren wurdest«, erklärte Dad, »hat Jessie auf dem Formular ›unbekannt‹ eingetragen.«

Unbekannt.

»Lila, mein Liebling.« Mom kam zu ihr und nahm ihre Hand. »Kurz, bevor sie im November verschwunden ist, hat sie es uns endlich gesagt.«

Dad sank vor ihr auf ein Knie, als wollte er beten, und drehte ihren Hocker so herum, dass sie ihn ansehen musste. »Hör mal, vor langer Zeit, bevor ich deine Mom kennen gelernt habe, bin ich ein paarmal mit Jessie ausgegangen, aber ziemlich bald sind wir wieder auseinander gegangen. Ich hatte keine Ahnung davon –«

O Gott, o heilige Scheiße. Lila starrte ihn mit aufgerissenen Augen an und blinzelte dann langsam, wobei die frische Wimperntusche ihre Lider zusammenklebte. »Du meinst … du und Tante Jessie, ihr habt …« Sie konnte nicht weiter. Sie erstickte an den Worten.

Lila entzog Mom ihre Hand. Nicht grob. Das hier war keine Sache, wegen der man grob wurde. Das hier war so viel gewaltiger als zum Grobwerden, dass sie gar nicht wusste, wie sie reagieren sollte.

»Wir wünschen uns sehr, dass du damit klarkommst«, sagte ihr Dad.

Ihr Dad? Welcher Dad? Der Mann, der ihre Mutter geheiratet hatte, oder der, der es mit ihrer Tante getrieben hatte? Wie konnte sie jetzt noch einen von beiden ansehen, ohne an den anderen Teil von ihr zu denken, den biologischen Anteil, den einer von ihnen hatte, der andere aber nicht. Tante Jessie – ihre Mutter – wollte ihr Leben nicht mit Lila teilen. Tante Jessie war weggegangen und hatte ein tolles Leben geführt, und sie war erst zurückgekommen, als ihre Blindheit sie zur Verzweiflung trieb.

»Ihr wollt, dass ich damit klarkomme«, wiederholte sie langsam und hoffte, diese Bitte angemessen absurd klingen zu lassen. »Klar doch, ich finde es ganz toll, dass ihr mir nie genug vertraut habt, um mir diese Kleinigkeit zu erzählen.«

»Das ist keine Frage des Vertrauens«, erwiderte Mom. Dann sagte sie etwas total Unerwartetes. »Ich hatte Angst, Lila, mein Mädchen.«

Quatsch, dachte Lila. Ihre Mutter war die furchtloseste Person auf dem ganzen Planeten, das wussten doch alle. »Vor was denn?«

»Dass du dich Jessie zuwenden würdest, dass du dich von ihrem Lebensstil blenden lassen und hier unzufrieden sein würdest.«

»Natürlich. Ihr haltet mich wohl für oberflächlich wie ein Fettauge, dass ich meinen wahren Eltern den Rücken kehren und einer Frau nachlaufen würde, die mich gleich nach meiner Geburt verlassen hat.« Lila sprach voller Zorn, doch sie spürte, wie darunter etwas anderes nach oben drängte. Sie hörte ein Auto vor dem Haus und wusste, dass das Andy war, der sie abholte, um das Feuerwehrhaus für das Pfannkuchenfrühstück zu schmücken, das sie morgen für einen guten Zweck veranstalteten. Das war eigentlich eher was für ihre Mutter, ein Pfannkuchenfrühstück zu organisieren, aber Lila überraschte sich selbst damit, dass sie Spaß daran hatte.

»Also«, sagte sie, »glaubt bloß nicht, dass ich euch deswegen weniger lieb habe, euch weniger respektiere oder weniger darauf vertraue, dass ihr für mich da sein werdet, wenn ich euch brauche.« Sie steckte die Wimperntusche in ihre Handtasche. »Ich muss jetzt los.« Spontan küsste sie ihren Dad auf die Wange, umarmte ihre Mom und spürte das pure Staunen der beiden. »Was?«, fragte sie. »Habt ihr geglaubt, das würde meine ganze Welt auf den Kopf stellen? Zum Abendessen bin ich wieder da.«

Sie rannte die Treppe hinunter, zur Tür hinaus, und hechtete dann beinahe in Andy Cruz' Pick-up. »Fahr los«, sagte sie. »Schnell.«

Er musterte sie von der Seite, während er über die Einfahrt

zur Straße fuhr. Wenn sie nur in seiner Nähe war, fühlte sie sich mit sich selbst gleich wohler. Ganz anders als bei Heath Walker. Bei Heath hatte sie immer gut drauf sein und aufpassen müssen, wie sie sich gab. Bei Andy brauchte sie sich darum keine Gedanken zu machen.

»Alles in Ordnung?«, fragte er. »Ist was mit deiner Familie?«

»Mit geht's bestens. Es ist alles bestens.« Und dann schaute sie aus dem Fenster und sah die Landschaft vorüberhuschen. Sie fragte sich, ob die neue Mascara wasserfest war.

Kapitel 34

Du siehst total verängstigt aus«, bemerkte Dusty und bremste, als er mit Jessie neben sich den letzten Hügel nach Broken Rock hinunterfuhr.

»Pff.«

»Fff«, sagte Amber, sicher im Kindersitz verstaut.

»Das hier ist ein Fehler«, sagte Jessie und bemühte sich, ihre Panik zu unterdrücken.

»Nein«, erwiderte Arnufo vom Rücksitz her, wo er neben Amber saß. »Wenn Sie nicht freiwillig mit zurückgekommen wären, wäre Ihre große Schwester Ihnen mit dem Rohrstock zuleibe gerückt.«

Jessie glitt mit der Hand über den Sitz des neu riechenden Autos und fand Dustys Oberschenkel. Das geräumige Auto war nur eine der Veränderungen, die er für sie vorgenommen hatte. In dieses Auto passten neben Amber und ihrem Kindersitz nämlich auch Jessie und Flambeau.

Himmel, dachte sie. Was für ein Mann konnte so lieben, mit solcher Gewissheit?

Sie wusste, wozu er sie drängte. Sie konnte sich auf keine feste Bindung einlassen, weder mit ihm noch mit sonst irgendwem, bis sie ihr Verhältnis zu ihrer Familie in Ordnung gebracht hatte. Sie war nicht sicher, ob sie das schaffen würde. Doch zum ersten Mal in ihrem Leben war sie bereit, es zu versuchen.

Als das Auto langsam den Hügel hinabfuhr, bat sie: »Also, dann sag mir mal, was hier auf mich zukommt.«

»Auf der Terrasse ist alles für eine tolle Party vorbereitet«, sagte Dusty. »Von der Lebenseiche hängt ein Banner mit der Aufschrift ›Willkommen zu Hause, Jessie‹, und an so ziemlich allem, was ich sehen kann, sind Luftballons befestigt. Wahrscheinlich sind alle noch in der großen Hütte. Sieht aus, als hätten sie das mittlere Gästehaus für dich ausstaffiert.«

Jessie stemmte die Hand gegen das Armaturenbrett. »Moment mal, ich dachte, ich würde das Wochenende mit dir verbringen.«

Dusty strich ihr über die Wange. »Ich will aber nicht das Wochenende mit dir verbringen.« Bevor sie noch etwas sagen konnte, fügte er hinzu: »Ich hatte da eher an den Rest meines Lebens gedacht.«

Sie brachte kein Wort heraus. Ihre Gedanken stoben in alle Richtungen davon. Auf seine süße, gemächliche Art war Dusty mindestens so störrisch wie sie. Er war der einzige Mensch, dem sie je begegnet war, der sich von ihr nicht beeinflussen ließ.

Arnufo seufzte zufrieden. Irgendwo draußen bellte Beaver, und Flambeau richtete sich gespannt auf. »Ruhig, mein Mädchen«, sagte Jessie.

»Der Hund ist im Zwinger«, sagte Dusty. »Also, jetzt kommen alle raus auf die Veranda. Sie lächeln.«

»Luz auch?«
»Ja, Luz auch.«
Jessie und Luz hatten am vergangenen Abend telefoniert. Endlich hatten Luz und Ian Lila gesagt, dass sie adoptiert und Ian ihr leiblicher Vater war. Jessie hatte keine Ahnung, wie sie nun zu dieser Neuigkeit stehen sollte. Dies war der Grund gewesen, weshalb sie überhaupt hergekommen war, aber nun, da es geschehen war, wusste sie nicht so recht, was sie empfand. Sie hatte Luz gefragt, wie Lila diese Enthüllung aufgenommen hatte.
»Sie hat sie aufgenommen. Zurzeit findet sie nichts, was ich tue oder sage, besonders toll, das weißt du ja. Aber sie ist nicht auf der Stelle explodiert oder so. Komm einfach nach Hause. Du solltest sie sehen. Und Mom dreht noch durch, wenn sie dich nicht bald wiedersieht.«
»Deine Mutter sieht genauso aus wie im Fernsehen«, sagte Dusty. »Und das neben ihr muss ihr Mann sein.«
»Stuart. Sie hat ihn vor ein paar Jahren in Las Vegas geheiratet. Ich habe ihn noch nie gesehen.«
Er parkte das Auto, und Amber brabbelte aufgeregt vor sich hin, als Arnufo sie aus dem Kindersitz hob. Die Kleine war während Jessies Abwesenheit ein ganzes Stück gewachsen. Aber Amber erinnerte sich an sie. Sobald Dusty sie Jessie in die Arme gedrückt hatte, hatte die Kleine sich voll unschuldigem Vertrauen an sie geklammert.
Jessie hatte sich für einen sehenden Helfer entschieden, statt Flambeau während ihres Besuches hier arbeiten zu lassen. Die vielen neuen Menschen und das Durcheinander waren schon genug Aufregung für die Hündin. Jessie öffnete die Beifahrertür, stieg aus und ließ dann Flambeau heraus – sie

spürte, wie der kräftige Körper sich auf den Boden senkte. Flambeau blieb an ihrer Seite stehen und erwartete aufmerksam Jessies Befehle. »Schon gut, mein Mädchen«, sagte Jessie und wandte sich dem Haus zu. Das Wetter hatte plötzlich umgeschlagen, und warme, frühlingshafte Strömungen trieben in der Luft.

»Bereit?« Dusty bot ihr den Arm. Dann zerrte er sie praktisch mit sich.

Sie konnte hören, wie alle nervös mit den Füßen scharrten, und sie hätte sie am liebsten angeschrien. Sie dachte an das letzte Mal, als sie hier aufgetaucht war, eine Bresche in Luz' Mauern geschlagen und nach fünfzehnjähriger Abwesenheit plötzlich aller Leben durcheinander gewirbelt hatte. Sie stellte sich vor, wie sie nun in einer Reihe auf der Veranda standen und vermutlich den Atem anhielten. Flambeau neben ihr gab ein tiefes »Wuff« von sich, und Beaver in seinem Zwinger bellte.

»Sei still«, rief ein Stimme. *Luz.*

Jessies Handflächen waren feucht. Sie wollte – musste – beten, doch nur ein einziger, kindischer Gedanke kam: Bitte, lieber Gott, lass mich das gut überstehen.

Die Fliegengittertür öffnete sich quietschend und fiel mit einem Schnappen zu.

Die Vorstellung, dass ihre gesamte Familie ihrer harrte, gelähmt vor Unsicherheit, brachte Jessie dazu, in Lachen auszubrechen, damit sie nicht weinen musste. »Ach, Herrgott noch mal«, sagte sie und streckte einen Arm aus. »Wenn nicht sofort irgendwer was sagt, remple ich noch einen von euch an, und dann wird es euch Leid tun.«

Sie hörte Schritte. Zwei starke Hände schlossen sich um

ihre, und Jessie wurde in die Arme ihrer Schwester gezogen. Luz. O Gott, Luz. Jessie bekam einen Kloß im Hals, während sie ihre Schwester umarmte.
»Du Idiotin«, sagte Luz und hielt sie immer noch umschlungen. »Du verrücktes Huhn. Es ist doch nicht zu glauben, dass du einfach so verschwindest und keinem ein Wort davon sagst.«
»Aber sicher ist das zu glauben«, flüsterte Jessie. »Das ist doch meine Spezialität.«
»Das wird sich ändern müssen.«
»Mommy, warum weinst du?«, fragte Scottie.
Süße Freude rieselte durch Jessies Körper, als sie die Stimme ihres jüngsten Neffen hörte. Sie entzog sich Luz, ertastete seine etwas klebrige kleine Hand und kniete sich neben ihn.
»Ich habe sie traurig gemacht, weil ich was Dummes angestellt habe«, erklärte sie. »Aber jetzt tut es mir sehr Leid, und sie hat mir verziehen. Bist du auch böse auf mich, Scottie?«
»Mom hat gesagt, dass du mich nicht sehen kannst.«
»Das stimmt.«
»Wie willst du dann sehen, wie groß ich geworden bin?«
Sie grinste. »Das ist kinderleicht.« Sie nahm ihn in den Arm, stand auf und hob ihn vom Boden hoch. Er roch nach Dosensuppe und Waschmittel. »Wow, du bist ja *riesig*.«
»Darf ich mit deinem Hund spielen? Mom hat gesagt, ich muss dich vorher fragen.«
Sie stellte ihn ab. »Flambeau mag es sehr gern, wenn man sie streichelt, und solange sie mir nicht helfen muss, kannst du das ruhig tun.«
Die Hündin stieß ein beglücktes Winseln aus. Jessie streckte die Hand nach Luz aus. Zusammen gingen sie die anderen

begrüßen, deren Umarmungen nervös und leicht verlegen wirkten. Als sie ihre Arme um Lila legte, versuchte Jessie, etwas zu erspüren, irgendeinen Hinweis darauf, was Lila von der ganzen Sache hielt. Aber es waren zu viele Leute um sie herum, zu viel Trubel. Später, versprach sie sich, und nun war sie doch froh, dass sie hier übernachten würde. Warum nur war Dusty in solchen Sachen so unglaublich klug?

»Glenny«, sagte sie und drückte zum ersten Mal seit vielen Jahren ihre Mutter an sich.

Die Jahre verpufften, und sie fand sich ganz von vertrauten Eindrücken umgeben. Charlie Parfüm, Kaugummi, und ein liebes, heiseres Flüstern: »Da ist ja mein kleines Mädchen.« Die Hände ihrer Mutter wiesen die vertrauten Schwielen der Golferin auf, doch ihre Haut war dünner, trockener, zarter, als Jessie sie in Erinnerung hatte.

»Das ist mein Mann Stuart.« Ihre Mutter legte Jessies Hand in eine große Männerhand.

»Es freut mich, dass wir uns endlich kennen lernen«, sagte er, und sie erkannte seine angenehme Stimme mit dem südkalifornischen Einschlag vom Telefon wieder. Seltsamerweise stand er nicht auf, um sie zu begrüßen. Gleich darauf stellte sie fest, warum, als Flambeau auf einmal wie verrückt schnüffelte und Stuart irgendwie ein Stück rückwärts glitt. Ihre Mutter ergriff Jessies Arm, damit sie nicht das Gleichgewicht verlor.

Jessie runzelte die Stirn. »Sitzt du vielleicht in einem Rollstuhl?«

»Ja«, sagte er gedehnt. »Entschuldige, dass ich nicht –«

»Nein, nein, schon gut. Ich wusste das nur nicht. Hattest du einen Unfall?«

»Vor zehn Jahren. Jetzt geht es mir bestens.«

Jessie fragte sich, wie er das sagen konnte, obwohl er seit zehn Jahren im Rollstuhl saß.

Dusty trat hinzu und küsste Jessie auf die Wange. »Ich fahr dann wieder«, sagte er. »Ich habe schon alles in dein Gästehaus gebracht.«

»Pah.« Amber streckte sich Jessie entgegen und gab ihr einen nassen Kuss aufs Kinn.

»Dir auch Pah«, sagte Jessie. »Ich will nicht glauben, dass du mich dieses zauberhaften Kindes beraubst.«

»Morgen komme ich wieder. Und du wirst hier gut beschäftigt sein.«

Da hatte er weiß Gott Recht. Aber er würde währenddessen nicht hier sein und ihr Händchen halten. Das war das Erstaunliche an Dusty. Er entschuldigte sich nicht dafür, dass er sie zwang, das hier allein zu bewältigen.

Sie spürte einen weiteren, flüchtigen Kuss auf den Lippen, und dann war er fort.

Jessie merkte, dass die gesamte Sippe sich bemühte, in ihrer Gegenwart nicht allzu viel Chaos zu verbreiten. Sie stellte sich vor, wie Luz eine Familienkonferenz abgehalten und allen erklärt hatte, dass Jessie jetzt blind war, und dass sie und ihr Hund ein halbwegs ruhiges Umfeld brauchten. Damit hatten sie sich am Beacon auch beschäftigt. Die Blinden wurden auf die Reaktionen von Verwandten und Freunden vorbereitet. Aber sie hatten sie angelogen. Nichts hätte sie hierauf vorbereiten können.

Nach dem Abendessen gingen Ian, Stu und die Jungs hinaus, um den armen alten Beaver zu befreien und auf dem

Hügel ein bisschen Frisbee mit ihm zu spielen. Jessie, ihre Mutter, ihre Schwester und Lila setzten sich auf die Terrasse auf der Seeseite.

»Das Abendessen war unglaublich, Luz«, sagte Jessie, lehnte sich auf dem Gartenstuhl zurück und tätschelte ihren Bauch. »Diese Ofenkartoffeln – also, du hast dich wirklich selbst übertroffen. Und der Schokosplitkuchen erst. Mein Gaumen jubelt jetzt noch.«

»Lila hat den Kuchen gebacken«, stellte Glenny richtig.

»Das war der beste Kuchen, den ich je gegessen habe.«

»Du brauchst nicht solche Sachen zu sagen«, erwiderte Lila.

»Aber das ist mein voller Ernst«, sagte Jessie. Sie spürte Lilas zurückhaltenden Zweifel und leise Abneigung.

»Du hast abgenommen«, bemerkte Luz. »Ich will nicht, dass du so dünn wirst.«

»Ich habe nicht absichtlich eine Diät gemacht«, erklärte Jessie und ließ damit zu, dass ihre Schwester der Konfrontation auswich – für den Augenblick. »Vier von den acht anderen Leuten in meiner Gruppe am Beacon waren Diabetiker, deshalb haben wir kaum Süßes bekommen. Als ich mit dem Kurs fertig war und nicht mehr am Beacon gewohnt habe, musste ich für mich selbst kochen. Glasnudeln im Fertigpack und kalte Cornflakes stellen meine Hauptnahrungsmittel dar. Und dann die viele Bewegung. Wenn man sich für einen Hund entscheidet, gehört das einfach dazu.« Sie ließ die Hand auf Flambeaus Kopf sinken, und Flambeau hob den Kopf und wandte sich ihr mit dieser süßen, schlichten Anbetung zu, die Jessie schon bezaubert hatte, als sie die Hündin bei ihrer ersten Begegnung noch hatte sehen können.

»Wie hast du dir deinen Hund ausgesucht?«, fragte Lila.

Jessie lächelte. »Sie lassen die Blinden nicht selbst wählen. Das machen die Ausbilder. Sie lernen dich kennen, und ihre Hunde kennen sie natürlich sehr gut, weil sie seit Monaten mit ihnen trainiert haben. Die Trainer entscheiden dann, welche Temperamente und Persönlichkeiten am besten zueinander passen.«

»Und welches Haar«, fügte Glenny hinzu. »Ihr zwei zusammen seht wirklich umwerfend aus. Zwei wunderhübsche Rotschöpfe.«

»Jedenfalls himmelt sie dich total an«, sagte Lila.

»Oh, das will ich hoffen, Liebes. Das ist eines der wichtigsten Ziele bei diesem intensiven Training. Flambeau und ich müssen zu einer sehr starken Bindung finden. Ich glaube, es funktioniert sehr gut.« Sie schmiegte die Hand unter das Kinn der Hündin. »Ein Blindenhund muss sehr viel durchmachen, und das ganz früh in seinem Leben.«

»Wie meinst du das?«

»Na ja, Flambeau ist noch nicht einmal zwei Jahre alt, und ihr ist schon dreimal das Herz gebrochen worden. Mit acht Wochen hat man sie von ihrer Mutter weggeholt und einer Familie geben, bei der sie groß geworden ist. Nach einem Jahr musste sie dann zu einem Ausbilder am Beacon und dachte wieder, das wäre ihr Mensch für immer. Und schließlich hat man sie mir gegeben.«

»Arme Kleine.« Lila klang richtig traurig. Flambeaus Schwanz klopfte auf die Terrassenbohlen. »Ein paar Kinder aus meiner Schule sind im 4-H-Club, und die ziehen Welpen für den Beacon auf. Ich kann mir nicht vorstellen, wie die das fertig bringen – ein Hündchen aufziehen, es erziehen und lieb haben, ein ganzes Jahr lang, und es dann jemand anderem geben.«

»Flambeau wurde von einem Jungen aus Round Rock aufgezogen«, bemerkte Jessie. »An dem Tag, als ich Flambeau übernommen habe, ist er zu Besuch gekommen. Das war –« Sie hielt inne und schluckte schwer. »Das war ein Tag, den ich nie, nie vergessen werde. Sie haben sie zu mir gebracht, und sie ist zur Begrüßung an mir hochgesprungen, um mir die Pfoten auf die Schultern zu legen. Eigentlich soll man den Hunden das Anspringen abgewöhnen, aber Brian hatte ihr das als Welpe beigebracht – Menschen auf Befehl zu umarmen. Genau das hat mein Mädchen getan, und es war – ich kann euch gar nicht beschreiben, was ich gefühlt habe. Hoffnung und Freude und endlich die Sicherheit, dass ich es schaffen würde. Und die ganze Zeit über konnte ich Brian und seine Mutter schluchzen hören, die sich im Hintergrund gehalten und uns und den Ausbilder beobachtet haben. Hinterher habe ich Brian gefragt, ob er es nicht bereuen würde, aber er hat Nein gesagt. Er hat gesagt, Flambeau würde jetzt genau die Aufgabe erfüllen, für die er sie aufgezogen hatte, und das sei wichtiger, als dass er sie als Haustier behalten dürfe.«

Jessie machte eine Pause, um tief durchzuatmen. Sie war erstaunt darüber, wie schwer ihr das fiel. »Deswegen würde ich es nie wagen, es mit ihr zu vermasseln, verstehst du? Ein paarmal ist ihr das Herz gebrochen worden, aber jetzt hat sie bei mir endlich ihren Platz gefunden, Lila.« Jessie lauschte dem Schweigen, das nun kam. Sie lernte allmählich, die Dinge zu hören, die sich in einem Schweigen verbargen. Das Säuseln der kühlen Brise in den Bäumen und das Schmatzen der Wellen an den Pfählen des Bootsstegs. Und, näher bei ihr, ein leises Knarzen, als Lila sich unruhig auf ihrem Stuhl bewegte, den stockenden Atem ihrer Mutter, ein unterdrücktes Schniefen von Luz und das Geräusch ihrer eigenen Hand auf Flambeaus Fell.

Sie wandte sich wieder an Lila. »Es ist wichtig für mich, dass du akzeptieren kannst, was ich getan habe. Ich muss wissen, dass du auch am richtigen Platz bist.«

»Es geht immer nur darum, was du brauchst und willst«, sagte Lila mit kalter, leiser Stimme. »Ich bin aber kein Hund. Vielleicht kann ich es akzeptieren, vielleicht auch nicht. Ob ich es okay finde oder nicht, ist meine Entscheidung, und ich richte mich bestimmt nicht danach, was du brauchst.«

Jessie spürte, wie schockiert ihre Mutter und ihre Schwester waren. Sie fühlte beinahe, dass Luz schon zu einem Tadel ansetzte, doch bevor sie den Mund aufmachen konnte, sagte Jessie: »Na, da bin ich aber froh. Und ich hatte schon befürchtet, ihr würdet mich alle mit Samthandschuhen anfassen, weil ich blind bin.«

Sie stand auf und ging zum Verandageländer, um die Hände auf das raue Zedernholz zu stützen. »Dass ich blind geworden bin, hat mich gezwungen, auf eine neue Art sehen zu lernen. Ich habe einige dumme Fehler gemacht, als ich noch jung war. Eine Menge dummer Sachen. Ich habe meine Schwester nicht genug geschätzt und meine Mutter aus den Augen verloren. Ich bin auf zu viele Männer reingefallen, die mich zu wenig geliebt haben. Aber einmal habe ich keine Dummheit gemacht, sondern die klügste Entscheidung meines Lebens getroffen. Ich habe dich deiner Mutter gegeben. Meine Güte, Lila, du hast echt ein Glück, dass ich dieses eine Mal etwas Kluges getan habe.«

Sie hörte Lila in die Knie gehen und stellte sich vor, dass sie Flambeau streichelte. Der buschige Hundeschwanz fächerte die Luft. Jessie holte tief Atem und sagte: »Nur, weil Brian Flambeau mir gegeben hat, liebt er sie doch nicht weniger.«
Lila erhob sich. »Ja, schon gut.« Sie tat ein paar Schritte, zögerte kurz, und ging dann weg.
Jessie fühlte sich völlig leer. »Hm«, sagte sie, »das habe ich wohl vermasselt.«
Glenny überraschte sie mit einem Schniefen. »Versteht ihr jetzt, warum ich nicht viel Zeit mit euch Mädchen verbringe? Ihr seid emotional sehr anstrengend.«
Jessie streckte die Hand aus, und ihre Mutter nahm sie. Da erkannte Jessie, dass Glenny mit dem, was ihr zur Verfügung stand, ihr Bestes getan hatte. Das Herz war ein empfindliches Organ, zart und leicht zerbrechlich. Glenny gehörte zu jenen Menschen, die sich gegen den Ansturm der alltäglichen Liebe wappneten, der Menschenherzen so gefährlich werden konnte.
Glenny drückte ihre Hand. »Ich habe eine ganze Wand voll Trophäen und meine eigene Fan-Homepage im Internet. Ich bin weit gereist, aber hierher zu kommen, war die schwerste Fahrt, die ich je unternommen habe. Und ich bin unendlich stolz auf meine Mädchen.«
Jessie war erstaunt. »Das hast du uns noch nie gesagt.«
»Dass ich nicht immer da sein konnte, heißt doch nicht, dass ihr mir nichts bedeutet hättet. Das Wissen, dass ihr zwei einander hattet, dass ihr am bestmöglichen Platz wart, hat mich oft gerettet. Wenn ihr jetzt zornig aufeinander seid, bringt das meine ganze Welt ins Wanken.«
Jessie wandte sich an ihre Schwester. »Luz? Luz, bitte.«

Vielleicht lag es an Glennys Ermunterung, vielleicht auch an dem kleinen Wörtchen *bitte*. Luz fiel Jessie um den Hals, sie bildeten ein Knäuel von Armen und Beinen, klammerten sich aneinander und ließen endlich den Tränen freien Lauf.

Kapitel 35

Für Luz war Alamo stets ein Denkmal an Tragödie und Verlust gewesen, Hort der Geister unglücklicher Soldaten, im Stich gelassen und gezwungen, gegen die Legionen von Santa Ana auszuharren. Doch an einem sonnigen Freitag im späten Februar fand eines der bekanntesten Monumente von Texas den Weg in den Sucher ihrer Kamera. Sie war für einen Nachmittag nach San Antonio gefahren, um die Erstkommunion von Arnufos Enkelin Guadalupe zu fotografieren.

Als die ernste Prozession auf dem traditionellen Marsch zu der historischen Kirche an der Festung vorbeizog, war Luz jedoch wie verzaubert. Vor dem Pflaster und dem sandsteinfarbenen alten Posten erinnerten die kleinen Mädchen in weißen Kleidern und Mäntelchen an makellose kleine Puppenbräute. Sie gingen an der westlichen Baracke entlang, am Zenotaphen vorbei und überschritten Colonel Travis' legendäre Linie im Sand, nun ein Messingstreifen, der in die Pflastersteine eingelassen war. Mit einem starken Teleobjektiv zoomte Luz ganz dicht heran, um die Essenz ihrer kindlichen Reinheit einzufangen – große braune Augen, umrahmt von schwarzsamtenen Wimpern; das Sonnenlicht auf einem glänzenden, hüftlangen Zopf; ein kostbares Familienerbstück, ein Rosenkranz, um Kinderfinger geschlungen, an deren Nägeln billiger, splitternder rosa Nagellack schimmerte. Ab und an fing sie auch ein Lächeln ein, das so gar keine ehrfürchtige Andacht und dafür umso mehr Zahnlücken zeigte.

Das Fotografieren war für Luz immer schon ein Weg gewesen, die Welt in ihre eigene Perspektive zu setzen. Alamo fand sie nicht eben schön, aber eine Parade sechsjähriger katholischer Mädchen ließ die Tragödie in den Hintergrund treten. Ihr gelang eine letzte Aufnahme von Guadalupe, als sie an ihren stolzen Eltern und ihrem Großvater vorbei in die Kapelle ging. Arnufo hatte Luz auch zu der Familienfeier nach der Messe eingeladen, doch sie hatte dankend abgelehnt. Zu einer solchen Feier gehörten Schnappschüsse und selbst gedrehte Videos. Außerdem musste Luz zurück nach Edenville. Das Leben machte schließlich keine Pause und wartete auf sie, nur, weil sie einen neuen Beruf hatte. Es gab ein Abendessen zu kochen, Wäsche aufzuräumen, Hausaufgaben zu überwachen, Kinder zu knuddeln. Einen Mann, der Zeit mit ihr verbringen wollte – so selten sie das heutzutage noch tat. Sie schob den sorgenvollen Gedanken an Ian beiseite und konzentrierte sich auf andere, einfachere Dinge. Ihre Mutter und Stuart würden bald abreisen, und Luz würde sie vermissen. Es war ein schöner Besuch gewesen, obwohl er einen so schrecklichen Anlass gehabt hatte. In dieser vergangenen Woche hatten Luz und sogar Jessie offener als je zuvor in ihrem Leben mit ihrer Mutter gesprochen. Glenny hatte ihr Bestes getan; das hatte sie wirklich. Jetzt brachte sie den Jungs das Golfspielen bei, während Stuart alle damit überraschte, dass er ziemlich gut mit der Countrygeige umgehen konnte. Er hatte sogar Lila ein paar Stunden gegeben.

Lila.

Luz stellte ihre Taschen auf die Motorhaube, um nach dem Autoschlüssel zu wühlen, und ersehnte sich die gemächlichen, unkomplizierten Tage aus Lilas früher Kindheit zurück, als es noch ganz leicht gewesen war, sie zum Lachen zu bringen, als man Küsschen bekam und ein »Ich hab dich lieb« hörte, wenn man sie ins Bett steckte, und als Lila sie angesehen und »Mommy« gesagt hatte.

Dieser schmerzliche Hieb der Trennung war nur normal, versicherte Luz sich selbst. Wenn Kinder zu Jugendlichen heranwuchsen, wandten sie sich ab, um ihr eigenes Leben zu finden; das war der natürliche Lauf der Dinge. Aber Lilas Übergang in diese Phase war so viel dramatischer geworden durch das Trauma, das sie bei dem Unfall erlitten hatte, und durch die Enthüllung ihrer Adoption.

Ich glaube, es macht dir viel mehr zu schaffen als ihr, hatte Glenny bemerkt.

Luz fand den Schlüssel, legte den Gang ein und suchte dann unter der Sonnenblende nach dem Parkschein. Durch die Windschutzscheibe entdeckte sie eine vertraute Gestalt und blinzelte, überzeugt davon, dass sie halluzinierte. Aber nein, dort auf der anderen Seite der Alamo Plaza stand ihr Ehemann.

Ihr erster Reflex war, aus dem Auto zu steigen, nach ihm zu rufen und ihn zu fragen, was er in San Antonio machte, und warum er sich ausführlich mit dem Portier des Menger, des romantischsten Hotels in San Antonio, unterhielt.

Doch sie stieg nicht aus. Während ihr das Blut langsam in den Adern gefror, griff Luz in ihre Kameratasche und setzte ein starkes Teleobjektiv vor. Sie blickte durch den Sucher und rückte ihren Mann ganz nah heran. Er sah fantastisch aus in seinem besten Anzug, doch Miene und Haltung wirkten ein wenig verschämt; sonst trat er doch auf wie der Anwalt auf einem Kreuzzug für die Gerechtigkeit und konnte selbst altgediente Richter beeindrucken.

Er erinnerte sie an den Mann, den sie vor sechzehn Jahren in der Gutman-Bibliothek kennen gelernt hatte.

Diese Erinnerung war jetzt, wie so viele andere, im Nachhinein getrübt. Sie hatte immer geglaubt, dass seine Augen bei jener ersten Begegnung so aufgeleuchtet hätten, weil er sie attraktiv fand. Nun fragte sie sich, ob er deshalb so gestrahlt hatte, weil sie ihn an seine Exgeliebte erinnerte – ihre Schwester Jessie.

Sie zoomte auf das Ding in seiner Hand, eine glänzend schwarze Tüte von Neiman Marcus. Soweit sie wusste, hatte Ian in seinem ganzen Leben noch nie eines dieser Geschäfte betreten.

Die Ehefrauen anderer Anwälte hatten sie immer wieder gewarnt. Ruf ihn nicht mitten in der Nacht im Hotel an. Folge ihm nicht, wenn er auswärts Termine hat. Kratz nur nicht an der Oberfläche und sieh dir an, welche Geheimnisse sich darunter verbergen.

Diese Warnungen hatte Luz nie auf sich bezogen. Sie hatte keinen Mann, der seine Frau betrog. Ian würde nie den kurzlebigen Reizen begieriger junger Praktikantinnen erliegen. Doch als er nun dem Portier ein großzügiges Trinkgeld in die Hand drückte und durch die Drehtür aus Messing

und Glas ins Hotel verschwand, schrillte jede Warnung, jeder kleine Zweifel, im Chor in Luz' Kopf.
Mit zitternden Händen legte sie die Kamera beiseite. Das war es also, die dunkle Seite ihrer Täuschung, die Strafe dafür, dass sie Lilas Abstammung verschwiegen hatte, dass sie die Wahrheit nicht hatte sehen wollen, obwohl sie ihr mitten ins Gesicht starrte. Jetzt war sie so tief gesunken, dass sie ihren Mann per Teleobjektiv beim Fremdgehen ertappte, wie ein billiger Privatdetektiv.
Als ihr Handy piepste, zuckte sie zusammen, denn sie hatte sich noch immer nicht an das Ding gewöhnt. Ian hatte es ihr zum Valentinstag geschenkt, schon wieder ein furchtbar praktisches, unromantisches Geschenk, wie die Telefon-, Fax- und Modemleitung zu Weihnachten. Und das Handy hatte auch keine glänzend schwarze Verpackung gehabt.
Sie grub den winzigen Apparat aus ihrer Handtasche. »Luz Ryder Benning.« Sie gewöhnte sich allmählich an ihren neuen, professionellen Namen, aber er kam ihr immer noch ziemlich lang und irgendwie erfunden vor, als gehörte er jemand anderem.
»Mrs. Benning?« Seine tiefe, volle Stimme ließ ihre Knochen weich werden.
»Ja?«
»Ich habe ein Angebot für Sie.«
Ihr Herz schlug schneller. »Ja? Worum geht es denn?«
»Heb deinen niedlichen kleinen Hintern aus dem Auto und komm hier rüber, dann wirst du schon sehen.«
Der Mistkerl. Er hatte die ganze Zeit über gewusst, dass sie hier war. Bevor sie etwas erwidern konnte, hatte er aufgelegt. Nervös und beschämt zugleich, überquerte sie den

Platz vor dem Hotel. Der Portier trat auf sie zu und gab ihr eine Schlüsselkarte zu einem Zimmer im zweiten Stock.
»Zimmer« war allerdings stark untertrieben. Es war eine Suite mit hohen Decken, einem Bett mit Baldachin, einem Bad mit Marmorwanne und einem Balkon mit schmiedeeisernem Gitter über einem Patio mit Springbrunnen. Ian war nirgends zu finden. Auf der Queen-Anne-Imitation von Gepäckablage stand die glänzend schwarze Tüte, die ein umwerfendes Bustier, einen passenden Rock und schwarze Sandaletten enthielt. Ein *Bustier?* Sie musste zweimal hinsehen.
An einem der Kopfkissen lehnte eine handgeschrieben Einladung, und erstaunt erkannte sie Lilas schnörkelige Schönschrift. »Bitte mach mir das Vergnügen deiner Gesellschaft um sechs Uhr in der Rough Rider Bar.«
Luz rief zu Hause an, und Jessie ging ans Telefon. »Wehe, wenn das meine Schwester ist.«
»Jessie, was soll das alles?«
»Also, Luz, du bist echt selten schwer von Begriff. Wag es ja nicht, mich noch mal anzurufen.« Damit legte sie auf.
Luz starrte noch eine ganze Weile auf das Handy in ihrer Hand. Dann schaltete sie es aus.

Zwei Stunden später betrat Luz, in dem schmalen schwarzen Rock und dem gewagten Bustier – ausgerechnet sie! – die Bar des Menger Hotel. Ein halbes Dutzend Köpfe drehten sich nach ihr um, als sie an der Tür stehen blieb, während ihre Augen sich an die schummrige Beleuchtung gewöhnten und aus einer verrauchten Ecke sanfte Klaviermusik erklang. Die Bar war eine Nachbildung des House of Lords Pub in London, mit getäfelter Kirschbaumdecke, Nischen mit geschliffenen Spiegeln und geschmackvoll dekorierten Glasvitrinen.

Als sie den Raum durchquerte, erhaschte sie einen Blick auf sich selbst im Spiegel hinter der berühmten, geschwungenen Bar, deren Einschusslöcher angeblich von Teddy Roosevelts Rough Riders stammten, die hier für den Spanisch-Amerikanischen Krieg rekrutiert worden waren. Sie erkannte ihr Spiegelbild kaum wieder. Sie war eine glamouröse Fremde mit schimmerndem Haar in einem eleganten Knoten, in einer sexy Aufmachung und mit einer kleinen, mit Perlen bestickten Abendtasche.

Ian stand auf, als sie sich einer Nische mit prächtig gepolsterten Sitzmöbeln näherte, wo er auf sie gewartet hatte. »Wow«, sagte er. »Schon erstaunlich, was man mit ein wenig Hotelshampoo so alles verändern kann.«

»Und einem persönlichen Einkäufer.«

Er nahm ihre Hand und hob sie an die Lippen. »Da hat mir Blair LaBorde geholfen.« Dann legte er eine schmale Samtschatulle in einem wohl bekannten Blauton auf den Tisch. »Das hier habe ich selbst ausgesucht.«

Ein herrlicher Schauer überlief Luz. Sie spürte jedes einzelne Stäbchen des Bustiers gegen ihre Rippen drücken. Der Größe der Schachtel nach zu schließen, war dies nicht das übliche elektronische Zubehör oder Küchenutensil. Aber vor ihr stand Ian, ermahnte sie sich. Der ihr eine Schürze und Grillbesteck zum Hochzeitstag verehrt hatte.

Luz hob die Tifanny-Schachtel vom Tisch auf, setzte sich neben ihn und lüpfte den Deckel. Darin lag eine glänzende Goldkette mit einem prächtig geschliffenen Smaragdanhänger.

Sie klappte das Schächtelchen zu. »Du hast eine Affäre.«
»Was?«
»Du hast mich betrogen, und hiermit willst du dein schlechtes Gewissen beruhigen.«
»Sehr komisch, Mrs. Benning.« Er öffnete die Schatulle und nahm das Kollier heraus. »Hier, ich will sie an dir sehen.«
Als seine Finger die Kette um ihren Hals befestigten, spürte sie, dass sie errötete. »Es tut mir Leid, Ian. Das war albern und kleinlich. Ich bin nur so … überrascht von all dem.«
»Das sollst du ja auch sein.« Er legte die Hände auf ihre Schultern und drehte sie zu sich herum. »Ich will eine Affäre haben, Luz. Mit meiner unglaublichen Ehefrau. Herr im Himmel, du bist umwerfend.« Er sprach nicht wie sonst, sondern mit jener seltenen Inbrunst, die sie ganz am Anfang manchmal in ihm erahnt hatte.
Aber alte Gewohnheiten waren schwer zu überwinden. Er beugte sich vor, um sie zu küssen, doch sie wich sogleich zurück und fragte: »Und, wer passt auf die Kinder auf?«
Sein Kiefernmuskel zuckte. »Ich denke, wenn deine Mutter und Stuart, Jessie und Lila alle zusammen helfen, werden sie schon klarkommen. Falls sie doch noch die Kavallerie brauchen, können sie ja Dusty Matlock anrufen.«
»Der Einzige, der auch nur ansatzweise als qualifiziert gelten kann, ist Arnufo, und der ist bei seiner Tochter in San Antonio.«
Er grinste. »Glaubst du das wirklich?«
»Es ist wirklich so.«
Das Grinsen verschwand. »Du hast dafür gesorgt, dass es so ist, weil du ständig alles selbst unter Kontrolle haben willst. Lass einfach mal locker, Luz. Vielleicht machen sie nicht al-

les genauso wie du, aber ich denke, wir können davon ausgehen, dass sie alle was zu essen bekommen und irgendwann ins Bett gebracht werden.«

Sie schloss die Augen und dachte daran, dass sie Owen immer ein Glas Wasser auf den Nachttisch stellte, dass Scottie drei ganz bestimmte Stofftiere an ganz bestimmten Stellen um sich verteilt haben musste …

»Luz.« Sein drängender Tonfall schreckte sie auf, und sie öffnete die Augen. »Ich brauche dich hier, bei mir.«

Sie betrachtete sein Gesicht, in dem Lachen, Liebe und Sorgen die Jahre verzeichnet hatten. Und endlich begriff sie. »Ist gut«, sagte sie.

Ihre kleine Affäre war sorgfältig geplant und eingefädelt worden. Nach dem Aperitif dinierten sie im *Anaqua Grill,* wo sie Sachen aß, die mehr kosteten als der Wocheneinkauf im Supermarkt. Zwischen Paaren, die sich über die mit feinem Leinen gedeckten Tische hinweg dezent einander zuneigten, genossen sie ihr Mahl, umrahmt von einem üppigen Garten mit Springbrunnen und umherstolzierenden Fasanen. Als das kleine Ensemble »Blue Bayou« anstimmte, streckte Ian die Hand aus.

»Tanzen wir.«

»Du tanzt doch nie.«

»Und ich kriege nie –« Er beugte sich vor und flüsterte ihr einen Wunsch ins Ohr. »Aber es gibt für alles ein erstes Mal.«

Nach all diesen Jahren konnte er sie immer noch dazu bringen, dass sie errötete. Er war ein grauenhafter Tänzer, aber sie fühlte sich in seinen Armen wie im Himmel. »Das ist schön«, sagte sie.

»Ja.«

Sein Tonfall brachte sie zum Lachen. »Du findest es scheußlich.«
»Alle Männer finden Tanzen scheußlich. Wir lassen uns nur darauf ein, damit die Frauen hinterher mit uns schlafen.«
Sie hob den Kopf und sah ihn an. »Es funktioniert.«
Eigentlich hatten sie mit dem Taxi zum Hotel zurückfahren wollen, doch sie wollten sich nicht in die lange Schlange lärmender Touristen einreihen, die auf eine Fahrt zum nächsten Mariachi-und-Margarita-Schuppen warteten. Stattdessen spazierten sie den Riverwalk entlang, San Antonios atemberaubenden Boulevard, gesäumt von Geschäften und Restaurants mit funkelnden Fenstern. Luz zog die Designer-Sandaletten aus und ging barfuß, die Wange an Ians Brust gelehnt, während er einen Arm um sie geschlungen hatte. Passanten lächelten, wenn sie die beiden sahen, und darüber musste wiederum Luz lächeln. »Die Leute glauben, wir wären in den Flitterwochen.«
»Dann bleiben wir doch für heute Nacht dabei. Ich wollte eigentlich noch *La Fogada* auf einen Capuccino ansteuern, aber, sag mal, Luz – wie dringend brauchst du einen Capuccino?«
Seine Ungeduld ließ sie noch breiter lächeln, und zu ihrer eigenen Überraschung konnte sie es ebenso wenig erwarten. »Überhaupt nicht.«
»Ich auch nicht.«
Das Hotelzimmer war in jeder Hinsicht wie für eine Verführung geschaffen – gedämpftes Licht und ein luxuriöses Bett, eine Flasche 95er Cristal Rose in einem silbernen Sektkühler, sanfte Musik aus verborgenen Lautsprechern. Aber Luz sträubte sich. Sie musste dieser Sache erst auf den Grund

gehen. »Ian Benning, du bist schon aufgrund deiner Gene nicht in der Lage, einen solchen Abend zu planen. Wer hat dir geholfen?«

»Jessie. Deine Mutter und Lila. Blair auch. Lieber Himmel, die Frau weiß, wie man Geld ausgibt.«

Luz legte das perlenbestickte Täschchen auf einen kostbar bezogenen Stuhl. »Dann sag mir doch bitte, warum.«

Er lockerte gerade seine Krawatte und blickte verblüfft auf. Luz bemerkte, dass er die nachgemachte Hermes-Krawatte trug, die sie ihm einmal zu Weihnachten geschenkt hatte. »Weil sie dich alle sehr mögen, Luz.«

Seine sachliche Gewissheit traf sie unerwartet heftig. Viele ihrer Gedanken drehten sich darum, wie sehr sie die Menschen in ihrem Leben liebte, doch sie dachte kaum je daran, wie sehr sie von ihnen wiedergeliebt wurde.

»Und was ist der Anlass?«

Er ließ die Krawatte locker baumeln, ging zum Schrank und holte eine Mappe mit Schnappverschluss heraus. »Na ja, zunächst einmal das hier.«

Zu ihrem Erstaunen fand sie darin ein Schreiben vom Direktor der University of Texas sowie einen Haufen Formulare, die sie ausfüllen sollte. »Hier steht, dass sie mir aufgrund meiner umfangreichen praktischen Erfahrungen im Fach meinen Magister verleihen.« Ihre Hand zitterte ein wenig, als sie den dicken Umschlag beiseite legte. »Es geschehen Zeichen und Wunder. Ich habe endlich etwas fertig gemacht.«

»Ich bin stolz auf dich, Luz. Das sind wir alle. Aber es hat noch nie eine internationale Auszeichnung oder einen akademischen Titel gebraucht, damit ich stolz auf dich bin.« Er trat zu ihr und nahm sie in die Arme. »Und ich habe das alles nicht nur arrangiert, um dir einen Brief zu geben.«

»Warum dann?«

»Weil wir einander wiederfinden müssen, Luz, und ich möchte, dass wir heute Nacht damit anfangen.«

Du lieber Himmel. Ian sprach nie von solchen Sachen. Ein schlimmes Gefühl kroch ihr den Rücken hinab. »Wie meinst du das?«

Ein seltsames Zucken spannte seinen Kiefer. »Du weißt, wie ich das meine. Diese Ehe läuft schon viel zu lange einfach nur vor sich hin. Auch im Bett – du bringst ständig irgendwelche Ausreden. Wir müssen wieder herausfinden, wer wir sind, Luz.«

Sie hatte keine Antwort darauf. Seine Einschätzung war erstaunlich, fürchterlich richtig.

»Ich bin dafür genauso verantwortlich«, gestand er. »Ach was, vielleicht ist es sogar allein meine Schuld, dass wir einander allmählich verlieren.«

Sie drückte die Hände an ihr erhitztes Gesicht, und in diesem Moment wurde ihr klar, dass sie nicht einmal annähernd mit Jessies Enthüllung fertig geworden war. Als Jessie mit der Wahrheit über Lila herausgerückt war, hatte es mit Luz und Ian schon nicht zum Besten gestanden. Ihr Fundament hatte im Lauf der Jahre kleine Risse bekommen, und sie hatten es beide ignoriert. Es fiel ihr sehr schwer, ihre Gefühle offen auszusprechen, aber sie wusste, dass es nicht anders ging. »Ich fühle mich … bedroht«, gestand sie ein. »Ich weiß, dass ich keine Kontrolle darüber habe, wen du gekannt hast, bevor wir uns kennen gelernt haben. Aber die Tatsache, dass du es mir verheimlicht hast –«

»Das ist es, was dich wirklich ärgert, oder? Dass es einen Teil von mir gibt, den du nicht kontrollieren kannst. Ja, ich habe es dir verheimlicht. Jess ebenfalls. Und dann habe ich es vergessen. Herrgott noch mal, Luz, ich war so in dich verliebt, dass ich einfach an niemand anderen mehr gedacht habe, und das ist die Wahrheit, ich schwöre es dir.«

Sie holte tief Luft, um das Unaussprechliche auszusprechen. Er verdiente es, endlich die Wahrheit über sie zu erfahren, und sie verdiente seine Reaktion darauf, wie auch immer die ausfallen mochte. »Es ist so, Ian, ich bin eifersüchtig.«

»Ach, komm schon. Jessie und ich –«

»Nein, nicht darauf«, sagte sie. »Ich spreche von Lila. Als wir noch nicht wussten, wer ihr Vater ist, waren wir beide gleichermaßen ihre Eltern. Aber als Jessie uns gesagt hat, dass du es bist … da hat sich das Gleichgewicht verschoben, Ian. Ich weiß, dass das hässlich ist, und ich weiß, dass es unsinnig ist, aber ich habe dich dafür ein bisschen gehasst. Lila war deine Tochter, aber nicht meine. Oder zumindest mehr deine als meine, und das macht mich schon die ganze Zeit verrückt.«

Er schwieg lange. Dann sagte er. »Scheiße. Möchtest du jetzt doch diesen Cappuccino trinken gehen?«

Sie lächelte schief. »Hör mal, ich will diesen Abend nicht verderben, und ich finde es wunderbar, was du hier auf die Beine gestellt hast, aber ein romantisches Wochenende wird diese Probleme nicht einfach verschwinden lassen.«

»Ich will sie nicht verschwinden lassen. Ich will sie alle offen auf dem Tisch liegen haben, damit wir uns überlegen können, wie es weitergehen soll.«

»Das ist genau der Grund, weshalb ich mich oft nicht mit dir aussprechen will, Ian. Wenn du so etwas sagst, denke ich immer, du willst mich verlassen –«

»Wenn ich das wollte, würdest du es als Erste erfahren, Luz. Aber auch die Probleme gehören zu dem, was uns beide verbindet, und das ist mir sehr kostbar, Luz. Ich lüge dich nicht an. Ich habe dich nie belogen, und ich glaube auch nicht, dass du mich belügst.«

»Aber wir haben einander vieles verheimlicht«, erwiderte sie.

»Dann sollten wir das vielleicht ändern.«

Würde er sie immer noch lieben, wenn er ihre geheimsten Ängste kannte? Sie dachte an die eisige Panik, die sie überkommen hatte, als sie ihn vorhin vor dem Hotel entdeckt hatte. »Ich werde nie so klug oder so niedlich sein wie deine Praktikantinnen. Jedes Jahr bekommst du neue, und sie sind alle dreiundzwanzig, und ich bin jedes Jahr nur älter. Und jeden Morgen hast du es so eilig, zur Arbeit zu gehen, dass ich glaube, du könntest es kaum erwarten, sie zu sehen.«

»Ach, Luz, wenn ich dir wie ein Workaholic vorkomme, dann hat das ganz sicher nichts mit Praktikantinnen zu tun.«

»Womit denn dann, Ian?« Die Frage klang flehentlich. Luz fühlte, dass sie den Zauber des Abends vertrieb, aber sie hatte hiermit angefangen, und nun musste sie es wissen.

Seine nächsten Worte warfen sie beinahe um. »Ich war nie der Mann, als den du mich haben wolltest, Luz, und jetzt hast du auch noch diese neue Fotografinnenkarriere laufen. Ich habe nie genug Geld verdient, dir nie genug bieten können –«

Sie brachte ihn zum Schweigen, indem sie die Finger auf seine Lippen drückte. »Oh, Ian Benning, du unglaublicher

Dummkopf. Wie, um Himmels willen, kommst du denn darauf?«

Er küsste ihre Finger, wandte den Blick jedoch keinen Moment ab. »Ich sehe es in deinen Augen, jedes Mal, wenn ich dich ansehe. Ich sehe dich Bücher über exotische Reisen lesen, Fotos von Häusern sammeln, die wir uns niemals leisten könnten. Gott, Luz, ich möchte dir all das geben, dir die Welt zu Füßen legen, die du so gern sehen möchtest.«

Sie zog die Hand fort und ließ sich auf die Bettkante sinken. Er hatte Recht. Sie hatte nie ein Wort gesagt, doch er durchschaute sie sehr genau. Sie hatte Jahre damit zugebracht, von Dingen zu träumen, die für sie unerreichbar waren, anstatt sich des Lebens zu freuen, das sie hatte. »Ach, Ian. Wie hältst du mich nur aus?«

»Ich kann nicht ohne dich leben, Luz. Diese Ehe bedeutet mir alles. Du bedeutest mir alles. Aber wir müssen das in Ordnung bringen.«

»Okay.«

»Ab sofort.«

»Ja.«

»Nur, damit das klar ist«, sagte er und kniete sich nieder, so dass er ihr direkt in die Augen sehen konnte. »Du sollst wissen, was Schönheit für mich bedeutet, Luz. Du bist schön. Du bist wie ein Kunstwerk. Jeder kleine Teil von dir. Die Fältchen um deine Augen, weil du so oft lächelst. Dein süßer, weicher Po und dein Bauch, der nicht vollkommen flach ist, weil du meine Kinder geboren hast. Schönheit ist, wie dein Haar riecht, und wie du aussiehst, wenn du aus der Dusche kommst. Wie du lächelst, wenn ich nach einem langen Tag nach Hause komme. Ich vermisse das alles, Luz.

Ich will, dass wir das wiederfinden. Sag mir nur, was ich tun soll. Soll ich mit dir zum Taj Mahal fliegen oder nach Paris, oder –«

»Du weißt, was du für mich tun kannst, Ian Charles Benning«, sagte sie und öffnete ihm ihr ganzes Herz. »Das wusstest du immer schon genau.«

Da merkte sie, dass die sorgfältig orchestrierte Romantik des Abends nicht mehr zu retten war. Aber stattdessen hatten sie etwas viel Kostbareres gefunden – Leidenschaft, angeheizt von Ehrlichkeit; Hingabe, vertieft von einer so großen, reinen Liebe, dass sie sie zu durchbohren schien; Sehnsucht, so nackt und bloß, dass sie keine Worte dafür fand. Was sie trotz allem so unglaublich sexy fand, war diese Ehrlichkeit. Sie stand auf, zog ihn mit hoch, und sie ließen es langsam angehen, enthüllten und erforschten einander. Luz kam sich in dem steifen Bustier ein wenig komisch vor, aber Ian turnte es offensichtlich an, die ungewohnte Verschnürung im Rücken zu lösen.

Luz seufzte, als ihre Kleider zu Boden fielen; sie ließ sich auf das weiche Bett sinken und zog Ian mit sich. Schon allein diese neu entdeckte Langsamkeit brachte ihnen eine ganze Welt erinnerter Genüsse zurück. Sie hatte fast vergessen, wie himmlisch es war, einfach nur mit den Fingern durch das Haar ihres Mannes zu streichen, die Hände über seine Brust gleiten zu lassen, und weiter über seine Hüften. Es war viel zu lange her, dass sie sein lustvolles Stöhnen vernommen hatte, als sie die Initiative ergriff, sich auf ihn setzte und sich öffnete, sodass er jeden Teil von ihr erreichen konnte. Es gelang ihm immer noch, sie zu entflammen, sie mit seiner unglaublichen Zärtlichkeit und Großzügigkeit zu Tränen zu rühren. Das hatte er immer gekonnt. Er war kein vollkommener Ehemann oder vollkommener Vater, ebenso wenig wie sie eine vollkommene Ehefrau war, doch im Bett erreichten sie Vollkommenheit. Hier entführte er sie in den Himmel, hier verzieh sie ihm, und er akzeptierte sie mit all ihren Fehlern, hier war sie so froh, dass sie ihn geheiratet hatte und gestand sich ein, dass sie ohne ihn nur halb lebendig wäre.

Im Lauf der langen, dunklen Stunden dieser Nacht, im Duft des Gartens vor dem Fenster, fanden sie die Liebe wieder, die sie vor sechzehn Jahren empfunden hatten, und sie verliebten sich neu. Luz kam es vor, als hätte sie plötzlich eine neue Welt betreten; sie fühlte sich wie ein neuer Mensch. Und sie wusste, dass es auch so war. Ian hatte ihr einen Spiegel vorgehalten mit allem, was sie selbst nicht hatte sehen wollen, und eigentlich war es ja so einfach. Schon immer waren es die Menschen in Luz' Leben gewesen, die sie erfüllt hatten, nicht ferne Länder und gefährliche Abenteuer. Es war an der Zeit, erkannte sie, höchste Zeit, diese alten Träume loszulassen und dafür die neueren, wahrhaftigeren schätzen zu lernen. Und sie entdeckte, dass der wahre Traum ihr immer geblieben war.

Sie schrie vor qualvollem Genuss leise auf und ließ sich dann treiben, lauschte seinem Herzschlag mit einem Ohr an seiner nackten Brust und genoss es, wie seine Finger mit ihrem Haar spielten. Schließlich, so spät in der Nacht, dass außer ihnen niemand auf der Welt mehr wach sein konnte, fragte er: »Woran denkst du, Luz?«

»Wir werden vielleicht nie Paris haben, aber wir werden immer einander haben. Ist das vielleicht abgedroschen, was?«

»Du solltest Paris noch nicht ganz streichen.«
Sie stützte das Kinn auf seine Brust, damit sie ihn ansehen konnte. »Ich liebe dich«, flüsterte sie.
Er drehte sie herum, nahm ihre Hände und hielt sie über ihrem Kopf fest, als er wieder in sie hineinglitt. »Ich liebe dich auch, Luz. Immer.«

Kapitel 36

Als Jessie am Samstagmorgen aufwachte, dachte sie als Erstes an ihre Schwester. Sie hatten sich alle verschworen, um Luz mit Ian zusammenzubringen. Sie betete, dass es helfen würde. Sie hatte immer noch ein schlechtes Gewissen, weil sie mit ihrer Enthüllung der Ehe der beiden einen heftigen Schlag versetzt hatte. Sie liebten sich, aber sie hatten in ihrer Beziehung einiges zu kitten. Sie hoffte, dass der geschenkte Abend in San Antonio ein Erfolg geworden war.

Sie ging hinüber zum Haupthaus und roch zu ihrem Erstaunen den Duft von frisch gebackenen Keksen. »Moment mal«, sagte sie. »Bin ich hier vielleicht im falschen Haus? Es riecht, als wäre Luz gar nicht weggefahren.«

»Ich habe ein paar Kekse gebacken«, sagte Lila. »Möchtest du probieren?«

Jessie spürte, dass ihre Nichte immer noch zurückhaltend war, aber zumindest bereit, ihr zuzuhören. Sie biss in einen warmen Schokokeks und machte ein seliges Gesicht, wobei sie Flambeaus Schnüffeln ignorierte. »Du bist auf dem besten Weg, eine Göttin der Küche zu werden. Ich wusste gar nicht, dass du so toll backen kannst.«

»Kekse backen ist doch kinderleicht.«
Jessie ging zum Kühlschrank, um sich Milch zu holen, und runzelte die Stirn, als sie den Plastikbehälter nicht an seinem üblichen Platz fand. »Wo ist die Milch?«, fragte sie.
»Ich habe sie ein Regal weiter unten reingestellt.«
Jessie knirschte mit den Zähnen, zwang sich jedoch zu einem Scherz. »Wenn du etwas nur ein paar Zentimeter von seinem Platz wegräumst, könnte es ebenso gut in Chicago stehen.«
»Entschuldigung.«
»Wo sind denn die anderen?«, fragte Jessie.
»Die Jungs sind drüben bei Miss Glenny und Opa Stu. Ich glaube, Opa Stu hat ihnen versprochen, dass sie vom Bootssteg aus angeln würden.«
Jessie stibitzte sich noch einen warmen Keks vom Kuchenrost, tastete sich zu einem Barhocker am Küchentresen und setzte sich. »Also, wofür sind die Kekse?«
Lila zögerte. »Heute Nachmittag findet was statt.«
»Was denn?«
»Ach, so eine Gedenkfeier.«
»Für Dig Bridger«, riet Jessie. Sie spürte eine Woge heißer Luft, als Lila den Herd aufmachte und ein weiteres Blech Kekse herausholte.
»Ja.«
»Also, was ist das für eine Feier?«
»Jemand hat Geld gesammelt, für einen neuen Sandkasten im Stadtpark, und der soll Dig gewidmet werden. Abartig, oder?«
»Warum ist das abartig?« Jessie wartete ab, denn sie spürte Lilas Unbehagen. »Ich kann es nicht hören, wenn du mit den Schultern zuckst.«

»Na ja, ausgerechnet ein Sandkasten. Ich weiß nicht, was ich mir dabei gedacht habe – ach, ein Sandkasten ist irgendwie ein komisches Denkmal an einen Jungen, der … gestorben ist.«

Da begriff Jessie. Tiefes Schweigen erfüllte die Küche. »Komm, setz dich zu mir, Schatz.«

Lila knallte die Herdklappe zu. Sie gingen hinüber ins Wohnzimmer und setzten sich aufs Sofa. »Ich weiß nicht, was ich mir dabei gedacht habe. Aber meine erste Erinnerung an Dig war, dass wir zusammen im Sandkasten gespielt haben, als wir noch ganz klein waren. Daher hatte er seinen Spitznamen. Am liebsten hat er nur gegraben und gegraben.« Lilas Stimme erstickte mit einem Schluchzen. »Oh Gott«, sagte sie. »Ich träume immer noch jede Nacht davon. Es ist genau, wie Heath Walkers Mutter gesagt hat. Der Unfall war meine Schuld.«

»Lila, nein –«

»Doch. Es gab einen Moment, da hätte ich Heath sagen können, dass es genug war. Ich wusste, dass er es übertrieben hat, aber ich wollte immer mehr, mehr. Ich wollte fliegen, und die Landung war mir egal, und die anderen im Auto waren mir egal, sogar meine beste Freundin, und ich weiß, dass sie Angst hatte. Aber ich habe ihm gesagt, er soll weitermachen.«

Jessie hörte ein Echo ihrer eigenen Unachtsamkeit in diesem Eingeständnis. »Ach, Lila«, sagte Jessie, der Tränen über die Wangen liefen. »Drück mich, ganz fest.« Während sie dem Mädchen über den Kopf strich, sah sie sich selbst, wie sie kreischend allein durch ihr leeres Leben geschleudert wurde, im Höllentempo auf den nächsten oberflächlichen Hügel zuraste.

»Du musst aufhören, zu denken, es wäre deine Schuld gewesen«, sagte sie. »Du musst aufhören, Dinge zu bereuen, die du nicht mehr ändern kannst. Jeder von euch, der damals in diesem Auto saß, hat seinen Teil beigetragen. Etwas Schlimmes ist passiert, was du dein Leben lang nicht mehr vergessen wirst, aber du darfst dir keine Vorwürfe mehr machen.«

»Alle anderen haben zu Gott gefunden«, jammerte Lila. »Allen ist vergeben worden. Ich habe es ja auch versucht, ehrlich, aber es hat sich so falsch angefühlt –«

»Vielleicht ist es ja falsch für dich. Ach, Lila. Glaub mir, wenn ich dir sage, dass du mehr Gnade und Erlösung darin finden wirst, Kekse zu backen und einen Sandkasten zu bauen, als wenn du Händchen haltend mit diesen Leuten im Kreis stehst und Lieder singst.«

Lila schniefte und kuschelte sich an Jessie. »Woher willst du das wissen?«

»Ich weiß es eben. Ich habe absolut Recht, und ich lasse dich keinen Zentimeter von der Stelle, bis du mir nicht zugestimmt hast.« Jessie strich ihr noch eine Weile über den Kopf und reimte sich zusammen, was Lila ihr über dieses Denkmal nicht gesagt hatte. »Du hast das organisiert, oder nicht?«

»Was denn?« Lila wich zurück und drückte sich in die Sofaecke.

Jessie grinste vor Stolz. »Sei nicht so bescheiden. Du weißt, was ich meine. Du hast die ganze Sache organisiert – die Spenden, die Feier, den Sandkasten. Und du wirst dabei diese Kekse servieren, die übrigens so gut schmecken, dass sie in großen Teilen des Landes vermutlich verboten sind. Himmel, Lila. Du kochst so gut wie deine Mutter.«

Das Wort blieb zwischen ihnen in der Luft hängen.
»Wie konntest du das tun?«, fragte Lila mutig. »Wie konntest du mich einfach weggeben?«
Jessie holte tief Luft und sagte: »Luz ist der beste Mensch, den ich kenne, Lila, und das war sie schon immer. Als ich dich ihr gegeben habe, habe ich dir einen Platz gegeben, wo du Wurzeln schlagen kannst, eine Familie, die dich hegen und lieben würde. Ja, ich weiß, sie machen dich wahnsinnig, aber du würdest sie um nichts in der Welt hergeben.«
»Fragst du dich manchmal, wie es gewesen wäre, wenn du mich behalten hättest?«
Jessie nickte. »Jeden Tag. Für mich wäre es herrlich gewesen, dich überallhin mitzunehmen, wohin meine Arbeit mich verschlagen hat. Aber so jung ich damals noch war, wusste ich doch, dass das kein Leben für ein Kind ist.«
Sie wies auf das große Wohnzimmer, in dem sie saßen, gewiss wie immer umgeben vom Treibgut einer lebhaften, großen Familie – Spielzeug, Bücher, Teller, Schuhe, Post … Leben. »Das hier ist es, was ich für dich wollte, Lila. Ich weiß, das kannst du jetzt vielleicht noch nicht nachvollziehen, aber –«
»Lila?« Scottie kam herein, und die Fliegengittertür knallte hinter ihm zu.
»He, Kleiner«, sagte Lila. Jessie wusste, dass sie hastig ihre Tränen wegwischte und für ihren kleinen Bruder ein fröhliches Gesicht aufsetzte. Genau wie Luz es tun würde.
»Hallo, Tante Jessie. Hallo, Flambeau.« Scottie kletterte zu ihnen auf das Sofa. »Opa Stu sagt, ich brauche meine Schwimmweste, wenn ich mit ihm am Steg angeln will.«
»Ich hole sie dir.« Lila kramte in der Kammer neben der Küche herum.

»Kannst du sie mir anziehen?«, bat Scottie. »Du bist die Einzige, die das richtig gut macht.«
»Klar doch. Hier, iss einen Keks, ich muss erst diese Schnalle einstellen.«
»Die sind lecker«, sagte Scottie. »So lecker wie die von Mom. Tante Jessie, weißt du was? Ich durfte gestern Nacht bei Lila schlafen, so richtig, in ihrem Bett.«
Jessie grinste, während sie den beiden lauschte. Sie wusste, dass Luz zum ersten Mal, seit Scottie denken konnte, eine Nacht nicht bei ihm gewesen war. Es überraschte sie kein bisschen, dass er sich an Lila gehalten »Das ist ja toll. Ich durfte noch nie bei Lila im Bett schlafen.«
»So, du bist fertig, Kleiner.«
»Okay. Lila?«
»Ja?«
»Mir gefällt dein Gesicht.«
»Oh, Scottie, dein Gesicht gefällt mir auch.«
Als er wieder draußen war, lächelte Jessie immer noch, obwohl sie einen bittersüßen Stich im Herzen spürte. Dies war das Beste am Leben, und sie hatte sich nie erlaubt, es zu genießen. Sie konnte sich Lila und Scottie zusammen vorstellen und schwor sich, dieses Bild nie zu vergessen, wie viel Zeit auch vergehen mochte. Sie fühlte Lilas Blick auf sich ruhen und sagte: »Keine weiteren Fragen, Euer Ehren.«
»Wie du meinst.« Ein Lächeln schwang in Lilas Stimme mit.
»Lila? Du sollst wissen, dass ich dich immer geliebt habe, jede Minute deines Lebens. Weißt du das?«
»Ich … glaub schon.«
Jessie hörte große Unsicherheit und Angst heraus. »Schon gut. Menschen, die einander lieben, müssen trotzdem wachsen

und sich verändern, und inzwischen weißt du ja sicher, dass es manchmal wehtut, so zu wachsen, aber dieser Schmerz ist nicht unbedingt immer schlecht. Er erinnert uns auch daran, wie wichtig manche Dinge im Leben sind.« Sie verschränkte die Hände hinter dem Kopf. »Und, wie war ich?«

Sie hörte ein vertrautes Schnappen, als Lila die Kekse in Tupperbehältern verstaute. »Beeindruckend, Dr. phil.«

Lachen und das Surren von Angelschnüren war von draußen zu hören. »Ich hole schnell die Kamera«, sagte Lila. Dann gingen sie hinaus auf die Veranda. Die Frühlingssonne wärmte die Morgenluft. Jessie erschnupperte den Duft von Rosen und wusste, dass er von Luz' uraltem Rosenstock kam.

»Tante Jessie, darf ich dich was fragen?«

»Klar.«

»Was kannst du sehen? Ich meine, du drehst dich nach Sachen um, als könntest du sie sehen. Siehst du denn manchmal noch ein bisschen was?«

»Alles, was du als Sehen bezeichnest, ist weg, Liebes. Ich lebe aber nicht in Dunkelheit. Es ist eher wie ein dicker Schleier aus weißem Rauch oder Nebel.«

»Es fehlt dir doch bestimmt sehr.«

»Ich würde lügen, wenn ich das abstreiten würde. Aber ich liege nicht den ganzen Tag im Bett und raufe mir die Haare, weil ich nichts mehr sehen kann. Wirklich nicht. Du musst mir schwören, dass du mich nie bedauern wirst, und du darfst auch nicht zulassen, dass andere Leute mich bedauern.«

»Okay.« Lila zögerte verlegen. »Ich wollte schon lange mal dieses Teleobjektiv ausprobieren. Kannst du mir zeigen, wie man das Objektiv wechselt?«

»Aber sicher. Gute Wahl. Es bringt dich dazu, deine Perspektive konzentrierter zu fassen.« Jessie hatte schon so oft im Dunkeln Objektive ausgewechselt, dass sie gar nichts zu sehen brauchte, als sie Lila zeigte, wie das ging. »Stell dir vor, du würdest hier ein Bajonett vorsetzen.«

Begierig machte Lila ein paar Fotos von den Jungs beim Angeln.

»Fotografier doch mal den Rosenstock deiner Mutter«, schlug Jessie vor.

»Woher weißt du, dass er blüht?«

Jessie grinste. »Zauberei.« Dann wechselte sie erneut das Objektiv und wählte die 100-Millimeter-Porträtlinse. Das war Luz' bevorzugtes Objektiv; Jessie fragte sich, ob Lila das wusste.

»Tante Jessie?«

»Ja, Liebes?«

»Was willst du denn jetzt machen?«

Jessie hätte auf diese direkte Frage vorbereitet sein sollen, war es aber natürlich nicht. »Na ja. Ich werde mir überlegen müssen, wie mein Leben aussehen könnte. Ich weiß, dass ich schreiben werde. Das macht mir Spaß, und dann würde ich einer ziemlich elitären Truppe angehören – John Milton, James Joyce, James Thurber.«

»Wer ist das?«

»Blinde Schriftsteller. Himmel, was bringen die euch heutzutage in der Schule eigentlich bei?«

Jessie hielt inne und sagte nach einer kurzen Pause. »Ich kann es zwar nicht hören, wenn du mit den Schulter zuckst, aber ich weiß, dass du es tust.«

»Warum kannst du nicht in Edenville bleiben?«

»Ich weiß gar nicht, wie man an einem Ort bleibt. Das habe ich noch nie gemacht.«

»Aber du bist so unglaublich. Du bist blind geworden und hast es trotzdem völlig drauf, wie du was machen kannst. Ich meine, was könnte schwieriger sein als das? Ich weiß, dass du uns lieb hast, Tante Jessie. Ich weiß, dass du Dusty und Amber liebst.«

Die Herausforderung lag vor ihr, und zum ersten Mal entdeckte Jessie einen schwachen Schimmer der Möglichkeit. Es war bemerkenswert, dachte sie, wenn man erfuhr, wie viel die menschliche Stimme ausdrücken konnte. Sie hörte die Gefühle in Lilas Stimme, die Sorge … und die Hoffnung.

Das Klick der Kamera durchbrach die Stille. »Ich habe dich fotografiert«, sagte Lila. »Das wird ein tolles Foto.«

Da hatte sie Recht, meinte Jessie. Denn sie spürte das Lächeln auf ihrem Gesicht.

Kapitel 37

Jessie erwachte von einem kurzen Nickerchen und fühlte sich ganz benommen. Vielleicht wurde sie krank. Sie konnte sich nicht erinnern, Arnufo für heute Nachmittag eingeladen zu haben, aber vielleicht hatte sie es doch getan. Sie erkannte das Motorengeräusch des Pick-ups, der vor ihrer Hütte zum Stehen kam, und das rostige Quietschen, mit dem sich die Tür öffnete. Flambeau stieß ein leises, neugieriges Winseln aus, und ihr Schwanz klopfte auf den Boden. Jessie befahl ihrem Computer, in den Ruhezustand zu schalten, und ging hinaus, um ihren Freund zu begrüßen.

»He, *compadre«,* sagte sie. »Du hast ja meine Freundin mitgebracht«, fügte sie hinzu, als sie Ambers langsame Schrittchen hörte. Wahrscheinlich klammerte sie sich an Arnufos Finger, um die zwei Stufen vor der Hütte zu erklimmen.

»Sie ist eine angenehme Gesellschafterin«, sagte er.

Amber stieß einen freudigen Laut aus, umarmte kurz Jessies Bein und tapste dann zu Flambeau hinüber.

»Wie war dein Besuch in San Antonio?«, fragte Jessie.

»Herrlich. Ich bin so stolz auf meine kleine Enkelin. Und deine Schwester, sie hat viele wunderbare Fotos gemacht.«

Jessie lächelte. Wenn alles nach Plan lief, erwachte Luz heute Morgen in einem prächtigen Hotelzimmer mit ihrem Mann, und heute Nachmittag würden sie schon ganz verändert zurückkommen. Sie war nicht so naiv, zu glauben, ein romantischer Ausflug könnte alles Übel ausräumen, aber diese Zeit nur für sie beide würde ihnen gewiss Gelegenheit geben, über vieles zu sprechen, was im alltäglichen Trubel oft zu kurz kam.

»Möchtest du etwas trinken?«, fragte Jessie.

»Nein, danke. Oh, mir ist gerade etwas eingefallen. Würdest du bitte einen Moment auf die Kleine aufpassen?«

»Aber ich –«

»Es dauert nicht lang.« Er gab ihr keine Chance, dagegen zu protestieren, und schon knirschten seine Stiefel draußen auf dem Kies.

Sein plötzliches Verschwinden löste Panik bei Jessie aus. Sie lief zur Tür und stieß sich den Fuß an. »Arnufo, was ist denn los?«, rief sie.

Keine Antwort.

»Pah!« Amber wackelte zur Tür und zog daran.

Jessie dachte an die Stufen, den Wald und den See und legte sofort den Riegel vor. »Er kommt ja gleich wieder«, erklärte sie. »Dann können wir ihn umbringen.«

Amber imitierte mit den Lippen ein Auto, und das tiefe »Bwwwww« erinnerte Jessie an einen zornigen Bienenschwarm. Das Kind bewegte sich auf den Tisch am Fenster zu. Jessie überlegte fieberhaft. Ihr Computer stand auf dem Tisch; sie hatte gerade mit Hilfe der Spracherkennung E-Mails bearbeitet. Kabel ergossen sich vom Tisch zu den Steckdosen in der Wand.

Was noch?, überlegte sie und durchquerte hastig das Zimmer. Eine heiße Tasse Kaffee –
»Amber, nein«, entfuhr es ihr laut, als sie sich vorstellte, wie die heiße Flüssigkeit das Kind verbrühte.
»Nein!«, echote Amber mit scharfer, hoher Stimme.
Jessie fand sie am Tisch und hob sie hoch. Erst blieb sie ganz still, doch dann bog sie den Rücken durch und drückte gegen Jessies Brust, während sie tief Luft holte. Schließlich ließ sie ein entrüstetes Kreischen durch die Hütte schallen.
»Ach, Kleines«, sagte Jessie. »Nicht doch. Ich hatte Angst, du könntest dir wehtun.«
Amber sträubte sich in ihren Armen und kreischte heulend. Der Wutanfall gipfelte in windmühlenartig um sich schlagenden Ärmchen und ohrenbetäubendem Gebrüll.
»Das darf doch nicht wahr sein.« Jessie schleppte das hysterische Kind zur Tür. »Was hat er sich nur dabei gedacht, dich allein bei mir zu lassen? Arnufo, verdammt noch mal!«, schrie sie zur Tür hinaus.
»Dammt nomal«, schrie Amber.
Sie hörte nur ein fernes Bellen von Beaver, das sogleich von dem gellenden Kreischen Ambers übertönt wurde.
»Flambeau«, sagte Jessie. »Flambeau, Geschirr.«
Die Hündin meldete sich zum Dienst und nahm Aufstellung vor dem Haken, an dem ihr Geschirr hing. Jessie setzte Amber aufs Sofa, doch das Kind kreischte protestierend, ließ sich mit einem Plumps zu Boden fallen und raste durch die Hütte. Jessie war hin und her gerissen – sie brauchte zwei Hände, um den Hund anzuschirren, aber Amber war offenbar nicht gewillt, so lange zu warten. Jessie wandte sich also von Flambeau ab und sammelte hastig das Kind wieder ein.

»Schon gut, schon gut, ich lasse dich nicht im Stich.« Sie hob das schluchzende Kind hoch und eilte in die Küche. »Hast du Hunger? Hier, ich habe eine Banane und, schauen wir mal … Ich habe Kekse, da kommen dir die Freudentränen. Lila hat sie gebacken. Nein? Vielleicht ein Glas Milch?« Sie setzte sich das Kleinkind auf die Hüfte, öffnete den Kühlschrank und griff hinein. »Wie wäre es mit einem Stück Käse?«, fragte sie. »Jogurt? Ich weiß, ein Gürkchen!«
All ihre Angebote trafen nur auf weiteres Gebrüll. Jessie war außer sich. Sie fühlte sich gefangen, panisch, und total unvorbereitet. Mit Amber sich selbst überlassen zu werden war so, als hätte man sie auf einem fremden Planeten ausgesetzt, wo sie alles fühlen musste, ob es ihr gefiel oder nicht. Was war nur aus ihrem Leben geworden? Aus ihren Reisen und ihrer Unabhängigkeit, ihrer Fähigkeit, einfach an Leuten vorbeizugehen und sie davon abzuhalten, sie zu berühren? Was war das für eine kostbare Katastrophe, die sie da in den Armen hielt? Was, um Himmels willen, sollte sie damit anstellen?
»Komm schon, Amber«, sagte sie und ging mit dem Kind auf und ab. »Beruhig dich endlich.«
Die Kleine weinte weiter, und ihre Stimme klang schon ein wenig heiser.
»Schau mal, da ist Flambeau.« Jessie kniete sich vor den hilflosen Hund.
»Nein!«, kreischte Amber, und der Hund zuckte zurück.
Entsetzt richtete Jessie sich auf und ging wieder auf und ab; es klingelte ihr schon in den Ohren. Sie streifte eine Plastiktüte, die sie irgendwann in ein Regal gelegt hatte, und hielt inne. »Was ist das?«, fragte sie, und die Neugier über die

knisternde Tüte brachte das Kind zum Schweigen. Jessie griff hinein und zog ein kleines, dickes Buch heraus, das noch zu einem Päckchen eingeschweißt war. »Das ist für dich, Amber. Ich hatte noch keine Gelegenheit, es dir zu geben. Wollen wir es lesen?«

Amber heulte weiter, aber schon weniger energisch. Ihr verzweifeltes, bibberndes Schluchzen zerriss Jessie fast das Herz. Die arme Kleine hatte sich entweder müde geheult, oder das Buch interessierte sie tatsächlich.

»Lila war bei mir, als ich das gekauft habe. Ich habe ihr auch so ein Buch geschenkt, vor langer Zeit.« Sie fragte sich, ob Lila je derartig explodiert war, ob Luz sich je so hilflos gefühlt hatte.

Sie trug das Kind zum Sofa und setzte es sich auf den Schoß. Amber stieß einen Schrei aus und grabschte mit feuchten Fingern nach dem eingeschweißten Buch. Jessie riss schnell die Verpackung ab und hielt das Buch vor Amber hin.

»Lesen wir.« Lieber Himmel, es lesen? Mit zitternder Hand schlug sie das Buch auf und versuchte, sich an die Geschichte zu erinnern. Sie war sehr einfach, glaubte sie. Irgendwas mit zwei Kindern … Paul und Mary? Oder vielleicht Paul und Julie.

Das wütende Geheul begann als Vibration in Ambers Brust, und Jessie beschloss, keine Zeit mehr zu verlieren. »Schau, Paul und Julie dürfen das Kaninchen streicheln«, sagte sie und rieb Ambers Hand an dem Stück Fell auf der ersten Seite. »Kannst du das Kaninchen auch streicheln?«

»Sreicheln«, schniefte Amber.

»Möchtest du umblättern?«

Amber blätterte geschickt die Seite um, und ein Fetzen Flanell kam zum Vorschein. Irgendwas mit einer Decke? Nein, das war die Versteckenseite. »Paul und Julie spielen Verstecken«, sagte Jessie. Ambers winzige Finger zupften an dem Flanell. Und dann, Wunder über Wunder, stieß sie ein freudiges Glucksen aus. Seite um Seite tasteten sie sich durch das Buch und ließen sich Zeit, jede kleine Überraschung zu erkunden – Daddys kratziges Gesicht, die duftenden Blumen, den glänzenden Spiegel.

»Schau, das süße Baby«, sagte Jessie, und plötzlich schnürten Tränen ihr die Kehle zu. Oh, wie sehr sie sich wünschte, dieses Kind zu sehen, ihr reizendes Gesicht, ihre kornblumenblauen Augen. Aber für sie bestand Amber nur aus einem Stimmchen, einem bestimmten Geruch, dem Kitzeln seidiger Haare an Jessies Kinn.

»Me'«, verlangte Amber, als sie das Ende des Buches erreichten.

Jessie begann wieder von vorn, und Seite für Seite lasen sie es noch einmal. Und dann geschah etwas. Jessie entspannte sich, und auf einmal sah sie, was sie sehen sollte – den nächtlichen Garten, einen Ort voll unsichtbarer Schönheit. Sie spürte Ambers willkommenes Gewicht auf ihrem Schoß, ihre seidig zarte Haut, die feinen, weichen Haare. Sie roch den Duft des Kindes nach Zucker und Morgentau, hörte den Singsang ihres Gebrabbels, während Amber das Buch erforschte, immer noch einmal. Und endlich, mitten im vierten oder fünften Durchgang, spürte sie das Kind schwer werden und sich total entspannen, als es auf ihrem Schoß einnickte. Oh, sie konnte sie sehen. Es ging.

Jessie schlang beide Arme um Amber und legte ihre feuchte Wange in das flaumige Haar, beinahe selbst von Erschöpfung überwältigt. Sie hörte ein Auto vorfahren und schwor sich, denjenigen umzubringen, der dieses Kind aufweckte. Sie erkannte Dusty an seinen Schritten auf der Veranda. Pech gehabt. Sie würde selbst ihn umbringen.

Leise trat er ein, und das Sofa quietschte, als er sich neben sie setzte.

Sie hob das Gesicht und drehte sich zu ihm um. »Ich kann das nicht.«

»Jessie.« Er schmiegte eine Hand an ihre feuchte Wange. »Du hast es gerade getan.«

Jessie sagte sich, dass sie an das rohe, verwundbare Gefühl gewohnt sein sollte, das seine Gegenwart in ihr hervorrief, doch es wurde immer nur intensiver. Während die Tränen auf ihren Wangen trockneten, spürte sie eine Woge der Atemlosigkeit, körperlich fühlbar gewordene Emotionen. Er behauptete, er habe sie hierher gebracht, damit sie sich mit ihrer Schwester versöhnte, aber sie wusste, dass er mehr von ihr erwartete. Viel mehr.

»Hallo«, sagte sie.

»Hallo, ihr zwei.«

»Arnufo hat mich mit dem Baby sitzen gelassen.«

»Ich weiß. Das hat er bei mir auch manchmal gemacht. Er hat mich gezwungen, mit ihr fertig zu werden, von Angesicht zu Angesicht.«

»Und du hast nichts dagegen? Es macht dir nichts aus, dass dein Kind, das noch nicht sprechen, aber schon völlig außer sich geraten kann, mit einer blinden Frau allein gelassen wurde?«

»Sie schläft wie ein Engel. Du hast ein magisches Händchen

mit ihr.« Sanft hob er Amber aus Jessies Armen und trug sie hinaus. Sie hörte ihn ein paar Worte mit Arnufo wechseln, und dann kam er allein wieder herein.

Er nahm Jessie in die Arme, und ihr Herz jubelte und brach zugleich. »Ich bin nicht launisch, Jess. Ich bin nur eben erst mit Warten fertig geworden. Ich habe mich die ganze Woche lang zurückgehalten, damit du dich mit Luz aussöhnen kannst. Und jetzt wird es Zeit, dass wir über uns sprechen.«

Furcht überfiel sie. *Nein.* Sie hörte das Blut in ihren Ohren rauschen und entzog sich ihm. »Also, hör mal, ich habe dich nicht darum gebeten, dass du mich ausfindig machst und hierher zurückschleifst. Aber du solltest dir wirklich mal überlegen, was du sagst. Du hast ein Kind großzuziehen. Wenn du eine Frau in deinem Leben haben willst, dann such dir eine aus, die dir auch was nützt.«

»Ich brauche nicht irgendeine Frau, ich brauche dich. Verdammt, Jess, glaubst du denn, dass ich mich in dich verlieben wollte? Glaubst du, ich hätte es getan, wenn ich die Wahl gehabt hätte? Hier geht es nicht darum, was mir nützt oder nicht. Und glaub mir, dich zu lieben, ist weiß Gott kein Spaziergang. Das war schon vor deiner Erblindung so, und es ist auch jetzt noch so, das hat nichts mit deinem Sehvermögen zu tun.« Er hielt inne. »Aber ich kann nicht aufhören, ich will nicht aufhören, und ich werde auch nicht aufhören.«

Oh, diese Worte. Sie wollte sie einfangen und für immer tief drinnen bewahren. Aber sie war voller Befürchtungen – dass sie eine Belastung für ihn sein würde, dass er nach einer Weile die Entscheidung, sie zu heiraten, bitter bereuen würde. Es sah ihr nicht ähnlich, sich so zu fürchten, aber das hier war auch völlig neues Gebiet für sie. »Es ist nicht fair, weder dir noch Amber gegenüber. Und mir gegenüber auch nicht.«

»Seit wann glaubst du denn, das Leben sei fair?«, fragte er mit scharfer Ironie in der Stimme. »Ich hasse es, was du durchgemacht hast. Ich hasse es beinahe so sehr, wie ich es gehasst habe, an Karens Krankenbett zu sitzen, zu wissen, dass sie fort war, und sie um Ambers willen am Leben zu erhalten. Ich weiß, was du damit bezweckst – du versuchst, mich vor weiteren Schmerzen zu schützen, als würde ich tragische Frauen geradezu magisch anziehen, und du müsstest jetzt dieses Muster durchbrechen. Aber du irrst dich, Jess. Für mich bist du ein Wunder. Hast du das denn noch nicht kapiert?«

»Ich bin ein Albtraum, und wenn du etwas anderes glaubst, bist du nur naiv. Wir könnten Wetten darauf abschließen, wer von uns den anderen zuerst in den Wahnsinn treiben wird, ich mit meiner Blindheit, oder du mit deiner Beschützerei.«

»Hör mir zu. Ich will ja nicht so tun, als verstünde ich etwas vom Blindsein, aber ich schwöre dir, ich werde dich nicht mit Fürsorge ersticken. Ich kenne dich, Jessie. Du kannst alles tun, was du dir in den Kopf setzt. He, ich habe mein eigenes Kind lange wie ein Fläschchen Nitroglyzerin behandelt, das jeden Augenblick explodieren könnte. Aber das wird sie nicht, verstehst du? Sie ist vielleicht klein, aber sie ist solide wie alte Eiche. Ich werde ihr nicht wehtun, indem ich sie einfach liebe.« Er griff nach ihrer Hand und legte die Handfläche an seinen Mund. »Und ich werde auch dich damit nicht verletzen, das schwöre ich. Werde meine Frau, Jessie.«

Die Worte schossen hoch in die Luft und rissen sie mit sich.

Sie sah, wie himmlisch ihr Leben sein könnte, wenn sie es nur zuließe. Ihre Welt könnte erfüllt sein mit Menschen, die sie liebte, und mit Augenblicken, die allem einen Sinn gaben, wenn sie nur ihre Angst überwinden und es geschehen lassen könnte.

»Tu dir das nicht an«, flehte sie ihn an, entzog ihm ihre Hand und schmiegte sie in ihre andere Hand, als sei sie verletzt. »Tu das Amber nicht an. Bitte, liebe nicht jemanden wie mich. Du musst mich gehen lassen – das weißt du doch.«

»Warum sollte ich?«

»Weil ich blind bin. Ich kann dir nicht in die Augen schauen und Liebe oder Misstrauen oder Freude sehen, und im Lauf der Zeit werden meine Augen verkümmern, und sie werden überhaupt nichts mehr von mir preisgeben. Wie kann ich dich lieben, wenn ich dich nicht sehen kann?« All ihre Angst und Unsicherheit klangen in diesen Worten mit.

»Ach, Jess. Das ist der leichteste Teil. Lieben tut man mit dem Herzen, so machen es die anderen auch. Man verschreibt sich dieser Liebe, für immer, ohne Rückhalt oder Vorsicht. Und dann hofft man einfach das Beste.«

Kapitel 38

Dieser Stich der Panik, den eine Frau verspürt, wenn der Gedanke sie zum ersten Mal überfällt – *Ich bin schwanger* – ist unvergleichlich. An diesem Abend war Jessie wie vor den Kopf geschlagen, als sie zum ersten Mal das Undenkbare in Erwägung zog.

Dusty war gegangen und hatte sie mit ihrer schweren Entscheidung allein gelassen. Ian und Luz waren selig von ihrer Liebesnacht in San Antonio zurückgekehrt. Jessie hatte es irgendwie geschafft, sie lächelnd willkommen zu heißen. Sie hatte sich vom Abendessen entschuldigt und sich ganz zurückgezogen, gequält von der Frage, was, zum Teufel, sie jetzt tun sollte. Ihr war ein wenig schlecht geworden, während sie mit ihren Träumen gerungen hatte. Konnte ihre Liebe zu Dusty ihre Angst vor der Zukunft besiegen? Er machte ihr es niemals leicht, und auch dieses Mal war keine Ausnahme. Er hatte ihr die Entscheidung in die widerstrebenden Hände gedrückt und sie einfach da gelassen. Sie hatte keine Lösung dafür. Ihr war ein Geschenk angeboten worden, das Kind einer anderen Frau, aber es lag bei ihr, zu entscheiden, ob sie dieses Geschenkes würdig war oder nicht. Und dann waren ihre Überlegungen von trockenem Würgen unterbrochen worden.

Sie konnte sich nicht erinnern, wann sie zuletzt ihre Periode gehabt hatte. Erst heute wagte sie es, daran zu denken.

In einem entsetzlichen Augenblick verschob sich die Achse der Welt. Du lieber Himmel, konnte es sein, dass sie …?

Jessie durchwühlte ihren Toilettenbeutel, während es in ihrem Kopf schrie: *Nein!*

»Dämlich«, zischte sie durch zusammengebissene Zähne. »Dämlich, saudämlich.« Sie hatte aufgehört, ihre Pille zu nehmen, als sie im Beacon eingezogen war, aber weiß der Himmel, wie oft sie sie davor schon vergessen hatte. Eine ihrer vielen Lektionen in Körperpflege hatte in einem Einkauf in der Drogerie und der Apotheke bestanden, und da hatte sie schon gemerkt, dass sie überfällig war. Kein Grund zur Sorge, hatte die Apothekerin sie beruhigt. Es war normal, dass der Zyklus eine Weile unregelmäßig verlief oder sogar ausblieb, nachdem man so lange die Pille genommen hatte.

Flambeaus Krallen klickerten auf dem Boden, als die Hündin in besorgter Anteilnahme auf und ab ging.

Aber sie hatte ihre Pille noch genommen, als sie mit Dusty geschlafen hatte, dachte sie und versuchte, sich zu beruhigen. Sie fand eine halb aufgebrauchte Packung Antibabypillen. Noch während ihre verzweifelten Finger die leeren Stellen zählten, wurde ihr klar, dass sie es vermasselt hatte. Sie wusste noch, dass sie in der Müdigkeit des Jet-lags auf dem Heimweg ein paar Tage lang ausgesetzt hatte, weil sie gar nicht mehr wusste, welcher Tag eigentlich war. Nachdem sie gerade mit ihrem Liebhaber Schluss gemacht hatte, hatte sie ja nicht ahnen können, dass Empfängnisverhütung sich als wichtig erweisen würde. Und vermutlich hatte ihr zunehmend schlechteres Sehvermögen auch dazu geführt, dass sie die aufgedruckten Tage nicht mehr lesen konnte. Sie dachte an die endlose Nacht in Mexiko – er hatte sich auf die Suche nach Kondomen machen wollen, aber sie hatte ihm versichert, es könne nichts passieren. *Dämlich.*

»Das darf doch nicht wahr sein«, flüsterte sie, sank auf den Badezimmerboden und zog die Knie an die Brust. Sie fühlte, wie sie in das alte Muster von Angst und Rückzug zurückfiel. Ihr Instinkt drängte sie zur Flucht, doch nein. Nimm den schwereren Weg. Geh ein Risiko ein und suche die Antwort in deinem Inneren. Sie merkte, dass sie keinen klaren Gedanken würde fassen können, bevor sie nicht Gewissheit hatte. Sofort fiel ihr Luz ein.

Luz.

Als Jessie das letzte Mal in dieser Klemme gesteckt hatte, war ihre Schwester mit übermenschlicher Loyalität zur Stelle gewesen.

»Komm, Flambeau«, sagte Jessie und holte das Geschirr vom Haken. »Wir müssen rüber zu Luz.« Es war früher Abend; das erkannte sie an der fehlenden Wärme der Sonne, und sie konnte die Kinder in der Ferne Fußball oder Frisbee spielen hören. Sie stürmte in das Haus ihrer Schwester und hielt nur kurz inne, um Flambeau freizugeben.

»Luz!«, rief sie und eilte durch die Küche. »Luz, ich –«

»Im Wohnzimmer.«

»Ich komme sofort. Ich muss nur kurz ins Bad«, erwiderte Jessie. Bei Luz konnte man sich darauf verlassen, dass sie sogar einen Schwangerschaftstest im Hause hatte. Jessie war gerade eingefallen, dass sie ja einen gefunden hatte, in einer zerknitterten Tüte im Schränkchen unter dem Waschbecken. Sie kramte zwischen Flaschen und krumm getrockneten Schwämmen herum, fand die knisternde Papiertüte und drückte sie an ihre Brust.

Sie lachte auf, bitter und verzweifelt. Das hier konnte sie nicht ohne Hilfe bewältigen. Hatte sie denn gar nichts gelernt? Sie war so weit gekommen, und nun war sie doch wieder in denselben Schlamassel gestolpert, schwanger und nicht verheiratet. Nicht nur das, sie rief schon wieder Luz zu Hilfe.

Sie tastete sich die Treppe hinunter und zum Wohnzimmer; sich so in Räumen zu orientieren, war ihr inzwischen völlig selbstverständlich geworden. »Luz?«

»Hier drüben auf dem Sofa. Ich genieße gerade ein paar ruhige Minuten.«

»Wo sind die anderen?«

»Mom und Stu sehen fern, und Ian spielt mit den Kindern Völkerball. Sogar Lila spielt mit.« Ihre Stimme klang sanft erstaunt.

»Ach, Luz. Du musst erkennen, wie sehr Lila dich liebt und dir vertraut. Sie schafft das schon, ganz sicher.«

»Ich hoffe es. Dieser Ausflug war so herrlich, Jess. Ian und ich waren nicht mehr so glücklich seit … ich weiß nicht, wann.«

Jessie zwang sich, äußerlich ruhig zu wirken. Ihr Leben lang war sie mit ihren Schrecken und Ängsten zu Luz gerannt. Ihre Schwester war im Moment so glücklich, so sorglos und entspannt. Und Jessie war schon wieder im Begriff, sie aufzuregen.

»Ich wollte mich noch bei dir bedanken«, sagte Luz. »Ian hat mir erzählt, dass alle bei dieser Verschwörung mitgeholfen haben.« Sie nahm Jessies Hand und zog sie neben sich aufs Sofa. »Ich will dir etwas zeigen.«

Jessie runzelte die Stirn, als Luz ihre Finger über weiche, glatte Haut führte und dann über eine Reihe winziger, rauer Erhebungen. Dieses Gefühl kam Jessie bekannt vor. »Du meine Güte, Luz. Du hast eine Tätowierung, oder?«

Luz lachte. »Ich habe mich heute Morgen tätowieren lassen, bevor wir in San Antonio aufgebrochen sind. Ist das zu fassen? Es ist auch eine Konstellation – Kassiopeia.«

Einen Augenblick lang wich Jessies Panik bittersüßem Verstehen. »Andromedas Mutter.«

»Ja.«

»Hast du es Lila schon gezeigt?«

»Noch nicht. Ich wollte es erst dir zeigen.« Luz lachte wieder. »Du solltest erst mal Ians sehen.«

»Nein, danke. Äh, Luz –«

»Ich habe gerade an den Familienalben gearbeitet.« Luz war, im Gegensatz zu sonst, ganz mit sich selbst beschäftigt, und sortierte Alben und Fotos auf dem Couchtisch. »Ich habe so lange nichts mehr daran getan.«

»Ja«, sagte Jessie abwesend. »Luz, ich –«

»Was ist passiert?« Ein Album wurde zugeknallt, als Luz endlich merkte, dass Jessie ganz aufgelöst war. »Was hast du in dieser Tüte?«

Jessie öffnete sie und griff hinein. »Ich brauche ein bisschen Hilfe mit diesem Ding.« Sie nahm die ungeöffnete Packung heraus und gab sie ihrer Schwester.

Luz schnappte nach Luft. »Das ist ja ein Schwangerschaftstest.«

»Das hatte ich gehofft.«
»Jess?« Luz' Stimme zitterte vor Staunen.
»Aber die, ähm, gibt es nicht in Blindenschrift. Wäre auch irgendwie eklig, oder? Also dachte ich, du könntest mir vielleicht helfen.«
Luz' Arme umschlangen sie, und sie umarmten einander lachend und weinend zugleich. »Ich habe schon wieder Mist gebaut«, sagte Jessie, »und wieder einmal halte ich mich an dich.«
»Weißt du denn nicht, dass du damit genau das Richtige tust? Und ist dir nicht klar, wie oft ich mich an dich halte?«
Jessie wich zurück. »Ehrlich?«
»Aber ja.«
»Gar nicht wahr.« Jessie konnte es nicht glauben.
»Weißt du noch, als wir noch klein waren und du oft zu mir ins Bett gekrochen bist – glaubst du wirklich, das hätte mir nicht auch gefallen? Du hast dich nach dem Unfall hier um alles gekümmert. Du hast mich in die Arme meines Mannes geschubst, wo ich auch hingehöre. Nichts von alledem hätte ohne dich geschehen können. Ich brauche dich, Jess. Es ist mir unbegreiflich, dass dir das nicht klar ist.«
»Ach, Luz. Ehrlich?«
»Ehrlich.«
»Und was ist mit Dusty? Ich war dumm genug, schwanger zu werden, und jetzt werde ich bei ihm angelaufen kommen, damit er mich rettet.«
»Falls du es noch nicht bemerkt hast, er hat auch jemanden gebraucht, der ihn rettet. Er war wie ein Schlafwandler, bevor du gekommen bist. Du hast ihn aufgeweckt. Er lebt wieder, deinetwegen.«

Jessie saß ein paar Minuten lang sprachlos da, und Tränen liefen ihr übers Gesicht. Wenn sie das hier durchzog, würde sie Mutter eines Kindes sein, das sie niemals sehen konnte. Dieser Gedanke weckte Erinnerungen an den nächtlichen Garten in Mexiko, wo der alte Gärtner im Dunkeln Blumen pflanzte. Sie konnte nie wieder die Schönheit einer Blume sehen, aber sollte sie das davon abhalten, die Blume überhaupt zu erschaffen?

»Dir ist doch klar«, sagte sie, als sie die Sprache wiedergefunden hatte, »dass ich dieses behalten werde.«

»Natürlich.« Luz drückte sie an sich. »Sieh mal, das ist völlig in Ordnung. Es ist genau so, wie es sein sollte. Ich habe es auch so gemacht und ungeplant Babys gekriegt. Und schau dir nur an, was ich für meine Mühen bekommen habe – Owen und Scottie.« Ein Grinsen wärmte ihre Stimme. »Manchmal glaube ich, die schönsten Dinge im Leben entstehen aus Fehlern.«

Diese hart errungenen und doch so einfachen Weisheiten regneten auf Jessie hinab. »Wenn das so ist, bin ich ja wirklich gesegnet.«

Luz seufzte glücklich. »Ich glaube, es wird mir gefallen, eine tätowierte Tante zu sein. Also, möchtest du den Test jetzt machen, oder warten, oder …?«

Jessie hörte die abendliche Brise über den See streichen und im Laub der Lebenseiche leise schnaufen. Von fern hörte sie die Kinder lachen, einen Hund bellen, und einen einsamen Vogel rufen. »Eigentlich gibt es etwas, was ich vorher noch tun sollte.«

»Klar, Jess. Alles, was du willst.«

»Könntest du mich fahren?« Jetzt ging es los, dachte Jessie, als Freude endlich ihre Angst besiegte. Dies war das Abenteuer ihres Lebens, und sie brauchte weder Reisepass noch Koffer oder sonst etwas, außer ihren ganzen Mut. Sie stand auf und wandte das Gesicht der warmen Abendsonne zu, die zur Haustür hereinschien. »Ich muss zu Dusty.«

Danksagung

Jeder Roman ist eine Reise, und auf jeder Reise lerne ich von den Menschen, die mir unterwegs begegnen. Dieses Buch beginnt und endet bei meiner Schwester Lori Klist Cross, deren Wissen auf dem Gebiet der Blindheit, der Orientierung und Mobilität von sehbehinderten Menschen nur noch von der Loyalität und Unterstützung übertroffen werden, die sie ihrer großen Schwester zuteil werden lässt. Ich werde immer die Ältere von uns beiden sein, kann aber nur versuchen, auch die Weisere und Großzügigere zu werden.

Die National Library for the Blind hat mir unschätzbare Möglichkeiten der Recherche zur Verfügung gestellt, und ich hatte das Privileg, mit Adrian, Vicky, Jacque, Beth, Leigh und vielen anderen über AZOOR sprechen zu können. Danke, dass ihr mir eure Welt gezeigt habt.

Meine ersten Leser sind stets die freundlichen, anspruchsvollen Mitglieder der Port Orchard-Truppe – Lois, Kate, Debbie, Rose Marie, Janine, Susan P. und Sheila. Meine Freundinnen in der Ferne, Joyce und Barb, haben sich wieder einmal die Zeit genommen, meine Arbeit zu lesen, wie schon so oft. Die Online-Community RomEx, darunter

Deb, Lynn und Lynda, bietet immer wertvolle Diskussion und Inspiration, und dafür bin ich dankbar. Mein besonderer Dank gilt Alice und P.J. für ihre kritische Lektüre. Ihr alle wart sehr großzügig mit eurer Zeit.

Annelise Robey von der Jane Rotrosen Agency, deren Begeisterung für diese Geschichte und deren Geduld mit meinen Änderungen unendlich waren – danke, dass du mich dazu gebracht hast, hart zu arbeiten. Dank auch an Jane Berkey für ihre Begeisterung, ihr Engagement und ihren guten Rat. Die Erfahrung und der Einsatz von Dianne Moggy, Martha Keenan und ihren Kolleginnen bei MIRA Books haben Hoffnungen und Träume wahr werden lassen. Und zu guter Letzt gilt mein innigster Dank meiner Agentin Meg Ruley, deren Freundschaft und Rat ein unschätzbares Geschenk waren.